ALBERTO RIVA

Durst

GOLDMANN
Lesen erleben

Buch

Brasilien: Sarah Clarice, eine junge Frau, halb Brasilianerin, halb Engländerin, die in Bahia für eine Umweltorganisation arbeitet, beschäftigt sich mit einem Fall, in dem es um Wasserreserven geht. Ein Abschnitt des Flusses Rio Sao Francisco in einem Gebiet, das jahrzehntelang von Pestiziden verseucht wurde, ist bei einem großen und teuren Säuberungsprojekt der Regierung wieder nutzbar gemacht worden. Das Wasser ist sauber – angeblich. Dagegen spricht, dass Sarah Clarice Fotos von Kindern mit Missbildungen zugespielt werden, die sie nicht mehr schlafen lassen. Als mehrere Menschen an seltsamen Darmerkrankungen sterben, die sich niemand erklären kann, beschließt Sarah Clarice, der Sache nachzugehen, und sie findet einen Verbündeten: den Chemiker Matheus Braga. Bald machen die beiden eine seltsame Entdeckung: Das Wasser des Flusses ist vollkommen rein und enthält keine der üblichen Bakterien und Spurenelemente … Nach und nach wird ihnen klar, dass sie auf ein gigantisches Komplott um die begehrteste Reserve der Menschheit gestoßen sind: Wasser. Und die beiden geraten in einen erbitterten Krieg zwischen einem der größten Wasserkonzerne der Welt, dessen mysteriöser Chef unter dem Decknamen »Drago«, der Drache, bekannt und gefürchtet ist, und der größten und mächtigsten brasilianischen Wasserfirma. Und in diesem völlig wahnwitzigen Krieg werden keine Kosten gescheut – und auch keine Opfer …

Autor

Alberto Riva ist 1970 in Mailand geboren. Er ist Journalist und lebt seit 2004 in Brasilien, von wo aus er für verschiedene Zeitungen und Agenturen schreibt. »Durst« ist sein erster Roman.

Alberto Riva

DURST

Thriller

Aus dem Italienischen
von Claudia Franz

GOLDMANN

Die Originalausgabe
erschien 2011 unter dem Titel »SETE«
bei Arnoldo Mondadori Editore S.p.A., Milano

Dieses Buch ist auch als E-Book erhältlich

MIX
Papier aus verantwortungsvollen Quellen
FSC® C014496
FSC
www.fsc.org

Verlagsgruppe Random House FSC® N001967
Das für dieses Buch verwendete FSC®-zertifizierte
Papier *München Super Extra* liefert
Arctic Paper Mochenwangen GmbH.

1. Auflage
Taschenbuchausgabe November 2013

Umschlaggestaltung: UNO Werbeagentur, München
Umschlagbild: Eudald Castells /Partner agency / Demurez;
FinePic®, München
Redaktion: Amut Werner
LT · Herstellung: Str.
Druck und Bindung: GGP Media GmbH, Pößneck
Printed in Germany
ISBN: 978-3-442-47840-8
www.goldmann-verlag.de

Für meine Mutter und meinen Vater,
diese schweigsamen Meister,

für Samira,
die brasilianische Blume,

und für Joselindo,
der in der Wüste Eis verkauft hat.

Der Dampf, den der Drache speit, verwandelt sich in eine Wolke. Die Wolke und der Drache besitzen keine übernatürlichen Kräfte, so viel scheint sicher. Und doch reitet der Drache auf der Wolke, schwebt durch den unermesslichen Himmel, spendet Licht und Schatten, entfesselt Blitz und Donner und herrscht so über den Wandel der Natur. Das Wasser, das aus dem Himmel fällt, überschwemmt Täler und Hügel. Die Wolke hat also übernatürliche Kräfte – und doch auch wieder nicht, denn es sind die Kräfte des Drachen. Woher aber hat er sie, diese Kräfte? Nicht von der Wolke jedenfalls, so viel scheint sicher. Und doch kann der Drache seine übernatürlichen Kräfte ohne sie nicht entfalten. Nur durch sie ist es ihm möglich, in Erscheinung zu treten. Der Drache ist nichts ohne die Wolke. Die Wolke aber ist ihrerseits nichts.

HAN YU, *Der Drache und die Wolke*

Prolog

Paraná, Südbrasilien, 2001

»Was haben sie denn gesagt?«

»Dass wir gehen sollen.«

»Was?«

»Wir sollen von hier verschwinden!«

»Sind es wieder dieselben?«

»Ja. Sie sind wieder mit dem grünen Wagen gekommen.« Ulisses zeigte in Richtung der Scheinwerfer hinter sich. Dort würde in einer Stunde die Sonne aufgehen; der Himmel hatte sich bereits violett gefärbt. Der Schrei eines Vogels und das Brummen des Jeeps hatten die feuchte Luft zerrissen.

Als er sah, dass sich die Augen des alten Manuel bereits zu wütenden Schlitzen zusammenzogen, bat Ulisses seinen Vater, ruhig zu bleiben. Der Alte stand reglos da und starrte zu dem grünlichen Fleck des Jeeps. Gegen den Rat des Arztes in der Stadt hatte er sich den grauen Star nicht wegoperieren lassen. Mittlerweile sah er fast nichts mehr.

»Es reicht, wenn ich die Erde sehe. Die Erde kann ich auch noch bestellen, wenn ich blind bin. Ja, selbst wenn ich tot bin, kann ich sie noch bestellen«, wiederholte er zu jeder Gelegenheit.

Jetzt fragte er: »Was machen die hier? Warum verschwinden sie nicht?«

Ulisses schwieg. »Sie gehen gleich …«, flüsterte er dann.

Früher hätte der Vater ihn einfach stehen lassen und wäre mit erhobenem Spaten auf die Leute zumarschiert. Jetzt zitterte er und klammerte sich an sein Gerät.

Ulisses spürte die Wut in sich aufsteigen, zusammen mit der Kälte aus dem dürren Boden. Unter dem Schleier des Morgentaus reckten sich bereits die kräftigen Spitzen von Roter Beete, Möhren und Blumenkohl aus der Erde.

Grelles Scheinwerferlicht fiel auf sein Profil – das Profil eines Halbindianers –, als er nun rief: »Ihr könnt wieder gehen, wir haben verstanden! Verschwindet von hier!«

Er hatte es für seinen Vater getan, obwohl er wusste, dass Schreien nichts half.

Diese Leute kamen nun schon zum dritten Mal zum Feld. Ein Wagen blieb immer am Eingang der Fazenda stehen, schaltete die Scheinwerfer aus und behielt die Staatsstraße im Blick. Der andere durchquerte auf der unbefestigten Straße das gesamte Gelände, auf dem noch vor gar nicht langer Zeit undurchdringlicher Wald wucherte und wo jetzt, ordentlich aufgereiht, die jungen Eukalyptusbäume standen. Manuel, sein Sohn Ulisses und ein paar andere Bauern hatten diesen abgelegenen und seit Jahren nicht mehr bestellten Teil der Fazenda vor ein paar Monaten besetzt.

Der Alte rückte bedächtig seinen Hut zurecht und wollte zum Lager zurückkehren, als er plötzlich hörte, wie der Motor des Jeeps ausgeschaltet wurde.

»Geh nach Hause. Ich kümmere mich darum«, sagte sein Sohn.

Der Alte schritt aber bereits entschlossen auf den Zaun am Feldrand zu. Der Himmel war ein wenig aufgeklart. Die flachen Wolken hingen tief, aber es würde nicht regnen. Vier Männer stiegen aus dem Jeep.

Ulisses rannte los. »Papa, bleib stehen. Geh da nicht hin. Ich kümmere mich schon darum.«

Aber der Alte hörte nicht. Er war nicht nur fast blind, sondern auch praktisch taub. Und selbst wenn er etwas gehört hätte, hätte er seinem Sohn nicht gehorcht. Er hatte bereits ein paar Auseinandersetzungen mit diesen Leuten gehabt und wusste, wie man mit ihnen umging. Immerhin war das Recht auf seiner Seite.

Sie durften auf diesem Land bleiben, solange das Gericht nichts Gegenteiliges entschied. Unwillkürlich nahm er den Hut ab, fuhr sich mit der Hand durchs dichte, von der Sonne gebleichte Haar und rief dann, was er in einem feierlichen Tonfall immer rief, wenn sich jemand seiner Tür näherte: »Guten Tag. Ich heiße Sie willkommen auf unserer Erde …«

Die Kugel traf ihn in die Brust. Ulisses, der ein paar Schritte weiter stand, sah, wie sein Vater in die Knie sank und schützend seinen Strohhut an den Oberkörper presste. Er weigerte sich, seinen Augen zu trauen. Vermutlich hatte der Schuss sein Ziel verfehlt, und der alte Manuel war nur aus Angst zusammengesackt. Jetzt trat der Schütze an den Alten heran und hielt ihm die Pistole an den Kopf.

»Nein! Tu das nicht, um Gottes willen«, schrie Ulisses.

Der Mann gab zwei Schüsse ab.

Nun packte Ulisses die Panik, und er rannte in Richtung Lager. Sein Herz raste. Er dachte an seine Frau Floriana und an seinen Sohn Gabriel. Und an die anderen Menschen, die mit ihnen dieses Land besetzt hielten. In den Zelten brannten schon die Lichter. Die Leute sprangen in die alten, klapprigen Fords und den total verrosteten weißen Käfer. Auch im Lieferwagen, mit dem sie sonst die Kartoffelsäcke in die Stadt brachten, drängten sich bereits die Landarbeiter.

Alle hatten die Schüsse gehört, und sie hatten verstanden. Vollkommen außer Atem stürzte Ulisses in sein Zelt. Floriana stand da und hielt das weinende Baby im Arm.

»Wir müssen fort. Beeil dich!« Er spuckte sauren Speichel aus.

Dann bückte er sich und kramte unter dem Bett nach der Blechdose. Floriana blieb reglos stehen; Gabriel schrie. Durch den offenen Zelteingang sah Ulisses, dass sich der Jeep dem Lager näherte.

»Herrgott, nun beeil dich doch! Versteck das Kind«, schrie er seine Frau an.

Floriana aber stand bloß da und schaute ihm zu.

Dieses Mal waren es nur zwei Männer. Reglos standen sie vor ihrem Zelt.

Floriana legte das Kind, das sie in ein Geschirrtuch gewickelt hatte, auf den nackten Fußboden und bekreuzigte sich.

Fünf Jahre später

Erster Teil

Atemübungen

1

Die Hunde.

Sie hörte Hundegebell und dachte unweigerlich an eine Stadt.

Stadt war allerdings nicht das richtige Wort für das, was sie erwartete.

Nelson hatte ausdrücklich gesagt: »Du musst vor Anbruch der Dunkelheit zurück sein.«

Die Dunkelheit war aber ohne Vorwarnung hereingebrochen.

Sarah Clarice hatte immer noch den Hut auf, obwohl die Sonne schon vor über einer Stunde untergegangen war. Mit schweren Schritten schleppte sie sich über die rote Erde, die Hände zu Fäusten geballt. Irgendwann erblickte sie eine Ansammlung von schachtelartigen Umrissen: Häuser. Eine schwarze Silhouette vor dem abweisenden Dunkelblau des Himmels. Sie war mittlerweile schon seit Stunden unterwegs. Ohne es zu wissen, hatten die Hunde sie geleitet. Plötzlich sah sie weißes Scheinwerferlicht und hielt an. Wie irre Glühwürmchen huschten die Scheinwerfer hin und her und wurden allmählich größer. Sarah Clarice fuhr sich mit der Zunge über die trockenen, staubbedeckten Lippen. Vor ihr tauchte ein auberginefarbener Passat auf.

Sie atmete tief durch.

Nelson hatte einige Mühe, ihre Fäuste zu öffnen. Sie rührte sich nicht. Eigentlich hätte sie ihn gerne um Entschuldigung gebeten, aber sie schwieg. Das Ganze kam ihr total absurd vor, als wäre sie die letzte Vollidiotin.

»Was hatte ich gesagt? Und warum hast du so lange gebraucht?«

»Ich habe die Entfernung unterschätzt.« Dann brachte sie es doch über die Lippen. »Entschuldigung.«

Nelson lächelte. »Scheiße, Sarah. Ich habe mir Sorgen gemacht.«

»Es ist meine Schuld.«

Nelson ließ ihre Hände los.

»Du bist doch wohl nicht zu Fuß von São Pedro gekommen?« Die Antwort kannte er bereits.

Sie nahm den Hut ab. Nelson konnte sich kaum vorstellen, wie ihre Mähne darunter Platz gefunden haben sollte.

»Hast du Wasser?«

»Das Wasser ist alle. Ich habe *Cachaça*, wenn du magst.«

»Damit kann ich mir wenigstens die Lippen befeuchten.«

»Komm.« Nelson ging zum Wagen.

Sobald sie saß, nahm Sarah Clarice einen großen Schluck aus der *Cachaça*-Flasche.

Nelson ließ den Motor an. »Trink nicht zu viel von dem Zeug. Das ist stark.«

»Ich weiß, aber ich bin vollkommen ausgetrocknet.«

»Wie viele Kilometer bist du gelaufen?«

»Weiß nicht. Viele.«

»Herrgott, Sarah. Hat es sich wenigstens gelohnt?«

Die Frau lächelte, als sie ihm die Flasche zurückgab. Sie nahm ihren grünen Rucksack mit den schwarzen Nähten, stellte ihn auf ihre nackten Knie und holte eine Nikon D70 heraus. Schnell drückte sie auf den Tasten am Display herum.

»Hier«, sagte sie und reichte Nelson die Kamera. »Entscheide selbst, ob es sich gelohnt hat …«

»Warte, ich brauche erst meine Brille.« Nelson beugte sich zum Handschuhfach vor, holte eine elegante Brille heraus und setzte sie auf. Dann nahm er die Kamera. Sarah Clarice betrachtete ihn. Er hatte ein schönes, ausdrucksstarkes Gesicht mit einem dunklen Bart. Seine mandelförmigen Augen starrten auf das Display.

»Wie komme ich zum nächsten Bild?«

»Mit diesen beiden Tasten hier. Vor und zurück.«

Sarah Clarice wartete gespannt, die Lippen leicht geöffnet.

Sie hatte immer noch Durst, wollte sich aber nicht am *Cachaça* betrinken. Eigentlich wollte sie sich einfach nur hinlegen und schlafen. So schnell wie möglich.

»Wo hast du die gemacht? In São Pedro?«

»Ja. Was hältst du davon?«

»Es hat sich gelohnt, würde ich sagen.«

Sarah Clarice musterte ihn, nahm ihm die Kamera dann aus der Hand und schaute aufs Display. »Warte«, sagte sie. »Du hast noch nicht alles gesehen.«

Nelsons Gesicht war angespannt. Die ganze Zeit lief der Motor.

Schnell drückte sie auf den Tasten herum und hielt ihm die Kamera dann erneut unter die Nase. »Schau dir das hier an.«

Nelson schien nicht zu begreifen, was er da sah. »Moment, ich kann nicht …« Er kniff die Augen zusammen. »Das ist doch nicht möglich. Was zum Teufel hat das zu bedeuten?«

»Er heißt Lucas und ist fünf Jahre alt. Vermutlich sollte ich besser sagen: Das *war* Lucas. Jede Familie hat mindestens ein, zwei Kinder, die so aussehen wie er. Dann gibt es da noch eine Frau namens Margarete. Sie hat vier Kinder. Schau mal, wie abgemagert sie ist. Egal was sie zu sich nimmt, es kommt sofort wieder raus, wie Wasser aus dem Abfluss eines Waschbeckens.«

Nelson schwieg eine Weile. Dann legte er den Fotoapparat beiseite und stellte den Motor aus.

»São Pedro, Cutumá, Valsa und Barra Quebrada liegen am weitesten vom Staudamm entfernt. In diesen Dörfern hat es meines Wissens nie Probleme mit dem Wasser gegeben, daher habe ich vor einem Jahr beschlossen, nicht mehr hinzufahren.«

»Und seither bist du nicht mehr dort gewesen?«

Nelson schüttelte den Kopf und starrte Sarah Clarice an. Hinter den Brillengläsern wirkten seine Augen runder. Einen kurzen Moment kam es ihr so vor, als wäre er in Gedanken ganz woanders. Schweigend saßen sie da. Irgendwann ließ Nelson den Motor wieder an.

»Lass uns heimfahren.«

»Okay. Kannst du mich in diese Absteige bringen? Cutupí hieß das doch, oder?«

»Du bist wohl verrückt. Ich nehme dich mit nach Hause. Du musst doch Hunger haben.«

»Ehrlich gesagt sterbe ich vor Hunger.«

»Es gibt nichts Besseres als den Reis mit Bohnen und getrocknetem Fleisch von meiner Frau.«

»Reis und Bohnen sind gut. Fleisch esse ich nicht.«

Nelson schaute sie verblüfft an. Er verließ die unbefestigte Piste und bog in eine Straße mit niedrigen Häusern ein, wo ein paar Lichter brannten. Man konnte die Sterne sehen, und die Luft war so heiß, als käme sie direkt aus dem Backofen.

»Selbst schuld, Sarah Clarice«, tadelte er sie mit einem sanften Lächeln.

Nelson Braga war achtundvierzig Jahre alt. Früher hätte man ihn einen Kreisarzt genannt, aber was genau in seinen Aufgabenbereich fiel, ließ sich nicht wirklich sagen. Außer dass er Kranke heilte natürlich, und zwar in einem Umkreis von hundert Kilometern um die Stadt Juazeiro in Bahia herum.

Wie zwei Schwestern, die sich lieben, sich gleichzeitig aber auch misstrauisch beäugen, liegen sich Juazeiro und Petrolina am Ufer des São Francisco gegenüber.

Der Fluss entspringt in der Serra da Canastra, in einer Höhe von tausendzweihundert Metern, und beschließt seine Reise nach zweitausendachthundert Kilometern im Atlantik. Brasilien ist ein seltsames Land: Innerhalb weniger hundert Kilometer weichen die tropischen Strände und die wuchernde Küstenvegetation einer gnadenlosen Wüste, durch die der Fluss über weite Strecken strömt. Die Alten dort – jene, die den Fluss liebevoll *Velho Chico* nennen, alter Knabe, oder sogar seinen alten indianischen Namen Oparà benutzen – pflegen zu sagen, dass er von den Dörfern und Städten an seinem Lauf zahllose Geschichten zu erzählen habe.

Nelson Braga gehörte zu jenen, die die Windungen des Flusses und das Leben an seinen Ufern bestens kannten. 1994 hatte er nach zehn Jahren als Thoraxchirurg in der Notaufnahme des Krankenhauses von Salvador da Bahia beschlossen, dass es nunmehr endgültig Zeit wäre, etwas anderes zu tun. Eigentlich war es nicht wirklich seine Entscheidung gewesen. Die Frau, mit der er damals zusammen war, hatte ihm vielmehr ein Ultimatum gestellt.

Sandra Bittencourt hatte wie Nelson in der Hauptstadt von Bahia Medizin studiert, dann in einem Kinderkrankenhaus als Ärztin angefangen und war schließlich zu einer Privatklinik gewechselt. Glücklich war sie dort nicht gewesen. 1993 hatte ihr Vater dann einen Herzinfarkt erlitten und war inmitten der Reihen von Papayabäumen auf seiner Fazenda in Juazeiro gestorben, einem gewaltigen Besitz, der neben zweitausend Landarbeitern auch noch ein paar Dutzend Agraringenieure und eine Gruppe treuer Verwalter beschäftigte. Für so treu hatte der alte Bittencourt sie jedoch nicht gehalten, dass er darauf verzichtet hätte, seiner Tochter bei einem seiner seltenen Besuche in Salvador das Versprechen abzunehmen, eines Tages, wenn er diese Erde verlassen haben würde, seinen Platz einzunehmen. Und dieser Tag war 1993 also gekommen.

Nelson hatte immer schon den Verdacht gehegt, dass sich hinter Sandras demonstrativem Desinteresse für diese ferne Aussicht eigentlich die Sehnsucht verbarg, nach Hause zurückzukehren und das zu tun, was ihre Familie seit mindestens zweihundert Jahren tat. Allzu erstaunt war er also nicht, als Sandra ihm wenige Wochen nach dem Ableben des alten Bittencourt ihre Entscheidung mitteilte.

»Das war mir längst klar. Nur nicht, wann du es mir sagen würdest.«

Sie saßen vor ihrem Garnelenreis in einem Restaurant in Rio Vermelho, dem Viertel am Meer, in dem Nelson damals wohnte. Sandra musterte ihn neugierig mit ihren hellen Augen. Irgendwann strich sie sich die blonden Haare aus dem Gesicht. »Kommst du mit?«

Nelson lächelte und fragte zurück: »Was denkst du?«

»Ich denke, du kommst mit«, sagte Sandra und leerte ihren Weißwein in einem Zug.

Sie stießen an und zogen wenige Wochen später in ein altes Bauernhaus unweit des Flusses, ein paar Kilometer von Juazeiro entfernt. Sandra übernahm die Fazenda und wählte unter den engsten Mitarbeitern ihres Vaters einen Berater und Vertrauensmann aus.

Nelson arbeitete zunächst für das Kommunalkrankenhaus von Juazeiro, stellte aber schnell fest, dass es eher eine Schlangengrube als eine Heilanstalt war. Nach ein paar Wochen bekam er einen Anruf von einem gewissen Doktor Kosinski, der sich als Leiter einer öffentlichen Praxis an der Peripherie der Stadt vorstellte. Als sich Nelson am nächsten Tag dorthin begab, traf er auf einen hageren älteren Herrn in einem schmuddeligen weißen Kittel. Kosinski war gebürtiger Pole, hatte jedoch die brasilianische Staatsangehörigkeit. Sein Gesicht war eingefallen und unrasiert, aber seine Augen strahlten in einem intensiven Blau.

Er kam sofort zur Sache. »Ich brauche einen Wanderarzt.«

»Einen was?«

»Einen Arzt, der zu den Patienten fährt. Haben Sie ein Auto?«

Mit diesem Angebot hätte Nelson im Leben nicht gerechnet. Außerdem besaß er kein Auto. Allerdings hatten sie zusammen mit dem Bauernhaus einen alten auberginefarbenen VW Passat geerbt. »Einen Wagen hätte ich vielleicht …«, sagte er.

»Gut«, erklärte Kosinski. »Wenn Sie mögen, können Sie sofort anfangen.«

Nelson erwiderte, dass sie ja noch nicht einmal darüber geredet hätten, was genau seine Aufgaben wären.

Kosinski wirkte leicht gereizt. »Es geht darum, Kranke zu heilen. Wenn ich recht informiert bin, haben Sie ungefähr zehn Jahre in der Notaufnahme des Krankenhauses von Salvador gearbeitet. Das dürfte kein leichter Job gewesen sein.«

Nelson nickte wortlos.

»Nun, das hier ist genau dasselbe. Nur dass Sie jetzt nicht darauf warten, dass die Patienten zur Tür hereinspaziert kommen, sondern gleich zu ihnen nach Hause fahren. Oder an ihren Arbeitsplatz.«

»Verstehe.«

»Dann sind wir uns also einig?«

Während er sprach, schaute Kosinski aus dem Fenster in den blauen Himmel mit den flachen weißen Wolken.

Nelson erklärte, er freue sich auf die Arbeit.

»Warten Sie, bis Sie unsere Patienten sehen, und sagen Sie mir dann, ob Sie sich immer noch freuen.«

Nelson beschloss, das Spielchen des Polen mitzuspielen. »Und wer sind unsere Patienten?«

Kosinski zündete sich eine Zigarette an und hielt Nelson die Schachtel hin. Der lehnte ab.

Qualm trat aus Kosinskis Mund, als er nach einem tiefen Zug antwortete: »In erster Linie Landarbeiter, Bauern oder Tagelöhner, die auf den großen Farmen angestellt sind. Und Heerscharen von schwangeren Frauen.«

Bald verbrachte Nelson viele Stunden des Tages in seinem auberginefarbenen Passat. Und legte Dutzende von Kilometern zurück. In den Zweizimmerwohnungen der Peripherie von Juazeiro untersuchte er alte Asthmatiker, schwangere Frauen und fiebernde Kinder. Schnell war ihm allerdings klar, dass diese Kranken gegenüber den Patienten in den großen Agrarbetrieben nur einen

Bruchteil ausmachten. Und dass er es mit den typischen Problemen von Landarbeitern zu tun bekam: mit Wunden, die sie sich an rostigen Arbeitsgeräten zugezogen hatten, rheumatischen Erkrankungen, Augenentzündungen und Atemwegsinfektionen, die sie dem Einsatz von Unkrautvernichtungsmitteln und anderen chemischen Substanzen verdankten. Dazu kamen Hauterkrankungen, üble Schwellungen, nie gesehene und oft unheilbare Tumore, die viel zu spät entfernt wurden. Natürlich betreute er auch die Arbeiter der Fazenda jener Frau, die inzwischen seine Gattin war: Nelson und Sandra hatten im Juni 1998 standesamtlich geheiratet. Trotz hartnäckigster Bemühungen hatten sie allerdings keine Kinder bekommen.

Nelson wurde schnell klar, dass viele Dörfer nicht einmal eine provisorische medizinische Praxis besaßen. Deshalb verließ er die Stadtgrenzen oft und fuhr die lange staubige Straße am Ufer des Flusses entlang. Die Siedlung Sobradinho, sein Ziel, war für jene errichtet worden, die zwischen 1972 und 1979 den gleichnamigen Staudamm gebaut hatten, den größten am Fluss. In Sobradinho gab es zwar so etwas wie ein Krankenhaus, aber es wurden ausschließlich die Mitarbeiter des Wasserkraftwerks behandelt. Alle anderen konnten sehen, wo sie blieben.

Die Stadt bestand aus niedrigen Häusern, einem Gitter staubiger Straßen und zwei asphaltierten Trassen von ein paar Kilometern Länge. Auf dieser Höhe war der zuvor aufgestaute Fluss nur noch ein trauriges Rinnsal. Man konnte auf den schlammigen Grund sehen, der von einer dünnen, grünlichen Algenschicht bedeckt war. Die Holzkanus der Fischer lagen im Schlick. Zusammen mit dem Wasser waren auch die Fische verschwunden, und die Fischer waren gezwungen, sich als Tagelöhner zu verdingen. Die Dörfer waren geschrumpft oder ihre Bewohner weiter nach Norden, in die Nähe der großen Fazendas, umgesiedelt, wo der Wasserstand noch höher war.

Gegen Ende der Neunzigerjahre sah sich Nelson plötzlich mit der Aufgabe konfrontiert, die Dörfer am Flussufer mitversorgen zu müssen, vor allem in der Gegend um Cabobró und Barra Quebrada herum. Zu den alten Problemen wie der Kropfbildung, die von der Mangelernährung herrührte, waren neue Krankheitsbilder gekommen, die sich der schlechten Wasserqualität verdankten. Zwei schwere Choleraepidemien brachen aus und forderten Dutzende von Toten – vor allem kleine Kinder. An manchen Stellen erreichte der Fluss einen gefährlichen Tiefststand, der Sauerstoffgehalt nahm ab, und die Fische starben. Trotzdem wurde das Wasser noch für die sanitären Einrichtungen und zum Kochen benutzt. Für ihre Felder legten die Bauern artesische Brunnen an, deren Wasser jedoch vom Dünger und den Unkrautvernichtungsmitteln der großen Agrarbetriebe belastet war.

Nelson bekämpfte die Folgen und kümmerte sich nicht weiter um die Ursachen. Er verabreichte Antibiotika, behandelte Hautgeschwulste und erteilte – oft vergeblich – Ratschläge, um den Menschen das Leben mit einem chronischen Husten zu erleichtern. Daneben musste er erfahren, wie mühselig es war, sich mit den abgelegenen Gemeinden auseinanderzusetzen und träge Amtspersonen dazu zu bewegen, einen Lastwagen mit Trinkwasser loszuschicken, um die Zisternen, die inmitten der Wildnis wie Pilze aus dem Boden geschossen waren, auffüllen zu lassen. Die Zisternen waren seit Monaten leer, da offenbar das Wasserverteilungsprogramm nicht umgesetzt wurde. Bei sengender Sonne und siebenunddreißig Grad im Schatten stand Nelson dann neben seinem auberginefarbenen Passat – das schweißnasse Hemd klebte ihm am Rücken – und verfolgte die kostenlose Wasserausgabe an die Frauen, Kinder und Alten, die mit ihren Eimern Schlange standen.

Ohne es zu merken, wurde Nelson immer mehr zum Vermittler zwischen den abgelegenen Gemeinden und dem SUS, dem brasilianischen Gesundheitssystem, das zwar eigentlich in staatlichen Händen liegen sollte, tatsächlich aber von den Interessen der Kommunen gesteuert wurde. Wenn die Mittel – wie in den meisten Fällen – nicht am Ziel ankamen, dann nicht, weil keine Gelder bewilligt worden wären, sondern weil sie unterwegs irgendwo versickerten. Sobradinho war der eklatanteste Fall. Dank der Erträge aus der Stromerzeugung hätte es der Stadt in diesem trostlosen Hinterland von Bahia blendend gehen müssen. Tatsächlich aber legte die Kommunalverwaltung immer nur rote Zahlen vor. Unter den ausufernden Diskussionen mit Politikern und lokalen Beamten, weil irgendwelche Projekte einfach nicht in Gang kommen wollten, litt schließlich sogar Nelsons eigentliche Arbeit. Er wurde zu einer Art Kontrolleur, ohne über die nötigen Kontrollinstrumente zu verfügen. Sein Name fiel nicht mehr nur in den Dörfern, sondern auch in Juazeiro und sogar in Salvador, allerdings in vielen Fällen nicht gerade mit Begeisterungsstürmen verbunden.

Im Jahr 2002 wurde er aufgefordert, als Abgeordneter für eine Partei zu kandidieren, von der er noch nie etwas gehört hatte. Nachdem er mit Sandra herzlich darüber gelacht hatte, lehnte er das Angebot ab und beschloss, die Dinge fortan etwas leichter zu nehmen. Er war müde und hatte das Gefühl, dass tief im Innern seiner Existenz irgendetwas nicht stimmte. Deshalb kehrte er zu seinen angestammten Kranken zurück und konzentrierte sich ausschließlich auf die Fazendas um Juazeiro herum. An Arbeit mangelte es nicht. Sandra hatte aus dem Unternehmen ihres Vaters mittlerweile einen der weltgrößten Obstexporteure gemacht – für eine Fazenda, die mitten im trockenen Bahia lag, war das eine beachtliche Leistung.

Eines Morgens im Mai 2006, als er gerade mit seinem auberginefarbenen Passat das Grundstück ihres Bauernhauses verlassen wollte, klingelte Nelsons Handy. Am Himmel hingen schwere sandfarbene Wolken.

»Ja?«

»Hier ist Kosinski. Kannst du sprechen?«

»Hallo, Kosinski.« Nelson nahm den Fuß vom Gas. »Klar, schieß los. Ich sitze im Auto.«

»Das ist ja mal was ganz Neues«, witzelte der Pole und sagte dann: »Hier ist eine Person, die mit dir sprechen möchte.«

»Mit mir? Wer denn?«

»Eine junge Frau aus Salvador, Sarah Soundso. Aber es wäre vielleicht besser, wenn du persönlich mit ihr reden würdest. Kannst du kurz vorbeischauen?«

Nelson hielt den Wagen an.

»Okay«, sagte er widerstrebend. »Ich komme.«

Als Nelson die Praxis betrat, blieb Doktor Kosinski sitzen. An seiner Unterlippe hing die obligatorische Zigarette. Er hob die Hand zum Gruß und zeigte dann auf die junge Frau, die vor ihm saß. Sie begrüßten sich. Nelson hasste den Qualm, der sich in der ganzen Praxis festsetzte, und sagte zu der Frau: »Hier in der Nähe ist ein Café. Was halten Sie davon, wenn wir uns dort unterhalten?«

»Okay.«

Sarah Clarice bestellte einen *Acai*-Saft mit Banane und Getreide, Nelson einen Mate-Eistee. Er trank einen Schluck und lehnte sich dann zurück.

»Also, schießen Sie los. Was kann ich für Sie tun?«

Sarah Clarice erzählte, dass sie in Salvador für eine internationale Nichtregierungsorganisation namens Health Scanner arbeitete. Health Scanner befasste sich mit Gesundheitsfragen und nahm einschlägige staatliche Projekte unter die Lupe.

Nelson betrachtet Sarah Clarice. Sie trug ein weißes T-Shirt mit einer aufreizend geschminkten gelb-grünen Kuh auf der Brust. Darunter stand: SCHÖN, DASS ICH DIR GEFALLE, ABER MUSS DAS JEDER MITBEKOMMEN?

»Zurzeit beschäftigen wir uns mit den Reinigungsmaßnahmen, die am Staubecken von Sobradinho durchgeführt wurden. Wissen Sie etwas darüber?«

Nelson trank einen Schluck Tee. »Ich habe davon gehört.«

Sarah Clarice zögerte unmerklich, bevor sie weiterredete.

»Gut. Wie Sie vermutlich wissen, hat das Projekt weit über ein Jahr gedauert. Der Rückgang der Flussfauna und die aberwitzige Zahl von Vergiftungen – auch schweren Vergiftungen – alarmierten die staatlichen Behörden. Irgendjemand hat auf den Tisch gehauen, worauf man sich an die Aufklärungsarbeit gemacht hat. Dann wurde in ganz großem Stil an der Wasserqualität gearbeitet. Das Ganze hat ein Wahnsinnsgeld gekostet, wie Sie sich vermutlich vorstellen können. Allein die Kosten für die Wasseraufbereitungsanlage *made in Japan* …«

»Ich kenne die Geschichte«, unterbrach Nelson sie.

»Wir wollen herausfinden, was tatsächlich gemacht wurde.«

»Verstehe, aber warum kommen Sie damit ausgerechnet zu mir?« Nelson schaute sie immer noch an.

»Irre ich mich, oder habe ich vorhin eine gewisse Ironie herausgehört, als Sie sagten, Sie hätten von der Sache gehört?«, erkundigte sich Sarah Clarice.

»Sie irren sich nicht.«

»Darf ich nach den Gründen fragen?«

Nelson lächelte. »Ich habe von diesen Maßnahmen in erster Linie *gehört,* denn nach dem zu urteilen, was ich bei meinen Fahrten *sehe,* habe ich nicht den Eindruck, dass sich seitdem irgendetwas gebessert hätte.«

»Aha! Dann liegen wir also richtig.«

»Falls Sie mir das erklären könnten …«

»Wir gehen davon aus, dass gar keine Reinigungsmaßnahmen stattgefunden haben.«

Nelson hatte in den vergangenen zehn Jahren schon viel erlebt, aber diese Behauptung verblüffte ihn dann doch.

»Wir wissen es nicht genau, aber aus den Krankenberichten,

die uns aus Sobradinho und aus den Krankenstationen der Provinz Juazeiro erreichen, könnte man den Schluss ziehen, dass das Wasser im Staubecken immer noch stark verunreinigt ist, um es vorsichtig auszudrücken.«

»Würde mich nicht überraschen«, erklärte Nelson.

»Also bin ich zu Ihnen gekommen, weil ich gehört habe, dass Sie diese Orte besser kennen als jeder andere.«

»Wer hat das gesagt?«

»Jemand aus den oberen Etagen des Krankenhauses von Juazeiro.«

Nelson schaute sie verblüfft an.

Sarah Clarice beeilte sich, die Sache richtigzustellen. »Ursprünglich hat man mich zu Kosinski geschickt, und der hat dann Sie ins Spiel gebracht. Da bin ich also.«

Nelson musterte sie noch eindringlicher. Wie alt sie wohl sein mochte? Fünfundzwanzig? Sie sprach mit leicht bahianischem Akzent – offenbar hatte sie nicht immer in Salvador gelebt. Vielleicht war sie im Ausland gewesen?

»Was gedenken Sie und Ihre Leute zu tun?«

»Wir würden uns gerne selbst einen Eindruck von der Situation verschaffen.«

»Mhm.«

»Ich dachte, dass Sie mich vielleicht in die Dörfer begleiten könnten, um die Leute dort zu befragen.«

»Kein Problem. Dann sollten wir uns aber duzen.«

Am nächsten Morgen ließ sich Sarah Clarice am Busbahnhof von Juazeiro abholen. Sie hatte ihr Haar mit einem giftgrünen Tuch zusammengebunden und trug ein weißes T-Shirt, weite Bermudashorts und Wanderschuhe. Außerdem hatte sie einen prall gefüllten Rucksack auf dem Rücken.

In weniger als einer Stunde erreichten sie Sobradinho, obwohl der Passat alle zwei Kilometer drohte, endgültig den Geist aufzugeben. Während der Fahrt sprachen sie nicht viel. Sie hatten die Fenster heruntergekurbelt, und der Lärm war ohrenbetäubend.

»Wie lange lebst du schon hier?«, rief Sarah Clarice irgendwann.

»Ungefähr zehn Jahre«, antwortete Nelson.

»Und wo hast du vorher gewohnt?«

»In Salvador.«

Nelson schien keinen gesteigerten Wert auf Smalltalk zu legen.

»Wieso bist du aus Salvador weggegangen?«

»Wegen meiner Frau. Sie ist von hier. Sie musste zurück, und da bin ich eben mitgekommen.«

Auf der Straße war fast niemand. Manchmal überholten sie einen Obstlaster, gelegentlich auch einen Karren mit Tagelöhnern. Nelsons Passat war eine Art Praxis auf Rädern. Auf dem Rücksitz lagen sein schwarzes Köfferchen und etliche Medikamentenschachteln. Vor der Rückscheibe stapelten sich Papiere, daneben lagen zwei durchsichtige Plastiktüten mit Gaze, Pflaster und Salben. Und zwischen dem ganzen Kram steckten überall Bücher.

Sie fuhren über die einzige Zufahrtstraße nach Sobradinho hinein. An der Hauptstraße standen ein paar zweistöckige Häuser, aber für gewöhnlich waren sie niedriger. Nacktes Mauerwerk oder bröckelnder Putz bestimmten das Bild. Viele Gebäude waren verlassen. Die Tore in den Grundstücksmauern hatte man mit Vorhängeschlössern gesichert. Jedes dritte oder vierte Haus war eine evangelikale Kirche. Die Kirchen ähnelten den anderen Gebäuden, nur dass man hinter der Tür Holzbänke oder Plastikstühle erblickte. Die im Hintergrund erkennbaren Altäre waren roh gezimmerte Holzklötze, an denen ein weiterer Plastikstuhl und ein Mikrofon standen. Ein paar Bars gab es, außerdem ein paar Stände, an denen Mangos, Papayas, *Cajus*, Ananas und Bananen verkauft wurden. In den Seitenstraßen mit ihrem Boden aus roter Erde sah man blau, gelb, rosa und kalkweiß getünchte Fassaden, da und dort auch eine schemenhafte Gestalt in einem dunklen Fenster. An einigen Hauswänden hatten sich die mittlerweile verblichenen Sprüche aus dem Wahlkampf von 2002 erhalten. WÄHLT LULA.

Es war noch nicht einmal neun Uhr, aber die Hitze schon brütend. Nelson fuhr jetzt langsamer. Gelegentlich grüßte ihn jemand.

Nachdem sie das Zentrum durchquert hatten, kamen sie in ein moderneres Viertel mit Einfamilienhäusern und Vorgärtchen.

»Hier wohnen die Leute, die am Staudamm arbeiten«, erklärte Nelson.

Sarah Clarice schaute aus dem Fenster und schwieg.

Sie verließen die Siedlung über eine perfekt asphaltierte Straße. Vor ihnen lag die endlose *Caatinga*, die typische Landschaft des Sertão.

An einem Kreisverkehr sagte Nelson: »Hier rechts geht's zum Fluss. Wir fahren aber über den Staudamm.«

»Ist das der Staudamm?« Sarah Clarice zeigte auf eine lange Linie, die sich am Horizont verlor. »Der ist ja gewaltig.«

Nelson beschleunigte.

Der Himmel war azurblau – nicht die Spur einer Wolke war zu sehen. Links vom Staudamm wirkte der São Francisco wie ein riesiger grau-blauer See inmitten von glattgewaschenen Felsen und niedrigen grünlichen Bergen.

Sarah Clarice nahm die Eindrücke schweigend in sich auf. Das Ganze hatte etwas von einer Mondlandschaft, wurde aber vom leuchtenden Licht des Äquators eingehüllt. Die Formen hoben sich scharf von der Oberfläche ab, und die Farben waren so klar, dass sie wie gemalt wirkten. Auf der anderen Seite des Damms war der Wasserspiegel erheblich niedriger. Das Ufer war zugewuchert, und man sah Hütten und Boote, die auf dem Trockenen lagen. Irgendwo hinter dieser grünen Mauer versteckte sich Sobradinho.

Nelson fuhr schweigend weiter.

Auf der anderen Seite des Staudamms stand ein mit Bambus beladener Karren. Das davorgespannte Pferd scharrte nervös mit dem Huf. Am Straßenrand lag ein Mann. Ein anderer kniete vor ihm.

Nelson bremste vorsorglich.

»Was ist da los?« Sarah Clarice beugte sich zur Windschutzscheibe vor, um besser sehen zu können.

»Keine Ahnung.« Nelson brachte den Passat zum Stehen. Dann öffnete er die Tür und stieg aus. »Du bleibst im Wagen«, befahl er.

Soweit Sarah Clarice verstand, kannte Nelson diese Leute. Der kniende Typ erhob sich und verfolgte jede Bewegung des Arztes. Irgendwann holte Nelson einen Kanister aus dem Kofferraum, schüttete dem liegenden Mann etwas Wasser über den Kopf und reichte ihm dann ein Glas Wasser zum Trinken. Der Mann stützte sich auf die Ellbogen und lächelte. Der andere klopfte Nelson auf die Schulter.

Sie fuhren weiter.

»Kanntest du die Leute?«, fragte Sarah Clarice.

»Ja. Die beiden kommen aus Casa Nova, einem Dorf hier in der Gegend. Sie wollen in Sobradinho Bambus verkaufen. Casa Nova ist eines der Dörfer, die evakuiert wurden, als man den Stausee volllaufen ließ. Aber du kannst dir ja gleich selbst einen Eindruck von der Lage verschaffen.«

In den nächsten Stunden besuchten Nelson und Sarah Clarice fünf Dörfer und fanden überall die gleiche Situation vor: Es herrschte bittere Armut. Nelson wusste bereits, was ihn erwartete. Dennoch überraschte ihn das Ausmaß an Magen-Darm-Infektionen und offenkundiger Unterernährung. Vor allem Frauen waren betroffen. In diesen Dörfern hatten Fischer gelebt, die jetzt dazu übergegangen waren, Maniok und Obst anzubauen. Die reichsten unter ihnen hatten Stacheldraht um vier in den Boden gerammte Pfähle gespannt, um Ziegen und Schweine zu halten.

Sarah Clarice sprach mit vielen Bauern und Frauen. In ihrem Heft und mit ihrem Aufnahmegerät hielt sie etliche Fälle von plötzlichen Fehlgeburten im vierten und fünften Schwangerschaftsmonat fest. Nelson war schon seit mindestens einem Jahr nicht mehr in der Gegend gewesen und wurde das Gefühl nicht los, dass sich die Lage inzwischen verschlimmert hatte.

In Areia Branca lebte man noch vom Fisch. Außer ein paar Mandelbäumen und wenigen *Caju*-Bäumen, die ein paar Säcke Cashew-Kerne abwarfen, besaßen die Menschen dort fast keine Nutzpflanzen. Sämtliche Versuche, etwas auszusäen, Wasser- oder Honigmelonen etwa, waren kläglich gescheitert. Viehzucht könne man erst recht vergessen, erklärte ihnen ein Mann um die fünfzig, der seinen Cowboyhut an den Ohren heruntergeklappt hatte. Er musste der Dorfoberste sein.

Ein paar Ziegen, Kälber und Schweine hätten sie gehabt, aber die seien mittlerweile alle tot. »Würmer«, sagte er mit starrem Blick, als Sarah Clarice nach dem Grund fragte. »Sie haben das Wasser aus dem Fluss getrunken«, erklärte er und zeigte auf einen Trampelpfad, der zwischen dürren Büschen hindurch aus dem Dorfzentrum hinausführte.

»Und was trinken Sie selbst?«

»Wir trinken das Wasser aus dem Brunnen. Wir kochen es vorher allerdings ab. Nach den Reinigungsmaßnahmen hat man uns mitgeteilt, dass es mit dem Wasser keine Probleme mehr gebe, aber wir trauen denen nicht.«

»Haben Sie denn etwas von den Reinigungsmaßnahmen bemerkt?« Beim Reden stellte sich Sarah Clarice in den Schatten eines Mangobaums. Obwohl es schon nach vier war, brannte die Sonne erbarmungslos.

»Bemerkt? Wir haben gesehen, dass die Leute aus Juazeiro gekommen sind, um ihre Kontrollen durchzuführen. *Das* haben wir bemerkt. Die Tiere sind aber trotzdem gestorben. Die Ziegen. Milchziegen.«

»Vor den Reinigungsmaßnahmen, meinen Sie, oder?« Sarah Clarice schrieb etwas in ihr Heft.

»Nein, hinterher. Nachdem die mit dem Chevrolet gekommen waren, um ihre Rohre im Flussbett zu verlegen.« Sarah Clarice löste den Blick von ihrem Heft.

»Was waren das für Leute, die mit dem Chevrolet?«

»Was weiß ich? Leute von der Regierung, die erst die Reinigung gemacht haben und dann die Kontrollen. Dieselben Leute wohlgemerkt. Drei Chevrolets waren es insgesamt. Sie kamen mit den Rohren und verlegten sie im Fluss. Damit sei die Reinigung abgeschlossen, sagten sie uns, und dass die Rohre die Wasserqualität garantieren würden. Sie sagten auch, dass wir das Wasser trinken könnten und dass es jetzt sauberer sei als vorher. Ich habe denen aber nicht getraut und die Ziegen nie wieder zum Fluss gelassen. Ich bin doch nicht verrückt. Dann wurde allerdings das Brunnenwasser knapp, und Menschen und Tiere konnten nicht mehr alle aus demselben Brunnen trinken. Damals fing es auch an, dass es meiner Frau so schlecht ging.«

»Wann war das?« Sarah Clarice zog das giftgrüne Tuch aus ihrem Haar und fuhr sich damit über die verschwitzte Stirn.

»Sechs, sieben Monate wird das jetzt her sein.«

»Was hatte Ihre Frau?«

»Die Ruhr. Irgendwann hat sie nur noch vierzig Kilo gewogen.«

Nelson und Sarah Clarice sahen sich an und wussten nicht, wer die Frage stellen sollte. Sie hatten Glück, denn der Mann sagte es von sich aus.

»Gott sei Dank hat der Herr sie schnell zu sich gerufen.«

»Das tut mir leid«, sagte Sarah Clarice.

»Es war besser so«, wiederholte der Mann. »Nach dem Tod meiner Frau habe ich die Ziegen wieder an den Fluss getrieben. Sie konnten schließlich nicht ewig aus dem Brunnen trinken. Aber weiß der Teufel, was in dem Wasser war: Innerhalb weniger

Wochen sind sie alle krank geworden, und eine nach der anderen ist jämmerlich verendet.«

»Und trotzdem fischen Sie weiter?«

»Was sollen wir denn machen, können Sie mir das mal sagen? Immerhin haben wir noch den Fisch. In Barra Quebrada oder São Pedro haben die Leute nicht einmal mehr das. Nur noch Gift.« Er lachte mit weit aufgerissenem Mund, in dem nur noch wenige Zähne zu sehen waren.

Sarah Clarice warf Nelson einen fragenden Blick zu.

»Barra Quebrada? São Pedro? Wo ist das?«

»Weiter im Norden«, antwortete der Arzt. »Man gelangt von der anderen Flussseite dorthin, bevor man nach Sobradinho hineinfährt. Ich komme selten in diese Orte.«

»Ich möchte dorthin.«

»Wann?«

»Gleich morgen, wenn's geht.«

»Morgen kann ich nicht«, sagte Nelson. »Ich habe in drei Fazendas Sprechstunde.«

Nun mischte sich der Dorfoberste ein. »Es gibt einen Bus, der nach São Pedro fährt. An der Tankstelle in Sobradinho kann man zusteigen.«

Sarah Clarice klappte ihr Heft zu. »Gut. Dann dürfte das ja kein Problem sein.«

»Das mit dem Bus sollten wir aber im Vorfeld klären«, sagte Nelson und blickte zum Himmel hoch. »Bald wird es dunkel, wir machen uns also besser auf den Weg.«

Sie beschlossen, dass Sarah Clarice über Nacht in Sobradinho bleiben sollte. Dort gab es nur ein einziges Hotel – wobei die Bezeichnung ›Hotel‹ gewaltig übertrieben war. Auf dem Weg dorthin fuhren sie an der Tankstelle vorbei und fanden heraus, dass es tatsächlich einen Bus gab, der die Strecke Sobradinho–Valsa bediente. Valsa war der letzte Ort an dem Flussabschnitt, an dem auch São Pedro lag. Morgens um sieben fuhr der Bus los; abends um fünf trat er in Valsa die Rückfahrt an. Nelson und Sarah Clarice kamen überein, am nächsten Abend zu telefonieren.

Das Hotel befand sich in einem zweistöckigen Gebäude mit vergitterten Fenstern. Aus dem Eingang fiel Neonlicht auf die Straße. Nelson entschuldigte sich dafür, dass er Sarah Clarice nicht begleiten könne, und erteilte ihr einen Haufen Ratschläge.

»Danke, aber du hast mir schon sehr geholfen. Es ist alles bestens.«

»Machst du diese Arbeit schon lange?«

»Ungefähr drei Jahre.«

»Gefällt sie dir?«

»Ja, sehr.«

Er nickte langsam.

Sie stieg aus dem Passat aus, und bevor sie das Hotel betrat, winkte sie ihm noch einmal zu.

Den nächsten Tag verbrachte Nelson mit seinen ärztlichen Untersuchungen, aber in Gedanken war er bei Sarah Clarice. Um halb sechs versuchte er, sie auf dem Handy anzurufen, aber ihr Anschluss war nicht erreichbar. Als er um sieben immer noch nichts von ihr gehört hatte, machte er sich langsam Sorgen. Er rief Sandra an und erzählte es ihr.

»Schau nach, was los ist«, sagte seine Frau.

Kurz nach acht war er in Sobradinho. Er fuhr zum Hotel Cutupí, aber der Besitzer, ein Glatzkopf mit einer beachtlichen Wampe unter dem offenen Hemd, teilte ihm mit, dass die junge Frau im Morgengrauen aufgebrochen und bislang noch nicht zurückgekommen sei. Also fuhr Nelson zur Tankstelle. Niemand hatte Sarah Clarice jedoch aus dem Bus aus Valsa steigen sehen. Sein Herz schlug schneller.

Es war dumm von mir, sie alleine hinzuschicken, dachte er.

Mittlerweile war es stockduster. Mit hoher Geschwindigkeit

fuhr er durch die Stadt und nahm die Straße nach Valsa. Nach etwa zehn Kilometern fielen die Scheinwerfer seines Passats auf eine Gestalt, die mit großen Schritten in seine Richtung kam. Als sie den gesamten rechten Rahmen der Windschutzscheibe ausfüllte, lächelte Nelson.

»Sarah Clarice isst kein Fleisch«, sagte Nelson Braga zu seiner Frau, als die in Richtung Küche ging, um den Herd anzuschalten.

»Reis und Bohnen sind wunderbar«, sagte Sarah Clarice und trat zögernd ein.

»Keine Sorge«, sagte Sandra lächelnd. »Mir fällt schon etwas ein, was ich dir anbieten kann. Du kannst dich in der Zwischenzeit frischmachen. Das hast du sicher nötig.«

Sarah Clarice nahm das Angebot an. Sandras Bad war ziemlich groß und vollständig mit weißen, hellblau gemusterten Fliesen gekachelt. Aus dem Duschkopf kam ein kräftiger Wasserstrahl, und die Temperatur war perfekt. Sie hätte selbst nicht sagen können, wie lange sie unter der Dusche stand.

Als sie in die Küche zurückkehrte, saß Nelson an einem langen Holztisch und aß getrocknetes Fleisch. Sarah Clarice bekam einen Teller mit Reis und Bohnen, in Butter gebratenem Maniok und gedünstetem Gemüse. Dann ließ Sandra die beiden allein.

Nachdem Sarah Clarice ein wenig in ihrem Essen herumgepickt hatte, schaute sie Nelson an.

»Was hältst du von den Fotos, die ich dir gezeigt habe?«

Nelson legte Messer und Gabel auf den Teller.

»Ehrlich gesagt bin ich überrascht. Nicht so sehr über den Zustand der Frau, denn diese Form von viraler Gastroenteritis ist ziemlich gravierend. Aber so etwas wie dieses Kind habe ich noch nie gesehen. Wie kann es zu solchen Verstümmelungen kommen? Ich werde dafür sorgen, dass er ins Krankenhaus von Juazeiro gebracht wird, auch wenn ich jetzt schon sagen kann, dass da nicht mehr viel zu machen ist.«

»Lucas ist nicht das einzige Kind in diesem Zustand.«

»Wie viele sind es?«

»Genau weiß ich das nicht. In São Pedro sind es jedenfalls drei. Und wie es aussieht, gibt es in Valsa auch noch ein paar. Bis dorthin bin ich aber nicht mehr gekommen.«

»Und was macht ihr in einem solchen Fall?«

»Ich schreibe einen ausführlichen Bericht, dann bringt die NGO die Sache an die Öffentlichkeit. In diesem Fall möchte ich aber sogar noch weiter gehen.«

»Inwiefern?«

»Ich halte es für wichtig, das Wasser in diesem Flussabschnitt noch einmal analysieren zu lassen, damit der Bericht vollständig ist. Das ist aber nicht ganz einfach.«

»Neue Analysen machen zu lassen?«

»Ja. Sie vor allem so machen zu lassen, dass sie amtlich sind. Ich kann ja nicht einfach zur chemischen Fakultät der Universität von Bahia gehen, wo die Analysen ursprünglich gemacht wurden, und die Leute dort bitten, das Ganze noch einmal aufzurollen. Immerhin wurden die Ergebnisse von der Regierung gebilligt. Die Sache wäre mit erheblichem bürokratischen Aufwand verbunden.«

»Müssen die Analysen denn unbedingt amtlich sein?«

»Wie meinst du das?«

»Müssen sie unbedingt offiziell durchgeführt werden, wollte ich sagen? Reicht es nicht, wenn du den Beweis dafür hast, dass das Wasser kontaminiert ist, um das in deinen Bericht schreiben zu können?«

»Theoretisch ja. In der Praxis verliert der Bericht dann aber an Schlagkraft.«

Nelson schwieg und stand auf. Er nahm eine Flasche sehr alten *Cachaça* von der Anrichte und goss sich sein Glas bis zum Rand voll. Langsam nippte er daran. Im Nachbarzimmer war der Fernseher zu hören.

Sarah Clarice riss ein Stück von ihrem gebratenen Maniok ab, steckte es in den Mund und dachte laut nach. »Leicht ist das nicht. Und selbst wenn ich inoffizielle Untersuchungen in Auftrag gebe, muss ich mir sicher sein können, dass die Daten unangreifbar sind. Dazu brauche ich ein anerkanntes Labor. Es reicht nicht, irgendeinen selbsternannten Experten zu nehmen, verstehst du?«

Nelson hatte zugehört und dabei ins Dunkel jenseits des Fensters gestarrt. Nun setzte er sich wieder, als hätte er beschlossen, einen quälenden Gedanken zuzulassen.

»Vielleicht wüsste ich eine Person, die deinen Anforderungen genügen würde.«

Sarah Clarice war sofort hellwach. »Wer?«

»Mein Bruder«, sagte Nelson und presste die Lippen zusammen. »Mein Bruder Matheus ist der beste Biochemiker, der zurzeit in Brasilien herumläuft. Bliebe nur herauszufinden, ob er bereit ist, dir zu helfen.«

2

Die Wohnung, in der Matheus Braga wohnte, war zwar nicht die seiner Träume, kam dem aber schon sehr nahe. Sie war einer der Vorteile, wenn man sich für ein Leben in Ilhéus entschied. In jeder beliebigen Großstadt Brasiliens würde eine Zweizimmerwohnung mit Bad, Küche und großer Terrasse ein kleines Vermögen kosten, aber hier konnte man sich so etwas sogar mit einem kleinen Wissenschaftlergehalt leisten – zumal die Immobilienpreise damals, als er nach Ilhéus umgezogen war, noch nicht explodiert waren, wie es in den letzten Jahren, dem boomenden Tourismus sei Dank, überall an der ›Kakaoküste‹ geschah.

Es hatte ihn überrascht, wie leicht das Leben sein konnte, nachdem ihn die Bürokratie in São Paulo viele Jahre lang in den Wahnsinn getrieben hatte. Er hatte die Wohnungsanzeige in der *Região* gelesen, angerufen, war zu Fuß losgezogen, um sich die Wohnung anzuschauen, und hatte innerhalb weniger Tage die Schlüssel in der Tasche gehabt.

Der Umzug war problemlos gewesen, da er praktisch nichts gehabt hatte, was er mitnehmen konnte. In einem Supermarkt hatte er sich fünf Kartons besorgt: In drei packte er seine Bücher, in einen davon ausschließlich wissenschaftliche Literatur. In den vierten Karton kamen die CDs und in den fünften seine Papiere, Dokumente, Notizbücher und Fotos. Zwei Koffer mit Kleidern, zwei Rucksäcke und die Kiste mit der Stereoanlage vervollständigten das Ganze.

Geschirr, Wäsche oder Möbel hatte er nicht, das würde er alles vor Ort kaufen, beschloss er.

Während der ersten Monate blieb sein Zuhause allerdings ziemlich kahl. Die Wohnung war mit einem schlichten alten Messingdoppelbett, einem Küchentisch und drei Stühlen möbliert. Das Zimmer mit der großen Fenstertür zur Terrasse, das nach Matheus' Vorstellung das Wohnzimmer werden sollte, stand jedoch lange leer. Gelegentlich dachte er daran, ein Sofa zu kaufen, konnte sich aber nie dazu durchringen.

Er wusste, dass Entscheidungsschwäche eines seiner größten Probleme war, vor allem in praktischen Dingen. Manchmal konnten Tage vergehen, bevor er sich entschied, um welche Zeit er einen bestimmten Bus nehmen wollte. Dass er bei der Wohnung so schnell zugeschlagen hatte, wunderte ihn im Nachhinein noch immer. Die einzige Forderung des Vermieters hatte darin bestanden, dass er die Miete pünktlich zahlte. Ansonsten hatte dieser ihn wohlwollend gemustert und war sichtlich beeindruckt gewesen, als Matheus auf die Frage nach seinem Beruf erklärt hatte, er sei Biochemiker. Daraufhin waren ihm die Schlüssel beinahe aufgedrängt worden – Matheus hatte nur noch zugreifen müssen.

Vielleicht war ihm die Entscheidung damals so leicht gefallen, weil die Wohnung, in der Summe betrachtet, keinen besonderen Stellenwert in seinem Leben hatte. Matheus war klar, dass er den größten Teil seiner Zeit an der Uni verbringen würde, um Vorlesungen zu halten, Arbeiten zu korrigieren und Sprechstunden abzuhalten. Oder er würde sich in einem der Labors der agrarwissenschaftlichen Fakultät vergraben.

Matheus Braga hatte seinen Abschluss 1994 an der Universität São Paulo gemacht, der renommiertesten Hochschule Brasiliens. Vier Jahre später hatte er seinen MBA in der Tasche. In einer brillanten Arbeit über den *Moniliophthora perniciosa,* einen Pilz, der für die erhebliche Dezimierung der Kakaoplantagen im Amazonasgebiet verantwortlich ist, konnte Matheus aufzeigen, wie man ihn bekämpft, indem man die Abwehrkräfte der Pflanzen selbst nutzt. Eine sensationelle Entdeckung.

Im September 1999 hatte er einen Anruf aus Ilhéus erhalten, in dem ihn der Prorektor der Staatlichen Universität Santa Cruz davon überzeugen wollte, zur dortigen agrarwissenschaftlichen Fakultät zu wechseln. Am 7. Januar 2000 war er umgezogen. Im Juni 2003 hatte er mit einer Arbeit promoviert, in welcher er seine Forschungsergebnisse noch einmal zusammengefasst und die Ungereimtheiten in seiner Theorie beseitigt hatte. Die Studie wurde veröffentlicht und galt seither als Referenztext für die wiedererstarkende Kakaowirtschaft.

Mittlerweile hätte Matheus wählen können, an welche Universität er gehen wollte, um in vergleichsweise fester Anstellung zu forschen. Er hatte jedoch beschlossen, in Ilhéus zu bleiben, wo er mittlerweile Professor war. Immerhin war Bahia seine Heimat.

In seinem Wohnzimmer stand nun endlich ein ziemlich bequemes Korbsofa mit weißen Kissen. In einem Regal aus demselben Material standen die Bücher, und auch einen kleinen Tisch hatte Matheus sich zugelegt. Die größte Aufmerksamkeit hatte er allerdings der Terrasse gewidmet.

Das Gebäude, in dem die Wohnung lag, war das einzige Sechzigerjahre-Haus inmitten von alten, grell angemalten portugiesischen *Sobrados* und ein wahrer Schandfleck. Es befand sich an der Ecke Avenida 2 de Julho, nur wenige Schritte vom Zentrum entfernt. Direkt vor dem Haus lagen die Küste und ein paar Flecken weißer Strand. Links sah man auf die Hafenmole, rechts auf die Mündung des Cachoeira. Für gewöhnlich stand Matheus in der Morgendämmerung auf und machte seine Yogaübungen. Es gelang ihm zwar nicht immer, aber sein Ziel war es, eine tadellose *Bhujangasana* auszuführen, umgangssprachlich auch als ›Kobra‹ bekannt. Wenn dann die Sonne aus dem Meer auftauchte, hatte er ihre sanfte Silhouette direkt vor Augen. Bei einem Kaffee schaute er in den Horizont und beobachtete, wie das Leben in der Hafenstadt träge erwachte.

Eines Abends, als trotz der feuchten Hitze eine sanfte Brise wehte, beschloss Matheus, auf der Terrasse ein Glas Wein zu trinken. Er hatte Hunger, aber keine Lust zu kochen. Kurz dachte er daran, zur Bar Vesuvio hinüberzugehen, aber die Vorstellung, alleine essen zu müssen, ließ ihn davon Abstand nehmen. Außerdem thronte ein Stapel Arbeiten, die noch korrigiert werden mussten, mahnend auf dem Schreibtisch. Ein plötzlicher Windstoß fuhr zwischen die Blätter. Schnell stand Matheus auf, um sie wieder einzusammeln.

Danach schaute er wieder aufs Meer. Um diese Uhrzeit war es wie schwarzer Samt. Er dachte an die E-Mail, die er nachmittags bekommen und auf die er noch nicht geantwortet hatte.

Von: sarahclarice.young@healthscanner.org
An: m.braga@unisantacruz.com.br

Sehr geehrter Herr Professor Braga,

ich wende mich auf Empfehlung Ihres Bruders an Sie.
Die NGO, für die ich arbeite, stellt Untersuchungen zu Gesundheitsproblemen im Bereich des Stausees von Sobradinho an. Wir bräuchten den Rat eines Experten. Ich möchte hier nicht auf die Einzelheiten eingehen, aber wenn es möglich ist, würde ich Ihnen die Sache gerne persönlich erläutern. Es ist ziemlich dringend.
In Erwartung einer Antwort mit bestem Dank,

Dr. Sarah Clarice Young

Konzise – das war das Wort, das Matheus sofort durch den Kopf gegangen war. Als er sein Outlook geschlossen hatte, war er leicht verwirrt gewesen. Vor ihm hatte ein Student mit einer gewaltigen Rasta-Mähne gesessen, aber Matheus konnte sich beim besten Willen nicht mehr daran erinnern, was er wollte. Zehn Minuten lang tat er so, als würde er ihm zuhören, dann schloss er sich in seinem Büro ein. Er wusste nicht, wie er das Unbehagen abschütteln sollte. Wie viele Jahre hatte er nichts mehr von seinem Bruder gehört? Fünf Jahre? Sieben Jahre?

Sein Blick fiel auf den mächtigen Mandelbaum vor seinem Bürofenster an der Westseite der Uni. Er liebte diesen Mandelbaum.

Und jetzt ließ Nelson über irgendeine Sarah Clarice Young von sich hören … Unwillkürlich hatte Matheus angefangen, mit einem roten Kuli auf einer akademischen Fachzeitschrift herumzukritzeln. Er beschloss, nicht zu antworten, stand auf und trat ans Fenster. Hinter dem Mandelbaum hatte sich der Himmel zugezogen, und die Möwen, die ihre kläglichen Schreie ausstießen, flogen tief. Das bedeutete Regen.

Der Wolkenbruch erwischte ihn, als er mit seinem hellblauen Fiat Uno, den er gebraucht gekauft hatte, nach Hause fuhr.

Jetzt auf der Terrasse war vom Regen nichts geblieben als die etwas frischere Luft und die feuchten Flecken auf den weißen Fliesen. Er trank ein zweites Glas Wein. Irgendwann klingelte das Telefon. Matheus stand langsam auf und ging zum Telefonhörer, der auf dem Korbregal lag.

»Matty?«

»Hallo, Schatz.«

»Alles in Ordnung?«

»Alles in Ordnung. Und bei dir? Bist du noch im Büro?«

»Ja …« Cássia schnaubte. »Wir hatten gerade eine Mammutsitzung, und der Tag ist noch nicht vorbei. Ich muss noch etwas erledigen, aber dann gehe ich nach Hause. Und du, was machst du?«

»Ich stehe auf der Terrasse und trinke ein Glas Wein. Nichts Besonderes.«

»Du Glücklicher … Ist alles okay?«

»Ja natürlich.«

»Sicher? Du klingst so merkwürdig.«

Matheus ließ sich aufs Sofa fallen. »Ja? Keine Ahnung, vielleicht die Müdigkeit. Ich muss haufenweise Arbeiten korrigieren. Wie ist das Wetter bei euch?«

»Dreimal darfst du raten.«

»Es regnet?«

»In São Paulo herrschen mittlerweile britische Verhältnisse.«

»Tja. Weißt du denn schon, wann du kommst?«

»Nun …« Cássia klang irgendwie alarmiert. »Ich dachte, *du* kämst.«

Matheus löste den Rücken vom Sofakissen. »Soll das heißen, du kommst nicht?«

Cássias Stimme am anderen Ende des Hörers wirkte plötzlich gereizt. »Entschuldige mal, aber ich dachte, wir hätten eine Abmachung. Oder spinne ich jetzt vollkommen?«

Matheus schwieg und betrachtete den Stapel Hausarbeiten auf seinem Schreibtisch. »Nein«, sagte er. »Aber vorher bist du doch auch immer gekommen.«

»Vorher? Wovor?« Cássia lachte gezwungen. Matheus meinte sie vor sich zu sehen, den Mund leicht geöffnet, die Zähne schneeweiß.

Er lächelte. »Vor dem endgültigen Umzug.«

»Nein, mein Lieber. Was glaubst du, mit wem du das machen kannst?«

Mit dir sicher nicht, Cássia Toledo, Frau Staranwältin …

Stattdessen preschte er direkt auf sein Ziel zu. »Ich wollte nur sagen, dieses Mal kommst du, und ich komme dann das nächste Mal. Anfang Juni. *Das* wollte ich sagen.«

Auf der anderen Seite herrschte Funkstille. Dann schlug Cássia den Ton an, mit dem man Fünfjährigen Spielregeln erklärt. »Ich dachte, verstanden zu haben, dass du es eilig hast, persönlich mit dem großartigen Rektor der Universität São Paulo, dem hochverehrten Paulo Lopes, zusammenzukommen. Du wolltest dich doch bei ihm bedanken und insbesondere die Einstellungsbedingungen klären, bevor du endgültig hierher ziehst. Deine Bedenken, was die finanzielle Seite angeht, habe ich noch gut in Erinnerung …«

»Was den Forschungsetat angeht«, stellte Matheus richtig.

»Natürlich, den Forschungsetat, Pardon. Oder irre ich mich?«

»Du irrst dich nicht, aber …«

»Aber gar nichts, Matty. Die letzten zehn Male bin ich gekommen. Ich bin es, die seit sechs Monaten in der Gegend herumreist. Dabei bin ich ziemlich müde, keine Ahnung, ob dir das überhaupt klar ist.«

»Du hast ja recht, meine Liebe, du hast ja recht. Nur noch dieses eine Mal, dann komme ich, versprochen.«

»Nein, Matheus. Ich werde heute Abend um zehn noch hier hocken, um mich mit Vollstreckungsbescheiden für durchgeknallte Verbrecher rumzuschlagen, und ich habe nicht die geringste Absicht, Freitag dieses ewig verspätete Flugzeug zu nehmen. Ich möchte mich entspannen, in einem netten Lokal etwas essen – vorzugsweise mit dir – und dann vielleicht ins Theater gehen. In Ilhéus gibt es ja nicht gerade viele Lokale, in denen man etwas Anständiges zu essen bekommt, und Theater kann man sowieso vergessen.«

Matheus lehnte sich wieder zurück und schwieg. Im Prinzip konnte man da nicht widersprechen. Er wollte gerade den Mund aufmachen, obwohl er gar nicht wusste, was er eigentlich sagen sollte, da kam sie ihm zuvor. Ihre Stimme hatte wieder den sanften Tonfall der gewieften Anwältin angenommen.

»Gut, mein Lieber, denk drüber nach, okay? Dieses Mal kommst du, nicht wahr? Entscheide selbst, wann, aber ich warne dich: Lass nicht allzu viel Zeit verstreichen … Jetzt sollte ich mich aber wieder an den Schreibtisch begeben, wenn ich nicht erst um eins im Bett sein will. Ich schicke dir einen Kuss.«

»Ich dir auch«, echote Matheus.

Das sagte er allerdings zum Telefonhörer, denn Cássia hatte bereits aufgelegt.

Mit seinem dritten Glas Wein kehrte er schließlich auf die Terrasse zurück und setzte sich in einen der weißen Plastikliegestühle. In der Ferne glänzten die Lichter des Hafens von Ilhéus, und am Horizont blitzte eine vereinzelte Lampe auf. Die Luft roch nach Salz, es wehte ein laues Lüftchen, und von der Uferstraße drangen gedämpft die Verkehrsgeräusche herüber. Er trank seinen Wein in kleinen Schlucken.

Und diesen Ort sollte er wirklich verlassen?

Er wusste nicht, warum, aber plötzlich stand die Frage unangenehm konkret im Raum.

Der Versammlungsraum war frisch gestrichen: azurblau die Wände, cremeweiß die Fensterrahmen und die Läden in einem gedeckten Grün. An dem rechteckigen Glastisch saßen vier Personen, zwei Frauen und zwei Männer, Letztere sichtlich gelangweilt. Eine der Frauen war Marianne: sechsunddreißig, Pariserin, dunkelrote Haare, grüne Augen. Diese Augen studierten jetzt aufmerksam, obgleich ein wenig von Müdigkeit überschattet, einen Stapel druckfrischer Blätter. Die beiden Männer hatten dasselbe Dokument erhalten, taten aber nur so, als würden sie lesen. Der Brasilianer schaute ständig auf sein Handy, der Schweizer ließ den Blick nur zerstreut über die Zeilen gleiten.

Sarah Clarice beobachtete sie und wippte mit dem Bein, das sie über das andere geschlagen hatte.

Marianne lächelte. »Natürlich werde ich es noch in Ruhe zu Ende lesen, aber auf den ersten Blick macht das einen sehr guten Eindruck auf mich, Sarah Clarice.«

Die beiden Männer konnten sich endlich entspannen.

»Danke. Wie ich schon sagte, es fehlt noch ein Detail, das ich für fundamental halte, die neuen Analysen nämlich …«

»Wie weit bist du denn damit?«

Sarah Clarice versuchte, sich nichts anmerken zu lassen. »Es ist nur noch eine Sache von ein paar Tagen.«

Marianne fixierte sie mit ihrem rätselhaften Blick. Als Sarah Clarice bei Health Scanner angefangen hatte, war ihr sofort aufgefallen, dass ihre Chefin sie ständig musterte. Ihre Kollegen, vor allem die weiblichen, hatten sie beruhigt: Keine Sorge, hatten sie ihr versichert, sie beobachtet dich nur eine Weile, das geht vorbei. Aber es war nicht vorbeigegangen.

»Ich denke, ich habe jemanden gefunden, der uns weiterhelfen kann. Ihr bekommt bald den endgültigen Bericht«, schloss Sarah Clarice und ärgerte sich im Stillen, dass dieser verdammte Matheus Braga noch nicht auf ihre E-Mail geantwortet hatte. Die Sache von nur noch ein paar Tagen würde sich vielleicht doch als langwieriger erweisen.

»Okay, sind wir fertig?«, fragte Marianne. Die beiden Männer sahen sich unschlüssig an. »Sarah Clarice«, resümierte Marianne, »du meldest dich dann also in ein paar Tagen bei mir? Danke.« Und ohne ein weiteres Wort verließ sie den Raum.

Sarah Clarice nickte und stand auf. Die beiden Männer verfolgten ihre Bewegungen, den Blick auf Hüfthöhe fixiert.

Sarah Clarice hatte ein paar Erkundigungen über Nelson Bragas Bruder eingezogen, was nicht schwer gewesen war: Man brauchte nur seinen Namen bei Google einzutippen, und schon erhielt man ein nahezu vollständiges Dossier. Jahrgangsbester der chemischen Fakultät an der Universität São Paulo, dann Forschungstätigkeit an der Universität Santa Cruz. Sarah Clarice kam es komisch vor, dass sich ein solches Talent an einer Provinzuni vergrub. Vielleicht hatte es mit dem Kakao zu tun – Bragas Name tauchte in sämtlichen Artikeln über die Krankheit der wichtigsten Kulturpflanze von Bahia auf. Sein Buch *Der Kakao und seine Widerstandskräfte – die erfolgreiche Bekämpfung des ›Moniliophthora perniciosa‹* galt als Referenztext an jeder agrarwissenschaftlichen Fakultät des Landes. Im Artikel eines Professors von der Universität Campinas hieß es gar, der junge Wissenschaftler Matheus Braga habe den Bundesstaat Bahia vor dem Bankrott gerettet.

Sarah Clarice kehrte an ihren Schreibtisch zurück und öffnete mit einer gewissen Anspannung ihre E-Mails. Obwohl der Tag glühend heiß war, wehte ein frisches Lüftchen zum Fenster herein. Aus diesem Fenster konnte man einen Zipfel vom Strand am Farol da Barra sehen, dem alten Leuchtturm in der Bucht von Salvador. Es war Freitag, und Sarah Clarice wollte sich eigentlich ein Wochenende am Meer gönnen, was sie so gut wie nie machte. Solange sie aber die Frage mit den Analysen noch nicht geklärt hatte, würde sie sich nicht wirklich entspannen können, das wusste sie.

Während sie auf den Bildschirm starrte, kaute Sarah Clarice an ihrem rechten Daumennagel herum. Der kirschrote Nagellack blätterte ab, und sie spürte die winzigen Splitter auf der Zunge. Dann biss sie zu, und der Nagel brach ab.

Dieser Idiot hatte nicht geantwortet!

Mit einem trockenen Mausklick schloss sie das Mailprogramm und schaute wieder aus dem Fenster. Sie bekam nicht mit, dass einer ihrer Kollegen von seinem Schreibtisch am anderen Ende des Raums Kontakt mit ihr aufzunehmen versuchte.

»He, S-Punkt-Clarice, wo bist du?«

»Wie bitte? Was ist denn?«, fragte sie und schwang auf ihrem Drehstuhl herum.

»Telefon.«

»Okay, stell durch?« Sie machte eine kleine Pause. »Falls du das schaffst.« Sie lächelte.

Der brasilianische Kollege hob den Mittelfinger, drückte auf eine Taste und legte wieder auf.

Sarah Clarice ließ sich in ihrem Bürostuhl zurücksinken. »Ja bitte?«

»Frau Doktor Young?«
»Ja. Mit wem spreche ich?«
»Hier ist Matheus Braga.«

Die Piloten, die sich dem Flughafen Jorge Amado in Ilhéus nähern, müssen auf optimale Wetterverhältnisse hoffen und über eine gewisse Kaltblütigkeit verfügen. An diesem Flughafen fehlt nämlich, was im Luftverkehrsjargon als ILS bezeichnet wird: das Instrumentenlandesystem. Ohne dieses kleine elektronische Gehirn, das in Relation zur Entfernung die ideale Fluggeschwindigkeit ermittelt, ist der Pilot gezwungen, die Landung im VFR-Modus, also im Sichtflug, zu bewerkstelligen und den Aufsetzpunkt des Fahrwerks mit den Augen abzuschätzen.

Die einzige Landebahn von Ilhéus ist 1577 Meter lang. Mit anderen Worten: Sie ist kurz. Erschwerend kommen die geografischen Gegebenheiten hinzu. Südlich der Landebahn fließt der Fluss, während sie im Norden ans Meer grenzt.

Der Kapitän, der am Samstag, den 13. Mai 2006, die Boeing 737–300 der brasilianischen Airline Gol flog, musste sich wohl verschätzt haben, denn die Sicht war prächtig.

Sarah Clarice starrte wie hypnotisiert auf die silbern glänzenden Baracken, die inmitten der gewaltigen Massen glitzernden Wassers näher kamen, als sie plötzlich den deutlichen Eindruck hatte, dass die Motoren hochgejagt wurden und die Baracken wieder aus ihrem Sichtfeld verschwanden. Unerwartet riss das Flugzeug die Nase hoch, visierte das Meer an und malte eine gigantische Ellipse in den Himmel über der Stadt. Von der Landebahn war nichts mehr zu sehen.

Ein paar Minuten später startete die Maschine einen neuen Versuch.

Na los, mach schon! Versuch endlich, deine verfluchten Tatzen auf den Boden zu bekommen.

Sarah Clarice hatte die Hände über dem Bauch verschränkt.

Sie hasste Fliegen, aber durch einen üblen Scherz des Schicksals war sie gezwungen, es oft zu tun. Die Wartehallen der brasilianischen Flughäfen von Manaus bis Porto Alegre kannte sie zur Genüge, nur Ilhéus fehlte noch in ihrer Sammlung. Im selben Moment, als sie einen schnellen Blick aus dem Fenster warf, berührte die Boeing mit großem Getöse die Landebahn und begann eine wilde Bremsung.

Der Himmel draußen war nachtblau, und die Palmen bogen sich im Wind. Als der Jet langsam in Parkposition rollte, öffnete Sarah Clarice den Reißverschluss einer kleinen Seitentasche an ihrem Rucksack und kontrollierte, ob die Wasserflasche noch so fest verschlossen war wie in dem Moment, als sie durch die Flughafenkontrolle gegangen war.

Nachdem sie den Terminal verlassen hatte, blieb sie einen Moment stehen und schaute sich um. Dann setzte sie den Rucksack auf und begab sich schnell zum Taxistand.

Matheus Braga löste seine türkisblauen Augen von dem Blatt, das vor ihm lag. Beide Bürofenster standen offen und gaben den Blick auf den Mandelbaum frei. Der Raum war klein, aber die gläserne Öffnung zum Grünen ließ ihn größer erscheinen. Am Himmel war nicht der Schatten einer Wolke zu sehen, und der Morgen war lau. Eigentlich müsste Matheus eine Reihe von Formularen für seinen Wechsel an die Universität São Paulo ausfüllen – die Bürokratie hatte ihn wieder in ihren Klauen. Stattdessen schlich er aber schon fast zwei Wochen tatenlos um die Papiere herum. Soeben hatte er wieder einmal einen Blick in die blaue Mappe geworfen, in der er sie sammelte. Als er dann jedoch einen Papagei krächzen hörte, stand er schnell auf und ging zum Fenster. Ihm gefiel es, die Vögel zu beobachten, wenn sie im Mangobaum weiter hinten saßen und an den Früchten pickten.

Samstagmorgens war es ziemlich ruhig an der Uni. Fast schon zu ruhig. Plötzlich hörte er, wie sich Schritte über den Platz vor dem Nebengebäude näherten und jemand nach ihm fragte. Er beugte sich ein wenig aus dem Fenster. Die Stimme gehörte einer jungen Frau, die ziemlich ungewöhnlich aussah. *Beeindruckend* war das Wort, das Matheus bei ihrem Anblick in den Sinn kam. Sie verschwand sofort wieder aus seinem Blickfeld, und so kehrte er lustlos zu seinem Schreibtisch zurück, ohne so recht zu wissen, was er dort sollte. Irgendwann stand er auf und öffnete die Bürotür. Die Frau hatte soeben ihre Hand erhoben und wollte klopfen, zuckte aber jetzt zusammen und wich einen Schritt zurück. »Himmel!«, rief Sarah Clarice. »Entschuldigen Sie bitte.«

Matheus lächelte verlegen. »Guten Tag. Ich muss mich entschuldigen.«

»Sind Sie Professor Braga?«

»Ja. Und Sie? Frau Doktor Young?«

Sie lachten.

»Hallo. Ich bin Sarah Clarice.« Die Frau hielt ihm die Hand hin.

»Sehr erfreut. Matheus.«

Er war bemüht, die Situation etwas zu entspannen. »Was wollen wir machen? Möchten Sie hier reden, oder sollen wir in eine Bar gehen?«

»Weiß nicht. Vielleicht unterhalten wir uns lieber hier und gehen danach einen Kaffee trinken? Auf alle Fälle sollten wir uns aber duzen, oder?«

»Okay«, sagte er. »Wie du möchtest.« Er bot ihr einen Platz an.

Nach einer detaillierten Einleitung berichtete Sarah Clarice von ihrer Fahrt zum São Francisco und ihrem Besuch in den Dörfern. Wort für Wort gab sie ihr Gespräch mit Nelson wieder und erzählte dann von ihrer Entscheidung, neue Analysen machen zu lassen. Das meiste hatte sie ihm bereits am Telefon gesagt, und so hatte sich Matheus bereits gute Gründe zurechtlegen können, warum er die Bitte ablehnen würde. Wäre es nach ihm gegangen, hätte die Frau gar nicht erst zu kommen brauchen, aber sie hatte darauf bestanden, ihm die Sache persönlich darzulegen.

Matheus versuchte, so stringent wie möglich zu sein. Erstens fertige er für gewöhnlich keine auswärtigen Gutachten an. Zweitens sei der Zeitpunkt gerade äußerst ungünstig, da er demnächst nach São Paulo ziehen werde und kaum Zeit habe. Drittens seien die bereits vorhandenen Wasseranalysen von der Landesuniversität von Bahia angefertigt worden, und zwar von der Abteilung von Ricardo Barcellos, der nicht nur als renommierter Experte gelte, sondern vor Jahren auch sein Professor und Teamleiter gewesen sei. Matheus ließ durchblicken, dass er allergrößten Respekt vor Barcellos hegte. Dann gab es noch einen vierten Punkt, den er allerdings für sich behielt: Er hatte viele Jahre nicht mehr mit seinem Bruder gesprochen und war sich nicht sicher, ob er ausgerechnet jetzt Lust dazu hatte.

Für seine Darlegungen hatte er keine zwei Minuten gebraucht. Jetzt lehnte Matheus sich zurück und wartete auf den Gegenangriff, den Blick auf Sarah Clarice gerichtet. Ihr verbindliches Lächeln war einem Ausdruck großer Konzentration gewichen. An ihrem Mund bemerkte Matheus zwei winzige angespannte Muskeln. An irgendjemanden erinnerte ihn diese Frau, aber an wen?

Zunächst wolle sie betonen, setzte Sarah Clarice an, dass das Gutachten gut bezahlt würde. Außerdem gebe es gute Gründe für die Annahme, dass an der Sache, obwohl die Analysen von Ricardo Barcello stammten, irgendetwas faul sei. Sarah Clarice nahm ihren Rucksack, öffnete den Reißverschluss, holte ein Fotoalbum heraus und reichte es Matheus. Der blätterte langsam darin herum und schaute nach wenigen Sekunden auf.

»Schlechte Wasserqualität ist weltweit die wichtigste Ursache für erhöhte Kindersterblichkeit. Das weißt du vermutlich.«

»Ja, das weiß ich. Für gewöhnlich betrifft das aber nicht Gegenden, wo die Regierung siebzig Millionen Dollar für Wasserreinigungsmaßnahmen ausgegeben hat.«

Matheus nickte und blätterte weiter in dem Album herum. Plötzlich hielt er inne und kniff die Augen zusammen. In diesem Moment glaubte Sarah Clarice, seinen Bruder vor sich zu sehen. Dasselbe Gesicht hatte Nelson auch gemacht.

»Vermutlich schaust du dir gerade das Foto von Lucas an. Der Junge ist fünf Jahre alt. Dein Bruder hat ganz genauso reagiert.«

Matheus blickte auf und starrte die Frau an. Schlagartig hatte sich Unbehagen in ihm ausgebreitet. Gleichzeitig versuchte er aber, gegen dieses Gefühl, für das er sich schämte, anzukämpfen.

Sarah Clarice begriff, dass sie etwas Falsches gesagt hatte, ließ es aber auf sich beruhen. Matheus warf noch einen Blick auf das Foto und blätterte dann weiter. Als er beim letzten Bild angelangt war, verharrte er lange reglos. Dann klappte er das Album zu und legte die Hände auf den Schreibtisch.

»Kein besonders schöner Anblick am frühen Morgen.« Er deutete ein Lächeln an.

Sarah Clarice entging die Ironie in seinen Worten. Sie drehte ihren Rucksack um und öffnete den Reißverschluss der Seitentasche. Der Plastikverschluss einer Wasserflasche kam zum Vorschein.

Matheus sprang sofort auf. »Draußen ist ein Wasserspender. Wenn du magst, hole ich dir frisches Wasser. Warte …«

Sarah Clarice zog die Flasche aus der Tasche und stellte sie auf den Schreibtisch.

»Das ist kein Trinkwasser, Matheus.«

Als er neben dem Schreibtisch stehenblieb, fiel Sarah Clarice auf, dass er größer war als Nelson und vor allem deutlich schlanker.

Matheus zeigte auf die Flasche. »Erzähl mir nicht, dass da Wasser vom *Velho Chico* drin ist?« Er lachte, obwohl er nicht besonders amüsiert wirkte, und setzte sich wieder hinter seinen Schreibtisch.

»Matheus, darf ich ganz direkt sein? Warum möchtest du diese Analysen nicht machen? Warum willst du uns nicht helfen?«

Er seufzte. »So würde ich das nicht ausdrücken.«

»Und wie willst du es ausdrücken? Entschuldige mal! Ich verstehe ja, dass du deine Gründe haben magst, nach São Paulo zu ziehen, und dass du Stress hast, aber ich bitte dich doch nicht um wer weiß was. Ich bitte dich lediglich um ein Gutachten, das vermutlich ziemlich einfach anzufertigen ist …«

»Warum ausgerechnet ich?«

Sarah Clarice hatte es nicht sagen wollen, fühlte sich aber dazu gezwungen. »Weil du der Beste bist.«

Matheus schüttelte den Kopf. »Quatsch. Du wirst doch wohl nicht jeden Unsinn glauben, den mein Bruder so von sich gibt …«

Sie ließ ihn nicht ausreden. »… und weil das Schicksal es so gewollt hat, denn sonst wäre ich ja wohl nicht hierhergekommen, oder? Vermutlich glaubst du nicht an solche Dinge. Ich für meinen Teil aber schon. Nichts geschieht zufällig.«

Matheus schüttelte den Kopf. »Dieses Wasser kann ich sowieso nicht analysieren.« Er nahm die Flasche, die vor ihm stand, und schüttelte sie.

Sarah Clarice verschränkte die Arme. »Warum?«

»Wie kann ich denn sicher sein, dass es sich wirklich um Wasser aus dem *Velho Chico* handelt? Außerdem macht man keine Wasseranalysen, indem man Wasser in Plastikflaschen füllt!«

Sarah Clarice lächelte in sich hinein. Das war genau ihr Mann. Bald hatte sie ihn.

»Du hast recht«, gab sie zu. »Wir könnten aber innerhalb von vierundzwanzig Stunden losziehen und neue Proben nehmen. Morgen Abend wärst du schon wieder hier. Selbstverständlich alles auf unsere Kosten. Darüber hinaus steht es dir natürlich frei, deine Forderungen für das Gutachten zu stellen.«

Matheus Braga schüttelte den Kopf. »Das meinst du doch wohl nicht ernst? Nach Juazeiro fahren, gleich heute?« Erneut stand er auf, trat ans Fenster und wandte der Frau den Rücken zu. Nachdenklich betrachtete er die Blätter des Mandelbaums.

Jetzt ließ sie die Falle zuschnappen. »Genau. Wir fahren heute los, und morgen bist du wieder zurück. Das garantiere ich dir. Ernsthaft, Matheus, ich begreife dein Problem nicht. Genau darin besteht doch deine Arbeit, oder?«

Matheus drehte ihr weiterhin den Rücken zu und wusste nicht, was er sagen sollte. Die Gedanken überschlugen sich in seinem Kopf und ließen sich einfach nicht entwirren.

»Wenn ich mit meinen Vermutungen richtigliege«, fuhr Sarah Clarice fort, »tust du diesen Leuten einen großen Gefallen. Zählt das nicht?«

Matheus seufzte. »Okay, in Ordnung. Und wie hast du dir die Sache konkret vorgestellt?«

Sarah Clarice öffnete die Flasche und trank einen großen Schluck.

»Was machst du da, bist du verrückt geworden?«, rief er entsetzt und versuchte, sie davon abzuhalten.

Sarah Clarice kicherte. »Du hast doch wohl nicht im Ernst geglaubt, dass da Wasser aus dem São Francisco drin ist?«

3

»Entschuldige mal – freust du dich denn gar nicht, Matheus wiederzusehen?«

»Das ist nicht der Punkt.«

Sandra Bittencourt wusste nur zu gut, wann ihr Mann nervös war, und in diesem Augenblick war Nelson sogar hochgradig nervös.

Sie trat zu ihm und strich ihm sanft die Haare aus der Stirn.

Sandra und Nelson befanden sich in der geräumigen Küche ihres Hauses. Es war Sonntagmorgen und noch sehr früh. Am Himmel hingen erstaunlich viele Wolken. Die beiden schwarzen Labradore Jonas und Maré hatten die Schnauzen auf die Vorderpfoten gelegt und schauten zur Küchentür hinaus. Im Türrahmen konnte man einen Teil des weitläufigen Gartens mit seinen Feigenbäumen, Kakteen und Mandelbäumen sehen; im Hintergrund die hohe, weiß gekalkte Mauer, die das Grundstück umgab. Der graue Himmel verlieh dem Garten etwas Düsteres, und das Wasser in dem kleinen Teich glänzte wie Stahl.

»Was ist denn dann der Punkt?«

»Der Punkt ist, dass er hier ist, weil dieses Mädchen ihn mitgeschleppt hat. Sonst wäre er nie gekommen.«

»Was hat das schon zu bedeuten, was oder wer ihn hergeführt hat?«, fragte Sandra lächelnd. »Das Wichtigste ist doch, dass er hier ist. Das ist eine gute Gelegenheit, sich mal wiederzusehen. Sei nicht so kleinlich, Nelson. Möchtest du noch eine Tasse Kaffee?«

Ihr Mann nickte wortlos und setzte sich an den prächtigen Eichentisch, der das Zentrum der Küche bildete. Sandra stellte ihm eine weiße Keramiktasse hin, aus der ein wunderbares Aroma emporstieg. Ihr herbes Gesicht verlor nicht einmal dann an Reiz, wenn es deutliche Spuren einer bewegten Nacht trug. Sandra lehnte sich mit ihrem Kaffee an den Küchentresen und lächelte, als würde ihr gerade ein amüsanter Gedanke durch den Kopf gehen.

»Warum lachst du?«, fragte Nelson und blies in seinen Kaffee.

»Nichts … Ich verstehe das nur nicht ganz. Hast du Sarah Clarice nicht selbst vorgeschlagen, dass sie sich an deinen Bruder wenden soll?«

»Ja, schon. Ich habe mich einfach dazu verpflichtet gefühlt. Sie brauchte einen Biochemiker, und er ist nun mal einer der besten. Ich war mir allerdings sicher, dass er niemals zusagen würde.«

Sandra zog eine Augenbraue hoch. »Vielleicht solltest du dir besser eingestehen, mein Schatz, dass Matheus auf deinen Wunsch hier ist.«

Er warf ihr einen fragenden Blick zu. »Was soll das denn heißen?«

»Mir scheint, dass du ihn wiedersehen wolltest.«

Bevor er antworten konnte, hatte Sandra schon nach den beiden Labradoren gerufen, die sofort mit dem Schwanz zu wedeln begannen.

Sie trat zu ihrem Mann und küsste ihn auf die Stirn. »Ich geh ein wenig mit den Hunden in den Garten.« Dann ließ sie ihn mit seiner finsteren Miene sitzen. Nelson trank den letzten Schluck Kaffee und schaute durch die offene Tür in den Himmel. Ja, es würde regnen. Merkwürdig.

Etwa zwölf Stunden zuvor waren Sarah Clarice und Matheus auf dem Flughafen von Petrolina gelandet, nach nicht einmal einer Stunde Flugzeit von Salvador. Vor zwei Jahren hatte es diesen winzigen Landeplatz noch gar nicht gegeben. Jetzt starteten hier täglich Transportflugzeuge mit riesigen Ladungen an exotischen Früchten in Richtung Europa und Vereinigte Staaten.

Als sie den Terminal verließen, war es bereits dunkel, und die Hitze schien wie Dampf aus dem Boden emporzusteigen. Sarah Clarice hatte zwei Zimmer im Palace gebucht, einer blau gekachelten, klobigen Pyramide, die auf das sandfarbene Wasser des São Francisco hinabschaute. Wie die anderen Hotels, die sich an diesem Flussabschnitt eng aneinanderreihten, war das Palace mit dem Boom der intensiven Bewässerungslandwirtschaft entstanden. Noch vor ein paar Jahren war Petrolina nur ein abgelegenes Städtchen inmitten einer halbtrockenen Wüste gewesen. Jetzt aber erlebte es den Ansturm der Agrobusiness-Pioniere, der Großhändler aus São Paulo und der Weinbauern aus Rio Grande do Sul. Und bot die Kulisse für ein exotisches Gemisch aus Geschäftemachern und ausländischen Importeuren.

»Du bist wohl schon lange nicht mehr hier gewesen?« Sarah Clarice versuchte, im Taxi in Richtung Stadtzentrum ein Gespräch anzufangen.

»Das letzte Mal vor ein paar Jahren.« Matheus wandte den Blick nicht vom Wagenfenster ab.

Die Gegend hatte sich sehr verändert. Was er sah, konnte jede x-beliebige brasilianische Peripherie sein: eine trostlose Abfolge von gewaltigen Holzverarbeitungsfabriken und Ford-, Renault- und Fiat-Händlern mit ihren bunten Fähnchengirlanden auf dem Hof.

Da alle ihre Versuche, Matheus in ein Gespräch zu verwickeln, erfolglos waren, wandte sich Sarah Clarice wieder der abstoßenden nächtlichen Szenerie zu. Die Dinge lagen in ihrer Hand. Sie hatte ein Ziel, und im Laufe der Zeit hatte sie gelernt, sich nicht ablenken zu lassen.

»Weißt du schon, wie wir das morgen anstellen?« Matheus' Stimme ließ sie hochschrecken.

»Klar. Morgen früh bringt uns ein Flugzeug an den Fluss, und zwar in die Gegend der beiden Dörfer. Wir entnehmen die Proben und machen uns dann sofort wieder auf den Heimweg. Vorher fahren wir aber noch nach Juazeiro und besuchen deinen Bruder. Ohne ihn wären wir nämlich nicht hier. Einverstanden?«

Matheus nickte und betrachtete wieder die Schilder der großen Lagerhallen, die am Fenster vorüberzogen.

»Wir sind fast da«, verkündete Sarah Clarice.

Wenig später hielt das Taxi vor dem Hotel. Sarah Clarice hatte Hunger, nahm sich aber vor, auf dem Zimmer zu essen, um die Situation nicht noch weiter zu verkomplizieren. Matheus verabschiedete sich und wünschte ihr eine gute Nacht.

Nachdem sie geduscht hatte, besann sie sich jedoch anders und fuhr ins Restaurant hinunter. Als sie den großen Speisesaal betrat, sah sie Matheus an einem Tisch sitzen.

Sie verzog das Gesicht. »Wie ich sehe, hatten wir dieselbe Idee.«

Er sprang auf. »Ich wollte dir eigentlich Bescheid sagen, wollte dich aber nicht stören.«

»Entschuldigung angenommen«, sagte Sarah Clarice und setzte sich.

»Gott sei Dank«, erklärte er mit einem Seufzer.

»Was hast du bestellt?«

»Die Spezialität des Hauses sind Garnelen. Ich habe *Gamberi alla Milanese* mit Kartoffelsalat genommen. Das klang gut.«

»Redest du von den Garnelen, die in diesen ekelhaften Becken gezüchtet werden?«

»Vermutlich. Sie sind trotzdem gut.«

»Das glaube ich gern.« Sarah Clarice zog ein Gesicht, das nicht viel Raum für Interpretationen ließ.

»Was nimmst du?«

»Keine Ahnung.« Sie rief nach dem Kellner, der innerhalb von zwei Sekunden mit rotem Jackett und Fliege aus dem Boden schoss.

»Sagen Sie, ist die Mayonnaise im Kartoffelsalat mit Ei gemacht?«

»Natürlich, meine Dame.«

»Und in den Bohnen, ist da Speck oder Wurst drin?«

»Das weiß ich nicht, da muss ich mich erst erkundigen. Ich denke aber, dass der Koch sie mit Wurst macht.«

»Schon gut, lassen Sie mal. Ich nehme einen gemischten Salat und einen Teller gedünstetes Gemüse. Lassen Sie ein paar Kartoffeln dazulegen. Und bringen Sie mir bitte eine Papaya, einmal durchgeschnitten.«

»Gerne. Und zu trinken?«

»Orangensaft. Aber das Eis extra.«

Jetzt mischte sich Matheus ein. »Trinkst du nicht ein Glas Wein mit mir?«

Sarah Clarice betrachtete ihn, und ihre Augen nahmen eine unergründliche Färbung an. »Vielleicht, ja.«

Der Kellner bedankte sich und verschwand in Richtung Küche.

Matheus rutschte auf seinem Stuhl herum. »Gut, das hätten wir also. Bist du Vegetarierin?«

»Nein, Veganerin.«

»Auweia. Das dürfte nicht leicht sein, wenn man essen geht.«

»Nein. Vor allem nicht in diesem Land voller Höhlenmenschen.«

Er lächelte. »Du isst also nichts Tierisches, nicht das winzigste bisschen?«

»Nein.«

»Ich hoffe, es stört dich nicht, dass ich die Garnelen genommen habe.«

»Absolut nicht. Ich gehöre ja nicht zu diesen militanten Vegetariern. Jeder, wie er will. Für mich kommt es aber nicht infrage, etwas zu essen, das denkt.«

»Denken Garnelen denn?«

»Vermutlich mehr als manch einer dieser Leute, die im Parlament hocken.«

Der Wein kam, ein lokaler Wein. Trauben, die in der Wüste wuchsen.

Matheus probierte. *Beachtlich,* dachte er und schenkte Sarah Clarice ein.

Sie trank langsam.

»Gut, wirklich. Auch wenn ich, ehrlich gesagt, nicht viel davon verstehe …«

»Man muss kein Weinkenner sein, um einen guten Wein zu schätzen.«

Matheus schien sich ein wenig entspannt zu haben.

»Was ist das eigentlich für ein Name, Sarah Clarice Young?«

»Mein Vater ist Engländer.«

Matheus schaute sie an, als wollte er sagen: *Nun lass dich doch nicht so bitten.*

»Meine Mutter ist aus Bahia. Eigentlich stammt sie aus Sergipe, aber sie ist in Bahia aufgewachsen. Tja, das war schon die ganze Geschichte.«

»Und sie leben in Salvador?«

»Meine Mutter ja, mein Vater ist nach Bristol zurückgekehrt. Vor mittlerweile zehn Jahren. Ferien vorbei.«

Er deutete ein Lächeln an. »Bist du mal in Bristol gewesen?«

»Ja.«

»Und?«

»Unerträglicher Ort.«

»Warum?«

»Die Stadt ist gar nicht mal übel, aber …«

»Bist du nur in Bristol gewesen?«

»Nein, vier Jahre habe ich auch in London gelebt. Ich habe meinen Doktor dort gemacht, an der London School of Economics.«

Sie wurden von dem Kellner unterbrochen, der servieren wollte. Sarah Clarice beäugte ihr Essen misstrauisch. Der Kellner strahlte. »Ich habe Ihnen auch Bohnen gebracht, ohne Wurst und ohne Speck. Großes Ehrenwort des Kochs.«

»Danke, das ist sehr freundlich von Ihnen.«

»Siehst du?« Matheus lächelte.

Sarah Clarice spießte ein Stück gegrillte Zucchini auf und schaute ihn dann an.

»Erzähl mir von dir. Ich habe gelesen, dass du in der Welt des Kakaos eine Berühmtheit bist.«

Er wurde ernst. »Was soll ich sagen? Ich habe mich lange mit den Problemen rund um den Kakao beschäftigt und verschiedene Studien dazu gemacht. Aus der letzten ist dann ein Buch geworden.«

»Warum ausgerechnet Kakao?«

»Dafür gibt es keinen besonderen Grund. Als ich studierte, wurde bei den Agrarwissenschaftlern viel vom *Moniliophthora perniciosa* und der Wirtschaftskrise in Bahia gesprochen. Das war wirklich eine schwierige Situation, in mancher Hinsicht sogar eine tragische. Vielleicht hatte ich das Gefühl, dass Forschung auf diesem Gebiet von praktischem Nutzen sein könnte.«

Sarah Clarice ließ zwei Eiswürfel in ihren frisch gepressten Orangensaft fallen und schwenkte das Glas leicht hin und her.

»Das ist dir offenbar gelungen, wenn ich recht verstehe.«

»Ich habe meinen Teil dazu beigetragen, ja. Vielleicht war es auch eine Möglichkeit, nach Bahia zurückzukehren, keine Ahnung …« Matheus steckte sich eine goldbraun gegrillte Garnele in den Mund.

»Du bist also wirklich von hier?«, fragte Sarah Clarice, merkte aber, dass sie gegen eine Wand anlief. Matheus nickte bloß.

Sie versuchte, sich zu beherrschen, was ihr natürlich nicht gelang. »Ich hatte den Eindruck«, sagte sie so beiläufig wie möglich, »dass Nelson sich nicht so sicher war, ob du die Analysen machen würdest.«

Matheus' Blick verdüsterte sich. »Ach ja? Wie du siehst, hat er sich geirrt.«

Sarah Clarice lächelte mechanisch. Ihr lag bereits eine andere Frage auf der Zunge. Schon als Kind hatte ihre Mutter ihr vorgeworfen, dass sie indiskret und aufdringlich sei. Sie war immer stolz auf diese Eigenschaft gewesen.

»Ihr habt euch schon eine Weile nicht mehr gesehen, nicht wahr?«

Matheus starrte sie merkwürdig an, und sie hatte schon Angst, er würde aus der Haut fahren. Stattdessen sagte er einfach: »Ein paar Jahre.«

»Wie kommt's?«

»Familienstreitigkeiten. Irgendwelche dummen Missverständnisse.« Dann ließ er durchblicken, dass er das Thema wechseln wollte, und griff nach der Flasche. »Noch ein Glas?«

»Nein danke. Ich hätte lieber einen Kaffee.«

Sorgfältig faltete Matheus seine Serviette zusammen. »Beschäftigst du dich häufig mit solchen Sachen wie der Wassergeschichte?«

»Kommt vor. In den meisten Fällen kümmern wir uns aber darum, Informationen unters Volk zu bringen, die sonst untergehen.«

»Informationen, die ihr selbst recherchiert habt?«

»Manchmal ja, manchmal nein. Hängt immer vom Budget ab.«

»Von den Geldgebern also?«

»Klar. Davon, wie viele und welche Geldgeber man hat. Aber auch von der Organisationsstruktur. Greenpeace zum Beispiel arbeitet vor allem auf Basis eigener Recherchen und Aktionen. Das ist aber eine Ausnahme, weil Greenpeace eine starke Marke ist. Das ist ihr Kapital.«

Matheus neigte den Kopf.

»Der Aufbau einer Marke ist einer der wesentlichen Aspekte unserer Arbeit«, erläuterte Sarah Clarice.

»Mhm.«

»Je sichtbarer und damit wiedererkennbarer eine Marke ist, desto mehr Sponsoren treten auf den Plan.«

»Vielleicht irre ich mich, aber vermutlich ist es nicht so, dass die Sponsoren Schlange stehen, oder?«

»Das kannst du laut sagen. Aber bei Umweltfragen weiß man

meistens, wen man ansprechen kann.« Sarah Clarice trank ihren Kaffee aus. »Letztlich ist das aber der unangenehmste Teil an der Sache.«

»Was?«

»Das Fundraising. Die Kampagnen. Am Ende arbeitet man nur noch dafür, Sponsoren zu finden. Um etwas anderes geht es nicht.«

»Arbeitest du jetzt im Moment auch nur dafür, Sponsoren zu finden?«

Sarah Clarice ließ sich Zeit und schlürfte erstaunlich dezent auch noch den letzten Tropfen Kaffee aus ihrer Tasse. Eine eindeutige Antwort auf diese Frage gab es sowieso nicht, und so sagte sie schließlich: »Nein, im Moment versuche ich, unbescholtene Leute wie den kleinen Lucas vor dem Tod zu bewahren.«

Als Matheus in seinem Zimmer auf der Bettkante saß, gingen ihm Sarah Clarice' Worte durch den Kopf. Sie hatte ihn wie einen Dummkopf dastehen lassen, und er fragte sich, was zum Teufel er überhaupt hier machte. Wie hatte er sich nur auf diese Sache einlassen können? Abgesehen davon, dass er Hotelzimmer hasste, hatte seine schlagartig gesunkene Laune einen handfesten Grund. Er hatte Cássia nicht mitgeteilt, dass er zwei Tage fort sein würde, und eigentlich hatte er auch jetzt keine Lust dazu. Schließlich griff er aber doch zum Hörer und drückte die Null.

Cássia meldete sich beim zweiten Klingeln.

»Wo bist du denn? Was meinst du, wie oft ich dich angerufen habe? Ich hab mir Sorgen gemacht.«

»Entschuldige, du hast ja recht. Es ging alles so schnell, und jetzt bin ich schon in Juazeiro.«

»In Juazeiro? Ist irgendwas mit Nelson?«

»Nein, nein, den sehe ich morgen. Ich wurde um ein Gutachten zur Wasserqualität des São Francisco gebeten.«

»Aha.« Cássia hatte eine schöne Stimme. »Verstehe. Hat Nelson etwas damit zu tun?«

»In gewisser Weise schon. Er hat die Leute an mich verwiesen.«

»Wirst du bezahlt dafür?«

»Klar.«

»Gut. Aber so kurzfristig?«

»Tja. Scheint eine wichtige Sache zu sein. Das Ganze wurde von einer Nichtregierungsorganisation aus Salvador initiiert.«

»Wie heißt sie?«

»Health Scanner. Eine Schweizer Organisation, soweit ich verstanden habe.«

»Ist jemand mit dir dort?«

»Ja. Die Person, die Kontakt zu mir aufgenommen hat, ist eine Mitarbeiterin der NGO.«

»Verstehe. Wie heißt sie?«

»Sarah Clarice Young.«

»Sarah Clarice … Was für ein Name.«

»Ja. Ihr Vater ist Engländer.«

»Verstehe.«

Matheus wickelte sich das Telefonkabel um den Zeigefinger. »Morgen Abend bin ich wieder in Ilhéus. Ich ruf dich an, sobald ich zurück bin.«

»Okay, mein Schatz. Schön, dass du dich gemeldet hast. Vielleicht wäre es allerdings keine schlechte Idee, bei solchen Aktionen einfach mal das Handy zu benutzen, das ich dir geschenkt habe.«

»Du hast recht. Aber du weißt doch, dass ich diese Dinger hasse.«

Das wusste Cássia nur zu gut.

Sie verabschiedeten sich.

Matheus öffnete die Minibar. Das Getränk mit dem höchsten Alkoholgehalt war ein Fläschchen Johnny Walker zum Preis eines ganzen Fasses. Er schenkte sich ein Glas ein, gab ein paar Eiswürfel dazu, schob die Fenstertür auf und setzte sich auf einen der Leinenstühle auf dem Balkon.

Der São Francisco wurde von der Mondsichel beschienen und glitzerte in der Ferne in silbrigem Glanz.

Stahlgraue Wolken hingen im Himmel, als Punkt sieben ein großer dürrer Mann namens Romeo die Beifahrertür eines weißen Land Rovers öffnete und Sarah Clarice einsteigen ließ. Matheus Braga nahm auf dem Rücksitz Platz.

Sie fuhren über die lange Eisenbrücke von Petrolina nach Juazeiro hinüber und nahmen dann die Provinzstraße 368. Nach ein paar Kilometern bogen sie ab auf die BA-210, eine schlecht asphaltierte Trasse, die nach Sobradinho führte.

Sarah Clarice hatte dem Mann erklärt, in welche Dörfer sie genau wollten. Romeo schien bestens verstanden zu haben und erklärte, dass er eine alte, wenig befahrene Landstraße nehme und die Gegend von Norden her ansteuere. Ihre Orientierung ließ zu wünschen übrig, aber Sarah Clarice vertraute diesem Mann, den Nelson ihr empfohlen hatte. Er war einer von Sandras Angestellten und kannte die Gegend wie seine Westentasche.

Matheus, der schweigend auf der Rückbank hockte, betrachtete die Landschaft. Sie war ihm vertraut, und im Gegensatz zur Stadt hatte sich hier nicht viel verändert. Sie fuhren nicht allzu schnell und begegneten außer vereinzelten Militärfahrzeugen praktisch niemandem.

»Ist hier eine Kaserne in der Nähe?«, fragte Sarah Clarice.

Romeo wandte den Blick nicht von der Straße ab. »Nein, keine Kaserne. Das sind die Arbeiter, die den Fluss umleiten.«

»Ah, die berühmte Umleitung.«

»Genau«, bestätigte Romeo. »Die Baustellen sind allerdings fest in der Hand des Militärs. Im Krieg haben sie versagt, aber so sind diese Parasiten wenigstens einmal zu etwas nütze …«

Sarah Clarice kommentierte das nicht. Sie nickte und betrachtete die verbrannte Erde, die sich vor ihren Augen erstreckte. An einer Stelle, wo sich die Trasse verbreiterte und eine unbefestigte Straße abging, stand ein Konvoi von Militärfahrzeugen.

»Das ist eine der Zufahrten zur Baustelle«, sagte Romeo.

»Aber da steht doch ein Bauschild von Miller-Johannsen«, bemerkte Sarah Clarice.

»Klar. Die Soldaten sind nur die Handlanger, die freundlicherweise von der Regierung zur Verfügung gestellt werden. Die Leitung untersteht den privaten Bauriesen.«

»Verstehe«, seufzte Sarah Clarice und betrachtete immer noch die Lastwagen, die sie mittlerweile hinter sich gelassen hatten.

»Wer ist Miller-Johannsen?« Matheus war aus seiner Starre erwacht.

Sarah Clarice runzelte die Stirn. »Das ist einer der größten Baukonzerne Brasiliens. So wie Odebrecht, Camargo Corrêa und so«, klärte sie ihn auf. Bei sich dachte sie: *Wo lebt der denn?*

Wie angekündigt, nahm Romeo etwa fünfzehn Kilometer vor Sobradinho einen Abzweig, an welchem ein fast vollständig ausgebleichtes Schild den Weg nach São Pedro und Barra Quebadra wies. Die Straße war ein Mittelding aus Feldweg und Asphaltpiste und hatte schon bessere Zeiten erlebt. Der Land Rover wurde auf dem Weg durch die dichte *Caatinga* mit ihrem verbrannten Grün ziemlich durchgerüttelt.

»Diese Straße fährt kaum noch jemand«, erklärte Romeo.

Es war kurz nach acht, und der Himmel schien nicht aufklaren zu wollen.

»Wir dürfen uns nicht allzu lange hier aufhalten«, warnte Romeo. »Bald wird der Zorn des Herrn über uns hereinbrechen. Hier regnet es nicht oft, aber wenn, dann gnade uns Gott.«

Sarah Clarice nickte.

Matheus strich über seine Ledertasche, die gut zu einem alten Landarzt passen würde und alle Gerätschaften für die Entnahme der Wasserproben enthielt. »Was mich betrifft, ich brauche nur zehn Minuten.«

»Wie viele Proben möchtest du nehmen?«

»Drei, würde ich sagen. Drei reichen.«

»Okay, gut.«

»Aber an drei verschiedenen Stellen.«

»Gut.«

Die Vegetation wurde spärlicher, und die ersten Häuser tauchten auf. Matheus beobachtete zwei Ziegen, die in einem Müllhaufen nach Nahrung suchten. Mehr als ein paar Kokosnussschalen und Pappdeckel zum Herumknabbern fanden sie allerdings nicht.

Der Wagen hielt an. Sie stiegen aus und schauten sich um. Auf der Straße war keine Menschenseele zu sehen. Nur ein Junge mit nacktem Oberkörper verkaufte an seiner Holzkarre Cashewkerne.

»Ich schlage vor, dass wir zum Fluss fahren«, erklärte Matheus.

»Ja, okay.«

Sie stiegen wieder ein und nahmen einen Sandweg, der zwischen winzigen, mit Draht eingezäunten und mit *Caju* bepflanzten Grundstücken hindurchführte. Zehn Minuten später erreichten sie den Fluss.

Der Wasserstand war niedrig, und die Boote lagen praktisch auf dem Trockenen, genau wie am Staudamm. Um sie herum nichts als Schlamm.

Matheus zog ein Paar alte Gummistiefel an. Er öffnete das Köfferchen und holte die Sonde für die Entnahme der Wasserprobe heraus, eine Art Stahlzylinder, der wie eine Espressokanne aussah.

Schlingernd watete er in den Matsch. Plötzlich hielt er an – irgendetwas hatte seine Aufmerksamkeit erregt. Er schaute sich um und ging dann weiter. Als ihm das Wasser fast bis an die Knie reichte, tauchte er die Sonde ein. Sarah Clarice sah, dass er mit einem steifen Kabel herumhantierte, daran riss und die Sonde schließlich langsam wieder herauszog. Er hob den Arm und winkte Sarah Clarice zu.

Die lächelte und schrie: »Beeil dich, komm zurück.«

Als Romeo den Land Rover zum nächsten Dorf steuerte, öffnete Matheus die Sonde und holte die sterile Ein-Liter-Flasche mit dem Wasser des São Francisco heraus. Er nahm ein Blatt mit Klebeetiketten, schrieb ›Barra Quebrada‹ auf eines von ihnen und klebte es auf die Flasche.

Nach fast einer Stunde erreichten sie São Pedro. Eigentlich waren es nur ein paar Kilometer, aber die Straße bestand aus einer Sandpiste mit unzähligen Schlaglöchern. Romeo schaute besorgt in den Himmel. Er wusste, dass sich die Strecke bei Regen in einen schlammigen Fluss verwandeln würde.

Kurz vor dem Ortseingang bogen sie in einen Maultierpfad ein. Er führte direkt zum Fluss hinab, der hier merkwürdigerweise einen höheren Wasserstand zu haben schien und sich zu einer Bucht verbreiterte. Die Ufervegetation war dichter, und das Wasser hatte die Farbe von feuchter Erde. Nachdem Matheus eine neue sterile Flasche in die Sonde eingeführt hatte, wiederholte er die Prozedur, wobei er sich dieses Mal nicht allzu weit vom Ufer entfernen musste. Sarah Clarice hatte sich auf einen umgestürzten Baumstamm gehockt und verfolgte seine Bewegungen.

Romeo spürte Wind aufkommen und drängte: »Sag deinem Freund, er soll sich beeilen.«

Sie nickte, aber Matheus kam bereits zurück.

Schnell erreichten sie wieder die Stelle, wo sie vor São Pedro abgebogen waren. Sarah Clarice wollte noch kurz in den Ort hineinfahren. Romeo willigte ein, bat sie aber zum soundsovielten Mal, nicht allzu lange zu verweilen. Nelson hatte ihn vorgewarnt: Das Mädchen ist ein bisschen stur, du musst ihr Grenzen setzen.

»Wie es scheint, sind alle in der Kirche.« Romeo fuhr im Schritttempo über die staubige Hauptstraße. Nach ein paar hundert Metern erblickten sie das Kirchlein von São Pedro, das tatsächlich voller Menschen war.

»Na ja, es ist eben Sonntag«, stellte Matheus fest.

Sarah Clarice sagte nichts.

»Für mich sieht das eher nach einer Beerdigung aus.« Romeo hielt den Land Rover an und warf Sarah Clarice einen unergründlichen Blick zu. »Ich gebe dir zehn Minuten, keine Sekunde länger.«

Sie stieg aus und marschierte schnurstracks auf die Kirche zu. Die Menschen drängten sich bereits am Eingang, und ein schneller Blick nach drinnen bestätigte, dass kein einziger Sitzplatz mehr frei war. Vor dem Altar stand ein primitiver Holzsarg, vielleicht einen Meter lang. Der Priester, ein etwa fünfundzwanzigjähriger Mann in Jeans und mit einer Stola über dem weißen T-Shirt, hielt eine schlichte Trauerpredigt.

Sarah Clarice drängte sich ins Kirchenschiff und schob sich an der Wand entlang.

»Wer ist das? Der kleine Lucas?«, flüsterte sie einer Frau ins Ohr, die sie wiederzuerkennen glaubte. Die Frau schaute sie gequält an. »Lucas? Nein. Das ist Maria Clara, seine Cousine.«

Sarah Clarice war sich nicht ganz sicher, aber sie meinte, sich an das Mädchen zu erinnern. Es war ihm ähnlich schlecht gegangen wie Lucas.

»Und Lucas?«

»Den hat man gestern weggebracht. Doktor Nelson. Gott sei's gedankt.«

Romeo lächelte, als sie endlich wieder auf eine asphaltierte Straße kamen. Nachdem sie São Pedro verlassen hatten, fuhren sie auf direktem Weg nach Sobradinho, überquerten den Staudamm und steuerten das Dorf an, das Sarah Clarice vor ein paar Tagen mit Nelson besucht hatte. Matheus füllte die dritte Flasche und klebte ein Schild mit der Aufschrift ›Areia Branca‹ darauf.

Als sie Sobradinho hinter sich ließen, klatschte der erste Regentropfen an die Windschutzscheibe des Land Rovers. Innerhalb weniger Minuten war der Wagen nur noch ein weißer Fleck in einer gewaltigen Sintflut. Romeo sah äußerst zufrieden aus: Seine Vorhersage hatte sich erfüllt.

Sandra trat ans Küchenfenster und schob die Spitzengardine beiseite. Nelson verließ soeben den Garten und näherte sich dem Tor. Es regnete in Strömen, und er hatte nichts dabei, um sich dagegen zu schützen. Vor wenigen Minuten hatte das Telefon geklingelt, und Sarah Clarice hatte angekündigt, dass sie nun endlich kämen.

Sandra wandte sich an ihre Hausangestellte. »Marilena, schau doch bitte nach den Sachen im Ofen und vergewissere dich, dass auf dem Tisch nichts fehlt. Ach so, und lass die Hunde nicht in die Küche. Ich geh nur schnell in mein Zimmer hoch.«

»Ja, Senhora.«

Marilena war eine kleine, robuste Person und Romeos Ehefrau. Die beiden hatten drei Kinder und wohnten nun schon seit fünfzehn Jahren im Hause Bittencourt. Sie hatten schon für den alten Bittencourt gearbeitet und waren nach seinem Tod einfach geblieben.

Als Nelson nach Hause kam, blieb ihm nicht einmal mehr Zeit, sich abzutrocknen, als er auch schon einen Wagen aufs Grundstück fahren hörte. Einen Moment blieb er unentschlossen stehen, dann veranlasste ihn der peitschende Regen, in die Gänge zu kommen. Er öffnete die Haustür, um die Gäste in Empfang zu nehmen.

Als er seinen Bruder aus dem Wagen steigen sah, schnürte sich ihm die Kehle zu, aber Sarah Clarice begrüßte ihn mit einem so fröhlichen Lächeln, dass sich die Spannung, die in der Luft lag, sofort löste. Nun kam Matheus durch den Regen angerannt. Als er seinen Bruder auf der Schwelle stehen sah, zögerte er. Dann umarmten sich die beiden Männer gerührt.

»Kommt schon herein, das Essen ist gleich fertig.«

Matheus warf Sarah Clarice einen Blick zu.

»Wie ist es denn gelaufen?«, fragte Nelson, als Sarah Clarice den Rucksack absetzte und Matheus seine Ledertasche auf den Boden stellte.

»Bestens«, sagte sie. »Wir haben die Proben.«

Nelson schaute Matheus an. »Du hast dich also tatsächlich überreden lassen?«

Im ersten Moment schien es, als hätte er seinen Bruder auf dem falschen Fuß erwischt, aber dann nickte Matheus und zeigte auf Sarah Clarice.

»Da seid ihr ja, gesund und munter!«, rief Sandra, die nun den Raum betrat. Sie hatte geduscht und trug ein hellblaues Herrenhemd zu weißen Jeans.

»Matheus, gut siehst du aus.« Sie küsste ihn auf die Wangen.

»Das Kompliment kann ich nur zurückgeben. Wie geht es dir?«

»Großartig. Sarah Clarice, möchtest du eine Dusche nehmen?«

Die Versuchung war groß, aber Sarah Clarice lehnte höflich ab.

»Wollen wir ein Glas Champagner trinken? Das Wiedersehen müssen wir feiern.«

Sandra schaute Nelson an, aber ihr Blick war eher ein Befehl. Sarah Clarice hatte den Eindruck, dass die Dame des Hauses das Ruder an sich gerissen hatte. Und dass sie selbst sich etwas entspannen konnte.

Sie schlenderten ins Esszimmer. Das alte Bauernhaus war sorgfältig restauriert worden, aber den Stil zu bestimmen, fiel Sarah Clarice nicht ganz leicht. Es erinnerte an die Residenzen einstiger Hollywoodgrößen, wie man sie aus alten Zeitschriften kannte. Weißer Putz und edles Holz, kostbare Teppiche, Sofas in Cremetönen, ein gewaltiger Steinkamin und an den Wänden moderne Kunst. Nichts Überkandideltes, sondern alles von schlichter Eleganz.

Der Champagner war exzellent.

»Der ist vermutlich nicht von hier, oder?«

»Nein«, sagte Sandra. »Der ist aus dem Süden; die Trauben zumindest. Die Technik kommt natürlich aus Frankreich, *Methode traditionelle.* Es wird aber nicht mehr lange dauern, dann kann man diese Trauben auch bei uns anbauen.«

»Sandra ist die Königin der Früchte«, witzelte Nelson, der ansonsten eher angespannt wirkte.

»Was meint ihr wohl, warum Carmen Miranda mit ihrem Tutti-Frutti-Hut mein großes Idol ist?«

Alle lachten. Sarah Clarice hatte Hunger und warf unauffällig einen Blick in Richtung Küche.

Sandra trat zu ihr. »Keine Sorge, ich habe Marilena gebeten, ihre umwerfende Kürbispastete für dich zu machen.«

Das Essen war köstlich, aber die Atmosphäre der trauten Familienzusammenkunft wurde durch leichte Spannungen gestört: Matheus antwortete nur einsilbig auf Fragen, und Nelson schaffte es nicht, die Verlegenheit in seinem Blick zu kaschieren. Sarah Clarice wiederum hätte Nelson gern nach dem kleinen Lucas gefragt, hatte aber Angst, die Stimmung noch weiter zu trüben.

Schließlich baute Nelson ihr eine Brücke, indem er sich erkundigte, ob sie noch einmal nach São Pedro gefahren seien.

Sarah Clarice nickte. »Wir kamen gerade rechtzeitig zur Beerdigung.«

Sie hatten das Essen beendet, und Nelson steckte sich eine kurze, dunkle Zigarre an. Sie erinnerte an glühende Kohle.

Er strich sich über den Bart und fragte: »Wer wurde denn beerdigt?«

»Ein Mädchen. Eine Cousine von Lucas. Ich habe übrigens gehört, dass du ihn ins Krankenhaus hast bringen lassen.« Sarah Clarice steckte sich mit einem Kamm die Haare hoch. Befreit von den krausen Haarmassen, schien sich ihr Gesicht sofort aufzuhellen.

»Ja, gestern«, bestätigte Nelson. »Im Krankenhaus von Juazeiro sollen sie ein paar Untersuchungen machen. Ich werde dir die Ergebnisse mitteilen. Es ist noch zu früh für Mutmaßungen, aber vermutlich kann bei seinen Beinen nicht von einem Wundbrand die Rede sein.«

»Dann wird Matheus seinen Optimismus in Bezug auf das Wasser wohl überdenken müssen.«

Hatte in Sandras Tonfall Ironie mitgeklungen?

Matheus wurde plötzlich ernst, wie Sarah Clarice es schon häufiger bei ihm beobachtet hatte. »Ich erwarte mir nicht viel von der Sache – es gibt ja bereits Analysen. Die aktuellen Krankheiten können ihren Ursprung in der Vergangenheit haben. Wasser ist schließlich nicht wie ein Insekt, das zusticht, und zack, schon entsteht eine Schwellung. Wasser ist komplex.«

Nelson stürzte ein Gläschen *Cachaça* hinunter und musterte seinen Bruder.

Sarah Clarice brach das entstandene Schweigen schließlich. »Wo wir schon einmal alle hier sind: Ich möchte euch für eure Hilfe danken. Wirklich!«

Marilena kam mit einer dampfenden Kaffeekanne.

»Wann geht euer Flug?«, fragte Nelson unvermittelt.

Sandra warf ihrem Mann einen strafenden Blick zu. »Bleibt ihr denn nicht über Nacht?«

»Auf gar keinen Fall«, sagte Sarah Clarice schnell, bevor Matheus sie wieder vorwurfsvoll anschauen konnte. »Unser Flug geht um zehn nach sechs. Wir müssen also bald aufbrechen.«

»Wie läuft es denn eigentlich in Ilhéus?« Nelson schenkte Matheus ein Glas *Cachaça* ein.

»Gut. Aber ich werde demnächst nach São Paulo zurückkehren.«

»Tatsächlich?« Sandra stützte die Ellbogen auf den Tisch.

»Ja. Ich habe den Lehrstuhl für Organische Chemie bekommen.«

»Und das erzählst du uns nicht?«

Schweigen senkte sich über die Tischgesellschaft.

»An der Universität von São Paulo?«, fragte Nelson dann.

»Ja.«

Nelson lächelte. »Kompliment, Matty.«

Sarah Clarice wurde den Verdacht nicht los, dass alle um irgendeinen heißen Brei herumredeten.

»Cássia hat es also endlich geschafft«, sagte Sandra. »Seid ihr noch zusammen?«

»Ja natürlich.«

»Was für eine Ausdauer.«

»Sandra!«, protestierte Nelson.

»Aber das war doch ein Scherz, mein Lieber.«

»Nein, Sandra hat vollkommen recht. Es war wirklich hart, all diese Jahre immer getrennt zu sein.« Matheus zwinkerte nervös mit den Augen.

Sarah Clarice nippte an ihrem Kaffee und beobachtete ihn. Man musste ihm wirklich jedes Wort aus der Nase ziehen.

»Nun, da wirst du dich aber freuen. Ich meine, Organische Chemie an der USP …« Nelsons Kommentar klang eher wie ein Vorwurf.

Matheus lächelte. Nelson warf ihm einen eindringlichen Blick zu.

Sarah Clarice musste diese Unterhaltung sofort abbrechen. Es war schon spät, und sie durften das Flugzeug auf gar keinen Fall verpassen. Außerdem konnte sie nicht mehr – sie war völlig erschöpft. Als sie ein Taxi rufen wollte, bestand Nelson darauf, sie zum Flughafen zu bringen.

Am Terminal umarmten sie sich.

Die Brüder hatten kein einziges Wort mehr gewechselt.

In Salvador ließ Sarah Clarice ihren Begleiter an einem kleinen, aber feinen Hotel in Barra heraus. Es lag auf ihrem Heimweg, und so waren sie noch ein Stück zusammen mit dem Taxi gefahren.

Matheus versicherte ihr, dass sie die Ergebnisse in spätestens einer Woche habe. Sarah Clarice verzog das Gesicht. Sie hatte gehofft, dass es schneller ging. Matheus, der so fröhlich und entspannt wirkte wie das gesamte Wochenende nicht, machte ihre Hoffnungen jedoch zunichte. Die Tests würden teilweise mit Bakterienkulturen durchgeführt, erklärte er ihr, und das brauche eben seine Zeit. Was wolle sie eigentlich? Unangreifbare Ergebnisse oder irgendein Wischiwaschi? Ein bisschen Geduld würde sie schon aufbringen müssen.

Sie verabschiedeten sich per Handschlag.

Sarah Clarice schaltete ihr Handy an. Eine Nachricht von ihrer Mutter: ›*Alles in Ordnung?*‹ Darauf antwortete sie sofort. Eine zweite Nachricht war von ihrer Kollegin Joyce, mit der sie sich in letzter Zeit häufiger getroffen hatte: ›*Wo steckst du bloß?*‹ Nun, Joyce konnte sie auch später noch antworten.

Die dritte Nachricht bereitete ihr Bauchschmerzen. Sarah Clarice lehnte ihren Kopf gegen die Rückenlehne des Taxis und schloss die Augen. Dann öffnete sie die Augen wieder und las die Nachricht noch einmal, mit zusammengekniffenen Lippen: ›*Du irrst dich. Ich weiß, dass du das nicht gerne hörst, aber bitte glaub mir. Glaub mir einfach. Was haben wir schon außer unseren Ängsten? Möchtest du wirklich ohne sie leben? Ruf an. Tauch wieder auf!*‹

Drei Tage später, am Mittwoch gegen elf Uhr vormittags, schaute Matheus Braga von seinem Mikroskop auf und runzelte die Stirn.

Das ist doch nicht normal, dachte er. Ein paar Sekunden starrte er ins Leere, dann legte er das Auge wieder ans Okular. Er hatte bereits mit den mikrobiologischen Analysen begonnen, indem er verschiedene Nährmedien mit Wasserproben von je 100ml vermischt hatte. Auf dem langen Labortresen standen die Kästchen mit den Objektträgern. Manche Ergebnisse bekam man nach achtzehn oder vierundzwanzig Stunden, bei anderen dauerte es mindestens zweiundsechzig Stunden. Die Informationen reichten allerdings schon jetzt, um eine tiefe Falte zwischen seine Augen zu graben.

Es gab keine Spur von Nitriten in den Wasserproben und damit auch keine Indikatoren für Verwesungsprozesse organischer Substanzen, für Prozesse also, die in Gewässern, in denen ständig irgendwelche Fische starben, vollkommen natürlich waren. Darüber hinaus fand sich auch keine Spur von Phosphat und anderen chemischen Stoffen, die in Gegenden mit intensiver Bewässerungslandwirtschaft immer vorkamen. Die Wasseranalyse schien glauben zu machen, dass in ganz Brasilien niemand Dünger oder Pestizide benutzte, was wiederum so war, als würde man behaupten, niemand in Brasilien spreche Portugiesisch. Keine denkbare Reinigungsmaßnahme, nicht einmal eine, die ein hocheffizientes Filtersystem einsetzt, könnte solche Spuren auslöschen. Matheus war ratlos. Das Wasser war so rein, als käme es direkt aus einer Bergquelle gesprudelt.

Matheus rollte mit dem Stuhl vom Tresen weg und schaute zu der großen Glasscheibe hinüber, die das Labor von den anderen Räumen trennte. Draußen schien herrlich die Sonne, aber im Gebäude wurde das Licht zu glänzenden Schwaden pulverisiert. Matheus erinnerte sich, dass ihm bei der ersten Probeentnahme aufgefallen war, dass es in dem Fluss keine Algen gab. Die Abwesenheit von Phosphat wäre eine gute Erklärung dafür, aber bei einem Gewässer wie dem São Francisco war das nicht sehr wahrscheinlich. Und dann gab es noch etwas, das ihn irritierte: Okay, dieses Wasser enthielt zwar keinerlei Verschmutzungsspuren, aber es enthielt noch nicht einmal Spuren von einfachen mineralischen Salzen, wie sie im Trinkwasser vorkommen oder im Quellwasser, das irgendwann in der Flasche landet oder von glücklichen Wanderern getrunken wird.

Aus den Tiefen seines Gedächtnisses stiegen Erinnerungen an seine erste Vorlesung in Anorganischer Chemie auf. Wie immer hatte der Professor, statt ihnen eine mundgerechte Antwort zu servieren, seine Studenten mit einer Frage getriezt.

›Dann wollen wir mal hören‹, hatte er gesagt. ›Wie würden Sie Wasser definieren?‹

Zunächst hatte sich Schweigen über den Hörsaal gesenkt. Dann hatte jemand die Hand gehoben.

›Ja?‹

›Eine Flüssigkeit?‹

Allgemeines Gelächter.

Der Professor hatte sich mit verschränkten Armen an die Wand gelehnt. ›Wer wollte das bestreiten … Das ist aber nicht präzise genug.‹

Eine andere Hand hatte sich erhoben. ›Aus chemischer Sicht ist es eine Verbindung.‹

›Ganz richtig‹, hatte der Professor zugestimmt. ›Aber das ist noch nicht die Antwort, die wir suchen. Denken Sie vor allem an die Funktion von Wasser.‹

Matheus hatte sich zu Wort gemeldet. ›Von seiner Funktion her ist es ein Lösungsmittel.‹

Der Professor hatte gelächelt. ›Ganz genau. Ein Lösungsmittel.‹

Jetzt in seinem Labor betrachtete Matheus eines der Gefäße, die sich vor ihm aufreihten. Ein Lösungsmittel. Das, was ein paar Zentimeter vor seinen Augen auf dem Objektträger zitterte, war aber nichts dergleichen. Das Wasser des São Francisco glich vielmehr dem, was Wissenschaftler seit Jahrhunderten als destilliertes Wasser bezeichneten.

Matheus Braga fuhr sich mit der Hand übers Gesicht. *Es gibt da nur ein Problem,* dachte er. *In der Natur kommt so etwas gar nicht vor.*

4

Ivan Ribeiro gehörte seit fünf Jahren zum Team von Professor Ricardo Barcellos, und er hätte es nicht besser treffen können. Er war vierunddreißig und hatte eine kleine Tochter und eine anbetungswürdige Frau. Wenn man bedachte, wo er herkam, musste man ihn einfach für einen Glückspilz halten. Zusammen mit seiner Frau, die ebenfalls Forscherin war, verdiente er genug, um sich die Raten für die Wohnung im schönen Viertel Ondina und die Schule für seine Tochter leisten zu können.

Fast nirgendwo auf der Welt war die Ausbildung der Kinder so teuer wie in Brasilien. Die öffentlichen Schulen blieben dem Bodensatz der Gesellschaft vorbehalten: Vorstadtfamilien ohne Einkommen, Arbeiterkinder, Haushaltshilfen, Supermarktkassierer und *Favelados,* die Bewohner der Elendsviertel. Kaum hatte eine Familie die Schwelle zum Mittelstand überschritten, verbot sich die öffentliche Schule von selbst. Sie war gleichbedeutend mit Ineffizienz und Armut.

Auf der anderen Seite des Spektrums wurden die Kunden von privaten Einrichtungen versorgt – von der Kinderkrippe bis zur Universität. Was ein Vermögen kostete.

Ivans Arbeit gefiel ihm. Er hatte Chemie studiert und arbeitete als Chemiker. Und das sogar in der Heimat seiner Familie, in Bahia. Geboren war er in São Paulo, wo sein Vater eine Weile bei der Feuerwehr gearbeitet hatte, bis sie schließlich nach Salvador zurückgekehrt waren. Erst seine Mutter und sein Vater, dann auch er.

Sein Studium hatte er bei Ricardo Barcellos absolviert. Als man seinem Professor die Leitung der neuen chemischen Fakultät der

Bundesuniversität Bahia anvertraut hatte, war Ivan unter jenen gewesen, die ihm als Mitglied eines handverlesenen Forscherteams folgen durften. Die einzige Regel, die für sie galt, war nicht schwer zu begreifen: Man durfte auf keinen Fall heller strahlen als die Sonne. Und die Sonne war der Chef.

Wenn es also erstrebenswert war, für den Ruhm eines anderen zu arbeiten, dann hatte Ivan die ideale Stelle. Und sie bot durchaus Vorteile: Die Universität war nicht mehr die strenge Alma Mater von einst, ausschließlich auf die Forschung konzentriert und isoliert vom Rest der Welt. Heute arbeitete die Universität mit dem freien Markt zusammen, und dieser freie Markt war komplex und stellte neue Anforderungen. Um die zu befriedigen, konnte sich die Wirtschaft an die Wissenschaft wenden. Ivan war sich sicher, dass es überall so funktionierte. Er schätzte sich also glücklich.

Es war ein typischer Herbsttag in Salvador – pralle Sonne und von Touristen bevölkerte Strände –, als am Donnerstag kurz nach Mittag das Telefon in seinem Labor klingelte.

»Ivan den Schrecklichen, bitte.«

»Ich fasse es nicht, Matty Braga. Bist du es wirklich?«

»Ich war nicht der Einzige, der dich so genannt hat. Woran hast du also gemerkt, dass ich es bin?«

»Die anderen hätten nie *bitte* gesagt.«

Sie lachten.

»Matheus, welch glücklichem Stern verdanke ich deinen Anruf? Ich hab's übrigens schon gehört … Herzlichen Glückwunsch.«

»Danke. Die Nachricht hat sich ja offenbar rasend schnell verbreitet.«

»Klar, vor allem in diesem Schlangennest.«

Matheus wippte in seinem Büro in Ilhéus mit dem Stuhl zurück.

»Wie geht es dir, Ivan? Was macht deine Familie?«

»Alles bestens, Gott sei Dank. Und du? Abgesehen von der großen Neuigkeit …«

»Alles bestens, alles bestens.«

Matheus ließ alle vier Stuhlbeine wieder auf die Erde plumpsen. »Ivan, ich rufe an, weil ich eine Information von dir brauche.«

In San Salvador kritzelte Ivan Ribeiro mit seinem Bleistift auf einem Blatt Papier herum. »Schieß los.«

»Ich komme am besten sofort zum Punkt. Habt ihr die Analysen nach den Reinigungsmaßnahmen am São Francisco gemacht, oben am Staudamm von Sobradinho?«

»Ja. Soweit ich weiß, hat unser Institut das gemacht. Ich war allerdings nicht daran beteiligt, weil ich damals in andere Projekte involviert war.«

Matheus schwieg einen Moment. »Aha, verstehe.«

Ivan wusste, mit wem er es zu tun hatte. Sein Gesprächspartner am anderen Ende der Leitung war nicht irgendein beliebiger Kollege – es war Matheus Braga, der nicht nur der jüngste Biochemie-Absolvent in der Geschichte der USP war, sondern auch ein fast schon nervtötend gewissenhafter Forscher. Wenn er sich dazu bequemte, ein solches Telefonat zu führen, dann musste das schon einen handfesten Grund haben.

Ivans Neugierde ließ sich nicht mehr zügeln. »Warum fragst du?«

Matheus befand sich in einem Dilemma: Sollte er die Wahrheit sagen oder sich einen gewissen Spielraum lassen? Er kannte Ivan Ribeiro bereits seit gemeinsamen Studienzeiten, und gerade deshalb traute er ihm nicht hundertprozentig. Nicht dass er seinen alten Kommilitonen für einen schlechten Mensch hielt, aber Ivan hatte auch etwas Berechnendes – er war ein begnadeter Schachspieler, der bei jedem Zug sämtliche Konsequenzen im Blick hatte. Das war auch der Grund, warum Matheus den Kontakt irgendwann hatte einschlafen lassen. Andererseits war Ivan aber ein brillanter Forscher.

Matheus entschied sich schließlich für die halbe Wahrheit. »Eine Kollegin von mir arbeitet für ein paar Ärzte, die es mit gravierenden Gesundheitsproblemen dort oben zu tun haben. Ich habe gesagt, dass ich nichts darüber weiß, dass ich aber versuchen werde, etwas herauszufinden.«

Ivan hatte aufmerksam zugehört. »Nun, dann solltest du vermutlich gleich mit dem Fürsten sprechen.«

Matheus lachte. »Ihr nennt Barcellos immer noch so?«

»Natürlich! Ich bin übrigens überzeugt davon, dass er sich freuen würde, dich wiederzusehen. Er führt dich immer als wandelndes Beispiel dafür an, dass er der beste Professor des Universums ist.«

Matheus grinste breit. »Nur des Universums? Wie bescheiden!«

Ivan lachte ebenfalls und sagte dann: »Tut mir leid, dass ich dir nicht wirklich behilflich sein kann.«

»Kein Problem, Ivan. Tut mir vielmehr leid, falls ich dich gestört haben sollte. Wenn ich mal nach Salvador komme, melde ich mich, dann gehen wir ein Bier trinken.«

»Klar, natürlich. Melde dich unbedingt.«

In Ilhéus starrte Matheus in den Mandelbaum. Die Universität schien, wie immer, verwaist. Keine Menschenseele weit und breit; er war offenbar der Einzige, der hier die Stellung hielt. Nur die Vögel waren zu hören. Irgendwo da draußen musste sich auch ein *Corrupião* verstecken, für Matheus der schönste Vogel der Welt. Er verbot sich aufzustehen, um nach dem Tier Ausschau zu halten, denn bei der kleinsten Bewegung flogen die *Corrupiãos* unweigerlich davon. Stattdessen ließ er das Telefonat noch einmal Revue passieren. Es war ihm so vorgekommen, als hätte Ivan es eilig gehabt, das Gespräch zu beenden. Oder litt er schon unter Paranoia?

Im Unicafé aß er ein belegtes Brötchen und trank ein Bier dazu. Blauer Himmel, wenige flache Wolken, sanfter Wind. Er dachte an die Strände in der Umgebung und den roten Sand im Landesinnern, an die dichte Vegetation, die Maultierpfade, die zu den Fazendas führten, und die weiten, grünen Täler. Trockene Luft, intensive Gerüche. Eine schleichende Angst machte sich in ihm breit. Er mochte sich gar nicht ausmalen, wie er ohne das alles leben sollte. Das war eine Unbekannte, vor der ihm graute.

Zurück im Büro konzentrierte sich Matheus wieder auf seine Analysen. Eigentlich müsste er Sarah Clarice die Ergebnisse schicken, aber irgendetwas hielt ihn davon ab.

Er öffnete seine E-Mails, unter denen eine herausstach.

Von: cássia.toledo@ts.advoass.com.br
An: m.braga@unisantacruz.com.br
Betreff: Überraschung

Matty,
ich habe einen Weg gefunden, wie wir uns dieses Wochenende nun doch sehen können. Wir haben einen Mandanten in Salvador, der heute nach São Paulo kommen sollte, es aber nicht geschafft hat. Eigentlich handelt es sich nicht um meinen Fall, aber ich bin über die Einzelheiten informiert. Ich habe angeboten, mich morgen Vormittag in Salvador mit ihm zu treffen. Um 19.10 h nehme ich einen Flug von Congonhas. Ich habe schon im Internet nachgeschaut: Du könntest um dieselbe Zeit von Ilhéus fliegen. Oder spätestens morgen. Das Wochenende verbringen wir in Salvador, und Montag fliegen wir zusammen nach São Paulo, dann kannst du dort deine Angelegenheiten regeln und wir haben ein wenig Zeit zusammen. Was hältst du davon? Zahlt alles die Kanzlei, keine Sorge. Mein Termin ist bereits fest vereinbart. Aus vollkommen unerklärlichen Gründen habe ich plötzlich wahnsinnige Lust auf diese fantastische *Moquequa* im Rio Vermelho. Antworte

mir so schnell wie möglich, damit ich deinen Flug buchen lassen kann. Du bekommst den Code und musst nur noch in den Flieger steigen.
Ich liebe dich,
Cássia

Sarah Clarice wandte den Blick von ihrer Mutter ab und trank einen Schluck Kaffee. Angela Young hatte eine unangenehme Eigenschaft, die viele für einen Vorzug halten würden: Man sah ihr auf den ersten Blick an, was ihr gerade durch den Kopf ging. Groß und drahtig, trug sie ihr grau gesprenkeltes Haar raspelkurz. Niemand, der sie zusammen sah, würde auf die Idee kommen, dass es sich bei den beiden Frauen um Mutter und Tochter handelte. Nicht nur, weil man Angela ihre fünfzig Jahre nicht anmerkte, sondern vor allem, weil sich die beiden, abgesehen von der Statur, kein bisschen ähnelten. Sarah Clarice hasste den Haarschnitt ihrer Mutter, weil er sie an die Krankheit erinnerte, aber sie äußerte sich nicht dazu. Das war nicht ihre Angelegenheit.

»Wirst du ins Büro zurückkehren, Sarah?«

Sarah Clarice antwortete nicht. Sie nippte an ihrem Kaffee und wirkte abwesend. Angela verzog den Mund. Sie wusste, dass ihre Tochter, wenn sie nichts sagen wollte, nicht einmal von den schlimmsten Folterknechten dazu gebracht werden könnte.

»Machst du dir Sorgen wegen dieser Geschichte in Juazeiro?«

»Was?« Sarah Clarice schaute ihre Mutter an und lächelte. Dies hier war ihr Zuhause. Sie liebte diese Küche mit den alten portugiesischen Kacheln an den Wänden, dem Holztisch und dem Blick auf eine der schönsten Straßen der Altstadt. Dann erklärte sie, dass sie einfach nur in Gedanken war.

Ihre Mutter nickte. »Ist noch Kaffee da?«

Sarah Clarice klappte den Deckel der Espressokanne hoch. »Ein Schlückchen.«

Eigentlich stimmte es schon, die Sache mit Juazeiro bereitete ihr Sorgen. Matheus hatte sich noch nicht mit den Analyseergebnissen gemeldet, aber sie hatte auch nicht damit gerechnet. Viel beunruhigender war, wie sich die Dinge im Büro entwickelten. Nach der ersten Besprechung hatte sie versucht, Marianne die Sache im Detail zu erläutern, aber die hatte sie behandelt, als wäre das alles nur Zeitverschwendung. Noch vor einer Woche hatte das Projekt höchste Priorität genossen. Jetzt schien es für den Papierkorb zu sein.

Sarah Clarice begriff das nicht. Suchten sie nach einem Vorwand, um sie rauszuschmeißen? Aber das war doch absurd, vollkommen unlogisch. Und wenn sie sich irrte? Wenn sie sich die Dinge zu sehr zu Herzen nahm?

»Ich weiß es nicht«, sagte sie und streckte sich.

»Was?«

»Ob ich ins Büro zurückkehre.«

»Ärger?«

»Die üblichen Probleme mit meiner Chefin.«

»Der Französin?«

»Ja. Sie ist eine Idiotin.«

Angela lächelte.

Sarah Clarice lächelte ebenfalls. »Ich weiß, was du denkst.«

Ihre Mutter hatte die eindringlichsten Augen, die sie je gesehen hatte. Und wenn sie so lächelte, konnte das praktisch alles bedeuten.

»Was denk ich wohl? Lass hören!«

»Warum können diese verdammten *Gringos* nicht einfach zu Hause bleiben!«

Ihre Mutter lachte mit ihrer klangvollen Stimme.

»Wie hast du das nur erraten? Kannst du Gedanken lesen?«

»Das ist nicht nötig.«

Gemächlich erhob sich Angela in ihrem langen malvenfarbenen Kleid mit dem weiten Halsausschnitt, strich ihrer Tochter über die krausen Haare und küsste sie auf die Stirn.

Zurück auf der Straße, einer kleinen, ansteigenden Gasse in der Nähe von Pelourinho, dem schönsten Teil der Altstadt, schaltete Sarah Clarice ihr Handy an. Wieder las sie die Nachricht, die sie Sonntagabend, als sie von Juazeiro zurückgekehrt war, vorgefunden hatte.

Jetzt antwortete sie: ›*In Ordnung, ich tauche wieder auf. Morgen komme ich zu dir. Es könnte aber das letzte Mal sein. Okay?*‹

Sie drückte auf ›senden‹.

Nach weniger als einer Minute kam die Antwort. Auf ihren Wangen erschien die kleine harte Falte, die sich bildete, wenn sie mit zusammengebissenen Zähnen lächelte.

Die Nachricht lautete: ›*Es passt mir zwar nicht, aber ich erwarte dich.*‹

Sarah Clarice beschleunigte ihren Schritt und ging ins Büro.

Matheus nahm den Bus, der vom Flughafen von Salvador ins Zentrum fuhr, und stieg in der Nähe des alten Leuchtturms aus. Bis zu der *Pousada,* in der Cássia ein Zimmer gebucht hatte, waren es nur wenige Schritte. Das zweistöckige, weiß-blaue Gebäude lag in einem Garten, der vom Rot der Flammenbaum-Blüten gesprenkelt war. Es war Freitag, kurz nach Mittag.

Nachdem er am Vortag Cássias E-Mail gelesen hatte, hatte er sein Kommen zugesagt, allerdings erst für den nächsten Tag. Am Nachmittag hatte er noch zwei Vorlesungen gehabt, die ihm wichtig waren. Trotz seines Weggangs wollte er die Verpflichtungen, die er seinen Studenten gegenüber eingegangen war, in jedem Fall erfüllen.

Am nächsten Morgen hatte er sich auf der Terrasse ausgestreckt und seine Yogaübungen gemacht. Den Rücken durchgebogen, das Kinn vorgereckt, eine Hand dicht an die linke Hüfte gelegt, die andere vor sich ausgestreckt, die Handfläche zur Sonne geöffnet, hatte er jeden Gedanken ausgelöscht und sich in reine Energie verwandelt. Als er drei Stunden später im Flugzeug saß und den avocadogrünen Ozean unter sich sah, dachte er an sein Erwachen zurück und war zufrieden.

Das Zimmer war geräumig und hatte eine hübsche kleine Terrasse. Cássia war nicht da. Vermutlich saß sie gerade ihrem Mandanten gegenüber. Matheus nahm eine Dusche, ging in die Bar hinunter und trank einen Papayasaft mit Zitrone. Dazu bestellte er Toastbrot und Butter. Dann verließ er das Hotel, ging zur Uferstraße und wartete auf den Bus, der zur Uni fuhr.

Er verspürte nervöse Anspannung. Während er die Landschaft von Salvador und den am Freitagnachmittag wenig bevölkerten Strand betrachtete, fragte er sich, was er hier eigentlich suchte. Natürlich hatte alles irgendwie seine Richtigkeit: Man hatte ihm eine Arbeit angetragen, und die würde er bald abschließen. Er hatte Analysen gemacht, und die Ergebnisse hatten ihn überrascht. Sie schienen sogar vollkommen absurd, aber es musste eine Erklärung dafür geben. Und die würde er von demjenigen bekommen, der für die ursprünglichen Analysen verantwortlich war, seinem ehemaligen Professor nämlich.

Er dachte an das, was Sarah Clarice gesagt hatte, als sie sich zum ersten Mal begegnet waren: *Dinge geschehen nicht zufällig.* Vielleicht war es ja tatsächlich so. Er hatte beschlossen, mit Barcellos zu reden, und gleichzeitig hatte Cássia ihn nach Salvador bestellt. Dahinter musste sich eine höhere Logik verbergen. Selbst in seinem Wissenschaftlerhirn kam es manchmal zu solchen Verwerfungen.

Plötzlich stand ihm das Gesicht seiner Großmutter vor Augen. Sie hatte fast kein Portugiesisch gesprochen. Damals, als er ein kleiner Junge gewesen war, hatte es geheißen, sie sei über hundert Jahre alt. Solange er sie kannte, war sie nie bei einem Arzt gewesen und auch nie in einer Stadt. Ihr ganzes Leben lang hatte sie sich mit Kräutern selbst geheilt. ›Gott‹, hatte sie gesagt, ›schickt die Kälte, die der Kleidung der Menschen entspricht.‹ Seine Großmutter hieß Aurora. Matheus erinnerte sich, wie sie in einem schwarz angelaufenen Terrakottakrug Kräutertee gekocht hatte. Er hatte geweint, weil er nicht aus diesem schmutzigen Gefäß trinken wollte, aber seine Tränen hatten nichts genützt. Seine Großmutter hatte ihm den Krug an den Mund gesetzt und ihn zum Trinken gezwungen. ›Gott will, dass du trinkst‹, hatte sie gesagt.

Unvermittelt sprang Matheus auf, weil er beinahe seine Haltestelle verpasst hätte. Sie waren bereits in Ondina. Als er ausstieg, schlug ihm die heiße, trockene Luft von Salvador entgegen. Kaum etwas liebte er so sehr wie diese Luft hier.

Ricardo Barcellos, genannt ›der Fürst‹, war ein kleiner Mann mit Glatze und zwei runden Augen, die aussahen, als wären sie mit einem schwarzen Stift auf sein Gesicht aufgemalt. Matheus kannte ihn mit einem kurzen Bart, aber der Mann, den er jetzt vor sich hatte, war perfekt rasiert und wirkte im Vergleich zu damals irgendwie abgemagert. Als er Matheus in der Tür zu seinem Büro im Haupttrakt der chemischen Fakultät erblickte, ließ ein leicht ironisches Lächeln sein Gesicht erstrahlen. Er war nicht allein. Vor ihm stand eine Kollegin im weißen Kittel.

»Bist du gekommen, um dir meinen Segen abzuholen? Das ist recht so.« Er stand auf und schüttelte Matheus die Hand.

»Herr Professor, störe ich?«

»Aber nicht doch.« Barcellos schaute die Frau an. »Wir waren sowieso gerade fertig.«

Matheus fragte sich unwillkürlich, ob sein alter Lehrer ihn erwartet hatte.

Der stellte ihm nun seine Kollegin vor. Dann klopfte er Matheus auf die Schulter und erklärte der Frau: »Vor dir steht der künftige Inhaber des Lehrstuhls für Organische Chemie in São Paulo. Ich war sein Lehrer.«

Die Frau kniff die Augen zusammen. »Ich habe schon viel von Ihnen gehört. Sehr erfreut.«

In den nächsten Minuten ergingen sich alle drei in Höflichkeiten.

Als sie schließlich alleine waren, verschränkte Barcellos die Arme und kam direkt zur Sache. »Also, Matheus. Was hat dich hierher verschlagen?«

»Ehrlich gesagt handelt es sich um eine etwas merkwürdige Angelegenheit. Cássia und ich sind zufällig dieses Wochenende hier in Salvador, und da wollte ich mich natürlich bei Ihnen melden. Außerdem würde ich Sie gerne etwas fragen.«

Der Fürst fixierte ihn mit seinen Stummfilmaugen.

Matheus erzählte ihm dieselbe Geschichte, die er bereits Ivan erzählt hatte: die Kollegin, die Leute am Fluss, die Krankheiten. Und plötzlich war er sich absolut sicher, dass sein ehemaliger Studienkollege Barcellos nichts von dem Telefonat erzählt hatte. Vielleicht maß er der Sache keine Bedeutung bei, vielleicht hatte er auch einfach nur keine Zeit gehabt. Auf dem Gesicht seines ehemaligen Professors spiegelte sich deutlich die Überraschung.

»Was für Krankheiten?« Seine Stimme war hart. Er versuchte, eine gewisse Aufregung zu verbergen, was ihm jedoch nicht gelang.

»Das Übliche. Cholera, virale Hepatitis, Gastroenteritis. Dann vermutlich Tumore: Rachen, Magen und so weiter, aber auch an den unteren Gliedmaßen, mit den entsprechenden Verstümmelungen. Vergangene Woche ist ein sechsjähriges Mädchen daran gestorben.«

»Woran ist sie gestorben?«

»Das weiß ich nicht genau.«

»Wie heißt deine Kollegin?«

Mit dieser Frage hatte Matheus nicht gerechnet.

»Ich sehe nicht, inwiefern das von Bedeutung sein sollte, Professor. Es handelt sich um eine Freundin, die mich um meine Meinung gebeten hat, und da ich Sie kenne, habe ich mich an Sie gewandt. Ich hatte aber selbst Kontakt zu den Ärzten dort.«

Barcellos rieb sich das Kinn. »Sicher, sicher. Was soll ich sagen, Matheus? Die von der Staatsregierung in Auftrag gegebenen Reinigungsmaßnahmen genügten sämtlichen Standards. Man hat eine sehr effiziente japanische Kläranlage zum Einsatz gebracht. Ein Jahr ist das jetzt her, und du weißt besser als ich, dass manche Bakterien eine sehr lange Inkubationszeit haben. Außerdem ist die Lage in diesen Gebieten kompliziert. Mit Wasser ist es nicht wie mit einer Schultafel: Was man heute auswischt, wird morgen schon wieder draufgeschrieben. Das Wichtigste ist doch, dass das Wasser jetzt sauber ist. Tote kann man in einer solchen Gesamtkonstellation leider nicht verhindern. Aber auch das weißt du ja selbst.«

Die Sekretärin kam ins Büro, ein Tablett mit zwei Tassen Kaffee und die Post für den Professor in der Hand.

»Möchtest du einen Kaffee?«

»Danke, gern.«

Sie tranken schweigend.

Das Büro war das eines Wissenschaftlers und Weltmanns gleichermaßen. Zwei Wände waren vollständig mit Bücherregalen bedeckt. An der dritten hing eine schöne Reproduktion des Flötenspielers von Cândido Portinari, ein Bild, das Matheus sehr schätzte. An der vierten Wand befand sich das Fenster, das auf den Campus-Park hinausging.

Barcellos blätterte zerstreut in seiner Post und schob sie dann beiseite. Irgendetwas zog Matheus' Aufmerksamkeit auf sich, und sein Gehirn generierte ein Bild, das nicht in sein Bewusstsein gelangte.

Dafür befiel ihn jetzt ein beunruhigender Gedanke: Er sollte eigentlich gar nicht hier sein. Nicht einmal mit Sarah Clarice hatte er darüber gesprochen, dass er seinen alten Lehrer aufsuchen wollte. Die Organisation bereitete eine Aktion vor, und er lief herum und posaunte die Ergebnisse aus, bevor er sie überhaupt an seine Auftraggeber übermittelt hatte? War er denn vollkommen verrückt geworden?

Andererseits hatte er noch gar nichts hinausposaunt, sondern stellte lediglich Fragen. Sollte er einfach stillschweigend den Rückzug antreten?

»Es waren also ganz gewöhnliche Reinigungsmaßnahmen, sagen Sie?«

Der Fürst musterte ihn neugierig. »Im Großen und Ganzen ja. Man hat allerdings neue Verfahren benutzt – avantgardistische, könnte man sagen –, die an unserem Institut entwickelt wurden. Sonst hätten wir die Konkurrenz niemals ausstechen können. Es war ein lukrativer Auftrag.«

»Was für Verfahren?«

Barcellos bemühte sich nicht, seinen Unmut zu verhehlen. »Mehr kann ich dazu nicht sagen, Matheus. Manche Tests laufen noch. Du wirst aber zu gegebener Zeit davon hören.«

Der Professor machte eine Pause, als würde er seine Worte genau abwägen. »In welchem Maße bist du in diese Geschichte involviert?«

»Ich schätze meine Kollegin und wollte einfach mehr über die Sache erfahren.«

Barcellos erhob sich nun. Er lächelte, aber es war ein angespanntes Lächeln. »War sehr schön, dich wiederzusehen, mein Lieber, aber wenn du nicht noch mehr Fragen hast, müssen wir langsam zum Schluss kommen.«

Matheus stand ebenfalls auf. Er überragte seinen Professor deutlich.

Als er durch den Flur eilte, hatte er das Gefühl, dass er unbedingt mit Sarah Clarice reden sollte.

Vom Hotel aus rief er bei Health Scanner an, aber ein Kollege teilte ihm mit, dass Sarah Clarice am Nachmittag nicht ins Büro gekommen sei. Er versuchte es auf ihrem Handy, aber der Teilnehmer war nicht erreichbar. Wo zum Teufel steckte sie bloß?

Als er die Augen öffnete, saß Cássia auf der Bettkante und hatte ihr Handy am Ohr. Sie sprach mit jemandem von ihrer Kanzlei in São Paulo. Matheus war einfach umgefallen vor Müdigkeit. Die Mittagszeit musste schon eine Weile vorbei sein, denn durch die Fenstertür fiel das Licht des späten Nachmittags. Die blauen Läden waren schwarz geworden, und über die weißen Wände zogen sich lange rötliche Schatten.

»Du hast geschlafen wie ein Stein, Liebling.«

»Tja … Wie geht's? Ist dein Treffen gut gelaufen?«

»Großartig. Es war gut, dass ich hergekommen bin. Der Mandant ist sehr wichtig für uns, aber mindestens ebenso faul …«

Er kannte Cássia. In diesem Moment war sie ein Ausbund an Glückseligkeit. Ihr Gesicht mit der außergewöhnlich hellen Haut leuchtete förmlich. Tiefschwarze Augen. Lange, glatte Haare von einem Schwarz, das mit einem breiten Pinsel gezogen schien. Seidenbluse und elegante Hose. Sie küsste ihn. »Doch, wirklich: Gut, dass ich hergekommen bin.«

»Bist du müde? Möchtest du dich ein wenig ausruhen?«

»Ehrlich gesagt hab ich eher Hunger.«

»Wie spät ist es denn?«

Sie aktivierte das Licht am Display ihres Handys. »Fast sechs.«

»Ich spring schnell unter die Dusche, dann können wir los.«

»Lass mich zuerst duschen, ich bin fix und fertig. Ich habe übrigens schon im Rio Vermelho reserviert. Wir könnten am Meer spazieren gehen, dann einen Caipirinha trinken und zum Abschluss etwas essen, was hältst du davon?«

Matheus hatte gar nicht zugehört.

»Matty?«

»Ja sicher, großartig.«

Cássia lächelte. Dann zog sie sich aus und verschwand im Bad.

Matheus blieb liegen und starrte an die Decke. Plötzlich war ihm eingefallen, was genau in Barcellos' Büro seine Aufmerksamkeit erregt hatte. Es war die Post gewesen, die die Sekretärin hereingebracht hatte. Ein unscheinbarer weißer Briefumschlag hatte den Absender ›Miller-Johannsen‹ getragen.

Bis vor einer Woche hatte Matheus von diesem Konzern noch nie etwas gehört, und jetzt stolperte er innerhalb weniger Tage gleich zweimal darüber. Seine Gedanken wanderten zu Sarah Clarice. Wo mochte sie nur abgeblieben sein? Die Badezimmertür öffnete sich, und Cássia stand nackt und tropfend im Türrahmen.

Matheus stützte sich auf die Ellbogen. »Komm her.«

Im Nu war sie im Bett. Er zog sie an sich und drückte ihr einen Kuss ins Haar.

Sie musterte ihn. »Ehrlich gesagt habe ich mich gewundert, dass du meine Einladung so ohne weiteres angenommen hast. Eigentlich war ich sogar überzeugt davon, dass du mich versetzen würdest. Hat irgendjemand oder irgendetwas deine Entscheidung beeinflusst? Musstest du dich mit jemandem treffen?«

»Ja. Ich war bei Barcellos.«

Cássia runzelte die Stirn. »Barcellos? Deinem Professor? Warum?«

»Das hat mit dieser Geschichte in Juazeiro zu tun …«

»Du hast mir noch gar nichts über diese Geschichte erzählt, aber irgendwie wirkst du beunruhigt.«

Er schwieg einen Moment und legte seine Hand auf ihren nackten Rücken. Ihre Haut war warm. »Nein. Es gibt da nur ein paar Dinge, die abgeklärt werden müssen. Jetzt möchte ich aber nicht mehr daran denken, jetzt möchte ich mich entspannen.«

»Bravo. Dann geh schnell duschen, ich sterbe vor Hunger.«

Matheus blieb jedoch liegen. »Was weißt du über Miller-Johannsen?«

Cássia zog eine Augenbraue hoch. »Meinst du den Industriekonzern Miller-Johannsen?«

»Gibt es noch andere?«

»Was hast du denn mit denen am Hut?«

»Reine Neugierde. Du weißt doch immer alles. Also sag schon: Was weißt du?«

»Nun … Das ist der zweit- oder drittgrößte Industriekonzern Brasiliens. Wir sprechen hier von Milliardenumsätzen. Stahl, Straßen, Brücken, Staudämme, um nur die Hauptsegmente zu nennen. Dann gibt es noch ein Universum an kleineren Marken und Beteiligungen.«

»Habt ihr je für diese Leute gearbeitet?«

Cássia lachte. »Leider nein. Vor ein paar Jahren, als ich gerade in der Kanzlei angefangen hatte, standen wir kurz davor. Ich meine, mich erinnern zu können, dass die Unternehmensteile ausgliedern wollten, aber genau weiß ich das nicht mehr. An der Börse waren sie jedenfalls schon. Wir haben das Mandat allerdings nicht angenommen.«

»Mhm.«

»Ist das Verhör jetzt vorbei, Professor Braga? Die wesentliche Information hier und jetzt ist, dass ich Hunger habe. Wenn Sie sich also bitte in diese wunderbare Dusche bequemen würden. Danke.«

Er gehorchte und war im nächsten Moment im Bad verschwunden.

Ende der Siebzigerjahre war Angela Young eine der schönsten und begehrtesten Frauen von Salvador gewesen.

Sie kam aus Feira de Santana, der bevölkerungsreichsten Stadt des *Sertão* von Bahia. Angela sang, wollte aber nie Sängerin werden. Sie schrieb, gab ihre Gedichte aber niemandem zu lesen. In ein Heft malte sie die Erinnerungen an ihre Kindheit in einer kargen Landschaft, zwischen Bauern und wilden Tieren. Etliche junge Musiker wollten sie unbedingt auf die Bühne holen, und sie ließ sich jedes Mal überreden – um dann mit ihrer glockenklaren Stimme das Publikum zu bezaubern. Es fiel sogar ein wenig Geld dabei ab.

In jener Zeit gab es in Salvador ein paar verrufene Bars, in denen man es wagte, die zensierten Lieder von Caetano, Chico Buarque und Gonzaguinha zu singen. Brasilien befand sich auf dem Höhepunkt der Militärdiktatur, und Polizeispione, die nichts Besseres zu tun hatten, mischten sich unter das Publikum dieser Kaschemmen. Der Versuch, sie zu enttarnen, war ein großer Spaß.

Angela verkehrte damals auch in den Malerateliers der Altstadt. Man bat sie, Modell zu sitzen, und sie tat das gern, da sie die Künstler dann bei der Arbeit beobachten konnte. So lernte sie Eliomar kennen.

Wenn in jenen Jahren ein Kunsthändler auf der Suche nach exotischen Schätzen nach Salvador kam, dann kehrte er nie ohne ein Werk von Eliomar heim.

Er selbst bezeichnete sich als Schüler von De Chirico und Di Cavalcanti und pflegte zu sagen: ›Meine Kunst ist metaphysische Fischsuppe.‹ Was auch immer man sich darunter vorzustellen hatte – es war genau das, was Angela gerne gemalt hätte. Als sie zum ersten Mal ein Bild von Eliomar sah, schlug sie die Hand vor den Mund und begann zu weinen. Eines Tages dann erkundigte sich eine befreundete Galeristin, ob sie für ihn Modell sitzen wolle.

Eigentlich hatte sie Angst. Die Menschen auf Eliomars Bildern waren durchsichtige Schatten, die in den Farben der Dinge ertranken. Dennoch sagte sie zu, weil sie ihn kennenlernen und beim Malen beobachten wollte. Sie hatte einen alten Mann erwartet, aber Eliomar war dreißig und hatte Sommersprossen und einen krausen rostroten Bart.

Als sie Eliomars Atelier zum ersten Mal betrat, beschloss Angela, nie wieder zu malen.

Eliomar verbrachte einen ganzen Vormittag damit, sie anzustarren, und redete praktisch kein Wort. In der zweiten Sitzung bat er sie, sich auf einem ungemachten, mit lauter Früchten bedeckten Bett auszustrecken. Sie zog sich vollständig aus und legte sich zu den Früchten. Viele Tage lang malte er sie so. Ihm war klar, dass er sich unsterblich in sie verliebt hatte.

Sie bewunderte seine Malerei, fühlte sich aber nicht im Mindesten zu ihm hingezogen. Trotzdem schliefen sie miteinander. Wenn Angela ging, legte er sich in die schmutzverkrustete Badewanne in seiner winzigen Wohnung über dem Atelier, öffnete den Hahn mit dem eiskalten Wasser und blieb stundenlang mit geschlossenen Augen so liegen.

Eines Tages lernte Angela in einer Strandbar in Itapuã einen jungen Engländer kennen. Eine Art Möchtegern-Hippie, wie sie damals haufenweise mit dem Roman von Jack Kerouac im Rucksack von zu Hause abhauten. Chris Young war ein kleiner, dicklicher Typ mit fast durchsichtigem blondem Haar und blauen Augen, die Angela nicht mehr losließen. Noch nie hatte sie ein solches Lächeln gesehen. Er kam aus einer anderen Welt, und von Musik verstand er mehr als alle ihre Bekannten zusammen.

Chris bemühte sich nicht um sie. Es war Angela, die sich ihm wie eine Muschel zu Füßen legte.

Zu Eliomar ging sie nicht mehr. Später erzählte man ihr, dass der Maler die Jacarandaholzläden seines Ateliers geschlossen und ihn monatelang niemand mehr zu sehen bekommen habe. Sie wusste, dass er nicht mehr malte und sich den Bart abrasiert hatte.

1976 wurde Sarah Clarice geboren. Angela war einundzwanzig, Chris dreiundzwanzig. Er lernte die Musiker aus Bahia kennen – Tom Zé, Novos Baianos, Waly Salomão – und begann, als Musikproduzent zu arbeiten. Angela hingegen wurde eines Tages wach und wusste, dass sie Psychologie studieren wollte.

Die Jahre vergingen. Chris und Angela trennten sich, und er kehrte nach England zurück. Eines Tages erhielt Angela eine Einladung zur Vernissage einer gewaltigen Ausstellung von Eliomar in der alten Festung. Seit damals hatten sie sich nicht mehr gesehen. Angela hatte gelegentlich versucht, Kontakt zu ihm aufzunehmen, aber er hatte sich immer geweigert, sie wiederzusehen. Sie freute sich über die Einladung. Sarah Clarice wusste von der Geschichte und beschloss, ihre Mutter zu begleiten.

Die Ausstellung war überwältigend. Das gesamte Leben des Künstlers spiegelte sich in seinen Werken wieder. Angela erwischte sich selbst dabei, dass sie nach den alten Bildern suchte, nach *denjenigen welchen*, aber sie fehlten. Es überraschte sie, dass sie verletzt war. Und dann sah sie ihn plötzlich. Eliomar hatte sich kaum verändert, fiel ihr auf, obwohl er die sechzig bereits überschritten hatte. Seine Bewegungen waren immer noch anmutig und sein Lächeln beinahe schüchtern – eine sanfte Person.

Er kam auf sie zu, drückte Angela fest an sich und dankte ihr, dass sie gekommen war. Angela bedankte sich ihrerseits für die Einladung. *Die Zeit heilt alle Wunden,* dachte sie, und dennoch fühlte sie sich unbehaglich. Dieser Mann hatte etwas sehr Tiefes in ihr gesehen, und höchstwahrscheinlich hatte er ihretwegen entsetzlich gelitten.

»Das ist meine Tochter Sarah Clarice.«

Die lächelte und blieb mit verschränkten Armen stehen.

Eliomar betrachtete sie aufmerksam. »Sarah Clarice. Muss man wirklich immer beide Namen sagen?«

»Immer«, antwortete sie mit einem feinen Lächeln.

Ein paar Minuten lang redeten sie über alles und nichts. Als die beiden Frauen beschlossen, das Fest zu verlassen, versuchte Sarah Clarice mit aller Kraft, den Impuls zu unterdrücken, aber es gelang ihr nicht – und so drehte sie sich um und suchte Eliomars Blick.

Er stand da und beobachtete sie.

Der Sommer 2004 neigte sich dem Ende zu. Eliomar hatte sein altes Atelier in Pelourinho mittlerweile verkauft. Die Gegend war durch den Tourismus aufgewertet worden, und so hatte er sich von dem Geld ein geräumiges Haus mit angebautem Atelier an einem Strand auf Itaparica kaufen können, der Insel auf der anderen Seite der Bucht von Salvador.

Sarah Clarice verbrachte das Wochenende im Haus von Freunden am Strand von Mucambo. Eines Abends sah sie Eliomar am Tischchen einer Strandbar sitzen. Er war allein, trank etwas aus einem hohen Glas, trug ein grünes Unterhemd und eine weite schwarze Leinenhose.

Sie starrte ihn an, bis ein Freund sie darauf ansprach.

»Ich kenne den Mann«, sagte sie. »Das ist ein Freund von meiner Mutter, ein Maler. Eliomar.«

»Das ist Eliomar?«, fragte ihre Freundin Joyce.

»Wer soll das denn sein?«, erkundigte sich der Freund.

Joyce durchbohrte ihn mit Blicken. »Das soll der bedeutendste Maler Brasiliens sein. Ein Genie, wenn man den Leuten glauben darf. Vermutlich habt ihr euch sogar in der Schule mit ihm beschäftigt, und du hast es bloß wieder vergessen.«

Sarah Clarice schwieg, aber in ihren Wangen erschienen die Falten ihres harten Lächelns. Ihr Herzschlag hatte sich beschleunigt.

»Ich werde hingehen und ihn begrüßen.«

Als er sie an seinem Tischchen auftauchen sah, erinnerte sich Eliomar sofort an diese breiten Schultern und den kurzsichtigen Blick. Er bekam Angst, da er spürte, dass mit dieser Begegnung irgendetwas wieder von vorne begann. Etwas, das aus weiter Ferne kam.

Sie redeten den ganzen Abend. Als Joyce und ihr Freund Bescheid gaben, dass sie aufbrechen wollten, bat Sarah Clarice die beiden, schon einmal vorzugehen. Sie würde alleine heimkehren.

Nachdem sie an jenem Freitag im Hafen von Bom Despacho die Fähre verlassen hatte, fühlte sich Sarah Clarice versucht, das Handy anzuschalten. Sie tat es dann aber doch nicht und vergrub das

Handy stattdessen ganz unten in der grünen Leinentasche mit den winzigen gelben Margeriten.

Sie wollte verschwinden und zwei Tage ausschließlich ihren eigenen Angelegenheiten widmen, ohne an die Arbeit zu denken, an Marianne und die Analysen, an Matheus und den ganzen Rest. Die Sonne schien angenehm warm, die Kokospalmen bogen sich im Wind, und das Meer changierte in den verschiedensten Grüntönen. Sie liebte Itaparica und musste an das Grau der Heimatstadt ihres Vaters denken. Als sie in London gelebt hatte, hatte Sarah Clarice das Gefühl gehabt, am Nabel der Welt zu sein. Nirgendwo sonst fühlte sie sich aber derart wohl wie in dieser Landschaft mit diesen Farben.

Im Bus, der sie ins Zentrum brachte, steckte sie sich die Stöpsel ihres iPods ins Ohr. Sarah Clarice war fest entschlossen, diese absurde, vollkommen verrückte Geschichte zu beenden. Das hatte sie schon häufiger versucht, allerdings immer erfolglos. *Dieses Mal ist wirklich das allerletzte Mal*, versprach sie sich selbst.

Nach jenem Abend in der Bar war sie oft nach Itaparica gefahren. Bereits am ersten Abend hatte sie das Verlangen gespürt, mit Eliomar zu schlafen. Er hatte sie mit zu sich nach Hause genommen, und sie hatten bis tief in die Nacht weitergeredet. Außer sich ihre Geschichten über ihr Leben anzuhören und gelegentlich etwas einzuwerfen, unternahm er aber nichts. Dabei hatte Sarah Clarice sich noch nie derartig zu jemandem hingezogen gefühlt. Irgendwann versuchte sie, ihn zu küssen. Sie begehrte diesen Mann. Eliomars Lippen hatten etwas Sanftes, Erregendes, aber seine Augen blieben weit geöffnet und nahmen einen traurigen, ängstlichen Ausdruck an.

›Was ist? Möchtest du nicht?‹

›Ich kann das nicht mehr, Sarah Clarice. Tut mir leid.‹

Sie dachte, er mache Scherze. Dann begriff sie, dass der alte Maler es ernst meinte.

›Wenn du möchtest, male ich dich. Das ist meine Art zu lieben.‹

›Küss mich, bitte.‹ Sie wollte ihren Rock ausziehen, doch Eliomar sprang sofort auf, wie ein zorniger Kater.

›Nein, um Gottes willen, Sarah Clarice.‹

›Warum?‹

›Darum.‹

›Was ist passiert? Warum kannst du nicht?‹

›Ich war sehr krank.‹

Nun kam er wieder zu ihr. Er war ein ungewöhnlich schöner Mann.

Sarah Clarice küsste ihn noch einmal. ›Das macht nichts‹, sagte sie. ›Ich möchte trotzdem, dass du mich küsst.‹

Und dann tat er, worum sie ihn bat. Sarah Clarice schloss die Augen und roch ihren eigenen Vanillegeruch. Ihm wiederum war, als würde er von finsterer Nacht verschlungen.

Am nächsten Tag bat Eliomar sie zu vergessen, was geschehen war. Sarah Clarice aber erklärte, dass sie sich in ihn verliebt habe und dass es ihr egal sei, wenn er keinen Sex mit ihr haben könne. Eliomar betrachtete sie. Diese Frau hatte etwas, das ihn in Alarmbereitschaft versetzte und gleichzeitig reizte. Ein überraschender Gedanke kam ihm in den Sinn: *Sie ist ein merkwürdiges Kunstwerk; irgendetwas an ihr ist unvergleichlich.* Besonders ihre Augen verwirrten ihn. Sie waren kiwifarben, aber die Pupillen waren nicht schwarz, sondern honigfarben – wie goldglänzender Honig.

Ab diesem Tag sahen sie sich häufig. Er kam selten nach Salvador, und auch sie zog es vor, nach Itaparica zu fahren. Sie liebte dieses Haus am grünen Ozean, das aussah, als wäre es einer Designzeitschrift entsprungen. Für Eliomar war sie eine außergewöhnliche Freundin, und er bat sie immer wieder, ihm Modell zu sitzen. Sie weigerte sich jedoch standhaft. Trotzdem war Sarah Clarice eifersüchtig auf die Modelle, die ins Haus kamen. Frauen aus Itaparica. Eliomar sprach davon, dass er dem Geist Paul Gauguins nachspüre. Er malte die Menschen dieser Strände und

Dörfer, die Früchte, die violetten und türkisfarbenen Vögel in den Zweigen der Mandel- und Mangobäume. Wenn Sarah Clarice die Leinwände betrachtete, die an den Atelierwänden lehnten, vermochte sie allerdings nichts von Gauguins Vitalität darin zu erkennen – sie sah immer nur Eliomar. Oder vielmehr das, was sie von Eliomar zu sehen bekam. Eine unsägliche Traurigkeit sprach aus den Bildern.

Den Blick auf die Küstenstraße und die Fischerhäuser hinter dem Busfenster gerichtet, erinnerte sie sich daran, wie sehr die Vorstellung, von ihm berührt zu werden, sie erregt hatte. Anfangs hatte Sarah Clarice ihn dazu verleiten wollen, aber er hatte sich geweigert, sie nackt zu sehen. Wenn sie bei ihm war, schlief sie in einem anderen Zimmer.

›Wenn du nicht für mich Modell sitzt, möchte ich dich nicht so sehen‹, hatte er gesagt.

Die Geschichte dauerte mittlerweile schon fast zwei Jahre lang, und noch immer war nicht geschehen, was sie ersehnte. Als Sarah Clarice ihre Besuche schließlich einschränkte, rief er sie häufiger an. Sie antwortete ihm aber einfach nicht mehr. Außerdem wusste ihre Mutter nichts von der Sache, und Sarah Clarice hasste es, sie ständig belügen zu müssen.

Eines Tages dämmerte ihr, dass es vielleicht nur eine einzige Möglichkeit gab, den unsichtbaren Faden zwischen Eliomar und ihr zu durchtrennen, nämlich indem sie ihm Modell saß. Dann überlegte Sarah Clarice es sich jedoch wieder anders, und das machte ihn so wütend, dass er sich eine Weile nicht mehr meldete. Eliomars Schweigen belastete sie sehr. Was absolut verrückt, ja vollkommen absurd war. Um auf andere Gedanken zu kommen, stürzte Sarah Clarice sich in die Arbeit und verfolgte mehrere Projekte gleichzeitig. Dann kam die Sache mit Juazeiro.

Als sie an jenem Abend Eliomars Nachricht bekommen hatte, herrschte bereits seit Monaten Funkstille zwischen ihnen.

›*Tauch wieder auf.*‹

Und endlich hatte sie sich entschieden: Sie würde ihm Modell sitzen, ein einziges Mal nur, und dann nie wieder zu ihm zurückkehren.

Im Laufe des Tages hatte sich das Wetter verschlechtert. Als Sarah Clarice am Strand von Mucamba ankam, hatte sich ein starker Wind erhoben und klatschte ihr den Regen frontal ins Gesicht. Eliomar hatte wunderbar gekocht, extra für sie, wie immer.

Am nächsten Tag, dem Samstag, war der Himmel bedeckt.

Sie tranken ihren Kaffee auf der Veranda mit den langen weißen Holzbohlen. Sarah Clarice merkte, dass Eliomar angespannt war. Und dass ihre eigene Erregung sich in Luft aufgelöst hatte.

Sie sprachen über Gott und die Welt.

Schließlich sagte sie: »Wollen wir?«

Er fragte, ob sie sicher sei, dass sie es wirklich wolle.

»Natürlich. Gehen wir.«

Sarah Clarice hatte einen weißen Baumwollrock und ein wassergrünes Trägerhemd an. Am linken Knöchel trug sie wie immer das Goldkettchen, an dem eine kleine perlmutterfarbene Molluske baumelte. Sie verschwand hinter dem Paravent und trat nackt wieder hervor.

Eliomar starrte sie mit offenem Mund an. Sarah Clarice sah seine Hände zittern. Langsam trat sie auf das Bett zu, das vor der Leinwand stand. Ihre Brust fühlte sich schwer an, und ihr Magen schnürte sich zusammen. Dann passierte etwas, das sie erschütterte. Eliomar brach in Tränen aus. Er saß auf seinem Schemel hinter der Leinwand und schluchzte. Sie ging hin und streichelte ihm den Kopf.

Er küsste sie. Sarah Clarice lag nackt in seinen Armen und spürte, dass ihr Körper von kleinen Schaudern geschüttelt wurde. Irgendetwas drückte gegen ihren Bauch: Eliomar war gar nicht impotent. Er wollte sie zum Bett tragen, aber sie schob ihn sanft von sich fort. Sie war kalt. In ihrem Innern war kein Fünkchen

Begehren mehr. Sie fühlte sich nicht einmal traurig oder hintergangen. Aus dem Augenwinkel sah Sarah Clarice das Meer hinter dem großen Fenster. Es war metallisch grau.

Eliomar war verschwunden. Sarah Clarice fühlte sich leicht und dunkel wie ein Schatten.

5

Sonntagabend um kurz nach zehn nahmen Cássia Toledo und Matheus Braga am Flughafen von Congonhas ein Taxi zu ihr nach Hause. Cássias Wohnung lag im neunten Stock eines eleganten Gebäudes an der Ecke Bela Cintra, Alameda Santos. Obwohl nicht viel Verkehr herrschte, dauerte die Fahrt über eine halbe Stunde. Sie hatten Hunger, und Cássia zauberte ihnen schnell einen Teller Spaghetti mit Tomatensoße und Basilikum. Dann schauten sie sich eine DVD an. Der Flachbildfernseher stand vor dem Bett, und so schliefen sie irgendwann vor Müdigkeit einfach ein.

Montagmorgen verließ Cássia um kurz nach acht das Haus. Matheus hingegen ließ es ruhig angehen. Er hatte mit dem Rektor der Universität São Paulo eine Verabredung zum Mittagessen. Nachdem er einen Kaffee getrunken hatte, ging er hinunter auf die Avenida Paulista. Es war einer dieser überwältigenden Herbsttage von São Paulo: Der Himmel war klar, und es wehte eine frische Brise. Matheus folgte dem Menschenstrom ohne ein konkretes Ziel. Irgendwann betrat er die Buchhandlung Cultura. Seit längerem schon suchte er das Buch eines englischen Chemikers, das ihn während seines Studiums sehr beeindruckt hatte. Es war aber nicht da. Sicher würde er es in der Unibibliothek finden, tröstete er sich.

Matheus schlenderte noch eine Weile durch die Gegend, kaufte sich dann eine Zeitung, setzte sich in eine Bar, trank einen Kaffee und aß ein Stück Erdbeerkuchen. Als er an der Wand eine Uhr entdeckte, war es längst zu spät. Mit verschiedenen Bussen gelangte er zum Univiertel.

An einem Tag wie diesem war der Campus der USP ein angenehmer Anblick: der blaue Himmel, die weißen Gebäude, die gepflegten Gärten. Gelegentlich sah Matheus sogar ein bekanntes Gesicht. Dann stieg er zu den Büros im Rektorat hoch, wo ihn die Sekretärin bat, sich ein paar Minuten zu gedulden.

Kurz darauf erschien der Rektor an der Tür und bat ihn, Platz zu nehmen. Eine Weile ergingen sich die beiden Männer in Smalltalk, dann beschlossen sie, in einem Restaurant in der Nähe etwas zu essen. Das Gespräch verlief angenehm, und Matheus erhielt sämtliche Zusagen, die er sich erhofft hatte.

Nach dem Essen kehrten sie gemeinsam auf den Campus zurück und verabschiedeten sich mit Handschlag. Matheus machte sich auf den Weg zur Fachbibliothek Chemie. Als Erstes wollte er besagtes Buch auftreiben, dann würde er sich einen Internetzugang suchen und wieder mit der Welt in Kontakt treten. Irgendein Handy dudelte eine idiotische Melodie. Es dauerte eine Weile, bis Matheus begriff, dass es sein eigenes war. Er benutzte es nie, aber an diesem Morgen hatte Cássia ihn genötigt, es mitzunehmen.

»Ja?«

»Matheus, hier ist Sarah Clarice.« Sie klang angespannt.

»Ah, hallo. Alles okay? Ich habe am Freitag versucht, dich anzurufen. Wo warst du?«

»Und wo bist *du?* Ich versuche seit gestern Abend, dich anzurufen.«

»Ich bin in São Paulo.«

»In São Paulo? Was machst du denn in São Paulo?«

»Nun, ich hab auch noch ein Leben jenseits …«

»Matheus, hör zu.«

Er merkte, dass irgendetwas nicht stimmte.

»Was ist?«

»Nelson«, sagte sie.

Er sah plötzlich leicht verschwommen und kniff die Augen zusammen.

»Was?«

»Nelson ist verschwunden.«

»Was sagst du da?«

»Er ist seit Samstagmorgen verschwunden. Gestern Abend hat mich Sandra angerufen – keine Ahnung, wie sie meine Nummer herausbekommen hat. Sie hat versucht, dich zu erreichen, aber leider ohne Erfolg. Sie ist wirklich verzweifelt. Gestern hat die Polizei auf einer Straße außerhalb von Sobradinho den Passat gefunden. Von deinem Bruder allerdings keine Spur. Niemand hat ihn gesehen. Er hat sich einfach in Luft aufgelöst.«

Zweiter Teil

Kobra

6

Carlos Alberto Bidaqui legte die Brille mit dem schmalen Goldrand auf den Schreibtisch und blinzelte. Er war todmüde. Bidaqui war einer dieser Leute, die man in Brasilien ›Sonderberater‹ nannte und die entweder für einen Minister, einen Richter des Obersten Gerichtshofs oder für den Vorsitzenden einer Senatskommission arbeiten. Auch der Präsident hatte seine eigenen, sorgfältig ausgewählten Sonderberater.

Wie so oft war die reguläre Arbeitszeit längst vorbei – wobei man fairerweise dazusagen musste, dass in seinem Vertrag gar keine Rede von Arbeitszeiten war. Mit seiner Unterschrift unter den Beschäftigungsvertrag tauschte ein Sonderberater sein altes Leben gegen eine aufreibende Doppelexistenz als Arbeitssklave und Schatten seines Vorgesetzten. Und je wichtiger dieser war, desto weniger Spielraum blieb dem Sonderberater. Nicht selten blieb sein Privatleben vollständig auf der Strecke. Bidaquis Chef, der Minister für Wissenschaft und Technik, war sehr wichtig, auch wenn das nur wenige wussten. Im Moment war der Chef nicht da, und Bidaqui musste ihn vertreten.

An dem ovalen Holztisch saßen mehrere Personen, aber seine Aufmerksamkeit konzentrierte sich auf Fernando Lemsky Soares, einen großen, hageren, finsteren Mann, der seit ein paar Monaten Leiter der CTNBio war, der brasilianischen Kommission für Biosicherheit.

Es ging um Routineangelegenheiten: einen Antrag von Monsanto auf Erteilung der Marktzulassung für ein transgenes Soja, das angeblich gegen einen neuen Parasiten resistent sein sollte; einen entsprechenden Antrag – ebenfalls von Monsanto – für eine transgene Maissorte, die gegen das wiederum von Monsanto hergestellte Pestizid Glyphosat resistent zu sein versprach; und schließlich ein Antrag für eine transgene Maissorte von Syngenta.

Der erste Teil der Sitzung zog sich hin, weil Lemsky Soares zu den neuen Produkten eine Reihe von Anmerkungen zu machen hatte, aber am Ende erteilte die Kommission sämtliche Zulassungen. Im Prinzip war der Leiter der CTNBio überhaupt nicht damit einverstanden, dass der Markt mit all diesen Produkten, die die multinationalen Konzerne aus dem Hut zogen, überschwemmt wurde. Andererseits hatte er längst begriffen, dass gegen die üblichen Gepflogenheiten nicht viel auszurichten war.

Lemsky Soares war nur allzu bewusst, dass bestimmte Entscheidungen gar nicht in diesem Amtssitz getroffen wurden. Brasilien war auf dem Weg, das Land mit dem zweitgrößten Bedarf an genverändertem Saatgut zu werden, direkt nach den Vereinigten Staaten – für die Gentechnikriesen eine Goldgrube. Brasilia wimmelte nur so vor Lobbyisten, Anwälten und Beratern der transnationalen Unternehmen, die wie ausgehungerte Wölfe auf der Lauer lagen, um ihre Produkte auf dem ständig expandierenden Markt zu platzieren. Den Funktionären, die von den Konzernen in die ministeriellen Entscheidungsinstanzen eingeschleust wurden, hatte Lemsky Soares den Krieg erklärt, und er tat alles, um sie aus den Räumen der Kommission herauszuhalten. Dort aber, im siebten Stock des Ministeriums für Wissenschaft und Technologie, lagen die Dinge anders. Nicht alle Dossiers landeten in einer geregelten Prozedur auf ihrem Tisch. In den letzten Wochen etwa war eine Akte mit dem Namen ›BN-00 Blind Narcissus‹ – Blinder Narziss – zirkuliert und hatte keine Ruhe gefunden.

Wie immer widmete sich die zweite Sitzungsphase den Anträgen auf Genehmigung von Freilandversuchen mit neuen Produkten, vor allem genetisch veränderten Organismen. Meistens war dies der kürzere Teil der Sitzung. An diesem Tag aber sollte es anders kommen: Einer der Tagesordnungspunkte war nämlich besagter Blind Narcissus, wobei es diesmal nicht um Pestizide ging, sondern um Wasser, genauer gesagt um ein ›Modell für die Behandlung von Wasser zum Gebrauch von Mensch und Tier‹.

Fernando Lemsky Soares war mit einem klaren Ziel in die Sitzung gegangen: diesen Antrag abzulehnen, koste es, was es wolle. Das hatte Bidaqui vorausgesehen, und so lastete seine fast schon legendäre Dauermüdigkeit jetzt noch schwerer auf ihm.

»Doktor Bidaqui, alle Anwesenden hatten Gelegenheit, Einsicht in das Dokument zu nehmen«, griff Lemsky Soares sofort an. »Da es sich um ein Thema handelt, das die öffentliche Gesundheit betrifft, bin ich der Auffassung, dass die Sache eingehender geprüft werden muss. Ich schlage daher vor, den Vorgang an die Zentralkommission zurückzugeben.«

Bidaqui schaute ihn über seine Brille hinweg an. Er hatte den Eindruck, dass Lemsky Soares seine Worte wie eine Formel auswendig gelernt hatte.

»Das Dokument hat die Zentralkommission bereits passiert, daher sehe ich nicht, wieso wir es dorthin zurückgeben sollten«, erwiderte er in einem leicht ironischen Tonfall.

»Zum Zwecke einer eingehenderen Prüfung, Doktor Bidaqui.«

Lemsky Soares' Meinung hatte im Ministerium Gewicht, und das wusste Bidaqui. Als Leiter der CTNBio hatte er die Möglichkeit, Stimmungen zu beeinflussen und über das Schicksal eines Projekts – oder zumindest über die Geschwindigkeit seiner Umsetzung – zu entscheiden. In jedem Fall konnte er einem mit seinen spitzfindigen Einwänden das Leben schwer machen.

»Was genau kommt Ihnen denn klärungsbedürftig vor, Doktor Lemsky Soares?«

»Verschiedenes«, sagte der Kommissionsleiter. »Vor allem aber ist mir der Zweck des Ganzen nicht klar ...«

»Wie das?«, unterbrach ihn Bidaqui. »Es handelt sich um ein Reinigungsverfahren für Trinkwasser, klarer geht's ja wohl nicht.«

»Genau«, sagte Lemsky Soares. »Es gibt Hunderte von Verfahren zur Reinigung von Wasser, aber ich kann mich nicht erinnern, dass man unserer Kommission auch nur eines davon zur Prüfung vorgelegt hätte.«

Bidaqui nickte. »Schon richtig, aber da es sich um ein technisches Verfahren handelt, verlangt das Gesetz eindeutig unsere Zustimmung. Wenn es regnet, dann ist das nicht die Schuld der Meteorologen, sondern die der Wolken.«

»Diese Metapher verstehe ich nicht, wenn ich ehrlich sein darf.« Lemsky Soares lächelte.

Bidaqui verzog das Gesicht; die anderen grinsten.

Lemsky Soares fuhr fort. »Mir ist einfach nicht klar, wieso ein technisches Verfahren von der Fachkommission für Biosicherheit genehmigt werden muss. Was soll bitte schön der Grund dafür sein?«

Bidaqui schwieg einen Moment. »Das wird in der Anlage A-15 ausführlich erläutert«, antwortete er dann. »Da es sich um ein Klärverfahren für Trinkwasser handelt, wird das Ergebnis ein bonifiziertes Wasser sein, welches unserer Meinung nach – und hier spreche ich ausdrücklich im Namen des Ministers – vollkommen zu Recht durch ministerielle Sicherheitsauflagen geschützt werden sollte.«

»Geschützt? Habe ich da richtig gehört?« Lemsky Soares ließ sich gegen die Stuhllehne plumpsen und schüttelte den Kopf. Zerstreut blätterte er in dem Konvolut herum.

»Was ist eigentlich das Problem?«, mischte sich einer der Anwesenden ein. »Das Dokument enthält doch erstklassige Gutachten, was soll ich sagen ... Gutachten von maßgeblichen chemischen Instituten ...«

Lemsky tat, als hätte er den Kollegen gar nicht gehört.

»Ich sag's noch einmal«, beharrte er müde. »Meines Erachtens muss der BN-00 auf den Tisch der Zentralkommission zurück. Ständig beklagen wir uns, dass wir unbesehen ganze Lawinen von Vorgängen genehmigen – aber wenn wir endlich einmal die Gelegenheit haben, etwas zu hinterfragen, dann machen wir einen Rückzieher …«

Das war kein Vorschlag, sondern eine kühle Feststellung gewesen. Bidaqui presste die Lippen zusammen. Er hätte gern entsprechend reagiert, entschied sich dann aber, die Sache nicht überzustrapazieren. Die langjährige Erfahrung hinter den Kulissen der Macht hatte ihn gelehrt, dass eine direkte Konfrontation nichts brachte. Erfolg war nur eine Frage von Zeit. In den Bänken des Nationalkongresses und im Fernsehen mochte Polemik gut sein – hier war sie schädlich.

»Gut«, sagte er. »Lassen wir die Prüfung des BN-00 also sein und schicken das Ganze zur Zentralkommission zurück. Als äußerst dringliche Angelegenheit allerdings.«

Die Anwesenden schienen überrascht, sagten aber keinen Ton.

Fernando Lemsky Soares lächelte. »Gut. Was haben wir noch?«

»Nichts. Das war der letzte Punkt für heute.«

Carlos Alberto Bidaqui erhob sich aus seinem Sessel und verabschiedete die Anwesenden. Sein Tag war noch lange nicht zu Ende.

7

Paulo Henrique Johannsen, genannt Paulão, weil er mehr als einhundertzwanzig Kilo wog, beharrte darauf, dass die Dinge ihren geregelten Gang gingen. Und jetzt waren diese verdammten Knastbrüder dabei, seine Pläne zu durchkreuzen. Er schwitzte derart, dass sein weißes, in feinster Schneiderkunst verfertigtes Hemd – in Granatrot waren die Buchstaben PHJ eingestickt – an seinem mit Räucherlachs und deutschem Bier gefüllten Bauch schon ganz durchsichtig war.

Paulão stand an der marmornen Kochinsel in der Küche seines gewaltigen Hauses in Morumbi und grübelte.

Es gab immer eine Lösung, man musste nur nachdenken. Das war der Lieblingsspruch seines Vaters Josef, und was sein Vater sagte, war Gesetz. Ein altes Gesetz, musste man dazusagen, aber trotzdem gültig.

Er stürzte ein eiskaltes Bier hinunter und griff, einen Schaumbart an der Oberlippe, nach seinem Handy. Schnell ließ er das Adressverzeichnis durchlaufen. Schließlich fand er die Nummer, die er suchte.

»Guten Tag, hier ist Paulo Johannsen.«

Am anderen Ende der Leitung die freundliche Bitte, einen Moment zu warten.

Dann eine tiefe, ruhige Stimme. »Doktor Johannsen, was für eine Freude …«

»Herr Anwalt, wie geht's? Verzeihen Sie die Eile, aber ich habe ein Problem, das dringend gelöst werden muss. Dabei hatte ich an Sie gedacht.«

»Zu viel der Ehre. Worum geht es denn?«

»Eigentlich handelt es sich nur um eine dumme Geschichte, und in Anbetracht der späten Stunde ...«

»Aber nicht doch, Doktor.« Der tiefen, von den vielen Havanna-Zigarren leicht kratzigen Stimme war eine gewisse Anspannung anzuhören.

»Dieses Chaos wird langsam zum Problem für mich.«

»Das gilt sicher für uns alle.«

»In der Tat. Deshalb habe ich mich auch gefragt, ob man nicht einen Waffenstillstand aushandeln könnte.«

»Da sind Sie vermutlich nicht der Einzige.«

Paulo Johannsen bezog sich auf eine Reihe von Attentaten, die Mitglieder einer Verbrecherbande namens PCC – *Primo Comando della Capitale* – im Mai 2006 auf Ordnungskräfte von São Paulo verübt hatten, um sich für die Verlegung ihrer Bosse in ein anderes Gefängnis zu rächen. Tagelang war São Paulo von den Schlägen der Stadtguerilla erschüttert worden. Über einhundertfünfzig Tote hatte es damals gegeben.

Der Anwalt verharrte einen Moment in Schweigen. »Was würden Sie denn vorschlagen?«, erkundigte er sich dann vorsichtig.

»Wie Sie wissen, bin ich kein Experte für öffentliche Sicherheit, sondern Unternehmer ... Trotzdem denke ich, dass man sich auf beiden Seiten etwas flexibler zeigen sollte.«

»Sehr richtig, Doktor. Allerdings ist das nicht so einfach.«

»Unmöglich aber auch nicht«, entgegnete Johannsen barsch.

Der Anwalt versuchte, seiner Stimme einen neutralen Tonfall zu verleihen. »Ich nehme an, Ihre Besorgnis hat einen ganz klaren Grund ...«

»Richtig. Sogar einen sehr einfachen. Für mich ist es wichtig, dass der Luftraum wieder zur Normalität zurückkehrt. In ein paar Tagen erwarte ich einen wichtigen Gast, und mein Hubschrauber muss ungestört fliegen können. Zurzeit wirkt der Himmel von São Paulo eher wie ein Kriegsgebiet. Die Polizei kontrolliert sämtliche Flugschneisen, und das ist gefährlich. Diese ständigen

Kontrollen sind außerdem ein wenig unangenehm – wenn ich ehrlich sein soll, sind sie sogar hochgradig ärgerlich. Wir müssen zurück zur Normalität … Ich hatte Ihnen ja gesagt, Herr Anwalt, dass es sich bei meinem Anliegen nur um eine dumme Geschichte handelt …«

»Verstehe, Doktor. Was schlagen Sie also vor?«

»Sehen Sie, ich schätze die Arbeit unseres ehemaligen Gouverneurs, der sich letztes Jahr erfreulicherweise dazu bereiterklärt hat, im nächsten Oktober als Präsident zu kandidieren. Und wenn ich irgendetwas tun kann, um seinen Wahlkampf zu unterstützen, sagen Sie einfach Bescheid … Legen Sie dem Herrn Exgouverneur aber unbedingt nahe, dass es nun schnellstmöglich ein Ende mit diesem Blödsinn haben muss. Sie haben die Möglichkeit, mit beiden Seiten zu reden, das weiß ich. Allerdings wissen wir beide, dass der Staat ein paar Zugeständnisse machen muss. Was hat man denn vor? Diesen Kriminellen von einem Tag auf den anderen den Krieg zu erklären, nachdem man sie jahrelang hat machen lassen? Es kann doch jetzt nicht darum gehen, den Scharfrichter zu spielen. Jetzt geht es um praktische Dinge. Nun, Sie wissen ja, wovon ich rede!«

Der Anwalt lächelte. »Darf ich die Gegenseite wissen lassen, dass Ihre Interessen im Spiel sind?«

»Entscheiden Sie selbst. Wenn Sie es für nötig befinden …«

»Verstehe.«

Sie verabschiedeten sich freundschaftlich.

In einem eleganten Restaurant im Viertel Jardins, wo sie vor einer göttlichen Zwiebelsuppe saßen, erzählte Paulo Johannsen seinem Vater von seinem Treffen mit einem Franzosen – der aber, wenn er es recht bedachte, genauso gut ein Engländer sein könnte, das wisse er nicht genau. In jedem Fall, erzählte Paulo weiter, sei er aber Boss eines großen Konsortiums. Was aber noch wichtiger sei: Der Kerl wolle als Minderheitsaktionär ins Unternehmen einsteigen. Was eine gute Sache wäre, fügte Paulo eilig hinzu, weil sich die Gewichte dadurch nicht allzu empfindlich verschöben.

»Kurz gesagt: Es handelt sich um einen reinen Investor, der an den verschiedensten Fronten mitmischt.«

Hier runzelte der alte Josef die Stirn. Solche Sätze hatten in seiner Sprache keinerlei Bedeutung. Wenn bei ihm zu Hause jemand zur Tür hereintrat, bot man ihm auch einen Platz an.

Seit ein paar Jahren hatte er mit dem Unternehmen aber offiziell nichts mehr zu tun. Er hatte alle Geschäfte seinem Sohn übertragen und vertraute ihm. Trotzdem gefiel es ihm, wenn er gelegentlich über die wesentlichen Dinge informiert wurde, und noch besser gefiel es ihm, wenn das bei einer guten Flasche Wein geschah, in einem Ambiente, das ihrem Status angemessen war. Einen guten Rat konnte er schließlich immer noch erteilen. Oder auch einfach nur zuhören, wie in diesem Moment. Immerhin hatte sich das Unternehmen unter seinem Sohn tüchtig entwickelt. Paulo hatte es an die Börse gebracht und ihm neue Betätigungsfelder erschlossen, etwa das der großen Infrastrukturprojekte. Außerdem hatte er enge Beziehungen zur öffentlichen Verwaltung, was wiederum bedeutete, dass er die Banken auf seiner Seite hatte.

Der alte Josef glaubte nicht an Politik und hatte sich von diesen Dingen immer ferngehalten. Doch die Zeiten hatten sich geändert. Früher war eine solch strikte Trennung vielleicht noch möglich gewesen. Jetzt galt das nicht mehr.

Das war überhaupt sein Problem: Seit Beginn der Neunzigerjahre verstand er Brasilien nicht mehr. Alles hatte zu schillern begonnen. Die Demokratie war zweifellos eine gute Sache, aber es war nicht mehr so leicht zu durchschauen, wer Freund und wer Feind war.

Der Kellner, der wie ein unsichtbarer Schatten auf der Lauer lag, schenkte dem alten Josef ein weiteres Glas von dem chilenischen Cabernet mit der herrlichen Farbe von Blaubeeren ein.

Josef trank. Dann fragte er seinen Sohn: »Braucht Miller-Johannsen denn neue Gesellschafter?«

Paulão verspürte einen gewissen Ärger über die Frage seines Vaters. Er aß seine Zwiebelsuppe auf und kratzte mit dem Löffel sorgfältig die Reste heraus.

»Wir brauchen ein wenig Luft, Papa.« Dann lächelte er. »Ich habe alles unter Kontrolle, da kannst du ganz beruhigt sein. Möchtest du einen Nachtisch? Die *Crème au Caramel* hier ist ein Traum.«

Sein Vater schüttelte den Kopf. »Nein danke. Ich bin fertig.«

In einer der folgenden Nächte stand Paulo Johannsen vor der Scheibe, die auf den perfekt bewässerten Garten hinausschaute, und dachte daran, wie er seinem Vater die Situation dargelegt hatte. Eigentlich hätte er ihm gar nichts erzählen müssen. Wenn er aber in den zehn Jahren, in denen er das Unternehmen nun alleine steuerte, etwas gelernt hatte, dann, dass er es später bereuen würde, wenn er es nicht getan hätte.

Das Unternehmen machte schwere Zeiten durch. Ausländische Konsortien fielen immer aggressiver in die brasilianische Wirtschaft ein, und die Wasserkraftwerke wurden praktisch zermalmt im bürokratischen Fleischwolf der Umweltbestimmungen und Verwaltungsinstanzen. Das Geld, das man ausgab, um sich vor Gericht zu behaupten und das Beziehungsgetriebe zu schmieren, überstieg die Einnahmen bei weitem, und so stand Miller-Johannsen bei den Banken erheblich in der Kreide.

Diesem Metallgewerkschafter wiederum, diesem Lula, der es nach drei Anläufen geschafft hatte, zum Präsidenten gewählt zu werden, hatten die Skandale vor einem Jahr nichts anhaben können, sodass er jetzt wahrscheinlich sogar wiedergewählt wurde. Man musste allerdings zugeben, dass er die alten Verhältnisse nicht allzu sehr aufgemischt hatte – im Gegenteil. Trotzdem hatte sich in Teilen der Regierung, vor allem im Bereich des Umweltschutzes und der Konzessionen, der üble Gestank des Kommunismus ausgebreitet. Und die Bundespolizei entwickelte sich zu einer wahren Plage. Unter der Regie des Justizministers wurde sie mittlerweile wie eine Art Fernsehshow in Szene gesetzt, um der Nation zu zeigen, dass die Regierung nicht korrumpierbar war. *Was denken die wohl, wer die sind, diese Idioten? Das FBI?*

Es war also absolut sinnvoll, dachte Paulo Johannsen, nach neuen Verbündeten zu suchen, jenseits der alten Logik und der bewährten Muster.

Nur in einem Detail hatte er seinen Vater belogen: Nicht er hatte Kontakt zum Drachen aufgenommen, sondern umgekehrt.

Zwei Tage später um die Mittagszeit nahm ein eleganter Mann um die vierzig vor ihm Platz. Volle Lippen, ausgeprägte Geheimratsecken, erstaunlich intensiver Blick. Der Mann lächelte und schaute sich um.

»Ein schönes Restaurant.«

»Ja, und vor allem diskret.«

Paulo Johannsen und der Anwalt Antônio Netto saßen an einem quadratischen Tisch in einem der Separees des Luciano, eines exklusiven Italieners in unmittelbarer Nähe der Haddock Lobo.

Zuerst war der Sommelier auf dem Plan erschienen und hatte ihnen – erfolgreich – eine Flasche zu zweihundertfünfzig Reais angepriesen. Dann kam der Kellner und nahm die Bestellung auf, was vergleichsweise schnell ging. Paulão aß häufiger dort und hatte seine Lieblingsgerichte. Als sie endlich alleine waren, eröffnete Johannsen das Gespräch.

»Hast du die Fotos?«

»Nicht nur die«, sagte Netto lächelnd. »Wir haben auch einen Film.«

»Handelt es sich denn wirklich um unseren Mann?«

Netto unterdrückte eine überraschte Reaktion. »Sicher. Mein Mann würde sich in einer solchen Angelegenheit nie vertun.«

»Und der Preis?«, fragte Johannsen und konzentrierte sich darauf, eine eiskalte Butterlocke auf ein Stück Brot zu schmieren.

»Wie verabredet. Es ist alles in Ordnung, Doktor, machen Sie sich keine Gedanken.«

Nun entspannte sich Paulão Johannsen. Kaum etwas verschaffte ihm so viel Genugtuung wie der Spaß, einen Sonderermittler der Bundespolizei wie seinen letzten Laufburschen zu behandeln. Und der Mann, den Netto aufgespürt hatte, war der Laufbursche der Stunde.

»Zeig mir die Fotos.«

»Hier?«

»Nur keine Angst. Los, hol sie vor und zeig sie mir. Ich möchte sicher sein, dass ich mein Geld gut angelegt habe. Danach lassen wir es uns dann schmecken.«

Der Anwalt nahm sein Köfferchen und öffnete es. Er zog einen braunen Umschlag heraus und reichte ihn Johannsen. Der warf schnell einen Blick auf die Bilder – insgesamt etwa zehn Fotos im Format zwanzig mal fünfzehn.

»Ein ganz schönes Schwein, was?«

»Da kann ich nicht widersprechen.«

»Ich hatte ihn mir allerdings älter vorgestellt. Das ist ja noch ein junger Mann.«

»In der Tat – ein ziemlich sturer junger Mann sogar.«

Johannsen wischte sich die Brotkrümel von den Lippen. »Irgendwie will es mir nicht in den Kopf, dass die Entwicklung unseres Landes in den Händen solcher Sowjetbürokraten liegt ...«

Der Sommelier kam mit der Weinflasche, und Johannsen reichte dem Anwalt den Umschlag in aller Ruhe zurück.

Der Wein war exzellent. Bald darauf brachte der Kellner die Vorspeisen: hausgemachte Tagliolini mit schwarzem Trüffel für Johannsen und Krabbenravioli im Spargelsud für Antônio Netto.

»Guten Appetit«, wünschte der Anwalt seinem Arbeitgeber.

Der Tisch stand in gebührendem Abstand zu Johannsens

Bauch. Um essen zu können, musste sich der Unternehmer zu seinem Teller vorbeugen.

»Wir haben Glück gehabt, Doktor, wenn Sie mir diese Bemerkung gestatten. Es hätte sich ja auch um einen dieser blassen Funktionäre handeln können, die nur Büro, Kirche und ihr Eigenheim im Kopf haben.«

Johannsen schlürfte eine Nudel und wischte die winzigen Trüffelstücke, die auf dem Teller liegen geblieben waren, mit Brot auf. Dann fixierte er seinen Mitarbeiter.

»Ohne Glück kann man im Leben nicht einmal eine Straße überqueren.«

Der Anwalt lächelte, kommentierte das aber nicht und widmete sich wieder seinen Ravioli.

8

Der schwarze Mercedes A300 schob sich nervenzermürbend langsam durch die Avenida Consolação in Richtung Zentrum. Am Steuer saß ein beleibter Mann mit einem runden Gesicht. Er hatte die Augen zusammengekniffen.

»Fahr dem Motorrad weiter hinterher.«

»Natürlich, Senhor.«

Auf dem Rücksitz saß ein Mann um die dreißig. Seine Augen waren so durchscheinend, als wären sie aus Glas. Seine Anweisungen erteilte er leise.

»Ein bisschen mehr Abstand bitte.«

»Ja, Senhor.«

Kurzes Schweigen.

»Müssen wir heute wieder mit Regen rechnen?«

»Das weiß ich nicht, Senhor.«

»Wer weiß das schon.«

Die Distanz zu dem Motorrad vergrößerte sich.

»Wir dürfen es auf gar keinen Fall verlieren.«

»Ja, Senhor. Bei diesem Verkehr ist das allerdings nicht ganz einfach.«

»Du darfst es nicht aus dem Blick verlieren, hörst du?«

»Nein, Senhor.«

Der Chauffeur trat aufs Gaspedal und drängelte sich rücksichtslos zwischen die anderen Autos. Das Motorrad hielt an einer Ampel. Was sie wieder in seine Nähe brachte.

»Wenn es regnet, werde ich vermutlich keine Lust haben, auswärts zu essen.«

Der Chauffeur schwieg.

Der junge Mann beobachtete die Straße hinter dem Wagenfenster und trommelte mit dem Finger gegen die Tür.

Die Ampel schaltete auf Grün. Sie fuhren die Consolação bis zum Ende durch, dann nahm das Motorrad die São Luís und hielt in der Nähe der Álvaro de Carvalho an.

»Fahr rechts ran.«

»Ja, Senhor.«

Der junge Mann kniff die Augen zusammen.

»Und was jetzt?«, fragte der Chauffeur vorsichtig.

»Du rührst dich nicht vom Fleck.«

»Nein, Senhor.«

Der Motorradbote holte eine Tüte aus der Gepäcktasche und klopfte an die Tür der billigen Absteige. Sekunden später trat er ein.

Der Mann im Mercedes behielt die Tür im Auge.

Nach einiger Zeit kam der Bote wieder heraus. Er stieg auf sein Motorrad und fuhr fort.

»Soll ich ihm folgen?«

»Nein, du rührst dich nicht vom Fleck.«

Der Chauffeur sagte nichts und schaute in den Seitenspiegel. Die Autofahrer hinter ihm wurden allmählich nervös und fingen an zu hupen.

»Ich möchte sein Gesicht sehen. Solange ich ihm nicht in die Augen geschaut habe, weiß ich nicht, ob ich ihm trauen kann.«

»Ja, Senhor.«

Sie mussten ungefähr zehn Minuten warten, bis ein kräftiger Mann mit einem melierten Kinnbart unter den zusammengekniffenen Lippen aus der Hoteltür trat. Er trug ein enges schwarzes T-Shirt. An seinem rechten Unterarm war deutlich eine langgezogene Tätowierung zu erkennen.

Dem Mann im Mercedes war das nicht entgangen. Skeptisch kniff er die Augen zusammen. »Was ist denn das für ein Scheiß? Eine Schlange?«, fragte er sich laut. Der Chauffeur sagte keinen

Ton. Der Tätowierte schaute sich um, dann zog er die Jeansjacke an, die er über dem Arm getragen hatte, und ließ sich mit der Menge die São Luís hinuntertreiben.

»Fahr mich nach Hause«, befahl Bruno Johannsen dem Chauffeur.

»Natürlich, Senhor.«

Richtig, die lange Tätowierung war eine gelb-rot-schwarze Schlange. Der Mann zog die Jacke darüber und ging die São Luís entlang. Irgendwann bog er in eine schmale, absteigende Straße ein. Eile hatte er nicht. Gelegentlich tastete er in seiner Tasche nach der Tüte mit dem Geld. Er war unentschlossen, was er tun sollte: etwas trinken gehen oder eine der Peepshows aufsuchen, die es in dieser Gegend gab. Eigentlich könnte er beides tun, überlegte er, entschied sich dann aber für ein eiskaltes Bier. Ihm stand der Sinn heute nicht nach Frauen. An seiner Haut haftete noch der Geruch von dieser Nutte, mit der er vor einigen Tagen ein paar Stunden verbracht hatte, oben in Juazeiro, am Arsch der Welt.

Er war in die Stadt gekommen und hatte das Auto, mit dem er seine Arbeit machen würde, absprachegemäß vorgefunden: einen VW Gol, in dem die Beretta .22, der Beutel mit den Gerätschaften und die falschen Nummernschilder lagen. Er hatte die Schilder ausgewechselt und war dann losgefahren – ohne bestimmtes Ziel. Als er Hunger bekam, war es schon fast Abend. Eine halbe Stunde kurvte er noch planlos durch diese Stadt, die weder Form noch Farbe zu haben schien, und hielt dann vor einer bodenständigen *Churrascaria.* Dort stopfte er sich mit fettigen Fleischspießen voll und kippte ein paar frisch gezapfte Biere. Sobald er wieder im Wagen saß, fuhr er Richtung Busbahnhof. Er kannte sich in der Stadt nicht aus, aber an jedem Busbahnhof, der etwas auf sich hält, standen erfahrungsgemäß billige Nutten und ein paar anständige Motels.

Im Schritttempo fuhr er etwa zwanzig Minuten an den ehemaligen Getreidespeichern vorbei, die mittlerweile zu einem Freilichtpuff umfunktioniert worden waren. Er hatte keine Eile und wollte in Ruhe auswählen. Die geröteten Augen auf die Mädchen gerichtet, machte er sich so seine Gedanken. Dann entschied er sich für eine nicht mehr ganz junge Halbmulattin mit prallen Brüsten und einem ausladenden Hintern in der Stretchhose. Das Gesicht war ganz nach seinem Geschmack: Die Miene beinahe zornig, die Augen zu Schlitzen verjüngt, die geschwungenen Wimpern. Sie kostete weniger als das *Churrasco,* und ihr Geruch gefiel ihm sofort. Vierundzwanzig Stunden blieben ihm noch, bis er seinen Arbeitskollegen treffen würde, einen Kollegen, dem er noch nie begegnet war und dessen Namen er weder kannte noch je erfahren würde. Jetzt wollte er sich einfach nur entspannen. Er öffnete die Wagentür und ließ sie einsteigen.

Aufmerksam betrachtete er sie. »Wie heißt du?«

»Lola.«

Er legte den ersten Gang ein und rollte so weit, bis das Gesicht der Frau nicht mehr von den gelblichen Laternen beschienen wurde.

Wieder betrachtete er sie. »Bist du ein Mann oder eine Frau?«

»Ich bin das, von dem du wünschst, dass ich es bin, Schätzchen.«

Lola gefiel ihm. Schnell verließ er diesen heruntergekommenen Ort.

An jenem Abend würde Bruno Johannsen eigentlich mit seinem Vater und ein paar Anwälten zu Abend essen müssen, aber da würde er sich lieber von der Roten Armee an die Wand stellen lassen. Dabei war die Rote Armee in seinen Augen der reinste Abschaum – obwohl sie ihm auch Respekt abnötigte.

Bruno wohnte in einer Maisonette-Wohnung im fünfzehnten Stock eines Hochhauses auf der Grenze zwischen Itaim Bibi und Moema. Er lebte allein mit seinen beiden Angestellten Lara und Mário Ono, einem brasilianischen Paar japanischer Abstammung in mittlerem Alter. Die Frau kümmerte sich um die Wohnung, er um die Küche.

Die Fensterscheiben im Salon nahmen die gesamte Gebäudeecke ein. Bei Tageslicht konnte man links bis zum See im Ibirapuera-Park schauen, während rechts der Blick bis zum Fluss, dem Pinheiros, und zur Umgehungsautobahn reichte. Um diese Zeit sah man aber nur die unzähligen Lichter der Metropole im Dunkel. Ein glitzerndes Meer, so weit das Auge reichte.

Die Wohnung mit ihren vierhundertfünfzig Quadratmetern hatte ein Zimmer, das Bruno das ›Armeezimmer‹ nannte. Es gefiel ihm, die Reaktionen der Leute zu beobachten, wenn er sagte: ›Lasst uns ins Armeezimmer gehen‹. Sobald er die Tür öffnete, schauten sie sich verblüfft um, denn es handelte sich um eine Bibliothek. Drei Wände waren mit Bücherregalen bedeckt, die vierte Wand war vollständig verglast. Auf dem hellen Buchenparkett lag ein weicher türkischer Teppich, auf welchem ein mit dickem, schwarzem Leder bezogener italienischer Sessel stand.

In den Bücherregalen reihten sich ausschließlich Geschichtsbücher aneinander – vorzugsweise solche, die von Kriegen und militärischen Heldentaten berichteten. Bruno interessierte sich nicht nur für große Kriege und die großen Armeen, sondern auch für die kleinen, unbekannten. Ihm gefiel der Satz, den man einem Agenten der japanischen Gegenspionage zuschrieb: ›*Auch ein einzelner Mann kann eine Armee sein.*‹ Entscheidend ist nicht die Masse, sondern die Einstellung. Der Agent hatte sich auf die selbstmörderische Furie der Kamikazekämpfer bezogen. Einstellung statt Masse.

Dem konnte Bruno nur zustimmen.

»Möchten Sie zu Abend essen, Bruno?« Mário Ono stand in der Tür, die den Salon mit dem Trakt verband, in dem das Haushälterpaar wohnte.

»Nein danke, Mário. Ich hätte nur gerne einen Aperitif. Ein Temaki-Sushi mit Lachs und ein Glas Sauvignon blanc.«

»Welchen?«

»Doña Paula.«

»Sofort.«

Bruno hatte den beiden verboten, ihn ›Senhor‹ zu nennen. Er hasste das, obwohl er es dem Chauffeur durchgehen ließ. Der würde sich das sowieso nicht mehr abgewöhnen können. Nach dreißig Dienstjahren, erst für Brunos Großvater Josef, dann für seinen Vater und nun für ihn, ging ihm die Anrede mechanisch von den Lippen. Der Gedanke an seinen Vater war Bruno unangenehm. Eigentlich müsste er Bescheid sagen, dass er nicht mit ihm essen ging.

Er betrat das Bad, nahm eine ausgiebige Dusche und dachte dabei an den Mann aus dem Hotel. Bruno hatte geahnt, dass er, sobald der Bote ihm das Päckchen ausgehändigt haben würde, auf die Straße kommen würde. Warum? Eine logische Erklärung gab es nicht dafür, aber er hatte es geahnt. Deshalb hatte er auch gewartet. Und er war tatsächlich heruntergekommen. *Was hat das zu bedeuten?*, fragte er sich.

Er stellte das Wasser ab und blieb stehen, nackt und triefnass. Irgendwann wickelte er sich in ein großes Badetuch ein und setzte sich auf den Rand des Whirlpools.

Das bedeutet, dass er durchschaubar ist.

Und diese Antwort gefiel ihm überhaupt nicht.

Als er in den Salon zurückkam, hatte Mário auf den niedrigen Kristalltisch vor dem Sofa ein Tablett mit dem Lachs-Temaki und dem Weinglas gestellt. Bruno ging in die Küche und bedankte sich.

Zurück im Wohnzimmer, nahm er sein Handy und rief seinen Vater an, der sich beim zweiten Klingelton meldete.

»Bruno.«

»Hallo, Papa.«

»Alles in Ordnung?«

»Ja. Ich wollte nur sagen, dass ich heute Abend nicht kommen kann.«

Schweigen.

»Warum? Ist irgendetwas nicht in Ordnung?«

»Doch, aber ich fühle mich nicht wohl. Ich habe entsetzliche Kopfschmerzen. Es gab eine Menge Probleme heute, eine ewig lange Sitzung. Mir ist einfach nicht danach.«

Der Vater seufzte. »Es wäre mir aber wichtig, Bruno.«

»Ich weiß, tut mir leid.«

Paulo Johannsen wusste, dass es nichts bringen würde, seinen Sohn zu drängen. »Was soll ich sagen. Geduld. Dann werde ich eben alleine hingehen.«

»Tut mir leid.«

»Das sagtest du bereits.«

Wieder Schweigen.

»Dann also einen schönen Abend. Wir hören morgen voneinander.«

»Okay. Gute Nacht.«

Er setzte sich aufs Sofa, legte die nackten Füße auf den Tisch, nahm das Temaki vom Teller und genoss in aller Ruhe die winzigen, mit Sesam bedeckten Lachsstückchen. Es war ein windiger Tag gewesen, und allmählich wurde es kalt. Er rief nach Mário Ono, der in Sekundenschnelle vor ihm stand.

»Mário, wenn sich das Wetter morgen nicht ändert, sollten wir dann nicht vielleicht den Kamin anzünden?«

»Soll ich es sofort machen? Ich weiß nicht, in welchem Zustand das Schilfrohr ist, aber ich kann nachschauen.«

»Nein. Ich gehe ohnehin gleich aus, es hat also keine Eile. Wenn es aber morgen noch kälter wird, würde ich Sie bitten, Feuer zu machen.«

»Natürlich. Möchten Sie noch ein Glas Wein?«

»Ja, aber das nehme ich mir selbst. Gehen Sie ruhig, Mário.«

Der Mann zog sich zurück.

Bruno trank noch ein Glas Wein. Von Kopfschmerzen konnte keine Rede sein, aber er hätte an diesem Abend kein schwieriges Treffen ertragen.

Er war ziemlich spät ins Büro gegangen und hatte dann mit seiner Sekretärin Edith zu Mittag gegessen. Nachmittags hätte er eigentlich zwei Termine gehabt, hatte jedoch beide absagen lassen. Nichts Wichtiges, nur lästiger Kram, um den sich genauso gut Edith kümmern konnte. So hielt er es für gewöhnlich.

Als der Verwaltungsrat des väterlichen Imperiums vor einem Jahr beschlossen hatte, Bruno eine Führungsaufgabe anzuvertrauen, hatte man ihm zwei Optionen angeboten: Die erste bestand darin, den Stahlsektor zu übernehmen – das alte Rückgrat von Miller-Johannsen. Drei Werke zwischen São Paulo und dem Bundesstaat Paraná, die alleine schon fünfzig Prozent des in Brasilien verarbeiteten Eisens produzierten. Das Eisen war gut und – verglichen mit dem europäischen – auch preiswert. Als vor ein paar Jahren der Real gegenüber dem Dollar an Wert verloren hatte, war der Export deutlich in die Höhe geschossen. Dann war der Real allerdings wieder gestiegen, und die internationalen Geschäfte hatten an Schwung verloren. Außerdem wurde der Markt von China attackiert. Es musste also eine aggressive Unternehmenspolitik her. Falls Bruno einschlug, würde man ihm die Aufgabe übertragen, den gesamten Industriesektor umzukrempeln – eine Aufgabe, für die er allerdings denkbar ungeeignet war.

Bruno erinnerte sich noch gut an die Versammlung, in der ihm sein Vater das Angebot auf einem Silbertablett präsentiert hatte. Paulo Johannsen war ein großes Risiko eingegangen, als er die Option während der Verwaltungsratssitzung ins Spiel gebracht hatte. Er hatte es getan, um das Signal auszusenden, dass die Familie ein entscheidendes Gewicht in der Unternehmensgruppe besaß. Außerdem hatte er es als Vertrauensgeste gegenüber seinem Sohn verstanden. Bruno aber hatte abgelehnt. Und die zweite Option gewählt.

Das Unternehmen seines Vaters hatte zu einem sehr vorteilhaften Preis eine der wichtigsten Supermarktketten des Landes gekauft. Es handelte sich um eine alte, fest im Land verwurzelte Kette mit einem gewaltigen Kundenstamm, die jedoch komplett umstrukturiert werden musste. Wie Bruno es sah, waren die Kunden bereit, sich zusammen mit der Marke manipulieren und umformen zu lassen. Dieser Herausforderung wollte er sich gerne stellen. Eisen hingegen verursachte ihm regelrecht Ekel. Wenn er nur an die erbarmungslose, monotone, dreckige Arbeit an den Hochöfen dachte, wurde ihm schon übel. Bruno hasste Eisen. Was er liebte, war die Erde.

Lächelnd hatte er seine Wahl damit begründet, dass der Großhandel eine gute Übung sei, um später Verantwortung in wichtigeren Unternehmensbereichen übernehmen zu können. Noch jetzt erinnerte er sich an das finstere Gesicht, mit dem sein Vater damals die Sitzung verlassen hatte.

Bruno Johannsen bat den Taxifahrer, ihn ins Magnetic zu bringen, in einer Querstraße der Oscar Freire. Dann ließ er sich in die Polster zurücksinken und betrachtete die nächtlichen Lichter der Stadt. Als er an der Disco ankam, warf er einen mitleidigen Blick auf die Verrückten, die mit ihrem Porsche oder Lamborghini vorfuhren, um die Schlüssel dann dem Mann vom Parkservice zu überlassen. Wie konnte man so blöd sein, eine Million Reais für einen solchen Boliden hinzublättern, wo die Stadt doch ohnehin vom Verkehr lahmgelegt war?

Bruno Johannsen bezahlte und begab sich zum Eingang des Clubs, wo zwei Bulldoggen Wache schoben. Um ihn kümmerte sich allerdings eine Frau um die dreißig, kurze Haare, eng anliegendes Kleid, professionelles Auftreten. Sie begrüßte ihn mit dem gebührenden Respekt und vergewisserte sich anhand ihrer Liste, dass der reservierte VIP-Salon auch tatsächlich zur Verfügung stand. Es gab keinen besonderen Grund, warum er ausgerechnet ins Magnetic ging, außer dass es im Moment der angesagteste Club war. Das wiederum bedeutete, dass dort die meisten kopulationswilligen Kätzchen aufkreuzten.

Im Inneren dominierten Schwarz, Dämmerlicht, ohrenbetäubende Musik und die glitzernde Bar. Brunos Plan sah vor, eine gewisse Zeit am Tresen zu bleiben und irgendwann mit ein paar Kätzchen die Schwelle zum VIP-Salon zu überschreiten.

Der VIP-Salon verlangte den Konsum von mindestens fünf Flaschen französischen Champagners, die man dem Kunden, wenn er sie nicht alle am selben Abend trank, auf einem speziellen Konto gutschrieb.

Bruno trug ein weißes Seidenhemd und eine enge schwarze Jeans. Er nippte an seinem eiskalten Wodka und schaute sich um. Die Musik überdeckte jedes andere Geräusch. Die Tanzfläche wurde beherrscht von einer eleganten, vorwiegend weißen Fauna, die mit geschlossenen Augen im monotonen Rhythmus hin und her wogte. Die Bar war der Hafen, in den immer wieder interessante Schiffe einliefen. Auf dem Tresen hinter Bruno stand der Sektkübel mit den zwei eisgekühlten Flaschen Taittinger Nocturne.

Bruno begann, das Terrain zu sondieren.

Gegen zwei Uhr nachts betrat er mit drei jungen Frauen den VIP-Salon. Blutrotes Ledersofa und mehrere Bodenkissen, die um einen Tisch mit Zebrastreifen herumgruppiert waren. Sie tranken drei Flaschen Champagner. Bruno hing schräg auf dem Sofa und bat die Mädchen, für ihn zu tanzen. Im gedämpften Licht der Spots verschwammen sie zu bewegten Schatten. Um vier verließ Bruno Johannsen das Magnetic, an seiner Seite eine wunderschöne Gestalt mit langem schwarzem Haar. Sie war fast schon beängstigend dünn.

9

Oberst Jorge Araujo von der Militärpolizei von Bahia rief nach seinem Untergebenen und befahl ihm, die Klimaanlage einzustellen, da sie zur Abwechslung mal wieder nicht kühlte, sondern nur eiskaltes Kondenswasser von der Decke herabtropfen ließ.

Sein Büro war ein graues Loch mit einem einzigen quadratischen Fensterchen auf einen Parkplatz hinaus. Die Temperaturen dort stiegen auf vierzig Grad an.

»Sieh zu, dass du dieses Scheißding zum Laufen bringst.«

»Ja, Herr Oberst.«

Araujo war ein Mann unbestimmten Alters irgendwo zwischen vierzig und sechzig. Betrachtete man ihn allerdings genauer, sah man, dass er wahrscheinlich noch nicht einmal fünfzig war. Gewaltige Mengen an Fleisch, Zigaretten, Bier und kohlesäurehaltigen Getränken hatten seinen Körper wie ein Schlauchboot aufgeblasen und die feinen Züge des einst vermutlich hübschen Mannes aus seinem Gesicht ausgelöscht.

Ein Unteroffizier trat ein und teilte ihm mit, dass da eine Frau und ein Mann seien, die ihn dringend sprechen wollten.

Araujo fuhr sich mit der Hand über die verschwitzte Stirn.

»Und wer soll das sein?«

»Das weiß ich nicht, Herr Oberst.«

»Okay, lass sie in zwei Minuten rein.«

Er erhob sich und zog sein khakifarbenes Hemd zurecht. An diesem Morgen hatte er sich nicht rasiert. Wenn er direkt von Rosa kam, der Maniküre seiner Frau und seiner derzeitigen Geliebten, dann rasierte er sich nie. Normalerweise holte er das in der Kaserne nach, aber heute hatte er es einfach vergessen – warum auch immer. Als er sich wieder setzte, klopfte es.

»Ja bitte«, knurrte er.

Erst trat Sarah Clarice ein, dann Matheus.

»Oberst Araujo?«

Er musterte die beiden misstrauisch. »Was wünschen Sie?«

Matheus war an der Tür stehen geblieben und schaute sich um. Sarah Clarice wartete, dass ihr der Mann einen Platz anbot, aber der Oberst dachte gar nicht daran.

Sie trat an den Schreibtisch. »Sind Sie verantwortlich für die Ermittlungen zum Verschwinden von Nelson Braga?«

»Und Sie, wer sind Sie?«, fragte Araujo, ohne aufzustehen.

»Ich bin eine Mitarbeiterin von Doktor Braga, und dies hier ist sein Bruder, Matheus Braga.«

Araujo blickte Matheus an, dann erhob er sich.

»Können Sie sich ausweisen?«

Matheus trat näher und zeigte seinen Personalausweis vor.

Araujo nahm wieder Platz. »Bitte, setzen Sie sich. Sie müssen die Hitze entschuldigen, aber es gibt Probleme mit der Klimaanlage.«

»Kein Problem«, sagte Sarah Clarice trocken.

Matheus ließ den Blick auf Araujo ruhen. »Wir würden gerne wissen, an welchem Punkt Sie mit den Ermittlungen stehen.«

»An einem guten Punkt«, antwortete der Oberst und wischte sich mit einem weißen Taschentuch die Stirn ab. »Wir sind dabei, Schritt für Schritt die Gegend zu durchkämmen. Früher oder später werden wir Ihren Bruder schon finden. Ich muss Sie aber davon in Kenntnis setzen, dass die Ermittlungen nicht von uns geleitet werden, sondern von der Zivilpolizei von Sobradinho.«

Matheus wollte etwas sagen, aber Sarah Clarice kam ihm zuvor. »Was heißt das? Und was macht das für einen Unterschied?«

»Theoretisch keinen. Allerdings bin ich nicht der Verantwortliche in diesem Fall.«

»Wer hat denn den Wagen meines Bruders gefunden?«

»Die.«

»Aha«, sagte Matheus.

Nun schilderte der Oberst die Ereignisse der letzten Tage: Samstagabend gegen neun bekam die Militärpolizei von Juazeiro einen Anruf von Sandra Bittencourt, die besorgt war, weil sie seit dem Morgen nichts mehr von ihrem Mann gehört hatte. Für einen solchen Fall gebe es eine klare Regelung, teilte man ihr mit: Eine Vermisstenanzeige könne man frühestens nach vierundzwanzig Stunden aufgeben. Sandra wurde laut und erklärte, dass es vollkommen ungewöhnlich sei, dass Nelson so lange nichts von sich hören ließe. Sie forderte, dass sofort Maßnahmen ergriffen würden. Sandra Bittencourt sei nicht irgendjemand, ließ Araujo durchblicken, und so hätten sich ein paar Mannschaften auf die Suche begeben. Allerdings sei es Nacht gewesen, und die Aktion habe zu gar nichts geführt. Sonntagmorgen um sieben stand Sandra vor der Kaserne von Juazeiro und drohte, sich direkt an den Gouverneur von Bahia zu wenden, wenn nicht binnen fünf Minuten eine umfassende Suchaktion eingeleitet würde. Daraufhin fuhr sofort das halbe Polizeiwagenkontingent von Juazeiro los. Nelson Braga und sein auberginefarbener Passat fielen auf, und so würde es nicht schwierig sein, jemanden zu finden, der etwas wusste, sagten sich die Beamten. Kurz nach Mittag erhielten sie dann einen Anruf: Ein ehemaliger Staudammarbeiter berichtete, dass an einer nicht asphaltierten Straße kurz vor Sobradinho ein auberginefarbener Passat parke.

»Warum hat dieser Typ die Polizei angerufen? Das ist doch merkwürdig.«

»Nein«, antwortete Araujo. »Als die Männer von der Zivilpolizei dort ankamen, fiel ihnen auf, dass der Wagen Ihres Bruders fast die Einfahrt zum Grundstück des Anrufers versperrte.« Araujo schnaufte wegen der Hitze und redete dann schleppend weiter. »Der Typ erklärte, dass der Wagen bereits am späten

Samstagnachmittag dort gestanden habe. Als er ihn Sonntagmorgen immer noch dort stehen sah, gab er Bescheid. Die Türen waren offen, wie sich herausstellte, aber es waren keine Blutspuren zu sehen. Das deutet darauf hin, dass Ihr Bruder ihn selbst dort abgestellt haben könnte.«

»Ausgeschlossen«, sagte Matheus. »Wo ist der Wagen jetzt?«

»Die Zivilpolizei hat ihn mit nach Sobradinho genommen. Für gewöhnlich ist das ja eine Geisterstadt, aber in diesen Tagen herrscht dort ein unglaubliches Chaos … wegen des Hungerstreiks von diesem kommunistischen Priester.«

Sarah Clarice lächelte unmerklich. »Sie meinen Dom Cappio?«

»Genau den«, sagte Araujo, ohne zu lächeln. »Er veranstaltet ein unglaubliches Theater, für nichts und wieder nichts.«

»Das sagen *Sie.*«

Araujo starrte sie an. »Das sage ich, klar.«

»Und was geschieht nun?«, unterbrach Matheus das Geplänkel.

Araujo zündete sich eine Zigarette an und ließ sich gegen die Rückenlehne sinken. »Wir stellen weitere Nachforschungen an. Aber ich sag's noch einmal: Das Kommando haben die in Sobradinho, die Zivilen. Ich rate Ihnen, mit denen zu reden, dann können Sie sich auch den Wagen anschauen. Madame Bittencourt hat das Sonntag auch schon getan. Eine große Hilfe war es uns allerdings nicht.«

Nachdem sie die Kaserne verlassen hatten, ließen sich Sarah Clarice und Matheus von einem Taxi zu Sandra bringen. Matheus fand seine Schwägerin in tiefer Sorge vor; sie versuchte jedoch, eine gewisse Fassung zu bewahren. Sie bat die beiden ins Wohnzimmer und trug Marilena auf, etwas zu essen zu machen.

»Ich habe schon drei Tage kaum mehr etwas angerührt«, sagte sie. »Aber ihr müsst hungrig sein.«

Matheus nahm ihre Hand. »Du wirst sehen, dass es eine Erklärung gibt. Es gibt immer eine Erklärung. So wie er verschwunden ist, wird er auch wieder auftauchen.«

Sandra hatte ihr Haar mit einem Gummiband zu einem Zopf zusammengebunden, und über ihr bleiches Gesicht schien sich ein grauer Schleier zu ziehen. Ihre Augen waren verquollen. »Ich begreife nicht, was da geschehen sein könnte.«

»Ist es denkbar, dass irgendjemand Nelson etwas antun wollte?«, fragte Sarah Clarice.

Sandra schaute sie traurig an. »Er ist gelegentlich dem einen oder anderen auf die Füße getreten mit seinen Aktivitäten, aber das war doch nichts Dramatisches. Eigentlich ist Nelson eine hochgeachtete Person. Alle in der Gegend kennen ihn. Es scheint mir vollkommen ausgeschlossen, dass irgendjemand ihm etwas antun will.«

Sarah Clarice zögerte einen Moment, dann fragte sie: »Wurde die Möglichkeit in Betracht gezogen, dass er entführt wurde, um Lösegeld zu erpressen?«

»Sicher«, sagte Sandra. »Es ist ja kein Geheimnis, dass wir von meiner Seite her nicht gerade arm sind. Bislang haben wir aber keine Lösegeldforderungen erhalten. Außerdem sagt die Polizei, dass es diese Art von Entführung hier praktisch nicht gibt. Und ich bin sicher nicht die Einzige mit einer Fazenda dieser Größe.«

Die beiden Gäste schwiegen. Sarah Clarice fiel auf, dass Sandra ihren Schwager anschaute, als erwartete sie irgendetwas von ihm.

»Ich bin mir sicher, dass es eine Erklärung gibt«, wiederholte Matheus. »Du wirst schon sehen, Sandra. Kopf hoch. Nelson ist nicht der Typ, der sich so schnell etwas gefallen lässt …«

Sandra war aber nicht überzeugt. Sie wandte sich an Sarah Clarice. »Ist es möglich, dass sein Verschwinden mit eurem Projekt am Staudamm zu tun hat?« Sie putzte sich die Nase.

Sarah Clarice wirkte überrascht. »Oh Gott.« Sie machte eine Pause. »Nein, das denke ich nicht. Das sind doch Routinegeschichten. Ich sehe nicht, wer sich von unseren Untersuchungen bedroht fühlen sollte. Solche Dinge sind in Brasilien doch an der Tagesordnung. Und warum sollten sie ihn angreifen und nicht mich? Ich bin doch für das Projekt verantwortlich …«

Sie warf Matheus einen Blick zu. Der signalisierte, dass er verstanden hatte, und sagte: »Ich muss dir übrigens noch von den Ergebnissen erzählen.«

Ein paar Sekunden ließ sie ihren unergründlichen Blick auf ihm ruhen, dann wandte sie sich wieder an Sandra. »Matheus hat recht, Sandra. Du wirst sehen, es wird sich alles klären. Du musst versuchen, zuversichtlich zu sein …«

Sandra nickte. Schließlich konnte sie sich aber nicht mehr beherrschen und brach in Tränen aus. Matheus spürte, dass sich sein Magen wie ein Schraubstock zusammenzog.

Sarah Clarice beugte sich vor und nahm Sandra in den Arm.

Sie aßen schnell. Sandra bestand darauf, dass sie den Land Rover nahmen. Matheus war irritiert. »Kannst du so etwas denn fahren?«, fragte er Sarah Clarice.

»Ja natürlich, du etwa nicht? Das ist doch ein Wagen wie jeder andere auch.«

Der Weg nach Sobradinho war nicht übel und würde ihnen keine größeren Probleme bereiten. Sarah Clarice fuhr langsam und behielt die Straße im Blick, während Matheus ihr von den Analysen und den erstaunlichen Ergebnissen erzählte.

Sie versuchte, den Blick nicht von der Straße zu wenden, aber gelegentlich schaute sie ihn doch an. »Im Ernst? Wie destilliertes Wasser?«

Sichtlich verblüfft war Sarah Clarice, als Matheus ihr erzählte, dass er mit Ricardo Barcellos geredet hätte. Wort für Wort gab er sein Gespräch mit ihm wieder.

»Und du hast gehofft, dass er dir erzählt, wie man die Reinigungsmaßnahmen durchgeführt hat?«, fragte sie mit einem ironischen Unterton.

»Na ja, schon. Unter Wissenschaftlern ist das eigentlich so üblich.«

»Unter Wissenschaftlern …«, murmelte sie. »Und was ist mit deinem ehemaligen Studienkollegen, wie hieß er noch? Ribeiro? Denkst du, er hat die Wahrheit gesagt? Dass er nichts über die Maßnahmen weiß?«

»Keine Ahnung«, antwortete Matheus. »Ich wüsste allerdings nicht, wieso er mich anlügen sollte.«

»Nun …«, sagte sie. »Aus demselben Grund, aus dem auch Barcellos dich angelogen hat.«

»Bist du sicher, dass er gelogen hat?«

»Du hast doch selbst gesagt, dass es dir so vorkam, als würden ihm deine Fragen nicht passen. In jedem Fall war er nicht sonderlich auskunftsfreudig.«

Matheus schwieg. Er betrachtete die kahle Erde des *Sertão* von Bahia.

Sarah Clarice warf ihm einen Blick zu. »Denkst du an Nelson?«

»Ja. Er ist nicht der Typ, der anderen Menschen Sorgen bereiten würde. Ganz besonders nicht seiner Frau.« Nun schaute er Sarah Clarice an. »Den Oberst hast du ja ganz schön auf die Palme gebracht.«

»Araujo? Wieso?«

»Diese Geschichte mit dem kommunistischen Priester …«

»Was hätte ich denn zu einem solchen Scheißdreck sagen sollen?«

Matheus lächelte nur.

»Ich bin diesem Dom Cappio übrigens schon einmal begegnet«, erzählte Sarah Clarice. »Als er zum ersten Mal in den Hungerstreik getreten ist. In Barra, seiner Diözese.«

»Da bin ich geboren.«

»In Barra?«

»Ja.«

»Nur du oder auch Nelson?«

»Nelson auch.«

»Mit anderen Worten: Er tritt also nicht zum ersten Mal in den Hungerstreik?«

»Nein. Beim ersten Mal hatte Lula ihm versprochen, dass man die betroffene Bevölkerung zur Umleitung des São Francisco befragen würde. Die Baumaßnahmen wurden tatsächlich gestoppt, und so hat er den Hungerstreik abgebrochen.«

»Und dann?«

»Dann hat man die Baumaßnahmen wieder aufgenommen und die Volksbefragung einfach unter den Tisch fallen lassen. Du interessierst dich nicht übermäßig für Politik, was?«

»Inwiefern?«

»Mich hat schon neulich gewundert, dass du nicht weißt, wer Miller-Johannsen ist. Ich meine, jedes Kind kennt Miller-Johannsen.«

Matheus kommentierte das nicht. Er dachte an den Umschlag auf Barcellos' Schreibtisch. »Es gibt da noch etwas, das ich dir gar nicht erzählt habe … Als ich bei Barcellos war, hat die Sekretärin die Post gebracht. Es war auch ein Umschlag mit dem Absender Miller-Johannsen dabei.«

Sarah Clarice bremste plötzlich ab. »Barcellos bekommt Post von Miller-Johannsen?«

»Scheint so. Das ist doch sonderbar, oder?«

Sie konzentrierte sich auf die Straße, da sie nun einen Abzweig erreichten. Sobradinho war aber deutlich ausgeschildert.

Dann dachte sie über Matheus' Frage nach.

»Keine Ahnung. Wie du weißt, bekommen fast alle Forschungsinstitute Gelder aus der Industrie, und zwar sowohl private als auch staatliche.«

»Das weiß ich, aber …«

»Gut möglich, dass Miller-Johannsen zu den Geldgebern der Uni Salvador gehört.«

»Die chemischen Fakultäten werden zu neunzig Prozent von

pharmazeutischen, chemischen oder Biotechnologiekonzernen gefördert«, sagte Matheus. »Wäre mir neu, dass wir Geld aus dem Bauwesen bekämen.«

»Das stimmt. Aber Miller-Johannsen ist nicht nur im Bauwesen aktiv, Matheus. Keine Ahnung, wo die sonst noch alles mitmischen …«

Matheus sagte nichts. Er war in Gedanken versunken. Dann erblickte er das Ortseingangsschild von Sobradinho.

Die Wache der Zivilpolizei von Sobradinho war ein modernes Gebäude aus Glas und weiß gestrichenem Beton. Sie war das einzige neue Gebäude in der Stadt. Ein paar neue Peugeots parkten davor, und die perfekt gepflegten Beete glänzten in üppigem Grün.

Der leitende Beamte war nicht da, also fragte Matheus nach seinem Stellvertreter, Alessio Castro, den er darum bat, sofort den Wagen seines Bruders sehen zu dürfen. Der Polizist verzog keine Miene, bat Matheus, ein Papier zu unterzeichnen, und führte ihn dann zum Parkplatz hinter dem Gebäude.

»Die Schlüssel haben wir nicht. Der Wagen stand offen, als wir ihn fanden«, erklärte er und wandte sich zum Gehen. »Sagen Sie mir Bescheid, wenn Sie fertig sind.«

Matheus und Sarah Clarice fiel sofort auf, dass die Stereoanlage aus dem Armaturenbrett entfernt worden war. Matheus setzte sich hinters Steuer, blieb eine Weile dort sitzen und betrachtete das Wageninnere.

»Ich geh mal fragen, ob man Nelsons Tasche gefunden hat«, sagte Sarah Clarice und verschwand im Gebäude.

Matheus öffnete das Handschuhfach. Die Brille war noch da. Zum ersten Mal überlief ihn ein Schauer. »Man hat ihn mit Gewalt weggebracht«, dachte er. »Irgendjemand wollte ihm etwas antun. Irgendjemand tut ihm womöglich gerade etwas an.« Matheus versuchte krampfhaft, sich zu konzentrieren. Er musste Ordnung in seine Gedanken bringen.

Die Temperatur im Passat, der in der prallen Sonne stand, war unerträglich. Matheus fuhr sich mit der Hand übers Gesicht, wie immer, wenn ihm etwas merkwürdig vorkam, das er aber nicht benennen konnte. Irgendetwas stand ihm vor Augen, in weiter Ferne, in sehr weiter Ferne, aber er konnte es nicht fassen.

»Die Tasche war nicht im Wagen.« Sarah Clarice hatte den Kopf in den Passat gesteckt.

»Das war zu erwarten.«

»Wenn Nelson seinen Laptop mithatte, dann haben sich die Polizisten vermutlich die Tasche unter den Nagel gerissen. Genau wie die Stereoanlage. Du wirst sehen, irgendwann montieren sie auch noch die Räder und den Rest ab.«

»Hast du den Mann gefragt, was sie jetzt vorhaben?«

»Ja. Und ich habe dieselbe Antwort bekommen wie von diesem ekelhaften Araujo.«

Matheus starrte nur stumm vor sich hin.

»Ich möchte die Stelle sehen, wo man den Wagen gefunden hat«, sagte er dann unvermittelt und stieg aus.

Zehn Minuten später hielt der Land Rover etwa fünfzig Meter hinter dem letzten Haus am Ortsausgang. Ein Bretterzaun umgab ein Grundstück, zu dem eine kleine unbefestigte Straße führte. Die Vegetation war niedrig und sonnenverbrannt.

Mittlerweile war es fast fünf Uhr nachmittags. Die Sonne war immer noch sehr heiß, aber in wenigen Minuten würde es sich bereits abzukühlen beginnen. Am Ende der unbefestigten Straße lag eine Art Gutshof. Sarah Clarice und Matheus klopften an die weiße Holztür. Eine Frau um die dreißig, vielleicht sogar noch jünger, kam an die Tür. Ihre Haare waren zerzaust.

»Guten Tag. Zu wem wollen Sie?«

»Wir möchten mit dem Mann reden, der den Wagen von Doktor Nelson gefunden hat«, sagte Sarah Clarice.

»Sind Sie von der Polizei?«

»Nein, wir sind Freunde«, sagte Matheus. »Nelson ist mein Bruder.«

Jetzt tauchte ein kleiner, untersetzter Mann um die fünfzig auf. Sein Gesicht war eine Art flaches Dreieck mit zwei glänzenden Schlitzen darin, sein Oberkörper nackt.

»Sie sind Nelsons Bruder?« Er kaute auf irgendetwas herum. »Ich wusste gar nicht, dass er einen Bruder hat.«

»Ich bin Matheus Braga. Das hier ist Sarah Clarice Young, eine Mitarbeiterin meines Bruders.«

»Sehr erfreut. Ich bin Domingos. Das ist meine Frau Flor. Hereinbitten möchte ich Sie lieber nicht, es ist nicht günstig im Moment. Wenn Sie mögen, kann ich Ihnen aber einen anständigen Kaffee anbieten.«

»Den nehme ich gern«, sagte Matheus.

Domingos schickte seine Frau los, um Kaffee zu kochen. Kaum war sie aus dem Raum, bat Matheus den Mann, ihm alles zu erzählen, woran er sich erinnerte. Domingos erklärte, dass er den Wagen, als er am Samstagabend um sieben nach Hause gekommen sei, an seinem Zaun habe stehen sehen. Dass es Nelsons Passat war, sei ihm sofort klar gewesen, aber er habe sich keine weiteren Gedanken darüber gemacht. Man sah ihn schließlich häufiger in der Gegend. Nelson ließ den Wagen irgendwo stehen und machte dann seine Hausbesuche. Domingos war also schlafen gegangen. Als er am Sonntagmorgen seine drei Schweine füttern wollte, fiel ihm auf, dass der Passat immer noch dort stand. Nun machte er sich plötzlich doch Sorgen. Er wartete noch ein paar Stunden, und als Nelson mittags immer noch nicht wieder da war, rief er die Polizei in Sobradinho an.

»Und niemand hat gesehen, wie der Wagen dorthin gekommen ist?«

Domingos wirkte ratlos. »Ich denke nicht. Hier wohnen bloß wir beide, und ich war am Samstag den ganzen Tag fort. Ich habe auf der anderen Seite der Stadt ein Feld, auf dem ich *Caju* anbaue. Und meine Frau hat nichts gesehen.«

Er rief nach ihr. Flor kam mit den Espressotassen, in die sie bereits den Kaffee gefüllt hatte. Sie sagte, sie könne sich nicht mehr genau erinnern, aber am Samstag sei der Wagen noch nicht da gewesen. Erst als Domingos kam, hätten sie ihn bemerkt.

»Das bedeutet, dass er erst im Dunkeln dort abgestellt wurde. Nach sechs irgendwann«, dachte Matheus laut nach.

Der Mann schaute ihn gleichmütig an. »Möglich.«

Sarah Clarice blieb hartnäckig. »Was kann denn Ihrer Meinung nach passiert sein?«

Die Frage schien den Mann zu irritieren. »Das fragen Sie mich?«

»Ja. Sie sind doch von hier. Geschehen solche Dinge sonst nie hier in der Gegend?«

»Hier? Nein. Das ist eine ruhige Gegend. Außerdem ist Doktor Nelson, möge Gott ihn beschützen, allseits beliebt. Wenn es jemanden gibt, der Gutes tut, dann er.«

»Sie halten es also nicht für wahrscheinlich, dass man ihn entführt oder ihm etwas angetan hat?«

»Nicht wirklich, nein. Natürlich ist es nicht so, dass es hier keine Verbrecher gäbe. Vor allem nachts muss man auf der Hut sein, sonst ist schnell *finito,* wie man so schön sagt.«

Matheus lächelte schwach. Das war ein Wort, das sein Vater auch oft gebraucht hatte. *Finito,* meist begleitet von einer Geste, bei der er sich mit dem Zeigefinger über die Kehle gefahren war.

»Sympathisieren Sie mit dem Hungerstreik von Dom Cappio?«, fragte Sarah Clarice.

Der Mann schien überrascht. »Ja natürlich. Wir waren in der Messe und haben für ihn gebetet. Was bleibt uns denn übrig! Wenn sie uns das wenige Wasser auch noch abgraben, was soll denn dann aus uns werden? Und wer profitiert von der Geschichte? Doch ausschließlich die Industrie in Pernambuco und Ceará …«

Matheus unterbrach ihn. »Domingos, erinnern Sie sich zufällig, wann Sie meinen Bruder zum letzten Mal gesehen haben?«

Der Mann dachte einen Moment nach und sagte dann: »Freitag. Ja, am Freitagabend. In der Nähe der Kirche. Da war eine ergreifende Andacht. Um sieben, wie immer.«

»War jemand bei ihm?«

»Ja. Er hat mit so einem Fotografen gesprochen. Zumindest glaube ich, dass es ein Fotograf war. Ein junger Typ – ein *Gringo*, wenn Sie mich fragen. Blond und mit einem großen Fotoapparat um den Hals.«

Matheus warf Sarah Clarice einen Blick zu.

»Haben Sie das auch der Polizei erzählt?«, fragte sie.

»Der Polizei? Ganz bestimmt nicht. Wenn es sich vermeiden lässt, rede ich überhaupt nicht mit denen. Die haben aber auch gar nichts gefragt. Sie haben den Passat mitgenommen und sich nicht mehr blicken lassen.«

Matheus dankte dem Mann für die Informationen und den Kaffee und bedeutete Sarah Clarice, ihm zu folgen. Plötzlich hatte er es eilig.

Sarah Clarice startete den Land Rover.

»Wir fahren zur Kirche«, sagte Matheus.

»Ja. Aber vielleicht sollten wir erst klären, wo wir heute Nacht bleiben. Ich habe hier schon mal übernachtet – in einer ziemlichen Absteige, die alles in allem aber ganz passabel ist.«

»Okay. Dann fahren wir erst dorthin und danach zur Kirche.«

Das erwies sich als gute Idee. Sobradinho war wegen des Hungerstreiks total überfüllt, weil aus allen Landesteilen Pilger herbeiströmten. Das Hotel Cutupí hatte noch genau ein Zimmer frei, ein allerletztes. »Aber es stehen zwei Betten drin, und es hat ein Fenster«, erklärte der Inhaber, dessen Wanst, wie gehabt, aus dem offenen Hemd hervorquoll.

»Für mich ist das in Ordnung«, sagte Sarah Clarice.

Matheus nickte. »Natürlich, kein Problem.«

Sie brachten ihre Sachen ins Zimmer, einen blau angepinselten Kubus mit einem vergitterten Loch hoch oben an der Wand, das wohl das Fenster sein sollte. Das Klo hatte keine Klobrille, die Dusche keinen Duschvorhang, und die Badezimmertür ließ sich auch nicht schließen.

Matheus lächelte. »Wenn du duschst, kann ich mich ja umdrehen.«

Sie machten sich schnell frisch und begaben sich dann zur Kirche. Die Sonne war mittlerweile untergegangen. Die Stadt färbte sich tiefrosa, und die blühenden Mangobäume hoben sich als schwarze Silhouetten vom knallblauen Himmel ab.

Am Kirchlein des heiligen Franziskus, einem schlichten, weiß gekalkten Holzbau, hatten sich viele Leute versammelt. Auf der einen Seite befand sich das Lager des MST – der brasilianischen Landlosenbewegung –, auf der anderen die Zelte der Organisationen, die den Hungerstreik des Franziskanerbischofs unterstützten. Dann sah man noch die Vertreter der indigenen Stämme und Aktivisten unterschiedlichster Couleur.

Pünktlich um sieben begann das Ritual. In Begleitung seiner Ordensbrüder kam Dom Cappio aus der Kirche. Er setzte sich auf einen Stuhl, wurde sofort von einer ganzen Traube Menschen umringt und beantwortete Fragen.

»Warum haben Sie sich entschlossen, in den Hungerstreik zu treten?«, fragte jemand.

»Weil uns die Bibel dazu auffordert«, antwortete er.

Irgendwann wurde gesungen und gebetet.

Dom Luíz Cappio war ein schmächtiger Mann mit feinen grauen Haaren, eingefallenen Wangen und leuchtenden Augen. Sein Vorwurf lautete, dass die Umleitung des Flusses – der Bau zweier gewaltiger Kanäle zur Ableitung von Wasser aus dem *Velho Chico,* um auf diese Weise die Dürre in den Bundesstaaten des

Nordostens zu bekämpfen – gewaltige Umweltzerstörungen hervorrufen und der ansässigen Bevölkerung schaden würde. Dass man etwas unternahm, sei im Prinzip richtig, aber die Umsetzung definitiv falsch.

Die Regierung beharrte auf ihrer Version, dass die Umleitung zwölf Millionen Menschen von der Trockenheit erlösen würde. Cappio hielt dem entgegen, dass das Wasser hauptsächlich der Industrie, der exportorientierten Bewässerungslandwirtschaft und den Garnelenfarmen zugutekommen würde, nicht aber den kleinen Familienbetrieben und der Peripherie der großen Städte des Nordens. Die Regierung legte detaillierte Pläne vor und versprach angemessene Entschädigungen für enteignete Anwohner. Cappio hingegen fühlte sich von der Regierung hintergangen und hatte bereits einen harten Hungerstreik angekündigt. Dass er bis zum Äußersten gehen würde, stand außer Frage.

Unter den Pilgern, die sich an der Kirche des heiligen Franziskus versammelt hatten, hielten nicht wenige den Kampf des Bischofs für aussichtslos. Er habe keine Ahnung, was für Interessen da im Spiel seien, sagten sie. Andere kritisierten, dass sich der Kampf derart auf die Figur des Franziskanerbischofs in seiner armseligen braunen Kutte konzentrierte und dass Cappio die Kraftprobe gegen die mächtigen Interessenkartelle alleine zu bewältigen gedachte.

Manch einer hielt Dom Cappios Hungerstreik für einen politischen Akt. Er verstärke damit den Druck auf den Obersten Gerichtshof, der dem Antrag auf vorübergehende Stilllegung der Baustellen stattgegeben hatte. Just in diesen Tagen wurde das Urteil erwartet, das die endgültige Einstellung der Bauarbeiten oder ihre definitive Wiederaufnahme zur Folge haben würde.

Dom Cappio war nicht alleine: In verschiedenen Städten war es zu Demonstrationen gekommen, wenngleich auch keinen gewaltigen. Die Demonstration in Sobradinho war zwar größer gewesen, doch auch sie hatte die Armee im Keim erstickt. Demonstranten und Militär waren in einem symbolischen Akt auf dem Staudamm aufeinandergetroffen, aber die Stadt zu betreten und zur Kirche zu gehen, hatte man den Menschen untersagt. Die Soldaten, denen die Regierung niedere Arbeiten übertragen hatte – Gruben ausheben, Kanäle für den Betonguss vorbereiten, tonnenweise Erde bewegen, in die Dörfer gehen und die Menschen auf die Zwangsumsiedlung vorbereiten –, waren erschöpft und nervös.

Nach dem Gebet kehrte Dom Cappio, gestützt von seinen Freunden, in die Kirche zurück. Der mittlerweile beinahe zwanzig Tage andauernde Hungerstreik hatte ihn sichtlich gezeichnet. In Kürze würde die Messe beginnen. Die Menschenansammlung zerstreute sich, und die Szenerie ähnelte plötzlich einem Dorffest: In den Mangobäumen hingen Lampen, überall standen Tische herum, und in den Zelten brannte Licht.

Matheus ließ den Blick über die Menschenmenge schweifen. Männer, Frauen und Kinder aus dem gesamten Nordosten Brasiliens waren hier zusammengekommen. Eigentlich aber suchte er einen jungen blonden Mann, wahrscheinlich einen Ausländer, mit einem großen Fotoapparat um den Hals. Sein Blick blieb an zwei Typen hängen, die an einem Tisch saßen, auf dem eine professionelle Fernsehkamera lag. Als er sich näherte, hörte er sofort, dass es Brasilianer waren, ihrem Akzent nach aus São Paulo. Er ging hin und stellte sich vor. Die beiden drehten einen Dokumentarfilm über Dom Cappio und waren schon seit Beginn des Hungerstreiks in Sobradinho. Ihren Gesichtern sah man die vielen schlaflosen Nächte an.

»Ich suche einen ausländischen Fotografen, einen blonden. Mir wurde gesagt, dass er in den letzten Tagen hier war. Kennt ihr zufällig jemanden, auf den die Beschreibung zutrifft?«

Die beiden musterten ihn eindringlich. Es war bekannt, dass in diesen Tagen merkwürdige Leute um die Kirche herumschlichen, Polizisten in Zivil, von denen es hieß, sie seien Agenten des ALBIN, des brasilianischen Geheimdienstes. Offenbar hörten sie sich unter den Aktivisten um. Das Misstrauen war den beiden Filmleuten anzusehen, und Matheus wurde bewusst, in was für eine Situation er sie gebracht hatte. Schnell erklärte er ihnen, warum er den Fotografen suchte.

»Du meinst, dein Bruder wurde vor vier Tagen hier entführt?«

»Genau.«

»Das tut mir aber leid, mein Freund.«

»Es könnte sein, dass der Mann ein Franzose ist, der in Salvador lebt«, sagte der andere. »Die Beschreibung würde jedenfalls auf ihn zutreffen.«

Matheus war plötzlich hellwach. »Ihr wisst also, wer es sein könnte?«

»Ja, ein französischer Journalist. Ob er Fotograf ist, weiß ich nicht, aber in den letzten Tagen war er immer hier. Vielleicht ist er auch jetzt noch da.«

In diesem Moment erschien Sarah Clarice.

»Die beiden kennen vielleicht den Mann, den wir suchen«, erzählte ihr Matheus.

»Ich habe ihn gefunden. Er heißt Pierre Mahabi.« Sarah Clarice schob sich eine Strähne hinters Ohr. »Komm«, sagte sie zu Matheus. »Er wartet in der Bar an der Tankstelle auf uns.«

Die Tankstelle war gleichzeitig eine Raststätte, und es gab auch einen kleinen Raum, der als Internetpoint diente. Von hier aus hatte Sarah Clarice vor zwei Wochen den Bus genommen, um in die Dörfer am Fluss zu fahren. Jetzt war aber bedeutend mehr los: An den Tischchen in der Bar, einer Art Kiosk, in dem Brötchen und Getränke verkauft wurden, saßen etliche Personen. Pierre Mahabi war ein großer, dünner Mann mit sehr kurzen Haaren und einem ungepflegten Bart. Er kam aus Marseille und lebte seit ein paar Jahren in Salvador. Sein Portugiesisch war gar nicht mal übel. Matheus öffnete seine Brieftasche und zeigte ihm ein Foto von Nelson.

»Ja, das ist er«, sagte Pierre und nahm das Foto. »Wir haben uns ein bisschen unterhalten. Freitagnachmittag.«

»Wieso hast du dich mit ihm unterhalten?«

»Ich mache Interviews mit den Leuten hier, für einen Artikel für eine katholische Zeitschrift in Paris. Mich interessiert, was die Leute hier so erzählen, was sie über den Hungerstreik denken, wie sie mit der Trockenheit klarkommen.«

»Hast du meinen Bruder interviewt?«

Pierre lächelte. »Nicht wirklich. Wir haben nur ein paar Worte gewechselt. Er ist nicht gerade der gesprächige Typ, was?«

Matheus sah Sarah Clarice an. Ihre Hoffnungen schienen sich nicht zu erfüllen. Er versuchte, Pierre noch ein paar Informationen zu entlocken, aber die Quelle war offenbar erschöpft.

»Und man hat ihn noch nicht gefunden? Seit Samstag? Schrecklich.«

»Ja. Wir versuchen, irgendetwas über seinen Verbleib herauszufinden.«

»Natürlich.« Pierre trank einen Schluck Orangensaft. Er musterte Sarah Clarice, dann wieder Matheus.

»Da fällt mir gerade etwas ein«, sagte er plötzlich. »Ich erinnere mich, dass ich ihn ziemlich lange mit einer anderen Person habe reden sehen.«

»Mit wem?«, fragte Matheus gespannt.

»Mit einem anderen Journalisten, einem Italiener. Ich habe letzte Woche selbst ein paar Worte mit ihm gewechselt, aber er war insgesamt nur drei Tage hier. Jedenfalls erinnere ich mich, dass dein Bruder mit ihm auf den Stufen an der Kirche saß. Keine Ahnung, vielleicht hat er ein Interview mit ihm gemacht.«

»Wann?«

»Am Samstag.«

Matheus hielt den Atem an. Sein Herz wummerte dumpf wie eine große Trommel in seinem Brustkorb.

»Um welche Uhrzeit?«, fragte Sarah Clarice.

»Vormittags, glaube ich. Gegen Mittag. Kurz darauf ist ein Parlamentarier aus São Paulo gekommen, um mit dem Priester zu sprechen. Er hatte einen ganzen Schwanz an Mitarbeitern dabei und hielt eine kleine Versammlung ab. Das war ziemlich amüsant und hat die ganze Aufmerksamkeit auf sich gezogen.«

»Ist der Italiener noch da?«

»Nein. Soweit ich weiß, ist er am Sonntag wieder abgereist. Sonntag haben wir uns nämlich unterhalten, und da sagte er, dass er bald den Bus nach Petrolina nehmen wolle.«

»Weißt du, wie er heißt?«

»Mhm …« Pierre Mahabi schüttelte den Kopf und lächelte mit seinen strahlend weißen Zähnen. »Keine Ahnung. Er hat es mir zwar gesagt, aber ich kann mich nicht erinnern. Carlo vielleicht. Ich habe ihm meine Visitenkarte gegeben, aber er hatte keine.«

»Was war das für ein Typ?«

»Nun, auf mich hat er irgendwie ängstlich gewirkt.«

»Jung, alt?«

»Um die fünfzig. Wirkte aber eher älter.«

Plötzlich schlug Sarah Clarice mit der Hand auf den Metalltisch.

»Verdammt, Matheus, ich habe eine Idee.«

»Nämlich?«

»Die beiden, mit denen du gesprochen hast, sind das Journalisten? Filmleute?«

»Ja, sie drehen einen Dokumentarfilm über Dom Cappio.«

»Perfekt. Dann werden sie auch deinen Bruder gefilmt haben, irgendwann zwischen Freitag und Samstag, zwischen all den Leuten vor der Kirche.«

»Schon möglich.«

Sarah Clarice war bereits aufgesprungen, und Matheus folgte ihr, ohne sich auch nur von dem Journalisten zu verabschieden.

Die beiden Dokumentarfilmer starrten Sarah Clarice an und zogen die Mundwinkel herab.

»Das Filmmaterial von Freitag und Samstag sichten?«

»Vielleicht auch nur von Samstag. Der Franzose behauptet, er habe Nelson mit einem anderen Journalisten reden sehen, einem Italiener.«

»Mit wem? Mit Carlo? Dem aus Rio de Janeiro?«

Sarah Clarice lächelte und warf Matheus einen Blick zu. »Ihr kennt ihn also?«

»Klar, sympathischer Typ. Er lebt schon seit Jahren in Rio. Wir haben sogar mal zusammen gegessen. Gegessen, na ja … so etwas in der Art zumindest. In einer Bar ein Stück die Straße runter. Da gehen wir immer hin. Das zäheste Fleisch der gesamten Menschheitsgeschichte …«

Während sie noch redeten, zogen sie zwei kleine Datenträger heraus. »Hier, das ist das Material von Samstag.«

»Können wir es jetzt sofort sehen?«

»Klar, auf dem Monitor der Kamera.«

Sie legten den Datenträger ein.

Sarah Clarice und Matheus steckten die Köpfe zusammen und betrachteten die Bilder, die über den Monitor liefen. Man sah vor allem Dom Cappio, von morgens bis abends. Dann folgten ein paar Interviews. Ein paar Aufnahmen waren am Fluss gemacht worden, mit einem Typen, der als leitender Mitarbeiter des Staudamms vorgestellt wurde. Dann zeigten die Bilder wieder die Kirche: Leute, die mit dem Wagen ankamen, Grüppchen, die in Erwartung der Diskussion auf der Erde oder auf den Stufen saßen. Schließlich der Parlamentarier mit seinem Trupp.

»Mach mal langsamer«, sagte Matheus.

Auf dem Bildschirm sah man das Gesicht des Parlamentariers in Großaufnahme.

Er redete fast an derselben Stelle, an der sie sich im Moment befanden, in der Nähe des Mangobaums. Die Aufnahme zeigte praktisch nur den Mann. Dann vergrößerte sich der Bildausschnitt.

»Da. Halt an«, sagte Matheus.

Ihm war, als drücke plötzlich ein heißer Stein auf seinen Magen. Im hinteren linken Winkel des Bildausschnitts sah man deutlich Nelson auf den Stufen seitlich der Kirche sitzen. Er sprach mit einem Mann ungefähr seines Alters, in weinroten Bermudashorts, weißem Hemd und Sandalen. Der Mann hielt ein Notizbuch in der Hand.

Matheus' Gedanken überschlugen sich, und in seinem Gehirn schien es zu dröhnen. Er musste sich schnell vom Monitor abwenden. Seine Hände waren schweißnass.

»Da hätten wir also unseren Carlo«, sagte Sarah Clarice. »Wann wurde die Aufnahme gemacht?«

Es stand auf dem Monitor: 14.10 h.

»Der Journalist könnte also einer der Letzten sein, die vor seinem Verschwinden mit deinem Bruder gesprochen haben«, stellte der Kameramann fest.

Matheus nickte. »Theoretisch ja.«

»Wir müssen diesen Carlo finden«, sagte Sarah Clarice.

Matheus schwieg. Ein finsterer Gedanke hatte sich seiner bemächtigt: Diese Aufnahmen zeigten nicht nur Nelson und den Journalisten Carlo, der ihn vermutlich als Letzter vor seinem Verschwinden gesehen hatte. Möglicherweise befand sich irgendwo außerhalb dieses Bildausschnitts auch die Person, die ihn bald entführen würde. Möglicherweise hatte die Fernsehkamera sogar unwissentlich das Gesicht des Entführers gefilmt. Vielleicht, dachte Matheus und suchte Sarah Clarice' Blick, sind diese Leute immer noch hier. Direkt in unserer Nähe.

Vor ihm saßen allerdings nur die Dokumentarfilmer, die jetzt an ihm vorbeistarrten.

»Matheus, da sucht dich offenbar jemand.«

Er drehte sich um und sah den stellvertretenden Leiter der

Zivilpolizei, Alessio Castro, auf sich zukommen. Zwei Männer in Zivil waren bei ihm.

»Senhor Braga«, sagte der Polizist.

Matheus stand auf. Sarah Clarice hatte sich bereits erhoben.

»Senhor Braga, wenn Sie uns bitte folgen würden.«

»Ich? Warum?«

Im schwachen Laternenlicht war Castros Gesicht ein nahezu schwarzer Fleck, in dem zwei Augen funkelten.

»Kommen Sie«, sagte er bestimmt.

Sarah Clarice folgte ihnen. Als sie auf dem Stück Brachland ankamen, wo die Autos parkten, öffnete der Polizist schließlich den Mund.

»Wir haben Ihren Bruder gefunden. Es tut mir sehr leid.«

Matheus schwieg und richtete dann langsam den Blick auf Sarah Clarice.

»Bringen Sie uns zu ihm.« Sarah Clarice sprach aus, was Matheus nicht zu sagen vermochte.

Der Polizist schaute sie an und zog eine merkwürdige Grimasse.

»Ich glaube nicht, dass der Anblick etwas für eine Frau ist.«

10

Die Scheinwerfer des Land Rovers fielen auf den Renault, der vor ihnen fuhr. Auf der dunklen Straße kamen sie nur langsam voran. Die Polizisten hatten Matheus und Sarah Clarice angeboten, sie mitzunehmen, aber die beiden hatten höflich abgelehnt.

»Unser Wagen steht dahinten«, hatte Matheus gesagt. »Wir können hinter Ihnen herfahren.«

»Wie Sie wünschen.«

»Das hast du gut gemacht«, sagte Sarah Clarice, sobald sie im Land Rover saßen. »Ich weigere mich, in ein Polizeiauto einzusteigen. Außerdem traue ich diesen Leuten nicht … Sechs Kilometer, das ist ja nicht gerade um die Ecke«, stöhnte sie dann erschöpft.

Matheus war erschüttert. »Aber warum? Warum?«, fragte er sich immer wieder und schaute sie an, als müsse sie die Antwort darauf wissen.

Irgendwann verlangsamte der Renault das Tempo und bog in eine Straße ein, die mitten aufs freie Land führte. Um sie herum war es stockduster. Man sah nur, was von den Scheinwerfern angestrahlt wurde. Sarah Clarice überlief ein Schauer nach dem anderen. Das war die Müdigkeit, aber auch Angst. Es fiel ihr nicht leicht, das zuzugeben, aber die Sache entglitt ihr allmählich. Mitten in der Pampa fuhren sie einem Wagen der Polizei von Bahia hinterher … Wenn man sie gefragt hätte, wo sie überhaupt waren, sie hätte es nicht sagen können.

»Wo zum Teufel wollen die denn eigentlich hin?«, flüsterte sie und kaute auf ihrer Unterlippe herum. Plötzlich erblickte sie die Lichter eines Hauses – drei Lampen unter einem Holzdach –, dann die Scheinwerfer von zwei parkenden Autos. Der Renault blieb stehen, ließ das Licht aber ebenfalls aufgeblendet.

Als Matheus und Sarah Clarice zu den Polizisten traten, sagte Alessio Castro zu Matheus: »Folgen Sie mir bitte.«

»Wo ist mein Bruder?« Matheus war wieder ganz bei sich und musterte das Gesicht des Polizisten, das nur von der Zigarettenglut beleuchtet wurde.

Castro warf die Zigarette fort und ging in die Richtung, in die das Scheinwerferlicht fiel. Sarah Clarice folgte ihm, wurde aber von einem anderen Mann festgehalten. »Sie bleiben hier.«

»Nein«, protestierte sie. »Ich bleibe nicht hier. Lassen Sie mich los!«

Matheus und sein Begleiter drehten sich um. »Lass sie, wenn sie unbedingt will«, sagte Castro zu dem Mann.

Sarah Clarice hatte nur einen einzigen Gedanken: Sie wollte nicht alleine hier zurückbleiben.

Nelsons Leiche lag auf einer schwarzen Plastikplane und war mit einer Art weißem Laken bedeckt. Wenn Matheus später an diesen Moment zurückdachte, erinnerte er sich, dass er sich gefragt hatte, wo sie das Laken wohl herhatten. Vielleicht aus dem Haus dort?

Dann ging alles sehr schnell. Der Polizist kniete neben dem Leichnam nieder und schaute Matheus an. Der nickte. Sarah Clarice war in der Nähe stehen geblieben. Sie fröstelte. Die Luft war warm, aber sonderbarerweise wehte eine frische Brise.

Matheus reichte der Bruchteil einer Sekunde, um seinen Bruder zu erkennen. Der Polizist zog das Laken sofort wieder über Nelsons Gesicht. Matheus stand auf und fiel in Sarah Clarice' Arme.

Alessio Castro blieb zwei Schritte weiter stehen und wartete. Mit einer Taschenlampe leuchtete er zu einem Zementmäuerchen hinüber. Schließlich wandte er sich an Matheus. »Sehen Sie das? Dort haben wir ihn gefunden.«

»Was ist das?«

»Ein Brunnen.«

Es war dunkel, und Matheus kniff die Augen zusammen. »Er war in dem Brunnen da?«

»Ja. Er hing an einem Seil.« Castro ließ das Licht über den Boden gleiten, bis es auf ein dickes Seil fiel, das man auf die Erde geworfen hatte.

Plötzlich wurde Matheus von Übelkeit überwältigt. Er wollte nur noch weg und hoffte, Sarah Clarice würde irgendeine Entscheidung treffen. Sie schien aber vollkommen abwesend zu sein und rührte sich nicht. Der Polizist schaute die beiden an.

»Wo sind wir?«, fragte Matheus. »Wie haben Sie ihn gefunden?«

»Ein anonymer Anruf.«

»Ein anonymer Anruf …« Matheus spürte, wie das Blut in seinem Nacken und in seinen Ohren pulsierte. Und der ungewöhnliche Wind dieser Nacht schien mitten durch ein Loch in seinem Bauch zu blasen.

»Ein anonymer Anruf …«, wiederholte er flüsternd.

»Das kann gut und gerne jemand gewesen sein, der nichts mit der Sache zu tun hat. Das passiert öfter.«

»Wer wohnt in dem Haus?«

»Niemand. Es ist unbewohnt.«

»Und die Lampen?«

»Die haben wir angemacht.«

»Haben Sie meiner Schwägerin Bescheid gegeben?«

»Nein, wir wollten warten, bis der Leichnam identifiziert ist.«

»Weiß man, wann er gestorben ist?«

»Laut Auskunft des Gerichtsmediziners dürfte er ungefähr achtundvierzig Stunden tot sein. Sonntag also.«

»Sonntag …«

»Samstagnacht oder Sonntag, irgendwann in diesem Zeitraum.«

Ohne einen bestimmten Grund durchfuhr Matheus der Gedanke, dass sein Bruder sich möglicherweise umgebracht haben könnte. Paradoxerweise beruhigte ihn ausgerechnet die dunkle Gestalt des Polizisten, der mechanisch auf seine Fragen antwortete.

»Wie ist er gestorben? Das hatten Sie noch gar nicht erwähnt.«

Alessio Castro zündete sich eine weitere Zigarette an. Er zögerte mit seiner Antwort.

»Man hat ihm die Kehle durchgeschnitten.«

»Was?«

»Er hat eine klaffende Wunde am Hals. Wir wissen aber nicht, ob es sich dabei tatsächlich um die Todesursache handelt.«

»Was soll das heißen?«

Der Polizist schaute Sarah Clarice an und richtete den Blick dann wieder auf Matheus.

»Ihr Bruder wurde gefoltert, ziemlich lange sogar. Der Schnitt am Hals könnte ihm auch zugefügt worden sein, als er bereits tot war. Sicherheit wird aber erst die Autopsie bringen.«

»Gefoltert? Aber was reden Sie denn da?«

»Gefoltert, ja. Lange. Und systematisch.«

»Was soll das heißen, systematisch?«

Castro zog heftig an seiner Zigarette, und sein Gesicht nahm eine rötliche Färbung an.

»Das soll heißen, dass man ihn nicht zum Spaß gefoltert hat, wie es Kinder tun, wenn sie einen Frosch aufblasen. Es war systematische Folter. Man wollte etwas von ihm … Niemand tut so etwas ohne Grund. War das deutlich genug?«

Nachdem sie massenweise Beruhigungsmittel geschluckt hatte, schlief Sandra schließlich ein.

Ein paar Stunden zuvor waren Matheus und Sarah Clarice, eskortiert von der Polizei, zum Hotel zurückgekehrt, und Matheus hatte seine Begleiterin dazu überredet, sofort nach Juazeiro zu fahren. Sarah Clarice hatte ihn nur angeschaut, vollkommen erschöpft. Sie hätten ein paar Stunden schlafen und sofort bei Morgengrauen losfahren können, aber für Matheus stand fest, dass sie Sandra die Nachricht sofort überbringen mussten. Sarah Clarice hatte wohl oder übel eingelenkt.

Als Marilena sie nachts um zwei im Nachthemd aus dem Schlaf riss, wusste Sandra sofort, dass irgendetwas passiert war. Und als sie Matheus mit zusammengepresstem Kiefer und zitternden Händen in der Haustür stehen sah, war ihr klar, dass sie ihren Ehemann nicht mehr lebend zu Gesicht bekommen würde.

Am frühen Mittwochnachmittag wollten sich Matheus und Sarah Clarice auf den Heimweg machen. Sarah Clarice musste wieder zur Arbeit zurück, sonst würde man sie irgendwann rauswerfen. Und Matheus musste nach Ilhéus zurück, seine letzten Vorlesungen halten, seinen Umzug organisieren und dann nach São Paulo übersiedeln. All diese Dinge kamen ihm jetzt sinnlos vor, aber das Leben musste irgendwie weitergehen. Er telefonierte lange mit Cássia, die anbot zu kommen, aber er war entschlossen zum Aufbruch. Sie hatten bei der Polizei eine Erklärung unterschrieben und warteten nun auf den Fortgang der Ermittlungen. Der schwierigste Part kam sowieso Sandra zu.

Fast eine Stunde lang schaute sich Matheus im Arbeitszimmer seines Bruders um, während Sarah Clarice sich auf ein Sofa legte, um endlich ein wenig Schlaf zu bekommen. Als sie das Haus verließen, schlief Sandra noch. Die Sonne war von Wolken bedeckt, und die Gegend wirkte noch verdorrter als sonst.

Sie waren gerade ein paar Minuten fort, als ihr Taxi von einem weiß-beigen Chevrolet der Militärpolizei angehalten wurde.

Sarah Clarice wandte sich an den Taxifahrer. »Was wollen die denn?«

»Ganz ruhig«, sagte Matheus, aber ihre Miene verfinsterte sich noch mehr, als Oberst Araujo in ihr Blickfeld trat. Er trug eine

Pilotenbrille von Ray Ban und war dieses Mal, wie Matheus auffiel, perfekt rasiert.

Mit einer Handbewegung bedeutete er den beiden, das Fenster herunterzulassen.

»Schon wieder beim Aufbruch?«

»Ja, guten Tag.«

»Vor allem erst einmal mein herzliches Beileid, Doktor Braga.«

»Danke«, sagte Matheus. »Jetzt müssen wir aber weiter.«

Über das Gesicht des Polizisten flog ein Schatten. Er schien nach Worten zu suchen, wusste aber offenbar nicht, wie er anfangen sollte.

»Ich weiß, dass ich einen schlechten Zeitpunkt erwischt habe, und ich habe auch nicht die Befugnis, Sie aufzuhalten, aber in Anbetracht der Todesumstände Ihres Bruders könnte sich Ihre Anwesenheit hier vielleicht doch noch als notwendig erweisen.«

»Was wollen Sie damit sagen?«, fragte Sarah Clarice.

»Senhorina, mit Ihnen habe ich nicht geredet.«

»Ich rede aber mit Ihnen, Herr Oberst, oder denken Sie, wir leben noch in der Diktatur? Vielleicht befinden Sie sich gedanklich ja noch im Jahr 1975, wenn Sie meinen, dass nur Sie reden dürfen, weil Sie eine Uniform tragen …«

Matheus stieß sie mit dem Ellbogen an. Es hatte keinen Sinn, sich mit diesem Typen anzulegen.

Araujo, der sich schon halb zum Fenster vorgebeugt hatte, zog den Kopf wieder zurück und starrte sie über die Brille hinweg an. Sein Blick war der eines Hundes, der sich nicht von der Kette losreißen konnte.

»Wir befinden uns nicht mehr im Jahr 1975, leider. Den Tatbestand der Beamtenbeleidigung gibt es allerdings immer noch.«

»Ach ja? Dann zeigen Sie mich doch an, wenn Sie zwei willige Zeugen finden.«

Der Taxifahrer verzog keine Miene, sondern starrte nur vor sich hin.

Matheus schwitzte. Er platzte vor Wut, sagte aber nur matt: »Sollte sich meine Anwesenheit als notwendig erweisen, geben Sie einfach Bescheid. Aber erlauben Sie mir eine Frage: Was machen Sie eigentlich hier? Liegen die Ermittlungen nicht in den Händen der Zivilpolizei?«

»Wir teilen uns die Aufgaben.«

»Und was genau ist die Ihre in diesem Moment?«

Der Oberst schaute die Straße entlang. »Wir müssen einen Blick auf das Haus und die persönlichen Gegenstände Ihres Bruders werfen. Vielleicht findet sich irgendetwas, das uns auf die Spur des Mörders bringt.«

Matheus nickte. »Verstehe. Dann werde ich meine Schwägerin informieren, dass Sie kommen. Gerade hat sie noch geschlafen. Es ist besser, wenn sie Bescheid weiß.«

Araujo verzog den Mund und trat einen Schritt zurück. »Gute Reise, Herr Professor, und noch einmal mein Beileid.« Dann fuchtelte er zornig zum Taxifahrer hinüber, als wollte er ihn auffordern, schnell aus seinem Blickfeld zu verschwinden.

Sarah Clarice ließ sich in die Polster zurücksinken. Überrascht merkte sie, dass ihre Beine zitterten.

Matheus schaltete sein Handy an, wählte Sandras Nummer und berichtete ihr von dem Vorfall. Dann versprach er, sich am nächsten Tag noch einmal zu melden.

Sarah Clarice schaute ihn an. »Was hat sie gesagt?«

»Wir sollen uns keine Gedanken machen, es sei alles unter Kontrolle. Soeben sei auch ihr Anwalt gekommen. Sie wollen sich mit dem zuständigen Staatsanwalt in Verbindung setzen. Ins Haus kommt ihnen jedenfalls niemand.« Sarah Clarice seufzte und richtete den Blick gen Himmel. Dann starrte sie plötzlich Matheus an. »Was war das denn gerade für eine Szene?«

»Keine Ahnung«, sagte Matheus. »Frag mich besser nicht. Aber übrigens, wenn du dich mit der Polizei anlegen willst, tu das bitte ohne mich! Was ist denn bloß in dich gefahren?«

»Wie bitte?« Sarah Clarice wurde laut. »Gehörst du auch zu denen, die immer noch denken, man müsse diese Schikanen klaglos hinnehmen?«

»Glaubst du denn, mit deinem aggressiven Auftreten würdest du irgendetwas ändern? Der hätte dich verhaften können.«

»Nein, da irrst du dich ganz gewaltig! Einen Scheißdreck hätte der tun können. Das einzige Problem ist, dass du und weitere neunzig Millionen Schwachköpfe das noch nicht kapiert habt. Der Typ ist ein Bürger wie du und ich, mit exakt den gleichen Rechten und Pflichten. Und im Besonderen ist er dazu da, uns zu beschützen, und nicht, um uns Angst einzujagen!« Sarah Clarice hatte sich derart in Rage geredet, dass ihr das letzte Wort in der Kehle stecken blieb. Der Taxifahrer beobachtete sie im Rückspiegel.

»Was gibt's da zu glotzen?«, brüllte sie ihn an.

Schnell richtete der Taxifahrer den Blick wieder auf die Straße.

»Herrgott im Himmel«, fluchte sie und schüttelte den Kopf.

Matheus schwieg und schaute aus dem Fenster. Dann wandte er sich an den Taxifahrer. »Sagen Sie, wissen Sie, wann die Busse nach Ilhéus fahren?«

»Nein, aber wenn Sie wollen, können wir in Juazeiro am Busbahnhof vorbeifahren und uns erkundigen. Er liegt auf dem Weg zum Flughafen.«

»Okay, machen Sie das. Danke.«

Sarah Clarice musterte Matheus und lächelte sarkastisch.

»Was soll das heißen?«

»Ich habe keine Lust, noch eine Nacht in Salvador zu bleiben. Mir ist eingefallen, dass es einen Nachtbus gibt, der morgens in Ilhéus ankommt. Wenn der noch fährt, würde ich ihn nehmen. Ich habe das Bedürfnis, ein wenig allein zu sein, Sarah Clarice.«

Ihr Lächeln wurde weicher. »Verstehe. Entschuldige bitte, was ich vorhin gesagt habe.«

»Nein, du hast ja recht. Ich habe nur den Eindruck, dass die Dinge etwas komplizierter sind, als du sie darstellst.«

Sarah Clarice nickte.

»Was machen wir eigentlich mit den Analyseergebnissen?«, fragte Matheus. »Soll ich sie dir schicken, wenn ich morgen ankomme? Der Befund ist allerdings absurd. Im Prinzip bräuchten wir eine zweite Meinung, weil ich ausschließen möchte, dass ich einen Fehler gemacht habe.«

Sie riss die Augen auf. »Einen Fehler? Du?«

»Nobody is perfect.«

»Ich muss morgen erst einmal die Stimmung im Büro checken«, erklärte Sarah Clarice unvermittelt. »Mir kam es so vor, als hätte die Sobradinho-Geschichte in letzter Zeit an Priorität verloren. Aber keine Sorge, das Geld für das Gutachten bekommst du natürlich.«

»Mach dir deswegen keine Sorgen, um Gottes willen. Aber was meinst du damit – die Sobradinho-Geschichte habe an Priorität verloren?«

»Kann ich noch nicht sagen, aber irgendetwas stimmt da nicht.«

In diesem Moment fuhr das Taxi in den Busbahnhof von Juazeiro hinein.

»Ich bin in fünf Minuten wieder da.« Matheus stieg aus.

Im Busbahnhof waren nicht viele Leute. Die Stoßzeiten waren am frühen Morgen und abends. Ein paar Busse standen herum und warteten darauf, zu den unterschiedlichsten Zielen aufzubrechen – Städte im tiefsten Bahia, von denen Sarah Clarice noch nie etwas gehört hatte. Die Minuten vergingen, aber Matheus kam nicht zurück. Musste er ausgerechnet jetzt auf eine solche Schnapsidee kommen? Die hohen Schutzdächer ließen kaum Sonnenlicht durch, der ganze staubige Ort hatte etwas Beengtes. Langsam kam ein FIAT Siena der Militärpolizei auf sie zugerollt, und Sarah Clarice merkte, dass sich ihr Herzschlag beschleunigte. Der Wagen fuhr aber an ihnen vorbei und verließ den Busbahnhof wieder.

Die Taxitür öffnete sich. »Da bin ich wieder, Entschuldigung. Es gibt tatsächlich einen Bus, in zweieinhalb Stunden. Morgen früh um fünf ist er in Ilhéus. Das ist perfekt.«

»Okay«, sagte Sarah Clarice. »Dann sollten wir uns jetzt wohl verabschieden.«

»Ja. Aber wir telefonieren morgen, okay? Danke für alles.«

»Für was alles?«

»Dafür, dass du in den letzten beiden Tagen bei mir warst.«

Der Taxifahrer hatte bereits den Kofferraum geöffnet und holte Matheus' Tasche heraus.

»Nimm«, sagte er und gab Sarah Clarice Geld. »Fürs Taxi.«

»Quatsch.«

»Nimm es bitte.«

»Okay.« Sie nickte.

»Dann tschüss also.« Er steckte den Kopf ins Taxi, um sie auf die Wange zu küssen, aber da sie dasselbe vorhatte, streiften Matheus' Lippen ihre Schläfe und landeten in den Locken hinter ihrem Ohr.

»Entschuldigung«, sagte er verlegen.

Sie lächelte. »Gute Fahrt.« Mit einem dumpfen Geräusch schloss sie die Wagentür, und der Taxifahrer legte den Gang ein.

Matheus blieb auf dem Bürgersteig stehen, unentschlossen, ob er erst zum Klo gehen oder erst ein Ticket lösen sollte. Er roch nach Schweiß, da er noch dasselbe Hemd trug wie in der Nacht, als sie von Sobradinho aufgebrochen waren. Seine Lippen jedoch schmeckten nach Sarah Clarice. Es war der Geschmack von Meerwasser.

11

Im Festsaal des Bourbon Business Hotel in Londrina schwollen die Geräusche an und ab wie eine aufgewühlte See. Nach den obligatorischen Reden konnten sich die Teilnehmer der größten Agrar- und Ernährungsmesse Südbrasiliens endlich entspannen und sich dem großzügigen Abschiedsessen mit gegrilltem Fleisch und Strömen von Bier widmen.

Londrina lag ein paar hundert Kilometer von der Grenze zu Paraguay und etwa fünfhundert Kilometer von São Paulo entfernt. Ihren Namen verdankte die Stadt einer Gruppe englischer Pioniere, die 1934 auf der Suche nach Ackerland nach Brasilien gekommen waren. Sie hatten Glück gehabt, denn die rote Erde in dieser Gegend war äußerst fruchtbar. Schnell lockte das neue Siedlungsgebiet ganze Wellen von Auswanderern an. Sie kamen aus dem armen Norden Brasiliens, aber auch aus Europa und dem Rest der Welt: Deutsche, Japaner, Italiener, die oft schon in São Paulo, Santos, Porto Alegre oder Curitiba an Land gegangen waren, aber angesichts der Massen von Emigranten dort noch einmal woanders ihr Glück gesucht hatten.

Davide Strazzon – sechsundvierzig, die Schultern schmaler als die Hüften, gewaltiger Unterleib, kleine, helle, eng zusammenstehende Augen und Schweinsnase – stammte direkt von einer dieser Pionierfamilien ab. Sein Urgroßvater war Ende des neunzehnten Jahrhunderts aus Treviso in den Süden Brasiliens emigriert, hatte einen kleinen Flecken Erde gekauft, dann einen größeren und war schließlich mit Kaffee reich geworden. Sein Sohn hatte in der Weltwirtschaftskrise der Dreißiger einen großen Teil dieses Vermögens wieder verloren, aber da er ein vorausschauender

Mann gewesen war, hatte er ein paar Häuser in den italienischen Vierteln von Curitiba gekauft. Diese Häuser, die zu Wucherpreisen an Neuankömmlinge vermietet worden waren, hatten die Familie vor dem Bankrott gerettet. Der Sohn wiederum – Davides Vater – hatte sich erfolgreich in den Getreidehandel gestürzt, bis ihn ein Herzinfarkt vorzeitig hinwegraffte.

Nach dem Tod seines Vaters hatte Davide Strazzon beschlossen, alles zu verkaufen und wieder Landwirtschaft zu betreiben, so wie sein Urgroßvater. Er hatte sich in Richtung Westen aufgemacht, wo das Land nichts kostete und Soja angeblich dreimal im Jahr wuchs. Am Eingangstor seiner Fazenda in Santa Tereza do Oeste war ständig die brasilianische Flagge gehisst, denn Brasilien hatte ihn zu dem Mann gemacht, der selbst über sein Schicksal entschied.

Nach Italien war Davide nur einmal gefahren, um ein paar entfernte Cousins zu besuchen. Dort hatte es ihm überhaupt nicht gefallen. Er sprach kein Italienisch, sondern kannte nur ein paar Brocken eines alten venetischen Dialekts, den er seinem Großvater abgelauscht hatte, den seine Cousins aber gar nicht verstanden. Kam hinzu, dass Davide immer davon ausgegangen war, dass seine Cousins reich waren, dabei waren zwei bankrott und der dritte arbeitslos. Alle waren sie außerdem geschieden und bekamen ihre Kinder fast nie zu Gesicht. Nur auf eines war Davide während seines Italienaufenthalts absolut scharf: Er wollte unbedingt mit einer italienischen Frau ins Bett gehen. ›Ah, die Italienerinnen, wenn du nur wüsstest!‹, hatte sein Großvater immer gesagt, obwohl er selbst nie in Italien gewesen war. Als seine Cousins ihn dann in einer eiskalten Nacht zu einer Ausfallstraße voller Nutten mitschleppten, landete Davide bei einer schwarzäugigen Albanerin, die ihn den ganzen Abend über verächtlich anstarrte. Sie war klein und muskulös und erinnerte ihn aus einem unerfindlichen Grund an eine der jungen Prostituierten, mit denen er es in Santarém im Amazonasbecken immer getrieben hatte. Die Albanerin hatte allerdings weiße Haut, weiß wie Kreide, und das gefiel ihm dann doch besser.

Jetzt saß Davide Strazzon an einem runden Tisch und sah zu, wie sein Gesprächspartner an einem ekelhaften Kaffee nippte. Er hatte seinen nach dem ersten Schluck stehen gelassen. Etliche Gäste verließen den Festsaal des Bourbon bereits. Nach fünf Tagen Sitzungen, endlosen Mittagessen, Rodeos im texanischen Stil und nächtlichen Peepshow-Besuchen in Londrina freute sich Davide, zu seiner Frau und seinen Schweinen zurückzukehren. Erst musste aber noch etwas geregelt werden, und genau deswegen saß dieser Mann, der jetzt seine Eiscreme löffelte, vor ihm.

Er warf Strazzon ein gezwungenes Lächeln zu. »Müssen wir noch lange warten?«

»Nein«, sagte Davide und schaute auf. »Da ist er schon.«

Der Mann drehte sich um, den Dessertlöffel noch im Mund, und sah jemanden auf sie zukommen: um die sechzig, nicht größer als ein Meter sechzig, das Gesicht so rund wie ein Basketball und auch von der Farbe her ähnlich. Schnell zog sich der Neuankömmling einen Stuhl heran und setzte sich.

»Hallo, Davide. Entschuldige die Verspätung.«

Strazzon grinste. »Unser Anwalt hier war schon in Sorge.«

Der Basketball warf dem Mann einen flüchtigen Blick zu, dann wandte er sich wieder an Strazzon. Er hatte grüne Augen, die leicht nach unten zeigten. Sein Mund hatte etwas notorisch Verbittertes.

»Möchtest du irgendetwas bestellen?«, fragte Strazzon und schaute sich um.

Der Saal leerte sich kontinuierlich. Gelegentlich stach ein Lachen aus dem Stimmengemurmel hervor, das Klirren von Gläsern, der Klingelton eines Handys. Manchmal trat auch jemand an den Tisch heran und gratulierte Strazzon zu seiner Wahl zum Präsidenten des SRU, einer wichtigen Vereinigung von Agrarproduzenten und Großgrundbesitzern in West-Paraná, die sich besonders energisch für den Schutz des Eigentums einsetzte.

Der Basketball wiederum, der auf den Namen Diego Messer hörte, war der Gründer des MRSU, der Interessenvertretung der Grundbesitzer des südlichen Paraná. Von allen diesen Organisationen war das MRSU wohl die älteste. Diego Messer hatte die Führung vor ein paar Jahren abgegeben, aber wenn er nicht wie ein General seine hundertfünfzigtausend Rinder herumkommandierte, widmete er sich immer noch der Aufgabe, die Aktivitäten der Landbesitzervereinigungen zu unterstützen.

Messer zufolge – und Davide Strazzon war da ganz seiner Meinung – hatte der Besitz in Brasilien zurzeit einen schweren Stand, und das verlangte Einigkeit der Großgrundbesitzer gegen den Feind.

Messer schüttelte den Kopf, er wollte nichts trinken. Stattdessen sagte er: »Wollen wir hinausgehen? Die Tasche ist im Auto.«

Der Anwalt war einverstanden. »Sehr gut, gehen wir.«

Auch Strazzon erhob sich.

Sie verließen den Saal und schlenderten gemächlich zum Parkplatz vor dem Hotel. Der Himmel war sternenübersät. Ein schneidender Wind blies. Messer öffnete die Tür eines großen metallicsilbernen Kias und bedeutete den anderen einzusteigen.

»Klapp den Sitz vor«, sagte er zu Strazzon, der sich nach hinten gesetzt hatte.

Der tat es und erblickte im Kofferraum eine Tasche, die eher ein schwarzer Trolley war. »Das ist sie. Mach auf und zeig's ihm.«

Strazzon zog den Trolley auf den Sitz und öffnete den Reißverschluss. Er wusste, was in dem Koffer war, aber es verschlug ihm trotzdem die Sprache. Der Anwalt, der auf dem Beifahrersitz saß, drehte sich um und schaute ebenfalls hinein.

Messer erklärte: »Das sind eineinhalb Millionen Reais, darauf können Sie sich verlassen. Klapp wieder zu, Davide.« Bedächtig zog Strazzon den Reißverschluss wieder zu.

Messer rutschte auf seinem Sitz herum und saß nun gerade hinter dem Steuer. Dann sagte er zu dem Anwalt: »Bestellen Sie Ihrem Mandanten, dass es sich um einen Beitrag für unser Land handelt. Wir können nicht hinnehmen, dass hier in Paraná die Kumpane dieser Diebesbande aus Brasilia regieren, angefangen von diesem elenden Kommunisten von einem Präsidenten. Hier in Paraná müssen *wir* das Sagen haben. Das Geld haben Sie gesehen?«

Der Anwalt nickte und schob die Brille hoch.

»Jeder einzelne dieser Reais verdankt sich dieser Erde. Unserem Schweiß und der Scheiße unserer Tiere, verstanden?«

»Der Senator hat Ihnen immer nahegestanden.«

»Nicht nahe genug«, unterbrach ihn Strazzon. »Wenn er erst einmal Gouverneur ist, muss die Nähe größer werden.«

»Selbstverständlich.«

Plötzlich schwiegen alle drei.

»Sind wir fertig?«, fragte der Anwalt nervös.

»Nein«, sagte Strazzon. »Da wäre noch etwas, bevor Sie diesen Koffer bekommen.«

Messer, der schon nach dem Trolley gegriffen hatte, sagte: »Wenn es ums Geben geht, sind wir nicht kleinlich.« Er näherte sich dem Gesicht des Anwalts und fixierte ihn mit seinen grünen, leicht nach unten gebogenen Augen. »Aber wenn es ums Nehmen geht, haben wir ein langes Gedächtnis.«

»Sicher«, sagte der Anwalt und deutete ein Lächeln an, das eher verächtlich wirkte.

»Gut. Dann können Sie jetzt gehen. Und richten Sie dem Herrn Senator die besten Grüße von uns aus.«

Der Anwalt nahm den Trolley, verließ den Kia und verschwand zwischen den parkenden Autos.

Es gab noch eine Sache, über die Strazzon mit Messer sprechen musste. Um das zu tun, gingen sie in die Hotelbar im zweiten

Stock, einem diskreten, schummrigen Ort mit bequemen Sofas und einer großen Auswahl an Spirituosen.

»Dieser Anwalt ist ein Widerling«, sagte Messer, als er sich mit einem Jack Daniels in der Hand hinsetzte und seinem Freund bedeutete, sich auch einen zu holen.

Strazzon schüttelte den Kopf. »Besser nicht. Dieser Scheißkaffee hat meinen Magen angegriffen.«

»Trink eine Cola und dann den Jack, da kannst du nichts falsch machen.« Möglicherweise lächelte Messer, aber das konnte man nicht wissen, weil seine verbitterte Miene sich nie veränderte.

»Gute Idee.« Strazzon stand auf und ging zur Bar, wo ihm eine Frau mit dicken Titten in der weißen Bluse unter der schwarzen Weste eine Cola-Dose aufriss und ein Glas Jack Daniels ohne Eis einschenkte.

»Wir müssen eine neue Gesellschaft gründen«, sagte Strazzon, als er sich wieder gesetzt hatte.

»Dachte ich mir schon, dass du über so etwas sprechen willst.«

»Ja. Es ist besser, die NP Security für eine Weile zu vergessen. So lange zumindest, bis sich die Wogen geglättet haben.«

»Das ist wahr.« Messer nippte an seinem Whisky und schaute gelegentlich zur Bar hinüber, die in dämmriges Licht getaucht war.

»Dann brauchen wir aber einen anderen Gesellschafter«, sagte Strazzon.

»Kein Problem«, erwiderte Messer. »Ich habe einen Schwager, den ich aushalte, einen grauenhaften Versager. Wenn ich könnte, hätte ich ihn längst nach São Paulo zurückgejagt, aber meine Schwester hängt an ihm, und er hat ihr drei Kinder gemacht. Dass ich für den Spaß aufkomme, brauche ich ja wohl nicht hinzuzufügen. Auf den tragen wir die Gesellschaft ein.«

»Ist er denn vertrauenswürdig?«

»Absolut. Ich benutze ihn nicht zum ersten Mal. Ich habe ihm schon die Verantwortung für ein Unternehmen übertragen, das ich in den Bankrott getrieben habe. Der tanzt nicht aus der Reihe, da bin ich mir sicher.«

»Gut, bestens.«

Messer fixierte Strazzon. »Und was ist mit den Leuten? Nehmen wir die von der NP, oder müssen wir uns andere suchen?«

Strazzon antwortete nicht, weil er zu rülpsen versuchte. Dann sagte er: »Wir behalten nur Jefferson. Ansonsten nehmen wir besser neue Leute.«

»Wird gegen Jefferson nicht ermittelt?«

»Nein, nicht mehr. Er wurde freigesprochen. Und er ist nun mal der Beste.«

»Ist er denn noch bei der Polizei?«

»Klar. Er ist Hauptmann in Curitiba.«

»Wie viele Leute brauchen wir insgesamt?«

»Ungefähr zehn. Jefferson sagt, er kümmert sich drum.«

»Alle von der Militärpolizei?«

»Fast alle.«

»Immer die, klar … Die gehen mir so was von auf den Sack.«

»Sicher, aber sie sind erpressbar. Und sie haben eigene Waffen, das ist der große Vorteil.«

»Das mit den Waffen habe ich nie verstanden. Sind die Waffen denn nicht registriert?«

»Nicht alle«, sagte Davide und stieß endlich einen Rülpser aus, der ihm ein Lächeln entrang. »Drei dürfen sie insgesamt haben, aber nur eine davon ist eine Dienstwaffe. Die anderen beiden nicht, und diese Waffen kann man nicht nachverfolgen.«

»Wie nennen wir sie?«

»Wen, die Gesellschaft?«

»Ja.«

»Was hältst du von Nova Sudsegur?«

Messer zögerte und neigte seinen Basketballkopf. »Mhm, nicht ganz leicht auszusprechen …«

»Umso besser. Falls es Ärger gibt, kann sich diese Bande von

Analphabeten auf den Feldern wenigstens nicht den Namen merken.« Er grinste.

»Wenn du meinst. Mir ist das egal. Wichtig ist nur, dass sie uns gutes Geld einbringt.«

»Es gibt übrigens einen neuen Kunden.«

»Wen?«

»Holländer. BioChemical noch was. Sie wollen auf einer Fazenda in Iporã Insektizide erproben und haben einen Haufen Ärger. Diese elenden Bauern besetzen das Land schon seit zwei Monaten und lassen sich einfach nicht verjagen.«

»Das Übliche also. Diese beschissenen Landlosen müsste man alle zum Mond schießen.«

»Wenn wir in einem anderen Land wären … Sei's drum, ich brauche die Gesellschaft bis nächste Woche. Diese Holländer sind bereit, eine Menge Geld hinzublättern, aber sie wollen, dass alles seine Ordnung hat.«

»Kein Problem. Lass mir von deinem Schmierenadvokaten die Papiere schicken, dann lege ich sie Montag meinem Schwager zur Unterschrift vor. Anschließend kann Jefferson sofort seine Truppe zusammenstellen.«

»Perfekt. Großer Gott, was für ein Stress.« Davide Strazzon beugte sich vor und nahm seinen Jack Daniels. »Du hattest übrigens recht, die Cola hat Wunder gewirkt.«

Diego Messer lächelte, aber Davide merkte es nicht. Vor ihm saß ein Basketball, der aussah, als würde er gleich zu weinen anfangen.

Genau in diesem Moment betrat in São Paulo Bruno Johannsen das Armeezimmer. Die Hände in den Hosentaschen, schritt er über den türkischen Teppich und setzte sich in den Sessel. Er schaltete die Stehlampe aus und schaute durch die Fensterfront auf die Stadt hinab.

Einige Minuten verharrte er so, dann erhob er sich. Die

Bücherregale lagen im Schatten und wurden nur vom fernen Widerschein der Stadt gestreift. Bruno streckte die Hand aus und griff zu einem großen, grün eingebundenen Buch. Es handelte vom Leben des römischen Feldherrn Lukullus und war vom griechischen Philosophen Plutarch verfasst. Das war sein Lieblingsbuch, das erste Buch, das er bis zur letzten Seite gelesen hatte und seither immer wieder las. Jede Seite war ihm vertraut. Er kannte den Geruch des Buchs und spürte sein Gewicht, auch wenn er es nicht in den Händen hielt.

Bruno bewunderte alles an Lukullus. Er bewunderte den Politiker und den Soldaten und den Mann, der den unterschiedlichsten Leidenschaften frönte: dem Gemüseanbau, dem Gartenbau, der Kochkunst, der Zucht exotischer Fischarten und natürlich dem Krieg. Jedem seiner Interessen widmete er sich mit absoluter Hingabe. Genau darin bestand für Bruno das Geheimnis, wie man sich seine Gegenwart aneignete. Nur was bis ins Letzte durchdacht und mit manischer Präzision ausgeführt wurde, konnte den Menschen retten.

Er musste an das Tagebuch eines Strafvollzugsbeamten der sowjetischen Geheimpolizei denken. Die Oppositionellen, die zu Unrecht verurteilt worden waren und in Zellen von zwei mal drei Metern ihre langen Strafen absaßen, widmeten sich der minutiösen Reinigung dieses Raums, indem sie jeden Tag zur selben Zeit dieselben Prozeduren vollzogen. Sie besaßen keine Uhr und wussten nicht, ob Tag oder Nacht war, ob es regnete oder ob die Sonne schien, und doch hielten sie ihren Tagesrhythmus stur ein.

Bruno glaubte nicht an die Zeit. Die Zeit existierte nicht. Vor genau zehn Jahren hatte er den Glauben an sie verloren, hinter den dicken Glaswänden eines aseptischen Zimmers im syrisch-libanesischen Krankenhaus von São Paulo. Seine Urgroßmutter, die Tochter elsässischer Bauern, die vor hundert Jahren nach Brasilien gekommen waren, die Mutter seines Großvaters Josef, die Frau, der die Familie ihr gesamtes kolossales Vermögen verdankte, hatte dort in ihrem Bett gelegen, inmitten von Maschinen und Schläuchen. Sie war geschrumpft, war nicht mehr größer als ein Kind gewesen. Ihre Hand hatte sein Handgelenk umklammert, eine Hand wie ein bläuliches, durchscheinendes Blatt, aber unglaublich kräftig. Mit geschlossenen Augen hatte sie zu ihm gesprochen.

›Schau, Bruno, das ist das Land, diese schmale Linie dort, die fast wie Nebel aussieht, beinahe unsichtbar. Das ist das Land, das wir Brasilien nennen, und nur ich weiß es. Meine Mutter und mein Vater wissen es noch nicht, sie kommen nie an Deck. Sie haben Angst vor den Wachen. Ich aber, Bruno, ich habe einen Weg gefunden, mich hochzuschleichen. Mich beachten die Wachen gar nicht, weil ich ein Kind wie alle anderen zu sein scheine, eine Tochter der Reichen aus der ersten Klasse. Ich habe eine Treppe entdeckt, die von den Kabinen der dritten Klasse hierher führt, und die steige ich jeden Morgen hoch. Und da ist es, das Land! Gestern haben wir es zum ersten Mal gesehen. Viele Passagiere standen an Deck, sie sprangen vor Freude in die Höhe. Dann kam ein weiß gekleideter, sehr eleganter Offizier und verkündete feierlich, das sei Brasilien. Das große Brasilien, sagte er, und er schien stolz zu sein. Vielleicht war er aber auch einfach nur glücklich, nach so vielen Tagen auf See. Wir können es noch nicht sehen, aber in diesem Nebel muss ein dunkles Pünktchen sein, Bruno, nicht größer als ein Sandkorn, und das ist Santos. Dorthin sind wir unterwegs. Du kannst es noch nicht sehen, und ich auch nicht. Alle haben es versucht. Eine dicke Dame mit einem komischen Hut hat mich sogar hochgehoben, aber wir konnten es nicht sehen. Aber das da, Bruno, dieser Strich da, der fast wie Nebel aussieht, das ist das Land. Das Land …‹ Dann war seine Urgroßmutter gestorben. Die Hand hatte sein Handgelenk nicht losgelassen. Wie die eiserne Reling hatte sie es umklammert.

An der Tür war ein leises Klopfen zu hören.

»Bruno, das Abendessen ist serviert.« Mário Ono hatte die Tür zum Armeezimmer geöffnet, eine dunkle Silhouette, die übliche warme Stimme.

»Danke, Mário. Ich bin in fünf Minuten da.«

Bruno stellte den Plutarch ins Regal zurück. Dann ging er zu einem Schubladenfach im Regal gegenüber. Die Schubladen verschwanden hinter zwei weißen Türen.

Er öffnete sie und zog die zweite Schublade heraus. Ein paar Handys lagen darin. Er nahm ein älteres, längst überholtes Modell. Das schaltete er an, tippte den PIN-Code ein und wählte eine Nummer.

Er legte das Handy ans Ohr.

Es klingelte.

Als Diego Messer den zweiten Jack Daniels zum Mund führte, hörte er plötzlich klassische Musik dudeln, ein berühmtes Thema. Er schaute sich um und merkte, dass die Musik aus Davide Strazzons Jackentasche kam. Der saß vor ihm, aber sein Motorola lag auf dem Tischchen bei den Sofas.

»Was ist das denn?«

Davide, der in eine Art Starre gefallen war, schreckte nun hoch. »Das ist mein Handy.«

»Wie viele hast du denn?«

»Entschuldige mich bitte einen Augenblick.« Strazzon war schon aufgesprungen, eilte ein paar Schritte auf den Ausgang zu und nahm das Gespräch dann an.

»Herr Kommandant, ich grüße Sie.«

»Hallo, Davide. Ich grüße dich.«

»Gibt es Nachrichten, Herr Kommandant?«

»Ja. Der Soldat, der die Aktion ausgeführt hat, ist berechenbar. Ich traue ihm nicht.«

Strazzon erstarrte. Er schlug die Hand vor den Mund. Hektisch suchte er nach Worten, fand aber keines, das es ihm erlauben würde, diese unerwartete Situation zu meistern.

Ein Versuch. »Welche Prüfung hat der Soldat denn nicht bestanden?«

»Eine sehr einfache, Davide. Nachdem er das Geld bekommen hat, ist er raus und hat alles ausgegeben. Der schlichteste aller Impulse, der erwartbarste.«

Davide schluckte. »Was sollen wir also tun, Herr Kommandant?«

»Ganz einfach, Davide, das weißt du doch.«

Widerspruch zwecklos. Das Gespräch war zu Ende, das wusste er.

»Ich wünsche dir einen schönen Tag, Davide.«

»Das wünsche ich Ihnen auch, Herr Kommandant.«

12

Paulo Henrique Johannsen vernahm das Urteil des Obersten Gerichtshofs, als er an Bord des Agusta mit dem schwarzen Wappen MJ auf den cremefarbenen Türen vom Wolkenkratzer seines Unternehmens abhob.

Der Pilot, der selbstverständlich Uniform trug, hatte die Nase des Hubschraubers bereits nach Osten gewendet, in Richtung Ilhabela. Auch der unvermeidliche Antônio Netto war an Bord. Der Anwalt war im letzten Moment herbeigeeilt und hatte die Nachricht überbracht.

»Wir haben gewonnen, sechs zu vier. Die Baustellen am Fluss werden bereits in den nächsten Tagen ihre Arbeit wieder aufnehmen. Das ist eine gute Nachricht, Doktor.«

»Wer hat sich denn eines Besseren besonnen?«

Antônio Netto lächelte. Warum stellte sein Chef diese Frage, wo er es doch nur zu gut wusste?

»Roberto Gilmar Filho«, antwortete er. »Und der Präsident des Obersten Gerichtshofs hat sich enthalten.«

»Aha.« Paulo Johannsen tat so, als wäre er überrascht. »Gut gemacht«, sagte er dann zufrieden. Er warf einen Blick auf die Stadt unter ihnen und fügte dann hinzu: »Und mein Sohn wollte all dieses Land behalten …«

Der Anwalt spitzte die Ohren. Es kam nicht oft vor, dass Johannsen über seinen Sohn sprach.

»Bruno hat einfach nicht begriffen, dass dieses Land heutzutage die einzige Währung ist, um mit bestimmten Leuten ins Geschäft zu kommen. Die Brasilianer sind in erster Linie Kuhhirten. Sie haben einen Fimmel mit ihrem Grund und Boden. Wenn sie Land besitzen, fühlen sie sich stark. Was für ein Schwachsinn, Herr im Himmel.« Unvermittelt wurde Johannsen ernst. »Ich habe allerdings das Gefühl, dass uns das Land noch Probleme bereiten wird. Jetzt haben wir den Boom, und alle wollen etwas davon abhaben. Alle wollen plötzlich wieder im Dreck wühlen. Aber was ist, wenn das Fieber abklingt und die Preise sinken?«

Netto sagte nichts, sondern lauschte auf das Röhren des Motors. Der Hubschrauber machte ihm Angst. Paulo Johannsen hingegen war so entspannt, als würde er zu Hause auf dem Sofa sitzen und fernsehen.

»Weißt du, womit all dieses Vertrauen in Grundbesitz zu tun hat?« Johannsen wartete erst gar nicht auf eine Antwort. »Mit einer absolut unzuverlässigen Sache, mein lieber Antônio, einer Sache, auf die wir absolut keinen Einfluss haben. Weißt du, was ich meine?«

Netto schüttelte erwartungsgemäß den Kopf.

»Mit dem Klima. Brasilien ist vom Klima begünstigt. All dieses Soja in Mato Grosso wuchert doch nur deshalb wie wild, weil unsere Erde warm, gleichzeitig aber auch feucht ist, und zwar immer, das ganze Jahr über. Es ist uns gelungen, in Amazonien Zuckerrohr anzubauen, hättest du das gedacht? Aber was, wenn sich das mal ändern sollte? Wenn diese Nervensägen von Umweltaktivisten recht haben und sich das Amazonasbecken innerhalb der nächsten fünfzig Jahre in eine Wüste verwandelt? Wenn die brutale Trockenheit des Nordostens auf den Westen übergreift und auf die Landesmitte? Wie können wir uns sicher sein, dass es nicht tatsächlich dazu kommt?«

Netto nickte, obwohl ihm diese Überlegungen ziemlich fragwürdig vorkamen. Seit mindestens fünfhundert Jahren galt Brasilien als das fruchtbarste Land der Welt, und plötzlich sollte sich das ändern?

Johannsen fuhr fort. »Man sollte das Land verkaufen, wenn sich eine günstige Gelegenheit dazu bietet. Oder man sollte es nutzen, um gewisse Schwachköpfe, die aber leider wichtige Entscheidungen treffen, gewogen zu stimmen. Mir ist noch niemand untergekommen, der ein Stück Land ausgeschlagen hätte.«

Wieder lächelte der Anwalt. *Ein Stück Land, hatte Johannsen es genannt. Was sie da soeben abgetreten hatten, war ein Gebiet von fünfzig Hektar direkt am Atlantik, einschließlich acht Kilometer Strand und einer Fazenda mit Kokospalmen und zwei Wasserfällen, von denen einer bereits eine Touristenattraktion war. Das nannte der Mann ein Stück Land …*

»Und dann habe ich auch diese öffentlichen Infrastrukturprojekte satt«, sagte Johannsen. »Wenn man wer weiß was daran verdienen könnte, aber die Gewinnspannen sind einfach lächerlich, und man hat immer nur Ärger, zumindest hier bei uns. Gott sei Dank hat irgendjemand Ecuador erfunden … Bolivien bereitet mir allerdings Sorgen. Ein marxistischer Indianer, das hat uns gerade noch gefehlt. Heiliger Strohsack! Nicht einmal in unseren kühnsten Albträumen hätten wir uns vorstellen können, dass ein kokakauender Gewerkschafter seine Finger auf das bolivianische Erdgas legen könnte. Der reinste Treppenwitz.« Er stieß ein lautes Lachen aus. »Aber sag mal, Antônio, wie hat eigentlich der Priester das Urteil aufgenommen? Weißt du, dass ich den Mann bewundere? Er irrt sich auf ganzer Linie, aber ich bewundere ihn.«

»Keine Ahnung, Doktor. Allerdings weiß ich, dass er angekündigt hat, seinen Hungerstreik bis zum bitteren Ende durchzuziehen, unabhängig vom Urteil.«

»Was für ein Wahnsinn«, sagte Johannsen. »Ich würde mir für ihn wünschen, dass er aufgibt. Er soll in seine Diözese zurückkehren und sich schön auf sein Priesteramt besinnen.«

Der Anwalt betrachtete das glatte, runde Gesicht seines Chefs. Der schaute in die Ferne, die fette Hand ans Glas der Einstiegsluke gelegt, und wandte sich dann irgendwann an den Piloten. »Peter, die Situation scheint sich verbessert zu haben, oder irre ich mich?«

»Absolut«, rief der Pilot, um das Röhren des Motors zu übertönen. »Alle Korridore sind wieder freigegeben. Der Verkehr läuft vollkommen normal. Gott sei Dank, das wurde aber auch Zeit!« Während er sprach, hielt er den Blick immer geradeaus gerichtet.

»Wunderbar«, bekräftigte Johannsen.

Antônio Netto sah, dass sein Chef in sich hineinlächelte, als er den Blick wieder in die Ferne richtete. Dieses stets perfekt gepflegte Gesicht kam dem Anwalt wie eine antike Medaille mit rätselhaften Inschriften und Symbolen vor. Ihm jedenfalls entzog sich ihre Bedeutung. Allerdings gab es im Leben und in den Geschäften von Paulo Henrique Johannsen auch Dinge, die er mit niemandem teilte. Seine Philosophie lautete, dass die Wahrheit etwas Subjektives war. Je weniger Spuren man hinterließ, desto vager war sie. Das war wie mit dem Sand in einer Sanduhr: Drehte man die Sanduhr um, verlagerte sich die Wahrheit und rutschte und floss und sammelte sich woanders wieder an. Die Sanduhr wiederum befand sich in der Hand der Mächtigen. Paulo Johannsen mochte dieses Bild.

Antônio Netto fiel auf, dass sein Chef plötzlich nachdenklich geworden war. Es war nicht Teil seines Jobs, Fragen zu stellen, die über die Arbeit hinausgingen. Dennoch nutzte er manchmal die Gelegenheit, diese Grenze vorsichtig zu überschreiten.

»Machen Sie sich Sorgen, Doktor?«

Johannsen schaute ihn überrascht an, als hätte man ihn auf frischer Tat ertappt. »Ja, vielleicht, Antônio.«

»Hat es mit dem morgigen Treffen zu tun?«

»Eher mit dem, was uns so weit gebracht hat.«

Netto schwieg. Irgendwann fragte er: »Sind Sie nicht überzeugt von der Sache?«

Johannsen schob die Lippe vor und richtete den Blick in die Ferne, aber nur für einen kurzen Moment.

»Normalerweise folge ich bei Geschäften meinem Instinkt. Dieses Mal habe ich eine Ausnahme gemacht. Eine große Ausnahme, muss ich zugeben.«

Netto lief ein Schauer über den Rücken. Vielleicht wusste er, worauf sein Chef hinauswollte, aber er war sich nicht sicher. Um nicht einfach schweigend dazusitzen, sagte er: »Manchmal führt uns der Instinkt allerdings auch auf die falsche Fährte.«

»Das stimmt, Antônio. In den meisten Fällen sagt er uns aber einfach die Wahrheit. Hoffen wir, dass es diesmal nicht so ist.« Johannsen lächelte und schlug einen anderen Ton an. »Alles okay in der Familie?«

»Nicht wirklich, Doktor. Wir haben uns getrennt.«

»Das tut mir leid. Wie kommt's?«

»Es ging nicht mehr. Sie wissen ja, wie das ist.«

»Und dein Sohn? Ihr habt doch einen Sohn, oder?«

»Eine Tochter. Sie heißt Maia und ist jetzt sechs. Sie wird bei ihrer Mutter bleiben.«

»Das ist auch besser so«, sagte Johannsen. »Ich meine, die Mutter bleibt eben immer die Mutter.«

Der Anwalt sagte nichts. Er arbeitete zwanzig Stunden am Tag, manchmal auch vierundzwanzig. Es ist wirklich besser so, dachte er, aber der Gedanke hinterließ einen bitteren Nachgeschmack. Um ihn loszuwerden, stürzte er sich schnell wieder auf die Arbeit.

»Wissen Sie schon, wann er morgen kommt?«

»Gegen Mittag. Der Hubschrauber wird die Leute um zwölf abholen.«

»Es stimmt also, dass der Drache dabei ist?«

»Scheint so«, sagte Johannsen. »Ist alles gebührend vorbereitet?«

Rhetorische Frage, typisch für seinen Chef.

»Sie wohnen in einem unserer Gästehäuser in Vila Olímpia«, antwortete Netto. »Von dort werden sie direkt losfliegen.«

»Ich weiß, das organisiert alles Jessica. Sie ist meine beste Mitarbeiterin.«

»Sicher.«

Netto schluckte und versuchte, sich nichts anmerken zu lassen.

Jessica Paes Leme leitete den Stab von Johannsens persönlichen Assistenten. Sie war dreißig und eine irritierende Mischung aus Topmodel und Intelligenzbestie. Außerdem verdiente sie fast so viel wie er.

»Ich hätte die Leute ja auf Ilhabela untergebracht, aber Jessica fand das nicht angemessen.«

»Aha? Warum?«

Johannsen kicherte. »Jessica behauptet, man müsse Geschäft und Gastfreundschaft strikt trennen. Was, wenn bei der Begegnung irgendetwas schiefgeht? Will man sie dann auch noch beim Abendessen am Hals haben?«

»Sicher.« Netto nickte grimmig. Aus dem Fenster sah man bereits die grünliche Küste und den kobaltblauen Ozean.

»Wir befinden uns im Sinkflug«, rief der Pilot. »In fünf Minuten erreichen wir Ihr Haus, Doktor.«

»Fantastisch«, sagte Johannsen. Plötzlich schlug seine Stimmung um. »Hoffen wir, dass meine Frau nicht so miserabel gelaunt ist wie sonst.« Dann lachte er wieder, aber sein Gesicht ließ keinerlei Freude erkennen.

Eine weiß emaillierte Dior-Brille auf der Nase, empfing Elisabetta Johannsen sie am Ende des langen weißen Kieswegs, der vom Heliport zum Haus führte, einer neoklassizistischen Villa im Long-Island-Stil mit ein paar kitschigen mediterranen Elementen. Der Park um die Villa herum war raffiniert gestaltet. Der Teil, der zum Meer hin abfiel, war mit englischem Rasen bepflanzt und beherbergte den J-förmigen Swimmingpool. Auf dem rückwärtigen Teil, den Elisabetta ›meine Macchia‹ nannte, wuchsen Seekiefern, Mandelbäume, riesige Palmen und Flammenbäume.

Elisabetta war ein paar Jahre jünger als Paulão, aber auch nicht mehr ganz schlank. Ihr Gesicht mit den tiefschwarzen Augen strahlte Entschlossenheit aus. Sie hasste São Paulo und verbrachte praktisch das gesamte Jahr auf Ilhabela. Mit der Unterstützung einer Armada von Haushaltshilfen hatte sie die Villa für den morgigen Besuch tadellos hergerichtet. Dies war ein Territorium, auf dem Jessica Paes Leme nichts zu sagen hatte. In dieser Hinsicht bestand eine unterschwellige Komplizenschaft zwischen ihr und Antônio Netto.

»Wie war der Flug?«

»Ausgezeichnet.« Johannsen küsste sie auf den Mund. »Und wie geht es dir?«

»Nicht schlecht. Jetzt bete ich nur, dass sich das Wetter hält.«

»Ich habe Hunger.«

»Für heute Abend ist alles fertig.«

»Gut. Lass uns früh essen.«

Elisabetta wandte sich an den Anwalt, der etwas abseits stehen geblieben war. »Antônio, ich habe Ihnen das übliche Zimmer herrichten lassen. Sie kennen ja den Weg, nicht wahr?«

Das war ein Befehl. Netto nickte und ging durch die Arkaden, die zum Zimmer auf der Rückseite des Hauses führten.

Als der Anwalt fort war, wandte sich Elisabetta an ihren Mann.

»Wollte Bruno nicht mitkommen?«

»Wollte er, doch. Er hat gesagt, dass er vielleicht morgen nachkommt. Heute hat er zu tun.«

»Und das nimmst du ihm ab?«

»Ja, Elisabetta. Warum denn nicht?«

Seine Frau schwieg und nahm die Brille ab. Ihre Augen waren müde. »Ich mache mir Sorgen.«

Paulo lächelte auf unergründliche Weise. Die hellen Augen in seinem fetten Gesicht waren immer noch die alten. »Das musst du nicht. Bruno ist erwachsen und geht seinen Weg. Es ist auch nicht unbedingt nötig, dass er an dem Treffen teilnimmt.«

Sie musterte ihn. »Hast du schon einmal darüber nachgedacht, ob er vielleicht mit deiner Unternehmenspolitik nicht einverstanden ist?«

Plötzlich fühlte er sich leicht gereizt. »Sicher, schon möglich.«

»Und das beunruhigt dich nicht? Dich scheint wirklich nichts aus der Fassung zu bringen.«

»Es ärgert mich eher, als dass es mich beunruhigt. Ich war auch nicht immer einverstanden mit den Entscheidungen meines Vaters, aber das hat ihn nicht daran gehindert, seinen Stiefel durchzuziehen. Außerdem habe ich ebenfalls Dinge getan, die ihm nicht gepasst haben.«

»Was willst du damit sagen? Dass alles seine Zeit hat?«

»Genau, alles hat seine Zeit. So funktioniert das eben in einem Imperium.«

Sie lächelte schief. »Mir kommt es so vor, als würde sich Bruno stärker von allem distanzieren, als du es wahrhaben möchtest.«

»Elisabetta, entschuldige, aber müssen wir das jetzt diskutieren? Ich habe gerade erst den Fuß auf die Erde gesetzt.«

Sie sagte nichts.

»Und außerdem … Wenn es wirklich so ist, wie du sagst, ist das doch nicht meine Schuld. Ich tue alles, um ihn in die Geschäfte und Entscheidungen einzubinden.« Er senkte die Stimme. »Ihm ist das einfach alles egal.«

»Bist du dir sicher, dass es ihm egal ist?«

»Weiß ich nicht. Ich stelle nur fest, dass er, wenn es um wichtige Entscheidungen geht, jedes Mal einen Rückzieher macht. Mir ist das schleierhaft, wenn ich ehrlich sein soll. Weißt du, warum er sich so verhält?« Paulão wurde langsam ungeduldig.

»Ich weiß es auch nicht, Paulo. Ich war nur der Meinung, dass er in einer Situation wie dieser nicht fehlen darf.«

»Warum? Ist dir klar, wie oft er nicht hätte fehlen dürfen und trotzdem nicht da war?«

Elisabetta dachte sich ihren Teil, wollte ihrem Mann aber auch nicht zu nahe treten. Seine Anspannung dürfte schon so groß genug sein.

Paulo war bereits in Richtung Haus aufgebrochen, als er noch hinzufügte: »Und wenn das Problem darin besteht, dass *du* ihn zu selten siehst, dann solltest du dich vielleicht häufiger von diesem Paradies trennen und mal nachschauen, wie es in der wirklichen Welt mittlerweile zugeht.«

Ihre Gesichtsmuskeln verkrampften sich, und ihre Miene wirkte plötzlich abweisend.

»Ist der Champagner schön kühl?«, beschloss ihr Mann das Gespräch. »Ich habe den ganzen Flug über an nichts anderes gedacht.«

Paulo Johannsen hatte Ilhabela für das Treffen gewählt, weil sie dann weit weg wären von São Paulo und dem Stadtgeschwätz. Als er jetzt eine ausgiebige heiße Dusche nahm, dachte er, dass es vielleicht doch keine so gute Idee war. Nun war es aber zu spät. Er sollte sich einfach entspannen. Als er auf dem Bett saß und sich abtrocknete, trank er schon einmal einen Schluck Champagner. Plötzlich kam seine Frau ins Zimmer. Ihr Gesichtsausdruck gefiel ihm überhaupt nicht.

»Antônio möchte mit dir reden.«

»Jetzt?«

»Angeblich ist es dringend.«

Johannsen schlüpfte in rote Bermudashorts, zog ein weißes T-Shirt an und ging ins Wohnzimmer hinunter. Netto stand an der Fenstertür, das Handy in der Hand.

»Was ist, Antônio?«

»Gerade hat Jessica angerufen.«

Johannsen näherte sich seinem Anwalt.

»Sie sagt, der Drache sei nicht gekommen.«

»Was?«

»Er ist nicht gekommen.«

»Gib mir das Handy.«

Netto gehorchte umgehend. »Hier, Doktor. Ich habe Jessicas Nummer bereits angewählt.«

Die Assistentin meldete sich beim ersten Klingeln.

»Jessica, was ist los?«

Johannsen lauschte. Netto hörte die Frau in weiter Ferne sprechen.

»Aha! Und wer ist bei ihr?«

Netto runzelte die Stirn.

»Hab verstanden, hab verstanden. Das ist ja ganz großartig.« Johannsen schüttelte den Kopf. Während er sprach, lief er im Kreis herum.

»Okay. Na klar. Dann kommen wir nach São Paulo zurück. Mach für morgen früh, zehn Uhr, einen Termin aus. Bei uns.«

Stille.

»Das interessiert mich nicht, Jessica.«

Netto hätte alles gegeben – viel war das sowieso nicht –, um das Gespräch in allen Einzelheiten mitzuhören.

Sein Chef schwieg jetzt wieder und lauschte.

»Ich verstehe, aber das interessiert mich nicht. Morgen früh, Punkt zehn. War das deutlich genug?«

Wieder Schweigen.

»Okay. Danke, Jessica. Du bist ein Schatz. Bis morgen.«

Johannsen beendete seine Runden und war mit zwei schnellen Schritten bei seinem Anwalt. Mit einem sardonischen Grinsen gab er ihm das Handy zurück. Antônio hoffte, er würde irgendetwas erzählen, aber da konnte er lange warten.

»Was ist los, Doktor?«

»Der Drache ist nicht gekommen. Stattdessen haben sie Agata Knoll geschickt, mit einer Sekretärin oder so.«

Netto schwieg. In der Zwischenzeit war Elisabetta im Wohnzimmer aufgetaucht. Sie schwieg ebenfalls.

Paulão schien einen Gedanken zu verfolgen. Er setzte sich auf eines der großen geblümten Sofas, ließ sich in die Kissen sinken und warf den Kopf zurück. »Heiliger Himmel …«

Elisabetta trat näher. »Wer ist denn Agata Knoll?«

Netto setzte sich auf ein Sofa gegenüber von Johannsen. »Agata Knoll ist der rechte Arm des Drachen, sie folgt ihm wie ein Schatten. Außerdem ist sie so eine Art Sprachrohr. Dass sie allerdings auch Verträge abschließt, ist mir neu.«

Johannsen saß immer noch da und starrte an die Decke. Dann richtete er sich auf und sagte: »In der Tat. Soweit ich weiß, schließt sie keine Geschäfte ab. Agata Knoll ist die Außenministerin, der Chef des diplomatischen Corps. Und Diplomaten ertrage ich nicht«, murmelte er. Dann lehnte er wieder den Kopf in die Kissen.

Elisabetta lief ein Schauer über den Rücken. Solche Anflüge von Panik kannte sie von ihrem Ehemann gar nicht. Als sie sich neben ihn setzte, hatte sie das Gefühl, hunderte von Kilometern von ihm entfernt zu sein. Sie schaute den Anwalt an, aber der sagte auch nichts.

Am nächsten Morgen überschritten Agata Knoll und ihre Assistentin um zehn Uhr vierzehn die Schwelle zum Firmensitz von Miller-Johannsen. Am Himmel von São Paulo strahlte die Sonne. Jessica Paes Leme ging den beiden Frauen voraus. Als sie den Sitzungssaal betraten, stellte Paulo Johannsen seine Kaffeetasse auf den riesigen schwarzen Cassina-Tisch und trat mit einem freundlichen Lächeln auf sie zu. Antônio saß da und beobachtete das Ganze mit leicht geöffneten Lippen. Ein Sicherheitsexperte, der die letzten drei Stunden damit zugebracht hatte, die Räumlichkeiten einer umfassenden Prüfung zu unterziehen, verließ den Raum. Als die Frauen an ihm vorbeikamen, wurden auch sie begutachtet. Kein Warnlämpchen leuchtete auf.

Paulo Johannsen bot seinen Gästen Orangensaft, Kaffee und frische Croissants an. Agata Knoll wirkte entschieden anders als auf den Fotos, die er gesehen hatte. Er erinnerte sich an eine mürrische, magere Gestalt mit harten Gesichtszügen, das typisch europäische Mannweib, wie man ihm in der Geschäftswelt so oft begegnete: das Gesicht von den Nächten in der Business-Class gezeichnet, die Hände gepflegt, aber hochnervös, die Erscheinung von tadellosem kalten Schick.

Die Frau, die er jetzt vor sich hatte, wirkte eher wie ein ehemaliger Hippie, der die strenge Eleganz für sich entdeckt hat. Ihre Haut war rosig und strahlte einen beinahe goldenen Glanz aus. Agata Knoll reichte allen die Hand, nahm den Kaffee mit einem liebenswürdigen Dank entgegen und biss in ein Croissant.

Ihre Assistentin, eine kleine, rundliche, etwa fünfunddreißigjährige Asiatin, nahm Platz und schenkte sich ein Glas Orangensaft ein. Sie hieß Ping Xiong und sprach Englisch mit einem perfekten britischen Akzent, obwohl es nicht ihre Muttersprache war. Auch Agata Knolls Muttersprache war nicht Englisch, aber Paulão hatte keine Ahnung, welche es sonst sein könnte.

Als alle am Tisch saßen, ergriff Agata Knoll das Wort. »Zunächst einmal möchte ich mich im Namen des Drachen entschuldigen, aber eine unaufschiebbare Verpflichtung hat ihn in Neu-Delhi aufgehalten.«

Johannsen zog eine Augenbraue hoch und warf Netto einen schnellen Blick zu.

»Er hat mich gebeten, Ihnen seine besten Grüße zu übermitteln, und wünscht uns allen einen erfolgreichen Abschluss«, fügte sie hinzu.

»Es ist wirklich bedauerlich, dass der Drache nicht bei uns sein kann«, begann Paulo Johannsen seinerseits. »In einer solchen Angelegenheit hätte ich es vorgezogen, ihm persönlich gegenüberzusitzen. Nichts für ungut, was die Anwesenden betrifft.«

Ping Xiong, die Assistentin, schaute schweigend unter ihrem Pony hervor. Er war von einem so intensiven Schwarz, als wäre er aus Vinyl.

Agata Knoll lächelte. »Darf ich Paulo zu Ihnen sagen?«

»Natürlich, ich bitte darum.«

»Paulo, eines möchte ich doch klarstellen. Wenn ich mich mit einer Sache befasse, dann ist es für Sie als Geschäftspartner genauso gut, als würde der Drache es persönlich tun.«

»Das glaube ich gern. Darf ich Agata zu Ihnen sagen?«

Sie lächelte sanft. Es war eines der rätselhaftesten Lächeln, die Paulo Johannsen je gesehen hatte. »Selbstverständlich.«

»Das hat nichts mit Misstrauen zu tun, Agata. Es ist eher eine Frage der – wie soll ich sagen – menschlichen Note. Verstehen Sie, was ich meine?«

»Natürlich. Aber genüge ich Ihnen denn nicht, was die menschliche Note betrifft?«

Im Raum erhob sich ein leises, fast elektrisiertes Gelächter.

»Okay, wollen wir anfangen?« Agata ließ den Blick über die Anwesenden schweifen.

Antônio Netto begriff, dass die Reihe an ihm war. Er räusperte sich und öffnete eine dunkle Ledermappe.

»Dies sind die Dokumente der neuen brasilianischen Gesellschaft, deren Mehrheitseigner Sie sind. Es handelt sich um die Been International mit Sitz in São Paulo und einem Gesellschaftskapital von zwanzig Millionen Reais.«

Wie eine Schildkröte, die den Kopf zum Panzer hinausschob, streckte Ping Xiong eine lange weiße Hand aus und nahm die Dokumente an sich.

»Durch diese neue Gesellschaft werden Sie Brasilianer. Das bedeutet, dass Sie in Brasilien Geschäfte jeglicher Art in jeglicher Höhe tätigen können, angefangen von Finanzinvestitionen bis hin zu Beteiligungen. Ohne diese Gesellschaft wären Sie nicht dazu berechtigt. Es ist von Gesetzes wegen verboten.«

»Und da fragen die sich noch, warum Brasilien nicht Indien ist«, sagte Agata, aber sie schien eher mit sich selbst zu sprechen. Sie stützte die Ellbogen auf den Tisch und verschränkte die Finger. Am Mittelfinger der linken Hand trug sie einen Weißgoldring mit einem spinnenförmig geschliffenen Smaragd.

»Das wäre dann also die Gesellschaft, die für den Blind Narcissus verantwortlich zeichnet?«

»Genau«, antwortete Netto. »Der Blind Narcissus wird ein Kind der Been sein. Die Been, die ihr Kapital von Unternehmen verschiedener Staaten erhält, kann im Ausland operieren und wird Ihr Einfallstor nach Brasilien sein.«

»Und Sie gelangen über die Been International an frisches Kapital, das von uns eingebracht wird«, ergänzte Agata Knoll.

Netto nickte. »Dann scheint ja alles klar zu sein.«

»Richtig. Lassen Sie uns also über Geld sprechen. Über welche Summe sprechen wir?«

Agata hatte das wie eine Frage formuliert, aber es war klar, dass sie eine bestimmte Antwort erwartete.

»Achthundert Millionen.«

»In Ihrer Währung?«

»Ja natürlich.«

»Okay. Das sind dreihundert in unserer.«

»Mehr oder weniger.«

»Das ist die vereinbarte Summe, scheint mir.«

Ping Xiong nickte.

Die Atmosphäre im Raum entspannte sich etwas. Johannsen gab Jessica ein Zeichen. Sie war in der Nähe der Tür stehen geblieben und ging jetzt hinaus, um wenig später mit frisch gekochtem Kaffee und einer Karaffe Mangosaft zurückzukehren.

»Kommen wir zum Narcissus«, nahm Agata Knoll den Faden wieder auf. »Wie wir gehört haben, gab es ein paar Komplikationen. Ich würde mich aber gerne eines Besseren belehren lassen.«

Paulão ließ Netto gar nicht erst zu Wort kommen. »Der Narcissus ist auf dem Weg und wird bald sein Ziel erreichen.«

»Wann?«, drängte Agata Knoll.

»In höchstens ein paar Wochen.«

»Um welche Art von Komplikationen handelt es sich?«

»Bürokratie, Agata, nichts als Bürokratie. Das ist in Brasilien unser größtes Problem. Wir arbeiten aber unter Hochdruck daran, es zu lösen.«

»Ehrlich gesagt bin ich davon ausgegangen, dass die Probleme längst gelöst seien.«

Paulão stieß einen Seufzer aus. »Sie sind praktisch gelöst, das garantiere ich Ihnen. Auf dem Weg, den wir zu beschreiten haben, liegen ein paar Steine, aber wir werden sie nach und nach beiseiteräumen.«

Agata nahm ihre langen aschblonden Haare und legte sie sich über die Schulter. Es war nahezu unmöglich, ihr Alter einzuschätzen. Jung war sie jedenfalls nicht mehr.

»Was die zu beschreitenden Wege angeht, Paulo, gibt es im Osten eine alte Geschichte. Ich weiß nicht, ob Sie die kennen …«

Paulo war gezwungen, sein falsches Lächeln beizubehalten.

»Ich denke nicht.«

»Es geht um einen Schüler, der seinem weisen alten Lehrer vorwirft, ihm Dinge ohne praktischen Wert zu vermitteln. Darauf sagt der Weise: ›Schau. Nur jene, die den Wert des Nutzlosen kennen, können vom Nützlichen reden. Die Erde, auf der wir wandeln, ist gewaltig, aber diese gewaltige Größe hat keinen praktischen Wert. Das Einzige, was wir brauchen, um uns fortzubewegen, ist der Raum, den unser Fuß einnimmt.‹«

Eisiges Schweigen senkte sich über den Raum.

»Nun«, witzelte Johannsen schließlich. »In meinem Fall ist der Raum, den der Fuß einnimmt, ziemlich groß …«

Die beiden Frauen deuteten ein Lächeln an.

»Hoffen wir's«, sagte Agata, aber obwohl sie lächelte, waren ihre Augen kalt. »Für den Moment«, fügte sie dann schnell hinzu, »sollten wir uns auf dreißig Prozent einigen, bis die bürokratischen Hürden überwunden sind.«

Antônio Netto beobachtete seinen Chef, der sich jedoch nichts anmerken ließ.

»Das halte ich für vollkommen in Ordnung«, stimmte Paulão zu. Er wollte keineswegs den Eindruck erwecken, als hätte er es eilig. Wenn es etwas gab, das Paulo Johannsen hasste, dann war es, bedürftig zu wirken.

In den folgenden zehn Minuten waren sie damit beschäftigt,

Papiere zu unterschreiben. Wie an einem Spieltisch wanderten die Dokumente von Hand zu Hand. Ping Xiong scannte die Dokumente mit einem Blick und reichte sie dann an Agata Knoll weiter. Als die Formalitäten erledigt waren, fühlte sich Paulo verpflichtet, die Damen zum Mittagessen einzuladen, aber Agata lehnte freundlich ab.

»Wir sind sehr müde«, sagte sie. »An den Jetlag habe ich mich nie gewöhnen können. Und heute Nachmittag reisen wir schon wieder ab.«

»Wohin?«

»Nach Miami. Und dann kehren wir nach Indien zurück.«

Paulão fiel auf, dass Agata überhaupt keinen Busen hatte. Sie trug ein Herrenjackett und eine schwarze Hose. Unter dem Jackett trug sie ein Shirt mit einem weiten Ausschnitt, in dem eine feine Kette aus grauen Steinchen hing. Als sie sich die Hand schüttelten, bemerkte er an Agatas Handgelenk eine Tätowierung: Buchstaben, die er nicht zuordnen konnte.

Agata hatte Johannsens Blick bemerkt. »Das ist Sanskrit und bedeutet Wolke.«

Paulo musterte sie mit seinen hellen Augen. Irgendetwas an dieser Frau verstörte ihn. Mit Antipathie hatte das nichts zu tun, es ging tiefer, und er spürte das Unwohlsein in ihrer Gegenwart fast physisch. Ihm kam ein Bild in den Sinn: ein verwahrloster Garten, von der Natur zurückerobert, und mittendrin ein verlassener Swimmingpool. Trübes, grünliches Wasser.

»Wolke?«, fragte er.

»Ja«, sagte sie. »Denken Sie nie an die Wolken, Paulo?«

»Ehrlich gesagt, nein.«

»Wahrscheinlich schon. Nur dass Sie noch nie darauf geachtet haben.«

Dritter Teil

Heuschrecke

13

Matheus schlug die Augen erst auf, als die Sonne bereits sehr hoch stand. Einen Moment lang hatte er Schwierigkeiten, sich in Raum und Zeit zu orientieren. Er hatte nur wenige Stunden geschlafen, das aber tief und fest. Durch die offene Zimmertür konnte er seine Reisetasche auf dem Tischchen stehen sehen. Seine Kleidung hing unordentlich über dem Stuhl davor. An der Sohle seiner Schuhe, die falsch herum auf dem Boden lagen, klebte noch die rote Erde. Die Wohnung war ein einziges Chaos. Die Augen noch halb geschlossen, ging er in die Dusche und machte sich dann einen Kaffee. Er trank ihn in der Küche, weil es auf der Terrasse schon zu heiß dafür war. Die Nacht hatte er im Bus verbracht, eine lange Fahrt, die ständig an den Haltestellen irgendwelcher Städtchen im Landesinneren von Bahia unterbrochen worden war. Bei Sonnenaufgang war er in Ilhéus angekommen und dann gleich ins Bett gefallen.

Allmählich fiel ihm alles wieder ein.

Er toastete sich zwei Scheiben Brot und strich Butter und eine widerlich süße Guavenmarmelade darauf. Das Ganze kam ihm so unwirklich vor, und als ihn die Erinnerungen mit Macht wieder einholten, war das wie ein Schlag ins Gesicht. Zu seiner eigenen Überraschung verspürte er plötzlich den Impuls, Sarah Clarice anzurufen, um sich zu erkundigen, ob die Rückfahrt gut verlaufen war und ob es irgendwelche Neuigkeiten gab.

Ein Impuls, dem er nicht nachgab.

Vor allem musste er an die Uni zurück. Er hatte zwei Veranstaltungen, und er wollte sich die Analysen noch einmal anschauen, bevor er sie Sarah Clarice schickte.

Das Klingeln des Telefons ließ ihn hochschrecken. Es war Cássia, die wissen wollte, ob er zurückgekehrt sei und ob es ihm gut gehe.

»Das Ganze kommt mir so unwirklich vor, Matheus.«

»Mir auch. Es ist alles so absurd.«

»Was sagt denn die Polizei?«

Matheus schwieg einen Moment. »Was sollen die schon sagen? Nichts. Sie behaupten, dass er gefoltert wurde.«

»Was?« Matheus hörte, dass Cássias Stimme plötzlich tiefer klang, ängstlich. »Was heißt, gefoltert?«

»Gefoltert, Cássia. Gefoltert im wahrsten Sinne des Wortes. Man hat sich an seinem Körper vergangen …«

»Aber warum?«

»Wer weiß das schon? Ich habe keine Ahnung. Jetzt muss ich aber gehen. Ich habe eine Vorlesung.«

»Okay. Entschuldigung.«

»Wir telefonieren heute Abend, okay?«

»Sicher, Schatz. Und denk nicht zu viel nach.«

Matheus hatte sich die Frage noch nicht gestellt, auch wenn sie ihm die ganze Nacht im Gehirn herumgegangen war: *Warum wird ein Mensch gefoltert?*

Niemand tut so etwas ohne Grund. Das waren die Worte, die der Polizist von Sobradinho benutzt hatte. Systematische Folter. Wie hieß er noch gleich, dieser Polizist? Castro? Ja genau, Alessio Castro.

Was wollte er damit sagen?

Der Körper seines Bruders lag jetzt vielleicht auf einem Stahltisch in der Gerichtsmedizin von Juazeiro. Sandra hatte gesagt, dass ihr Anwalt die Ermittlungen genauestens verfolgen und alles tun würde, damit die Polizei die Täter so bald wie möglich schnappte. Sandra war eine Kämpfernatur, sie würde nicht so schnell aufgeben. Trotzdem war die Frage vollkommen offen:

Warum wird ein Mensch gefoltert? Warum wurde *Nelson* gefoltert?

Niemand tut so etwas ohne Grund. Der Satz hallte wie ein Echo in seinem Schädel wider, aber das Bild dahinter ließ sich nicht greifen.

Matheus hielt den Kopf noch einmal unter kaltes Wasser, dann zog er sich schnell an und ging.

Bereits als er den Motor seiner Schrottlaube abstellte, hörte er, dass am Eingang zum Universitätsgebäude eine gewisse Aufregung herrschte. Matheus trat schnell ein und begab sich zum Institut für Agrarwissenschaften. Noch bevor er dort ankam, wurde er von seinem jungen Kollegen Júlio angesprochen, einem Biologieprofessor, mit dem er befreundet war.

»Bist du gerade gekommen? Du kannst dir gar nicht vorstellen, was hier los ist.«

»Was ist denn passiert?«

»Keiner weiß etwas Genaues. Die Polizei ist gerade eben erst gegangen. Es wurde wohl eingebrochen. Überall, wie es scheint.«

»Eingebrochen?«

Júlio kicherte nervös. »Noch hat niemand den Überblick, aber in verschiedenen Instituten wurden Türen und Fenster eingeschlagen. Selbst im Sekretariat.«

In diesem Moment stieß ein ziemlich aufgeregter Kollege aus der Pharmazie zu ihnen. »Hat man bei euch auch alles verwüstet?«

»Bei uns hat man ein Fenster eingeschlagen und ist ins Archiv eingedrungen. Außerdem hat man das Mikroskop und ein paar Fernseher geklaut«, informierte ihn Júlio.

»Nicht wahr! Das Mikroskop?«, fragte der Pharmakologe.

»Doch. Das war so alt wie mein Großvater.« Júlio kicherte immer noch.

Matheus schaute ihn entgeistert an.

»Und bei euch?«, fragte der Pharmakologe Matheus.

»Keine Ahnung. Ich bin gerade erst gekommen. Am besten gehe ich mal nachschauen.«

Tatsächlich machten sie sich alle drei auf den Weg. Als sie ins Institut kamen, sah Matheus die schlanke Silhouette von Euler Rocha, dem Prorektor, hinter der Scheibe des Sekretariats stehen. Andere Kollegen waren auch dort, und die Sekretärin saß auf ihrem Schreibtisch und starrte ins Leere.

»Braga, endlich. Zuallererst aber: Unser herzliches Beileid.«

»Danke, Professor. Was ist denn passiert?«

»Sieht nach einem groß angelegten Angriff aus. Irgendjemand muss uns wohl den Teufel an den Hals gewünscht haben.«

Alle, bis auf Matheus, lachten. Er hatte zu seinem Büro hinübergeblickt und bemerkt, dass die Tür offen stand. Es war heiß, aber sein Schweiß war kalt.

»Hier scheint der Schaden größer zu sein als anderswo«, sagte der Prorektor. »Schau am besten selbst nach. Ich warne dich aber. In deinem Büro waren sie auch. Ob sie etwas mitgenommen haben, weiß ich nicht, aber deinen Computer haben sie jedenfalls ausgeweidet.«

Euler Rocha war ein renommierter Biologe, Tierzüchter und Tierarzt, und er pflegte sich immer so auszudrücken, als hätte er es mit dem Kadaver irgendeines fremden Wesens à la Hollywood zu tun.

»Den Computer ausgeweidet?«

»So ist es. Schau aber besser selbst nach.«

Matheus dachte allerdings an etwas anderes. An das Labor, genauer gesagt.

»Und das Labor?«, fragte er.

»Dort sind sie auch eingebrochen.« Rocha musterte Matheus, als hätte er seine Beunruhigung bemerkt.

Die Tür war aufgebrochen worden. Bevor Matheus eintrat, bot sich ihm von der Schwelle aus folgender Anblick: Der Fußboden war mit Scherben bedeckt. Etliche Flaschen und Glasbehälter waren heruntergeworfen worden. Auf den ersten Blick sah es nach purem Vandalismus aus, da die Dinge vollkommen willkürlich auf dem Boden gelandet waren. Nun trat er einen Schritt vor und öffnete die Schublade, in der er die blauen Müllsäcke aufbewahrte. Er nahm zwei heraus, zog sie über die Schuhe und band sie auf Höhe der Waden zu. Danach wagte er sich vorsichtig ins Labor vor. Latexhandschuhe wären auch nicht schlecht, aber die bewahrte er am anderen Ende des Regals mit den Proben auf. Das hingegen, was er suchte, war nur zwei Schritte von ihm entfernt, er konnte es schon sehen. Oder vielmehr nicht sehen. Es waren die drei sterilen Flaschen mit dem Wasser des São Francisco. Sie fehlten.

Matheus schluckte. Seine Spucke war bitter. Schon wieder musste sein Gehirn einen Strom an unvorhergesehenen Informationen verarbeiten. Er blieb stehen und betrachtete den Fußboden. Da waren sie, die Flaschen, zerbrochen. Die Schildchen, die er selbst beschriftet hatte, konnte er noch erkennen.

»Matheus?«

Einer seiner Assistenten stand in der Tür. Ein sehr junger, höchst aufgeweckter Typ.

»Um Gottes willen, Matheus, die haben ja alles kurz und klein geschlagen. Fehlt irgendetwas?«

Matheus trat mit dem blauen Plastiksack in die Scherben.

»Nein, nichts. Sie haben nur einfach alles zerdeppert.«

Sein Büro sah aus wie eine Wohnung nach einem Einbruch. Die Tür hatte man eingetreten. Auf dem billigen Holz war noch der Fußabdruck zu sehen. Der Karteischrank stand offen, und ein Wust an Dokumenten hatte sich über den Boden ergossen. Die Schreibtischschubladen hatten dasselbe Schicksal erlitten. Der Computerbildschirm lag auf dem Boden, während das Gehäuse nun auf dem Schreibtisch stand – ›ausgeweidet‹, wie Euler Rocha es genannt hatte. Selbst ein zweijähriges Kind hätte begriffen, dass die Festplatte fort war.

Matheus wusste, was das alles zu bedeuten hatte, aber irgendetwas in ihm wehrte sich gegen diese Erkenntnis. Das konnte auch Zufall sein. Wer auch immer es gewesen war, diese Leute hatten die halbe Uni verwüstet. *Als Tarnmanöver wäre das doch wohl übertrieben, oder?*

Er näherte sich dem Schreibtisch, und der Druck auf seinen Magen verstärkte sich. Natürlich hatte man den Karteikasten durchwühlt, und auch der Ausdruck mit den Analysen war nicht mehr da. Matheus erinnerte sich genau, dass er ihn dort hatte liegen lassen, damit er sich gleich nach seiner Rückkehr aus São Paulo der Sache widmen konnte.

Ganz ruhig, sagte er zu sich selbst. *Atme erst einmal durch, das hast du seit Tagen nicht mehr getan.*

Er blieb auf dem Schreibtisch sitzen und fuhr sich mit der Hand über die feuchte Stirn. In diesem Moment kam die Verwaltungsdirektorin ins Institut, eine große, schlanke Frau mit dunklem Teint und kurzen Haaren. Ihre kräftige, raue Stimme war deutlich zu hören.

»Professor Rocha, ich habe Sie überall gesucht. Es gibt nur zwei Möglichkeiten: Entweder waren das totale Idioten, oder wir haben ein wahnsinniges Glück gehabt. Sie haben den Tresor nicht angerührt, obwohl den, unter uns gesagt, selbst mein dreijähriger Neffe knacken könnte.«

»Ach ja? Vielleicht trifft ja beides zu«, entgegnete der Prorektor in seinem heiteren Tonfall.

»Möglich. Jedenfalls ist es noch einmal gutgegangen. Vielleicht wäre es aber doch an der Zeit, einen neuen Tresor zu kaufen. Das sollte uns eine Warnung sein.«

»In Ordnung, Marta, lass einen neuen anschaffen. Aber er darf nicht zu viel kosten, bitte.«

Matheus hörte die Stimmen, aber sie erreichten ihn wie im Traum. Seine türkisblauen Augen waren auf den Mandelbaum gerichtet, aber er sah nicht den Baum, sondern seine Wohnung.

Vor allem sein chaotisches Wohnzimmer, wie er es am Morgen, kaum hatte er die Augen aufgeschlagen, durch die Schlafzimmertür erblickt hatte. Auf dem Tischchen hatte seine Reisetasche gestanden und auf dem Stuhl der schwarze Rucksack, in dem er seinen Laptop aufbewahrte. Der Rucksack hatte nicht dort gestanden, als er nach Salvador aufgebrochen war. Er hatte ihn vielmehr, eingewickelt in eine Hängematte, in den Kleiderschrank gestellt. Das machte er immer so, wenn er ihn nicht mitnahm.

Der Rucksack hätte nicht auf dem Stuhl stehen dürfen.

Schnell verließ Matheus das Institut, rannte durch die Vorhalle des Unigebäudes und stürzte zu seinem alten Fiat. Innerhalb von zwanzig Minuten war er daheim. Als er die Treppe hochlief, hämmerte ihm das Herz in der Brust. Er hatte sich richtig erinnert – der Rucksack stand auf dem Stuhl. Offen.

Er stellte ihn auf den Tisch und merkte schon am Gewicht, dass der Computer noch drin war. Sein Herz beruhigte sich allmählich. Konnte er sich täuschen? Konnte er ihn, als er in der Morgendämmerung zurückgekehrt war, aus dem Schrank genommen und auf den Stuhl gestellt haben, bevor er todmüde ins Bett gefallen war?

Das ergab keinen Sinn. Er erinnerte sich genau, dass er ihn nicht herausgeholt hatte. Warum hätte er ihn am Morgen aus dem Schrank holen sollen?

Matheus sah sich um. Die Wohnung war chaotisch, aber das war sein eigenes Chaos. Die Tür war unversehrt. Nirgendwo war etwas Verdächtiges zu sehen. Die Fenstertür zur Terrasse ließ sich allerdings leicht öffnen.

Warum aber hätte jemand seinen Laptop benutzen sollen, statt ihn mitzunehmen?

Im Prinzip aus demselben Grund, aus dem man die Wasserproben zerstört und die Analysen gestohlen hatte. Matheus ging in die Küche und stürzte ein Glas Leitungswasser hinunter. Man hatte den Eindruck zu erwecken versucht, die gesamte Uni sei verwüstet worden. Dabei musste demjenigen, der hinter dieser

Aktion steckte, klar sein, dass er das Tarnmanöver durchschauen würde. Der Gedanke war beängstigend.

Er, Matheus, würde es begreifen. Und zwar nur er.

Sarah Clarice wusste nicht, ob sie zufrieden oder verärgert sein sollte. Innerlich hatte sie sich auf ein schreckliches Donnerwetter von Marianne eingestellt, aber als sie am Morgen bei Health Scanner eintraf, erfuhr sie, dass ihre Chefin auf Reisen war und frühestens in einer Woche zurückkehren würde. *Umso besser,* dachte sie, so konnte sie etwas Luft schöpfen und Ordnung in ihre Gedanken bringen. Im Büro war kaum jemand. Der Schweizer Kollege begleitete Marianne auf ihrer Reise, während der Brasilianer Murilo irgendwo in geheimer Mission unterwegs war – möglicherweise am Strand. Nur Joyce und ein paar andere hielten die Stellung. Im Himmel von Salvador hingen große stahlgraue Wolken, während das Meer die Farbe von Schiefer hatte. Durch die großen Fenster fiel kaltes Licht herein, und sämtliche Schreibtischlampen brannten.

Joyce kam, setzte sich auf die Schreibtischkante und legte Sarah Clarice die Hand auf die Schulter.

»Du hättest heute nicht unbedingt kommen müssen.«

»Ich wusste nicht, dass Marianne nicht da ist.«

»Sie ist vorgestern ziemlich überstürzt abgereist.«

»Wo sind sie denn hin?«

»Das habe ich nicht so richtig verstanden. In die Schweiz, glaube ich. Geht es dir gut?«

»Ja … na ja.«

»Schrecklich, diese Sache mit Nelson Braga.«

»Mir kommt es wie ein Albtraum vor. Dieser Körper auf der Plastikplane. Die Gesichter der Polizisten.«

»Gütiger Gott. Mir ist schleierhaft, wie du das überhaupt geschafft hast. Ich hätte nicht den Mut, mitten in der Nacht ein paar wildfremden Polizisten in die Wüste zu folgen.«

»Ich weiß es selbst nicht. Vielleicht weil Matheus dabei war. Andererseits habe ich mich wie ein Roboter gefühlt: Ich habe einfach gehandelt, ohne nachzudenken.«

Joyce schaute sie verschwörerisch an. »Und dieser Professor Braga, was ist das für ein Typ?«

Sarah Clarice musterte sie mit einem verhaltenen Lächeln. »Der lebt in seiner ganz eigenen Welt.«

»Mag sein, aber wie ist er so?«

»Du meinst, vom Aussehen her?«

»Na klar, was sonst?«

»Nicht übel. Schlank, ziemlich groß, schöne Augen. Irgendwie hat er Ähnlichkeit mit Nelson, aber dann sind sie auch wieder total verschieden.« Sarah Clarice verfiel einen Moment in Schweigen. »Es ist unglaublich, dass er tot sein soll, und dann noch auf diese Weise.«

»Wie hat sein Bruder das aufgenommen?«

»Matheus ist der total kontrollierte Typ, schwer zu sagen also. Außerdem hatten sie sich ziemlich lange nicht gesehen.«

»Warum?«

»Keine Ahnung. Ich bin nicht dahintergekommen. Matheus ist sicher nicht ganz einfach. Auch Nelsons Frau Sandra, die sonst ziemlich resolut ist, scheint mit Matheus ihre Schwierigkeiten zu haben.«

»Inwiefern?«

»Keine Ahnung, sie wirkt nervös, übervorsichtig. Die Ärmste. Was für ein Schlag …«

»So etwas sollte einem Menschen nie passieren. Das muss einen umhauen«, sagte Joyce leise.

»Es passiert aber. Es passiert, und man kann nichts dagegen tun.«

Joyce streichelte Sarah Clarice über den Kopf. »Gut, dass du jetzt hier bist. Ich habe mir Sorgen gemacht.«

Sarah Clarice wechselte das Thema. »Und bei dir? Gibt es etwas Neues?«

»Nichts Besonderes. Ich habe Felipe zum Teufel gejagt. Diesmal für immer, hoffentlich.«

»Ja, ja.«

»Doch, wirklich. Der fickt ganz Salvador.«

Sarah Clarice verzog das Gesicht.

Das Telefon auf ihrem Schreibtisch klingelte, und sie nahm den Hörer ab. »Health Scanner.«

Eine Männerstimme mit Akzent aus Bahia sagte: »Die Senhora Young bitte.«

»Am Apparat. Mit wem spreche ich?«

»Guten Tag. Ich bin Journalist und arbeite für den *Tarde.* Dürfte ich Ihnen ein paar Fragen stellen?«

Sarah Clarice warf Joyce einen Blick zu. »Zu welchem Thema?«

»Ich schreibe einen Artikel über den Tod von Nelson Braga.«

Sie schwieg einen Moment, dann ließ sie sich den Namen geben und eine Nummer, unter der sie ihn zurückrufen konnte. Das tat sie dann auch sofort.

»Hier ist Sarah Clarice. Entschuldigen Sie bitte, aber ich wollte auf Nummer sicher gehen.«

»Kein Problem, das kann ich sehr gut verstehen.«

»Was möchten Sie wissen?«

»Ich schneide das Gespräch mit, ist das in Ordnung?«

»Sicher.«

»Sie sind eine der letzten Personen, die Doktor Braga lebend gesehen haben.«

Das fängt ja schon gut an, dachte sie.

»Keineswegs. Es ist schon ein paar Wochen her, dass ich ihn gesehen habe.«

»Aus welchem Anlass?«

»Er hat uns bei Recherchen zum São Francisco geholfen.«

»Was für Recherchen?«

»Das kann ich Ihnen nicht sagen. Recherchen zu Gesundheitsfragen, können Sie schreiben.«

»Okay. Und danach haben Sie ihn nicht mehr gesehen?«

»Nein, wir haben nur telefoniert.«

»Verstehe. Haben Sie irgendeine Vorstellung, wie es zu diesem Mord kommen konnte? Haben Sie irgendjemanden verärgert mit Ihren Recherchen?«

Sarah Clarice runzelte die Stirn, ging dann aber darüber hinweg, dass er sie in die Frage mit einbezogen hatte. Sie kannte die Methoden der Boulevardjournalisten.

»Wohl kaum. Was wir gemacht haben, waren reine Routinegeschichten.«

»Hat Nelson Braga Ihrer Meinung nach jemanden verärgert?«

»Soweit ich weiß, nicht. Ich kannte ihn aber auch nicht besonders gut. Das Einzige, was ich sagen kann, ist, dass er in der Gegend ein hoch angesehener Mann war. Was geschehen ist, hat alle überrascht und sprachlos gemacht.«

Der Journalist am anderen Ende der Leitung lächelte. Jetzt hatte er, was er brauchte.

Trotzdem fragte er: »Auch den Bruder, Professor Braga?«

Sarah Clarice ging diese schrille, feminine Stimme allmählich auf den Wecker.

»Was meinen Sie? Wenn Ihrem Bruder so etwas passieren würde, wie würde es Ihnen da gehen?«

Der Journalist ließ sich gar nicht auf ihre Gegenfrage ein. »Sie haben auch die Frau von Doktor Braga kennen gelernt, Sandra Bittencourt. Ihnen dürfte bekannt sein, dass sie in der Gegend eine bedeutende Person ist. Allerdings wird sie nicht von allen geliebt, um es einmal vorsichtig auszudrücken …«

Jetzt hatte Sarah Clarice die Nase voll. »Hören Sie, ich sehe nicht, was das mit der Sache zu tun haben sollte. Sind wir fertig? Ich kann nicht den ganzen Tag mit Ihnen verquatschen.«

»Sicher, nur eine letzte Sache noch. Ihnen ist bekannt, dass die Senhora Bittencourt in diesem Moment in Juazeiro befragt wird?«

Sarah Clarice befiel ein plötzliches Unbehagen, aber sie bemühte sich um einen neutralen Tonfall. »Nein, das ist mir nicht bekannt. Es handelt sich aber vermutlich um die übliche Vorgehensweise, dass man unter solchen Umständen die Familienangehörigen des Opfers befragt. Trotzdem, noch einmal: Ich wüsste nicht, was ich Interessantes dazu beizutragen hätte. Bitte entschuldigen Sie mich jetzt.«

»Gut. In welcher Form darf ich Sie in dem Artikel nennen?«

»Schreiben Sie meinen vollständigen Namen, Sarah mit ›h‹ am Ende. Dreißig Jahre alt, Wirtschaftswissenschaftlerin und Soziologin. Okay?«

Sarah Clarice legte auf, als der Journalist sich gerade bedanken wollte.

Ihre erste Reaktion war, sofort bei Sandra anzurufen, um sich zu erkundigen, ob die Information des Journalisten stimmte. Sarah Clarice hatte den Hörer schon in der Hand, als sie plötzlich innehielt. Vielleicht sollte sie zunächst einmal ihre Gedanken sortieren.

Joyce bot ihr die Gelegenheit dazu. Plötzlich stand sie wieder vor ihr und sagte: »Kommst du mit in die Mittagspause? Ich möchte nicht alleine essen.«

»Ich wollte eigentlich zu meiner Mutter gehen.«

»Sicher?«

»Nein.«

Sämtliche Veranstaltungen wurden für zwei Tage ausgesetzt. Die Uni musste von den Scherbenhaufen und den zu Bruch gegangenen Schränken und Schubladen befreit werden. Außerdem galt es, tonnenweise Papier zu sortieren.

Am Nachmittag berief der Prorektor eine Versammlung ein, um eine Bestandsaufnahme zu machen. Jeder Professor meldete die Verluste in seiner jeweiligen Abteilung. Es gab ein paar unbedeutende Diebstähle und einige irreparable Schäden, die von Seiten des Prorektors mit einer säuerlichen Miene quittiert wurden. Das bedeutete Extraausgaben. Als er die versammelten Dozenten befragte, ob ihnen irgendetwas komisch vorgekommen sei, ob sie sich an irgendwelche Details oder ungewöhnliche Vorkommnisse erinnern könnten, legte er sogar detektivisches Gespür an den Tag. Das allgemeine Schweigen war allerdings eine mehr als klare Antwort.

Als die Reihe an ihm gewesen war, hatte Matheus nichts von Belang gemeldet, was Professor Rocha mit einem skeptischen Blick zur Kenntnis genommen hatte.

Nach ungefähr einer Stunde entließ er die Anwesenden. Bevor er selbst ging, trat er an Matheus heran. »Doktor Braga, könntest du noch kurz in mein Büro kommen? Ich würde gern kurz mit dir reden, falls du ein bisschen Zeit erübrigen kannst.«

Matheus sagte, er komme gleich. Zuvor müsse er aber noch etwas Wichtiges nachprüfen.

Er begab sich zu einem der wenigen Computer, an denen man sich nicht vergriffen hatte, meldete sich bei seinem Mail-Server an und öffnete den Ordner »gesendet«. Was er dort sah, ließ ihm den Atem stocken. Man war in sein Postfach eingedrungen und hatte sämtliche gesendeten E-Mails gelöscht.

Er ging auf die Seite von Hotmail und tippte sein Passwort ein. Warum arbeitete der Computer nur so verflixt langsam? In der vergangenen Woche hatte sich Matheus, nachdem er den Bericht über die Analysen verfasst hatte, eine Kopie an seine Privatadresse geschickt, für den Fall, dass er das Dokument von Salvador oder von São Paulo aus an Sarah Clarice schicken wollte. Was er dann allerdings nicht getan hatte.

Endlich öffnete sich das Programm. Da war sie, die E-Mail mit dem Anhang namens CHICO, schöner als jeder Lotteriegewinn. »Gott sei Dank«, rief er laut und druckte die Datei an dem einzigen noch funktionierenden Drucker aus – wenn die geheimnisvollen Besucher in sein Mailsystem an der Uni eingedrungen waren, gab es keine Garantie dafür, dass sie es nicht auch bei Hotmail versuchten, ein Vorgang, den selbst ein unerfahrener Hacker in fünf Minuten erledigt hätte.

Die Blätter in der Hand, begab sich Matheus zum Zimmer des Prorektors.

Euler Rocha zeigte auf den Stuhl vor seinem Schreibtisch und bat Matheus, Platz zu nehmen. Das Büro des Prorektors ähnelte seinem Benutzer. Ein großes, helles Zimmer mit einem langen Regal voller Bücher und einer verblüffenden Menge an Farnen, die mit ihren langen, gezackten Blättern von der Decke herabhingen. Der Himmel hatte sich wieder bedeckt, und das Licht, das ins Zimmer fiel, war beinahe minzgrün. Auf dem Schreibtisch befanden sich nicht nur etliche Bücherstapel, ein Laptop und verschiedene Familienfotos, sondern auch ein großer siamesischer Kater, der nun zu schnurren anfing. Euler Rocha griff ihm unter den Bauch und setzte ihn zu Boden.

»Geh und dreh eine kleine Runde, Cabral.«

Matheus beobachtete die Szene mit einem Lächeln.

»Ohne Tiere könnte ich gar nicht leben, Matheus. Sie geben mir mein inneres Gleichgewicht zurück.«

»Ich mag Katzen auch, Professor.«

»Wenn es in meiner Macht stünde, würde ich Cabral sogar einen Lehrstuhl geben. Der Minister lässt das aber leider nicht zu.«

Matheus lachte. »Dieselbe Liebe scheinen Sie für Farne zu hegen, Professor«, sagte er und zeigte auf die vielen Blumentöpfe, aus denen die langen, luftigen Schöpfe herausschauten.

»Farn ist nicht gerade pflegeleicht und stellt einen ständig vor neue Herausforderungen. Das ideale Licht, die ideale Feuchtigkeit … Und wenn ich mich mal irre, wartet er nicht lange, bis er mich das wissen lässt. Das ist eine dialektische Übung, die ich nicht missen möchte.«

Jetzt neigte der Prorektor den Kopf und musterte Matheus. »Es tut mir leid, dass du uns verlässt, Doktor Braga. Ich sage das nicht gern, aber für die Santa Cruz ist das ein herber Verlust.«

»Ich gehe nicht gern, Professor.«

»Andererseits ist jemand wie du an diesem Institut auch nicht richtig aufgehoben. Du warst ein unverdientes Geschenk.«

Matheus schüttelte den Kopf. »Ganz im Gegenteil. Sie haben mir mehr gegeben, als ich für diese Universität tun konnte. Nicht viele Leute haben das Glück, einen solchen Anruf zu bekommen wie ich vor sieben Jahren von Ihnen.«

Rocha errötete unter seinem kurzen, weißen Bart, legte die Hände auf den Schreibtisch und schwieg.

»Es erfüllt mich mit tiefem Schmerz, was deinem Bruder zugestoßen ist«, sagte er dann. »Hoffen wir, dass man diese Irren findet.«

»Das hoffe ich auch, Professor. Ich glaube, die Sache ist immer noch nicht richtig in mein Bewusstsein vorgedrungen.«

»Das ist ganz normal.« Rocha warf einen schnellen Blick auf eines der Fotos. »Wenn man jemanden verliert, der einem sehr nahe steht ... Da hat uns dieser Hexensabbat heute Nacht gerade noch gefehlt.«

»In der Tat«, bestätigte Matheus. »Das Tüpfelchen auf dem i.«

Der Prorektor verlieh seiner Frage etwas Beiläufiges. »Was hältst du denn davon?«

»Wovon? Von dem Einbruch?«

»Ja. Wie erklärst du dir das alles?«

Matheus wusste, dass er diesem Mann eine ehrliche Antwort schuldig war, zumal Rocha offenbar längst etwas ahnte.

»Ich denke, man wollte die Proben zerstören, die ich vor zwei Wochen im São Francisco entnommen habe. Und man wollte die Analyseergebnisse verschwinden lassen. Der Rest war ein reines Ablenkungsmanöver.«

»Auf so eine Idee muss man erst einmal kommen ... Aber warum, Matheus?«

»Das weiß ich nicht, Professor.«

Euler Rocha schaute auf die zusammengerollten Zettel, die Matheus in der Hand hielt.

»Sind das die Ergebnisse?«

Matheus nickte. »Ich hatte noch eine Kopie unter einer anderen E-Mail-Adresse.«

»Darf ich mal einen Blick darauf werfen?«

»Natürlich.« Er reichte sie dem Professor, der schnell eine Brille mit einer schmalen, transparenten Fassung aufsetzte.

Matheus' Herz pochte.

Fünf Minuten vergingen in Schweigen. Nur ein Schnurren war zu hören, da Cabral mit geschlossenen Augen unter Matheus' Stuhl hockte.

Als er mit der Lektüre fertig war, schob der Professor die Brille auf seine Mähne. »Was hat das zu bedeuten?«

»Mir ist das, ehrlich gesagt, vollkommen schleierhaft. Ich wollte die Analyse heute wiederholen, weil ich mir unsicher war. Andererseits bin ich felsenfest davon überzeugt, dass ich alles richtig gemacht habe.«

»Das denke ich auch. Hättest du je eine falsche Analyse vorgelegt? Ich bin kein Experte in diesen Dingen, aber es scheint mir offensichtlich zu sein, dass dieses Wasser, das du da analysiert hast, nicht in einem Fluss fließen kann.«

»In der Tat, das ist unmöglich. Es sei denn ...«

»Was?«

»... es wird irgendwie manipuliert.«

»Möglich. Aber dann würde es doch irgendwann wieder in den alten Zustand übergehen.«

»Aber wenn die Manipulation nun dauerhaft wäre ...«

»Ist das denn möglich?«

»Unmöglich ist es jedenfalls nicht.«

»Nur eine Frage, Matheus: Kommt dir das jetzt gerade spontan in den Sinn, oder denkst du da schon länger drüber nach?«

»Ich denke schon länger darüber nach, aber es ist nur eine Hypothese. Und zwar eher eine aus dem Bereich der Science-Fiction.«

Der Prorektor musterte ihn. Plötzlich schien ihm ein Gedanke zu kommen. »Kennst du Ernesto Baduel?«

»Nur dem Namen nach. Sein Buch über die Ressourcen Brasiliens habe ich regelrecht verschlungen.«

»Er ist mein Cousin.«

»Aha.«

»Vielleicht könntest du ja mit ihm darüber sprechen. Was hältst du davon?«

»Sie können Gedanken lesen, Professor. Ich hatte nämlich selbst schon daran gedacht, irgendeinem Experten, der sich besser auskennt als ich, die Ergebnisse noch einmal zu zeigen.«

»Ernesto ist kein einfacher Typ, aber wir mögen uns. Außerdem habe ich ihm mal in einer, nun … schwierigen Phase geholfen. Er schuldet mir etwas.«

Euler Rocha riss eine Seite aus seinem Notizbuch und schrieb eine Nummer darauf. Mit einem Miauen sprang Cabral wieder auf den Schreibtisch. Der Prorektor nahm ihn auf den Arm und wandte sich an Matheus. »Könnte der Tod deines Bruders mit der Wassergeschichte zu tun haben?«

»Möglich ist alles, aber eigentlich halte ich das nicht für sehr wahrscheinlich. Wenn es so wäre, müsste doch eigentlich *ich* das Ziel sein. Er wusste doch gar nichts von den Ergebnissen.«

»Wer weiß denn sonst noch davon?«

»Sarah Clarice Young, die Frau, die mich gebeten hat, das Gutachten zu machen. Sie arbeitet für eine Nichtregierungsorganisation in Salvador. Nun, und jetzt wissen es auch noch Sie, Professor.«

Der Prorektor runzelte die Augenbrauen und reichte ihm den Zettel mit der Nummer von Ernesto Baduel. »Ruf ihn an. Ich würde auch nicht allzu lange damit warten.«

Nach dem Essen teilte Sarah Clarice ihrer Kollegin mit, dass sie am Nachmittag nicht ins Büro zurückkehren würde. Sie saßen in einer Bar hinter der Praça Santo Antônio, wo man sehr gute vegetarische Speisen bekam. Von ihrem Tischchen aus sah man den Hafen und dahinter das Meer von Salvador, das sich an diesem Tag kräuselte und düstere Reflexe aussandte.

Obwohl es schon spät war, bestellte Joyce noch einen Kaffee. »Heute habe ich einfach zu gar nichts Lust.«

»Ich mache noch einen kleinen Spaziergang und geh dann heim.«

Joyce zog das nackte Knie ans Kinn und schlang die Arme darum.

Sarah Clarice war plötzlich ernst. »Irgendwie nervt mich die Arbeit im Moment.«

Ihre Freundin musterte sie. »Ich glaube nicht, dass die Arbeit das Problem ist. Vermutlich hat es eher damit zu tun, wie es zurzeit im Büro läuft.«

»Klar, stimmt schon.«

»Seit Marianne da ist, laufen die Dinge anders. Du bist ja erst später gekommen, aber ich war schon unter Lassalle da, einem der Gründer von Health Scanner. Damals haben wir ganz anders gearbeitet, und es gab noch so etwas wie Solidarität und soziales Engagement. Jetzt gleichen wir eher einer Werbeagentur. Marianne ist eine typische Marketingmanagerin, nichts weiter.«

Sarah Clarice wirkte zerstreut, als sie aufs Meer hinausschaute.

Joyce räsonierte weiter. »Dass man sie vom Hauptsitz hierher beordert hat, muss allerdings einen Grund haben. Offensichtlich entspricht ihre Einstellung exakt den Vorstellungen dieser Leute, oder?«

»Kann sein. Ehrgeizig ist sie ja, keine Ahnung …«

Joyce wechselte das Thema. »Was ist eigentlich mit dem Maler? Hast du die Sache beendet?«

»Hab ich dir nichts davon erzählt?«

»Nicht dass ich wüsste. Also?«

»Na ja, ist irgendwie schlecht gelaufen.«

»Aber du hast die Sache doch hoffentlich beendet?«

»Ja. Ich denke, dass ich es dieses Mal wirklich geschafft habe.«

»Was ist denn passiert?«

»Nichts. Ich hatte beschlossen, ihm Modell zu sitzen.«

Joyce verzog das Gesicht.

»Dann konnte er aber gar nicht malen … Als er mich nackt gesehen hat, ist er zusammengebrochen und hat angefangen zu weinen.«

»Willst du mich auf den Arm nehmen? Okay, ich würde auch zusammenbrechen, wenn ich dich nackt sähe, allerdings vor Begeisterung.«

Sarah Clarice schaute auf ihre Hände. »Red doch nicht so einen Unsinn.«

»Na los, erzähl schon weiter. Was war dann?«

»Nichts war dann. Ich sah, dass er zitterte, und wollte die Situation etwas entspannen. Ich bin also zu ihm hingegangen und habe ihn in den Arm genommen.«

Joyce hatte ihr Kinn aufs Knie gelegt und kaute an einem Fingernagel herum.

»Und als er mich dann auch umarmt hat, spürte ich, dass sich sein Schwanz regt.«

»Wie bitte? Ich dachte, er sei impotent?«

Sarah Clarice lächelte sanft. »Würde ich nicht sagen.«

»Und dann?«

»Na ja, plötzlich verspürte *ich* keinerlei Lust mehr. NULL. Mir war sogar fast übel.«

»Heiliger Himmel, Sarah Clarice, du bist aber auch kompliziert. Soll das nun heißen, dass er dir einen Haufen Unsinn erzählt hat?«

»Vielleicht hatte er einfach nur keine Lust auf mich. Oder,

keine Ahnung … Vielleicht wollte er sich auch an meiner Mutter rächen, indem er mich leiden ließ.«

»Das ist doch verworrenes Zeug.«

Sarah Clarice warf ihr einen ungehaltenen Blick zu. Es war nicht heiß, aber sie hatte das Gefühl zu ersticken.

Joyce wechselte wieder das Thema. »Hast du heute Abend schon etwas vor?«

»Nein, wieso?«

»Ich treffe mich mit einem Freund, Chico Manga. Vielleicht kennst du ihn ja.«

»Klar. Ich weiß, wer das ist …«

»Wir gehen etwas trinken, und dann wollen wir noch zu mir. Warum gesellst du dich nicht zu uns?«

Sarah Clarice öffnete den Mund, aber es kam nichts heraus. Joyce musterte sie mit ihren großen braunen Augen.

Plötzlich klingelte Sarah Clarice' Handy. Sie öffnete ihre Tasche und ging ran. Es war Matheus. Nach der Begrüßung ging sie sofort in die Offensive. »Du hast mir die Analyseergebnisse noch nicht geschickt.«

»Gerade eben habe ich sie dir gemailt. Es ist etwas Unglaubliches passiert: Jemand ist in die Uni eingebrochen, hat alles verwüstet und in verschiedenen Abteilungen Dinge mitgehen lassen.«

»Machst du Witze? Du willst mir doch nicht erzählen, dass man die Ergebnisse geklaut hat?«

»Doch. Und die Flaschen mit den Proben hat man zerbrochen. Die Ergebnisse habe ich allerdings noch. Ich hatte sie mir noch an eine andere Mailadresse geschickt.«

»Was hat das alles zu bedeuten, Matheus?«

»Bei mir zu Hause wurde auch eingebrochen.«

Sarah Clarice presste ihr Handy ans Ohr. »Was?«

»Als ich im Morgengrauen gekommen bin, habe ich es zunächst gar nicht gemerkt. Irgendwann ist mir aber aufgefallen, dass sich mein Laptop nicht am gewohnten Ort befand. Irgendjemand hat ihn offenbar benutzt und dann vergessen, ihn zurückzustellen.«

»Oder er hatte nicht mehr genug Zeit …«

Diese Möglichkeit hatte Matheus noch gar nicht in Betracht gezogen. Vielleicht waren die Leute bei seiner Rückkehr ja noch in der Wohnung gewesen und hatten überstürzt den Rückzug angetreten.

»Was hast du jetzt vor?«, fragte Sarah Clarice.

»Bis morgen finden keine Veranstaltungen an der Uni statt. Keine Ahnung. Der Prorektor hat mir geraten, mit einem Experten über die Analysen zu sprechen.«

»Mit wem denn?«

»Mit Ernesto Baduel.«

»Dem Physiker?«

»Ja. Vor vielen Jahren hat er auch für die Regierung gearbeitet.«

»Heute hat mich ein Schwachkopf vom *Tarde* interviewt, wegen der Sache mit deinem Bruder. Er hat behauptet, dass die Polizei Sandra vernehme. Hast du etwas von ihr gehört?«, fragte Sarah Clarice unvermittelt.

»Der Mann hat recht. Man hat ihr heute Morgen tatsächlich ein paar Fragen gestellt.«

»Wer?«

»Araujo.«

Sarah Clarice lief ein Schauer über den Rücken. »Wieso denn Araujo, wenn doch die Zivilpolizei mit der Sache betraut ist?«

»Ich weiß nicht. Sie wirkte aber ziemlich gelassen. Ihr Anwalt war dabei. Araujo wollte genau wissen, was in den letzten Tagen vor Nelsons Verschwinden passiert ist …« Er zögerte. »Ist im Büro alles in Ordnung?«

»Mehr oder weniger. Meine Chefin ist weg, auf Geschäftsreise. Ich weiß also gar nicht, ob ich die Wassergeschichte überhaupt weiterverfolgen soll oder nicht.«

»Verstehe.« Er zögerte wieder. »Und was machst du dann jetzt?«

»Ich arbeite ja noch an anderen Projekten.« Sarah Clarice klang nicht überzeugt. Matheus merkte es und hakte nach. »Hast du zufällig versucht, diesen Carlo aufzuspüren, diesen italienischen Journalisten?«

Sarah Clarice spürte plötzlich, dass sich ihr Magen zusammenkrampfte. »Nein, Matheus.« Das war ihr in einem ziemlich barschen Tonfall herausgerutscht.

Matheus' Antwort klang befremdet. »Verstehe. Ich weiß auch gar nicht, ob er uns weiterhelfen könnte.«

»Keine Ahnung, Matheus. Außerdem ermittelt ja die Polizei in dieser Sache; die brauchen uns nicht.«

»Du hast recht«, sagte er schnell. »Melde dich, wenn es etwas Neues gibt, okay?«

Sie verabschiedeten sich, und Sarah Clarice drückte energisch auf die rote Taste an ihrem Nokia.

Dann schaute sie Joyce an. »Das war Matheus.«

»War nicht zu überhören. Was ist los? Du wirkst irgendwie angespannt.«

»Nun ja. Diese Geschichte wird immer merkwürdiger …«

Joyce musterte sie schweigend.

»In Matheus' Labor ist eingebrochen worden. Kommt dir das nicht merkwürdig vor? Außerdem hatte ich den Eindruck, dass er sich vielleicht irgendeine Art von Hilfe von mir erwartet …«

Joyce stand auf, nahm ihre Umhängetasche und machte sich auf den Weg. »Wenn du mich fragst, solltest du dich einfach mal ein bisschen entspannen.«

Sarah Clarice schaute ihr nach. »Wo trefft ihr euch heute Abend?«, rief sie ihr dann hinterher.

Joyce drehte sich um. »Im Preto/World, gegen neun …«

Ein paar Minuten später, als sie die Rechnung bezahlte, sah Sarah Clarice ihn wieder: einen schmutzigen weißen Renault Sandero mit Rädern, die noch schmutziger waren als der Rest des Wagens. Sie hatte ihn bereits vor zwei Stunden gesehen, als sie mit Joyce das Büro von Health Scanner verlassen hatte. Die Scheiben waren abgedunkelt. *Könnte es sein, dass es sich um dasselbe Auto wie vorhin handelt und dass es mir folgt?*, fragte sie sich. Inmitten der Hektik dieses Sträßchens in Salvador, ein paar Schritte von ihrem Zuhause entfernt, nötigte ihr der Gedanke beinahe ein Grinsen ab. *Das ist doch lächerlich!* Trotzdem blieb sie, als sie aus der Bar trat, auf dem Bürgersteig stehen und tat so, als würde sie in ihrer Tasche kramen. Der Sandero war bereits losgerollt. Beschwören könnte sie es nicht, aber sie meinte, irgendetwas hinter den dunklen Scheiben aufleuchten gesehen zu haben. Eine Brille? Eine Zigarette? Sarah Clarice hielt die Luft an und starrte in dem verzweifelten Versuch, irgendetwas zu erkennen, auf die Scheiben. Ihr kam es so vor, als würden zwei Personen in dem Auto sitzen, aber jetzt beschleunigte es plötzlich, weil ein Postwagen hinter ihm stand und hupte. Sarah Clarice hatte ihn gar nicht gesehen und überraschte sich bei dem Gedanken, dass sie Angst immer mit perfekter Stille verbunden hatte.

14

Der Leiter der CTNBio, Fernando Lemsky Soares, saß vor seinem Steak mit Pommes, dem er sich ohne große Begeisterung widmete, als er sah, dass ihm dieser Mann schon wieder ein Zeichen gab. In Brasilia gab es haufenweise Nervensägen, und ihm liefen ständig welche über den Weg. Wie oft hatte er sich nicht vorgenommen, sich ein Restaurant weit weg vom Kommissionsgebäude zu suchen, aber am Ende hatte stets die Faulheit gesiegt. *Oh nein,* dachte er, als der Mann mit dem eleganten Jackett und der Krawatte sich nun seinem Tisch näherte, *der wird mir garantiert meinen Kaffee vermiesen.* Fernando Lemsky Soares hätte sich nicht träumen lassen, dass er da entschieden zu optimistisch war. Dieser Mann sollte dafür sorgen, dass ihm mehr als nur das Mittagessen quer im Magen liegen würde.

Als er sich in der *Churrascaria* Bue di Platino am Tisch von Lemsky Soares niederließ, hatte Antônio Netto in der Hauptstadt bereits ein dicht gedrängtes Programm absolviert. Sobald er am Vorabend angekommen war und im Hotel Mercure, ein paar hundert Meter vom Nationalkongress entfernt, sein Zimmer bezogen hatte, hatte er eine Telefonnummer gewählt. Am anderen Ende der Leitung hatte sich ein Sonderermittler der Bundespolizei gemeldet, misstrauisch und genervt.

»Mit wem spreche ich?«

»Zimmerservice«, sagte Netto, der in diesem Moment nur mit einem Handtuch bekleidet war, die Haare noch nass und ein amüsiertes Lächeln auf den Lippen. »Das Club-Sandwich ist fertig.«

»Da muss es sich um einen Irrtum handeln. Auf Wiederhören.«

»Oh, entschuldigen Sie bitte.« Netto klappte sein Handy zu, setzte sich aufs Bett und schaltete den Fernseher ein. Dann zog er sich in aller Ruhe an und ging zum Essen hinunter. Nachdem er den Kaffee getrunken hatte, erblickte er einen Mann mit einem grauen, kantigen Gesicht und Schuhen in der Form von Tischtennisschlägern. Der Mann stand an der Restauranttür und beobachtete ihn. Fünf Minuten später fuhren sie gemeinsam im Fahrstuhl hoch und betraten Nettos Zimmer.

»Bringen wir es hinter uns«, sagte der Polizist.

Netto klappte seinen Aktenkoffer auf und holte ein gelbes Päckchen heraus.

Der Polizist zählte das Geld und bat um die Erlaubnis, ins Bad gehen zu dürfen. Dort schob er sich die fünfunddreißigtausend Reais in die Unterhose, was ein paar Minuten dauerte.

»Alles klar da drinnen?«, fragte der Anwalt und klopfte an die Tür.

Der Polizist kam heraus, schaute in den Spiegel und zog noch einmal sein Hemd zurecht. Er musterte Netto kurz und verschwand dann geräuschlos.

Am nächsten Morgen stand Netto früh auf, weil sich sein Magen vor Hunger zusammenzog, und ging hinunter zum Frühstück. Um halb neun hatte er eine Verabredung.

Auf dem Weg zum Ministerium für Wissenschaft und Technologie schaute er in den blauen, mit weißen Cumuluswölkchen durchzogenen Himmel. Es war, als würde er ihn durch ein Weitwinkelobjektiv betrachten. Die Ministerien standen alle auf einer weiten Fläche, zwei parallele, vollkommen identische Gebäudereihen. Im Hintergrund lag das Kongressgebäude, eine Art Betonsarg, auf dem sich die beiden schmalen, hohen Abgeordnetenhäuser erhoben. Ein See umgab den Komplex.

»Ich habe einen Termin bei Carlos Alberto Bidaqui«, sagte er am Empfang.

Man bat ihn zu warten. Ein paar Minuten später fuhr er in den siebten Stock hoch. Eine brünette Frau mit einem schlichten Gesicht hinter der dicken Brille kam ihm entgegen. Es war die Assistentin von Bidaqui.

»Doktor Bidaqui empfängt Sie sofort. Darf ich Ihnen schon einmal einen Kaffee anbieten?«

Nach ein paar Minuten kam die Frau wieder.

»Wenn Sie jetzt bitte mitkommen würden.«

Bidaqui empfing ihn in Hemdsärmeln, die Brille ins Haar geschoben. Tiefe Schatten lagen um seine Augen. Als die beiden Männer einander herzlich begrüßten, sah Netto aus dem Augenwinkel, dass noch andere Personen im Raum waren. Der Typ mit dem üppigen Bart musste der Kabinettchef des Landwirtschaftsministeriums sein, schätzte Netto. Den Fettsack daneben, der sicher der Vertreter der Ibama war, des Instituts für Umwelt und Ressourcen, hatte er schon ein paar Mal gesehen. Außerdem war da noch eine etwas fahrige Frau um die vierzig, die er nicht kannte.

Bidaqui stellte sie einander vor. »Antônio, ich denke, Natália Moraes kennen Sie noch nicht. Sie ist Mitglied der CTNBio.«

»Das Vergnügen hatte ich in der Tat noch nicht.«

Natálias Händedruck war fest.

»Einen Kaffee hat man Ihnen vermutlich bereits angeboten. Möchten Sie Wasser oder Saft?«

»Nein danke, ich bin wunschlos glücklich.«

Wie immer leitete Bidaqui die Sitzung mit der Sicherheit eines Busfahrers. Dies war allerdings keine offizielle Sitzung, und leicht würde sie auch nicht werden.

»Ich komme sofort zum Punkt, Antônio. Leider habe ich keine guten Nachrichten. Natália ist Mitglied einer Unterkommission der CTNBio, und wie es scheint, ist die Situation immer noch verfahren. Ich habe sie gebeten, an unserer Sitzung teilzunehmen, damit sie es Ihnen selbst erklären kann.«

Er hatte der Frau den Ball zugepasst wie ein müder Sportler, der auf die Bank zurückkehrt. Carlos Alberto Bidaquis Marktwert verdankte sich auch seiner Fähigkeit, eine Situation vollkommen normal aussehen zu lassen, wenn sie es überhaupt nicht war.

»Beginnen wir mit der aktuellen Lage«, begann Natália. Netto schenkte ihr ein steifes Lächeln und musterte sie. Erste Bilanz: gar nicht übel.

»Die Lage schaut so aus, dass der Blind Narcissus mit aller Wahrscheinlichkeit auch beim zweiten Mal nicht durchgehen wird.«

»Aha.« Netto behielt sein Lächeln bei und beobachtete die Anwesenden.

»Fernando Lemsky Soares, der Chef der Kommission, hat plötzlich genügend Rückhalt bei den Kollegen, um den Antrag abschmettern zu können.«

»Wie ist das möglich?«

»Er hat sich total in die Sache reingehängt. Sogar die Rechtmäßigkeit der Gesellschaft, die hinter dem Narcissus steht, hat er in Zweifel gezogen.«

»Die Rechtmäßigkeit der Been?« Netto war überrascht.

»Ja, der Been International. Er hat eine Überprüfung der Gesellschaft gefordert, was ihm allerdings verwehrt wurde. Das ist aber nur eine der zahlreichen Spitzfindigkeiten, die er aus dem Hut gezaubert hat.«

»Aber warum?«, fragte der Anwalt. »Wissen Sie das?«

»Der Typ ist ein Idiot«, erklärte der Bärtige mit einer verächtlichen Grimasse.

»So einfach ist das nicht.« Natália Moraes legte die Fingerspitzen auf eine Weise zusammen, dass ihre Hände die Umrisse eines Herzens bildeten. »Es gibt schon einen guten Grund, denke ich.«

Es war klar, dass Bidaqui diesen Grund kannte, aber er überließ die Erläuterungen lieber seiner Spionin im Innern der Kommission für Biosicherheit. Den Kopf nach vorne geneigt, beobachtete er Netto aufmerksam.

»Ich bin ganz Ohr«, ermunterte Netto die Frau.

»Der ein oder andere der Anwesenden wird sich vielleicht noch daran erinnern, dass Brasilien einen Präsidenten namens Fernando Henrique Cardoso hatte …«

»Ich erinnere mich nicht daran«, sagte der Typ von der Ibama mit einem sanften Lächeln.

Allgemeines Gelächter. Selbst Bidaqui lachte, was nicht oft vorkam.

»Auch ich habe Schwierigkeiten, mich an einen Fernando Henrique, wie hieß er noch gleich – Cardoofo? –, zu erinnern«, murmelte der Bärtige und setzte eine metallicblaue Brille auf.

»Ich weiß, ich weiß«, sagte Natália. »Man vergisst das leicht, aber vor Lula hatte Brasilien auch noch andere Präsidenten …«

Wieder lachten alle schallend. Netto auch. Er hatte ein Faible für sympathische Frauen.

»Aber Spaß beiseite, erinnern sich die Herren noch daran, was der Lieblingssport von Fernando Henrique Cardoso war?«

»Außer Reisen und gutem Essen?«

»Ja.«

»Das staatliche Tafelsilber privatisieren«, sagte jemand.

»Sehr gut«, sagte Natália und bat um Ruhe, da alle plötzlich durcheinanderredeten. »Weiß noch jemand, dass Cardoso ein Unternehmen namens Vale do Rio Doce privatisiert hat?«

»Wie sollte man das je vergessen können?« Den Anwesenden gefiel die Wende ins Komische, die das Treffen nahm.

»Das neue Unternehmen geriet in die Hände von Banken, Investmentfonds und ein paar privaten Finanzriesen. Wer hat alles ein Stück von Vale gekauft? Erinnern Sie sich?«

Jetzt herrschte eisiges Schweigen.

Bidaqui durchbrach es. »Miller-Johannsen.«

Natália nickte. »Damals galt es als höchstes Ziel, die morschen Äste aus Staatsunternehmenszeiten zu kappen, was ja auch prompt geschah, wenn Firmen dieser Größe an Private übergingen.«

Netto hielt unbeirrt an seiner Miene naiver Neugier fest.

»Einige der logistischen Bereiche des neuen Unternehmens wurden der direkten Kontrolle von Miller-Johannsen unterstellt, darunter ein ziemlich großes Chemieunternehmen in Belo Horizonte, das Lösemittel für Metalle oder so produziert … genau kann ich es aus dem Stegreif jetzt nicht sagen. Es handelte sich um ein gesundes Unternehmen mit Potenzial, vor allem was das Know-how angeht.« Natália machte eine Kunstpause. »Was glauben Sie, wie der Geschäftsführer hieß?«

Antônio Netto beobachtete Natália, seine fantastischen vollen Lippen leicht geöffnet.

»Der Geschäftsführer hieß Fernando Lemsky Soares.«

Der Bärtige nahm die Brille wieder ab. »Wahnsinn.«

Bidaqui lächelte.

Antônio Netto fragte: »Okay, und dann?«

Natália erhob sich von ihrem Stuhl. Sie trug ein ziemlich knappes weißes Jäckchen über dem üppigen Busen, eine enge Jeans und hohe Absätze.

»Und dann? Ein paar Wochen nach dem Kauf hat Miller-Johannsen ihm fristlos gekündigt und ihn zusammen mit anderen Führungskräften auf die Straße gesetzt. Deshalb versucht Lemsky jetzt mit allen Mitteln, den Narcissus zu verhindern.«

»Eine Kleinigkeit würde mich aber doch noch interessieren«, erklärte der Anwalt. »Woher zum Teufel weiß Lemsky Soares, dass hinter der Been International Miller-Johannsen steht?«

»Das kann ich Ihnen nicht sagen«, antwortete Bidaqui. »Extrem rätselhaft ist das allerdings nicht. Lemsky Soares ist ein alter Fuchs. Er hat seine Quellen.«

Netto schwieg und machte sich seine Gedanken.

»Das Problem besteht nun darin«, setzte Bidaqui wieder an,

»dass morgen die Plenarsitzung der Kommission stattfindet und wir sämtliche Munition verschossen haben. Deswegen haben wir Sie auch so dringend herbestellt, Herr Anwalt. Die anwesenden Herrschaften unternehmen alles, was in ihrer Macht steht, aber wie Natália schon sagte: Die Situation scheint verfahren. Weiß der Teufel, was Lemsky Soares diesen Leuten versprochen hat, aber man darf es offensichtlich nicht unterschätzen. Vielleicht hat man zentnerweise Lizenzen für gentechnisch veränderte Organismen verkauft. Sollten Sie also nicht ein Ass im Ärmel haben, sehe ich schwarz.«

Alle Augen richteten sich auf Antônio Netto. Natália Moraes betrachtete ihn ernst, aber mit leicht hochgezogenen Mundwinkeln.

»Nun, wir hätten da tatsächlich etwas«, sagte der Anwalt. »Etwas, das ihn überzeugen dürfte. Aber ich möchte ihn nicht bei der Kommission aufsuchen. Es soll wie ein zufälliges Treffen aussehen, wie es in Brasilia so oft geschieht.«

Natália senkte den Zeigefinger, den sie an die Lippen gelegt hatte. »Fernando geht fast jeden Tag alleine in ein Restaurant namens Bue di Platino, ein paar Schritte vom Kommissionsgebäude entfernt.«

Mehr Informationen brauchte Netto nicht. »Danke, Natália.« Er lächelte. »Komischerweise habe ich plötzlich großen Hunger …«

Carlos Alberto Bidaqui löste die Sitzung auf. Als sie alle auf dem Platz vor dem Ministerium standen, trödelte Natália ganz bewusst herum, bis sie mit dem Anwalt alleine war. Nachdem sie ihm die Hand geschüttelt hatte, reichte sie ihm ihre Visitenkarte. »Rufen Sie mich doch später an, wenn Sie mögen. Dann können Sie mir erzählen, wie die Sache ausgegangen ist …«

»Mit Vergnügen.«

Der Anwalt begab sich zum Taxistand.

»Doktor Lemsky Soares?«

Antônio Netto trat an den Tisch und lächelte.

»Ich glaube nicht, dass ich Sie kenne«, antwortete der Mann. »Aber der bin ich. Was kann ich für Sie tun?«

»Mein Name ist Antônio Netto.« Der Anwalt streckte Soares seine Hand hin. »Haben Sie etwas dagegen, wenn ich mich einen Moment zu Ihnen setze?«

»Eigentlich wollte ich gerade gehen. Worum geht es denn?«

»Sagen wir mal, dass es um einen Gefallen geht, den Sie uns tun könnten.«

Lemsky Soares verspürte eine gewisse Unruhe. Ihm war, als müsste er sauer aufstoßen. »Hören Sie, wenn es eine Angelegenheit aus dem Bereich der Kommission betrifft, wenden Sie sich doch bitte an meine Sekretärin. Die wird einen Termin für Sie vereinbaren.«

Aber der Anwalt hatte sich bereits gesetzt, und das Lächeln war verschwunden.

»Es dauert nur fünf Minuten, glauben Sie mir.«

»Okay.« Lemsky Soares fügte sich widerstrebend. »Dann schießen Sie los, aber schnell.«

»Es geht um den BN-00, auch Blind Narcissus genannt.«

Der Leiter der CTNBio wurde bleich. »Ah, Sie sind also ein Handlanger dieser Schurken. Da sind Sie bei mir jedoch an den Falschen geraten, ich warne Sie.« Sein Tonfall war hart, und er ballte die Fäuste auf der Tischplatte.

»Regen Sie sich nicht auf, Doktor. Wir möchten Sie einfach nur bitten, sich anders zu besinnen, das ist alles.«

»Unmöglich. Es handelt sich um eine überaus heikle Geschichte. Die gesamte Kommission wird zusammentreten, und das Ergebnis hängt nicht allein von mir ab. Dieses Dossier ist so löchrig wie ein Schweizer Käse und stinkt im Übrigen auch so. Ich sage es noch einmal: Bei mir sind Sie an der falschen Adresse. Von Leuten wie Ihnen lasse ich mich nicht einschüchtern, damit das klar ist.«

Netto lächelte. »Verstehe, Doktor Lemsky. Und wenn ich Ihnen ein paar Fotos zeigen würde?«

Der Mann wurde steif. Sein längliches Gesicht ähnelte plötzlich diesen schönen afrikanischen Masken, deren Augen und Münder aus bloßen Schlitzen bestehen, schmal und nach außen hin versiegelt.

»Wovon reden Sie denn da, Sie Hurensohn – denn etwas anderes können Sie ja wohl kaum sein? Was für Fotos?« Er wollte im Restaurant seine Stimme nicht erheben, aber sein Flüstern war scharf wie ein Messer.

»Kommen Sie mit zum Parkplatz, dann zeige ich sie Ihnen.«

»Ich gehe nirgendwohin mit Ihnen. Vergessen Sie es und verschwinden Sie.«

Netto warf ihm einen schrägen Blick zu. »Hören Sie, Doktor, ich habe eine ganze Reihe von Fotos, auf denen Sie sich in einem Motel in Fortaleza an einem zehnjährigen Mädchen vergreifen.«

Lemsky Soares' Augen rotierten wie die Rollen eines Spielautomaten. Er hatte den Geschmack von Scheiße im Mund, und sein Schädel pochte, als würde eine Sambagruppe Karneval darin feiern.

»Außerdem haben wir einen Film, in dem Sie ein anderes Mädchen – zwölf ist sie, glaube ich – dazu zwingen, Ihr Sperma zu trinken. Auch das in Fortaleza.« Netto zog sich die Krawatte zurecht. »War das deutlich genug?«

»Ich fasse es nicht, Sie Bastard.« Lemskys Mund zitterte.

»Kommen Sie mit zum Parkplatz. Los, bewegen Sie sich!«

Netto stand auf, und Lemsky Soares folgte ihm. Als sie den Parkplatz des Bue di Platino überquert hatten, öffnete der Anwalt seinen Aktenkoffer und zeigte ihm zwei, drei Fotos. Soares schien von Krämpfen geschüttelt zu werden.

»Und machen Sie keine Dummheiten. In einem Tresor in São Paulo liegen weitere Abzüge von diesen Fotos.«

»Was wollen Sie von mir, Sie Hurensohn?«

Es war offensichtlich, dass der Leiter der Kommission für Biosicherheit einen Kurzschluss hatte.

»Das habe ich Ihnen doch schon gesagt. Sie rudern zurück, was den Narcissus betrifft, und wir machen ein hübsches Lagerfeuer mit diesen Fotos. Sie haben unser Ehrenwort.«

Fernando Lemsky Soares war groß und kräftig, aber in diesem Moment krümmte er sich vornüber und keuchte – wie ein Boxer, der in der letzten Runde angezählt wurde.

»Sind wir uns einig?« Netto schaute sich um.

Der andere flüsterte ein Ja, das wie ein Lüftchen verflog.

»Ich habe Sie nicht verstanden.« Netto trat näher. »Sagen Sie es noch einmal bitte. Und schön laut. Sagen Sie es bitte schön laut.«

»Ja, verdammt. Ja, Sie verfluchter Hurensohn.«

»Wunderbar. Und machen Sie keinen Unsinn, ja?«

Er stand lange unter der Dusche, schon zum zweiten Mal an diesem Tag, und es würde nicht die letzte Dusche für heute sein. Als er auf dem Bett saß, tätigte er zwei Anrufe. Der mit Paulo Henrique Johannsen war sehr kurz. Für den zweiten musste er in seiner Jackentasche wühlen, bis er die gesuchte Karte fand.

»Antônio, wie geht es Ihnen? Freut mich, so schnell von Ihnen zu hören.«

»Wir könnten uns auch duzen, Natália, was meinst du?«

»Gerne. Also?«

»Kennst du ein nettes Plätzchen, wo man gut essen kann? Es gibt etwas zu feiern.«

»Heute?«

»Sicher. Morgen fliege ich nach São Paulo zurück.«

»Wo bist du?«

»Im Mercure.«

»Okay. Ich komme um neun mit dem Wagen vorbei.«

»Gut. Bis später.«

15

Davide Strazzon warf einen gleichgültigen Blick in den bedeckten Nachmittagshimmel. Ein kräftiger Wind wehte, und die Feuchtigkeit kündigte den Winter an. Soeben kam er aus einer Sitzung mit dem Buchhalter, dem er sämtliche Probleme mit Gehältern, Steuerangelegenheiten und Verwaltungsgeschichten und andere Ärgernisse anvertraute. In den nächsten Tagen würde dieser Mann die Papiere für die Nova Sudsegur vorbereiten, damit sie vom Schwager Diego Messers unterschrieben werden konnten, und dann würde er ein Schlupfloch finden, um die schnelle Umsetzung der Sache zu gewährleisten.

Aus dem Bürofenster beobachtete Strazzon, wie der Buchhalter zu seinem wie immer vorbildlich auf Hochglanz polierten Fiat Siena ging, federnden Schritts und mit einer eleganten Ledertasche unter dem Arm. Er startete und fuhr auf der großen Straße davon. Je weiter er sich entfernte, desto mehr Geld würde hereinkommen.

Zufrieden war Davide jedoch nicht. Seit er den Anruf des Kommandanten erhalten hatte, lief irgendetwas nicht mehr, wie es sollte. Irgendetwas Fragiles, aber Entscheidendes war zerbrochen. Das Telefonat hatte keinerlei Sinn ergeben. Diese Marotte mit der ›Prüfung‹ ergab keinen Sinn mehr. In der Vergangenheit, als die Armee noch wie überströmende, formlose Lava aus der Finsternis hervorgequollen war, hatte man nicht darauf verzichten können. Jetzt aber standen die Dinge anders.

Irgendetwas in ihm rebellierte entschieden gegen den Befehl des Kommandanten. Wenn es jemanden gab, der höchste Bewunderung verdiente, dann war es der Soldat Jefferson Souza.

Heiliger Himmel, wer hätte sich wohl anders verhalten? Zwei Tage eingesperrt in einer Absteige in São Paulo, am unerträglichsten Ort der Welt … Wer wäre da nicht nach Erhalt der ersten Marge rausgegangen, um einen *Cachaça* zu trinken? *Was soll das denn bitte schön für eine Prüfung sein? Ich selbst,* dachte Davide und spielte nervös an seinem Ehering herum, *würde eine solche Prüfung nie bestehen.*

Wie lange sollte dieser Kadavergehorsam überhaupt noch gelten? Das war eine unbequeme Frage, aber es war unvermeidlich, sie irgendwann zu stellen. Davide erhob sich, ging zur Minibar und riss eine Bierdose auf. Nachdem er einen Schluck genommen hatte, der seine kleinen, eng beieinanderstehenden Augen zum Glänzen brachte, fragte er sich, was überhaupt die Idee dahinter war. Eine interne Fehde anzuzetteln? Sich wechselseitig zu zerfleischen, während sich die Feinde draußen wie Kakerlaken vermehrten? Es wäre ein gewaltiger Fehler, sich von der paranoiden Angst vor Komplotten und Verrätern aufreiben zu lassen, während das eigentliche Komplott ganz woanders geschmiedet wurde, am helllichten Tag sogar, da die Regierung die Kakerlaken zusehends legitimierte.

Sicher, der Kommandant hatte den Krieg, den Strazzon und seine Bundesgenossen führten, mehr als großzügig unterstützt. Er war nicht wie all diese anderen, die hinter den Kulissen blieben, wenn sie ihr Geld hergaben, schwarze Schatten in der Finsternis, ängstlich darauf bedacht, nicht gesehen zu werden. Der Kommandant war mit ihnen in die Schlacht gezogen, auch wenn er es, davon war Davide überzeugt, aus anderen Gründen getan hatte als sie. Ihr Kampf war ein Kampf ums Überleben, ihr Schweiß war auf dieses Land getropft, sie hatten den Duft dieser Erde geatmet, diesen Morgennebel in der frostigen Dämmerung, wenn man vor der Sonne aufsteht und nicht weiß, was der Tag einem bringen wird.

Der Kommandant war anders. Er war schon Herr seines Landes gewesen, als er noch nicht einmal geboren war. Er wusste nicht, was es bedeutete, ein Feld für die Aussaat vorzubereiten. Er konnte nicht am Geruch erkennen, ob ein Stück Erde fruchtbar war oder den bitteren Geruch der Sterilität ausströmte. Sie führten verschiedene Kriege, da war sich Davide sicher.

Und jetzt ging der Kommandant eindeutig zu weit. Ihm war gar nicht aufgefallen, dass die Mannschaft sich verändert hatte. Inzwischen konnten er, Davide, und die anderen Landbesitzer selbst die Mittel für ihren Krieg aufbringen. Der Krieg war jetzt begrenzter, gezielter. Es war ein blutiger, grausamer, wunderschöner Krieg. Und einen wertvollen Soldaten wie Jefferson Souza opferte man nicht den Launen eines dummen Jungen, der sich für Cäsar hielt.

Nein. Davide starrte ins Leere. Seine Kiefermuskeln waren angespannt, und er presste seinen Mund zu einer scharfen Linie zusammen. Mittlerweile war die Sonne hinter den gewellten Hügeln von Paraná untergegangen. Sein geliebtes Land.

Ein paar Minuten blieb Davide so stehen, eingetaucht ins Halbdunkel, bis seine Sekretärin den Kopf zur Tür hereinsteckte und Bescheid gab, dass sie ein bisschen eher gehen würde. Davide verabschiedete sie mit einem hektischen Fuchteln.

Nein, dachte er noch einmal, diesen Befehl würde er nicht ausführen. Er wollte doch mal sehen, was dann geschah.

Der Soldat Jefferson Souza, Hauptmann der Militärpolizei, wusch sich in einem Motel an der Autobahn ein paar Kilometer vor São Paulo die Hände. Langsam massierte er die Seife bis zu den Ellbogen ein. Er liebte seine Tätowierungen, vor allem die am rechten Unterarm, eine gelb-rot-schwarze Kobra. Sie hatte keine dunklen Augen, sondern smaragdgrüne. Die Augen der Kobra waren sein ganzer Stolz, sein kostbarster Schmuck.

Vor vielen, vielen Jahren hatte man ihm auf der Polizeischule beigebracht, dass für einen Polizisten die Augen alles sind. Und das Leben hatte bestätigt, dass es sich um eine unantastbare Wahrheit handelte.

Und nun verspürte Jefferson Souza ein gewisses Unbehagen. Dieser schwarze Mercedes, der ein paar Meter vor dem Motel gestanden hatte, die Scheiben abgedunkelt, hatte ihm gar nicht gefallen. Seine Augen hatten hinter diese Scheiben geschaut. Irgendjemand hatte ihn beobachtet. Aber wer?

Er nahm sein Handy und wählte eine Nummer. »Davide, alles in Ordnung?«

»Jefferson, hallo. Wo bist du?«

»Auf dem Heimweg.«

»Gut. Wir haben wieder Arbeit für dich.«

»Strazzon, gibt es irgendwelche Probleme?«

Davide Strazzon presste sein Handy ans Ohr. »Was meinst du damit, Jefferson? Was für Probleme?«

»Ein schwarzer Mercedes, der sich für mich interessiert, sagt dir das etwas? Du weißt, dass ich nicht der Typ bin, der sich verarschen lässt …«

»Ein …? Nein, absolut nicht. Wovon redest du?«

»Okay, Davide. Wenn ich zurückkomme, sollten wir uns unterhalten. Ich grüße dich. Bis bald.«

Mit einem Lächeln auf den Lippen wandte sich Souza wieder seiner Kobra zu.

16

Nachdem sie den weißen Sandero hinter der Ecke hatte verschwinden sehen, begab sich Sarah Clarice schnell nach Hause. Die kleine Wohnung, die sie gemietet hatte, lag im obersten Stockwerk eines blau gestrichenen Altbaus mit bröckelnder Fassade. Er stand in einer dieser alten, mit Porphyr gepflasterten Gassen im Zentrum von Salvador, wo sich portugiesische *Sobrados* mit barocken Kirchen abwechselten. Einige der Kirchen waren halb verfallen und mit Holzbalken verrammelt. Gegenüber ihres Hauses war der Obst- und Gemüseladen einer alten Dame, bei der sie sich täglich mit Lebensmitteln versorgte. Weiter oben, in Richtung des Hauptplatzes von Pelourinho, stand der Wagen einer stets weiß gekleideten Frau, die Spezialitäten aus Bahia verkaufte. Die übrigen Läden zielten vor allem auf Touristen ab; sie verkauften T-Shirts, Statuen der Göttin Yemanjá und Postkarten vom Golf von Salvador.

Bevor sie die Haustür hinter sich schloss, schaute sich Sarah Clarice noch ein paar Mal um. Sie war sich fast sicher, dass die beiden Personen sie verfolgten. Die Wagenräder waren mit Erde verkrustet – es konnte einfach keine zwei Autos geben, die gleich aussahen und auch noch beide schmutzige Räder hatten. Natürlich konnte der Wagen zufällig denselben Weg genommen haben. Das war zwar nicht sehr wahrscheinlich, andererseits aber auch nicht unmöglich. Zu ihrer eigenen Überraschung zitterte ihre Hand, als sie den Schlüssel ins Schlüsselloch steckte. In der Wohnung trank Sarah Clarice erst einmal ein Glas Wasser und versuchte, sich zu beruhigen.

Sie zog die Sandalen aus und legte sich aufs Sofa. Durch die

Bambusvorhänge vor den Fenstern fiel gedämpftes Licht herein. Ihr Kopf war schwer, so müde war sie, aber die Aufregung und die wirbelnden Gedanken hinderten sie daran, auch nur die Augen zu schließen.

Ohne es zu merken, glitt sie irgendwann in den Schlaf.

Matheus stand auf der Terrasse und schaute aufs Meer, als sein Handy plötzlich vibrierte. Er hatte sich dazu durchgerungen, es immer mit sich herumzuschleppen, aber den idiotischen Klingelton ausgestellt. Es war reiner Zufall, dass er es jetzt hörte. Mit wenigen Schritten war er im Haus und nahm das Gespräch an.

»Ja?«

»Matheus, hallo. Störe ich?«

»Sandra, hallo.« Matheus setzte sich auf das Korbsofa. »Wie kannst du nur fragen, ob du störst? Geht es dir ein bisschen besser?«

»Ja. Oder vielmehr nein. Keine Ahnung. Ich habe Angst, dass mir das Schlimmste noch bevorsteht, aber im Moment helfen die Beruhigungsmittel.«

Matheus wusste nicht, was er sagen sollte. »Sicher, verstehe. Aber du musst dich aufrappeln, darfst dich nicht hängen lassen …«

»Ich tu, was ich kann. Aber es ist so unerträglich ungerecht.«

»Ja.«

»Verstehst du? Das zu akzeptieren …«

»Ja, ich weiß. Ich weiß.«

»Dein Bruder fehlt mir so unendlich.«

Matheus wollte keine rhetorischen Floskeln von sich geben und schwieg. Irgendwann fragte er: »War alles okay bei der Polizei? Gibt es Neuigkeiten?«

»Nein. Entweder sind das allesamt Idioten, oder sie sind gefährlich. Ich halte sie mir lieber vom Leib, darin habe ich mittlerweile ja schon Übung.«

»Sicher.«

»Aber wo du schon danach fragst, Matheus, deswegen rufe ich an. Die Polizei wollte wissen, ob aus Nelsons Arbeitszimmer irgendetwas entfernt wurde.«

Matheus runzelte die Stirn. »Wer hat das gefragt?«

»Dieser Hauptmann, Araujo. Diese Karikatur eines südamerikanischen Diktators …«

Matheus lachte. »Eines Diktators aus Paraguay, meinst du wohl.«

Sandra sprach leise. Ihre Stimme klang, als hätte sie viel geweint.

»Ich habe es natürlich bestritten, aber hast du vielleicht irgendetwas mitgenommen?«

»Nein, was hätte ich denn deiner Meinung nach mitnehmen sollen?«

»Ich weiß es nicht, aber er war schließlich dein Bruder. Du warst lange in seinem Zimmer. Ich könnte es gut verstehen.«

»Nein, Sandra, ich habe nichts mitgenommen. Hat Araujo gefragt, ob *etwas* entfernt wurde oder ob *ich* etwas entfernt habe?«

Sandra zögerte. »Ob du etwas entfernt hast … Er hat mich gefragt, ob du zufällig irgendetwas entfernt hättest.«

»Haben die denn im Haus herumgewühlt?«

»Nein, nein. Sie waren da, aber sie haben nirgendwo herumgewühlt. Ich habe sie gar nicht hereingelassen, sondern ihnen freiwillig ein paar Dinge gegeben, Terminkalender, Arbeitsunterlagen, ein paar andere Sachen …«

»Sarah Clarice sagt, er hatte einen Laptop.«

»Ja, den hatte er immer bei sich, aber der ist verschwunden. Den müssen sich diese Leute unter den Nagel gerissen haben.«

»Hör zu, Sandra, wir haben noch nicht darüber gesprochen, und ich weiß, dass es schmerzhaft ist, aber Nelson wurde gefoltert. Hast du mal darüber nachgedacht? Dieser Polizist aus Sobradinho, Alessio Castro, der mir einigermaßen seriös vorkam, hat gesagt, dass so etwas nicht ohne Grund geschieht. Er hat ein Wort benutzt, das mir nicht aus dem Kopf geht …«

»Was für ein Wort?«

»Er hat von ›systematischer Folter‹ gesprochen. Begreifst du, was das bedeutet? Das ist, als hätte der Täter genau gewusst, was er da macht. Und vor allem, warum …«

»Und was folgt daraus?« Sandra wirkte angespannt.

»Daraus folgt, Sandra, dass man darüber nachdenken sollte, warum Nelson ein solches Ende genommen hat.«

»Was willst du damit sagen?«

Matheus seufzte und ließ den Blick durch sein kahles Wohnzimmer schweifen.

»Willst du damit sagen, dass Nelson dieses Ende vielleicht verdient hat?«

»Nein, natürlich nicht. Aber sollte Nelson zufällig … Na ja, warum wird man gefoltert? In Filmen geschieht das, wenn der Folterer davon überzeugt ist, dass sein Opfer etwas weiß, das es nicht preisgeben möchte.«

»Ja, im Film. Oft ist der Folterer aber auch einfach ein Psychopath.«

»Du hast also nicht darüber nachgedacht?«

»Ich? Nein. Ich weiß nur, dass man mir ohne jeden Grund meinen Mann weggenommen hat. Für mich ist Nelson nur eines der vielen Opfer einer Gesellschaft, die immer gewalttätiger wird. Was soll denn ein Provinzarzt schon wissen? Was zum Teufel soll Nelson so Wichtiges gewusst haben, dass er es verdient hätte, so brutal ermordet zu werden?« Sandras Stimme brach und schwappte wie eine gewaltige Welle über Matheus hinweg.

Der schwieg. Irgendwann sagte er: »Entschuldige bitte, Sandra. Vergiss, was ich gesagt habe. Wann ist die Beerdigung?«

»Es gibt keine Beerdigung. Wenn man mir seinen Körper zurückgibt, wird er verbrannt, und basta. Nelson wollte es so. Er wollte verbrannt werden.«

»Verstehe.«

»Die Polizei wollte mir das ausreden. Sie sagen, eine Beerdigungsfeier könne aufschlussreich sein für die Ermittlungen.«

»Inwiefern?«

»Keine Ahnung. Vielleicht denken sie, dass der Mörder auch dort auftaucht, am besten mit verspiegelter Brille auf der Nase – wo wir schon beim Film sind. Aber es wird keine Beerdigung geben, Ende der Diskussion.«

»Das ist vollkommen in Ordnung.«

»Matheus, ich bin ein wenig müde. Ich würde mich gerne hinlegen.«

»Natürlich, ruh dich aus. Wenn etwas ist, ruf einfach an, okay?«

Sie verabschiedeten sich.

Matheus stand auf und setzte sich an das Tischchen, das ihm auch als Schreibtisch diente. Unter der Platte war eine breite Schublade angebracht. Matheus öffnete sie. Im Innern befand sich, neben vielen anderen Dingen, auch ein blauer Plastikbeutel. Er legte ihn auf den Tisch und zog ein Heft mit einem steifen schwarzen Deckel heraus. Das schlug er auf und sah auf der ersten Seite die geschwungene Schrift, die er so gut kannte: ›Tagebuch eines Landarztes‹.

Durchs Fenster drang das schwache, gelbliche Licht der brünierten Eisenlaterne, die merkwürdigerweise am Ende der Straße, in der Nähe des Hauptplatzes von Pelourinho, stehen geblieben war. Sarah Clarice hatte ein paar Stunden tief geschlafen. Jetzt hockte sie wie benommen auf dem Sofa, einen pelzigen Geschmack im Mund und starken Druck auf dem Schädel.

Schließlich erhob sie sich und setzte Kaffee auf. Von der Straße drangen die Stimmen einer Gruppe Jugendlicher hoch, außerdem das Genörgele einer Frau, die Sarah Clarice kannte, einer Kettenverkäuferin, die fünf Sprachen sprach und sich ständig mit irgendwem anlegte.

Sarah Clarice setzte sich an ihren Schreibtisch und schaltete den Mac an. Zunächst ging sie ins Mailsystem von Health Scanner. Wie immer war ein Haufen Spam gekommen, dann diverse Pressemitteilungen und ein paar Nachrichten, die ihre Arbeit betrafen. Als sie ganz nach unten scrollte, fand sie die E-Mail von Matheus, und sofort beschleunigte sich ihr Herzschlag. Die Mail war bereits geöffnet worden. Irgendjemand hatte sie vor ihr gelesen. Unvermittelt packte sie die Wut. *Wie war das, verdammt noch mal, möglich?* Sie las die wenigen Zeilen, mit denen Matheus ihr die Analyseergebnisse geschickt hatte. *Wie dämlich von mir! Ich hätte ihm meine Privatadresse geben sollen,* dachte Sarah Clarice, als sie den Anhang speicherte. Bevor sie ihn öffnete, ging sie in die Küche und holte sich einen Kaffee.

Zurück am Schreibtisch, versuchte sie, sich auf den fünfseitigen Text zu konzentrieren. Drei Seiten wimmelten von technischen Details, die Sarah Clarice nur überflog, da sie sowieso nichts davon verstand. Auf den nächsten beiden Seiten folgten die Interpretationen, die sie gründlicher las.

Im Wesentlichen stand da, was Matheus ihr bereits erzählt hatte, als sie mit dem Land Rover von Juazeiro nach Sobradinho gefahren waren: Die Analysen hatten Werte ergeben, die nicht mit den Bedingungen in einem Stauwasserbecken und auch sonst nicht mit dem Zustand von Wasser in der Natur kompatibel waren. Matheus hatte ein Fragezeichen hinter seine Erläuterungen gesetzt und behielt sich ausdrücklich vor, die Ergebnisse noch einmal zu prüfen.

Die Fakten an sich waren schon unerklärlich. Noch beunruhigender fand Sarah Clarice allerdings, dass jemand die Ergebnisse gestohlen, die Proben vernichtet und ihre E-Mail geöffnet hatte. Zumal das Ganze sinnlos war, da Matheus garantiert eine Kopie der Ergebnisse hatte und ihre Mail auch nur gelesen, nicht aber gelöscht worden war.

Sarah Clarice starrte auf das Fenster. Was hatte das alles zu bedeuten?

Irgendjemand wollte ihnen zu verstehen geben, dass er über alles im Bilde war. Selbst Matheus' Laptop war nur benutzt, nicht aber gestohlen worden … Benutzt, aber nicht gestohlen, murmelte sie vor sich hin.

Verzweifelt lehnte sie sich zurück und seufzte.

Irgendwann griff Sarah Clarice nach der Maus und öffnete Google. Ehe sie sich's versah, tippte sie ›carlo+italienischer journalist+rio de janeiro‹ und klickte auf ›suchen‹. Die Links, die erschienen, verwiesen auf Artikel italienischer Zeitungen zu brasilianischen Themen. Sämtliche Artikel stammten von einem Carlo Apostolo. Konnte das der Typ sein? Sie sprach fast kein Italienisch und wusste nicht einmal, warum sie sich ausgerechnet jetzt auf die Suche nach diesem Phantom machte. Na ja, eigentlich wusste sie es schon. In ihrem Kopf hatte sich eine Frage festgesetzt, die früher oder später nach einer Antwort verlangte. Warum ist Nelson Braga gefoltert und ermordet worden? Urplötzlich hatte ihr die Finsternis jener Nacht, die beleuchtete Veranda dieses Hauses, die Leiche auf der Plastikplane und das undurchdringliche, von der Zigarettenglut in rötliches Licht getauchte Gesicht des Polizisten wieder vor Augen gestanden.

Schnell sprang sie auf, ging ins Bad und drehte das Wasser in der Dusche an, damit es heiß wurde. Sie zog sich aus und stellte sich mit geschlossenen Augen unter den Strahl. Dieses Gefühl der Hingabe liebte Sarah Clarice, obwohl es die dumpfe Wut, die in ihr brodelte, nicht mildern konnte. *Aus dieser Sache komme ich nicht mehr heraus,* dachte sie. *In was für einem Krimi bin ich da nur gelandet?*

Joyce' Worte kamen ihr in den Sinn: *Wenn du mich fragst, solltest du dich einfach mal ein bisschen entspannen.* Was Joyce mit ihren ständigen Anspielungen bezweckte und was es mit diesem Chico Manga auf sich hatte, war ihr allerdings nicht klar …

Schob sie jetzt schon Panik, wenn sie sich mit Freunden auf einen Caipirinha traf?

Wir gehen etwas trinken, und dann wollen wir noch zu mir …

Im Kühlschrank waren noch ein paar Essensreste vom Vortag, Reis und Bohnen, die man aufwärmen konnte, und ein bisschen Gemüse. Dazu machte sich Sarah Clarice einen Tomatensalat mit Tofu, Sojasauce und schwarzem Sesam. Schließlich zog sie sich an. Es hatte zu regnen aufgehört, und nun wehte ein laues Lüftchen. Sie entschied sich für ein weit ausgeschnittenes schwarzes Trägershirt und einen kurzen Jeansrock. Heute wollte sie ihre langen Beine zeigen, dieses Erbe von Angela Young. Ihre natürlich gegerbten Ledersandalen waren dafür goldrichtig. Blieb das ewige Problem mit den Haaren. Irgendwann hatte sie genug von den Experimenten und band sie einfach mit einem Jeansstreifen zusammen, den sie kürzlich aus einem alten Hemd herausgeschnitten hatte.

Nachdem sie hinuntergegangen war, dauerte es eine Weile, bis Sarah Clarice ein Taxi bekam, das sie nach Monte Serrat fuhr. Als sie das Preto/World betrat, war sie spät dran, von Joyce jedoch keine Spur zu sehen. Auch sonst erblickte sie kein bekanntes Gesicht. Die Atmosphäre war aber nett, und so setzte sich Sarah Clarice an die Bar, bestellte einen Caipirinha und schaute sich um. Vielleicht waren die beiden ja ebenfalls verspätet und würden noch kommen.

Sarah Clarice plauderte mit der Barfrau, die ziemlich sympathisch war und sie dazu überredete, noch einen zweiten Caipirinha zu trinken, diesmal mit Maracuja. Die Frau meinte es gut mit dem *Cachaça,* und der Alkohol ging schnell ins Blut. Nach all den Erlebnissen der letzten Zeit war diese Leichtigkeit ein wunderbares Gefühl, das jedoch nicht lange anhielt. Die Gesprächsthemen mit der Barfrau hatten sich schnell erschöpft, und die zwei, drei interessanten Typen an der Bar waren natürlich alle vergeben. Irgendwann verließ Sarah Clarice den Club, hielt ein Taxi an und nannte ihm Joyce' Adresse. Zerstreut schaute sie hinaus und überließ sich mit einem Lächeln auf den Lippen dem

Wummern eines *Axé* von Banda Eva im Autoradio. Joyce wohnte in Barra, in einem roten *Sobrado*. Vor der Tür befand sich ein Eisengitter. Sarah Clarice klingelte, aber niemand machte auf. Sie klingelte ein zweites Mal, und jetzt wurde im zweiten Stock ein Fenster geöffnet. Joyce steckte den Kopf heraus. »Ich glaub's nicht, du bist tatsächlich gekommen?«

Sarah Clarice winkte hoch. Nach ein paar Sekunden öffnete sich die Haustür, und Joyce stand vor ihr, nur mit einem weißen und noch dazu ziemlich kurzen Hemdchen bekleidet.

»Hallo. Wart ihr gar nicht im Prete?«

»Wir waren schon ziemlich früh da und sind dann hierher. Komm rein.«

Sarah Clarice' Blick fiel ständig auf den Saum von diesem Hemdchen. »Oje.« Sie musste grinsen, da sie leicht angetrunken war. »Mir scheint, ich störe.«

Joyce warf ihr denselben aufgekratzten Blick zu wie am Nachmittag. »Du störst überhaupt nicht. Wir dachten nur, du kommst nicht mehr …«

Sarah Clarice hatte weiche Beine und musste pinkeln.

»Kann ich mal aufs Klo?«

»Klar, komm mit. Das Bad ist oben.«

Obwohl sie deutlich das Gefühl hatte, dass sie besser gehen sollte, folgte sie Joyce wie ein Roboter die Treppe hoch. Das Hemdchen rutschte auf den Pobacken ihrer Freundin hin und her.

Sie schloss sich im Bad ein und stützte den Kopf in die Hände. Irgendwann verließ sie den Raum wieder und folgte dem schwachen Licht, das aus dem Zimmer kam. Als sie eintrat, sah sie Joyce auf dem Bett sitzen, den Rücken an die Wand gelehnt. Neben ihr lag, vollkommen nackt, Chico Manga … exakt der Typ, den sie in Erinnerung hatte.

»Hallo«, sagte er und winkte, ein dümmliches Lächeln auf den Lippen.

Im Raum hing der süßliche Geruch von Marihuana und mischte sich mit dem von Sandelholzräucherstäbchen. Sarah Clarice hatte das Gefühl, dass ihr Kopf vollkommen hohl war und sich vom Körper ablöste. Wie in einer Höhle hallten die Geräusche darin wider. Sie setzte sich auf einen Stuhl und starrte durchs Fenster in die Dunkelheit hinaus.

Als sie sich wieder zum Bett umdrehte, küssten sich Joyce und Chico Manga, um es kurz darauf, wie nach einer Überblendung im Film, auch schon miteinander zu treiben. Sarah Clarice riss die Augen auf und starrte auf die bleichen Beine ihrer Freundin und auf Chico Mangas mächtigen Körper. Wäre einer der beiden jetzt aufgestanden und hätte sie bei der Hand genommen, sie hätte sich widerstandslos auf alles eingelassen.

Stattdessen schlich Sarah Clarice hinaus, stand schon bald in der feuchten Luft auf der Straße und stürzte sich ins nächstbeste Taxi.

Zu Hause angekommen, lief sie die Treppe hoch und warf sich aufs Bett. Sie hatte einen Kloß im Hals. Langsam streifte Sarah Clarice Jeansrock und Slip ab.

Dass vor ihrem Haus ein weißer Wagen stand, hatte sie nicht bemerkt.

17

Der Artikel stand auf Seite elf des *Tarde* und nahm zwei Spalten ein. Die Überschrift war eher nichtssagend:

VERBRECHEN IN SOBRADINHO: NOCH KEINE SPUR

Der Text war ebenfalls langweilig. Er war in dem typischen perfekten, aber blutleeren Stil der nationalen Journalistenakademie verfasst. Der Mann schrieb, dass Nelson Bragas Leiche in einem Brunnen auf einem verlassenen Grundstück etwa sechs Kilometer vor Sobradinho gefunden wurde, und bestätigte, was der Polizist ihnen gesagt hatte, dass nämlich ein anonymer Anruf zu dem Opfer geführt habe. Das Verbrechen habe eine vermögende Familie getroffen, schrieb der Journalist. Nelson Braga sei nämlich mit einer überragenden Persönlichkeit des lokalen Unternehmertums, mit Sandra Bittencourt, der Tochter des verstorbenen ›Papayakönigs‹ Adolfo Bittencourt, verheiratet gewesen. Der Journalist führte dann aus, dass der Bruder des Opfers, der berühmte Biochemiker Matheus Braga, den Leichnam identifiziert habe. Sarah Clarice konnte sich ein Lächeln nicht verkneifen: Der Typ hatte es offensichtlich mit ›Königen‹, ›Berühmtheiten‹ und ›überragenden Persönlichkeiten‹. Gott sei Dank hatte er sie nicht zur ›renommierten Soziologin‹ befördert, als er sie als eine der letzten Personen, die Nelson Braga lebend gesehen hatten, vorstellte und mit den Worten zitierte, Doktor Braga sei in Juazeiro ein hochangesehener Mann gewesen. Der Artikel schloss mit der Information, dass Nelson nach Ansicht des Gerichtsmediziners an den Folgen der Folter gestorben sei.

Sarah Clarice faltete die Zeitung schnell zusammen. Der Samstagmorgen war heiß, und über dem Hauptplatz von Pelourinho hing ein dunkelgrauer Himmel, der die Farben der alten *Sobradas* zum Leuchten brachte. Sie hatte keinen Bedarf an weiteren Schreckensmeldungen, vor allem nicht nach der Nacht, die sie hinter sich hatte.

In einer Bar in der Nähe ihrer Wohnung bestellte Sarah Clarice einen Kaffee, eine saftige Papaya, eine Sojamilch und Müsli. Eigentlich sollte sie sich entspannen, aber sie konnte diese unterschwellige Nervosität einfach nicht abschütteln. Sie ärgerte sich über sich selbst, dass sie Joyce' Einladung angenommen hatte, nur um dann wie ein dummes Schaf einer pornoreifen Szene beizuwohnen. Andererseits und obwohl sie es nicht gern zugab, bereute sie es aber auch, geflüchtet zu sein. Sarah Clarice schnitt die Papaya in Würfel und gab sie zusammen mit dem Müsli in die Sojamilch.

Plötzlich kniff sie die Augen zusammen. Moment mal … Im Nu saß sie kerzengerade auf dem Stuhl und schlug die Zeitung wieder auf. Schnell blätterte sie zu der Seite mit dem Artikel über Nelsons Tod. Wie hatte sie das nur übersehen können?

Auf der anderen Seite befand sich in der Rubrik ›Wissenschaft‹ ein Artikel, der sich über die gesamte Breite erstreckte. Ein Foto zeigte Professor Ricardo Barcellos. Und die Überschrift ließ sie auf ihrem Stuhl erstarren:

DIE REINIGUNG DES SAO FRANCISCO:
EINE ERFOLGSGESCHICHTE AUS BAHIA
Ricardo Barcellos stellt eine revolutionäre Methode zur Reinigung von Trinkwasser vor.

Plötzlich lag ihr ein Stück Papaya quer im Magen, und ein bitterer Geschmack breitete sich in ihrem Mund aus. Die Überschrift und die Unterzeile las Sarah Clarice gleich zwei Mal. Dann trank sie schnell einen Schluck Sojamilch, streckte die langen, nackten Beine aus und las weiter.

Also, Herr Professor, erzählen Sie uns doch bitte von dem Projekt.

Wir befinden uns noch im Experimentierstadium, aber schon jetzt würde ich sagen, dass die Resultate ermutigend sind.

Können Sie uns denn schon etwas über die Technik verraten? Wie zu hören ist, handelt es sich um eine vollkommen neuartige Methode.

Das ist nicht ganz falsch. Wir versuchen, Wasser vollkommen anders zu behandeln, als man es in der Vergangenheit getan hat.

Erklären Sie uns das doch bitte.

Wir versuchen, das Problem der erneuten Verunreinigung zu beheben. Wenn Sie das Kolosseum – um nur mal ein Beispiel zu nehmen – in den glanzvollen Zustand der Antike zurückversetzen, bedeutet das nicht, dass es automatisch gegen die Gefahr des neuerlichen Verfalls geschützt ist.

Sie zielen also auf eine einmalige und dabei endgültige Reinigung des Wassers ab?

Endgültig würde ich nicht sagen, das ist nicht der Punkt. Es geht darum, das Wasser als ein Element zu behandeln, das sich selbst gegen bestimmte Krankheiten wehren kann. Das würde dann bestimmte Formen des erneuten Qualitätsverlusts automatisch ausschließen.

Denken Sie an so etwas wie einen gentechnisch veränderten Organismus?

Ganz genau, auch wenn der Vergleich ein wenig hinkt. In gewisser Weise können wir es aber so ausdrücken.

Wir stehen also an der Schwelle zu einer entscheidenden ökologischen Wende?

Alle unsere Kräfte gelten dem Ziel, die Lebensqualität unserer Bevölkerung zu verbessern. Das Paradoxe ist, dass die Menschen, die unter Wassermangel leiden, mehr als alle anderen mit den Problemen der mangelhaften Wasserqualität zu kämpfen haben. Sie haben zwei Feinde, nicht nur einen. Deshalb denken wir über selbstregenerierendes Wasser nach.

Der Himmel hatte sich verdüstert. Auf dem Platz standen zwei Barockkirchen, deren Umrisse in der Gewitterstimmung noch bedrohlicher wirkten. Sarah Clarice legte Geld auf den Tisch und machte sich auf den Heimweg.

Wind kam auf. Ein Gewitter stand bevor, und allem Anschein nach kein leichtes. Sarah Clarice ging langsam und dachte nach. Ihre Augen waren noch schwer von der Nacht, aber der frische Wind tat gut. Sie ging in den Laden vor ihrem Haus, füllte eine Tüte mit Gemüse und kaufte außerdem eine Vierhundertgrammpackung Tofu und zwei Päckchen *Yakisoba*, japanische Nudeln, die sie später mit dem Gemüse in die Pfanne werfen würde. Die Zeitung steckte sie ebenfalls in die Plastiktüte. Als sie bereits vor der Haustür stand, beschloss Sarah Clarice ihren Spaziergang trotz des schwarzen Wolkengebräus am Himmel noch etwas zu verlängern. Sie würde noch bis zum Elevador Lacerda gehen, dem Aufzug zwischen Ober- und Unterstadt, von wo aus man das Meer sehen konnte. Danach würde sie dann aber wirklich heimkehren.

Sarah Clarice spürte, dass die jüngsten Ereignisse allesamt durch dünne Fäden miteinander verbunden waren, aber sie bekam keinen richtig zu packen. Auf dem kleinen Platz angelangt, wo die Bastion der alten Häuser unterbrochen wurde und den Ausblick auf Hafen und Strand freigab, setzte sich Sarah Clarice auf ein Mäuerchen und stellte ihren Einkaufsbeutel zwischen die Beine. Sie dachte an das Interview. Irgendetwas hatte da nicht gestimmt, aber sie konnte nicht genau benennen, was. Nachdenklich schaute sie aufs Meer. Die Fähre nach Bom Despacho zog unter dem bleiernen Himmel dahin und hinterließ eine weiße Schaumspur im Wasser. Plötzlich hatte Sarah Clarice die Nordsee vor Augen, das schiefergraue Meer von Bristol, das ihr Vater Keltische See nannte. Von der tropischen Transparenz des Ozeans zwischen Salvador und Itaparica war nichts mehr geblieben. In wenigen Minuten würde es regnen. Die Windböen schlugen ihr ins Gesicht, und sie fröstelte.

Das Klingeln ihres Handys riss Sarah Clarice aus den Gedanken. Der Name auf dem Display entlockte ihr eine Grimasse. Joyce. Sie fühlte sich versucht, das Gespräch anzunehmen, tat es dann aber doch nicht. Auf dem Display erschienen die Worte ›unbeantworteter Anruf‹.

Sie erhob sich und hielt nach einem Taxi Ausschau. Mit der freien Hand winkte sie einen VW Santana herbei. Der Fahrer blieb sofort stehen. Als Sarah Clarice auf das Taxi zuschritt, hatte sie das Gefühl, plötzlich einen der unsichtbaren Fäden im Blick zu haben. Er war ihr unwillkürlich vor die Linse geraten, und sie hatte scharf gestellt. Jetzt wollte Sarah Clarice doch nicht mehr nach Hause. Sie nannte dem Taxifahrer die Adresse von Health Scanner. Es war Samstag, und im Büro würde niemand sein. Zumindest hoffte sie, dass niemand dort sein und auf sie warten würde.

»Was macht die denn da? Wieso steigt sie in ein Taxi?«

Der Mann auf dem Beifahrersitz zog an seiner Zigarette. »Vielleicht ist sie müde.«

»Was redest du da für einen Quatsch? Die fährt garantiert nicht nach Hause, die will woanders hin. Los, hinterher.«

Schweigend gehorchte der Mann. Der weiße Sandero rollte los. Hinter den abgedunkelten Scheiben sahen die beiden Männer das rote Taxi, das keine fünfzig Meter vor ihnen fuhr.

»Wo will die denn hin, hast du eine Vorstellung?«

»Nein, aber das Taxi fährt in Richtung Barra.«

»Folge ihm, aber unauffällig.«

Der Mann am Steuer warf ihm einen schiefen Blick zu, den der andere allerdings nicht bemerkte, weil er auf das Taxi starrte. »Los, mach schon, du darfst sie nicht verlieren.«

»Immer mit der Ruhe, wir verlieren sie schon nicht. Hast du heute noch Schicht?«

Der andere antwortete nicht.

»Hast du heute noch Schicht?«

»Ja, um sechs. Und du?«

»Heute nicht. Ich fang erst morgen wieder an, aber dann gleich zwei Tage hintereinander. Wir stehen am Ende von Ermittlungen. Vielleicht werden es auch drei Tage.«

Der andere warf ihm einen provozierenden Blick zu. »Lässt du dich immer noch in diesen Scheißdreck reinziehen?«

Der Mann am Steuer schwieg. Dann schüttelte er den Kopf. »Ihr vom Militär habt keine Ahnung.«

»Vergiss es. Was für Ermittlungen?«

»Es interessiert dich also doch … Interessante Ware. Etliche Kilo.«

»Ein Tipp?«

»Klar.«

»Crack?«

Der Zivilpolizist schnaubte. »Klar, etwas anderes ist ja nicht im Umlauf. Aber bei diesen Wahnsinnsmengen kann man immer ein paar Krümelchen mit nach Hause nehmen.«

»Bei uns gelingt das nur selten«, sagte der vom Militär. »Ich sollte vielleicht auch zu den Zivilen wechseln. Ihr werdet nicht so stark kontrolliert.«

Der Fahrer trat auf die Bremse, da sie an eine Ampel kamen. Das Taxi stand ganz in der Nähe. Der erste Regentropfen fiel auf die Heckscheibe, und Sarah Clarice' Silhouette verlor an Schärfe.

Der Militärpolizist redete weiter. »Uns widmet man zu viel Aufmerksamkeit. Wir sind Schlachtvieh.«

»Das musste ja früher oder später kommen.«

»Klar, aber so geht das nicht. Jeden Tag knallen sie einen von uns auf die Titelseite, um ihr Gewissen zu beruhigen. Man behandelt uns schlimmer als Banditen.«

Der Mann am Steuer grinste.

»Ich weiß, was du denkst. Du denkst, dass wir genau das sind. Schlimmer als Banditen.«

Der andere wurde ernst. »Nein, wir sitzen alle im selben Boot. Die schlimmsten Banditen sind diese Typen in Anzug und Krawatte in Brasilia, die sich jedes Jahr eine Gehaltserhöhung verpassen. Weißt du, wie lange unser Gehalt schon nicht mehr angehoben wurde?«

Der Militärpolizist nickte. »Vergiss es und fahr.«

»Wir sorgen dafür, dass dieses Pulverfass nicht explodiert. Ich fühle mich wie diese Fische, die am Grunde eines Aquariums schwimmen und all den Abfall fressen, den die anderen verschmähen, Würmer, Algen, was weiß ich. Und da sollten wir uns nicht ein bisschen dazuverdienen dürfen?«

Der Militärpolizist unterbrach ihn. »Achtung, sie haben angehalten. Die Frau steigt aus.«

»Das ist doch ihr Arbeitsplatz.«

»Stimmt. Und was machen wir jetzt?«

»Nichts.«

»Klar, nichts. Wieso geht sie am Samstag ins Büro?«

»Was soll daran komisch sein? Sie hat vermutlich etwas zu erledigen.«

Der Militärpolizist schüttelte den Kopf. »Nein. Sie wollte mit ihren Einkäufen nach Hause, und plötzlich fährt sie ins Büro. Ich kapier sowieso nichts in dieser ganzen Geschichte. Wenn diese Frau ein Problem ist, warum erledigen wir sie dann nicht einfach?«

Der Zivilpolizist schüttelte den Kopf. »Keine Ahnung. Der Befehl lautet halt, dass wir sie nur beobachten und dann Bericht erstatten sollen. Vorerst.«

»Meinst du, sie hat uns gesehen?«

»Gestern hat sie uns gesehen, ganz sicher. Die ist nicht dumm, die Frau ...«

Nach einem Moment des Schweigens fragte der Zivilpolizist: »Hast du ein Diplom?«

»Klar«, antwortete der Militärpolizist. »Warum?«

»Weil du dich dann bei uns bewerben kannst.«

»Das weiß ich. Aber wie soll ich es anstellen, dass ich auch genommen werde?«

»Kein Problem.«

»Meinst du das ernst?« Der Militärpolizist kramte nach der Zigarettenschachtel, um sich noch eine anzustecken. Plötzlich hatte er gute Laune.

Der andere antwortete nicht, sondern nickte nur müde, während er das schöne, restaurierte Haus im Blick behielt. Es verbarg sich hinter zwei Mangobäumen, die auch im Herbst noch prächtig aussahen. Mit einem gewissen Abstand zum Sitz von Health Scanner blieben sie stehen und stellten den Motor ab.

Die wenigen Meter vom Taxi zum Eingang hatten gereicht, um T-Shirt und Rock pitschnass werden zu lassen. Sobald sie im Gebäude war, schloss Sarah Clarice die Tür von innen ab und schaute sich um. Sie rief, ob jemand da sei, und aus dem oberen Stockwerk antwortete das leise Stimmchen von Berenice, der Putzfrau. Das war zu erwarten gewesen.

»Brauchen Sie mich?«, fragte die Frau mit ihrer fiepsigen Stimme.

»Nein, Berenice, ich muss nur ein paar Sachen erledigen.«

»Danke, Senhora.«

Sarah Clarice lächelte. »Danke wofür?«

Sie schüttelte die triefenden Haare und begab sich ins Büro. Nachdem sie die Gemüsetüte abgestellt hatte, zog sie die Sandalen aus und ging barfuß über den Holzboden zum Bad. Es war soeben geputzt worden. Sie wusch sich das Gesicht, trocknete sich die Arme ab, zog dann das T-Shirt aus und blieb einfach im BH. *Wen kümmert das schon? Besser Berenice schockieren, als sich eine Erkältung zuziehen.* Als sie die Halogenlampe an ihrem Schreibtisch anschaltete, fragte sie sich, was sie da überhaupt tat.

Eigentlich wusste sie es, aber der bloße Gedanke daran rief ein ungutes Gefühl in Sarah Clarice hervor.

Es war nämlich so, dass ihr, seit sie das Interview mit Barcellos gelesen hatte, die plötzliche Abwesenheit ihrer Chefin ziemlich merkwürdig vorkam.

Bei genauerem Nachdenken hatte Marianne in den letzten Sitzungen nie auch nur angedeutet, dass sie sich auf Geschäftsreise begeben oder den Hauptsitz in Lausanne aufsuchen würde. Vielmehr hatte sie Druck gemacht, damit die Projekte möglichst doppelt so schnell durchgezogen würden. Und plötzlich, ganz ohne Vorwarnung, war das komplette Desinteresse ausgebrochen, vor allem an der Sache in Juazeiro. Marianne hatte sie wissen lassen, dass die Sache keine Eile mehr habe, und war verschwunden. Dann der Artikel über Ricardo Barcellos. War Mariannes Reise längst beschlossen gewesen, oder handelte es sich um eine spontane Entscheidung? Irgendjemand hatte Sarah Clarice' Mails geöffnet, warum sollte sie nicht auch ein wenig herumschnüffeln?

Mittlerweile war ihr kalt, aber das T-Shirt war noch nass. In der Besenkammer lagen immer frische Handtücher, und so beschloss sie, sich eines davon über die Schultern zu legen. Als

Sarah Clarice ihr Zimmer verließ, sah sie Berenice mit Eimer und Schrubber die Treppe herunterkommen.

Berenice starrte sie mit offenem Mund an. »Oh mein Gott, geht es Ihnen nicht gut?«

»Doch, Berenice. Ich bin nur total nass geworden und möchte mich nicht erkälten.«

»Soll ich Ihnen einen heißen Tee machen?«

Fast hätte sie ja gesagt. Stattdessen fragte sie: »Sind Sie fertig?«

»Ja. Ich wollte nur noch schnell die Sachen wegräumen. Aber wenn Sie etwas brauchen …«

»Nein, nein, im Gegenteil. Ich muss ein paar Sachen erledigen und brauche einfach nur Ruhe.«

Berenice musterte sie mit ihrem berühmten skeptischen Blick und ging dann schnell weiter. Keine fünf Minuten später spannte sie den Regenschirm auf und schloss die Tür hinter sich.

Das Handtuch über der Schulter, stieg Sarah Clarice die Treppe hoch. Mariannes Büro lag ein Stockwerk höher als ihres. Noch wusste sie selbst nicht, was sie dort zu finden hoffte. In der Luft hing der Geruch von Desinfektionsmitteln, und von draußen drang das monotone Rauschen des Regens herein.

Um nicht an den Ärger zu denken, den sie sich vielleicht einbrockte, konzentrierte sich Sarah Clarice auf die Ausrede, die sie sich ausgedacht hatte, falls plötzlich ein Kollege auftauchen sollte. Sie sei auf der Straße vom Regen überrascht worden und suche nun etwas zum Anziehen, um heimkehren zu können, ohne sich den Tod zu holen. In ihrem Büro sei sie leider nicht fündig geworden. Und hey, wieso sollte sie nicht auch bei Marianne nachsehen? In deren Büro lagen doch, wie jeder wusste, immer ein paar Sachen zum Wechseln bereit. Falls es mal in Strömen gießen sollte.

Das Büro war groß und ziemlich leer. An einer Wand stand ein weißes Holzregal mit ein paar Dutzend Büchern und Aktenordnern. Ein hoher Schubladenschrank beherbergte das Archiv. Dann gab es noch den Glasschreibtisch und in der Ecke die beiden Sofas mit dem Kristalltischchen davor. Das war's. An der Wand hinter dem Schreibtisch hingen – wie Filmplakate im Büro eines Filmproduzenten – die Plakate ihrer Kampagnen.

Der Regen hörte nicht auf, sondern schwoll immer weiter an, wie Trommelwirbel bei einer Militärparade.

Sarah Clarice stand an der Tür, die Zehen auf dem frisch gebohnerten Boden eingezogen, und dachte, dass sie jetzt noch einen Rückzieher machen konnte. Was zum Teufel sollte sie hier schon finden? Die einzig sichere Antwort lautete: ihre fristlose Kündigung.

Ein paar Minuten später lag ihr Finger auf dem Startknopf von Mariannes Mac. Der Flachbildschirm leuchtete auf, und es wurde nach dem Passwort gefragt. Es gab ein allgemeines Passwort für das gesamte Büro, für den Notfall, und das probierte Sarah Clarice nun aus. Sofort erschienen lauter Icons auf dem Bildschirm. Der virtuelle Schreibtisch war genauso aufgeräumt und aufs Wesentliche beschränkt wie der Rest des Büros. Die Ordner trugen die Namen der verschiedenen Projekte. Einige ließen sich öffnen, andere waren noch einmal extra durch Passwörter geschützt.

Sarah Clarice klickte auf das Symbol für den Mailordner, der sich merkwürdigerweise auf Anhieb öffnete. Schnell wurde ihr allerdings klar, dass dieses Postfach nur für die interne Kommunikation genutzt wurde. Marianne gehörte zu den Menschen, die fast alle gelesenen Mails sofort in den Papierkorb verschoben. Darin war sie das Gegenteil von Sarah Clarice, die tonnenweise Mails aufhäufte, sehr zur Freude des Computerfetischisten, dem bei Health Scanner die Netzpflege oblag. Bei den gesendeten Nachrichten fiel auf, dass viele Mails an dieselbe Privatadresse geschickt worden waren, möglicherweise Mariannes eigene Adresse. Das taten sie alle im Büro.

Nervös schloss Sarah Clarice den Mailordner. Diese Aktion

ergab irgendwie keinen Sinn. Willkürlich öffnete sie andere Ordner. Der mit dem Namen ›Arbeit‹ enthielt sämtliche Projekte und eine Reihe unabgeschlossener Vorgänge, Entwürfe, Notizen. Der Ordner ›Dokumente‹ war passwortgeschützt. Vermutlich enthielt er die Verträge. Es stellte sich heraus, dass auch der Ordner mit dem Organigramm ihres Büros geschützt war. Das war auch besser so, fand Sarah Clarice, denn dort würde sie nur auf Dinge stoßen, die sie eigentlich gar nicht wissen wollte, die Gehälter der einzelnen Mitarbeiter zum Beispiel. Sie klickte auf den Ordner ›Bilder‹, aber der war leer. Ein Blick in iTunes ergab, dass Marianne klassische Musik herunterlud, außerdem französischen Hiphop und auch eine Menge Reggae. Ungeduldig schnaubte Sarah Clarice, als sie sich wieder auf dem perfekt geordneten Desktop wiederfand.

Plötzlich schreckte sie hoch. Ein Geräusch im Stockwerk unter ihr, ein merkwürdiges, dumpfes Geräusch. Wie gelähmt blieb sie sitzen, die Hand auf der Maus, die Schultern erstarrt, die nackten Füße aufeinandergestellt. Schließlich stand sie auf und ging zum Fenster mit den geschlossenen Holzläden. Der Regen hatte nachgelassen. Genau unter ihr befand sich der Eingang. Sie versuchte, durch die Lamellen zu schauen, konnte aber nicht viel erkennen. Schnell kehrte sie zum Schreibtisch zurück, schaltete den Computer aus und warf einen Blick in die oberste Schublade. Auch hier herrschte gähnende Leere, abgesehen von ein paar Bürsten, in denen kupferfarbene Haare hingen. Sarah Clarice hielt sich eine unter die Nase und erkannte Mariannes Parfüm. Anis. Reines, getrocknetes Anis. Leichte Übelkeit überkam sie. Nun öffnete sie die zweite Schublade, die praktisch leer war. In der dritten sah sie einen dicken, fest eingebundenen Terminkalender liegen. Den kannte sie. Das war der Kalender, mit dem Marianne durchs Büro lief und Sitzungen und Termine vereinbarte. Wenn sie ihn in der Schublade liegen ließ, konnte er wohl keine Geheimnisse enthalten. Sarah Clarice blätterte darin herum und erkannte in groben Zügen die Chronologie der letzten Arbeitsmonate. Über jedem Termin befand sich ein schräger Balken, der offenbar anzeigen sollte, dass die Sache erledigt war. *Zack!*

Außerdem waren überall kleine Sternchen zu sehen, drei, vier oder fünf. Sarah Clarice runzelte die Stirn. Was sollte das, verteilte diese Idiotin etwa Noten? Sie blätterte weiter, aber plötzlich wurde sie langsamer. Als sie bei der vergangenen Woche anlangte, überraschte sie sich selbst dabei, dass sie den Atem anhielt. Auf den letzten Seiten schob sich ihre Zunge aus dem Mund und ein Eckzahn bohrte sich in ihre Lippe.

Ihr lautes ›Scheiße!‹ durchbrach die beinahe unwirkliche Stille des Zimmers. Mit einem Mal war ihr aufgegangen, was sie vor ein paar Minuten nur unbewusst registriert hatte. Schnell ging Sarah Clarice zum Fenster zurück und schaute noch einmal zwischen den Lamellen hindurch. Da stand er, der weiße Sandero. *Um Gottes willen!*

In diesem Moment erklang wie ein Requiem der Klingelton von ihrem Handy. Sie raste zum Schreibtisch, legte den Terminkalender wieder in die dritte Schublade, schob den Schreibtischstuhl in die alte Position zurück und rannte die Treppe hinunter in ihr Büro, wo sie beinahe hysterisch nach ihrem Handy griff. Sie kniff die Augen zusammen und zischte: »Matheus!«

»Hallo. Alles okay?«

»Ja. Das heißt, nein. Wo bist du?«, flüsterte Sarah Clarice.

»Was ist los? Warum sprichst du so leise? Wo bist du?«

»Im Büro. Und du?«

»Zu Hause. Wo soll ich schon sein?«

»Was weiß ich denn? Du bist doch ständig unterwegs.«

Matheus wusste, dass sich jetzt zwischen ihren Augen die vertikale Falte bildete, die einen zur Wachsamkeit mahnte.

»Was machst du denn im Büro?«

»Ich wollte etwas nachprüfen.« Am liebsten hätte sie von dem weißen Sandero erzählt, aber irgendetwas hielt sie davon ab.

»Bist du alleine?«

»Natürlich bin ich alleine!«

»Und was wolltest du nachprüfen?«

»Irgendetwas stimmt hier nicht, und dafür habe ich nun die Bestätigung. Erzähl ich dir später.« Jetzt hatte sie es eilig, einen Fluchtplan zu schmieden und zu verschwinden.

»Hast du Zeitung gelesen?«

Oh Gott, die Zeitung. Die lag vollkommen durchgeweicht zwischen dem Gemüse.

»Ja, hab ich. Das war es ja, was mich aufgeschreckt hat.« Sarah Clarice flüsterte immer noch.

»Komischer Zufall, oder? Dass die Kommission für Biosicherheit ausgerechnet jetzt bestimmte Experimente mit Wasser genehmigt hat, gibt einem doch zu denken.«

Sarah Clarice kratzte sich an der Nase. »Moment, Matheus, wovon redest du?«

»Von der Zeitung, verdammt. Im *Estadão* ist eine Pressenotiz über die jüngsten Genehmigungen der CTNBio und über das saubere Wasser in Bahia, wie sie es nennen.«

Sarah Clarice zog die nasse Zeitung aus der Tüte. »Ich sprach aber vom *Tarde,* Matheus, nicht vom *Estadão!* Im *Tarde* ist heute ein Interview mit Ricardo Barcellos, der eine neue Methode zur Reinigung von Wasser ankündigt.«

Matheus setzte sich in seinem lichtdurchfluteten Wohnzimmer in Ilhéus an den Tisch.

»Ich fasse es nicht. Was soll das denn sein?«

»Ich dachte, darauf hättest du dich bezogen.«

»Nein, nein. Ich sprach vom *Estadão* und von der CTNBio, nicht von …« Matheus versuchte, Ordnung in diesen Wirbelsturm an Gedanken zu bringen. »Was steht denn in dem Interview mit Barcellos?«

»Barcellos spricht wörtlich von …«, Sarah Clarice suchte die Seite mit dem Interview, »… von ›selbstregenerierendem Wasser‹.«

Matheus sagte keinen Mucks.

»Und vorher …«

»Ja?«

»Warte. Er sagt: ›… das Wasser als ein Element zu behandeln, das sich selbst gegen bestimmte Krankheiten wehren kann. Das würde dann bestimmte Formen des erneuten Qualitätsverlusts automatisch ausschließen.‹«

»… automatisch ausschließen«, flüsterte Matheus.

»Und gleichzeitig macht die CTNBio den Weg für Experimente frei«, dachte Sarah Clarice laut nach, während sie sich erneut zum Fenster begab. Sie schaute durch die Lamellen. Der Sandero schien nicht mehr da zu sein.

»Nun, das ist sicher kein Zufall«, sagte Matheus. »Barcellos hat dem Interview sicher gerade deswegen zugestimmt, weil die CTNBio grünes Licht gegeben hat.«

»Sicher.« Sarah Clarice befühlte das T-Shirt. Es war noch nicht wirklich trocken, aber sie konnte es wieder anziehen. »In der Zeitung war auch ein Artikel über Nelsons Tod.«

Matheus hörte kaum zu. Er dachte an etwas anderes.

»Was hat das deiner Meinung nach zu bedeuten?«, fragte Sarah Clarice.

»Ich weiß es nicht, aber …«

Matheus wusste nicht, ob er es erzählen sollte. Irgendetwas sagte ihm, dass er besser schwieg, aber irgendetwas in ihm wünschte sich auch Hilfe.

»Matheus, bist du noch dran?«

»Ja, Entschuldigung. Eigentlich wollte ich dir etwas erzählen. Ich habe bei Nelson daheim etwas Interessantes gefunden.«

Sarah Clarice spannte den Kiefer an. »Was denn?«

»Ein Tagebuch. Eine Art Tagebuch.«

»Und was steht da drin?«

»Das würde jetzt zu lange dauern. Nicht am Telefon. Ich habe dir ja erzählt, dass der Prorektor mir empfohlen hat, mit Ernesto Baduel zu sprechen.«

»Dem Physiker.«

»Ja. Der Artikel von heute allerdings …«

»Und wo wohnt dieser Baduel?«

»In Paraty.«

»Wieso in Paraty?«

»Was weiß ich. Er hat sich nach der Pensionierung dorthin zurückgezogen. So heißt es zumindest.«

Sarah Clarice hatte sich während des Telefonats mühsam das klamme T-Shirt angezogen. Die Haare hatte sie wieder mit dem Gummiband zusammengebunden. Nun schaute sie noch einmal aus dem Fenster. Kein weißer Sandero. Das beruhigte sie ein wenig, und sie hörte auf zu flüstern.

»Ich hasse Rio«, sagte sie, als ahnte sie schon, worum Matheus sie bitten würde.

Matheus lächelte nervös. »Paraty ist nicht wirklich Rio.«

»Gib mir ein bisschen Bedenkzeit, Matheus. Jetzt möchte ich erst einmal von hier verschwinden.«

»Okay. Ich ruf dich nachher an.«

Der Regen hatte aufgehört, aber der Himmel von Salvador war immer noch von grauen und schwarzen Flecken durchzogen, wie ein riesiger, alter Marmortisch. Als sie sich auf dem schnellsten Weg nach Hause begab, bekam sie eine SMS von Joyce: ›*Wo bist du nur abgeblieben? Liebe Grüße.*‹

Im nächsten Moment stand sie schon unter der heißen Dusche. An Paraty hatte sie immerhin schöne Erinnerungen. Und manchmal tat es gut, schöne Erinnerungen aufzufrischen.

18

Die erste Geburtstagsüberraschung erhielt Paulo Johannsen, kurz bevor er im Büro eintraf. Zehn Minuten später, als er an seinem Schreibtisch saß, war er sich immer noch nicht sicher, ob es sich um eine gute oder eine schlechte Nachricht handelte. Vor ihm saß Jessica Paes Leme, in grauem Kostüm und violetter Seidenbluse. Am langen Eukalyptusregal stand Antônio Netto und schaute ihn nachdenklich an.

»Also, Kinder, berichtet mir genauer von dieser Geschichte. Antônio hat ein paar Andeutungen gemacht, aber ehrlich gesagt steige ich da nicht ganz durch.«

In diesem Moment kam eine Assistentin mit einer dampfenden Kaffeekanne und Tassen für alle herein.

Jessica zeigte auf ihren Palm. »Heute Morgen habe ich eine Mail von Ping Xiong bekommen, in der sie sich erfreut zeigt, dass die CTNBio grünes Licht für den Narcissus gegeben hat. Sie werden die zweite Tranche der Zahlung sofort anweisen.«

Paulo betrachtete seine Assistentin und rührte Zucker in den Kaffee. »Das ist ja wohl eine gute Nachricht, oder?«

»Wie Antônio schon angedeutet hat, gibt es allerdings ein Aber bei der Sache.«

Paulo trank den Kaffee in einem Zug aus und schloss dabei wie immer die Augen. »Das habe ich begriffen. Erzähl mir also von diesem Aber.«

»Nun, sie wollen ein Addendum zum Vertrag.«

»Inwiefern?«

»Sie wollen, dass er auch Land umfasst.«

»Land?« Paulo schaute Netto an. Der Anwalt trat näher.

»Ja, Doktor. Es scheint, als wollten sie die Fazenda in Yaraibi.«

Paulão zwinkerte mit seinen ausdrucksstarken hellen Augen. »In Paraná? Sie wollen meine Fazenda in Paraná?«

»Genau. Agata Knolls Anfrage ist eindeutig und außerdem, wenn ich mir das erlauben darf, ziemlich entschieden. Ihr Finger liegt auf der Taste, deren Betätigung uns fünfhundert Millionen Reais einbringt, aber sie wollen Yaraibi.«

Paulo Johannsens Gesicht verfinsterte sich. »Wollt ihr damit sagen, dass diese Herrschaften ohne das Land einen Rückzieher machen? Obwohl sie bereits zweihundertvierzig Millionen gezahlt haben? Und obwohl diese Stümper in Brasilia den Narcissus genehmigt haben? Das glaube ich einfach nicht.«

»Ich fürchte, so ist es, Doktor.«

»Und warum ausgerechnet Yaraibi? Das ist sicher nicht die schönste meiner Fazendas …«

»Sie ist aber sehr groß«, sagte Netto.

»Klar, natürlich. Welche meiner Fazendas ist das nicht?«

»Ich frage mich, warum sie erst jetzt damit herausrücken. Hätten sie das nicht sofort sagen können?«, warf Jessica ein.

»Ganz einfach«, sagte Netto. »Es handelt sich um eine basale Verhandlungstechnik, wenn eine der Parteien aus gewaltigen Hurenböcken besteht … bitte verzeihen Sie den Ausdruck, Doktor.«

Johannsen beobachtete ihn schweigend, die Lider halb geschlossen, und bedeutete ihm fortzufahren.

»Alle Unternehmen machen das so«, erläuterte der Anwalt. »Wenn sie zum Beispiel einen guten Mann wollen, der ihnen sehr nützlich sein könnte, der aber nicht gänzlich unverzichtbar ist, dann lassen sie ihn erst einmal zappeln. Sie treiben ihn in die Verzweiflung, um ihm schließlich auf den letzten Drücker, wenn keine Zeit mehr zum Nachdenken bleibt, ein Dumpingangebot zu machen.«

»Wir sind also nützlich, aber nicht unverzichtbar«, sagte Paulão finster. So betrachtet, war die Angelegenheit nicht sehr erfreulich. »Und in welcher Form sollen wir das Land abtreten?«, fragte er dann.

»Es soll einfach Teil des Gesellschaftskapitals werden«, antwortete Jessica.

Netto trat noch näher an seinen Chef heran und stellte die Frage, die seit Beginn des Gesprächs im Raum schwebte. »Ist Ihnen die Fazenda denn so wichtig, Doktor?«

Johannsen schaute ihn lange an, ohne den Mund aufzumachen. »Können diese Leute das denn überhaupt verlangen, Antônio?«, fragte er dann.

»Sie meinen, rein rechtlich gesehen?«

»Sicher.«

»Nein, können sie nicht. Ich habe aber nicht den Eindruck, als wäre der rechtliche Standpunkt hier entscheidend.«

Jessica schwieg.

Paulo war beharrlich. »Was rätst du mir also, Antônio?«

»Ich denke, dass wir nicht in der Lage sind, den Drachen vor ein New Yorker Gericht zu schleifen, wenn Sie das meinen. Und ebenso wenig können wir die bereits geflossenen zweihundertvierzig Millionen zurückzahlen … Erlauben Sie mir eine Frage, Doktor: Wovor haben Sie Angst? Glauben Sie, dass diese Leute außer der Fazenda noch andere Forderungen stellen werden? Bislang hatte ich nicht den Eindruck, dass Sie große Probleme damit haben, ein Stück Land abzutreten …«

Johannsen ließ den Blick über seine beiden Gesprächspartner gleiten. »Ich werde darüber nachdenken. Wie viel Zeit haben wir?«

Die beiden schauten sich an. Netto übernahm es, die Frage zu beantworten. »Wenig, würde ich sagen.«

»Gut. Dann sehen wir uns später.«

Das war ein klarer Befehl: Sie sollten ihn alleine lassen.

Johannsen erhob sich von seinem Schreibtisch und goss kaltes Wasser in ein großes Kristallglas. Langsam trank er es aus und schaute dabei auf São Paulo hinab. Der Morgen war grau, der Horizont nicht zu sehen. Die formlose Masse der Stadt verlor sich in einem Nebel, der das Auge beleidigte. Nein, das war kein guter Anfang für seinen neunundfünfzigsten Geburtstag.

Ein paar hundert Meter weiter wurde Bruno Johannsen von großem Unmut gepackt. Edith, seine Sekretärin, unterstützte ihn einfach nicht. *Warum arbeitet sie überhaupt noch hier, wenn sie meine Probleme nicht in den Griff bekommt?*, fragte er sich.

Johannsen nahm den Telefonhörer.

»Edith, kannst du bitte mal kommen?«

Kurz darauf öffnete sich die Schallschutztür zu seinem Büro. In den großen getönten Scheiben brach sich das Sonnenlicht und nahm die Farbe von Lakritz an.

»Setz dich bitte, Edith. Steh nicht da rum.«

Sie gehorchte. Edith war achtundzwanzig, hatte ein ovales, angenehmes Gesicht und trug ihr kastanienbraunes Haar in einem Knoten, der stets perfekt saß.

»Was kann ich für Sie tun, Doktor?«

Bruno schob der Frau seinen Terminkalender hin.

»Siehst du die Verabredung um zwölf?«

»Ja, Doktor.«

»Warum wurde die nicht gestrichen?«

»Sie hatten mich nicht gebeten, sie zu streichen. Außerdem denke ich, dass Sie Doktor Mucchetti unbedingt persönlich empfangen sollten.«

»Warum?«

Edith schwieg einen Moment und suchte nach den passenden Worten. »In einer solchen Angelegenheit kann schließlich nicht ich entscheiden, Doktor.«

Bruno empfand die Antwort als persönlichen Angriff.

»Verzeih, Edith, aber was machst du dann hier?«

Der Frau war offenbar unbehaglich zumute. Sie rutschte auf die Stuhlkante und beugte sich vor.

»Aber, Doktor. Mucchetti ist der Generaldirektor.«

»Ja und?«

»Er bittet schon zum dritten Mal um einen Termin. Er wird sich nicht mit mir zufriedengeben.«

»Erklär mir das.«

Edith schien den Tränen nahe. Sie rang die weißen, perfekt gepflegten Hände. Am Ringfinger der linken trug sie einen zarten, eleganten Ring.

»Ich weiß nicht, was ich ihm noch alles erzählen soll. Die vergangenen beiden Male habe ich versucht, ihm klarzumachen, dass sämtliche Weisungen in dem Papier stehen, das wir letzte Woche verteilt haben. Er möchte trotzdem mit Ihnen sprechen, Doktor. Was soll ich da tun?«

Bruno lächelte. »Nun, Edith, du solltest es so einrichten, dass ich ihm nicht begegnen muss. Schließlich bist du meine persönliche Assistentin.«

»Ich weiß, Sie haben natürlich recht. Mucchetti ist aber der Generaldirektor, nicht irgendein Zulieferer oder sonst jemand von außen. Er ist der Generaldir…«

»Ich habe verstanden.« Bruno hob die Stimme. »Er ist der Generaldirektor.«

»Genau.« Auch Ediths Stimme klang jetzt beinahe hart.

Bruno gefiel das.

»Unser Problem ist also, Edith – und bitte korrigiere mich, wenn ich mich irre –, dass Mucchetti der Generaldirektor ist und also der Verantwortliche für die Supermärkte. Wäre das nicht so, dann säßen wir jetzt nicht hier und müssten uns mit diesem Problem herumschlagen.«

Sie schaute ihn mit leicht aufgerissenen Augen an. »Ich weiß nicht, ob es ein Problem ist …«

»Für mich ist es das.«

Edith schwieg.

Er fixierte sie mit seinen kalten, blauen Augen.

»Was machen wir also, Edith?«, fragte er dann.

Sie schwieg immer noch.

»Ich sage es dir. Wir müssen es so einrichten, dass er nicht mehr der Generaldirektor ist. Das scheint mir die einzige Möglichkeit zu sein.«

Edith erstarrte. »Sie wollen ihm kündigen?«

»Nein«, antwortete Bruno sofort. »Ich würde ihm aber gerne einen anderen Titel verschaffen und eine andere Rolle. Wissen Sie, wie viel Mucchetti im Monat verdient?«

»Ja, Doktor.«

»Wie viel?«

»Vierundzwanzigtausend Reais.«

»Findest du das gerecht? Weißt du, wie viel eine Kassiererin in einem unserer Supermärkte verdient, irgendeine Larissa oder Regina oder wie auch immer, mit zwei freien Schichten im Monat?«

»Das weiß ich nur zu gut, Doktor.«

»Also?«

»Sechshundert Reais.«

»Ich möchte dich etwas fragen, Edith, und ich bitte dich um eine ehrliche Antwort. Wer ist wichtiger für unsere Supermärkte, Mucchetti oder Regina?«

Edith spürte, wie ihr kalter Schweiß am Körper herunterrann.

»Ich weiß es nicht, Doktor. Ich denke, sie sind beide wichtig.«

»Falsch. Versuchen wir es gleich noch einmal: Wer von den beiden ist wichtiger?«

Edith stand kurz vor einem Nervenzusammenbruch. »Ich weiß es nicht, Bruno, wirklich …«

In Momenten wie diesem redete Edith ihn manchmal mit seinem Vornamen an. Das verstieß natürlich gegen das Protokoll, aber er mochte das.

»Regina ist wichtiger, Edith. Ist doch klar, dass sie wichtiger ist.

Ohne Menschen wie Regina, die bereit sind, zwei Stunden mit dem Bus zu fahren, um dann acht oder zehn Stunden auf demselben Fleck zu hocken, ohne zum Klo gehen zu können, Menschen, die sich von der giftigen Tinte unseres Geldes – fast des schlimmsten auf der ganzen Welt übrigens – blaue Fingerkuppen holen und dann abends, oder vielmehr nachts, wieder zwei Stunden im Bus sitzen, nachdem sie in einer Kaschemme eine Teigtasche gegessen haben, ohne solche Menschen würden wir doch gar nicht existieren. Auch du nicht. Das siehst du doch genauso, nicht wahr?«

»Ja, Doktor.«

»Also? Hast du eine Idee, an wie viele Mucchettis wir geraten, wenn wir jetzt in die Avenida Paulista hinuntergehen und wahllos Leute rauspicken?«

Edith wurde jetzt mutiger. »Aber wir fänden doch auch Reginas, oder?«

»Nein«, antwortete Bruno, der sich allmählich entspannte. Und wenn er sich entspannte, war er mit seinem stolzen Gesicht, den hellen Augen und der geraden Nase gleich viel schöner. Selbst Edith würde das zugeben. »Absolut nicht. Hunderte von Jahren des Leidens braucht es, um eine Regina hervorzubringen. Lass uns auf die Straße gehen, jetzt sofort, und Stellen wie die von Regina und Stellen wie die von Mucchetti anbieten, dann wirst du schon sehen.«

Die Sekretärin konnte sich einen Kommentar nicht verkneifen. »Das mag für die Avenida Paulista gelten, aber wenn wir in eine Favela in Santana gehen, eine Stunde mit der U-Bahn von hier, dann finden wir sicher Reginas im Überfluss und kaum einen Mucchetti.«

»Das stimmt möglicherweise. Wenn wir aber beschließen, aus dem Nichts eine Regina oder einen Mucchetti zu schaffen, werden wir immer mehr Leute finden, die lieber Mucchettis Arbeit machen möchten, selbst in deiner Favela in Santana. Man müsste den Reginas vierundzwanzigtausend Reais geben und den Mucchettis sechshundert, das wäre interessant. Was glaubst du, würde dann passieren? Würde Mucchetti deiner Meinung nach für sechshundert Reais morgens um fünf aufstehen?« Er machte eine Pause. »Leider können wir das aber nicht ausprobieren.«

Edith schwieg unbehaglich. Es war fast Mittag. Wahrscheinlich stand Mucchetti bereits vor ihrem Schreibtisch und wartete darauf, empfangen zu werden.

»Jetzt geh ihn begrüßen. Sag ihm, ich sei zum Zehnerrat abberufen worden und könne ihn nicht empfangen. Nächste Woche gibt es eine Generalversammlung, das kannst du ihm mitteilen. Entschuldige dich höflich und jag ihn zum Teufel. Okay?«

»Ja, Doktor.«

»Und wenn das erledigt ist, hast du dann Lust, japanisch essen zu gehen?«

»Ja, Doktor.«

»Dann reserviere für eins bei Kinoshita.«

»Noch etwas, Doktor. Haben Sie Ihren Vater angerufen?«

Er musterte sie mit einer Eindringlichkeit, die ihr Angst einjagte.

»Ich weiß, Edith. Heute Abend bin ich bei ihm. Er wird neunundfünfzig. Ich weiß.«

»Klar. Ein Geschenk haben Sie aber vermutlich nicht gekauft, oder?«

»Das könntest du übernehmen, wärst du so lieb?«

»Natürlich, Doktor.«

»Oder nein, lass uns beim Essen darüber reden. Worüber sollen wir sonst reden?«

Zu solchen Gelegenheiten verzichtete Elisabetta Johannsen auf das, was ihr Ehemann die ›Regie‹ nannte. Obwohl sie fast das gesamte Jahr auf der Insel Ilhabela wohnte, zeugte auch das Domizil in São Paulo – ein drei Hektar großes Anwesen im grünen Bezirk Morumbi – von ihrem unverwechselbaren Stil: vorwiegend in Weißtönen gehalten, Sichtmauerwerk, Holz und Glas. Anmutig öffnete sich eine fünfbogige Pergola zum Garten hin, und provenzalische Muster tauchten die Zimmer in pastellige Lavendeltöne. Alle elf Zimmer, um genau zu sein. In der Küche konnte man einen Sattelschlepper mit zwei Anhängern parken. Das L-förmige Wohnzimmer war hell und einladend. Ein Mosaik von kostbaren Teppichen überzog den Boden, und im Steinkamin an der Rückwand könnte Michael Jordan bequem aufrecht stehen.

São Paulo fand Elisabetta allerdings abstoßend.

Elisabetta, die als zweitgeborene Tochter eines drögen Erdölingenieurs ihr halbes Leben lang auf Reisen gewesen war, mochte São Paulo nicht einmal eine Stadt nennen. Ein Albtraum sei das – so schlimm, dass nicht einmal der Autor von *Blade Runner* sich so etwas auszudenken gewagt hätte. ›Die Diktatur der Autobahnen!‹, schimpfte sie, und dass man ein Zentrum vergebens suche. São Paulo gleiche Los Angeles, wobei es in L.A. wenigstens die Filmindustrie gebe. In São Paulo gebe es nichts als die ekelerregenden Ausdünstungen des Flusses, des Pinheiros, und den Gestank nach gebratenem Rind, der aus den Abzugshauben der *Churrascarias* in sämtliche Straßen waberte.

Und doch spürte Elisabetta eine unerklärliche Heiterkeit, sobald sie den Fuß in ihr Stadthaus setzte.

Minutiös verplante sie ihre wenigen Tage dort: Verabredungen mit Freundinnen, Einkaufsbummel und stets ein Besuch im berühmten Konzertsaal, um hervorragende klassische Musik zu hören.

Die Einwohner von São Paulo feierten ihre Geburtstage gerne im Restaurant. Paulo Henrique Johannsen nicht. Für ihn waren Restaurants nichts als angenehme Alternativen zu Sitzungssälen. Die schönsten Lokale wählte er aus, um stinklangweilige Fragen zu besprechen und dabei gut und schnell zu essen, ohne Zeremoniell und ohne Leerlauf. Ein bedeutender Geschäftsmann konnte sich diesem sozialen Ritual nicht entziehen. Das Restaurant war die Bühne, auf der man sich in Szene setzte, der Fachpresse verschlüsselte Botschaften übermittelte, Präsenz zeigte und seine Teilnahme am Spiel bekräftigte. *Wenn du nicht in Erscheinung trittst, kommen die Leute noch auf dumme Gedanken,* pflegte Paulão zu sagen. *Die Leute sollen aber nicht auf dumme Gedanken kommen, die Leute sollen wissen, dass du da bist. Sie sollen Angst haben. Die Freunde sollen hoffen, an deinen Tisch gebeten zu werden, und die Feinde sollen fürchten, dass du zur Tür hereintrittst.*

Familie ist etwas vollkommen anderes. Familienrituale sollten – weit weg vom allgemeinen Geschwätz – in der Wärme des häuslichen Rahmens gepflegt werden. Deshalb würden sie an diesem Abend nur ein trauter Kreis sein.

Elisabetta verzichtete auch deshalb auf die Regie, weil dies eine der wenigen Gelegenheiten war, ihren Sohn zu Gesicht zu bekommen. Außerdem würde der alte Josef Johannsen da sein, dessen Chauffeur den ganzen Abend über geduldig auf dem großen Kiesplatz parken und auf ihn warten würde. Dann kam Elisabettas ältere Schwester Sofia. Sie war mit einem berühmten griechischen Architekten verheiratet, der sie aber nie begleitete, was ihn Paulão umso sympathischer machte. Eventuell würden Sofias Töchter mitkommen, vor allem die jüngere, Fedra Saah. Das Mädchen, das einen Meter achtzig maß, war eine strahlende *Society*-Größe von São Paulo und wurde von Mônica Bergamo, der Kolumnistin des *Folha de S. Paulo,* mindestens einmal die Woche bei irgendeiner Party, Modenschau oder Boutique-Eröffnung gesichtet. Ob sie kam, war stets ein Geheimnis, das erst am späten Nachmittag gelüftet wurde. Paulão mochte da auch nicht kleinlich sein, zumal es genug zu essen gab. Aus demselben Grund hatte er sich berechtigt gefühlt, zum ersten Mal und wider die Regel jemanden einzuladen, der nicht zur Familie gehörte: den Anwalt Antônio Netto.

Das einzig Missliche am heutigen Tag war, dass es regnete. Es war ein typischer Herbsttag in São Paulo, genau die richtige Gelegenheit, um große Holzscheite im Kamin anzuzünden, ein kalorienhaltiges Essen zu servieren und Ströme von Champagner fließen zu lassen.

Paulo stand in seiner salbeigrünen Kaschmirjacke am Fenster und schaute in den Park, der von der Dunkelheit verschluckt wurde. Die Luft draußen war feucht und kalt. Elisabetta saß auf dem Rand der großen Badewanne und bürstete ihr Haar. Die Tür stand auf. Ihr Mann drehte sich um, betrachtete sie und wandte sich dann mit einem müden Lächeln wieder dem Park zu. Die Konversation mit seiner Frau beschränkte sich mittlerweile auf wenige kurze Sätze, fast schon Verlegenheitsfloskeln. Sie waren wie zwei Schiffe, die in verschiedene Häfen glitten, obwohl sie gemeinsam ausgelaufen waren. Immerhin gaben sie sich Mühe, einander nicht wechselseitig zu verletzen. Außerdem hielt Elisabetta ihren Gatten immer noch für einen faszinierenden Mann. Während sie sich das Haar bürstete, beobachtete sie ihn. Diese ferne, übergewichtige Gestalt war von einer eigentümlichen Schönheit.

»Woran denkst du?«

Er zuckte kaum merklich mit den Schultern. »An nichts.«

Das stimmte natürlich nicht. Paulo konnte nicht aufhören, an die Entscheidung zu denken, die er am Ende dieses turbulenten Nachmittags getroffen hatte. Gegen fünf hatte er Antônio Netto in sein Büro bestellt, hatte ihm einen Platz auf einem der elfenbeinfarbenen Cassina-Sofas angeboten und ihm eröffnet, dass er keine andere Wahl habe, als die Fazenda herzugeben. Natürlich nicht. Dann hatte er sich selbst in die Lederpolster fallen lassen und die fragile Metallkonstruktion des Designerstücks auf eine harte Probe gestellt.

»Warum sind Sie so besorgt, Doktor?«

»Verstehst du das wirklich nicht? Tu doch nicht so blöd, Antônio, das ist nicht nötig.«

Der Anwalt verstand natürlich, aber die Worte kamen ihm nur schwer über die Lippen. »Ist es wegen Ihres Sohnes?«

Paulão lächelte freudlos. »So ist es.«

»Sie haben schon so viel Land hergegeben, Doktor. Was ist das Besondere an Yaraibi?«

Paulão ließ den Blick durchs Zimmer schweifen, bevor er sich wieder seinem Gesprächspartner zuwandte. »Bruno ist mit diesem Ort sehr verbunden. Es würde zu lange dauern, das jetzt zu erklären, zumal es sowieso keinen Unterschied machen würde.«

Antônio Netto schwieg. Er dachte an die vielen Themen, über die er mit seinem Vater nicht gesprochen hatte, einem einfachen Mann, der sein Leben lang versucht hatte, ihm den Wert von ein paar einfachen Dingen beizubringen. Erfolglos.

»Was gedenken Sie also zu tun, Doktor? Werden Sie es Bruno sagen?«

Paulo schaute ihn verblüfft an. Der Anwalt bewegte sich auf verbotenem Terrain, und doch hatte er ins Schwarze getroffen. Genau darüber hatte er gerade nachgedacht. »Ja, ich werde es ihm heute Abend sagen. Es ist besser so.«

Jetzt drehte er sich wieder zu seiner Frau um, die soeben mit der Hand über ihre frisch eingekremten Knöchel strich. »Papa müsste jeden Moment kommen. Er hasst Regen und wird unausstehlich sein.«

»Das wollen wir nicht hoffen.« Elisabetta stand auf und ließ den Bademantel fallen. Sie trat ins Zimmer und ging zum Wandschrank, um sich Unterwäsche herauszusuchen. Paulão schaute ihr einen Moment hinterher, dann drehte er ihr schnell wieder den Rücken zu, als würde er Scham empfinden angesichts des gealterten Körpers seiner Frau. Er übte keinerlei Anziehung mehr auf ihn aus, und das erfüllte ihn mit echter Trauer.

»Ich gehe mal hinunter und schau, wie es läuft.«

»Okay.«

Die Situation in der Küche war unter Kontrolle. Die Köchin namens Suely, eine winzige Frau mit schmalen Augen, gab schnelle, präzise Anweisungen an die Küchenhilfen in ihrer leuchtend blauen Uniform. »Doktor Paulo, Sie können ganz beruhigt sein. Und jetzt lassen Sie uns bitte arbeiten.« Suely sprach unüberhörbar mit dem Akzent des Amazonasgebiets. Sie war in Manaus geboren, als Tochter von Fischern am Rio Negro. Fisch konnte sie zubereiten wie kaum ein anderer, gedünstet in Blättern aus jener Gegend und gefüllt mit Kastanien, Cashewkernen oder Walnüssen … Paulão gehorchte und befreite die Küche von seiner massigen Präsenz. In diesem Moment ertönte die Hupe des Mercedes.

Der Chauffeur brachte den alten Josef zur Tür.

»Herrlicher Abend«, grüßte der Patriarch süffisant.

»Hallo, Papa«, sagte Paulão und wandte sich dann an seinen Begleiter. »Rogério, gehen Sie in die Küche und essen Sie etwas.«

Der Chauffeur lehnte dankend ab und kehrte zu seinem Wagen zurück.

»Du weißt, wie sehr ich Regen hasse.«

»Ich weiß, Papa.«

Paulão half seinem Vater aus dem Regenmantel. Sofort kam eine Haushaltshilfe, ein ziemlich junges Mädchen, und nahm den Mantel entgegen, außerdem ein Päckchen, das der alte Josef in der Hand hielt. »Das ist dein Geschenk.«

»Ich werde es nachher mit den anderen auspacken.«

»Es ist nur eine Kleinigkeit. Gibt's Champagner? Obwohl der Abend ja eher nach Glühwein verlangt.«

Paulo lächelte. »Wir werden sofort eine Flasche öffnen.« Er bat seinen Vater, sich zu setzen, und ging in die Küche, aus der er dreißig Sekunden später mit einer Flasche Moët & Chandon wiederkam. Der Vater hatte auf einem der gewaltigen, weiß bezogenen Sofas Platz genommen.

»Möchtest du näher am Kamin sitzen?«

»Nein, nein, wir wollen mal nicht übertreiben. Schließlich sind wir nicht in Stockholm.«

Paulo füllte einen Kelch mit Champagner und reichte ihn seinem Vater.

»Ich trinke schon einmal auf dich, weil ich nicht weiß, ob dir nachher noch … Nun, man sollte es nicht unnötig hinauszögern.« Er hob den Kelch in Richtung seines Sohns und sagte ohne ein Lächeln: »Auf dein Wohl, möge Gott dich segnen. Du kannst es gebrauchen.« Die unvermeidliche Formel, seit Ewigkeiten dieselbe, und doch hatte sie in Paulos Ohren plötzlich etwas Unheilvolles. Beide tranken einen großen Schluck. Der alte Josef warf seinem Sohn, der im rötlichen Schein der Flammen saß, einen schnellen Blick zu. Josef war ein kleiner, magerer Alter mit einem dunklen, scharfkantigen Gesicht und tiefschwarzen Augen. Er konnte sich einfach nicht damit abfinden, dass sein einziger Sohn ein solch gewaltiger Fettkloß war. Mit himmelblauen Augen allerdings, den Augen seiner Frau, die schon so viele Jahre tot war. Teresa Johannsen.

»Kommt Bruno?« Die Stimme des Alten war oft unangenehm rau.

»Natürlich. Er wird jeden Moment hier sein.«

Die Klingel unterbrach sie, und die Haustür wurde geöffnet. Es war aber nicht Bruno, sondern Sofia. Paulão stellte seinen Champagner auf einen langen Mahagonitisch und ging seiner Schwägerin entgegen. Sofia ähnelte Elisabetta, obwohl sie schlanker war und ihre Haut auf wundersame Weise schimmerte. Sie war zweifellos schöner als ihre Schwester, aber auch ungleich langweiliger.

»Hallo, Paulo, du siehst prächtig aus.« Das sagte Sofia immer, sehr zu Paulos Verdruss. Es war doch nicht zu übersehen, dass er übergewichtig war. Jetzt eilte sie an ihrem Schwager vorbei, um dem Patriarchen die Ehre zu erweisen.

»Josef, was für eine Freude. Du bist ja fantastisch in Form.«

»Ich bleibe lieber sitzen, Sofia. Und du bist schön wie immer.«

»Danke. Wo ist meine Schwester?«

»Weiß nicht«, brummte der Alte.

In diesem Moment kam Elisabetta herein, von gewohnt nüchterner Eleganz. Sie trug Schwarz, was ihrem runden, blassen Gesicht jugendliche Klarheit verlieh. Sie küsste ihre Schwester und ging dann ebenfalls zu Josef, der an die Sofakante vorrutschte und ihre Hände nahm.

»Hallo, Liz.«

»Ist deine Tochter nicht mitgekommen?« Elisabetta hatte sich zu ihrer Schwester umgewandt. Eine Hausangestellte brachte derweil den Sektkühler mit der Champagnerflasche und neue Gläser.

»Ich fürchte, nein. Sie lässt Paulo ihre besten Grüße ausrichten, aber sie hat unaufschiebbare Verpflichtungen«, sagte Sofia mit einem ironischen Unterton.

»Wie die aussehen, können wir uns ja gut vorstellen«, brummte der alte Josef und hielt sein Glas hoch, um darauf hinzuweisen, dass er Nachschub brauchte. »Dann fehlt also nur noch mein Enkel.«

»Und der Anwalt«, ergänzte Elisabetta.

»Ah«, sagte Sofia und schaute Paulo an, eine – nichtexistente – Braue hochgezogen.

»Du hast deinen Anwalt eingeladen?«, fragte der Alte seinen Sohn.

»Netto ist mein engster Mitarbeiter, Papa. Er gehört praktisch zur Familie.«

Josef wischte sich ein Stäubchen vom Revers und trank einen Schluck Champagner.

»Er ist ein großartiger Mensch«, sagte Elisabetta und ging in die Küche. Erneut klingelte es an der Tür, und da war Netto auch schon. Elisabetta nahm ihn in Empfang. Der Anwalt war überaus elegant und hatte eine leichte Sonnenbräune im Gesicht. In der einen Hand hielt er eine Flasche Champagner, in der anderen ein

Geschenk. Er küsste die Dame des Hauses auf beide Wangen und trat dann seinerseits zur Begrüßungsrunde an.

»Sie sehen wunderbar aus«, sagte er, als er Josef die Hand drückte.

»Ich schlag mich so durch«, antwortete der Alte und musterte den Anwalt mit blitzenden Augen.

Jetzt klingelte Paulos Handy. Der wechselte einen schnellen Blick mit seiner Frau, nahm den Anruf dann entgegen, hörte zu und schloss mit einem ›Wir erwarten dich‹.

Er wandte sich an die Anwesenden. »Wir sollen ruhig schon einmal anfangen. Bruno kommt in einer halben Stunde.« Eine gewisse Verärgerung konnte er nicht unterdrücken.

Bruno kam früher als erwartet, als sie noch bei der Vorspeise waren. Er brachte zwei Flaschen Taittinger und ein rechteckiges, in Silberpapier eingeschlagenes Päckchen mit. Sein Anzug aus einem melierten Wollstoff und das weiße Hemd mit Stehkragen saßen tadellos. Er entschuldigte sich für die Verspätung, und sein Vater hatte den Eindruck, dass er gut gelaunt war. Elisabetta war die Einzige, die sich erhob. Sie küsste ihn auf die Stirn. Bruno ließ mit seinem sanften Lächeln den Blick über die Anwesenden schweifen, klopfte seinem Vater auf die Schulter und küsste seine Tante auf die Wange. Sein Großvater rückte vom Tisch weg und versuchte umständlich, sich zu ihm umzudrehen. »Bleib sitzen, Großvater …« Bruno nahm seine beiden Hände und küsste ihn auf die Wange. Antônio Netto kam als Letzter an die Reihe. »Herr Anwalt, es ist mir ein Vergnügen.«

»Das Vergnügen ist ganz auf meiner Seite.«

Als er sich setzte, fügte Bruno noch hinzu: »Ich sehe, dass sich Ihr Terminkalender etwas zu lichten scheint …« Der Kommentar provozierte ein Stirnrunzeln bei seinem Vater.

»Oder zu verdichten, je nachdem, wie man die Sache beschreiben möchte«, sagte der Anwalt und lachte. Die anderen lachten ebenfalls.

Elisabetta dachte, dass den Mann so schnell nichts aus der Fassung brachte. Seiner ganzen Art nach schien er direkt von der Militärschule zu kommen.

Suelys Vorspeisen aus dem Meer folgte eine Reihe weiterer Spezialitäten, die neben vielen anderen auch den Vorteil hatten, dass sie die Anwesenden gelegentlich zum Verstummen brachten. Das Essen verlief glatt und wurde ausgiebig mit Champagner begossen. Paulo lenkte die Konversation und versuchte, das Thema Arbeit zu vermeiden, unterstützt von seiner Schwägerin, die wilde Geschichten von ihren Töchtern erzählte. Der alte Josef, der sich entsetzlich langweilte, brach schließlich das Tabu und erkundigte sich bei Bruno, wie es mit den Supermärkten lief. »Bestens«, sagte der nur liebenswürdig und wusste, dass die Antwort eher an seinen Vater als an seinen Großvater gerichtet war.

Der Nachtisch hob Paulo Johannsens Stimmung: Baisers mit einer Füllung aus geeister Mango und lauwarmer Bitterschokoladencreme. Irgendwann würde ihm Suely noch von einem seiner Lieblingsrestaurants weggeschnappt werden. Er ertappte sich bei dem Gedanken, dass er in dem Moment gerne allein oder bestenfalls bei einem seiner Geschäftsessen wäre, da er nur zu solchen Gelegenheiten die Kontrolle über die Situation hatte.

Paulo verlor sich in der Betrachtung der perlenden Bläschen in seinem Champagnerkelch, als sich ihm plötzlich eine Frage aufdrängte: Sollte sich seine Existenz tatsächlich darin erschöpfen, das Kommando zu führen? Diesem Ziel hatte er sein Leben geweiht, aber woher kam dieses Geltungsbedürfnis? Da saß sein Vater, stocksteif, ein alter Herr, der mit zittriger Hand seine Kuchengabel umklammerte und vor lauter Müdigkeit und Langeweile nicht einmal mehr reden mochte. War das Bedürfnis, besser zu sein als andere, nicht das Erbe dieses Mannes?

»Wollen wir die Geschenke öffnen?« Die Stimme seiner Frau holte ihn brutal in die Wirklichkeit zurück.

»Fang mit meinem an«, sagte der alte Josef. »Die langweiligen Dinge sollte man schnell hinter sich bringen …«

Das Gelächter war etwas gezwungen. Paulo lächelte. Irgendjemand legte ihm das Päckchen in seine fetten Finger. Er konnte sich schon vorstellen, was es enthielt: goldene Manschettenknöpfe. Davon hatte er bereits eine ganze Sammlung, alles Geschenke von seinem Vater. Er wickelte das Päckchen auf der schneeweißen Batistdecke aus. Es war ein Segelschiff aus Kristall, das bläuliche Reflexe aussandte.

»Das ist wunderschön.«

»Nichts von Belang. Aber ich dachte, es gefällt dir vielleicht«, sagte der alte Josef zerstreut.

Alle Anwesenden taten ihre Begeisterung kund. Nach diesem raffinierten Schmuckstück hatte Sofia einige Schwierigkeiten, ihrem tausendsten Kaschmirpullover die gebührende Geltung zu verschaffen. Paulo würdigte ihn höflich. Elisabetta stand mit leeren Händen da und erklärte, dass sie ihr Geschenk später überreichen würde. Am Tisch brach Gelächter aus.

»Verschont mich mit diesen Dingen, dafür bin ich zu alt«, grunzte Josef und strich sich das Jackett glatt.

»Es ist nicht das, was ihr denkt«, stellte Elisabetta klar.

»Nun, da bin ich aber neugierig«, sagte Paulo lächelnd.

»Umso besser«, schloss sie und reichte den Stab an Antônio Netto weiter, der neben ihr saß. Der Anwalt räusperte sich und überreichte ein Geschenk, das leicht zu identifizieren war: eine Flasche.

»Mein Geschenk ist wirklich nicht von Belang, aber ich hoffe, es sagt Ihnen zu.«

Elisabetta bemerkte, mit welcher Sicherheit der Anwalt den Part des Unsicheren gab. Das hätte sie eigentlich irritieren sollen, weckte aber stattdessen ihr Interesse.

Paulão öffnete das Geschenk mit ernster Miene. Es war eine Flasche Bowmore, sechzehn Jahre alt, einer der besten schottischen

Whiskys im Umlauf. Johannsen, der ein Faible für Luxusspirituosen hatte, lächelte seinen Mitarbeiter an. »Wenn alles, was nicht von Belang ist, dieses Kaliber hätte, dann wären wir fein raus.«

Das Gelächter folgte auf dem Fuße. Dann richteten sich alle Blicke auf Bruno. Der schluckte schnell seinen Champagner herunter.

»Ich hoffe, es gefällt dir, Papa«, sagte er und überreichte sein rechteckiges Päckchen.

Paulo packte es langsam aus. Es war ein Buch mit einem tristen grauen Einband: die Geschichte des Kriegs zwischen Uruguay und Brasilien, der einzige Kampf um Grenzen, in den sich Brasilien je gestürzt hatte. Das Thema wurde für gewöhnlich in der Schule behandelt und dann für immer vergessen. Paulão musterte seinen Sohn eindringlich. *Was soll ich damit?*, hätte er am liebsten gefragt. Stattdessen sagte er: »Danke, Bruno. Ich freue mich auf die Lektüre.«

»Nichts zu danken. Ist interessant, das Buch.«

Die Verlegenheit wurde durchbrochen, als jemand einen Toast aussprach. Dann erhob sich einer nach dem anderen von der Tafel, die in diesem Moment so aussah, als hätten hier Kinder Krieg gespielt.

Antônio Netto hielt sich ein wenig abseits und bot Sofia an, sie nach Hause zu bringen, was sie gerne annahm. Der alte Josef wurde in die Obhut seines Chauffeurs übergeben und verschwand im Nieselregen. Elisabetta eilte zwischen Küche und Wohnzimmer hin und her, während Paulo seinen Sohn bat, ihn noch ins Arbeitszimmer zu begleiten. Bruno schaute ihn leicht misstrauisch an.

»Ich muss mit dir reden, wenn du noch zehn Minuten Zeit hast.«

»Sicher.«

Nach einer kurzen Verschnaufpause rauschte der Regen jetzt wieder lautstark herab. Vermutlich würde es in São Paulo wie immer zu Überschwemmungen kommen.

Paulo setzte sich in einen der gewaltigen Ledersessel und bedeutete seinem Sohn, in dem anderen Platz zu nehmen. Bruno blieb stehen, als wollte er seinen Vater ermahnen, zur Sache zu kommen. *Zehn Minuten,* hatte er gesagt.

Paulo sparte sich die Vorreden. »Du weißt von der Sache mit den Schweizern?«

»Sicher«, sagte Bruno und starrte ihn an.

»Und du weißt auch, dass sie für das Unternehmen wichtig ist. Fundamental sozusagen.«

»Ja.«

Paulo wandelte die Realitäten leicht ab. »Mittlerweile geht es auch um Land.«

Bruno presste die Lippen zusammen. »Das glaub ich gern. Es geht schließlich immer um Land.«

»Sicher. Allerdings haben wir Yaraibi abgetreten.«

Bruno traute seinen Ohren nicht. »Wie bitte?«

»Die Fazenda in Paraná ist jetzt Bestandteil des Vertrags.«

Bruno blieb stumm.

»Ich weiß, Bruno«, fuhr der Vater fort. »Es tut mir leid. Wir hatten aber keine andere Wahl. Ich denke allerdings, wir sollten uns bei Gelegenheit einmal zusammensetzen und ein paar Dinge regeln, in Hinblick auf das Land in Mato Grosso, Minas und so. Für die Zukunft.«

Bruno hatte einen Kloß im Hals. »Für die Zukunft?«

»Ja.«

»Ist das schon beschlossene Sache, Papa? Ist das letzte Wort zu Yaraibi bereits gesprochen?«

»Ja, Bruno, so leid es mir tut.« Paulão sah, dass Brunos Kinn zitterte. Bevor er aber seine hundertzwanzig Kilo aus dem Sessel wuchten konnte, hatte sein Sohn das Zimmer schon verlassen. Er hörte, wie er ein Taxi rief und die Tür hinter sich zuknallte. Dann hörte Paulão nichts mehr.

Im selben Moment eilte in Rio de Janeiro ein Mann eine kurvige Gasse hinunter, ließ die Favela Santa Teresa hinter sich und ging in Richtung des lebhaften Viertels Lapa. Sein Plan war es, in eine Bar zu gehen, ein Bier zu trinken und seine Gedanken zu sortieren. Der Herbst war in Rio bereits fortgeschritten, doch es war noch heiß. Carlo Apostolo wurde von einer merkwürdigen Euphorie gepackt. So ging es ihm immer, wenn er eine gute Story an der Hand hatte.

Er lebte schon viele Jahre in Rio und wusste, dass es nicht gefährlich war, diese Straße am späten Abend hinunterzugehen. In der letzten Kurve der Joaquim Murtinho stand wie immer ein Streifenwagen der Militärpolizei und behielt im schwachen Licht einer Laterne die Gegend im Blick. Carlo ging vorbei, ohne sich umzudrehen, und begab sich direkt zu den Bars an der Avenida Mem de Sá.

In der einen Seitentasche seiner Bermudashorts hatte er den Notizblock, in der anderen das Aufnahmegerät. Sehen konnte man beides nicht, und so war er einfach irgendein Typ, der von der Favela Morro do Coroa nach Lapa hinunterging, um ein Bier zu trinken. Das Interview war gut gelaufen, aber irgendetwas flößte ihm Unbehagen ein. Es war offensichtlich, dass diese Floriana ihre Geschichte lange für sich behalten hatte. Die Geschichte bot aber Stoff für ein ganzes Buch, nicht nur für einen Artikel.

Als er an diesem Nachmittag im Internet herumgesurft war, war er auf eine kurze Meldung gestoßen. Ein Arzt in Juazeiro, Nelson Braga, war ermordet worden. Gefoltert und anschließend ermordet. Carlo hatte die Zeilen ein paar Mal gelesen, und seine Hand auf der Maus hatte leicht gezittert. Er hatte Schuldgefühle, weil er Floriana nichts davon gesagt hatte. Ihm war klar gewesen, dass sie es nicht wusste und es vielleicht auch nicht so schnell erfahren würde. Hätte er es ihr aber erzählt, hätte sie sofort dichtgemacht.

Jetzt wusste Carlo alles. Sein Instinkt riet ihm zwei Dinge, die leider nicht miteinander vereinbar waren: *Vergiss diese Geschichte, die interessiert ohnehin niemanden, und du wirst sie auch bei keiner Zeitung unterbringen.* Aber sein Instinkt sagte auch: *Diese Geschichte kannst du nicht einfach wegwerfen, du musst mehr darüber herausfinden, weil jede Geschichte ein Recht darauf hat, geschrieben zu werden.* Und um mehr zu erfahren, musste er unbedingt mit dieser Soziologin sprechen, die in dem Artikel erwähnt wurde, weil sie kurz vor seinem Tod mit Nelson Braga zusammengearbeitet hatte. Wie hieß sie noch gleich? Sarah Clarice Young?

Carlo beschloss, in die Bar an der Ecke zu gehen. Es war die beste, und zum Bier bekam man gute Käse-*Pastéis.* Er fand einen Tisch, gab seine Bestellung auf und hing dann wieder seinen Gedanken nach. Genau, er musste diese Sarah Clarice auftreiben. Und dann würde er die Sache vielleicht sausen lassen. Wie hatte Jim Harrison gesagt: *Es gibt keine Wahrheit, es gibt nur Geschichten.*

19

Sie hatten sich am Busbahnhof von Rio de Janeiro verabredet, Dienstagmittag, so um die Essenszeit. Sarah Clarice kam direkt vom Flughafen und setzte sich an einen Tisch mit Selbstbedienung im zweiten Stock. Der Busbahnhof war riesig und ziemlich heruntergekommen. Von hier starteten täglich hunderte von Bussen in jeden Winkel Brasiliens, aber der Stadtverwaltung war offenbar nicht daran gelegen, einen guten Eindruck zu hinterlassen. Auch an diesem Morgen wimmelte es nur so von Pendlern, Emigranten, die zum ersten Mal den Fuß in eine Großstadt setzten, und europäischen Rucksacktouristen auf der Suche nach dem richtigen Bus.

Sarah Clarice holte sich einen Orangensaft, legte die Beine auf den Stuhl gegenüber und blätterte im *Folha de S. Paulo.* Die letzten vierundzwanzig Stunden waren sehr anstrengend gewesen; jetzt wollte sie sich einfach nur entspannen.

Am gestrigen Montag hatte sie im Büro unter einer gewissen Anspannung gestanden. Es schien jedoch, als hätte niemand gemerkt, dass sie am Samstag dort gewesen war. Marianne würde auch erst in ein paar Tagen wiederkommen, hieß es unter den Kollegen. Joyce wiederum pflanzte sich vor ihrem Schreibtisch auf und stellte sie zur Rede. »Wo bist du bloß abgeblieben?«

Sarah Clarice gab sich einsilbig. Sie konnte ihre Freundin nicht anschauen, weil sie dann sofort wieder vor sich gesehen hätte, wie Joyce auf dem Bett gelegen und die Beine breit gemacht hatte. Dieses Bild nahm schon fast die Qualität einer Obsession an. Auch Chico Mangas Marmorhintern war Teil der Szene, und jeder Versuch, sie aus ihrem Gedächtnis zu löschen, hatte sich als nutzlos erwiesen. Aus diesem Grund konnte Sarah Clarice das herausfordernde Grinsen ihrer Freundin einfach nicht ertragen. Nach einer Weile begriff Joyce, wie die Dinge standen, und kehrte kopfschüttelnd an ihren Schreibtisch zurück.

Den Rest des Tages verbrachte Sarah Clarice damit, ihr Material zum São-Francisco-Projekt zu sortieren und unauffällig Kopien anzufertigen. Sie hatte sich nach dem Grund für Mariannes Reise erkundigt und festgestellt, dass in der offiziellen Sprachregelung keineswegs von einem spontanen Entschluss die Rede war. Dumm nur, dass aus Mariannes Terminkalender genau das Gegenteil hervorging. Die letzten Tage waren reichlich mit Terminen gefüllt gewesen, und an diesem Montag, daran konnte sich Sarah Clarice noch genau erinnern, hätte Marianne sogar eine private Verpflichtung gehabt: *16.00, Arzt.* Alle wussten doch, dass sich Marianne seit Monaten mit einer mysteriösen Dermatitis herumschlug, gegen die bislang kein Hautarzt ein Mittel gefunden hatte.

Sarah Clarice erzählte niemandem, dass sie am nächsten Tag nicht ins Büro kommen würde. Sie würde von unterwegs anrufen und einen spontanen Außentermin erfinden. Dafür blieb sie länger als alle anderen, auch länger als Joyce, die sich nicht einmal von ihr verabschiedete. Sie blieb einfach am Schreibtisch sitzen und dachte nach. Irgendwann sprang sie auf und ging zum Fenster, gepackt von der plötzlichen Angst, den weißen Sandero auf der Straße stehen zu sehen.

Wer waren diese Leute?

Sie dachte an ihre Reise morgen. Sie musste zugeben, dass sie neugierig war, den berühmten Physiker Ernesto Baduel kennen zu lernen. Auch an Matheus dachte Sarah Clarice. Er kam nur schwer in Gang, dieser Typ, aber dann kannte er kein Halten mehr. Bevor sie das Büro verließ, rief sie noch ihre Mutter an, da sie schon seit Tagen nichts mehr von ihr gehört hatte. Sie verfielen ins Schwatzen. Ihre Mutter hatte eine so schöne Stimme, und es schien ihr gutzugehen. Irgendwann schloss Sarah Clarice, nachdem sie sich sorgfältig umgeschaut hatte, die Tür von Health Scanner hinter sich zu. Sie war bereits am Tor des Vorgartens, als sie im Gebäude das Telefon klingeln hörte. Wie beim Domino verbreitete sich der Ton von der Zentrale aus an die einzelnen Anschlüsse. Sarah Clarice fühlte sich versucht, wieder hineinzulaufen, aber wen interessiert das schon? Nicht im Entferntesten hätte sie sich vorstellen können, dass Carlo Apostolo in Rio de Janeiro den ganzen Nachmittag darüber nachgegrübelt hatte, ob er diesen Anruf tatsächlich tätigen solle. Zwei Gründe hatte er für sein Zögern: Erstens kostete ein solches Ferngespräch ein Irrsinnsgeld. Und zweitens würde er, wenn er anrief, etwas Großes, Unumkehrbares in Gang setzen.

Sie sah, wie sich Matheus einmal um die eigene Achse drehte und im Höllenchaos des Busbahnhofs die Augen zusammenkniff. Sarah Clarice stand auf und fuchtelte wild mit den Armen, bis er sie bemerkte. Er lächelte, kam hoch und eilte mit großen Schritten auf sie zu.

»Hallo, wie geht's?«

Sie küssten sich auf die Wange.

»Hast du schon gegessen?«

»Ich habe nur einen Orangensaft getrunken.«

»Hast du auf den Busfahrplan geschaut?«

»Ja«, antwortete Sarah Clarice. »Um drei geht einer. Gegen acht ist er da.«

»Perfekt. Sollen wir die Fahrkarten gleich kaufen?«

Sie setzte sich wieder. »Ach was. In die Richtung fährt doch eh niemand. Es ist Dienstag.«

Matheus setzte sich auch.

»Hast du darüber nachgedacht, wo wir schlafen sollen?«

»Ja, bei Baduel.«

»Aha«, sagte Sarah Clarice. »Wirklich?«

»Ja. Er hat darauf bestanden, dass wir bei ihm bleiben. Das ist doch gut, oder?«

Sarah Clarice sagte nichts, sondern blickte zur Speisenvitrine hinüber. »Ich habe Hunger.« Sie stand auf. »Bleib mit dem Gepäck hier. Du kannst nach mir gehen.«

Matheus schaute ihr hinterher und musste plötzlich an Cássia denken. Die Stimmung gestern am Telefon war nicht gut gewesen.

›Wohin, hattest du gesagt, fährst du?‹ Cássia hatte eher sarkastisch als ungläubig geklungen.

›Nach Paraty. Was soll ich denn machen, wenn Baduel da wohnt?‹

Sie legte eine ihrer berühmten Pausen ein. ›Musst du denn wirklich dahin? Ich verstehe nicht, warum du dich immer noch in diese Geschichte reinhängst.‹

›Vielleicht weil es mit Nelsons Tod zu tun hat.‹

›Bist du dir da sicher? Und selbst wenn es so wäre, was willst du denn von einem pensionierten Physiker schon groß erfahren?‹

›Cássia, bitte. Ich möchte eine zweite Meinung zu den Analysen einholen, auch wenn es mittlerweile niemanden mehr zu interessieren scheint. *Mich* interessiert es aber.‹

Eine weitere Pause. ›Fährt diese Sarah Clarice auch mit?‹

Matheus zögerte und schaute auf das Meer hinter dem Wohnzimmerfenster. ›Ja sicher.‹

›Dann möchte ich wissen, wieso, Matty. Warum fährt sie mit?‹

›Aber mein Schatz. Sie fährt mit, weil wir diese Geschichte gemeinsam begonnen haben.‹

Cássia Toledo stand in ihrer Wohnung in São Paulo und betrachtete die nächtlichen Lichter der Stadt. Sie war müde. Wie immer war sie erst spät von der Arbeit nach Hause gekommen. Die Schuhe mit den hohen Absätzen hatte sie ausgezogen, und nun lief sie übers Parkett und lockerte die Zehen. Das Ganze gefiel ihr überhaupt nicht. Solche Situationen erlebte sie oft genug vor Gericht. Sie ertappte sich selbst dabei, wie sie mit ihrer unvermeidlichen Perlenkette spielte.

Schließlich setzte sie sich aufs Sofa. ›Natürlich‹, sagte sie. ›Entschuldige bitte, ich bin wohl ein bisschen nervös. Ich verstehe dich, Matheus. Ich verstehe, dass du der Sache nachgehen möchtest, weil die Ergebnisse …‹

›So habe ich das immer gemacht, Cássia. Mir ist nicht klar, warum du plötzlich so ungehalten bist.‹

Erneut packte sie die Wut, aber Cássia unterdrückte den Impuls, Matheus anzuschreien: *Vielleicht weil man deinen Bruder gefoltert und ihm die Kehle durchgeschnitten hat. Irgendjemand ist in die Uni eingedrungen und hat deine Analysen gestohlen …*

Matheus hatte ihr nicht erzählt, dass man auch seiner Wohnung einen Besuch abgestattet und seinen Laptop benutzt hatte. Das erwies sich jetzt als Vorteil. Leicht war ihm das nicht gefallen, da er eigentlich keine Geheimnisse vor Cássia hatte.

»Das ist doch reiner Zufall, Cássia. Mach dir keine Sorgen.«

»Okay«, sagte sie, nicht sehr überzeugt. In diesem Moment fühlte sie sich einfach nur allein. Irgendetwas an dem Bild, das sie vor Augen hatte – ihre Wohnung, die Perlenkette zwischen ihren Fingern, Matheus' vom Handy verzerrte Stimme, die Vorstellung, dass sie morgen früh aufstehen und wieder einen ihrer immer gleichen Tage verleben würde, nur um abends mit schmerzenden Füßen übers Parkett zu laufen –, irgendetwas daran entzog sich ihr, und das belastete sie.

»Schlaf gut, Cássia. Mach dir keine Sorgen, ja?«

»Okay. Von Paraty aus könntest du doch nach São Paulo kommen, oder?«

»Das können wir ja noch sehen.«

Sie schickten sich einen Kuss durchs Telefon.

Der Bus verließ die Staatsstraße 465 und nahm die BR-101 in Richtung Süden. Allmählich veränderte sich die Landschaft.

Wenn man aus dem Fenster schaute, konnte man nachvollziehen, dass der Mensch sich diesen Bergrücken mit Blick auf den Ozean ausgesucht hatte, um sesshaft zu werden. Sobald sie die Stadt hinter sich gelassen hatten, folgte die Straße einer gewundenen Strecke durch verschiedene Täler hindurch, vorbei an jäh aufragenden Bergen, die mit einem Teppich aus dichtem Atlantischen Regenwald bedeckt waren.

Der Bus war modern und folgte leise der weichen Linie der Kurven. Sarah Clarice hatte die Augen geschlossen, den Kopf in die Hand gestützt, und hörte Tori Amos. Matheus schaute in den wolkenverhangenen schwarzen Himmel. Plötzlich kam die Wintersonne durch und verwandelte das Gebirge in ein eigentümliches Mosaik aus glänzendem Grün und bleifarbenen Gipfeln, die teilweise von den Wolken verschluckt wurden. Am Straßenrand wucherte die üppige tropische Vegetation, die unterschiedslos alles verschlang. Gelegentlich schraubte sich die Straße zu den Dörfern hoch, die überall verstreut lagen, das ewige Brasilien: Häuser inmitten von Bananenanpflanzungen, Straßen aus roter Erde, streunende Hunde, Reifenhändler, Kirchen der Pfingstgemeinde und Gruppen schwarz gekleideter Frauen, die Kinder hinter sich herzogen. Und am Fuße des Gebirges lagen, kaum zu erkennen und eingetaucht in ihre unnatürliche Stille, die Kaffeeplantagen.

Matheus dachte an das, was er mit Ernesto Baduel besprechen wollte. Je mehr Zeit verging, desto stärker ging er davon aus, dass er sich geirrt haben musste. Die Ergebnisse hatte er im Rucksack, aber die anfängliche Überraschung war jetzt nur noch ein ferner Nachhall. Plötzlich sah er seinen Bruder vor sich, ausgestreckt auf einer weißen Plastikplane. Aus dem Augenwinkel schaute er zu Sarah Clarice hinüber und ließ den Blick eine Weile auf ihr ruhen. Dann wandte er sich wieder der Landschaft zu.

Als sie in Paraná ankamen, war es bereits dunkel. Am Busbahnhof war niemand, um sie abzuholen. Sarah Clarice zog eine Grimasse und ließ sich auf eine der Betonbänke sinken, den Rucksack auf den Knien. Matheus wählte Baduels Nummer. Während er telefonierte, ging er unter dem Schutzdach auf und ab. Er wirkte nervös. Schließlich beendete er das Gespräch.

»Und, was hat er gesagt?«

»Nichts. Heute kann uns niemand mehr abholen.«

»Wo wohnen sie denn?«

»Ungefähr acht Kilometer von hier.«

»Das hattest du mir aber nicht gesagt.«

»Ist doch auch unwichtig.«

»Okay. Was machen wir also?«

»Wir suchen uns etwas, wo wir schlafen können, und fahren morgen zu ihm.«

Sarah Clarice erhob sich und setzte den Rucksack auf. »Kennst du denn hier etwas?«

Matheus wirkte abwesend. »Ich? Nein, nichts.«

»Na, dann mal los.«

Sarah Clarice hatte keine Lust, sich mit den Launen des jungen Braga herumzuschlagen, nicht nachdem sie zum soundsovielten Mal im Morgengrauen aufgestanden war. Sie gingen ins historische Zentrum. Zielsicher steuerte Sarah Clarice eine einladende *Pousada* an.

»Die ist sehr nett, und wenn ich mich recht entsinne, kostet sie nicht viel.«

Matheus lief ihr einfach hinterher.

»Wir haben nur noch ein Doppelzimmer.«

Irritierter Blick, wie gehabt.

»Ist es wenigstens eins mit zwei Einzelbetten?«

Der Typ vom Hotel lächelte. »Leider nein. Das Zimmer ist aber sehr groß und wirklich preisgünstig.«

Beide waren sie zu müde zum Debattieren.

Fünf Minuten später standen Sarah Clarice und Matheus in dem Zimmer. Matheus öffnete die großen, hohen Fenster, die auf die von alten Laternen beleuchtete Hauptgasse hinausgingen. Das schummrige Licht verlieh dem Städtchen etwas Altertümliches. Die Straße bestand aus Erde und unregelmäßig behauenen Steinen, aber Autos durften sowieso nicht ins Zentrum hinein.

Sarah Clarice verschwand im Bad. Matheus setzte sich aufs Bett und hörte das Wasser rauschen. Er öffnete seinen Rucksack und nahm ein sauberes Hemd heraus. Die Analysen steckten in einer dünnen Mappe. Er legte sie auf das Tischchen zwischen den beiden Fenstern. Nelsons Tagebuch legte er obendrauf. Den dunklen Einband zu sehen, war ein merkwürdiges Gefühl.

Die Badezimmertür öffnete sich, und Sarah Clarice kam heraus, eingewickelt in ein weißes Handtuch. Matheus schaute schnell weg.

»Du kannst jetzt ins Bad, wenn du magst.«

»Was hältst du davon, etwas essen zu gehen?«, schlug Matheus vor.

»Gute Idee. Ist dir nach Pizza? Ich weiß, wo man hier sehr gute bekommt.«

»Okay. Ich zieh mir nur schnell ein frisches Hemd an, dann können wir los.«

Als Matheus aus dem Bad kam, trug Sarah Clarice eine enge Jeans und ein langärmeliges schwarzes T-Shirt. Die Haare hatte sie mit einer dunklen Holzklammer am Hinterkopf zusammengefasst. Sie hielt Nelsons Tagebuch in den Händen und schaute Matheus fragend an.

»Wir sprechen beim Essen darüber, okay?«, sagte er.

Sarah Clarice legte das Tagebuch wieder auf das Tischchen zurück, dann gingen sie. Die Gassen waren praktisch menschenleer. Die Luft war feucht, und es war fast kalt. Ihre Schritte hallten auf der holprigen Straße wider.

Sarah Clarice nahm eine Pizza ohne Mozzarella mit gegrilltem Gemüse und viel gebratenem Knoblauch. »Dann hast du eine Ausrede, um mich nicht küssen zu müssen«, scherzte sie.

Matheus konnte darüber gar nicht lachen und schüttelte nur den Kopf. Er bestellte eine Pizza Margherita und zwei Gläser Rotwein. Sarah Clarice nahm noch einen Ananassaft und eine Flasche Mineralwasser.

Nachdem die akademischen fünf Sekunden vergangen waren, kam sie auf das Tagebuch zu sprechen.

»Wo hast du das gefunden? In seinem Arbeitszimmer?«

»Ja.«

»Ist es seine Schrift?«

»Ja. Warum sollte es nicht seine Schrift sein?«

»Was weiß ich.« Sarah Clarice faltete ihre Hände auf der Tischdecke, und Matheus betrachtete ihre langen Finger.

»Was schreibt er denn?«

Matheus schwieg, als müsste er erst nach den richtigen Worten suchen, dann sagte er: »Nichts, wie es ausschaut.«

Sarah Clarice wollte etwas erwidern, hielt sich aber zurück.

»Na ja, es ist ein Tagebuch. Das Tagebuch eines Landarztes, wie er auf der ersten Seite schreibt.«

»Das hab ich gesehen.«

»Er beschreibt seine Arbeitstage. Frühmorgens fährt er mit dem Passat los und besucht als Erstes die landwirtschaftlichen Betriebe, fast immer zumindest. Dann isst er in irgendeinem Lokal unterwegs zu Mittag. Nachmittags macht er Hausbesuche außerhalb von Juazeiro.«

»Spricht er von den Dörfern?«

»Ja, er fährt auch in die Dörfer. Manchmal nennt er ihren Namen, manchmal auch nicht. Alles in allem erzählt er von seinem Alltag. Mit Ausnahme von ein paar allgemeineren Betrachtungen.«

»Was für Betrachtungen?« Sarah Clarice biss in ein Stück Pizza.

»Na ja, über das Leben. Über seine Arbeit. Über Sandra.«

»Über Sandra?«

»Ja. Über die Liebe. Er stellt sich Fragen wie: Was würden wir alles aus Liebe tun? Wozu wären wir dafür bereit?«

Sarah Clarice schaute Matheus wortlos an und trank einen Schluck Wein.

»Betrachtungen dieser Art. An einer anderen Stelle fragt er sich, warum das Leben mit den Schwächsten und Schutzlosesten so grausam umspringt. Auch die Natur. Irgendwo schreibt er: ›*Nicht nur die Menschen behandeln ihresgleichen grausam, auch die Natur tut es, dieses trockene Land hier.*‹«

Sarah Clarice zögerte, dann fragte sie: »Kanntest du diese Seite an deinem Bruder?«

Matheus rieb sich die Schläfen. »Nein.« Er schüttelte den Kopf. »Ich habe ihn ohnehin nicht gut gekannt.«

»Wie kommt's?«

»Das ist eine lange Geschichte.«

»Und warum erzählst du sie mir nicht?«

»Mir ist jetzt nicht danach, Sarah Clarice.«

Sie nickte, ging aber schon im nächsten Moment zum Angriff über. »Warum habt ihr euch eigentlich fünf Jahre lang nicht gesehen?«

»Das hat mit dem Tod meines Vaters zu tun.«

»Oh, tut mir leid.«

»Damals wohnte ich bereits in Ilhéus. Und davor war ich schon ziemlich lange in São Paulo.«

»Wie lange?«

»Seit ich ein Kind war. Meine Ausbildung wurde von einem kirchlichen Förderprogramm bezahlt. Ich bin als Kind von meiner Familie fort und in ein Salesianer-Kolleg in Salvador eingetreten. Bis zur Mittelschule war ich da. Die Oberschule habe ich dann in São Paulo besucht, im Rahmen eines anderen Programms, das von Kirche und Staat gemeinsam finanziert wurde. Und dann habe ich studiert.«

»Das ist mir alles bekannt.«

»Ich habe immer gern gelernt.«

»Kann ich gut verstehen. Ich lerne auch gern.«

Sarah Clarice konnte das Gefühl nicht loswerden, dass er ihr irgendetwas verschwieg. Dieses Mal würde sie ihn allerdings nicht davonkommen lassen.

»Bist du denn nie zu deiner Familie zurückgekehrt?«

»Nein. Sie haben versucht, mich zurückzuholen. Mein Vater ist sogar nach São Paulo gekommen, aber ich wollte ihn nicht sehen.«

Sarah Clarice schwieg.

»Er hatte mich rufen lassen. Die Schule befand sich in einem ehemaligen Konvent im Zentrum von São Paulo mit verschiedenen Bogenumgängen. Ich sah ihn von den Arkaden im zweiten Stock aus. Mein Vater stand da und drückte mit beiden Händen den Hut an die Brust, so unwohl schien er sich zu fühlen. Mir war einfach nicht danach, zu ihm zu gehen. Ich fühlte mich wohl dort, konnte lernen, hatte mittlerweile mein eigenes Leben, eine Menge Freunde. Das wollte ich nicht verlieren. Also bin ich einfach wieder reingegangen.«

»Und wieso hast du auch Nelson nie gesehen?«

»Ich war nicht bei der Beerdigung meines Vaters. Wir haben uns gestritten.«

Sarah Clarice zögerte kurz. »Weil du nicht bei der Beerdigung warst?«

Matheus lächelte schief. Ihre Aufdringlichkeit schien ihm nicht sonderlich zu behagen. »Eigentlich weiß ich es nicht. Sie haben mir im letzten Moment Bescheid gegeben, und ich dachte, dass ich es sowieso nicht mehr schaffe. Vielleicht hatte ich aber auch einfach nur Angst, meine Familie wiederzusehen, nachdem ich sie so vor den Kopf gestoßen hatte.«

Sarah Clarice wollte etwas sagen, verkniff es sich aber.

Matheus trank einen Schluck Wein und bestellte dann noch ein Glas. »Ich möchte dich aber nicht mit dieser Geschichte nerven. Schluss jetzt.«

Sarah Clarice fügte sich. »Gut, die Pizza, oder?«

»Ja, nicht schlecht.«

Als sie wieder im Zimmer waren, erregte etwas Matheus' Aufmerksamkeit: Das Licht brannte.

»Haben wir das Licht nicht ausgemacht?«

»Ich kann mich nicht erinnern. Vielleicht nicht.«

Matheus war müde. Seine Beine schmerzten, aber da war noch die Sache mit dem einen Bett. Er trödelte herum, bevor er beschloss, sich im Bad auszuziehen. Sarah Clarice hatte noch eine Dusche genommen, war in einem langen weißen T-Shirt mit V-Ausschnitt ins Zimmer zurückgekommen und sofort unter die Bettdecke geschlüpft.

»Was ist, Matheus? Schläfst du im Stehen wie ein Pferd?«

»Ich könnte es ja mal versuchen.« Schnell ging er ins Bad, wo er ebenfalls eine Dusche nahm. In T-Shirt und Boxershorts legte er sich dann an den äußersten, obersten Rand des Bettes, das Kopfkissen im Rücken.

»Sollen wir einen Stuhl neben das Bett stellen?«, fragte Sarah Clarice. »Wenn du herausfällst, brichst du dir wenigstens nicht das Genick.«

Sie schaltete ihre Nachttischlampe aus und drehte sich auf die Seite. Matheus roch den Geruch ihrer Seife. Unvermittelt drehte sie sich wieder zu ihm hin und hob den Kopf. »Warum hast du vorhin gesagt: ›*Nichts ist, wie es ausschaut*‹?«

»Wann?«

»Als ich dich gefragt habe, was in dem Tagebuch steht.«

Matheus hatte seine Arme auf Bauchhöhe verschränkt und schaute vom Kopfende zu Sarah Clarice auf. Ihre Augen waren von einem intensiven, herben Grün. Und ihr Haaransatz war wunderschön, das musste er zugeben. Dann diese Nackenlinie …

Er seufzte. »Weil ich glaube, dass hinter den schlichten Beschreibungen noch etwas anderes steckt.«

»Was?«

»Das weiß ich nicht so genau. Und dann steht da noch ein Satz am Ende.«

»Was für ein Satz?«

»Warte.« Matheus stand auf und holte das Tagebuch. Dann setzte er sich aufs Bett und blätterte zu einer der letzten Seiten vor.

»Hier, lies.« Matheus gab Sarah Clarice das Tagebuch. Die hatte sich aufgerichtet und saß nun neben ihm. Sie hielt sich das Buch dicht vor die Augen.

Ich brauche einen Zeugen.
Ich glaube an den Zufall.
Irgendjemand wird kommen.
Wer Geheimnisse hat, kennt kein Erbarmen.

»Einen Zeugen? Was soll das heißen?«

»Ich habe keinen blassen Schimmer. Jetzt sollten wir aber schlafen.« Er nahm ihr das Tagebuch aus der Hand und legte es auf den Nachttisch.

»Okay, Nacht.« Sarah Clarice drehte sich wieder auf die Seite, schloss aber die Augen nicht. Sie musste über diese Worte nachgrübeln: *Ich brauche einen Zeugen … Wer Geheimnisse hat, kennt kein Erbarmen …* Was hatte das alles zu bedeuten?

Matheus hatte seine Position am Kopfende des Bettes wieder eingenommen. Er lauschte auf die Geräusche der Stadt. Sandras Stimme hallte in ihm wider: *Die Polizei wollte wissen, ob aus Nelsons Arbeitszimmer irgendetwas entfernt wurde. Ob* du *zufällig irgendetwas entfernt hast.*

20

»Habt ihr schon Kaffee getrunken? Vermutlich schon. Aber ihr kennt nicht den von Jujú. Setzt euch doch.«

Ernesto Baduel zeigte auf das Sofa vor sich. Das Wohnzimmer war riesig und von schlichter Eleganz. Der Boden bestand, wie bei jeder anständigen Fazenda, aus langen Jacarandaholzdielen. Die gewaltigen Fenster gaben den Blick auf die Vegetation frei, die an diesem Tag von einem fast violetten Lila war. Kahle Wände. Holzsofas mit sichtlich durchgesessenen geblümten Polstern. Die langen, hölzernen Ventilatorblätter an der hohen Decke standen still. Es war auch nicht besonders heiß.

»Juliana?«, rief er laut. »Entschuldigt bitte wegen gestern Abend. Ich hatte einen Gichtanfall und war kaltgestellt. In solchen Fällen geht man mir besser aus dem Weg.« Baduel lachte als Einziger. Sarah Clarice schaute sich um, während Matheus den alten Physiker betrachtete, der weder schlank noch groß war. Baduels Gesicht war sonnenverbrannt. Seine strohigen weißen Haare hatte er nach hinten gekämmt, und um die grauen Augen herum hatten sich tiefe Falten eingegraben.

Dann kam Juliana, eine Mulattin um die fünfundzwanzig, die so schön war, dass Matheus sie mit offenem Mund anstaunte.

»Jujú, mach doch noch einen Kaffee und bring ein paar Papayahälften. Ist das okay für euch?«

Matheus nickte.

»Großartig«, sagte Sarah Clarice.

Jujú lächelte kaum merklich und verschwand in der Küche, ohne sie auch nur eines Blickes zu würdigen.

»Also«, begann Baduel. »Welchem Umstand verdanke ich euren

Besuch?«, ließ ihnen aber keine Zeit zu antworten. Stattdessen musterte er Matheus und fragte: »Woher bist du?«

»Ich komme aus Bahia, aus Barra.«

»Ah, aus Barra.« Er neigte leicht den Kopf. »Und du?«, wandte er sich an Sarah Clarice.

»Aus Bristol«, antwortete sie ernst.

»Ah, in Brasilien haben wir wirklich die unglaublichsten Städte.«

Sie lachten, aber dann wurde der Alte sofort wieder ernst. »Ist deine Mutter aus Bristol oder dein Vater?«

»Mein Vater. Meine Mutter ist in Sergipe geboren.«

Baduel schlug die stämmigen Beine übereinander.

»Eine *Sergipana* also. Von woher genau?«

»Aus der Hauptstadt. Aus Aracaju.«

»Einige der schönsten Frauen der Welt kommen aus Aracaju, wusstest du das?«

»Ja«, sagte Sarah Clarice. »Ich meine, davon gehört zu haben.«

Wieder kicherten sie. Matheus spürte allerdings eine gewisse Nervosität in sich aufsteigen.

Baduel schwieg und ließ den Blick auf Sarah Clarice ruhen. »Es gab sogar einen amerikanischen Wissenschaftler, der Brasilianerinnen wie dich ›weiße Mulattinnen‹ nannte, wusstest du das? Normalerweise erzählen die Amerikaner einen Haufen Unsinn, vor allem über andere Kulturen, aber diesem Urteil kann ich nur beipflichten.«

»Das wusste ich nicht«, bekannte Sarah Clarice.

»Tja. So etwas kann man nur bei uns finden. Auch wenn es nicht immer gebührend gewürdigt wird.«

»Tatsächlich?«

»Ja«, bestätigte Baduel und beugte sich vor. »Vor vielen Jahren hatten wir mal eine Schauspielerin namens Martha Rocha, die dann die erste Miss Brasilien wurde. Der Titel einer Miss Universum blieb ihr allerdings verwehrt, weil die Amerikaner befanden, ihre Hüften seien um zwei Daumenbreiten zu dick.«

»Aha.«

»Und wisst ihr auch, was Jorge Amado über die zwei überschüssigen Daumenbreiten schrieb?«

»Nein.«

»Er schrieb, das seien die zwei unsterblichen Daumenbreiten, die sich der Mischung von schwarzem mit deutschem Blut verdankten.«

Baduel keuchte vor Lachen. Seine Zuhörer lächelten dezent.

Jetzt kam Juliana, die Haushälterin, mit dem Kaffee und den Papayas wieder. Baduel folgte ihr mit dem Blick, während sie servierte. »Wenn es etwas gibt, das die Brasilianer auszeichnet«, erklärte er und verrenkte sich fast den Hals, »dann ist es die Mischung. Das Mestizentum.«

Jujú verschwand wieder.

»Ihr habt auch indigenes Blut in der Familie, oder?«, fragte er Matheus.

»Ja, über meine Mutter.«

»Olavo Bilac sprach von den drei traurigen Rassen: Indianer, Schwarze und Portugiesen.« Baduel blies in seinen Kaffee. »Wenn ihr mich fragt, waren nur die Portugiesen traurig.« Er kicherte.

Sarah Clarice löffelte eine Papaya aus. »War es nicht Oswald de Andrade, der schrieb: *Bevor die Portugiesen Brasilien entdeckt hatten, hatte Brasilien das Glück entdeckt?*«

»Ganz genau«, rief Baduel. »Im Anthropophagie-Manifest. Lernt ihr so etwas heutzutage in der Schule? Zu meiner Zeit stand das nicht auf dem Lehrplan.«

Nun wandte er sich an Matheus. »Du bist, soweit ich weiß, nicht gerade ein Niemand. Euler hat mir von dir erzählt, aber ich glaube, ich hatte sowieso schon von dir gehört.«

»Ich bin bloß Chemiker.«

»Gut, genug geschwätzt«, sagte Baduel und wirkte plötzlich ernst. »Mein Cousin hat gesagt, dass es sich um eine ziemlich heikle Angelegenheit handelt.«

Matheus räusperte sich und begann zu erzählen. Er gab sich Mühe, die Ereignisse klar und konzise zusammenzufassen. Irgendwann löste ihn Sarah Clarice ab, die detailliert von Nelson Braga und ihrem Besuch in den Dörfern berichtete. Dann übernahm Matheus wieder. Baduel hatte sich zurückgelehnt und den Kopf leicht nach links geneigt. Vermutlich hörte er mit dem rechten Ohr besser. Die grauen Augen unter den gesenkten Lidern waren hellwach und ruhten auf Matheus.

»Hast du die Ergebnisse der Analysen dabei?«, unterbrach er ihn irgendwann.

»Sicher.«

»Ich schau sie mir später an. Jetzt erzähl weiter.«

Matheus berichtete vom Einbruch in der Uni, von den zerstörten Wasserproben, von seinem ausgeweideten Computer. Nach einem kurzen Zögern fügte er hinzu, dass er sich eigentlich sicher sei, dass man auch bei ihm zu Hause eingebrochen habe.

Baduel schaute Sarah Clarice an. »Wolltest du etwas sagen?«

Sarah Clarice fühlte sich ertappt.

»Egal was«, fügte der alte Physiker hinzu. »Raus damit.«

»Vielleicht«, gab sie zu. »Ich glaube, dass ich in den letzten Tagen in Salvador beschattet wurde.«

Matheus schaute sie überrascht an. »Davon hast du ja gar nichts erzählt.«

Baduel rührte sich nicht. »Glaubst du das, oder bist du dir sicher?«

»Ich bin mir sicher. Da war so ein weißer Sandero, den ich ein paar Mal gesehen habe. Es war immer derselbe, denn er hatte total dreckige Räder. Zum letzten Mal habe ich ihn am Samstag bemerkt, als ich alleine im Büro war.«

»Warum hast du denn nichts davon erzählt?«, fragte Matheus verärgert.

»Weiß ich nicht«, erwiderte Sarah Clarice ruppig.

Matheus schüttelte den Kopf und nahm seine Erzählung wieder auf. Er berichtete von dem Artikel im *Estadão,* und Sarah Clarice ergänzte, was sie aus dem Interview mit Ricardo Barcellos im *Tarde* wusste.

»Habt ihr die Zeitungen mitgebracht?«

»Ja«, sagte Matheus.

»Gut. Dann zeig mir jetzt die Analysen.«

Matheus öffnete den Rucksack und reichte Baduel die Mappe. Es war fast schon Mittag. Die Sonne stand hoch und tauchte das Wohnzimmer in warmes Licht. Von draußen drangen das spöttische Gelächter der Papageien und der metallische Gesang der Sayacatangare herein.

Der Rest war Schweigen. Baduel vertiefte sich lange in die Blätter und sah Matheus dann an.

»Wenn es nicht mein Cousin Euler wäre, der mir nahegelegt hat, das alles zu glauben, dann würde ich doch sehr an deiner Zurechnungsfähigkeit zweifeln, mein lieber Matheus. Oder zumindest an deinen analytischen Fähigkeiten.«

Er schaute erneut auf die Blätter.

»Dieses Wasser stammt niemals aus einem Fluss, daran kann gar kein Zweifel bestehen. Sarah Clarice, hast du das Interview mit Barcellos griffbereit?«

Sarah Clarice nickte und öffnete ihren Rucksack.

Langsam las Baduel und kratzte sich an der Stirn. »Und die Nachricht von der Genehmigung der CTNBio ist am selben Tag erschienen?«

»Ja«, sagte Matheus und kramte in seinem Rucksack. »Hier ist der Artikel.«

Auf Baduels Beinen stapelte sich immer mehr Papier.

»Was halten Sie denn von den Analyseergebnissen?«

Der Mann verzog den Mund. »Ich denke, dass hier irgendeine Art von Manipulation stattgefunden haben muss.«

»Welcher Art denn?«, fragte Matheus.

»Das ist hier nicht die entscheidende Frage. Es gibt verschiedene Methoden, auch wenn sich ein solcher Zustand nicht lange halten kann. Nicht in der Natur.«

»In der Tat, ich sehe das genauso. Meiner Meinung nach kann das nur ein vorübergehender Effekt sein.«

»Sicher. Das Wassermolekül ist sehr gastfreundlich, wenn ich das mal so ausdrücken darf. Sonst hätte es nicht die Lösungskraft, die das wesentliche Charakteristikum von Wasser ausmacht. Alles, was die Schwelle zu seiner Welt überschreitet, verwandelt sich.«

»Nicht immer«, sagte Matheus.

»Fast immer«, unterbrach ihn Baduel und fügte dann hinzu: »In jedem Fall lautet die entscheidende Frage aber: *Warum?* Nicht *wie,* sondern *warum.*«

Ein undurchdringliches Schweigen senkte sich herab.

»Die Proben habt ihr hinter dem Staudamm entnommen, oder?«, ergriff Baduel dann wieder das Wort.

»Ja«, antwortete Matheus.

Der alte Physiker schaute zu einem der großen Fenster hinaus. Wieder kratzte er sich an der Stirn. Das schien eine Art Tick zu sein.

»Und wenn wir noch einmal hinführen und Proben nähmen?«, fragte Sarah Clarice.

»Das würde nichts bringen«, sagte Baduel überzeugt. »Ihr würdet es nicht mehr so antreffen. So etwas hält nur ein paar Minuten an.«

»Wollen Sie damit sagen, dass wir diese Proben ausgerechnet in einer dieser kurzen Zeitspannen entnommen haben?«

»Möglich wäre es.«

»Wie das?«

»Zufall«, sagte Baduel. »Glaubst du nicht an den Zufall, Sarah Clarice?«

Sie musste an Nelsons Tagebuch denken. Was hatten plötzlich alle mit diesem verdammten Zufall?

»Okay, aber warum?«, fragte Matheus.

»Wenn ihr mich fragt, seid ihr in eine Art Experiment hineingeraten – wahrscheinlich hat es mit den Wasserreinigungsmethoden zu tun, die von der Kommission für Biosicherheit jetzt im Nachhinein genehmigt wurden. Irgendjemandem scheint es jedenfalls nicht zu passen, dass ihr da aufgekreuzt seid.«

»Wem?«

»Nun, Barcellos«, erklärte Matheus.

»Ja, aber nicht nur«, stellte Baduel klar. »Ich kenne Barcellos. Er ist ein Wissenschaftler, der sich andient. Er hat immer irgendeinen Auftraggeber. Die heilige Flamme der Wissbegierde brennt jedenfalls nicht in ihm, um es mal so auszudrücken.«

»Hast du eigentlich den Brief von Miller-Johannsen erwähnt?«, fragte Sarah Clarice.

»Was hat denn Miller-Johannsen mit der Sache zu tun?« Baduel sah sie aufmerksam an.

»Die sind für die Umleitung des São Francisco verantwortlich.«

»Sicher.« Baduel nickte.

»Als ich bei Barcellos war, habe ich zufällig gesehen, dass er von Miller-Johannsen Post bekam.«

»Noch ein Zufall?«, witzelte Baduel. »Das sind mittlerweile ziemlich viele Zufälle auf einmal, würde ich sagen.«

»So sonderbar ist das gar nicht: Alle Industrieriesen zahlen Geld an Wissenschaftsinstitutionen, damit die für sie arbeiten«, sagte Sarah Clarice, als hätten sie es mit der natürlichsten Sache der Welt zu tun.

»Auch die Riesen, die riesige Probleme haben?«, fragte Baduel mit einem Lächeln.

»Miller-Johannsen hat Probleme?«

Der Physiker stand auf und steckte die Hände in die Hosentaschen.

»Ja, riesige Probleme. Sie haben ein Loch von vielen hundert Millionen in der Firmenkasse. Auf den Baustellen erleiden sie permanent Verluste, die Aktien sind auf einen historischen Tiefstand gesunken, und dann werden sie noch ständig mit Klagen wegen Verstößen gegen das Naturschutzgesetz überzogen.«

»Donnerwetter.« Sarah Clarice pfiff durch die Zähne. »Das wusste ich nicht.«

»Wenige wissen das.« Baduel lächelte. »Lasst mich mal nachdenken.« Er begann, im Kreis herumzulaufen. Schließlich trat er ans offene Fenster. »Wird in der Zeitung der Name des Unternehmens genannt, das die Genehmigung für die Experimente in der Natur beantragt hat?«

»Ich denke nicht«, sagte Matheus, und so war es auch.

»Auf der Website der CTNBio müsste er aber stehen«, wandte Sarah Clarice ein.

»Dann lasst uns dort nachschauen«, erklärte Baduel.

»Sie haben einen Internetanschluss?«, fragte sie.

Er warf ihr einen belustigten Blick zu. »Natürlich.«

Der Computer stand in Baduels Arbeitszimmer, einem riesigen Raum voller Bücher. Sarah Clarice begann mit der Recherche. Nach einigen Minuten stieß sie einen Triumphschrei aus. »Gefunden!«

»Und wie heißt es?«

»Been International.«

»Kannst du die auch recherchieren?«

»Ich kann's zumindest versuchen.«

Sarah Clarice gab den Namen in diverse Suchmaschinen ein und landete die unterschiedlichsten Hits, alle mit ähnlichen Namen. Dann erschien plötzlich ein Link, der ihre Aufmerksamkeit auf sich zog. Er führte zu einer internen Behörden-Website, auf der, sortiert nach Ländern, einzelne Unternehmen aufgelistet waren. Die Been stand unter Brasilien.

»Geh auf die Homepage«, forderte Matheus sie auf.

Sarah Clarice klickte auf den Link, und sofort öffnete sich ein eindrucksvolles Bild.

»Was soll das denn sein?«, fragte sie.

In diesem Moment näherte sich Baduel dem Bildschirm. Seine Miene war ungläubig, aber in seinen Augen lag ein Ausdruck, als hätte er es doch gewusst. »Gütiger Gott«, murmelte er.

»Was ist das?«, fragte Matheus.

»Etwas Größeres, als ihr euch überhaupt vorstellen könnt.« Der alte Physiker trat vom Tisch zurück und starrte die jungen Leute an. »Das ist die Website von InthaWater. Was wiederum bedeutet, dass die Been Teil dieser Gruppe ist.«

»InthaWater?«, fragte Matheus verwirrt.

»Nie gehört?«, erkundigte sich Baduel erstaunt.

»Ich schon«, sagte Sarah Clarice. »Das ist ein Wasserriese wie Veolia, nicht wahr?«

»Genau.«

»Was soll das überhaupt für ein Name sein?«

»Der ist von einem Berg in Thailand abgeleitet, dem Inthanon am Mae Ping Lake, wo sich auch der Bhumibol-Staudamm befindet«, erläuterte Baduel trocken.

Seine beiden Besucher starrten sich entgeistert an.

»Die Been ist allerdings ein brasilianisches Unternehmen, was bedeutet, dass sie in jedem Fall einen brasilianischen Mitgesellschafter haben muss«, erklärte Sarah Clarice.

Baduel kratzte sich an der Stirn. »Ich würde wetten, dass es sich um einen unbekannten Gesellschafter handelt.« Er unterbrach sich und ging zum Fenster. »Und ich würde auch wetten, dass ich weiß, wer es ist …«

»Miller-Johannsen?«, fragte Sarah Clarice.

»Du bist ein cleveres Mädchen.«

Baduel schüttelte immer noch den Kopf. Dann schaute er Matheus an. »Wir sollten zur Ausgangsfrage zurückkehren, dem *Warum?*«

»Richtig«, sagte Matheus. »Warum also?«

»Lasst uns die Fakten zusammentragen«, dachte der Physiker

laut nach. »Zunächst einmal hätten wir die Genehmigung des Antrags auf Experimente mit einer … *Regenerierungsmethode,* so heißt es doch in der Zeitung, nicht wahr?«

»So in der Art.«

»Und was hat das zu bedeuten?«, fragte Matheus.

»Ganz einfach, sie wollen ein Patent anmelden. Die Genehmigung der Experimente durch die CTNBio ist ein notwendiger Schritt dazu. Ihr seid allerdings auf Wasser gestoßen, das nicht einfach regeneriert wurde. Es ist anders.«

»Aus chemischer Sicht schon«, bestätigte Matheus.

»Inwiefern?«, fragte Sarah Clarice.

»Man muss Chemie und Physik unterscheiden. Zwei Wasserproben können physikalisch identisch sein, ohne auch chemisch identisch zu sein.«

»Der Unterschied sagt mir gar nichts«, erklärte Sarah Clarice und nahm ihre typische Zuhörhaltung ein, den Rücken durchgedrückt und die Arme verschränkt.

Baduel erklärte es ihr. »Dichte und Oberflächenspannung zum Beispiel sind physikalische Größen. Die Abwesenheit von mineralischen Salzen hingegen ist ein chemischer Befund. Okay? Normalerweise dient die Klärung von Wasser dazu, verunreinigtes Wasser zu reinigen. Das Wasser wird behandelt, damit man es wieder trinken kann. Die entsprechenden Methoden sind aber mittlerweile ausgetestet. Große Unternehmensgruppen und sogar Monopolisten tummeln sich auf diesem Gebiet.«

»Ach ja?«

»Sicher«, sagte Baduel ungeduldig. »InthaWater gehört auch dazu. Was hast du gedacht, Matheus, als du die Ergebnisse gesehen hast?«

Matheus verzog den Mund und drehte sich auf seinem Stuhl herum. »Mir kam das vor wie eine Art Tabula rasa.«

»Erklär mir das.« Baduel schob die Lippen vor und trat näher.

»Da das Wasser keine der Eigenschaften seines natürlichen Zustands hatte, keine Phosphate, keine Salze und so weiter, musste ich spontan denken: *Das ist, als hätte man eine Tafel ausgewischt.*«

Sarah Clarice fiel auf, dass sich das hellgelbe Hemd des Physikers unter den Achseln mit Schweiß vollgesogen hatte.

»Gut, Matheus Braga, genau das habe ich auch gedacht. Handelt es sich hier also vielleicht um einen Versuch, die Tafel vollkommen neu zu beschreiben?«

»So könnte man es ausdrücken.«

»Aber warum gleich in einem Fluss?«, mischte Sarah Clarice sich ein. »Wenn man mit Wasser spielen will, warum macht man das nicht in einer Kläranlage oder im Labor, irgendwo jedenfalls, wo man vor indiskreten Blicken geschützt ist?«

»Guter Punkt«, sagte Baduel. »Aber vielleicht wollte man gerade am Wasser in der Natur etwas ausprobieren.«

Alle drei schwiegen.

Irgendwann erkundigte sich Sarah Clarice: »Und wie kann man eine solche zeitweilige Veränderung hervorrufen?«

Matheus schaute den alten Physiker an. »Durch Beschießung mit radioaktiver Energie?«

»Nein«, antwortete Baduel. »Wasser, das radioaktiv verseucht wird, mit Uran zum Beispiel, ist dauerhaft beeinträchtigt.«

»Nun, das ist vermutlich nichts, was diesen Leuten großartig Sorgen bereiten würde.« Für einen Moment stand Sarah Clarice das Bild vom kleinen Lucas mit seinen grauenvollen Verstümmelungen vor Augen.

»Stimmt auch wieder«, sagte Baduel.

»Aber wozu soll das nützen, kontaminiertes oder doch wenigstens unbrauchbares Wasser patentieren zu lassen? Wenn man über längere Zeit hinweg Wasser ohne mineralische Salze trinkt, wird man doch krank«, gab Matheus zu bedenken.

»Sicher.« Baduel dachte immer noch über das Warum nach. »Vielleicht geht es hier vor allem ums *Prinzip* und nicht um das Ergebnis.«

»Es soll darum gehen, bestimmte Grundlagen zu etablieren, mit deren Hilfe ich ein neues Wasser patentieren lassen kann? Meinen Sie das?«, hakte Matheus nach.

Ernesto Baduel hatte plötzlich eine klare Vorstellung im Kopf. »Sicher. Es geht vermutlich nicht darum, sich die Verteilung zu sichern, also die Wasserhähne, die Zisternen oder die Flaschen, sämtliche Flaschen der Welt von mir aus. Und es geht vermutlich auch nicht darum, die Quelle zu besitzen. Was ist übrigens eine Quelle?«

Sarah Clarice und Matheus antworteten fast gleichzeitig, wie in der Schule: »Eine Quelle ist der geographische Ort, an dem ein Gewässer aus der Erde hervortritt.«

»Genau«, bestätigte Baduel. »Ich rede nicht davon, dass man vielleicht die Quelle besitzen möchte. Ich rede davon, dass man die Sache selbst besitzen möchte. Die Formel.«

Das tiefe Schweigen, das sich nun herabsenkte, ließ die durchdringenden Schreie der Papageien, die in den Zweigen der Mangobäume herumtollten, noch deutlicher hervortreten.

Sarah Clarice schaute Matheus an. »Aber das ist doch nicht möglich.«

Baduel trat näher an sie heran. »Die Idee, ein neues Wasser zu schaffen, ist nicht neu, nicht wahr, Braga?«

»Beziehen Sie sich auf das Polywasser?«

»Auch«, bestätigte Baduel.

»Polywasser?«, erkundigte sich Sarah Clarice, zunehmend irritiert.

»Ja.« Baduel ging wieder zwei Schritte in Richtung Fenster. »In den Sechzigerjahren war eine Gruppe russischer Wissenschaftler davon überzeugt, eine andere Art Wasser gefunden zu haben als das, mit dem wir uns jeden Morgen das Gesicht waschen. Eine Abart des normalen Wassers sozusagen, in dem sich die Moleküle auf anomale Weise miteinander verbinden. Die Hypothese drang über die Grenzen der Sowjetunion hinaus und sprach sich auch im Westen herum. Für eine gewisse Zeit geisterte der Kult um das neue Wasser durch die gesamte Wissenschaftlergemeinde. Ein paar Jahre später wurde die Theorie dann Stück für Stück demontiert und fiel schließlich dem Vergessen anheim. Der Mythos, dass es ein anderes Wasser geben könne als das in der Natur vorhandene, wurde aber nie ganz entkräftet. Wasser ist ohnehin ein kaum ergründetes Mysterium.«

»Aber warum sollte jemand eine Hypothese testen wollen, die von der Geschichte hinweggefegt wurde? Und dann noch am São Francisco?«, fragte Matheus.

Der Physiker ging im Zimmer herum und schüttelte den Kopf. »Vielleicht lagen die Wissenschaftler, die die Möglichkeit der Existenz von Polywasser geleugnet haben, ja gar nicht richtig. Und möglicherweise stehen wir kurz vor der Entdeckung eines neuen Produkts, auf das man theoretisch ein Copyright anmelden könnte.« Langsam ließ er den Blick über die beiden jungen Leute vor ihm gleiten. »Und ich muss euch ja sicher nicht erklären, was das bedeutet. Ihr dürft nicht vergessen, dass es Mächte gibt, die permanent damit beschäftigt sind, die Idee von Wasser als Allgemeingut, als unantastbare Ressource, infrage zu stellen. Manch einer hat aus diesem Kampf eine Quelle unerschöpflichen Reichtums gemacht.«

Ernesto Baduel war wieder vor dem Computer stehen geblieben und starrte auf den Bildschirm. »So wie der Drache«, flüsterte er.

»Wie bitte?«, fragte Sarah Clarice. »Haben Sie gerade *Drache* gesagt?«

»Ja«, bestätigte Baduel. »Der alleinige Herrscher über IntháWater.«

»Und wer soll das sein?«

Baduel kratzte sich an der Stirn und schaute wieder aus dem Fenster. In sein altes Gesicht war plötzlich ein trauriges Lächeln getreten.

In diesem Moment hörte Matheus ein Pfeifen, wie eine Art Luftzug. Baduel griff sich an die Brust und riss den Mund auf. »Aber was …« Im nächsten Moment fiel er auf die Knie. Blut trat zwischen seinen Fingern hervor.

Matheus warf sich auf Sarah Clarice und zog sie zu Boden. »Unten bleiben, unten bleiben«, rief er und drückte ihren Kopf runter. Dann brüllte er: »Hilfe!«

Juliana kam herbeigeeilt. »Oh mein Gott. Romildo! Romildo! Komm sofort her!«, schrie sie aus voller Brust.

Was in den nächsten Minuten geschah, würde auf ewig in Matheus' Gedächtnis eingebrannt bleiben. Gleichzeitig verschwamm es wie ein skurriler Traum.

Ein schlanker Mann in schwarzen Bermudashorts mit einem Strohhut auf dem Kopf kam ins Arbeitszimmer und drückte sich wie in einer Westernszene neben dem Fenster an die Wand. Dann begann er, mit einem langen Gewehr aus dem Fenster zu schießen. Dutzende von Projektilen verschoss er. Schließlich kniete er nieder, drehte Baduels Körper mit einer schnellen Bewegung um und legte ihm zwei Finger an den Hals.

»Ich glaube nicht, dass er es schafft, verdammter Mist.«

Er rief nach Juliana und befahl ihr, sofort Männer in den Wald zu schicken. »Der Täter muss versuchen, zur Staatsstraße zu flüchten.«

Die Frau gehorchte sofort.

Plötzlich regte sich Baduels Hand und winkte Romildo zu sich. Der Mann kauerte sich auf den Boden und legte das Ohr an den Mund des alten Physikers. Ein paar Sekunden verharrte er so, dann erhob er sich wieder und schaute Matheus an.

»Was hat er gesagt?«, fragte der.

»Ich weiß nicht, ob ich ihn richtig verstanden habe, aber ich denke, er hat gesagt, dass ihr mit Augusto Miller in São Paulo sprechen sollt.«

»Augusto Miller, hat er gesagt?«

»Ja. Und dann hat er noch gesagt, dass ihr so schnell wie möglich von hier verschwinden sollt.«

Innerhalb von zwei Stunden hatten sie die Fazenda verlassen. Romildo hatte sie in ein unscheinbares Hotel außerhalb von Paraty gebracht, das direkt an der Staatsstraße lag. »Das sind Freunde, vertrauenswürdige Leute. Mit der Polizei werden wir uns schon herumschlagen. Ihr verschwindet so bald wie möglich. Viel Glück.« Dann war er verschwunden.

Sarah Clarice und Matheus blieben auf dem Zimmer, wo sie ein karges Mahl zu sich nahmen, und beschlossen, sofort nach São Paulo zu fahren. Matheus war überzeugt davon, dass Cássia ihnen helfen würde. »Sie stammt aus einer einflussreichen Anwaltsfamilie«, sagte er. »Außerdem ist es besser, wenn wir uns eine Weile von Bahia fernhalten.«

Sarah Clarice war erschöpft, stimmte aber zu.

Plötzlich klingelte ihr Handy. Das wird das Büro sein, dachte sie. Auf dem Display erschien jedoch eine Nummer aus Rio.

»Ja?«

»Sarah Clarice Young?«

Sie runzelte die Stirn. Die Stimme hatte einen ausländischen Akzent. »Ja. Mit wem spreche ich?«

»Mein Name ist Carlo Apostolo. Ich bin italienischer Journalist.«

Ihr Herz fing an zu trommeln, dass es fast schon schmerzte. Sie suchte Matheus' Blick. »Ich weiß, wer Sie sind.«

»Woher?«

»Sie sind vielleicht die letzte Person, die vor Nelson Bragas Tod mit ihm gesprochen hat.«

»Eigentümlich. Ich dachte, das seien Sie gewesen.«

»Woher haben Sie meine Nummer?«

»Ich habe bei Ihnen im Büro angerufen, und dort hat man sie mir gegeben.«

»Komisch. Das dürfen die eigentlich nicht.«

»Man merkt, dass Ihre Kollegen es noch nie mit jemandem zu tun hatten, der Sie unbedingt finden wollte.«

»Was wollen Sie von mir? Ich bin nicht im Büro und habe nur wenig Zeit.«

»Vielleicht weiß ich, was mit Nelson Braga passiert ist.«

»Was wollen Sie damit sagen?«

»Wussten Sie, dass Nelson einen Bruder hat?«

»Sicher. Der steht hier vor mir.«

»Sie meinen vermutlich Matheus. Von dem rede ich nicht, sondern von einem dritten, Ulisses.«

Sarah Clarice kniff die Augen zusammen. »Nein, das wusste ich nicht. Und was hat er mit Nelsons Tod zu tun?«

»Darüber sollten wir nicht am Telefon reden, Sarah Clarice. Ich bin aber überzeugt davon, dass er etwas damit zu tun hat. Es wäre besser, wenn Sie nach Rio kommen könnten.«

»Das geht jetzt nicht. Wir wollten gerade …« Sie unterbrach sich und sagte stattdessen: »Ich rufe Sie demnächst zurück. Geben Sie mir Ihre Nummer.«

»Die ist jetzt in Ihrem Handy gespeichert. Melden Sie sich.« Dann legte er auf.

Sarah Clarice starrte auf das Display.

»Wer war das?« Matheus stand vor ihr und schaute sie mit seinen türkisblauen Augen an.

Sarah Clarice spürte alle Wut der Welt in sich aufsteigen.

Vierter Teil

Bogen

21

Auf dem Weg, der mit Kiefernnadeln bedeckt war, hörte man das Knirschen der Schritte nicht. Der Mann, der die Expedition anführte, hatte diese Strecke in den letzten Tagen mehrfach zurückgelegt und wusste, dass es von hier aus nicht mehr weit war. Leo war ein französischer Geologe, vierunddreißig Jahre alt. Haare hatte er keine, dafür aber einen dichten, ungepflegten Bart.

Mit Leo war ein Mann unterwegs, der deutlich älter war. Es war heiß an diesem Tag im süditalienischen Sommer, aber im Wald waren die Temperaturen angenehm, und die kleine Expedition schritt schweigend voran. In der Macchia, wo sich der Weg verschlechterte, verlangsamte Leo das Tempo. Er hob einen Arm und streifte mit den Fingerspitzen die Blätter einer Buche. Der Alte hinter ihm hockte sich auf die Hacken und atmete langsam und gleichmäßig durch. Mit einer Hand stützte er sich am Boden ab und beobachtete den Geologen von unten her. Beide Augenpaare waren von einem wässrigen Blau.

»Wir haben es gleich geschafft«, sagte Leo.

Der Alte nickte zerstreut und bedeutete dem Mann weiterzugehen. Er kannte ihn schon seit mindestens zehn Jahren.

Leo bahnte sich einen Weg zwischen den Bäumen hindurch. Inmitten dieser imposanten Pflanzenwand konnten die Männer es nicht sehen, aber sie bewegten sich über einen Kamm aus uraltem Kalkgestein, auf dem die Natur, ohne jede Erlaubnis, seit Jahrtausenden in die Vertikale emporwucherte. Und unter ihnen gähnte, wie ein gewaltiger lautloser Schrei, das Nichts.

Der Alte schleppte sich voran, warf immer wieder Blicke um sich und zählte seine Schritte. Aus den Tiefen seines Inneren spürte er eine altbekannte Freude aufsteigen, die sich nicht in Worte fassen oder beschreiben ließ: die Euphorie der letzten Schritte und der regelmäßige Rhythmus des Einen-Fuß-vor-den-anderen-Setzens, der irgendwann zum Ziel führt. Früher hatte er es nicht nötig gehabt, sich von Leo wie von Einem Blindenhund führen zu lassen, aber die Freude war dieselbe. Er spannte den Kiefer an und konzentrierte sich auf den Rhythmus seiner Schritte.

Wie erwartet hörte der Wald schließlich auf, und sie mussten sich mit den Händen vor dem Sonnenlicht schützen. Vor ihnen hatte sich eine Lichtung geöffnet, eine überwältigende Naturbühne vor einer steilen Felswand.

»Da sind wir«, sagte der Geologe, ohne sich umzudrehen. »Möchten Sie eine Pause machen, Doktor, oder wollen wir gleich weitergehen?«

Der Alte schaute sich um und schien ihn gar nicht gehört zu haben, setzte sich dann aber wieder in Bewegung. Leo ging um den Felsen herum, diese bräunliche, gelegentlich auch schwarzsilbrige Steilwand, und stand nach wenigen Schritten vor dem Eingang zur Höhle. Aus der Leinentasche, die an seiner Schulter hing, holte er zwei Taschenlampen heraus.

»Es ist sehr eng da drin. Passen Sie auf, wo Sie die Füße hinsetzen, und achten Sie vor allem auf Ihren Kopf.«

Der Alte sog durch die Nase Luft ein und erkannte den unverwechselbaren Geruch auf Anhieb. Er lächelte im Dunkeln. In der Höhle war es kalt, und es schauderte ihn. Das hatte aber nichts mit dem plötzlichen Temperatureinbruch zu tun, sondern ausschließlich mit den überwältigenden Gefühlen.

»Riechen Sie das?«

Er tat noch ein paar Schritte, aber der Gang wurde immer enger. Der tote Winkel, den er erreicht hatte, mündete in einen Schlund, durch den, wie es im Lichte der Taschenlampe aussah, nicht einmal ein Kind schlüpfen könnte. Der Alte blieb stehen und richtete die Taschenlampe in die Höhe. Leo riss die Augen auf. Was er da sah, war ein nahezu perfektes Gewölbe. Das Rauschen, dem sie bislang gefolgt waren, wurde jetzt lauter. Ein Wind schien es herbeizutragen. Leo trat neben den Alten und sah, dass er den Arm ausstreckte und die Felswand berührte.

»Fühl nur«, sagte er.

Der Geologe berührte den Felsen ebenfalls, und seine Hand wurde nass.

»Spürst du die Kraft? Es dringt mit der Macht eines Babys, das geboren werden will, aus dem Fels. Merkst du das, Leo?«

In diesem Moment fiel das Licht der Taschenlampe auf das hagere Gesicht des Alten und ließ es geisterhaft blass aus der Dunkelheit der Höhle hervortreten.

»Wir sind an der Quelle angelangt. Gib mir das Glas«, sagte er.

Der Geologe steckte die Hand in seinen Beutel und zog ein schwarzes Lederfutteral heraus. Darin befand sich, geschützt von elfenbeinfarbenen Satinkissen, ein Kristallkelch. Der Alte hockte sich auf die Hacken, den Kelch in der einen, die Taschenlampe in der anderen Hand. An einem Felsvorsprung stauchte sich der Strahl, und so war der Kelch in wenigen Sekunden gefüllt. Das Glas funkelte im Licht der Taschenlampe und ließ eine kostbare Filigranarbeit aus Dukatengold hervortreten: einen Drachenkopf.

Er trank schweigend, dann steckte er zwei Finger ins Wasser, schloss die Augen und berührte mit den Fingerspitzen seine Stirn. Der Geologe betrachtete ihn stumm, sah aber nicht viel mehr als einen Schatten, eine Gestalt, die zunehmend an Konturen verlor. Das Geräusch, mit dem in regelmäßigen Abständen Wassertropfen auf dem Felsen zerbrachen, war der einzige Laut in der Stille ringsum.

»Drache«, flüsterte der Geologe und leuchtete ihm mit der Taschenlampe ins Gesicht. »Erlauben Sie mir, Ihnen alles Gute zum Geburtstag zu wünschen.«

»Danke, Leonardo.« Der Alte trat aus dem Lichtkegel heraus. Der Geologe sah, wie er sich der feuchten Wand näherte, wie seine Hand darüberstrich, aber die Gestalt hob sich praktisch nicht mehr vom Felsen ab.

Nur die so charakteristische raue Stimme des Alten vernahm er. »Jetzt gehöre ich diesem Wasser. Und dieses Wasser gehört mir.«

22

Am Morgen nach seinem achtzigsten Geburtstag schlug der Drache sehr früh die Augen auf. Dem Karmeliterinnenkloster, das man zu einem Luxushotel umgebaut hatte, fehlte es ein wenig an Authentizität, aber die Atmosphäre hatte etwas Entspannendes. Er schaute sich lange in seinem Zimmer um. Irgendetwas gefiel ihm hier. Vielleicht dieses Licht. Das Zimmer war karg eingerichtet. Ein Luxusgefängnis für wenige Auserwählte. Das Fenster war nicht viel mehr als ein schmaler Schlitz, durch den man Teile von Matera erblickte, eingetaucht ins Licht der Morgendämmerung. Sanft legte sich das Altrosa über die Erdtöne der Hauswände.

Der Himmel war wolkenfrei, aber von einem diesigen Schleier überzogen. Obwohl Sommer war, strahlte der Travertin-Boden, dem man seine poröse Patina wiedergegeben hatte, Kühle aus. Natürliches Licht fiel auf die Silhouette des Drachen. Er war vollkommen nackt und hatte mitten im Zimmer die Stellung eingenommen, die er selbst ›Königsschildkröte‹ nannte. Die Augen geschlossen und vollkommen reglos, verharrte er zweiunddreißig Minuten lang wie eine Statue in dieser Position.

Er konnte sich nicht erinnern, wann die Welt angefangen hatte, ihn so zu nennen: Drache.

Tatsächlich kannte die Welt seinen wahren Namen gar nicht. Seinen wahren Namen kannte niemand. Wenn jemand an ihn dachte, dann dachte er einfach an Faucon, Jean-Sebastian Faucon, für seine engsten Mitarbeiter auch ›der Doktor‹. Andere wiederum verlängerten den Namen um ein paar Zentimeter: dieser gewaltige Bastard Faucon.

Geschichten gab es viele über ihn, und ebenso viele Leute, die behaupteten, die einzig wahre zu kennen, einschließlich nie gehörter, überraschender Details.

Es hatte eine Zeit gegeben, in der er Sebastiano geheißen hatte. Den Namen hatte er von seinem Großvater geerbt, einem Bauern. Die Familie war arm gewesen, sehr arm. Irgendwann hatten sie ihr süditalienisches Dorf verlassen und in Argentinien ein neues Leben begonnen. Großvater Sebastiano war noch im Jahr ihrer Abreise, 1940, gestorben. Vermutlich hatte er beschlossen, dass man der Sache besser ein Ende bereitete, bevor man sich auf eine solche Reise begab. So konnten die Knochen dort begraben werden, wo man sein gesamtes Leben verbracht hatte.

Die Familie war aber tatsächlich aufgebrochen. Sebastiano war vierzehn gewesen und seine Schwester Laura noch gar nicht geboren. Seine Eltern hatten die allergrößten Hoffnungen mit dieser Reise verbunden.

In den ersten Jahren in Argentinien litten sie Hunger. Vater Alfredo konnte allerdings Brot backen. Italienisches Brot. Sie verließen Buenos Aires und zogen nach Rosario, damals ein ländliches Städtchen, in dem Sebastianos Vater unter größten Entbehrungen eine kleine Bäckerei erwerben konnte. So klein war sie, dass es nicht einmal ein Schild gab, nur den Duft von Brot, um Kunden anzulocken. Alfredos Brot, wie die Leute sagten. In der staatlichen Schule von Rosario nannte ihn niemand mehr Sebastiano. Das ›o‹ am Ende wurde einfach verschluckt, und so wurde er Sebastian.

Dieser Abschnitt seines Lebens kam ihm wie eine alte Geschichte vor, so alt, dass sie manchmal die Geschichte einer anderen Person zu sein schien, ein Märchen oder eine uralte Legende.

Rosario lag in der Provinz Santa Fe, die zusammen mit der Masse der Bauern und Landbesitzer wuchs. Es gab aber auch viel Industrie, die ganze Wellen von europäischen Immigranten aufsog. Die Gegend war arm, aber durchdrungen von einer gewissen Lebensenergie. Seine Mutter fand Rosario hässlich, aber Sebastian gefiel der belebte Hafen am Paraná mit seinem braunen Wasser, das sich bei Sonnenuntergang golden färbte. Oft kehrte er nach der Schule nicht nach Hause zurück, um seine Hausaufgaben zu machen, sondern ging mit seinen Freunden, die mindestens drei verschiedene Sprachen sprachen, zu den Kais, um die vollbeladenen Schiffe in Richtung Buenos Aires auslaufen zu sehen. Er träumte davon, mit einem dieser Schiffe fortzufahren, irgendwo in die Welt hinaus. Stattdessen verbrachte er die meisten Nachmittage in dem Zimmer über der Bäckerei, das neben einem weiteren Zimmer ihre Wohnung ausmachte. Seine Mutter verkaufte Brot und Focaccia, und er musste sich um seine kleine Schwester kümmern. Lernen fiel Sebastian leicht, aber er hatte keine Freude daran, denn er lernte in einer anderen Sprache als der, die er zu Hause sprechen musste.

Mit der Zeit entwickelte sich die Gegend um die Plaza 25 de Mayo zu einem Geschäftszentrum, und die Bäckerei lief immer besser. Sein Vater stand die ganze Nacht am Ofen, ruhte sich am Morgen ein wenig aus und kehrte dann an die Arbeit zurück, um den Teig anzusetzen. Eines Tages erschien ohne Vorwarnung ein junger, muskulöser Mann und wurde erst Gehilfe, dann Geselle in der Backstube. Für Sebastian war das ein harter Schlag.

›Du sollst lernen und nicht backen‹, schimpfte sein Vater. ›Schon weil das Brot hier nicht wirklich gelingen kann. Hast du kapiert?‹

Sebastian kapierte keineswegs. ›Warum sagst du das? Die Leute sind verrückt nach deinem Brot. Schau dir die Schlange an.‹ Er mochte das Brot. Alle mochten Alfredos Brot.

Aber sein Vater hatte für alles eine Erklärung. ›Das Wasser hier mag gut sein fürs Land, das Land der Großgrundbesitzer von Santa Fe‹, antwortete er. ›Es ist gut für die *Gauchos* der Pampa, aber für das Brot ist es nicht gut. Und Brot wird mit Wasser gemacht. Wenn das Wasser nicht gut ist, kann das Brot nicht gelingen. Da ist nichts zu machen.‹ Er schüttelte den Kopf mit der Riesennase, von der Sebastian wusste, dass er sie geerbt hatte. Er schämte sich dafür. Es war eine italienische Nase. Die Nase eines Immigranten.

1946 wurde Juan Perón Präsident und begann, Teile der Industrie zu verstaatlichen. Sebastian war zwanzig, und er hatte es satt, mit seiner Schwester, seiner Mutter und dem zunehmend reizbaren Vater in zwei Zimmern zu wohnen.

Er schmiss das Studium und fand Arbeit in einer Textilfabrik, in der Militäruniformen hergestellt wurden. Eine grauenhafte, monotone und gelegentlich auch gefährliche Arbeit – denn die Höllenmaschinen konnten verletzen und töten. In der Fabrik geschahen allerdings zwei Dinge, die über den Verlauf seines Lebens bestimmen sollten. Wie die meisten Textilunternehmen beschäftigte auch dieses fast nur Frauen, junge argentinische Arbeiterinnen. Magdalena war das schönste Mädchen, das Sebastian je gesehen hatte. Er sorgte dafür, dass in ihrer Abteilung immer irgendein technisches Problem auftauchte. Die Liebe war nur eine Frage der Zeit, eine überwältigende Liebe, die alles Glück der Welt zu verheißen schien.

Außerdem lernte er Pino kennen.

Pino Juárez war der technische Leiter seines Teams, ein Indianer mit dunkler Haut und schwarzen Augen. Er schloss sofort Freundschaft mit ihm.

Am ersten Mai 1948 war Sebastian früh aufgewacht. Er wollte den Feiertag mit Magdalena verbringen und sie fragen, ob sie ihn heiraten wolle. Er hatte ihr sogar einen billigen Ring mit einem kleinen Brillanten gekauft. Sie waren am Parque de la Independencia verabredet. Es war ein regnerischer Tag im südamerikanischen Herbst, aber Sebastian fand ihn herrlich. Magdalena kam nicht zu der Verabredung, und so ging er zu ihr nach Hause. Nachdem er lange auf ihre Schwester eingeredet hatte, konnte die sie schließlich dazu bewegen, ihr Zimmer zu verlassen. Man sah, dass sie geweint hatte. In den nächsten Minuten erzählte ihm Magdalena, dass sie in eine Stadt ziehen würden, deren Name Sebastian noch nie gehört hatte: Catamarca. Man hatte den Vater, der Zollinspektor war, dorthin versetzt. Magdalenas Mutter war geisteskrank, und so musste Magdalena wohl oder übel mit der Familie mitgehen. Unter Tränen gaben sie sich das Versprechen, sich bald wiederzusehen. Als er nach Hause zurückkehrte, dachte Sebastian mit der Wut eines waidwunden Tiers an diese fremde Stadt. Auf der Straße begegnete er jungen Leuten, die zu einem der Mai-Umzüge gingen, und als er auf der Plaza 25 de Mayo ankam, winkte ihm Pino Juárez zu.

»Lass uns einen Wein trinken gehen.«

Sebastian folgte ihm.

Die Taverne lag in der Nähe des Hafens. Die Matrosen betranken sich und schienen sich nicht im Mindesten für den Feiertag zu interessieren. Es stank nach schlechtem Essen, aber es lag eine gewisse Gelassenheit über allem.

»Ich habe beschlossen, auf der *Forestiera* anzuheuern«, sagte Pino, während er an seinem Wein nippte.

»Der *Forestiera?* Was ist das?«

»Das Schiff einer englischen Schifffahrtsgesellschaft. Sie läuft nach Buenos Aires aus. Dort wird die Mannschaft auf ein größeres Schiff verbracht.«

»Du willst deine Arbeit hier aufgeben?«

»Diese Scheißarbeit?« Pino betrachtete ihn mit seinen gelben Augen, den Augen einer Burma-Katze. »Warum kommst du nicht mit?«

»Ich?« Sebastian zog ein merkwürdiges Gesicht. Sein Blick verschleierte sich. Er dachte an Magdalena und die Stadt mit dem fremden Namen.

»Klar. Was willst du denn hier? War es nicht immer dein Traum, zur See zu fahren? Die Heuer ist nicht gewaltig, aber das Schiff fährt bis in den Orient. Man hat mich gefragt, ob ich noch jemanden kenne, und da habe ich sofort an dich gedacht. Stell dir nur vor: Die große, weite Welt, Sebastian …«

Der biss sich auf die Lippe. »Ich muss darüber nachdenken. Keine Ahnung.«

»Denk nicht nach, komm einfach mit, und fertig.«

Zwei Wochen später befand er sich auf der *Forestiera.*

Das große Schiff hieß *Queen Elizabeth.* Sebastian war schon die *Forestiera* groß vorgekommen, aber als er die *Queen Elizabeth* sah, riss er die Augen auf. Das Schiff legte ab und fuhr über den Atlantik nach Afrika. In Luanda lag es viele Tage im Hafen, löschte tonnenweise Baumwolle, lud tonnenweise Edelhölzer, nahm wieder Kurs auf, umrundete das Kap der Guten Hoffnung und fuhr dann ostwärts in Richtung Bombay.

Pino arbeitete im Maschinenraum, während Sebastian für den Laderaum eingeteilt worden war. Eine höllische Arbeit. Es gab Tage, an denen er kein Sonnenlicht zu sehen bekam und nur den Gestank unter Deck atmete. Während seine Arme unerträglich schmerzten, war das Gesicht seines Freundes, wenn er ihn gelegentlich traf, über und über mit Öl verschmiert, die Augen knallrot. Pino war allerdings zufrieden und freute sich über den Kameradschaftsgeist im Maschinenraum, dem *Herzen der Bestie,* wie er die *Queen Elizabeth* nannte. Sebastian wiederum spürte, dass diese Rattenexistenz nicht das war, was er sich erträumt hatte. Eigentlich hatte er sich an Deck gesehen, den Salzgeruch der Meere in der Nase, während am Horizont ferne Länder auftauchten. Stattdessen versauerte er im ranzigen Schweißgeruch seiner Gefährten und musste im flackernden Licht der Petroleumlampen die Augen zusammenkneifen.

Von Bombay aus fuhr die *Queen Elizabeth* direkt nach Shanghai, eine Reise, die noch länger und kräftezehrender war. Sebastian beschloss, dass es für ihn die letzte sein würde.

Als sie sich voneinander verabschiedeten, wünschte ihm Pino viel Glück.

Manch einer behauptet, von hier an sei die Geschichte authentisch. Manche glauben eher an andere Versionen, aber das macht eigentlich keinen großen Unterschied. Sicher ist, dass Shanghai wenige Monate nach Sebastians Ankunft von der kommunistischen Armee unter Mao Tse-tung eingenommen wurde. Das war im Mai 1949.

Das Paris des Orients war, nach allem was er gehört hatte, die Stadt der tausend Möglichkeiten. Der Hafen war allerdings ein wuselndes Dreckloch, das verschiedene Clans unter sich aufgeteilt hatten. Da er zwei Sprachen beherrschte und von drei weiteren ein paar Brocken verstand – den Freunden seiner Kindheit sei Dank –, fand Sebastian bei einem belgischen Importeur Arbeit. Der hatte es im Spirituosenhandel zu einem gewissen Wohlstand gebracht, und als der Sohn des Bäckers Alfredo nun für ihn Geschäftsbriefe aufsetzte, das Lager betreute und Inventarlisten erstellte, entdeckte Sebastian sein Herz für all die aus weiter Ferne eintreffenden Holzkisten. Er lernte, Etiketten zu unterscheiden: die Etiketten der besten Portweine und die der edelsten Sherrys, die von den reichen Engländern in Shanghai sehnsüchtig erwartet wurden, und die der kostbaren französischen Champagner. Noch stärker als den Etiketten galt sein Interesse allerdings den Flaschen. Diese schönen Behältnisse, die das Aroma der Spirituosen über Jahre hinweg in sich verschlossen, faszinierten Sebastian. Der Cognac liebte die schwellende Silhouette, schottischer Whisky kam feierlich daher, während Dessertwein aus Sizilien nicht anders reisen konnte als in zarten Flaschen mit dünnem Hals. Nicht die Flüssigkeit passte sich dem Behältnis an, es war genau umgekehrt.

So vergingen einige Jahre. Sebastian lernte Chinesisch und hatte bald viele Freunde. Und alle kannten ihn unter dem Namen ›der Argentinier‹.

Maos Herrschaft war dem Geschäft des Belgiers nicht zuträglich, und so musste das Unternehmen 1954 die Tore schließen.

Zu dieser Zeit lebte Sebastian mit einer älteren Frau zusammen, einer anmutigen, faszinierenden Chinesin namens Su Wong. Manch einer behauptet, sie sei die Witwe eines SS-Offiziers gewesen, der nach dem Untergang Berlins mit einem Haufen Gold in den Taschen hatte fliehen können. Derselben Quelle zufolge hatte Su Wong als Spionin in den Diensten der japanischen Polizei gestanden.

Der Nazi war, wie sollte es anders sein, dem Champagner zugetan und gehörte zu den besten Kunden des Belgiers. Bald schon begann das Liebesverhältnis zwischen Sebastian und Su Wong.

Am 16. Februar 1956 wurde die gehobene Shanghaier Gesellschaft von einer furchtbaren Nachricht erschüttert: In der Badewanne des großen Hauses am Fluss hatte man Su Wongs Leiche gefunden, mit aufgeschnittenen Pulsadern. Die zuständigen Instanzen mochten nicht an Selbstmord glauben und beschuldigten den Argentinier der Tat. Von ihm fehlte allerdings jede Spur, und der Tresor im Haus war leer.

Hier bricht seine Lebensgeschichte für einige Jahre ab. Niemand weiß mehr etwas über ihn.

23

Heute existiert es nicht mehr, aber gegen Ende der Fünfzigerjahre gab es in einem schmutzigen, schlecht beleuchteten Gässchen im alten Bangkok ein Restaurant namens Ping Li. Es gehörte einem alten Thai mit Glatze, kleinen, feuchten Äuglein und zwei lang herabhängenden grauen Schnurrbartenden. Sein Name war Luon Li O.

Er war Witwer und nicht gerade gesprächig. Seit dem Tod seiner Frau führte er das kleine Restaurant alleine, unterstützt von einer jungen Kellnerin und zwei Köchen. Das Ping Li war oft voll – zum einen, weil es nur wenige Tische besaß, zum anderen aber auch wegen seines guten Rufs. Man aß dort sehr gut, und Luon Li O war ein ehrenwerter Mann.

Obwohl sich in der Nähe des Ping Li der Wat Traimit befand, der Tempel des Goldenen Buddha mit der imposanten, so unergründlich dreinschauenden Buddha-Statue aus über fünf Tonnen Gold, war es eine der elendsten Gegenden der Stadt. Im Morgengrauen, wenn die Luft noch nicht vom Essensgeruch der tausend Garküchen erfüllt war, von Teigtaschen mit Curryhuhn und frittierten Garnelen mit Ingwer, konnte man die salzige Luft des Flusses riechen, des Chao Phraya.

An jenem Morgen war die Sonne hinter dem schwimmenden Markt sicher längst aufgegangen, aber in die Gasse wollte das Licht noch nicht vordringen. In der Nacht hatte es geregnet, und vom Pflaster stieg bläulicher Wasserdampf auf.

Die Szene, die Sebastian vor Augen hatte, dürfte mehr oder weniger die folgende gewesen sein: Der Körper des Alten liegt in einer unnatürlichen Position am Boden, der Junge kniet auf ihm und ist damit beschäftigt, in seinen Taschen herumzukramen. Es war ein hagerer Junge, der etwas trug, das an Fetzen erinnerte, während seine Füße nackt waren. Sobald er Sebastian sah, sprang er auf und machte sich davon.

»Was glotzt du so, du Dreckschwein?«, zischte er, als er an Sebastian vorbeikam.

In diesem Moment hörte man den Alten mit erstickter Stimme rufen: »Gib mir mein Geld zurück, du Hundesohn.«

Weit kam der Junge nicht. Etwas traf ihn mit der Präzision eines Projektils an der Stirn. Das Geld verteilte sich auf dem Straßenpflaster. Bevor der Junge in sich zusammensackte, starrte er Sebastian ungläubig an, dann kippte er um und stöhnte. Sebastian sammelte die schmutzigen Geldscheine ein und drehte sie zu einer Rolle zusammen. Dann ging er zu dem Alten, der irgendetwas brummte und aufzustehen versuchte.

»Wie geht es Ihnen? Können Sie alleine aufstehen?«

Der Alte schaute ihn an und zwinkerte mit den schmalen Lidern.

»Hier, Ihr Geld.« Er hielt ihm die Rolle hin.

Der Alte rührte sich nicht, und so steckte Sebastian die Rolle in eine Tasche des vollkommen verdreckten weißen Baumwollkittels. Luon Li O drehte sich auf die Seite und befühlte die Tasche, in der das Geld eine deutliche Beule hinterließ.

»Ich kenne dich. Du bist der mit den Flaschen.«

Sebastian nickte und wollte ihm aufhelfen, aber Luon Li O blieb auf dem Boden sitzen und atmete schwer. Ein paar Meter weiter lag der Junge auf dem Boden.

»Hast du ihn umgebracht?«

»Ich denke nicht. Nein, bestimmt nicht.«

Der Alte musterte ihn wieder. »Ich kenne dich. Warum hast du das getan?«

Sebastian wusste nicht, was er sagen sollte. Eigentlich wäre er am liebsten gegangen. Er war die ganze Nacht wach gewesen und hatte die Buchhaltung gemacht, und jetzt war er müde. Er sagte die Wahrheit: »Keine Ahnung, es war einfach ein Reflex.«

»In diesem Teil der Stadt gibt es nicht viele, die das gemacht hätten. Danke.« Luon Li O blickte auf Sebastians Hände. »Womit hast du ihn erwischt?«

Die Frage überraschte Sebastian, als hätte er es selbst vergessen. Er öffnete die Faust, und es kam ein Drache aus einem türkisfarbenen Stein zum Vorschein. Der Alte betrachtete ihn eine Weile, dann schaute er wieder auf Sebastian, der aber nun sagte: »Geh schnell nach Hause, bevor die Polizei auftaucht.«

Der Alte wollte den Mund aufmachen, aber Sebastian eilte bereits schnellen Schritts die Gasse entlang.

Zwei Tage später rief Luon Li O die junge Kellnerin ins Hinterzimmer neben der Küche. Er sagte, dass er eine halbe Stunde fort sein werde und sie sich um die letzten Kunden kümmern solle. Das war gegen drei Uhr nachmittags. Er streifte den weißen Kittel ab, zog ein kurzärmeliges, blassblaues Hemd an, setzte eine Art wollener Schirmmütze auf und verließ das Restaurant. Nachdem er die Gasse zum Fluss hinuntergelaufen war, bog er in eine breitere Straße mit zahlreichen Geschäften ein. Es wimmelte hier nur so von Menschen und fliegenden Händlern, die an ihren Karren bergeweise Obst verkauften. Autos bahnten sich zwischen Pferdefuhrwerken einen Weg. Nach wenigen Schritten blieb Luon Li O vor einem Schaufenster mit rot lackierten schmiedeeisernen Verzierungen stehen. Rechts war die Tür, auf der in Weiß geschrieben stand: FLASCHEN UND SPIRITUOSEN AUS ALLER WELT. Luon Li O zögerte einen Moment, dann trat er ein.

In der Stille des Geschäfts ertönte eine Glocke. Am Verkaufstresen war niemand, und so blieb der Alte, den Hut in der Hand, neben der Tür stehen und schaute sich um. Sein Blick glitt über die Regale mit den Flaschen und über die Holzkisten auf dem

Boden, von denen einige geschlossen, andere aber geöffnet waren. Auch sie enthielten Flaschen.

»Wie ich sehe, geht es Ihnen gut. Das freut mich.« Sebastians Stimme ließ ihn zusammenfahren.

»Guten Tag! Ja, mir geht es gut, und das verdanke ich Ihnen.«

»Das kann man so nicht sagen. Ich habe Ihnen bloß Ihr Geld zurückgegeben.«

Luon Li O merkte, dass der Mann mit dem Akzent einer Person sprach, die lange in China gelebt hatte. Vorher musste er allerdings woanders gewohnt haben, weit weg von den himmlischen Gefilden.

»Nein, da irren Sie sich, Sie haben viel mehr getan.« Er trat an den Tresen heran. »Mein Name ist Luon Li O. Ich habe ein kleines Restaurant hier um die Ecke, das Ping Li.«

»Das kenne ich, auch wenn ich nie dort gewesen bin. Sehr erfreut, Sebastian.«

»Sie müssen einmal vorbeikommen, das wäre mir eine große Ehre.«

Luon Li O registrierte erst die wässrig blauen Augen des Fremden, die merkwürdig ins Ockerfarbene changierten, dann die gewaltige Nase mit dem scharfen Höcker.

»Sebastian und weiter?«

»Einfach nur Sebastian.« Er merkte, dass der alte Thai ihn eindringlich musterte. Das gefiel ihm nicht, und so schwieg er einfach.

»Wie Sie möchten, Sebastian. Darf ich Sie an einem der nächsten Tage zum Essen einladen, als Zeichen meiner Dankbarkeit?«

Sebastian lächelte. Viel hatte er über das tausendjährige Reich Siam nicht gelernt, seit er hergekommen war, aber eines wusste er: Die Einladung eines alten Thai sollte man nie ausschlagen.

»Sicher«, sagte er. »Sehr gerne.«

»Kommen Sie morgen. Wann schließt Ihr Geschäft?«

»Um sechs.«

»Dann kommen Sie um sechs. Ich erwarte Sie.«

Luon Li O setzte seine Mütze auf. Beim Gehen brachte er wieder die Türglocke zum Läuten.

Man weiß, dass Sebastian pünktlich bei Luon Li O eintraf. Wie er von der Straße aus immer vermutet hatte, war das Ping Li ein ziemlich bescheidenes Restaurant: nur ein paar wenige Tische mit Papiertischdecken. Die Kellnerin saß im Durchgang zur Küche, wo im Moment nur ein einziger Koch arbeitete. An zwei Tischen saßen Männer und aßen Suppe. Man weiß, dass Luon Li O seinen Gast begrüßte, indem er erfreut die Arme ausbreitete. Als er sah, dass Sebastian sich umschaute und einen Tisch auszuwählen schien, hob er abwehrend die Hand.

»Wir essen im anderen Raum«, sagte er und bedeutete Sebastian, ihm zu folgen.

Der sagte nichts, sondern lief dem Alten hinterher zu einer Tür, die er auf den ersten Blick gar nicht bemerkt hatte, weil sie mit ihrer türkisfarbenen Lackierung wie ein Wandschirm aussah. Im anderen Raum war es dunkler. Fenster gab es dort nicht, und Sebastian musste die Augen zusammenkneifen. Zunächst hatte er den Eindruck, sich in einem illegalen Spielsalon zu befinden, aber dann erkannte er, dass die Leute, die an den runden Tischen saßen, ebenfalls aßen. Rechts stand eine lange Bar, und auf der gegenüberliegenden Seite erhob sich eine kleine Revuebühne. Der Bühnenrand war mit brennenden Glühlämpchen markiert.

Er hatte schon gehört, dass sich hinter einigen anonymen Bars im alten Bangkok Spielhöllen, Bordelle und Theater mit eher unziemlichen Aufführungen verbargen, aber nie hätte er so etwas hinter dem schiefen Schild des Ping Li vermutet.

Luon Li O zeigte auf einen abgelegenen Tisch, und sofort beeilte sich ein Kellner in einer weißen Jacke, ihnen die Stühle zurückzuziehen. Im selben Moment erschien auf der Bühne eine junge Thailänderin in einem altrosa Kimono. Ein langer Schlitz gab den

Blick auf die schlanken Beine frei. Zusammen mit ihr erschienen zwei Musiker mit einer Pu-che-Trommel und einer Pi-joom-Flöte, deren Klang zum Süßesten gehört, was man sich vorstellen kann. Die Frau fing mit sanfter Stimme zu singen an, die Augen halb geschlossen.

»Mögen Sie Musik?«, fragte Luon Li O.

Sebastian nickte und schaute ihn fragend an.

»Sind Sie überrascht?«, erkundigte sich der Alte.

»Ja und nein. Ein wenig schon, doch.«

»Was möchten Sie essen?«

»Entscheiden Sie doch bitte. Sie kennen die Küche vermutlich besser als jeder andere.«

Luon Li O lächelte, dann rief er den Kellner zu sich und erteilte flüsternd Anweisungen, die Lippen nur wenige Millimeter vom Ohr des Mannes entfernt.

Für unbestimmte Zeit schwiegen die beiden Männer. Um sie herum waren Essgeräusche zu hören, in die sich, wie eine sanfte Welle, die melodiöse Stimme der Sängerin mischte.

Luon Li O musterte Sebastians Gesicht. »Nun, mein Freund, da können wir wohl sagen, dass mir ein Drache das Leben gerettet hat.«

Sebastian war es satt, noch einmal zu betonen, dass er ihn nicht gerettet, sondern ihm nur sein Geld zurückgegeben habe.

»Sie haben mir die Hoffnung zurückgegeben. Das ist mehr, als dieses Geld wert war.«

»Hoffnung – worauf?«

»Auf meinesgleichen.«

»Hatten Sie die verloren?«

»In letzter Zeit war sie etwas ins Schwanken geraten. Aber lassen Sie uns das Thema wechseln. Auch an der Tür zu Ihrem Geschäft habe ich einen schönen Drachen bemerkt. Mögen Sie Drachen?«

Sebastian dachte noch nach, was er darauf antworten sollte, als der Kellner mit einer dampfenden ovalen Suppenterrine erschien.

»Ja, ich mag Drachen.«

»Hier in Thailand bekommt man nicht oft so etwas zu sehen wie das, was Sie neulich in der Hand hatten. Darf ich fragen, woher Ihr Drache stammt?«

In diesem Moment erschien ein kleiner Mann mit einem auffälligen Toupet und einer dicken Hornbrille. Er bat um die Erlaubnis, Luon Li O die Hand küssen zu dürfen. Dann grüßte er Sebastian und kehrte schnell an seinen Tisch zurück.

»Stören Sie sich nicht daran«, sagte der Thai. »Das sind Freunde. Sprechen Sie doch bitte weiter.«

»Den habe ich schon viele Jahre. Ich habe ihn in China gekauft. Er wurde mir geschenkt, vielmehr.«

»Wo?«

Sebastian antwortete nicht, sondern aß den ersten Löffel Suppe.

»Gut«, sagte er. »Sehr gut.«

»Stört es Sie, dass ich Ihnen diese Fragen stelle?«

»Um ehrlich zu sein, lasse ich mich nicht gerne ausfragen.«

»Das habe ich mir schon gedacht. Entschuldigen Sie bitte.«

Nun kam ein anderer Mann, schlank und mit langen Haaren. Er beugte sich hinab und küsste ebenfalls Luon Li Os Hand. Sie unterhielten sich schnell und leise, dann verschwand der Mann wieder zwischen den Tischen.

Es war offensichtlich, dass Luon Li O sehr viel mehr wusste, als er zu erkennen gab. Nur dass er sich im Ameisentempo vortastete, wie es bei Asiaten so üblich war.

»Wie hat es Sie nach China verschlagen?«

Sebastian erzählte ihm von seiner Reise. Er musste den Fragen des Alten gar nicht ausweichen, da der ohnehin schon alles zu wissen schien. Er beschloss, das Spiel mitzumachen.

»Es muss hart gewesen sein, dort unten im Schiff.«

»Das ist jetzt Vergangenheit.«

Luon Li O nickte. Dann fragte er: »Wie haben Sie Su Wong kennen gelernt?«

Sebastian legte den Löffel auf die Tischdecke und wischte sich mit der mit Lilienduft parfümierten Serviette den Mund ab. Unter gesenkten Lidern schaute er seinen Gastgeber an. »Luon Li O, ich möchte nicht unhöflich sein. Ich habe Ihre Einladung sehr gerne angenommen, aber ich bin nicht gekommen, um mich ausfragen zu lassen. Außerdem scheinen Sie ohnehin schon alles über mich zu wissen. Hören Sie also auf, um mich herumzuschleichen, und sagen Sie, warum Sie mich hergebeten haben.« Sebastian hatte die Stimme leicht erhoben, was in dieser Sprache eigentümlich klang.

»Ich möchte Ihnen helfen, bitte echauffieren Sie sich nicht. Sie haben mir geholfen, als ich in Not war, und ich möchte dasselbe für Sie tun.«

»Ich brauche Ihre Hilfe nicht.« Sebastian stand auf und wollte gehen.

»Setzen Sie sich bitte, sonst beleidigen Sie mich.«

»Sie sind zu weit gegangen.«

»Ich möchte Ihnen helfen, Sebastian. Setzen Sie sich.«

»Noch einmal: Ich brauche Ihre Hilfe nicht.«

»Doch, die brauchen Sie, und zwar dringend.«

Sebastian schaute sich um. Die Männer an den anderen Tischen taten so, als würden sie nichts von der Szene mitbekommen. Leiser Applaus erhob sich, als die Sängerin ein Lied beendete. Sie fing sofort mit dem nächsten an.

Sebastian setzte sich wieder. »Was wollen Sie damit sagen?«

»Ich habe zwei Männer vor Ihrem Geschäft gesehen, als ich gestern bei Ihnen war.«

»Das geht Sie nichts an.«

»Meinen Sie? Morgen wird man Sie verhaften. Mit denen ist nicht zu spaßen.«

»Das glaube ich nicht. Ich habe schon öfter Probleme mit diesen Leuten gehabt und weiß mir zu helfen.«

»Dieses Mal ist es anders. Wissen Sie, wer das war?«

»Polizei, ja. Korrupt bis zum Anschlag.«

»Nein, Sie irren sich. Das sind keine gewöhnlichen Polizisten, das ist die politische Polizei von Bhumibol Adulyadej, besser bekannt als Rama IX, der König dieses Landes. Im Westen nimmt man ihn gar nicht zur Kenntnis, aber er ist ein sehr mächtiger Herrscher. Nicht einmal Mao Tse-tung möchte sich mit ihm anlegen. Deshalb tun sie sich gelegentlich einen Gefallen …«

»Was hat das mit mir zu tun?«

»Die Chinesen haben ein langes Gedächtnis. Und sie hassen Geheimnisse. Ich weiß, dass Sie vor zwei Jahren, als Sie nach Thailand gekommen sind, eine beachtliche Menge Gold verkauft haben.«

Sebastian, der dachte, schon alles gehört zu haben, ertappte sich dabei, dass er mit offenem Mund dasaß.

»Machen Sie sich keine Sorgen, Sebastian. Das geht mich nichts an, und ich verurteile Sie auch nicht. Und soviel ich weiß, wollen die Chinesen es auch gar nicht zurück, das Gold von Su Wong.«

»Das Gold stand mir zu.«

Luon Li O lächelte. »Daran zweifele ich nicht. Es scheint aber, dass in dem Tresor auch Steine waren. Und Dokumente.«

»Ich weiß nicht, wovon Sie sprechen. Außerdem …« Er unterbrach sich und starrte den Alten an. »Wer sind Sie eigentlich?«

»Ein ehrenwerter Mann, drücken wir es einmal so aus.« Dann drängte der Alte: »Sie haben die Dokumente gesehen, sagen Sie mir die Wahrheit.«

Sebastian zögerte. »Ich musste sie gar nicht sehen, da ich schon alles wusste.«

»Was wussten Sie?«

»Warum sollte ich Ihnen das erzählen?«

»Das ist eine Frage des Vertrauens. Ich kann Sie vor diesen

Hyänen schützen oder zum Tode verurteilen. In exakt diesem Moment. Doch das möchte ich nicht, weil Sie etwas mir sehr Wichtiges gerettet haben: meine Ehre. Daher muss ich wissen, ob Sie wirklich in Gefahr sind. Was wusste Su Wong?«

»Ich kannte sie nicht gut. Sie hat für die Japaner gearbeitet, die sie teuer bezahlt haben. Die Volksregierung tat so, als wüsste sie von nichts, dabei war sie die Geliebte eines der Revolutionsführer, der über alles im Bilde war. Ihm war klar, dass sie eine Spionin war, aber er hat sie nie verraten, weil er hoffnungslos in sie verliebt war. Ich weiß nicht, was für ein Ende er genommen hat …«

»Nun«, sagte Luon Li O. »Su Wong war eine Frau von ungewöhnlicher Schönheit. Und dieser Bürokrat gehört immer noch zu Maos engstem Kreis. Daher sind Sie in großer Gefahr. Dieser Drache, mit dem Sie neulich nachts diesen Elenden niedergeschlagen haben …« Luon Li O beugte sich zu Sebastian vor und verlieh seinen Worten Nachdruck. »Dieser Drache aus einem Türkis hat zwei Perlen anstelle der Augen, nicht wahr? Und Sie wissen doch, was die Perle für den Drachen bedeutet – die Wahrheit der kaiserlichen Macht. Und in der Politik hat die Wahrheit viele Gesichter. Selbst Mao, der jeden beliebigen Herrscher vor ein Exekutionskommando stellen lassen würde, pflegt zu sagen, dass man die Perle des Drachen respektiere. Ein solches Schmuckstück besitzen nur die Leute aus dem engsten Kreis um Mao. Das ist nicht ein Stein wie jeder andere.« Er schwieg eine Weile, dann starrte er Sebastian wieder an.

»Was versuchen Sie mir mitzuteilen? Dass man meinen Drachen zurückwill? Da lass ich mich lieber aufknüpfen.«

»Nein«, antwortete Luon Li O. »Man will das, wofür er steht: eine Wahrheit mit zwei Augen. Ein Geheimnis. Sebastian, hören Sie mir zu. Ich kann dafür sorgen, dass man Sie nicht verhaftet und die Geschichte allmählich in Vergessenheit gerät.«

»Wie?«

»Ich habe gute Verbindungen zum König. Auch hier haben wir unsere Drachen mit zwei Perlen.«

Sebastian warf ihm einen prüfenden Blick zu. »Dann tun Sie es, wenn Ihnen so viel daran liegt, mir zu helfen.«

»Das werde ich tun. Aber im Gegenzug erwarte ich auch etwas von Ihnen.«

Sebastians blaue Augen blitzten. »Also wollen Sie mir nicht helfen, sondern mich erpressen.«

»Sehen Sie es einfach so: Dies könnte der Beginn einer fruchtbaren Zusammenarbeit werden.«

Sebastian schaute sich noch einmal um. Er spürte, dass ihm ein Schweißtropfen über die kantige Nase rann.

»Was soll ich tun?«, fragte er schließlich.

»Sie kennen doch sicher eine Stadt namens Chiang Mai. Sie liegt im Norden, in der Gegend des Inthanon, des höchsten Berges von Thailand …«

Sebastian nickte, und Luon Li O hob zu einer langen Erzählung an.

24

Wenn es tatsächlich diese Erzählung war, die den Argentinier dazu veranlasste, sich gegen Ende des fernen Jahres 1959 in die Bergregion des thailändischen Nordens zu begeben, dann wird es nie jemand bezeugen können. Hingegen gibt es Beweise dafür, dass am Tag nach der Begegnung zwei Zivilbeamte der politischen Polizei Sebastians Geschäft einen Besuch abstatteten und es vollkommen auf den Kopf stellten – selbstverständlich ohne irgendetwas zu finden. Auch in seiner Wohnung schauten sie vorbei. Nur einen Block vom Geschäft entfernt, lag sie im zweiten Stock eines düsteren alten Holzhauses. Aber auch dort führte die Suche zu nichts, und die beiden verschwanden wieder. Luon Li O hatte Sebastian genau erklärt, wie er sich während der Hausdurchsuchungen verhalten solle, und Sebastian hatte die Ratschläge alle befolgt.

Während des berühmten Essens hatten sie Min-Bier getrunken, was Sebastian überrascht hatte. Nicht so sehr, weil an diesem Tisch Bier getrunken wurde, sondern vielmehr, weil es nicht Singha-Bier war, das beste Bier Thailands.

»Dieses Bier hier brauen wir selbst«, hatte Luon Li O erklärt und Sebastians Glas aufgefüllt. »Und unseres ist nicht nur besser, sondern auch noch billiger. Sehr billig sogar. Und es soll auch billig bleiben. Wollen wir uns nicht duzen? Vielleicht ist dir das nicht aufgefallen, obwohl du ja Alkohol verkaufst, aber das Blut von Bangkok ist nicht das, was in den Venen dieser Unglückseligen fließt. Das Blut ist das Bier, das wir verkaufen.«

Luon Li O erklärte ihm, dass der Handel mit dem Min-Bier von einem Problem in der Region des Inthanon bedroht wurde, wo sich die wichtigste Wasserquelle für seine Herstellung befand. Ein Aufstand von Hanfbauern bereitete ihnen ernsthaft Kopfzerbrechen. Ein paar Auffanganlagen waren bereits zerstört worden, und die Situation verschlimmerte sich zusehends.

»Warum protestieren sie denn?«, erkundigte sich Sebastian.

»Angeblich sind unseretwegen die Bewässerungskanäle ausgetrocknet.«

»Stimmt das denn?«

»Ob es nun stimmt oder nicht, die Frage ist eine andere. Die Quelle gehört uns, und wir nutzen sie, wie wir das möchten. Diese unfähigen Hilfsarbeiter könnten ihr Wasser problemlos dem Tak entnehmen, einem Fluss, der sehr viel Wasser führt. Stattdessen wollen sie aber an unsere Quelle, weil das bequemer für sie ist. Wir waren sogar so großzügig, ihnen einen Teil der überschüssigen Erträge zuzugestehen, aber das hat sich im Nachhinein als Fehler erwiesen. Wem man den kleinen Finger reicht, der nimmt die ganze Hand, wie man so schön sagt …« Er schüttelte den Kopf, die Lippen zu einer feinen Linie zusammengepresst, und schenkte Sebastian großzügig Bier nach.

»Verstehe«, sagte der. »Aber warum ich? Was habe ich damit zu tun?«

Luon Li O schaute ihn ernst an. »Erstens habe ich neulich am eigenen Leib erfahren dürfen, dass du keine Angst hast, und unsere Organisation braucht mutige Männer. Zweitens ist es besser, wenn ein Fremder hingeht, denn mit uns möchten diese Wilden nicht mehr verhandeln. Natürlich wirst du dafür bezahlt, und zwar gut. Ganz zu schweigen von dem Glücksfall, dass du dir diese Kakerlaken von der Polizei vom Hals schaffst.«

Ein langes Schweigen trat ein, dann sagte Sebastian: »Einverstanden.«

Nach einer langen Zugfahrt durch smaragdgrüne Wälder kam Sebastian zum ersten Mal nach Chiang Mai. Die Region des

Inthanon war damals noch nicht wirklich erschlossen. Er wohnte in einer Pension, die von einer nicht mehr ganz jungen Frau geführt wurde. Sie empfing ihn mit allen Ehren und behandelte ihn wie einen Freund von Luon Li O.

Nach ein paar Tagen war die Expedition vorbereitet, und drei gewaltige deutsche Jeeps, die vermutlich noch aus dem letzten Weltkrieg stammten, setzten sich in Bewegung. Die Fahrt dauerte mehrere Stunden. Die Landschaft, die sich vor Sebastian auftat, gehörte zum Schönsten, was er je gesehen hatte: Berge mit tropischer Vegetation, Wasserfälle, Täler mit Reisterrassen, die in hypnotischen Mustern angelegt waren, dann Dörfer, in denen sich das Leben wie vor tausend Jahren abspielte. In einem Städtchen namens Latek, am Nordufer des Hot, ließen sie sich nieder. Sofort bemerkte Sebastian die feindliche Atmosphäre, die ihnen dort entgegenschlug.

Ein paar Kilometer vom Zentrum entfernt war der Wald abgeholzt worden, um für das Werk Platz zu schaffen, in dem das Wasser gefiltert und in Flaschen abgefüllt wurde. Ein ganzes Heer an Lastwagen brachte es nach Chiang Mai, von wo aus jede Woche ein Zug, vollbeladen mit Zweiliterflaschen, nach Bangkok aufbrach. Ein Thai um die fünfzig, der sich Oberaufseher nennen ließ, kümmerte sich um die Anlage.

Die ersten Tage über versuchte Sebastian, die Arbeitsabläufe zu begreifen. Dann wollte er sich auf die Hochebene bringen lassen, wo sich das Pumpsystem für das Wasser befand, aber der Oberaufseher war nicht sehr glücklich über diesen Wunsch. Als Sebastian sich nach dem Grund erkundigte, sagte er, dass es gefährlich geworden sei, ins Gebirge zu fahren. Sebastian ließ sich nicht beirren und bestand auf der Exkursion. Unterwegs sah er, dass es sich um eine von Landwirtschaft geprägte Gegend handelte. Sie kamen durch verschiedene Dörfer hindurch, und gelegentlich wurden sie von Bauern am Straßenrand beschimpft. Obwohl der Oberaufseher deutlich zu erkennen gab, dass er sich nicht unterhalten wollte, erkundigte sich Sebastian, wo sich der Fluss namens Tak befand.

»Was für ein Fluss?«, fragte der Mann, ohne den Blick von der Straße zu wenden.

Sebastian sagte nichts.

Ein paar Kilometer lang verlief parallel zur Straße ein primitives Aquädukt, durch welches das abgepumpte Wasser ins Filterwerk geleitet wurde. Durch Vegetation und Felder hatte man Trassen geschlagen, und wo noch Felder existierten, waren sie verwahrlost. Das Pumpensystem wurde von bewaffneten Männern bewacht. Ihr Chef, ein kleiner Thai, saß bei ihrer Ankunft auf einer Pritsche in einem Bretterverschlag. Er erklärte, dass die Situation allmählich brenzlig werde und jederzeit eine Revolte ausbrechen könne. Sieben Sabotageakte habe man am Transportkanal bereits festgestellt; der Wasserverlust sei erheblich.

»Ich weiß nicht, wie lange meine Leute die Anlage noch verteidigen können und inwieweit sie überhaupt noch dazu bereit sind.«

»Was meinen Sie damit?«

»Die Bauern haben recht. Sie haben nicht genug Wasser für ihre Felder. Es gab eine Vereinbarung, wonach das Wasser geteilt wird, aber seit einigen Monaten bleiben ihnen bestenfalls zehn Prozent. Und meine Männer stammen hier aus dieser Gegend …«

Sebastian hörte zu und schaute den Mann auf der Pritsche an.

»Warum wurde die Vereinbarung nicht eingehalten?«, fragte er.

»Woher sollen wir das wissen? Wir sollen die Pumpen bewachen, das ist alles.«

»Verstehe«, sagte Sebastian. Sie verabschiedeten sich wieder. Die Rückfahrt zum Städtchen verlief noch ruhiger als die Hinfahrt. Der Oberaufseher behielt die Straße im Blick. Sebastian hatte bemerkt, dass er unter der Jacke einen kleinen Revolver trug.

An jenem Abend ließ er ihn nach dem Essen in sein Zimmer

kommen. »Setzen Sie sich«, sagte Sebastian und fragte dann: »Wie viel Wasser fördern Sie hier?«

Der Mann schaute ihn lange an. »Etwa hunderttausend Liter die Woche, mal mehr, mal weniger.«

Sebastian glaubte, sich verhört zu haben.

»Ist das viel oder wenig?«

Jetzt lächelte der Oberaufseher zum ersten Mal. »Wenig ist das nicht gerade.«

Sebastian betrachtete das blasse, dreieckige Gesicht des Mannes mit den verschlossenen, intelligenten Augen. »Wo kommen Sie her?«, fragte er.

»Ich bin in Chiang Mai geboren.« Er machte eine kleine Pause, offenbar ganz bewusst. »Aber meine Familie stammt von hier.«

»Verstehe.« Dann entließ Sebastian ihn wieder.

Am nächsten Tag stand er im Morgengrauen auf. Von der Veranda seines Zimmers sah er die glänzenden Farben der Natur, die zwischen Violett, Honiggelb und dem Grün von Basilikum changierten. Der Schleier des Morgentaus lag über den Pflanzen, und das Tal wirkte wie ein ferner, glänzender Widerschein. Nachdem er das Dorf verlassen hatte, ging Sebastian zu Fuß die Straße entlang. Er hatte einen Strohhut aufgesetzt, und obwohl es noch früh war, spürte er bereits den Schweiß am Höcker seiner Nase entlangrinnen.

Nach etwa einem Kilometer überholte er eine Gruppe Bauern, die sich am Straßenrand entlangschleppten und abgemagerte Esel hinter sich herzogen. Schweigend musterten sie ihn unter ihren Hüten aus Palmgeflecht. Sebastian erinnerte sich, dass er in dieser Gegend eine Häusergruppe gesehen hatte, und tatsächlich erschien sie auch wenige Minuten später am Horizont.

Er atmete tief durch, wischte sich die Stirn ab und ging zu einer Gruppe von Männern, die in einer Straßenbucht standen. Als er nah genug war, sah er, dass sie unter großen Mühen Wassereimer aus einem Brunnen zogen und große Flaschen damit füllten. Sebastian grüßte, aber niemand antwortete. Er blieb einfach stehen.

»Was willst du?«, fragte einer der Männer irgendwann.

»Ich möchte mit den Bauern sprechen«, antwortete er und trat näher.

»Wer bist du?«, fragte derselbe Mann.

»Siehst du das nicht?«, fragte ein anderer. »Das ist einer vom Werk. Was willst du?«

»Das hab ich doch gesagt. Ich möchte mit den Bauern über die Vorgänge hier sprechen.« An den Gürteln der Männer baumelten Macheten.

Der Mann, der ihn als Erster angesprochen hatte, pflanzte sich vor ihm auf. »Wir haben schon viele Worte an euch verschwendet, aber das hat alles nichts gebracht.«

»Mit mir habt ihr noch nicht geredet.«

»Was soll das für einen Unterschied machen?«

»Ich bin nicht von hier. Ich bin gekommen, um die Angelegenheit zu regeln.«

Der Typ musterte ihn von oben bis unten, dann warf er den anderen einen Blick zu.

»Okay. Komm mit.«

Sie gingen eine Straße entlang, die durch dürre Felder führte. Die Entwässerungskanäle um die Felder herum waren ausgetrocknet. Am Ende der Straße befand sich eine Gruppe von Holzhäusern. Einige bestanden auch aus Backstein, und an einem dieser Häuser, in die kaum Licht fiel, stand ein Mann im Türrahmen. Seine langen Haare hatte er mit einer weißen Schleife zusammengebunden. Sein Oberkörper war nackt, und er rauchte eine Zigarette, die in ein seltsam gelbliches Blatt gewickelt war.

»Wer bist du?«

»Ich heiße Sebastian. Ich bin gekommen, um die Sache mit dem Wasser zu klären.«

»Arbeitest du für diese Hunde vom Werk?«

»Sagen wir mal, dass ich jemandem einen Dienst erweise.«

»Was willst du?«

»Ich möchte erfahren, was hier los ist.«

Der Typ brach in ein gezwungenes Lachen aus. »Warum? Hast du dich nicht umgeschaut? Man sieht doch, was hier los ist. Diese Scheißtypen reißen sich das gesamte Wasser der Herrin unter den Nagel, und uns lassen sie nur ein paar Tropfen.«

»Der Herrin?«

»So nennen wir das Gebirge.« Er schaute ins Tal, das kontinuierlich zum Inthanon hin anstieg. »Und jetzt lassen sie uns nicht einmal mehr die paar Tropfen, weil sie das Wasser für ihr Bier und was weiß ich noch alles brauchen.« Er zog heftig an seiner Zigarette. »Dabei gehört dieses Wasser uns …«

»Die behaupten das Gegenteil.«

»Sprichst du von der Konzession?« Er lachte wieder, dann wurde er plötzlich finster. »Es gibt keine Konzession. Diese Papiere sind gefälscht, das würde selbst ein dreijähriges Kind erkennen. Auf das Wasser der Herrin kann niemand Anspruch erheben.«

Sebastian schwieg einen Moment, dann sagte er: »Wie viel Wasser braucht ihr?«

Der Mann musterte ihn und drehte sich noch eine Zigarette. »So viel wie vorher. Hast du die ausgetrockneten Kanäle gesehen? Es muss wieder so viel Wasser fließen, dass wir unsere Täler bewässern können. Wir erkennen gerne an, dass diese Scheißtypen ihre Arbeit gemacht haben. Sie haben die Kanäle gebaut, und deshalb waren wir einverstanden, das Wasser zu teilen. Wir sind allerdings nicht dazu bereit, uns alles wegnehmen zu lassen.«

Als er an diesem Abend ins Dorf zurückkam, rief Sebastian wieder nach dem Oberaufseher, der in seinem üblichen verstaubten grau-schwarzen Nadelstreifenanzug auf der Terrasse erschien. Ohne Umschweife fragte er ihn, warum das Werk die Wassermenge für die Bauern reduziert habe.

»Das weiß ich nicht«, antwortete der Mann. »Befehl aus Bangkok.«

Sebastian erhob sich aus seinem Schaukelstuhl und trat an ihn heran. »Sag mir sofort, warum ihr euch das ganze Wasser unter den Nagel reißt, sonst wirst du es bereuen.«

Der Oberaufseher wich einen Schritt zurück und spürte diese blauen Augen auf sich ruhen.

»Die Produktion verbraucht mittlerweile mehr Wasser. Nicht nur für das Bier, sondern auch für die harten Sachen. Unser Schnaps ist sehr beliebt. Wir wurden gebeten, die doppelte Menge zu liefern, aber das ist unmöglich. Die Erwartung ist, dass die Einheimischen, wenn sie verdursten, irgendwann von selbst gehen. Wir können das Wasser nicht mehr für sie verschwenden, es wird komplett für die Produktion benötigt.«

Sebastian fröstelte es plötzlich. Die Nacht war feucht, und der Wind prickelte auf der Haut.

»Und was denkst du darüber? Du bist doch von hier.«

»Ich? Ich denke, dass wir nicht gehen werden.« Er senkte den Blick. Sebastian folgte ihm wie einem Nachtfalter und schaute ebenfalls zu Boden. »Wir werden unsere Erde nie verlassen.«

»Warum hast du mich in dieses Gebirge geschickt, wenn ihr nicht die mindeste Absicht habt, das Wasser mit den Bauern zu teilen?«

Sebastian schaute Luon Li O direkt in die Augen. Er war nach zehn Tagen nach Bangkok zurückgekehrt, und jetzt saßen sie an einem Tisch im Ping Li. Auf der Bühne stand eine alte Frau in traditioneller Kleidung, das Gesicht weiß angemalt. Ihre näselnde Kopfstimme war unerträglich.

»Du glaubst also an diese Geschichten von verdurstenden Bauern?«

»Ich habe sie mit eigenen Augen gesehen.«

Luon Li O schlug einen herablassenden Ton an. »Das ist Guerilla, Sebastian. Diese Leute sind gefährlich.«

»Das glaube ich nicht.«

Luon Li O schaute ihn irritiert an, dann lächelte er.

»Genauso wenig, wie ich an die Sache mit der Konzession glaube«, sagte Sebastian. »Ich möchte sie sehen.«

»Ich habe dich wohl nicht richtig verstanden.«

»Ich möchte die Konzession sehen.«

»Vielleicht solltest du erst einmal etwas trinken.« Luon Li O rief nach dem Kellner, der sofort mit einer Flasche vom hauseigenen Whiskey kam und zwei Gläser einschenkte. Sebastian folgte den Handbewegungen des Kellners, dann ließ er den Blick auf seinem Gesicht ruhen. Irgendein Gedanke regte sich in ihm, aber Luon Li Os Stimme drängte sich dazwischen.

»Trink, das wird dich auf andere Gedanken bringen. Ich habe dich gebeten, für uns zu arbeiten, weil du mir der geeignete Mann zu sein scheinst, um die Dinge zu regeln, und nicht, um sie zu verkomplizieren ...«

Sebastian trank.

Luon Li O fügte hinzu: »Ich habe dich hingeschickt, weil ich wissen wollte, was da oben passiert. Diesem Oberaufseher vertraue ich nicht mehr. Er hat sich an die Landarbeiter verkauft.«

Aber Sebastian hörte gar nicht zu. Er musste immer noch an den Kellner denken. Wenn da nicht diese merkwürdige Narbe wäre, die der junge Mann in der weißen Jacke unter seinem Pony zu verstecken versuchte, hätte er ihn nie wiedererkannt. Und selbst nachdem er ihn genau beobachtet hatte, war die Erinnerung nicht sofort zurückgekehrt. »Ich hätte gern noch ein Glas«, sagte er.

Luon Li O lächelte. »Ich wusste, dass er dir schmecken würde. Dein Urteil ist wichtig für mich, schließlich bist du vom Fach.« Er kicherte und hob die Hand. Der Kellner kam mit der Flasche wieder. Sebastian musterte ihn eindringlich, dann öffnete er die Faust und hielt ihm den türkisfarbenen Drachen unter die Nase.

»Erinnerst du dich daran?«

Der Kellner wurde kreidebleich. Er warf Luon Li O einen schnellen Blick zu und zog sich dann zurück.

»Was ist denn in dich gefahren, bist du verrückt geworden?« Luon Li Os Lippen waren plötzlich steif. Sebastian wiederum war aufgestanden und kippte ihm mit einer schroffen Geste den Whiskey ins Gesicht. Der Mund des Alten zitterte, und er zischte kaum hörbar: »Diese Respektlosigkeit wirst du bitter bereuen.«

Sebastians Augen zogen sich zu Schlitzen zusammen und waren nun schwärzer als Pech unter der hohen Stirn.

»Und du hast nicht die geringste Ahnung, was für einen Fehler du begangen hast, du alter Scheißmafioso«, sagte Sebastian laut genug, dass alle es hören konnten. »Du weißt es nicht, und du wirst es auch nie erfahren.«

Der Türkis traf den Alten mitten zwischen die Augen. Im selben Moment hatte die Musik ausgesetzt, und in der gedämpften Atmosphäre des Raums erklang ein Geräusch, als würde eine Nuss geknackt.

Das war der Moment, in welchem Sebastian, der Argentinier, verschwand und sich im Fernen Osten und im Rest der Welt der Name des Drachen zu verbreiten begann.

25

Die Nachricht, dass Luon Li O in einem Krankenhausbett im Wachkoma lag, sprach sich in Bangkok in wenigen Stunden herum und sorgte für Unruhe. Niemand erstattete Anzeige. Der Angriff auf den Clanchef war in einem Lokal erfolgt, das nur einen der vielen Knotenpunkte im weitläufigen Netz illegaler Aktivitäten in den Vierteln der Hauptstadt darstellte. Die Kumpane des Alten hatten bestimmt kein Interesse daran, sich polizeiliche Ermittlungen an den Hals zu schaffen. Das würde man unter sich klären, ohne Einmischung von außen.

Der Drache – oder der Mann mit dem Drachen –, wie man ihn in bestimmten Kreisen jetzt nannte, gab noch in derselben Nacht sein Geschäft auf und verrammelte es mit Holzbalken. Auch seine Wohnung verließ er. Erst Monate später wurde bekannt, dass er in die Berge zurückgekehrt war. Die ersten vagen Botschaften von dort lauteten, dass er sich an die Spitze der Revolte gestellt habe.

Bewaffnete Bauern besetzten die Pumpanlagen, die Wasserförderung wurde eingestellt, und vom Bahnhof in Chiang Mai fuhr kein einziger mit Wasserflaschen beladener Waggon mehr in die Hauptstadt. Nie hat man erfahren, wie sich die Dinge genau abgespielt haben, aber es gilt als sicher, dass der Mann mit dem Drachen im Sommer 1960 über die Förderung des Wassers am Inthanon bestimmte.

In Anwesenheit zweier Zeugen wurde bei einem Anwalt eine Gesellschaft namens Inthanon International eingetragen, worauf der Drache mit einer neuen Konzession zu den Bauern ging, dieses Mal mit einer echten.

Wie der Argentinier für die Quelle eine Konzession mit einer Laufzeit von fünfundzwanzig Jahren bekommen konnte, mit dem Siegel des Königshaues versehen, führte im Laufe der Jahre zu den verschiedensten Spekulationen, und oft ging mit den Leuten die Fantasie durch. Die glaubwürdigste Version lautet, dass eines Nachts ein hoher Funktionär der thailändischen Regierung einen Anruf erhielt, bei dem ihm ein Tausch vorgeschlagen wurde. Drei Tage später wurde an einem Tisch in einem anonymen Restaurant in Bangkok ein Umschlag mit ein paar in Mandarin geschriebenen Dokumenten gegen ein anderes Dokument eingetauscht. Sebastian hatte nicht vergessen, was der Alte über einen Drachen mit zwei Perlen gesagt hatte: *Geheimnisse haben ihren Preis.*

Mit der Konzession des Königs kehrte er in die Berge zurück und würde nie erfahren, dass in den nächsten Tagen in Peking ein wichtiger Führer der Kommunistischen Partei wegen Hochverrats aufgeknüpft wurde.

Es war nicht schwierig, die Situation im Gebirge zu seinen Gunsten zu regeln. Sebastian traf mit den Bauern eine Übereinkunft und legte gemeinsam mit ihnen die Wassermenge fest, die dem Tal zustand. Mit Hilfe neuer Ingenieure ließ er das Pumpsystem modernisieren und kam dann leicht auf zweihunderttausend Liter die Woche. Die Produzenten des Min-Biers waren gezwungen, sich mit Inthanon zu verständigen. Bald folgten andere Kunden. Die Politik des Drachen bestand darin, Wasser zu Niedrigstpreisen anzubieten und – anders als bei den alten Clans – jegliche Monopolbildung zu vermeiden.

In Begleitung auserwählter Guerillas erkundete er nach und nach das gesamte Tal. Innerhalb weniger Monate kannte er sämtliche Dörfer der Gegend. Er bot der Bevölkerung an, Bewässerungssysteme zu bauen, und erhielt im Gegenzug Hilfe bei der Suche nach neuen Quellen. Dieses weitläufige Bergmassiv erwies sich als gewaltiges, unerschlossenes Wasserreservoir.

In den Jahren 1961/62 eignete sich der Drache mindestens sieben Mineralwasserquellen an und baute dort Pumpstationen.

Er verbrachte mehr Zeit im Tal als daheim. Eine neue kleine Repräsentanz in Chiang Mai hatte er dem Oberaufseher anvertraut, der sich mit der Zeit als fähiger Verwalter erwiesen hatte. Alle zwei, drei Monate begab sich der Drache dorthin, um die Geschäfte zu kontrollieren und neue Verträge zu unterschreiben.

Es war an einem Spätnachmittag im Winter 1961 – der Himmel war nach einem Unwetter schwer und fast violett –, als der Drache in einem Café in Chiang Mai Pater Lodovico Knoll kennen lernte, einen französischen Jesuiten, der während des Indochinakriegs aus Laos geflohen war. Lodovico Knoll war ein schmächtiger Typ mit fast durchsichtigem Haar und grauen Augen; vor allem aber war er Geologe.

Als der Drache ihn schließlich dazu überredet hatte, mit ihm ins Gebirge zu gehen, war ihm klar, dass dieser unstete Mann von einem geheimnisvollen Impuls getrieben wurde: Manchmal frönte er einem frenetischen Aktionismus, um dann wieder völlig in Kontemplation zu versinken. In solchen Momenten setzte er seine kleine, runde Brille auf und vertiefte sich in die Lektüre wissenschaftlicher, theologischer und philosophischer Texte, die er auch dem Drachen lieh. Der perfektionierte sein Französisch, um die mineralogischen Texte lesen zu können, und sprach schließlich mit Pater Lodovico nur noch in dieser Sprache.

Mit Hilfe des Jesuiten schaffte es der Drache, eine hydrographische Karte vom Tal zu erstellen und die Quellen in seinen Besitz zu bringen. Ihr Verhältnis wurde so eng, dass der Drache ihm vorschlug, Teilhaber der Gesellschaft zu werden. Sie waren in Chiang Mai in einem der Cafés, wo sie abends hingingen, wenn sie mit dem Oberaufseher die Verträge kontrolliert hatten. Mit einem schüchternen Lächeln lehnte Lodovico das Angebot jedoch ab.

»Warum?«, wunderte sich der Drache. »Das ist nur gerecht. Du kannst nicht *nein* sagen!«

»Sebastian«, sagte Lodovico und schaute ihn wohlwollend an. »Die einzige Teilhaberschaft, die ich annehmen kann, ist die mit Gott. Neben Gott hat niemand Platz.«

»Das ist doch Unsinn, verzeih, wenn ich das sage …«

»Du bezahlst mich, Sebastian, und du hast mir eine Unterkunft besorgt. Ich bitte dich, besteh nicht darauf.«

Der Drache schwieg, leicht verärgert. Allerdings beharrte er nicht auf seinem Angebot und kam auch nie wieder darauf zurück.

In den ersten Monaten des Jahres 1964 wurde dem Drachen bewusst, dass er ein beachtliches Vermögen angehäuft hatte. Das Geld war in Thailand allerdings nicht sicher. Der Krieg im nahen Vietnam hatte die politischen Verhältnisse instabil werden lassen, und außerdem wollte der Drache seine Geschäfte sowieso ausweiten. Er begab sich also nach Hongkong, das damals britische Kronkolonie war, gründete eine neue Gesellschaft und zahlte viel Geld auf eine britische Bank ein. Eigentlich hatte er die Reise mit Lodovico machen wollen, aber der Jesuit rührte sich nur ungern vom Fleck. Im Prinzip war es auch besser, dass er blieb und die Anlagen betreute. Er war der Einzige, dem der Drache vertraute.

Die Hongkonger Gesellschaft nannte er InthanonWater. Er ließ sie über einen indischstämmigen Anwalt laufen, der sich auf die Betreuung von Geschäften ausländischer Investoren spezialisiert hatte, und sondierte ein paar Wochen lang das Terrain.

Eben dieser Inder, der eigentlich in London aufgewachsen war und in Cambridge Jura studiert hatte, brachte den Drachen auf die entscheidende Spur. Einer seiner Cousins war Ingenieur, hatte seinen Wohnsitz in Hongkong, arbeitete aber in China, wo er für das Mao-Regime Staudämme baute. Er hieß Aradi Seth und war ungefähr so alt wie der Drache, obwohl er mit seinem Knabengesicht deutlich jünger wirkte.

Eines Abends trafen sich die beiden Männer in einem traditionellen Restaurant in Hafennähe. Zunächst ergingen sie sich in Höflichkeiten, und der Drache langweilte sich zu Tode.

»Mein Cousin hat gesagt, dass Sie mit Wasser zu tun haben.«

Der Drache bestätigte und musterte seinen Gesprächspartner.

»Ich auch gewissermaßen«, fuhr der Inder fort und kicherte.

»Sie sind Ingenieur, nicht wahr?«

»Ja, ich baue vor allem Staudämme. Am Ru, einem großen Fluss in Ostchina, läuft gerade ein großes Projekt. Haben Sie schon einmal vom Banqiao-Staudamm gehört?«

»Nur am Rande.«

»Ein großer Staudamm, eine Pionierleistung.« Er schwieg einen Moment, dann fügte er hinzu: »Mein Cousin hat mir erzählt, dass Sie einen Großteil des thailändischen Wassers besitzen.«

Der Drache schaute ihm in die Augen. »Ihr Cousin übertreibt.«

»Mag sein. Er hat mir aber auch erzählt, dass Sie eine Menge investieren wollen. Thailand ist reich an Wasser. In China oder Indien ist das anders.«

Der Drache trank einen Schluck Wein. »Dem kann ich nicht zustimmen. Auch China und Indien haben in großen Landesteilen sehr viel Wasser.«

»Das ist richtig. Vielleicht habe ich mich falsch ausgedrückt. Ich wollte sagen: Thailand ist reich an *verfügbarem* Wasser.«

Der Drache bedeutete Aradi Seth fortzufahren.

»Wie Sie wissen, kann man mit dem Überfluss reich werden, so wie Sie es getan haben. Man kann aber auch mit dem Mangel reich werden.«

»Erklären Sie mir das.«

»Nun, was ich mit Ersterem meine, wissen Sie vermutlich. Sie verkaufen etwas, das Sie praktisch nichts kostet, mit einem Gewinn von vierhundert Prozent, mal großzügig gerechnet.«

Der Mann schien ziemlich vorsichtig. Offenbar hatte er nicht den blassesten Schimmer, wie viel man mit Quellwasser tatsächlich verdienen konnte.

»Aber auch dort, wo es kein Wasser gibt, bieten sich zahllose Verdienstmöglichkeiten«, fuhr Aradi Seth fort.

»Teurere allerdings.«

»Anfangs schon. Viele Großstädte mit miserablen Verteilungsnetzen bräuchten jemanden, der ihr Wasser intelligent verwaltet. Und der es vor allem reinigt.«

»Sie sprechen von Wasser für den alltäglichen Gebrauch?«

»Auch für Industrie und Landwirtschaft. Die verbrauchen tausendmal mehr Wasser, als durch die Wasserhähne fließt. In China vergreift sich das Mao-Regime an den Flüssen. Man leitet sie um und spaltet sie auf, und wissen Sie, wozu? Um Kohle zu gewinnen, bergeweise Kohle.«

»Ich verkaufe Wasser, das dem Vergnügen dient. Aus meinem Wasser macht man Bier oder Mineralwasser – Sodawasser, wie die Amerikaner sagen. Außerdem Zedernsaft, miserablen Whiskey …«

»Ich verstehe, was Sie sagen wollen. Gute Geschäfte kann man aber auch mit alten Großstädten machen, die wenig Wasser haben. Nehmen Sie etwa London. Entfernen Sie das Straßenpflaster, auf das dieses Volk so stolz ist, und Sie stoßen auf ein marodes Leitungsnetz, das noch auf Königin Victoria zurückgeht. Das bedeutet echtes Geld, wenn man es richtig anstellt. Nehmen Sie Bombay, dieses abscheuliche Gewusel, das sein Wasser aus mindestens fünf Seen heraussaugt. Irgendwann werden sie nicht mehr wissen, wo sie es herholen sollen. Und dann gibt es noch das Meerwasser. Viele Leute würden ein Vermögen hergeben, wenn sie dem Meer das Salz entziehen könnten …«

Als Sebastian an diesem Abend ins Hotel zurückkehrte, fühlte er sich müde. Er schaute in den Spiegel und fand, dass er plötzlich gealtert aussah. Ein düsterer Gedanke bemächtigte sich seiner:

Fünfzehn Jahre war es her, seitdem er von zu Hause fortgegangen war. Seine Schwester müsste nun sechsundzwanzig sein. Er versuchte, sich vorzustellen, wie sie wohl aussah, aber er sah nur das Gesicht seiner Mutter.

In jener Nacht war die Luft heiß. Das Zimmer hatte eine kleine Terrasse, die auf die erleuchtete Bucht hinausging. Er setzte sich aufs Bett. An einer der weißen Wände hing eine alte politische Erdkarte. Sebastian merkte, dass er die Karte nach der Begegnung mit dem Ingenieur mit anderen Augen anschaute. Für ihn war es keine politische Karte, die Ländergrenzen verzeichnete, sondern eine Karte mit roten und blauen Zonen, ariden und wasserreichen Regionen. Plötzlich wurde ihm klar, dass er sich unwiderstehlich zum blauen Teil der Welt hingezogen fühlte. Er dachte an seine Quellen, an das versteckte Tal in den Bergen, ein Tal, von dem niemand etwas wusste. All sein Wasser, seinen ganzen Schatz hielt es in den Armen.

Er beschloss, nicht nach Chiang Mai zurückzukehren, sondern andere Täler mit anderen Quellen zu suchen. Sofort setzte er sich an den Tisch und schrieb Pater Lodovico auf Hotelpapier einen langen Brief, in dem er ihm seinen Beschluss mitteilte: Sechs Monate würde er fortbleiben, und er würde ihn bitten, auf ihn zu warten und die Geschäfte zu leiten, wie er es immer getan hatte. Dafür würde er ihm ewig dankbar sein.

26

Im Dezember desselben Jahres 1964 befand sich der Drache auf den Hochebenen des Lake Lanao im äußersten Süden der Philippinen. Ein paar Monate später sah man ihn in Japan auf dem Fuji. Dort blieb er ungefähr ein Jahr, denn obwohl der Vulkan fast viertausend Meter hoch war, fand sich erst in einem halben Kilometer Tiefe das ersehnte Wasser.

Der Drache bewegte sich auf einem präzise abgesteckten Terrain: den wenigen, unzulänglichen Gesetzen, die die Nutzung der Wasserressourcen regelten. Wenn man in einen Felsen bohrte, weil Kupfer darunter lag oder jene wundersame Form des Kohlenstoffs, die wir Diamanten nennen, erschien sofort jemand und erkundigte sich nach der Erlaubnis. Oft kam man ohne ein Stück Papier gar nicht an die einschlägigen Stellen heran. Bei Wasser war das anders, wie der Drache wusste.

Es war ziemlich einfach, in den Besitz einer Wasserquelle zu gelangen, schon weil sonst niemand Interesse daran hatte. Folgte man in Afrika irgendwelchen barfüßigen Frauen mit einem Eimer auf dem Kopf, kam man an einen Brunnen, an eine Oase oder das Ufer eines ausgetrockneten Flusses. Um an ein Glas dieses Wassers zu gelangen, waren die Menschen bereit, sich zu streiten, zu den Waffen zu greifen, ja sogar zu töten.

In anderen Teilen der Welt war man völlig allein.

1965 füllte der Mann mit dem Drachen im Bergland des Lake Shasta, im Norden des Sacramento Valley in Kalifornien, ein äußerst reines Wasser ab. Er wusste, dass im Osten – in Richtung Idaho, Montana und Wyoming – die felsenreichsten Gegenden der Vereinigten Staaten von Amerika lagen und dass man, wenn man in direkter Linie nördlich nach Portland, Oregon, fuhr, sehr schnell zu einem Fluss namens Klamath gelangte. Der Drache begab sich zu den Stellen, wo er im Gebirge entsprang, dreihundert Kilometer weiter im Landesinneren. Die Landschaft war zauberhaft und das Wasser genauso, wie er es sich erhofft hatte.

Der Inder in Hongkong verwaltete sein Geld sehr intelligent. Ein Teil wurde nach England überwiesen und von dort nach Genf. Der Drache kaufte zu Dumpingpreisen alte Betriebe und übernahm Filteranlagen. In Oklahoma schloss er einen Vertrag mit einem gewissen Burton Hersch, einem Fellproduzenten und Besitzer von fünfzigtausend Hektar unterirdischem Wasser, zwanzig Kilometer vom Lake Texoma entfernt, an der Grenze zu Texas. Hersch, ein sonnengegerbter Typ, hatte Kehlkopfkrebs und keine Erben. Stundenlang hörte ihm der Drache interessiert zu, dann erwarb er die Rechte am Wasser. Als sie sich verabschiedeten, erzählte ihm Burton von Bob Average, einem Freund aus Lufkin, einer Stadt in der Nähe von Houston. »Am Arsch der Welt also«, erklärte Hersch, der Tabak kaute und sichtlich zufrieden war, dass er ein gutes Geschäft gemacht hatte. »Aber in Texas haben sie noch mehr Wasser als wir hier. Bob ist auch einer vom ›Club‹, und ich weiß, dass er verkaufen will. An Ihrer Stelle würde ich hinfahren.« Der Drache fuhr hin, traf sich mit der sonderbaren Person, als die Bob Average sich herausstellte, dann auch noch mit anderen rotgesichtigen Mitgliedern des ›Clubs‹ und erwarb umfangreiche Rechte an unterirdischen Wasserressourcen. Tags darauf begab er sich nach Washington, wo er die Bestätigung dafür erhielt, dass es in den Vereinigten Staaten Anwälte für alles gab. Nun interessierten ihn noch Virginia und Maryland, und er stieß sogar bis nach Maine und zum Lake Champlain in Vermont vor. In zwei Tagen führte man ihn in die rührend schönen Adirondacks, wo er zwei Mineralwasserquellen kaufte. Auf seiner Reise hatte er auf jedem Anwesen und an jeder Versorgungsstation die amerikanische Flagge wehen sehen. Auch am

Eingang des Werks von Bob Average hatte eine große, zerlumpte Fahne in der Sonne geflattert.

Als der Drache in New York ankam, blieb sein Taxi wegen einer Anti-Vietnam-Demonstration, die von der berittenen Polizei brutal aufgelöst wurde, auf der Brooklyn Bridge stecken. Es waren die ersten Monate des Jahres 1966, und er richtete den Blick nach Europa.

In Paris fühlte er sich wohl, irgendetwas dort nötigte ihm Respekt ab. Mit einem grünen Citroën glitt er dann lautlos durch die Straßen der Champagne, danach durch Lothringen, um schließlich im Elsass fündig zu werden. Nun ging es in die Schweiz hinunter, wo er eine Weile in Genf blieb, dann nach Italien: in die Alpen, in die Gebirgsregionen Venetiens, schließlich in die Emilia und nach Umbrien. Natürlich wusste er es mittlerweile, aber die Unzulänglichkeit der italienischen Gesetze zur Nutzung der Wasserquellen verblüffte ihn immer wieder aufs Neue. In einigen Regionen gab es überhaupt keine Regelungen, und wenn es sie doch gab, dann waren sie hochgradig lächerlich.

1966 in Rom geschah schließlich etwas, das er immer befürchtet hatte: Er wurde in die französische Botschaft an der Piazza Farnese einbestellt. Dort überreichte man ihm einen Brief, dessen Schrift er sofort erkannte. Lodovico teilte ihm mit, dass er nicht mehr lange in Chiang Mai bleibe. Er könne es sehr gut verstehen, dass sich die Reise länger hinziehe, aber jetzt bitte er ihn, so schnell wie möglich zurückzukehren. In der Zwischenzeit sei die Situation im Land nämlich immer instabiler geworden. Der Vietnamkrieg würde nun auch in Laos ausgetragen, und Thailand sei an der Seite der Vereinigten Staaten in den Krieg eingetreten. China sei nun ein Feind, und die Roten Khmer aus Kambodscha zwingen die Bauern der gesamten Region in den Kampf und bringen jeden um, der sich dem Widerstand gegen den Imperialismus widersetze. In Bangkok erwarte die Militärregierung jeden Moment einen Staatsstreich.

›Komm zurück, Sebastian, ich warte auf dich. Die Zeit läuft. Lass mich meine Pflicht bis zum Ende erfüllen, bitte.‹

Eine ganze Nacht verbrachte der Drache damit, diesen letzten Satz zu lesen, immer und immer wieder.

Als er ins Bett ging, war er überzeugt davon, dass er Fieber hatte. Irgendwann wachte er schweißgebadet auf. Er war reich, und die Welt erschien ihm klein, dann aber auch wieder riesengroß. Als im Himmel von Rom der einsame Schrei der Möwen erklang, schlief er endlich wieder ein.

Die Reise war allerdings noch nicht vorüber. Bevor der Mann mit dem Drachen nach Chiang Mai zurückkehren konnte, hatte er in Neu-Delhi eine Verabredung. Von Rom fuhr er zunächst nach London, wo ein Teil seines Vermögens verwaltet wurde, und mietete eine Wohnung als Büro seiner europäischen Repräsentanz, drei helle Zimmer mit Blick auf die Themse auf Höhe der Temple Avenue. Außerdem traf er sich mit ein paar pakistanischen Freunden von Aradi Seth, dem Cousin seines Hongkonger Anwalts. Pakistan war ein Markt, auf den der Drache ein Auge geworfen hatte.

Er hatte den Flug schon gebucht, als er ins Landhaus eines der Pakistaner eingeladen wurde. An jenem Nachmittag wurde ihm klar, dass ihm in bestimmten Kreisen der Finanzwelt ein gewisser Ruf vorauseilte.

Schnell hatte er ein Auge auf eine der wenigen Frauen dort geworfen, wahrscheinlich die Frau oder Schwester von irgendjemandem. Hannah war groß und hatte eine dichte, kupferfarbene Mähne und braune Augen. Außerdem war sie nicht die Frau oder Schwester von irgendjemandem, sondern, wie sich herausstellte, alleine da.

Er brauchte nicht lange, um zu merken, dass auch sie ihn gelegentlich anschaute. Sie aßen an einem langen Tisch unter einer mit Jasmin bewachsenen Pergola. Vor dem Dessert erhob sich Hannah mit demonstrativer Nonchalance und ging ins Haus.

Unbekümmert um mögliche Hintergedanken der Anwesenden, stand Sebastian auf und folgte ihr. Im Haus sah er sie nicht mehr. Er betrat die Küche, wo eine Hausangestellte auf einem Silbertablett den Erdbeerflan anrichtete, und durchquerte den Raum. Als er in einen Flur mit Bücherregalen trat, lehnte Hannah mit dem Rücken an einem Regal. Er lächelte.

»Bist du mir etwa gefolgt?« Irgendetwas an ihrer Empörung wirkte eher wie eine Einladung.

»Ja. Schlimm?«

»Es überrascht mich, aber es missfällt mir nicht.«

»Darf ich dich morgen zum Essen einladen?«

»Morgen kann ich nicht. Ich fahre zu einem Kongress nach Nottingham. Eigentlich hatte ich gedacht, dass du auch deswegen hier seist.«

»Wieso sollte ich?«

»Es ist ein Kongress über Wasser, und ich bin selbstverständlich davon ausgegangen, dass du dich deswegen in England aufhältst. Man hat mir gesagt, dass du auf diesem Gebiet eine große Nummer seist.«

»Wer hat das gesagt?«

»Irgendjemand, was spielt das für eine Rolle?«

»Und warum gehst du auf den Kongress?«

»Ich bin Chemikerin und arbeite für Unilever.«

»Was für ein Gebiet der Chemie?«

»Oberflächenchemie.«

Sebastian kniff in unverhohlener Neugierde die blauen Augen zusammen, eine seiner typischen Mienen. Hannah gefiel die unharmonische, harte Note.

Ein paar Minuten später verließen die beiden, ohne jemandem Bescheid zu sagen, das Fest und fuhren in Hannahs weißem Mini nach London. Der Himmel war grau, es war windig, die Temperaturen schwankend. Abends gingen sie in ein indisches Restaurant in der Nähe der Victoria Station. Während des Essens stellte Hannah tausend Fragen und sprang von einem Thema zum nächsten. Sebastian antwortete ausweichend und schaute sie vor allem an. Dann stiegen sie wieder in den Mini und fuhren zu ihr nach Hause, in eine farbenfrohe, unaufgeräumte Wohnung, die nur auf sie zu warten schien.

Später im Bett sagte er: »Erzähl mir von diesem Kongress.«

Hannah lag auf dem Rücken und streckte sich aus. Ihre Hüften waren breit und knochig, ihr Busen kaum ausgebildet. »Kennst du die Faraday Society?«

Sebastian schüttelte den Kopf.

»Wirklich nicht? Das ist eine der wichtigsten englischen Wissenschaftsinstitutionen, eine der angesehensten weltweit. Der Kongress in Nottingham ist Teil der sogenannten Faraday-Debatten, eine sehr exklusive Angelegenheit. Es geht um Wasser, vor allem um anomale Verbindungen zwischen Wassermolekülen.«

Der Drache betrachtete sie von der Seite. Im karmesinroten Licht der Nachttischlampe erschien seine Nase finster und bedrohlich.

»Ich habe gehört, dass Boris Derjagin auch dort sein wird«, sagte er beiläufig.

Sie hielt ein schlankes, weißes, mit Sommersprossen übersätes Bein in die Höhe und schaute ihn ausdruckslos an. »Das hast du also gehört ... Was wird das hier eigentlich, willst du mich auf den Arm nehmen?«

Er schüttelte den Kopf. »Das hab ich gestern zufällig im Hotel mitbekommen.«

»Glaub ich nicht«, sagte sie mit einem sanften Lächeln.

»Worüber werdet ihr reden?«

»Über anomale Verbindungen von HO und die Möglichkeit, dass sich die chemischen Kräfte anders verhalten.«

»Diesen Fachjargon ertrage ich nicht.«

»Dumm für dich, dass wir aber wissen, woraus das Universum besteht.«

»Glaubst du das wirklich?«

»Ja.« Hannah legte Sebastian eine Hand auf die Brust. »Möchtest du nicht mitkommen? Dann kannst du Derjagin hören.«

»Das geht nicht, ich muss nach Neu-Delhi.«

»Ich weiß. Du musst dich mit Aradi Seth treffen.«

»Und woher weißt du das?«

Sie antwortete nicht, sondern musterte ihn, ohne zu lächeln. »Verschieb das Ganze und komm mit nach Nottingham.«

Er starrte nur an die Decke.

Tags darauf waren sie in Nottingham. Der Kongress hatte zwar äußerst strenge Teilnahmebeschränkungen, aber Hannah gelang es irgendwie, Sebastian hineinzuschmuggeln. Im Laufe des Vormittags begriff er, dass es hier offensichtlich um die Frage ging, ob sich die Struktur einer Flüssigkeit durch den Kontakt mit festen Oberflächen verändern ließ. Um welche Art von Oberflächen es sich handelte, schien dabei unwesentlich zu sein. Die Beiträge waren samt und sonders hochgelehrt und überaus langweilig. Als jemand an Sebastian herantrat, als würde er ihn kennen, war er überrascht. Auch hier eilte ihm offenbar sein Ruf voraus. Ein paar junge Chemiker erkundigten sich schüchtern, ob sie ihm ihren Lebenslauf zukommen lassen dürften – der bereits griffbereit in ihren Kalbsledertaschen lag. Hannah lachte und richtete sich das rote Haar. »Meinen werde ich dir später auch noch unterjubeln.«

Gemeinsam hörten sie sich den Vortrag des berühmten russischen Chemikers Boris V. Derjagin von der Universität Moskau an. Darauf hatten die Kongressteilnehmer nur gewartet. Der Professor erging sich in kryptischen, spitzfindigen Darlegungen über die Wechselwirkungen zwischen Oberflächen und bestimmten Arten von Flüssigkeiten, darunter auch Wasser, und die Kolloide, die dabei möglicherweise entstehen könnten.

Als sie am Abend in einem schummrig beleuchteten Pub saßen, fragte Hannah, was er von der Sache halte.

»Interessant, aber auch langweilig«, antwortete Sebastian. »Der Begriff der Kolloide sagt mir überhaupt nichts.«

Sie nickte. »Grob gesagt handelt es sich um einen Zwischenzustand zwischen Gas und Flüssigkeit, wie bei Rasierschaum oder Zahnpasta. Na ja, eigentlich ist es kein Zwischenzustand, sondern eher eine andere Interaktionsweise als bei einer gewöhnlichen gelösten Substanz, bei etwas also, das in einem Lösungsmittel gelöst ist. Was ich sagen will, ist, dass auch ein Spray ein Kolloid sein kann.«

Der Drache aß fast nichts, wie immer. »Es ist also etwas, das – chemisch gesprochen – seinen Zustand ändert, oder?«

Hannah nippte an ihrem Guinness. »In gewisser Weise schon, ja. Chemisch und physikalisch.«

»Was Derjagin über Wasser gesagt hat, heißt also, dass die Anwesenheit einer bestimmten Oberfläche seinen Zustand verändern könnte?«

Hannah runzelte die Stirn. »Du begreifst schnell. Derjagin scheint mir aber noch mehr gesagt zu haben, etwas wirklich Beachtliches.«

»Nämlich?« Der Drache beobachtete sie, während sie ihr Glas leerte.

»In Zusammenhang mit Wasser hat er auch die Hypothese aufgestellt, dass bestimmte Interaktionen zwischen Flüssigkeiten und Oberflächen eine neue stabile Struktur hervorbringen könnten und nicht nur, wie man bislang immer dachte, einen vorübergehenden Zustand.«

»Könntest du darauf verzichten, die Chemieprofessorin zu spielen, und dich klarer ausdrücken?«

Sie schnaubte und stützte einen Ellbogen auf den Tresen. »Mal schauen … Also, stell dir das Wasser als ein Blatt Papier vor, okay? Die Interaktion mit der Oberfläche ist, als würde mit unauslöschlicher Tinte ein Satz darauf geschrieben. Für immer und ewig.«

Sebastian lauschte aufmerksam. Erst als Hannah aufhörte zu sprechen, schaute er wieder in Richtung Pubtür, wo seit ein paar Minuten ein kleiner Mann in einem grauen Regenmantel stand und ihn beobachtete. Nun hob der Mann die Hand.

Sebastian wandte sich wieder an Hannah. »Ist es denn deiner Meinung nach möglich, dass Wasser sich unwiederbringlich verändert?«

Sie kratzte sich an der Nase. »Nun ja, Derjagin ist kein Anfänger.«

Der Drache bat Hannah, schon einmal ins Hotel zu fahren, er komme in einer halben Stunde nach. Sie war müde, stellte keine Fragen und machte sich auf den Weg.

Der Mann im Regenmantel näherte sich dem Tresen und fragte Sebastian in gebrochenem Englisch, ob er ihn zu einem weiteren Bier einladen dürfe.

»Nein danke. Wer sind Sie?«

»Mein Name ist Dimitri Dustakov. Ich gehöre zur Delegation von Derjagin.«

Sie schüttelten sich die Hand, und der Drache gab dem Mann zu verstehen, dass er es eilig habe. »Worum geht es denn?«

Der Russe lächelte verständnisvoll. »Ich werde mich kurzfassen, Doktor … Drache?«

»So nennt man mich.«

»Gut, wir haben Ihre Anwesenheit auf dem Kongress bemerkt und fragen uns, nun ja … ob Sie uns ein wenig von Ihrer Zeit opfern würden.«

»Ich habe keine Zeit. Wenn Sie mir etwas mitzuteilen haben, dann tun Sie es jetzt.«

»In Ordnung. Mit dieser Reaktion hatten wir schon gerechnet. Ich werde also, wie soll ich sagen, eine Einladung aussprechen.«

»Die da lautet?«

»Das zu vertiefen, was Sie heute im Hörsaal erfahren haben.«

»Reden Sie weiter.«

»Heute war nicht die geeignete Gelegenheit dazu, da die Leute hier, wie soll ich sagen, eher konservativ sind. Bedenkenträger. Unsere Experimente haben uns aber weit über das hinausgeführt, was Sie heute gehört haben.«

»Kommen Sie zum Punkt.«

»Wir arbeiten an einem neuen Typ Wasser. Einem Wasser II, um es so auszudrücken. Einem vollkommen neuartigen Wasser.«

Der Drache kniff die Augen zusammen. »Gehen wir mal davon aus, dass ich Ihnen glauben kann. Warum haben Sie auf dem Kongress dann nichts davon gesagt?«

»Dafür ist es noch zu früh.«

»Und warum reden Sie dann mit mir darüber?«

Der Mann wirkte unbehaglich. »Sie sind ein einflussreicher Mann auf diesem Gebiet, das ist bekannt.«

»Das glaube ich nicht. Wollen Sie Geld?«

»Möglicherweise. Die Forschung verschlingt erhebliche Mittel.«

Der Drache erhob sich von seinem Barhocker. Sie waren genau gleich groß.

»Herr …«

»Dustakov.«

»Geben Sie mir Ihre Visitenkarte. Ich werde Ihren Vorschlag befolgen und die Sache vertiefen. Jetzt muss ich mich aber verabschieden. War mir ein Vergnügen.« Er nahm die Visitenkarte, die auf Pergamentpapier gedruckt war, und verließ schnell den Pub.

Hannah lag im Hotel unter der Bettdecke. Sebastian nahm eine Dusche und schlüpfte ebenfalls ins Bett.

»Was wollte der Typ?«

Er beobachtete sie amüsiert. »Das war ein Russe. Er hat mir seine Dienste angeboten.«

Hannah schob sich langsam herüber und umschlang ihn mit ihren langen, sommersprossigen Beinen.

An einem windigen Vormittag im September 1966 verließ der Drache London und landete bei strömendem, warmem Regen in Neu-Delhi. Aradi Seth erwartete ihn in einem Nobelhotel mit englischem Ambiente in der Nähe des Connaught Circus. Nach einem spärlichen Mahl unterzeichnete der Drache eine Vollmacht, die den Ingenieur dazu ermächtigte, im Namen der Inthanon International – einem neuen, auf Meerwasserentsalzung spezialisierten Unternehmenszweig der InthanonWater – Investitionsmöglichkeiten in Saudi-Arabien, den Vereinigten Arabischen Emiraten und anderen Staaten am Persischen Golf zu erkunden. Das Problem bei der Verwandlung von Salzwasser in Trinkwasser waren die hohen Kosten, aber es gab Leute, die sie zu zahlen bereit waren, vor allem die Erdölproduzenten.

In der Nacht des 6. Oktober 1966 kam er in Bangkok an. Es war, als herrschte Ausgangssperre.

Anfangs bemerkte er es nicht, aber kurz nachdem er den Flughafen verlassen hatte, fiel dem Drachen auf, dass ihm ein schwarzer Volvo folgte. Er ging in ein altes Hotel, in dem er vor Jahren einmal gewesen war, da er sich in den renommierten Hotels nicht blicken lassen wollte. Er nahm eine Dusche, zog sich wieder an, packte ein paar Dinge zusammen, vor allem Bücher, steckte sie in eine kleine Tasche, ließ das Licht brennen und verschwand durch die Küche, die auf eine kleine Gasse hinausschaute. Eine gute halbe Stunde ging er zu Fuß, dann nahm er ein Taxi und nannte dem Fahrer die Adresse seiner alten Wohnung. Als sie ankamen, stellte er fest, dass auch dort ein Auto mit zwei Männern stand. Wenige Minuten später setzte sich der Wagen allerdings in Bewegung und verschwand. Vielleicht hatte sein Plan funktioniert.

In seiner alten Wohnung blieb er nur ein paar Stunden. Die wenigen Sachen dort hatten die Mäuse zerfressen, und über allem lag eine Staubschicht. Morgens um fünf brach er auf, ging zur Thanon Santiphap und nahm dort ein Taxi zum Flughafen. Nach Chiang Mai konnte man mittlerweile fliegen. Als das Flugzeug abhob, wurde ihm bewusst, dass er nicht in Thailand bleiben konnte. Luon Li O würde niemals vergessen.

Sebastian hatte den Oberaufseher nicht von seiner Ankunft unterrichtet, und so war der Mann wie vom Donner gerührt, als er ihn in der Bürotür auftauchen sah. Seiner Miene nach zu urteilen, war es keine angenehme Überraschung. Sie begrüßten sich kühl.

»Sie kommen genau richtig, Sebastian. Aus den Werken erreichen uns keine guten Nachrichten.«

»Was ist denn passiert?«

»Pater Lodovico wurde verwundet.«

Der Drache dachte bereits darüber nach, wie er so schnell wie möglich zu ihm gelangen konnte. »Was ist denn passiert?«

»Das weiß man nicht genau. Ein Hinterhalt.«

»Guerilla?«

»Eher nicht, wie es scheint. Leute aus Bangkok.«

»Woher weißt du das?«

Der Oberaufseher lächelte und warf ihm dann einen vorwurfsvollen Blick zu.

Sie kamen nachts in Latek an, schwer bewacht von einer Truppe, die sie in aller Eile für Unsummen rekrutiert hatten. Es regnete, die Straße war schwierig, und die Vegetation schien im nächsten Moment explodieren zu wollen. Sebastian hatte die überwältigende Wirkung dieses hysterischen Grüns fast vergessen. Auf seiner Brust lastete ein schweres Gewicht.

Pater Lodovico lag auf einem Bett, einen schlampigen Verband um den Unterleib gewickelt. Auf einem Stuhl neben dem Bett saß eine junge Thai und hielt still seine Hand. Als Lodovico seinen Freund sah, versuchte er zu lächeln, und Sebastian nahm ihn lange in den Arm. Der Jesuit stöhnte.

Der Arzt berührte Sebastian an der Schulter und bat ihn, mit hinauszukommen. »In der Stadt hätten wir ihn auch nicht retten können. Er hat mindestens drei Kugeln im Bauch. Weiß der Teufel, wie er es geschafft hat, überhaupt noch drei Tage durchzuhalten.« Er schüttelte den Kopf.

Sebastian trat wieder ins Zimmer, und Lodovico bat den Oberaufseher, sie alleine zu lassen. »Du auch bitte«, sagte er zu der Thai.

Als sie hinausging, blitzte sie Sebastian wütend an. Er setzte sich auf den Stuhl und trocknete Lodovicos Stirn. Der lächelte.

»Ich bin so froh, dich zu sehen. Danke, dass du zurückgekommen bist.«

Sebastian lächelte mit steifem Kiefer. »Du hast auf mich gewartet.«

»Ja. Ich muss etwas Wichtiges mit dir besprechen, bevor ich gehe.«

»Wir werden dich retten, du wirst schon sehen. Jetzt bin ich ja da.«

»Nein, Sebastian …« Das Sprechen strengte ihn an. »Hör mir lieber zu. Du musst mir etwas versprechen.«

Sebastian nickte langsam.

»In Saigon gibt es eine Einrichtung französischer Schwestern, die für das Rote Kreuz arbeiten. Damals war Schwester Clelia die Leiterin, eine tüchtige junge Nonne. Bestimmt ist sie immer noch da. Ich habe ein Dokument vorbereitet, dass ich vor zwei Zeugen unterschreiben werde, vor dir und dem Oberaufseher.«

»Was für ein Dokument?«

»Warte, lass mich ausreden. In jenem Krankenhaus gibt es auch ein Heim für junge Leute ohne Familie. Dort müsste ein Mädchen von etwa sechzehn Jahren wohnen …«

Lodovico leckte sich über die rissigen Lippen. »Ein Mädchen, das mir ähnlich sieht, Sebastian. Sie heißt Agata.«

Nun schwieg er und schaute ihn lange an. »Nimm dieses Blatt. Das ist das Dokument, mit dem ich die Vaterschaft anerkenne.«

»Das kannst du nicht, Lodovico.«

»Doch, ich kann. Ich habe den Orden schon vor Jahren verlassen. Das habe ich dir nie erzählt …«

»Warum?«

»Ich wollte nicht, dass du schlecht von mir denkst.«

Schweigen.

Irgendwann sagte Lodovico: »Ruf den Oberaufseher herein.« Sebastian tat es. Dann wälzte sich Lodovico mühsam auf die Seite und unterschrieb das Dokument, mit dem er die Vaterschaft an Agata Maria Knoll, geboren am 23. Dezember 1951 in Saigon, Tochter von Lodovico Knoll, Mutter unbekannt, bestätigte. Der Oberaufseher und Sebastian unterschrieben ebenfalls.

»Wer ist die Mutter?«

»Was hat das für eine Bedeutung? Agata ist meine Tochter, Sebastian. Ich möchte, dass du dich um sie kümmerst. Du darfst sie nicht allein lassen.«

»Natürlich. Sag mir aber, wer die Mutter ist.«

»Eine französische Schriftstellerin aus Straßburg. Man hat sie als Journalistin nach Indochina geschickt, während des Kriegs … Das hat aber nichts zu bedeuten. Ich weiß nicht einmal, ob sie noch lebt. Sie hat Agata zur Welt gebracht, wollte sie aber nicht anerkennen. Sie war verheiratet und musste nach Frankreich zurück.«

Sebastian sagte nichts.

Lodovico hatte rote Augen. »Gefällt dir der Name Agata? Das ist Italienisch für Achat.« Er hustete, und in seiner Brust schienen tausende von kleinen Explosionen stattzufinden. »Der Achat ist der schönste Quarz, nicht wahr? Er ist der schönste und geheimnisvollste Stein, Sebastian. Wirst du dich um sie kümmern?«

Eineinhalb Stunden später war er tot.

27

Als sich der von Jean-Sebastian Faucon geleitete multinationale Konzern im April 1978 dann endlich InthaWater nannte, war er bereits in fünfunddreißig Ländern vertreten. Wie Krallen hatten sich die Interessen dieses Kolosses in jeden Bereich geschlagen, der irgendetwas mit Wasser zu tun hatte. InthaWater besaß Mineralwassermarken in den Vereinigten Staaten, in Frankreich, Italien und Deutschland. Der Konzern lieferte den Rohstoff für Coca-Cola und für den Konkurrenten Pepsi und belieferte Dutzende von Fabriken in der ganzen Welt. Im Mittleren Osten und in Indien betätigte er sich auf dem Gebiet der Meerwasserentsalzung und hielt das Monopol für drei verschiedene Verfahren der Umkehrosmose. Er reinigte Abwassersysteme und recycelte kontaminiertes Wasser in China, Südafrika, Indonesien, der Sowjetunion und in all den anderen Ländern, in denen der Agrarboom dazu beitrug, die Erde mit Tonnen von chemischen Düngemitteln zu verseuchen. InthaWater verfügte zudem über eine brillante Rechtsabteilung, der man im Umgang mit Umweltvorschriften nichts vormachen konnte. Seine Beratungsleistungen bot der Konzern auch jenen an, die sein Wasser nicht kauften – British Petrol etwa oder der pakistanischen Stadt Karachi. Wobei sämtliche Mandanten über kurz oder lang schließlich doch seine Kunden wurden.

An einem Vormittag des Jahres 1967 – das Licht war an diesem Tag besonders intensiv – begrüßte der Drache in einem alten Kolonialhaus an der Peripherie von Saigon ein sechzehnjähriges Mädchen, das eher wie zwölf aussah. Es hatte die hellen Haare des

Vaters und auch seine grauen Augen. Die Lippen waren schmal und rosig und lächelten gern. Schwester Clelia erzählte, dass Agata trotz ihrer Jugend bereits für sie arbeite. Sie gehe zur Hand, wo sie nur könne, kümmere sich um die kleinen Kinder und helfe in der Verwaltung. Der Drache erklärte der Nonne, dass Agatas Leben in Saigon mit diesem Moment beendet sei. Einen Tag ließ er dem Mädchen noch, um sich zu verabschieden. Er selbst verbrachte die Nacht in einem von ausländischen Journalisten und amerikanischen Spionen frequentierten Hotel, während sich die Stadt darauf vorbereitete, in die finsterste Phase des Krieges einzutreten.

Die beiden folgenden Jahre verbrachten sie in Hongkong, wo Agata ein englisches Internat besuchte. 1986 war das Jahr, in dem sich der Reichtum des Drachen konsolidierte. Als Agata zwanzig wurde und die Schule abschloss, fragte Sebastian, was sie nun vorhabe, und sie antwortete, dass sie gern für einige Zeit in einen indischen Aschram eintreten würde, falls er nichts dagegen habe. Und so geschah es.

Der Drache verlegte die Geschäfte nach Neu-Delhi, und Agata ging in einen kleinen Aschram in Haridwar in Uttar Pradesh, einer der sieben heiligen Städte des Hinduismus, fast an der Grenze zu Nepal gelegen. Eine Zeitlang hörte Sebastian nichts mehr von dem Mädchen. Er wusste, dass sie im Aschram war, aber auch ein paar Monate in Haridwar verbrachte, von wo aus sie regelmäßig an ihren Zufluchtsort zurückkehrte.

Im Juni 1976 erhielt der Drache dann schließlich einen Brief, in dem Agata den Wunsch äußerte, nach Hause zurückzukehren. Er antwortete, dass er sie abhole, und zwar am Tag seines fünfzigsten Geburtstags.

Obwohl Neu-Delhi nicht weit von Nepal entfernt war, hatte es den Drachen noch nie in den Himalaya verschlagen, wo der Ganges entsprang. Wenn China sich immer schon auf Tibet gestürzt hat, dann nicht aus politischen oder religiösen Gründen, sondern weil das Land über gigantische Wasservorkommen verfügt und Chinas schrecklicher Schlund seinen Durst nie zu stillen vermag.

Der Drache machte sich auf den Weg nach Pauri, einer kleinen Bergstadt in der Nähe des Gangotri-Gletschers, der Wiege des Ganges. Ein paar Tage stieg er in einer Hütte ab und erkundete mit einem lokalen Führer die umliegenden Täler, eine zauberhafte Szenerie aus leuchtenden Felsen, giftgrünen Wäldern und dem blauesten Himmel, den er je gesehen hatte.

Als er aus dem Gebirge wieder abstieg, folgte der Drache dem Lauf des Baghirati, der das Wasser des Ganges aus dem Paradies auf die Erde brachte. Ein paar Tage später traf er in Haridwar ein, gerade rechtzeitig für das Dashahara-Fest. Hindus, die dem Tod nahe waren, badeten im Fluss, und am Ufer wurden Leichen verbrannt. Nachts setzten hunderte von Händen winzige Papierlaternen aufs Wasser, wo sie wie ein letzter Gruß davontrieben.

Die Fünfundzwanzigjährige, die schließlich vor ihm saß, hatte nur noch entfernt Ähnlichkeit mit dem Mädchen aus dem Waisenhaus in Saigon. Agatas Gesicht leuchtete, ihre Haut wirkte robuster, und in ihrem Blick lag etwas Ironisches, Wissendes, das er zuvor nicht wahrgenommen hatte. Sie hatten sich nach Sonnenuntergang mitten in der schweigsamen, demütigen Menge getroffen.

Das Fest begann stets bei Neumond und dauerte einige Tage. Wenn man in den Fluss schaute, schien sich der Sternenhimmel umgestülpt zu haben. In der Luft lag der Duft der Blumen, der sich mit dem Gestank der verbrannten Leichen vermischte. Der Drache hatte zwei Zimmer in einer Familienpension am Fluss gebucht. Obwohl Agata eigentlich bei einer buddhistischen Gemeinschaft zu Gast war, brachte sie ihre Sachen in die Pension und schlief dort. Bei Sonnenaufgang trafen sie sich auf der Veranda wieder. Sie hatten Hunger, tranken Tee und aßen Mangos.

»Bist du schon länger hier?«

»Nein.«

»Wo warst du?«

»In Pauri, im Himalaya. Dort entspringt angeblich der Ganges, an einem Gletscher.«

»Das muss schön sein.« Sie trank einen Schluck Tee. »Hast du ihn gesehen?«

»Von weitem.«

»Wie ist er?«

Sebastian schnitt ein Stück Mango ab. »Unbeschreiblich.«

In diesem Moment beschien die aufgehende Sonne die Ränder der ärmlichen Bauten am anderen Gangesufer. Auf dem Fluss trieben violette und indigoblaue Schatten.

Der Drache betrachtete die Frau. Irgendwann fragte er: »Möchtest du mir etwas über die letzten fünf Jahre erzählen?«

Agata goss sich aus einem Keramikkrug noch eine Tasse Tee ein.

»Ich weiß nicht. Ich wüsste nicht, wo ich anfangen soll.«

»Du wirst Zeit zum Nachdenken gehabt haben.«

»Ja.« Sie lächelte. »Oder nein. Eigentlich bedeutet meditieren nicht, einen leeren Kopf zu haben.«

Sie schwiegen.

»Und der Yogi, was ist das für ein Typ?«

»Schweigsam. Es handelt sich um einen Aschram, in dem man ein Schweigegelübde ablegt. Wenn dort überhaupt geredet wird, dann nur, wenn er dich persönlich zu sich ruft, um sich mit dir zu unterhalten.«

Er beobachtete sie, während er seinen Tee trank.

»Und hat er dich zu sich gerufen?«

»Ja.« Agata wandte sich ab und beobachtete einen Schwarm Geier, der auf der Suche nach Fleisch über den Fluss hinwegsegelte.

»Er hat mich gefragt, warum ich dort sei. Was ich suche.«

»Und was hast du geantwortet?«

»Dass ich nichts suche.«

»Und er?«

»Hat gelacht.«

»Stimmt es denn, dass du nichts suchst?«

Sie schaute ihn irritiert an. »Natürlich stimmt das.«

Sebastian schwieg. Irgendwann erkundigte er sich: »Hat es dir dort gefallen?«

»Sehr. Aber ich würde nicht zurückwollen.«

»Warum?«

»Weil ich begriffen habe, dass mir die Welt draußen fehlt. Im Waisenhaus von Saigon war ich glücklich, wenn ich es recht bedenke.«

»Möchtest du nach Saigon zurück?«

»Nein.« Agata verzog die schmalen Lippen. »Nein, ganz bestimmt nicht.«

»Möchtest du mit mir nach London kommen?«

»Ja.« Dann schaute sie Sebastian mit einer Eindringlichkeit an, die ihn in Alarmbereitschaft versetzte. »Erzähl mir von meinem Vater, Sebastian.«

»Was möchtest du denn wissen?«

»Was war er für ein Mensch?«

Er verschränkte die Arme vor dem weißen Hemd. Weiß war die Farbe, die ihm am besten stand.

»Es fällt mir schwer zu entscheiden, wo ich überhaupt anfangen soll. Ein gewöhnlicher Mensch war er jedenfalls nicht, dein Vater, eher eine gequälte Seele. Er trank viel, las stundenlang und ging dann barfuß auf die Felder, um den Bauern zu helfen, ihre Bewässerungskanäle instand zu setzen. Innerhalb einer Woche hatte er gelernt, wie ein Filterwerk funktioniert. Die Hälfte meines Wissens über Berge, Steine, Wasser und Regen habe ich von ihm.«

»Gequälte Seele?«

»Ja, gequälte Seele. Seinen Glauben habe ich nie verstanden.

Vermutlich war er kein glücklicher Mensch. Allerdings könnte ich genauso gut auch das Gegenteil behaupten, keine Ahnung. Manches an ihm war mir einfach rätselhaft. So hat er mir zum Beispiel nie erzählt, dass er aus dem Jesuitenorden ausgetreten ist.«

»Jesuiten haben für gewöhnlich keine Kinder.«

»Für gewöhnlich nicht.« Der Drache ließ seine blauen Augen auf dem Fluss ruhen. Sie beobachtete ihn, und er ahnte, welche Frage jetzt kommen würde.

»Hat er dir erzählt, wer meine Mutter war?«

»Ja. Er hat allerdings keinen Namen genannt.«

»Der Name interessiert mich auch nicht.«

»Deine Mutter war eine französische Schriftstellerin, eine Journalistin. Sie wollte dich aber nicht anerkennen.«

Agata wandte sich wieder dem Fluss zu, der sich allmählich mit Pilgern bevölkerte. Sebastian versuchte, das Lächeln auf dem Gesicht der Frau zu ergründen, und fügte hinzu: »Das hat er zumindest behauptet.«

»Könnte er gelogen haben?«

»Nein.« Sebastian schüttelte den Kopf. »Nein.«

Agata kaute an einem Fingernagel herum. »Warum nennt man dich Drache?«

Sebastian schaute sie verblüfft an. »Mir gefallen Drachen.«

»Was für Drachen?«

»Chinesische Drachen.«

Agata deutete ein Lächeln an. »Warum? Ich meine …«

Er schnitt sich eine Scheibe von seiner Mango ab. »Mir gefällt die chinesische Kunst. Drachen spielen dort eine wichtige Rolle.«

»Sie bedeuten Macht.«

»Nicht nur. Sie bringen auch Glück.«

»Glaubst du an Glück?«

»Blind. Etwas anderes als Glück gibt es nicht.«

»Was soll das heißen? Wann hattest du zum Beispiel Glück?«

»Als ich deinem Vater begegnet bin.«

»Noch ein Beispiel.«

»Nein, Agata. Ein besseres Beispiel könnte ich nicht finden, glaub mir.«

Sie schwieg und schien über etwas ganz anderes nachzudenken.

»Warum hast du dich für diese Arbeit entschieden?«

»Was für eine Arbeit?«

»Das Wasser. Die Arbeit mit Wasser.«

»Darüber habe ich noch nie nachgedacht. Es ist einfach so passiert.«

»Kann das sein? Dass etwas einfach so passiert? Wasser ist schließlich nicht irgendetwas.«

»Was willst du damit sagen? Der eine arbeitet mit Erdöl, ich arbeite mit Wasser.«

»Und das ziemlich erfolgreich.«

»Das ist alles nur Glück, Agata, das habe ich doch gesagt. Etwas anderes zählt nicht.« Er machte eine Pause. »Möchtest du mit mir zusammenarbeiten?«

Wieder schaute Agata aufs Wasser, verharrte ein paar Sekunden reglos und richtete ihre grauen Augen dann wieder auf den Mann vor ihr. »Was hast du in Pauri gemacht, auf diesem Gletscher?«

»Ich habe Land gekauft, ein Gebiet mit fünf Wasserquellen. Jedes Jahr schenke ich mir zum Geburtstag eine Quelle. Dieses Mal habe ich sie allerdings nicht für mich gekauft, sondern für dich. Ich möchte, dass du dieses Wasser als Geschenk annimmst.«

»Fünf ist die perfekte Zahl. Du weißt ja, dass es für die Chinesen fünf Elemente gibt und nicht nur vier: Holz, Feuer, Metall, Wasser und Erde. Fünf Geschmäcker gibt es und auch fünf Kardinalpunkte.«

»Ich weiß, Agata. Der fünfte Kardinalpunkt ist die Mitte. Der wichtigste. Wie lautet also deine Antwort?«

»Danke. Ich nehme dein Geschenk gerne an.«

Der Drache lächelte. »Während du im Aschram meditiert hast,

haben wir fast alle Geschäfte nach London transferiert. Es war nicht mehr möglich, die Dinge von Neu-Delhi aus zu regeln. London ist das Finanzzentrum der Welt. Wir arbeiten mit den Vereinigten Staaten, mit Asien, Afrika, Russland und sogar mit Australien zusammen. Mit der ganzen Welt also.«

Agata musterte ihn. »Irre ich mich, oder hast du Südamerika nicht genannt?«

»Nein, dort sind wir tatsächlich nicht vertreten.«

»Wie kommt's?«

»Das hat keinen besonderen Grund. Wir sind einfach nie in diesen Markt gegangen.«

Agata war aufgefallen, dass Sebastian mit der Antwort gezögert hatte und plötzlich zerstreut wirkte. »Es gibt etwas, das ich dich nie gefragt habe.« Sie machte eine Pause. »Wo bist du eigentlich geboren?«

»Ich bin in Argentinien aufgewachsen.«

Sie schaute ihn überrascht an. »In Argentinien? Und ist deine Familie noch dort?«

Sebastians Augen verfinsterten sich. Er wollte etwas sagen, schwieg dann aber. Agata bemerkte seine Miene. »Entschuldigung, ich wollte nicht indiskret sein.«

»Eines Tages erzähle ich dir die Geschichte, Agata. Jetzt denke ich aber, dass wir in die Gänge kommen sollten. Die Hitze wird unerträglich, und um ehrlich zu sein, schlägt mir dieser Gestank von verbrannten Leichen allmählich auf den Magen.«

28

Normalerweise vergaß der Drache keine Gesichter, aber das dieses Mannes mit dem grünen Mantel und der karierten Schiebermütze sagte ihm gar nichts, und so verließ er das thailändische Restaurant, ohne ihn groß zu beachten. In dieser winzigen Gaststätte kannte ihn sowieso keiner, was in seinen Augen ihren wesentlichen Vorzug darstellte.

Er ging in Richtung St. James's Square. Es war Herbst 1982, und London zeigte sich mit dem bedeckten Himmel und dem feinen Nieselregen von seiner besten Seite. Nach etwa fünfzig Metern merkte der Drache, dass der Mann ihm folgte, ließ sich jedoch nichts anmerken. Ohne den Schritt zu beschleunigen, bog er von der Piccadilly links in die Princes Arcade ab. Nachdem er rechts in die Jermyn Street eingebogen war, blieb er vor dem Schaufenster von Comma stehen, einem Buchladen, in dem er gelegentlich kaufte. Sekunden später kam der Typ an ihm vorbei. Ehe der Mann sich's versah, fand er sich an der Scheibe wieder und spürte etwas Hartes im Rücken.

»Du hast fünfzehn Sekunden, um mir zu erklären, warum du mich verfolgst.«

»Immer mit der Ruhe, ist doch alles in Ordnung. Erinnern Sie sich nicht mehr an mich?«

Der Drache war überrascht. »Nein, sollte ich?«

»Ja, sollten Sie.«

Der Drache kniff die Augen zusammen und musterte den Mann.

»Ach ja. Sie sind der Russe. Jetzt erinnere ich mich …«

»Dustakov.«

»Klar, Dustakov. Irgendetwas an Ihrem Namen will mir einfach nicht gefallen.«

Der Russe zog eine Grimasse und versuchte, sich aus der Umklammerung zu befreien. »Er gefällt Ihnen nicht?«

»Sagen Sie, was Sie von mir wollen.«

»Haben Sie dieses Mal Zeit?«

»Ich habe nie Zeit. Sagen Sie einfach, was Sie wollen.«

»Doktor … Drache. Geben Sie mir eine halbe Stunde, und Sie werden es nicht bereuen.«

Er schaute zu einem Pub mit einem rot-goldenen Schild hinüber. The Lyon.

»Okay.« Der Drache nickte und überquerte die Straße. Im Pub wählte er einen abgelegenen Tisch im hinteren Teil des Schankraums.

Er bestellte einen Tee, der Russe eine Cola.

»Erinnern Sie sich an die Einladung, die ich ausgesprochen habe?«, fragte der Russe.

»Nur zu gut.«

»Heißt das, Sie haben sich mit der Sache befasst?«

»Nicht nur das, ich habe sogar die Forschung unterstützt. Sowohl hier als auch bei Ihnen, über einen unserer sowjetischen Teilhaber.«

Dustakov schaute ihn verblüfft an. »Das wusste ich nicht.«

»Seien Sie beruhigt, niemand weiß das.«

»Gut. Und zu welcher Überzeugung sind Sie gelangt?«

»Soll das ein Witz sein? Ich denke, Sie wissen besser als ich, was für ein Ende das Wasser II, wie Sie es nennen, genommen hat. Polywasser … Arbeiten Sie nicht mit Derjagin zusammen? Pech für Sie – und für mich, der ich Geld in die Sache gesteckt habe –, dass dieses Polywasser nicht existiert. Nie existiert hat. Es handelte sich einfach nur um schmutziges Wasser, um mal ein verständliches Wort zu benutzen.«

Dustakov schlürfte langsam seine Cola. Seine dunklen Augen

glänzten, als er den Mantel aufknöpfte. »Da wäre ich mir nicht so sicher, Doktor Drache.«

»Was wollen Sie damit sagen?«

»Dass die Geschichte nicht gestorben ist, wie man Ihnen weismachen wollte, sondern dass sie, wie soll ich sagen … unterdrückt wurde.«

Der Drache rührte in seinem Tee und musterte seinen Gesprächspartner. »Hören Sie, schon vor etlichen Jahren sind die ersten ernsthaften Zweifel an der Existenz einer neuen Form von Wasser aufgekommen, und hier rede ich nicht von der *New York Times* oder dem *Guardian*. Ich spreche von Fachmagazinen wie *Nature* oder *Science*. Glauben Sie aber nicht, dass ich mich mit der Meinung solcher Experten zufriedengebe. In Manchester habe ich ein bedeutendes Labor finanziert, in welchem im Zuge des allgemeinen Überschwangs eine Gruppe von Chemikern Forschungen zum Polywasser angestellt hat. Was im Übrigen, neben euch Sowjets, auch verschiedene amerikanische Universitäten getan haben. Und alle haben mir bestätigt, dass Polywasser nichts ist als mit Silizium kontaminiertes Wasser. Selbst die spektroskopischen Analysen eines bedeutenden Amerikaners haben sich als falsch erwiesen. Er hat die Ergebnisse höchstpersönlich zurückgezogen.«

»Und dieser kollektive Rückzug ist Ihnen nicht komisch vorgekommen?«

Der Drache trank den ersten Schluck von dem heißen schwarzen Tee. »Nein. Warum hätte mir das komisch vorkommen sollen?«

»Entschuldigung, aber kennen Sie den Witz von dem Mann, der Scheiße mag?«

»So raffinierte Witze kenne ich nicht.«

»Nun, ich erwarte nicht, dass Sie brüllen vor Lachen, aber als man den Mann nach den Gründen für seine sonderbare Vorliebe fragt, was meinen Sie wohl, was er da antwortet?«

»Keine Ahnung.«

»Können sich Millionen von Fliegen irren?«

Der Drache zog eine Grimasse. »Leider irren sie sich.«

»Möglich, aber kommt es Ihnen nicht komisch vor, dass zunächst einige der größten Koryphäen auf dem Gebiet, angefangen von Derjagin über Madison bis hin zu vielen anderen, von der Möglichkeit des Polywassers überzeugt sind, um dann plötzlich einen Rückzieher zu machen?«

»So funktioniert Wissenschaft eben. Man entwickelt eine Hypothese, verifiziert sie, und wenn das nicht gelingt, stoppt man das Ganze und gesteht seinen Irrtum ein. Genauso war es mit dem Polywasser.«

»Und wenn ich Ihnen sage, dass man sich irren *wollte?«*

»Ausgerechnet Sie müssen das sagen, Dustakov? Derjagin war der Erste, der seinen Irrtum eingestanden hat.«

»Es war aber auch nicht Derjagins Entdeckung, Doktor Drache.«

»Wessen denn dann?«

»Es war ein mittlerweile vergessener russischer Chemiker, der das Polywasser ursprünglich entdeckt hat, und zwar ohne jedes Zutun. Es hatte sich einfach in einem Kapillarsystem gebildet. Polywasser ist nämlich nichts als anomales Wasser, das sich unter bestimmten Bedingungen selbst reproduziert.«

»Und wie soll dieser Mann heißen?«

»Nikolai Fedyakin, ein unbedeutender Wissenschaftler, der in einem Labor in Kostroma an der Wolga gearbeitet hat. Er hat entdeckt, dass dieses Wasser, das sich in den haarfeinen Kapillaren angesammelt und vom normalen Wasser abgetrennt hat, eine extrem hohe Dichte besitzt.«

»Sie müssen mich nicht daran erinnern, Dustakov, was es mit diesem Polywasser auf sich hatte. Ich hatte Gelegenheit, mich damit zu beschäftigen. Es war einfach ein Nebenprodukt – gewöhnliches Wasser, das durch Schmutz in den Kapillaren verunreinigt war.«

»Das gilt erst später, als die Experimente in Moskau, England, den Vereinigten Staaten und anderswo wiederholt wurden. Das Wasser von Fedyakin war nicht verunreinigt. Es war modifiziertes Wasser.«

»Das kann nicht sein. Die Experten der halben Welt haben sich fünf Jahre lang den Kopf über diesen verdammten Tropfen ›modifiziertes‹ Wasser zerbrochen, Wasser, dessen Siedepunkt sehr viel höher liegt als normal und das praktisch nicht gefriert.«

»In der Tat. Und hat man Ihrer Meinung nach eine Erklärung für diese Phänomene gefunden?«

»Ja.«

»Nämlich?«

Der Drache musterte den Russen. Die runden Augen in seinem Eulengesicht waren wie immer weit aufgerissen.

»Sehen Sie? Eine Erklärung für diese Phänomene hat man nie gefunden.«

»Dann verraten Sie mir doch bitte, wer angeordnet haben soll, die Suche nach dem Polywasser einzustellen. Und kommen Sie mir nicht mit dem CIA! Vielleicht hat das Polywasser ja mitten im Kalten Krieg dafür gesorgt, dass sich russische und amerikanische Wissenschaftler ein wenig zu gut verstehen …«

Dustakov fixierte den Drachen. »Wissen Sie es wirklich nicht?«

Der Drache schwieg einen Moment, dann schüttelte er den Kopf. »Nein, sagen Sie es mir.«

»Ihre Kollegen waren es, die Wasserriesen, die das Polywasser nicht wollten. Es ist ja auch nicht schwer zu begreifen, dass es eine ernsthafte Bedrohung für ihre Geschäfte darstellt. Eine gigantische Verschwörung wurde in Gang gesetzt …«

Der Drache schaute lange in seinen Tee und trank dann einen Schluck. »Das sind doch Fantasien, Dustakov.«

»Sind es nicht, glauben Sie mir. Derjagin hat Fedyakins Entdeckung geklaut, um es mal so auszudrücken. Er ist aber weiter gegangen, weil er die Implikationen begriffen hat. Derjagin zufolge ist Polywasser nämlich Wasser in seiner chemisch stabilen

Form. Das bedeutet, dass die anomale Form früher oder später sämtliches Wasser kontaminieren und in Wasser II verwandeln würde. Verstehen Sie?«

Der Drache ließ sich gegen die gepolsterte Rückenlehne sinken. Er musterte Dustakov. »Jetzt, wo Sie davon sprechen, erinnere ich mich, dass ich einen Artikel gelesen habe, in dem vor einer solchen Gefahr gewarnt wurde.«

»Sicher, von John Wright. Der Artikel wurde angegriffen und durch den Kakao gezogen, als wäre er das Werk eines Verrückten. Das Problem ist, dass Wright etwas vollkommen Richtiges erkannt hatte.«

Der Russe stützte die Ellbogen auf den Tisch. »Doktor Drache, ich hatte Gelegenheit, persönlich mit Fedyakin zu sprechen, und er hat bestätigt, dass Wrights Befürchtungen begründet sind. Das Polywasser existiert, und es ist gefährlich.«

Die Pupillen des Drachen weiteten sich wie die einer Katze bei Einbruch der Dunkelheit. »Was wollen Sie mir eigentlich mitteilen, Dustakov?«

»Wenn wir eine große Wassermenge in eine Oberfläche aus Mikroräumen einsperren könnten, in ein Labyrinth aus winzigsten Kapillaren – vielleicht nach Art der natürlichen Porosität von Felsen –, könnten wir versuchen, all dieses Wasser in modifiziertes Wasser zu verwandeln. Wir könnten es weiterhin Polywasser nennen, oder auch polymerisches Wasser, wenn Ihnen das lieber ist, aber das ist nicht der Punkt. Entscheidend ist, dass wir dieses Wasser II in der Hand haben, viel Wasser II, sehr viel mehr, als die Wissenschaftler in ihren Labors je reproduzieren konnten.« Er machte eine Pause und spielte mit seinem leeren Glas. »Und wissen Sie, wo wir eine solche Menge Wasser unterbringen könnten?«

Der Drache senkte die Stimme. »In einem natürlichen Grundwasserreservoir vermutlich.«

»Genau.« Dustakov lächelte sanft. »In einem Grundwasserreservoir mit bestimmten Eigenschaften vielmehr. Sie sind ja nicht alle gleich, wie Sie wissen. Ideal wäre eine Schicht zwischen einem Deckel aus Basaltgestein vulkanischen Ursprungs und einem Bett aus Sandstein, das sich in hunderten von Jahren durch Erosion herausgebildet hat. Im Prinzip sieht das aus wie bei diesen Sandwiches hier.« Der Russe zeigte auf die Theke. »In einem solchen Wasserleiter, der einem Korallenschwamm ähnelt, lagert das Wasser wie in einem unsichtbaren Spinnennetz.«

Der Drache schlug einen ironischen Tonfall an. »Ich nehme an, Sie wissen auch schon, wo sich ein Wasserreservoir mit solchen Eigenschaften finden ließe.«

»Sicher. Ich denke an den Guaraní-Aquifer – ›Guaraní‹ nach dem indigenen Stamm, der in diesem Gebiet lebte, bevor er von den Portugiesen ausgerottet wurde. Dieser Grundwasserleiter erstreckt sich über eine Fläche von über einer Million Quadratkilometern unter dem fruchtbaren Ackerland Südbrasiliens, außerdem unter Teilen von Paraguay und Uruguay und praktisch unter dem gesamten argentinischen Norden.«

Der Drache spürte eine unangenehme Hitzewallung, seine Hände waren plötzlich schweißnass.

Dustakov entging das nicht, und er fügte hinzu: »Ihnen dürfte klar sein, was für eine wirtschaftliche Bedeutung es hätte, all dieses Wasser zu besitzen, von der politischen Bedeutung mal ganz zu schweigen.«

Der Drache bedachte den Russen mit seinem finstersten Blick. »Mir ist immer noch nicht klar, warum Sie das alles ausgerechnet mir erzählen.«

»Doktor … Drache. Wir denken, dass Sie die einzige Person auf der Welt sind, die sich dafür interessiert. Und nicht nur das …« Der Russe verschränkte seine Finger auf dem Tisch und beugte sich vor. »Sie sind der Einzige, der daran glaubt und es machen kann. Und der es auch machen *wird.*«

29

Die spitze Nase des Gulfstream G550 zog ein paar Grad herum und richtete sich auf die Landebahn des Flughafens von Bari aus. Im Innern der Boeing saß Agata Knoll in einem champagnerfarbenen Ledersessel, strich sich die Haare aus dem Gesicht und warf einen gelangweilten Blick aus dem Fenster.

In diesem Moment kam die Stewardess und balancierte ein Glas mit einer karottenfarbenen Flüssigkeit auf ihrem Rattantablett.

»Ihr Saft, Madame.«

Agata bedankte sich und wandte die Augen dann wieder dem ovalen Fensterchen zu. Ein drückend heißer Junitag wartete auf sie, aber das wusste sie noch nicht. Von Bari aus würden sie mit dem Wagen nach Matera fahren. Einer ihrer Fahrer war auch an Bord, und zwei Sessel weiter starrte Ping Xiong auf ihren Computerbildschirm. Agatas Assistentin hatte sich von ihrem schwarzen Pagenkopf getrennt und trug die Haare nun extrem kurz, was ihr wächsernes Gesicht noch runder wirken ließ.

»Nachrichten aus Brasilien?« Agata Knoll hatte ihre Frage gestellt, ohne sie anzuschauen.

Ping Xiong schaute auf. »Durchaus.«

»Durchaus was?«, fragte Agata müde.

»Durchaus etwas, das interessant sein könnte.« Sie zog die Mundwinkel herab.

Agata runzelte die Stirn, erhob sich, ging zu ihrer Assistentin und setzte sich auf die Stuhllehne. Von dort blickte sie ebenfalls auf den Bildschirm.

Ping Xiong schaute sie von unten her an. »Was hältst du davon?«

»Das scheint mir ein merkwürdiger Zufall zu sein.«

»Gelinde gesagt.«

Die Stewardess kam und forderte Agata auf, ihren Platz wieder einzunehmen. Kurze Zeit später setzte das Flugzeug sanft auf der Landebahn auf. Eine Leiter wurde an den Rumpf geschoben, und die Luke öffnete sich. Sie verdeckte fast den silbernen Drachenkopf, das Logo von InthaWater.

Agata Knoll hatte noch nie in ihrem Leben einen BH getragen, und auch an diesem Morgen, nachdem sie im Kloster eingetroffen war und eine Dusche genommen hatte, zog sie nur eine Seidenbluse an. Als sie leise den Kreuzgang durchquerte, strich sie sich die Haare glatt. Wenn sie nass waren, gewann der aschfarbene Ton an Intensität und bildete einen schönen Kontrast zu ihren großen, fast durchscheinenden Augen.

Der Drache wusch sich gerade das Gesicht, als sie sanft an die Tür klopfte.

»Wer ist da?«

»Ich bin's, Sebastian.«

»Ah, komm rein, es ist offen.«

»Stör ich?«, fragte Agata leise.

»Überhaupt nicht. Wann seid ihr gekommen? Warte.« Der Drache trat, in ein weißes Handtuch gewickelt, aus dem Bad. Er ging zu ihr und gab ihr einen Kuss auf die Wange. »Hallo, Agata.«

Sie schloss die Tür hinter sich. »Schön hier. Und Matera ist zauberhaft.«

Zur elfenbeinfarbenen Bluse, die das Dekolleté freiließ, trug sie eine flattrige schwarze Hose.

»Gefällt es dir? Es war ein geschlossenes Kloster.« Der Drache betrachtete sie. »Du bist so elegant«, sagte er und wickelte sich das Handtuch fester um die Hüften.

»Danke. Wie hast du geschlafen?«

»Sehr gut. Wie war der Flug?«

»Bestens. Herzlichen Glückwunsch übrigens, nachträglich, wie immer. Wie ist es gestern gelaufen?«

Er senkte die Lider. »Ausgezeichnet. Ich werde es dir beim Frühstück erzählen.«

»Sag nur schon einmal, ob ja oder nein.«

Der Drache nickte schnell.

»Das freut mich.«

Er schaute sie ernst an. »Das ist keine gewöhnliche Quelle.«

»Es ist die hundertste, oder irre ich mich?«

»Das hat nichts zu besagen. Nicht mehr. Hundert ist eine schöne Zahl, aber was kümmern mich noch Zahlen. Sie ist ergiebig, und sie ist gut.«

Agata deutete ein Lächeln an. Der Drache war sehr mager, unter der Brusthaut konnte man die Rippen erkennen.

Er musterte Agata. »Wie geht es dir? Du siehst müde aus. Lässt deine Chinesin dich nicht schlafen?«

Sie verschränkte die Arme und tat beleidigt, aber dann lächelte sie. »Das ist nicht ganz korrekt ausgedrückt. Ich bin es, die *sie* nicht schlafen lässt. Nein, Sebastian, es ist etwas anderes. Aus Brasilien ereilen uns merkwürdige Nachrichten.«

Über das Gesicht des Drachen glitt ein Schatten.

Ping Xiong erwartete sie im Salon und erhob sich vom Sofa, um den Drachen zu begrüßen. Einst musste dieser längliche Raum mit dem Kreuzgewölbe und den kahlen Wänden das Refektorium gewesen sein.

»Du hast dir die Haare geschnitten«, sagte der Drache. »An irgendjemanden erinnerst du mich jetzt …«

»Ach ja?«

»Genau, an diesen Mönch, dem ich vor vielen Jahren in der Mongolei begegnet bin.«

»Danke.« Die Frau verzog das Gesicht. »Meine Großeltern sind Mongolen.«

»Siehst du?« Die blauen Augen des Drachen lachten auf ihre typische Weise.

Agata warf Ping Xiong einen mahnenden Blick zu, und die beeilte sich zu sagen: »Ach, Doktor, ich möchte Ihnen meine herzlichsten Glückwünsche aussprechen. Gestatten Sie?«

»Nur zu.«

Die Assistentin ging zum Drachen und küsste ihn auf die Wange.

»Mädels, kommt mir nicht zu nahe …«

Die beiden Frauen lachten.

»Jetzt lasst uns aber zur Sache kommen. Eigentlich hatte ich heute ja nicht vor, langweilige Probleme zu wälzen. Ich wollte euch das Land zeigen, in dem ich geboren bin.«

Mit großer Geste zeigte er auf das Licht, das durch einen großen Rundbogen in der Rückwand des Saals fiel. Die Einrichtung des Hotels beschränkte sich strikt aufs Wesentliche. In dem ehemaligen Refektorium befanden sich nichts als ein paar wenige Möbel. Als er sich auf das weiße Sofa setzte, wandte sich der Drache wieder an Ping Xiong.

»Agata hat gesagt, dass es Nachrichten aus Brasilien gibt?«

Ping Xiong nickte und zog ihren Laptop aus der weichen schwarzen Gummihülle.

Der Drache strich unterdessen mit einer Hand, die nur aus Haut und Knochen bestand, seine salbeigrüne Leinenhose glatt. »Lass doch bitte Obst und Wasser bringen«, sagte er zu Agata. »Und ein weichgekochtes Ei mit Vollkornbrot.« Sie erhob sich und verschwand in einem anderen Raum.

»Eigentlich handelt es sich um zwei Dinge«, begann Ping Xiong. »Heute Morgen im Flugzeug habe ich in einer brasilianischen Zeitung eine Nachricht entdeckt.«

»Was für eine Nachricht?«

»Vor zwei Tagen hat es auf der Fazenda von Yaraibi einen Vorfall gegeben.«

Der Drache steckte zwei Finger in die Tasche seines weißen Hemds und zog eine Brille hervor. »Die Fazenda der Johannsens.«

»Die jetzt uns gehört. Oder besser gesagt, der Been International.«

»Klar.« Er fuchtelte ungeduldig. »Was für ein Vorfall?«

»Ein Blutbad.«

»Ein Blutbad? Was soll das heißen?«

»Ein bewaffnetes Kommando ist in die Fazenda eingefallen und hat ein paar Bauern umgebracht …«

»Mir war gar nicht klar, dass die Fazenda besetzt ist.«

»Soviel ich weiß, ist sie das auch nicht. Allerdings ist sie so groß, dass man sich da nicht sicher sein kann.«

Der Drache schien gar nicht zuzuhören. Er wirkte nachdenklich. In diesem Moment kam Agata in Begleitung eines Kellners zurück, der schnell wieder fortgeschickt wurde. Der Drache nahm das Ei und klopfte mit dem Löffel darauf herum.

»Wie viele Leute sind gestorben?«

Bevor sie antwortete, warf sie Agata einen Blick zu. »Dreizehn. Und es gibt Schwerverletzte.«

Der Drache tunkte ein Stück Brot in sein Ei, kaute darauf herum und trank dann einen großen Schluck Wasser.

»Weiß man, wer es war?«

»Die Bundespolizei ermittelt. Die Gegend wird natürlich noch überwacht. Selbst für brasilianische Verhältnisse ist ein solches Blutbad nicht normal. Das kann kein Zufall sein, würde ich sagen.«

Der Drache biss in ein Stück Vollkornbrot und schaute Ping Xiong an. »Dass die Bundespolizei ermittelt, scheint mir nicht so interessant zu sein, wenn ich mir diese Bemerkung erlauben darf. Eigentlich hatte ich dich gefragt, ob man weiß, wer es war.«

Ping Xiong rutschte auf die Sofakante. Agata beobachtete sie. »Darauf wollte ich gerade hinaus, Doktor. Als ich die Nachricht sah, habe ich sofort eine E-Mail an eine unserer Kontaktpersonen

Fünfter Teil

Fisch

30

Er war dem weißen Lederball hinterhergelaufen, bis der gegen die Beine der Frau rollte, die auf der Betonbank saß. Der ernste, fast zornige Gesichtsausdruck des Kindes blieb unverändert, als es nun langsam hinging, um sich den Ball zurückzuholen. Carlo Apostolo hatte nur selten ein Kind von so offenkundiger Schönheit gesehen.

»Gabriel«, schalt die Frau. »Kannst du nicht mal einen Moment still sitzen?«

Das Kind war aber schon wieder am anderen Ende des Platzes, dribbelte um die Karren der Straßenverkäufer herum und war dann plötzlich verschwunden. Die Frau stand auf. »Gabriel, bleib hier!«

Sieben Uhr abends am Largo do Catumbi. Eine Reihe von VW-Bussen wartete darauf, in die Favelas Coroa, Mineira, Falete und andere zurückzufahren. Im Himmel von Rio de Janeiro hingen schwarze Wolken, so als wäre Sommer. Es war aber Winter und unnatürlich heiß. Hinter ihnen rasten die Autos auf dem Viadotto 31 de Março zum Santa-Bárbara-Tunnel.

Jetzt kehrte das Kind, weiterhin mit der Miene des misstrauischen Löwen, zu seiner Mutter zurück. Die stand noch auf demselben Fleck, eine Hand in die Hüfte gestützt.

Carlo hatte eine Papiertüte mit gerösteten Erdnüssen in der Hand. Als Floriana ihn sah, schaute sie schnell auf ihren Sohn, als wollte sie ihn mit Blicken fesseln, damit er nicht wieder davonlief. Dann blickte sie Carlo an. Der hielt ihr die Tüte hin.

»Möchtest du?«

Sie musterte ihn leicht ironisch. Zwischen den Lippen hatte sie ein zitronengelbes Gummiband, mit dem sie sich jetzt die langen Haare zusammenband.

»Schon wieder in der Gegend?«

»Ich warte auf den Bus. Erdnüsse?«, fragte Carlo und zog so die Aufmerksamkeit des Sohnes auf sich.

Die Frau drückte Gabriel an sich. Der schaute Carlo nun ebenfalls an und nickte, mit einem bettelnden Blick zu seiner Mutter hinüber.

Die schnaubte. Im nächsten Moment hatte Gabriel schon eine Handvoll Erdnüsse aus der Tüte genommen.

»Ich habe dich noch nie hier an der Bushaltestelle gesehen.«

»Ich wollte jemanden in der Gegend besuchen.«

Floriana nickte. Sie glaubte ihm kein Wort. Kein *Gringo* fuhr ausgerechnet von der Haltestelle Catumbi nach Santa Teresa. Nun kamen zwei andere Frauen, ebenfalls mit Kindern. Eines der Kinder, das kaum noch Zähne im Mund hatte, verkündete, dass gleich ein Bus abfahre. Das bläuliche Neonlicht im VW-Bus beleuchtete die Köpfe müder Menschen hinter den Scheiben. Gabriel schoss den beiden anderen Kindern den Ball zu, die ihn aus der Luft annahmen, während Floriana nun an Carlo herantrat.

»Du hast mir neulich gar nicht erzählt, dass Nelson tot ist. Aber du wusstest es, oder?«

Carlo knüllte das Papier von den Erdnüssen zusammen und erhob sich von der Betonbank. »Na ja, ich dachte, eine so persönliche Sache müsstest du auf einem anderen Weg erfahren. Keine Ahnung, warum ich es dir nicht gesagt habe. Es tut mir leid. Können wir noch über ein paar Dinge sprechen?«

Sie schaute sich um. Gabriel spielte mit seinen kleinen Freunden. Der VW-Bus war abgefahren, und die anderen Busse standen noch am schmutzigen Bürgersteig.

»Du warst nicht ehrlich, wie soll ich dir da vertrauen? Und worüber möchtest du denn noch sprechen?«

Floriana war nicht wirklich schön, aber irgendetwas an ihr war sehr anziehend. Vielleicht der feste Körper. Die Lippen, die von einer bläulichen Linie umrandet waren.

»Ich war nicht ehrlich, das stimmt. Aber ich glaube, dass du mir auch nicht alles gesagt hast. Ein paar Dinge begreife ich einfach nicht. Nelson hat mir erzählt, dass dein Ehemann Ulisses nach dem Überfall auf das Lager geflohen ist. Er hat sich versteckt. Warum?«

»Das hab ich dir doch erzählt. Er hat gesehen, wer seinen Vater umgebracht hat, meinen Schwiegervater. Ich weiß aber nicht, ob er sich versteckt hat oder geflohen ist. Und jetzt hat er vermutlich sowieso ein anderes Leben.«

Carlo kratzte sich an der Wange. »Aber entschuldige mal bitte, Floriana. Wenn er wirklich gesehen hat, wer seinen Vater umgebracht hat, warum hat er ihn denn dann nicht angezeigt, statt sich zu verstecken?«

Die Frau war angespannt, genau wie beim Interview. Carlo stand dicht neben ihr und roch den Duft von Apfelshampoo. Er war beharrlich. »Das verstehe ich einfach nicht, Floriana. Irgendetwas stimmt da nicht. Bist du sicher, dass du mir die Wahrheit sagst?«

»Natürlich«, antwortete sie zornig. »Wer bist du überhaupt? Was willst du?«

»Floriana«, sagte Carlo und senkte die Stimme. Er bemühte sich um Einfühlungsvermögen. »Es bringt nichts, die Wahrheit zu verbergen. Nelson ist tot. Vielleicht ist er genau deshalb gestorben.«

»Was redest du denn da?« Sie drehte sich um und hielt nach Gabriel Ausschau.

»Nach allem, was man weiß, wurde Nelson gefoltert, Floriana. Gefoltert. Verstehst du, was das heißt?«

Floriana lachte, und in ihre Stimme schlich sich Bitterkeit. »Ob ich das verstehe? Polizei und Drogenhändler tun nichts anderes in dieser Scheißfavela …«

»Man hat ihn gefoltert, weil er etwas wusste. Er hat nichts gesagt, und sie haben ihn mit dem Kopf nach unten in einen Brunnen gehängt.«

»Was interessiert mich Nelson. Haben die je etwas getan, um uns zu helfen, er und seine steinreiche Frau?«

Carlo schwieg. In diesem Moment leierte der Fahrer eines anderen Busses in unverständlicher Weise die Namen verschiedener Favelas herunter.

»Ich muss gehen«, sagte Floriana. »Es passt mir sowieso nicht, wenn man uns hier zusammen sieht.« Sie rief nach Gabriel und schob ihn zum Bus. Carlo sah die Lichter der Favela. Er wollte noch etwas sagen, wusste aber nicht, was.

Sie schaute sich noch einmal um. »Hast du ein Handy? Gib mir die Nummer.« Carlo gab sie ihr.

»Und jetzt fahr nach Copacabana zurück, da ist es schöner«, sagte Floriana und schaute ihn mit einer Mischung aus Ironie und Verachtung an. Dann nahm sie ihren Platz im Bus ein.

Carlo schaute sich um und ging dann zu einer anderen Bushaltestelle. Unter den Bögen des Viadukts bereiteten sich Menschen auf eine Nacht in grauen Decken vor. In gemächlichem Tempo brachte ihn der Bus nach Glória, wo er die U-Bahn nahm. Als er an seinem Haus in einer Querstraße der Tonelero ankam, war Copacabana noch vom Verkehr verstopft, und die Meerluft vermischte sich mit dem Smog. Einen kurzen Moment stand er vor der offenen Tür seines leeren Kühlschranks. Er könnte sich Spaghetti mit Butter machen, überlegte er, entschied sich aber dagegen. Ihm fehlte der Parmesan. Schließlich ging er zum Strand auf Höhe der Duvivier und setzte sich in ein preiswertes, aber passables Restaurant. Der Besitzer war ein alter Spanier, der wahrscheinlich schon hundert Jahre auf dem Buckel hatte. Carlo hatte den Fehler begangen, nichts zu lesen mitzunehmen, und so aß er schnell einen Teller Reis mit Bohnen und gegrillter Hühnerbrust.

Dazu bestellte er sich einen grünen Salat und trank ein frisch gezapftes kühles Bier, wie er es an manchen fernen Mailänder Wintertagen getan hatte. Ein trauriges Lächeln schlich sich in sein Gesicht, als er an das Licht dachte, das sich im Winter gegen vier Uhr nachmittags über Mailand legte. Man sah es etwa vom Fenster einer Bar aus, in die man ohne jeden besonderen Grund eingetreten war, um einen Kaffee zu trinken. Nein, dieses Licht sah man nicht, man *spürte* es. Es senkte sich herab und schimmerte viele Monate lang, ein Licht, in dem man sich verstecken konnte.

Nachdem er das Bier ausgetrunken hatte, wischte sich Carlo mit der Serviette den Mund ab und schaute auf sein Handy. Verrückter Gedanke, aber es wäre schön, wenn Floriana genau in diesem Moment anrufen würde.

Vom Meer wehte die salzige Luft herbei und machte Lust, tief durchzuatmen. Die endlose Kolonne der Autos auf der Avenida Atlântica war eine Schlange aus flüssigem Licht. Carlo setzte sich auf eine der Betonbänke. Floriana hatte Angst. Es war dieselbe Angst, die er in Nelsons Augen gesehen hatte. Seinen Bericht hatte Nelson mit den Worten beschlossen: ›*Ich weiß nicht, warum ich Ihnen diese Geschichte erzählt habe. Machen Sie damit, was Sie wollen. Vielleicht ist es eine Möglichkeit, an meinem Bruder und seiner Familie irgendetwas wiedergutzumachen. Floriana ist eine robuste Frau, sie wird nicht aufgeben. Sie weiß, was es bedeutet, ein Leben lang zu schuften, ohne einen Lohn dafür zu erhalten. Unsereins ist gewöhnt an das Auf und Ab von Arbeit und Erholung, von bitteren und befriedigenden Erfahrungen, von Scheitern und Triumph. Unter der Woche quälen wir uns aus dem Bett, um uns dann am Sonntag auszuruhen und Zeitung zu lesen, ohne an irgendetwas zu denken. Es gibt aber Leute, die nicht so leben und es auch nie tun werden. Sie wissen nicht, was es bedeutet, etwas fertigzustellen und Anerkennung dafür zu bekommen … Ich kann nichts für sie tun, Sie werden schon herausfinden, warum. Vielleicht spreche ich ja gerade deshalb mit Ihnen. Irgendetwas sagt mir, dass Sie das Ganze verstehen. Sie sind hier, um über Vertreibungen in Brasilien zu schreiben? Floriana und ihr Sohn und mein Bruder Ulisses sind Vertriebene. Vertrieben in einem Krieg, der von Beginn an zum Scheitern verurteilt war – dem Krieg zwischen Menschen, die Seen und Berge besitzen, und jenen, die nicht einmal einen Platz zum Sterben haben … Schreiben Sie über sie, wenn Sie können.‹*

Nelson hatte ihm lange in die Augen geschaut, dann hatte er sich verabschiedet und war in der Menge vor der kleinen Kirche von Sobradinho verschwunden. Wenige Stunden später hatte man ihn entführt und zu Tode gefoltert.

Eines war Carlo seltsamerweise nie in den Sinn gekommen: Die Täter hatten ihn vielleicht mit Nelson sprechen gesehen und waren ihm womöglich sogar gefolgt.

31

Matheus Braga lag auf einer dünnen Bambusmatte im achtzehnten Stockwerk einer Luxusresidenz im Zentrum von São Paulo.

Neun Stockwerke darunter merkte Cássia Toledo in diesem Moment, dass sich Matheus nicht mehr an ihrer Seite zusammenrollte. Eine halbe Stunde zuvor war er lautlos aus den Laken geschlüpft, hatte sich das Gesicht gewaschen und die Wohnung verlassen. Zu den Leistungen, die im astronomischen Mietpreis der Wohnung enthalten waren, gehörte auch ein Zen-Raum im Dachgeschoss. Man betrat ihn mit einer Magnetkarte und konnte dann aus einer breiten Palette an natürlichen Räucherdüften und musikalischen Stimmungen wählen. Zunächst hatte sich Matheus allerdings an eines der großen Fenster gestellt und ein paar Minuten auf die Stadt hinabgeschaut, diese endlose Fläche aus weißen Türmen vor einem grauen Hintergrund. Die Sonne schien hinter einem Bettlaken aufzugehen.

Er atmete durch und begann seine Yoga-Übungen. Nach den ersten Positionen war ihm allerdings klar, dass es nicht leicht werden würde. Er drückte den Rücken durch, stützte energisch die Arme neben dem Oberkörper auf und bog den Kopf nach hinten. So weitete er die Lungen und füllte sie langsam mit Sauerstoff. In dieser Stellung, seiner Lieblingsposition, spürte er das Glücksgefühl durch die Lendenwirbel strömen, aber er schaffte es nicht, sein Gehirn auszuschalten. Nicht an diesem Morgen.

Er blieb in dieser Position, bis der symmetrische Schmerz in den Schultern seinen Hals erreichte. Das war das Signal. Die nächsten fünfzehn Minuten widmete er den restlichen Übungen, dann blieb er breitbeinig sitzen, die Handflächen auf dem Holzboden, und dachte nach. Sein Problem war der Kopf, das wusste er. *Wir können versuchen, die Welt zu gestalten,* schrieb der indische Philosoph Krishnamurti in einem Buch, das Matheus oft las, *wir können dem Menschen Essen, Unterkunft und Annehmlichkeiten geben und denken, dass darin Freiheit besteht, aber Freiheit ist ein Zustand des Geistes. Nur im Geist gewinnt man den Kampf gegen die Angst.*

Matheus schloss die Augen. Warum war ihm das jetzt in den Sinn gekommen? Hatte er Angst? Und wovor? Die Angst kannte so viele Erscheinungsformen …

Als er in die Wohnung zurückkehrte, stand Cássia in der Küche und kochte Kaffee. Ihre offenen Haare fielen auf ein graues Hemdchen herab, unter dem sie nur einen weißen Slip trug. Sie hatte eine Papaya durchgeschnitten und Orangensaft ausgepresst. »Möchtest du Toastbrot?«

Matheus wusch sich die Hände im Spülbecken.

»Ich weiß nicht.«

»Wie war's oben?«

»Geht so.«

»Es ist nicht deine Terrasse in Ilhéus, klar, aber übel ist der Raum auch nicht.«

Er sagte nichts und setzte sich an den Küchentisch. Der Raum war großzügig geschnitten. Eine Fenstertür führte auf eine kleine Terrasse voller Kübelpflanzen.

Matheus fuhr sich mit der Hand übers Gesicht. »Mach ihn stark, den Kaffee.«

Cássia nickte und fügte noch einen Löffel Kaffeepulver hinzu.

Als er fertig war, tranken sie schweigend. Irgendwann sagte Matheus: »Sehr gut.«

Cássia lächelte. »Ist ja auch italienischer.«

Wie schön diese Frau doch war, die er da vor sich hatte, dachte Matheus.

Cássia schenkte sich noch eine Tasse Kaffee ein und setzte sich wieder. Sie wartete einen Moment, trank einen Schluck und fragte dann so beiläufig wie möglich: »Warum wollte Sarah Clarice eigentlich nicht hier schlafen?«

Matheus breitete die erste Seite der *Folha de S. Paulo* auf dem Küchentisch aus. Die Zeitung wurde jeden Morgen um sechs vor Cássias Tür gelegt. In den Umfragen lag Lula eindeutig vor Geraldo Alckmin.

»Sie wollte lieber bei einer Freundin wohnen.«

»Sie hat Freunde in São Paulo?«

Matheus schaute nicht von seiner Zeitung auf. »Was ist daran so ungewöhnlich?«

»Nichts, überhaupt nichts. Wann wollt ihr denn heute ins Büro kommen?«

»Keine Ahnung. Wann wäre es dir recht?«

»Vielleicht nach der Mittagspause. Dann könnt ihr eventuell auch mit William sprechen. Er ist unser Finanzexperte. Diese Geschichte ist aber irgendwie absurd, Matheus. Ich begreife nicht, wieso ihr nicht zur Polizei gegangen seid nach der Sache in Paraty.«

»Das hab ich dir doch erklärt, Cássia. Die Polizei sollte man da besser raushalten, das bringt bloß Ärger.«

»Reg dich nicht auf, ich verstehe ja schon. Andererseits seid ihr aber Zeugen eines Mordes.«

»Sag das bloß nicht diesem William …«

»Denkst du, dass er hingeht und es überall herumerzählt? Wir sind Anwälte. Wenn du mir etwas sagst, unterliegt das der anwaltlichen Schweigepflicht.«

»Solange ich es dir als Mandant erzähle, klar.«

Sie runzelte die Stirn. »Leidest du neuerdings unter Verfolgungswahn?«

»Vielleicht.« Matheus schenkte sich noch einen Kaffee ein.

Emmanuel Polaco, Hauptmann der Bundespolizei, befahl seinem Fahrer just in diesem Moment, an den Straßenrand zu ziehen. Sie befanden sich auf der BR 373 von Guarapuava nach Cascavel im Bundesstaat Paraná. Hinter ihnen hielten zwei identische Autos, jedes mit vier Mann Besatzung. Alle stiegen aus und versammelten sich um den Hauptmann. Polaco war zweiunddreißig Jahre alt und hatte nur noch wenige Haare auf dem Kopf, die er allerdings sorgfältig bleichte.

Er trug eine schwarze Ray-Ban, einen schwarzen Pullover und eine Militärhose aus schwarzer Baumwolle. An den Füßen hatte er schwarze Springerstiefel. Es gab Momente wie diesen, in denen seine Arbeit besonders schwierig war. Zweihundert Meter weiter, gleich hinter der Kurve, befand sich eine Kaserne der Militärpolizei. Es war eine Provinzkaserne, in der nur ein befehlshabender Oberst, wenige Offiziere und nicht einmal zwanzig Soldaten stationiert waren, Im Handschuhfach seines Chevrolets lagen ein Durchsuchungsbefehl und zwei Haftbefehle. Die Zeugen des Blutbads hatten zwei Nummernschilder notiert, die zu den Wagen von Soldaten dieser Kaserne führten, einem VW und einem Opel.

Emmanuel Polaco wusste, dass er nach dem Verhör der beiden Soldaten die Namen anderer Männer haben würde. Mit denen würde er die Zeugen konfrontieren und stumme Gesten der Bestätigung erhalten. Von diesem Moment an würde die Sache beim Staatsanwalt liegen und damit in den Händen Gottes. Seine Arbeit wäre beendet, und er würde endlich wieder guter Dinge sein können. Jetzt war er es nicht. Schnell erklärte er seinen Männern – elf schwarzen Gestalten vor einer mit millimetergenauer Präzision angepflanzten Wand riesiger Eukalyptusbäume – noch einmal das Prozedere. Der Himmel war stahlgrau. Ein schneidender Wind trieb ihn zur Eile. Er befahl dem Konvoi, sich wieder zu formieren und die Operation so schnell wie möglich durchzuführen. Nach nicht einmal drei Minuten lag die Straße wieder still da.

Soeben hatte Sarah Clarice von Matheus einen Anruf erhalten, und sie hatten sich darauf geeinigt, sich am frühen Nachmittag in Cássias Kanzlei zu treffen.

Sarah Clarice machte es sich auf dem blauen Sofa im Wohnzimmer ihrer Freundin bequem und trank einen Kaffee. Aus dem Fenster sah man die Dächer von Vila Madalena. Plötzlich wurde sie von einer gewissen Unruhe befallen. Was tat sie hier eigentlich?

Verflucht, sie sollte in Salvador im Büro sein. Dieses Mal würde man sie wirklich feuern. Nicht zum ersten Mal fragte Sarah Clarice sich allerdings, ob das nicht genau das war, was sie wollte: gefeuert werden. All die Jahre hatte sie wie eine Verrückte studiert, immer mit dem Ziel vor Augen, etwas Sinnvolles zu tun. Und jetzt? Machte sie tatsächlich etwas Sinnvolles, oder hatte sie sich mit der erstbesten Gelegenheit, irgendwie ihr Geld zu verdienen, zufriedengegeben? *Das sollte ich mich allmählich wirklich mal fragen,* dachte sie.

Bis zur Verabredung mit Matheus blieben noch ein paar Stunden. Sie freute sich darauf, ihn zu sehen, aber sie war auch ziemlich sauer auf ihn. Nur unter äußersten Mühen hatte sie ihm die Geschichte von seinem Bruder Ulisses entlocken können. Allerdings schien er selbst nicht viel zu wissen. Wobei sie sich in diesem Punkt nie ganz sicher war – wusste er wirklich nichts, oder wollte er einfach nur nichts sagen? Wie konnte man nur so verschlossen sein?

Sarah Clarice stellte die Kaffeetasse ins Spülbecken und ging duschen. Dann kehrte sie an den Schreibtisch zurück und setzte sich vor ihren Computer. Irgendwie tat sie immer dieselben Dinge, hatte sie das Gefühl. Diesmal schaute sie aber nicht nach ihren E-Mails, sondern ging sofort auf Google und tippte *InthaWater* ein. Es öffnete sich eine sehr raffinierte und leicht zu bedienende Firmenseite, aber bis auf eine detaillierte Auflistung der Unternehmensbereiche, der Länder, in denen man vertreten war, und der einschlägigen Technologien fand man kaum Informationen, vor allem nicht über die Firmenleitung. In der Rubrik ›Corporate‹ waren ein paar hohe Manager aufgelistet: vorwiegend französische Namen, ein paar indische, wenige Frauen, alle zwischen vierzig und fünfzig. Einem kurzen Text über die Firmengeschichte war zu entnehmen, dass der Unternehmensgründer ein gewisser Jean-Sebastian Faucon war. Über ihn selbst erfuhr man auf der Website jedoch nichts. Sarah Clarice schrieb sich den Namen auf und ging wieder auf Google. Erstaunt stellte sie nach den ersten Klicks fest, dass man nichts fand, was diesen Namen mit InthaWater in Verbindung brachte. Sie überlegte kurz, ob sie den Namen vielleicht falsch geschrieben hatte, und wiederholte die Prozedur, aber das Ergebnis blieb dasselbe. Es erschienen ein paar Namen, die irgendwie ähnlich waren, allerdings nichts mit der Sache zu tun hatten: ein Androloge aus Nantes, ein Tierheim für kranke Falken in der Bretagne und ein ehemaliger nigerianischer Minister, den man wegen Drogenhandels festgenommen hatte. Ein Blick auf die Uhr am Bildschirm sagte ihr, dass es langsam Zeit wurde, sich auf den Weg zu machen. Bevor sie sich mit Matheus traf, wollte sie noch etwas essen, und zwar im Goa, dem besten vegetarischen Restaurant von São Paulo, das bei ihrer Freundin in der Nähe lag. Als Sarah Clarice auf die Straße trat, merkte sie, dass sich die Luft abgekühlt hatte, und so ging sie einen Schritt schneller.

Eineinhalb Stunden später stand sie vor einem Gebäude aus drei gewaltigen Stahlbeton-Glas-Kuben an der Avenida Estados Unidos. Eine silberne Tafel mit der Aufschrift TOLEDO & SCHWARTZ bestätigte ihr, dass sie an der richtigen Adresse war. Sie war so nervös wie vor einer Prüfung, ein Gefühl, das Sarah Clarice hasste.

32

Als Cássia Toledo den Namen Sarah Clarice Young hörte, verlangsamte sie den Schritt und setzte ein möglichst ungekünsteltes Lächeln auf. Am Empfang stand eine große Frau mit einer gewaltigen Masse honigfarbenen Haars, langen Beinen in engen, schwarzen Jeans, einem weichen lavendelfarbenen Rollkragenpullover und schwarzen, an den Knöcheln geschnürten Schuhen. Über der Schulter trug sie eine beige Leinentasche von der brasilianischen Rohkostgesellschaft. Die schmale, rechteckige Brille entbehrte nicht einer gewissen Eleganz. Cássia spürte plötzlich eine starke Anspannung.

Die beiden Frauen schüttelten einander die Hand und musterten sich einen Moment.

»Matheus ist noch nicht da, aber komm doch schon einmal mit. Wir können in meinem Büro warten.« Cássia schritt voran und betrat einen langen Gang, von dem etliche Türen abgingen. Ihr Büro war elegant und ohne jeden Schnickschnack eingerichtet: Möbel im englischen Stil, heller Marmorboden, Faltgardinen, angenehmer Duft.

»Arbeiten hier viele Anwälte?«, fragte Sarah Clarice, einfach um irgendetwas zu sagen.

»Ungefähr zwanzig«, antwortete Cássia. »Nicht so viele also. Darf ich dir etwas anbieten? Kaffee, Ananassaft mit Minze …«

»Nein danke. Vielleicht ein Wasser, wenn's geht.«

»Sicher.« Cássia drückte auf einen Knopf. »Marília, könntest du uns bitte einen Krug Wasser und ein paar Gläser bringen? Danke.«

Sarah Clarice bemerkte, dass Cássia angespannt war. Und

äußerst elegant in ihrem knallroten Max-Mara-Kostüm. Auf dem Weg durch die Kanzlei waren ihnen ein paar Angestellte und Anwältinnen begegnet, die in ihren grauen Kostümen, weißen Blusen und schwarzen Schuhen wie perfekte Karrierefrauen aussahen. Cássia hingegen wirkte in diesem Ambiente wie eine grellbunte Frucht.

An der Tür tauchte ein Mann um die vierzig auf. Er hatte einen dichten grauen Bart und einen vorgewölbten Bauch. »Störe ich?«

»Billy, komm rein.« Cássia erhob sich. »Sarah Clarice, das ist William Cosimato, ein Kollege aus der Kanzlei, der uns vielleicht weiterhelfen kann.«

Sarah Clarice stand nicht auf, sondern streckte ihm nur die Hand entgegen. »Angenehm.«

»Das Vergnügen ist ganz auf meiner Seite. Sarah …?«

»Sarah Clarice Young.«

Billy schaute ihr in die Augen, und sie hielt seinem Blick stand.

»Da bin ich, Entschuldigung.« Matheus stand in der Tür, sichtlich außer Puste.

»Matty!« Cássia ging zu ihm und küsste ihn auf den Mund, was von William Cosimato mit einem abfälligen Blick quittiert wurde.

»Guten Tag, Professor Braga.«

»Hallo, allesamt«, antwortete Matheus. »Entschuldigt bitte, ich habe den falschen Bus genommen und mich total verirrt.« Er warf einen schnellen Blick zu Sarah Clarice hinüber. Cássia sah es, merkte aber auch, dass die Frau den Blick nicht erwiderte, sondern William anlächelte, der seine Augen nicht von ihr ließ.

In diesem Moment kam Marília mit dem Wasser herein, und alle bedienten sich.

Cássia erklärte, worum es ging, und fasste zusammen, was sie über die jüngsten Entwicklungen wusste. Viel war das nicht.

»Wenn ich es recht verstehe, seid ihr also Zeugen des Mordes an diesem alten Professor, Ernesto Baduel.«

Matheus und Sarah Clarice nickten. Cosimato pfiff durch die Zähne.

»Und ihr habt die Sache nicht angezeigt?«

»Nein«, antwortete Matheus und ließ durchblicken, dass er keine Lust hatte, tiefer in die Thematik einzusteigen. Cássia wechselte schnell das Thema und erzählte nun, was sie über Nelson, die Wasseranalysen und den Einbruch in der Uni wusste.

»Nun«, sagte William. »Das scheint ja wohl alles kein Zufall zu sein.«

Jetzt ergriff Sarah Clarice das Wort. »Es gibt da noch etwas, von dem ich nicht weiß, ob Matheus es dir erzählt hat«, sagte sie zu Cássia. »Als Baduel schon angeschossen war, hat er noch gesagt, dass wir in São Paulo mit einem gewissen Augusto Miller sprechen sollen.«

»Das hat er mir erzählt«, sagte Cássia und schaute Matheus an. »Deshalb habe ich Billy auch gebeten, zu uns zu stoßen. Er kann euch erklären, wer das ist.«

Sarah Clarice musterte William. Irgendetwas an ihm irritierte sie. Matheus griff zu seinem Wasserglas.

Der Anwalt schaute Sarah Clarice an und begann mit seinen Erläuterungen. Augusto Miller sei der alte Teilhaber der Johannsens, sei 1997 jedoch endgültig aus dem Verwaltungsrat ausgeschieden. Seine Familie habe noch ein paar Anteile gehalten, sie dann aber nach und nach alle verkauft.

»Die Trennung war nicht einvernehmlich«, fügte Cássia den Worten ihres Kollegen hinzu.

»Nein«, bestätigte Cosimato. »Man könnte sogar von einem ziemlich turbulenten Kleinkrieg reden.«

»Inwiefern?«, fragte Sarah Clarice.

»Das Manöver, mit dem Miller ausgebootet wurde, gehörte nicht zu den feinsten. Er musste sich einer Operation unterziehen, und während seiner Abwesenheit hat der Verwaltungsrat eine gewaltige Kapitalerhöhung beschlossen. In diesem Zusammenhang wurde auch das Firmenorganigramm geändert. Bis dahin war Josef Johannsen, der alte Vater des gegenwärtigen Chefs, Präsident gewesen und Miller Geschäftsführer. Josef wurde mit dem wohlklingenden Titel eines Ehrenpräsidenten nach Hause geschickt und machte den Weg für seinen Sohn frei, der die Rolle des Geschäftsführers gleich mit übernahm. Miller wurde de facto von einem Tag auf den anderen entmachtet.«

»Geht das denn einfach so?«, fragte Matheus.

Billy Cosimato warf ihm einen strengen Blick zu. »Ab einer bestimmten Hierarchieebene geht alles. Man muss lediglich für die Folgen aufkommen.«

Schweigen senkte sich herab.

»Und was soll das genau heißen?« Sarah Clarice verschränkte die Arme vor ihrem lavendelfarbenen Pullover. Matheus kannte diese Geste bereits.

»Für gewöhnlich regelt man die Sache mit Geld«, sagte William Cosimato mit sardonischem Grinsen. »Je größer die Scheiße, desto mehr Schotter rollt. Entschuldigt die Ausdrucksweise.«

So übel ist der gar nicht, dachte Sarah Clarice.

»Aber eines verstehe ich nicht an der Sache«, fuhr Billy fort. »Warum hat Ernesto Baduel, bevor er gestorben ist, den Namen von Augusto Miller genannt …«

Sarah Clarice konnte sich den Grund nicht erklären. Vielleicht hatte es damit zu tun, wie der Anwalt an dem Ring drehte, den er am Zeigefinger der linken Hand trug. Vielleicht war auch eine unmerkliche Bewegung der Beine schuld. Tatsächlich spürte sie genau in diesem Moment, wie ihre Anspannung wuchs und sich ein ungutes Gefühl in ihr ausbreitete. Plötzlich war sie auf der Hut.

»Das wissen wir auch nicht«, sagte Matheus und schaute Cássia an.

»Irgendwie kam der Name Miller-Johannsen ins Spiel«, sagte Sarah Clarice. »Damit hatte es wahrscheinlich zu tun.«

»In welchem Zusammenhang?«, fragte William.

Sarah Clarice zögerte, was ihm nicht entging. Matheus antwortete aber. »Er hat auch von jemandem gesprochen, den man den Drachen nennt.«

»Den Drachen?«

Sarah Clarice hatte den Eindruck, dass William nicht gut darin war, Überraschung zu simulieren.

»Ja«, sagte Matheus. »Den Drachen. Den Chef von InthaWater.«

»InthaWater kenne ich, aber von einem Drachen habe ich noch nie etwas gehört«, erklärte Cássia amüsiert.

»Was hat er denn sonst noch gesagt?« Cosimato beobachtete Matheus aufmerksam.

Plötzlich stieß Sarah Clarice einen Schrei aus.

»Was ist los?«, fragte Matheus.

»Ein Krampf, tut mir leid.« Sie sprang auf und umklammerte ihre Wade. Matheus riss die Augen auf. Cássia eilte zu ihr und sagte: »Streck das Bein aus, entspann dich, setz dich wieder. Und streck vor allem das Bein aus.« Sie kniete vor Sarah Clarice nieder, packte ihren Knöchel und massierte ihre Wade. William beobachtete die Szene mit einem unergründlichen Lächeln auf den Lippen. Matheus hingegen schaute Sarah Clarice an und reichte ihr ein Glas Wasser.

In diesem Moment öffnete sich die Bürotür, und ein kleiner, drahtiger Mann um die sechzig steckte den Kopf herein. Mit seinen dunklen Augen wirkte er wie ein Raubvogel auf Beutefang. »Entschuldigt die Störung. Hallo, Matheus. William …«, sagte er dann. »Könntest du bitte kommen? Die Sitzung beginnt.«

»Mein Vater«, sagte Cássia und wandte sich um, ohne Sarah Clarice' Knöchel loszulassen.

»Hallo«, sagte die und hob die Hand.

»Alles in Ordnung? Braucht ihr einen Arzt?«

Sie kicherten.

William stand auf und verabschiedete sich von den Anwesenden. Bevor er Walter Toledo hinausfolgte, warf er Sarah Clarice noch einen Blick zu.

»Es ist schon besser«, sagte die und schüttelte das Bein. Die beiden Frauen sahen sich lange in die Augen.

»Danke.« Sarah Clarice lächelte verlegen.

Cássia setzte sich wieder an ihren Schreibtisch. »Was habt ihr denn jetzt vor?«, fragte sie.

»Da wir schon einmal hier sind, sollten wir auf jeden Fall mit Augusto Miller sprechen«, antwortete Matheus. »Und dann gibt es ja auch noch diesen italienischen Journalisten.«

»Was für einen Journalisten?« Cássia war überrascht. Plötzlich merkte man ihr die Müdigkeit an.

Matheus erzählte ihr von Carlo Apostolo.

»Ulisses?«, fragte Cássia. »Was hat denn Ulisses damit zu tun?«

»Carlo Apostolo war vielleicht der Letzte, der mit Nelson gesprochen hat, damals in Sobradinho«, sagte Sarah Clarice und bewunderte innerlich, wie schön Cássia war. »Sicher hat Nelson ihm irgendetwas über seinen Bruder erzählt.«

»Was ist eigentlich aus Ulisses geworden?«, erkundigte sich Cássia bei Matheus.

»Das weiß ich nicht. Angeblich lebt er in Mato Grosso. Ich habe aber nichts mehr von ihm gehört.«

Niemand sagte etwas.

Cássia wandte sich an Sarah Clarice. »Und mehr hat dir dieser Italiener nicht erzählt?«

»Nein, er wollte am Telefon nicht reden. Er hat mich gebeten, nach Rio zu kommen.«

Cássia runzelte die Stirn und legte ihren Füller an die Oberlippe.

»Woran denkst du?«, fragte Matheus.

»Weiß ich selbst nicht so genau. Ich versuche, die Sache aus der Distanz zu betrachten. Wie fügen sich all diese Punkte zusammen?« Cássia malte mit ihrem Füller eine unsichtbare Linie in die Luft. »Die Analysen, Nelsons Tod, der Einbruch in die Uni, der Mord an Baduel, Miller-Johannsen, ein italienischer Journalist, der von deinem Bruder Ulisses spricht. Ich kann da einfach keinen Zusammenhang erkennen.«

»Vielleicht gibt es ja auch gar keinen Zusammenhang«, sagte Matheus.

»Was soll das heißen?« Cássia beugte sich über den Schreibtisch und beäugte Sarah Clarice unauffällig. »Entschuldige bitte, Matheus, aber es *muss* einen Zusammenhang geben.«

Sarah Clarice sagte keinen Ton. Sie schien in Gedanken versunken.

»Warum? Das ist doch Unsinn.« Matheus schüttelte den Kopf. »Vielleicht ist es einfach ein zufälliges Zusammentreffen merkwürdiger Umstände.«

Cássia zog eine Grimasse. »Ich fasse es nicht. Ausgerechnet du musst das sagen, wo du mir doch immer einzureden versuchst, dass nichts zufällig geschieht.«

»In der Chemie, klar. Aber nicht im Leben. Im Leben gibt es natürlich Zufälle.«

»Nein, Matheus«, unterbrach ihn Sarah Clarice. »Hier ist kein Zufall im Spiel.« Sie lächelte zu Cássia hinüber, die sie fragend anschaute, der Blick forschend. »Wo wohnt dieser Augusto Miller? Ich würde sagen, wir haben schon viel zu viel Zeit verloren.«

33

Das Taxi ließ Sarah Clarice und Matheus an der Ecke einer baumbestandenen Straße im alten Teil von Brooklin heraus, auf der rechten Seite der Avenida Santo Amaro. Es war kalt. Sarah Clarice hatte einen langen Pullover angezogen. Matheus trug das übliche weiße Hemd und ein leichtes Jackett darüber, aber er schien nicht zu frieren. Nach wenigen Schritten standen sie vor einem großen roten Backsteinhaus mit weißen Sprossenfenstern und zwei großen Erkern an den Seiten. Schlanke Bäume mit zarten gelben Blüten umgaben das Haus. Sarah Clarice klingelte. Niemand öffnete, und sie versuchten es noch einmal.

»Vielleicht ist niemand da.«

»Lass uns warten«, sagte Sarah Clarice.

Tatsächlich öffnete sich nach einer Weile die weiße Tür, und eine Frau um die fünfzig erschien im Türrahmen. Sie war ganz in Schwarz gekleidet. »Was wünschen Sie?«

»Guten Tag«, begann Sarah Clarice. »Sind wir hier bei Augusto Miller?«

»Ja«, antwortete die Frau. »Wer sind Sie?«

Sie stellten sich vor.

»Der Herr ist nicht zu Hause.«

»Aha«, sagte Sarah Clarice und sah die Frau erwartungsvoll an.

»Er ist in der Kirche, kommt aber nach dem Gottesdienst zurück. Wenn Sie mögen, können Sie hier draußen auf ihn warten.«

»In welcher Kirche ist er denn?«, fragte Sarah Clarice.

»In der lutherischen, am Ende der Straße.«

»Können wir ihn nicht direkt dort aufsuchen?«

Die Frau musterte Sarah Clarice. »Wenn Sie meinen.«

Sarah Clarice bedankte sich und bedeutete Matheus, ihr zu folgen.

»Wie sollen wir ihn denn erkennen? Hätten wir nicht hier warten können?«

»Wer weiß, wann der Gottesdienst begonnen hat. Vielleicht kommt er erst in einer Stunde, und so können wir noch eine Runde drehen.«

Das Viertel war ruhig, auf der Straße war fast niemand.

»Was will der denn am Donnerstagnachmittag in der Kirche?«, fragte Matheus. Sarah Clarice verzog nur den Mund.

Die Kirche war ein moderner grauer Betonbau. Vor dem Tor stand ein uniformierter Pförtner und lächelte, als sie eintraten. In wenigen Schritten erreichten sie einen Seiteneingang, von wo aus man einen Gottesdienst in deutscher Sprache hörte. Das Innere der Kirche war ebenfalls aufs Wesentliche beschränkt: Holzbänke, ein schwarzes Kreuz hinter dem hölzernen Altar, wenige Leute. Der Pastor war jung und wirkte wie ein Philosophiestudent. Sarah Clarice ließ den Blick über die Anwesenden schweifen und wusste auf Anhieb, wer Augusto Miller war.

»Da ist er«, sagte sie leise.

»Woher willst du das wissen?«

»Er ist es.« Sarah Clarice zeigte auf einen rüstig wirkenden, glatzköpfigen Mann, der die achtzig bereits überschritten hatte. Ausgeprägte Tränensäcke unter den großen, dunklen Augen dominierten sein Gesicht. Er trug einen eleganten blauen Mantel. Auf der Bank neben ihm lag ein brauner Hut mit breiter Krempe.

Sie warteten im Hof das Ende des Gottesdienstes ab. Als der Mann aus der Kirche kam, gingen sie ihm entgegen. Er bemerkte sie sofort.

»Guten Tag, sind Sie Augusto Miller?«

Er richtete den Blick zuerst auf Sarah Clarice, dann auf Matheus. »Der bin ich, wieso?«

Immer dieselbe Szene. Sie stellten sich vor.

»Ich kenne Sie nicht. Worüber wollen Sie mit mir reden?«

»Haben Sie eine Minute Zeit? Es geht um etwas ungemein Wichtiges.«

»Ich bin zwar Pensionär, aber ich habe keine Zeit zu vergeuden. Außerdem verspüre ich nach dem Gottesdienst keine Lust, mich zu unterhalten, nichts für ungut.« Er lüftete seinen Hut und machte sich auf den Weg zum Tor.

»Verstehe«, sagte Sarah Clarice schnell. »Ihr Name wurde uns aber von Ernesto Baduel genannt.«

Miller blieb stehen. »Haben Sie gerade Ernesto Baduel gesagt?«

»Ja.«

»Wann soll er das gesagt haben? Ernesto Baduel ist tot.«

»Das wissen wir, Senhor Miller. Wir waren dabei, als es geschah. Bevor er gestorben ist, hat er Ihren Namen genannt. Er hat gesagt, dass wir Sie aufsuchen und mit Ihnen reden sollen.«

Der Mund in Augusto Millers fülligem, rundem Gesicht hatte sich zu einer schmalen roten Linie zusammengezogen.

»Vielleicht sollten wir dieses Gespräch besser bei einer Tasse Tee fortsetzen.«

Augusto Miller lebte allein mit seiner Haushälterin, der Frau, die ihnen zuvor die Tür geöffnet hatte. »Ah, Sie haben ihn also gefunden.« Sie lächelte und nahm dem Alten den Mantel ab.

»Koch uns doch bitte einen schwarzen Tee, Severina. Und serviere ein bisschen Gebäck dazu.«

Die Frau lächelte und ging in die Küche.

Augusto Miller bat die jungen Leute, ihm in sein Arbeitszimmer zu folgen. Matheus schaute neugierig aus der Fenstertür. Der Garten war ziemlich verwildert.

»Darum hat sich meine Frau gekümmert. Seit ihrem Tod ist der Garten sich selbst überlassen, und jetzt wäre es sowieso zu spät, noch etwas ändern zu wollen. Außerdem ist er das Quartier sämtlicher streunender Katzen der Umgebung. Hier paaren sie sich fern von indiskreten Augen. Sie lassen mich in Ruhe, deshalb stören sie mich auch nicht. Aber setzt euch doch bitte.«

Augusto Miller musste Bücher regelrecht verschlingen, dachte Sarah Clarice. In den Regalen war praktisch alles vertreten: Romane, Gedichte, Biographien, wissenschaftliche Werke, Bücher über Kino und Theater, Kunstbände …

»Dann erklärt mir mal, was ihr wollt.«

Matheus setzte sich und überließ Sarah Clarice das Wort, woran er sich mittlerweile gewöhnt hatte. Zum zigsten Mal fasste sie die wichtigsten Punkte der Geschichte zusammen und schloss mit ihrer Begegnung mit Ernesto Baduel. Miller schaute sie an und zwinkerte mit seinen großen Froschaugen. Irgendwann kam Severina und bediente die jungen Leute. Miller nahm sich selbst. Je länger Sarah Clarice erzählte, desto steifer saß der Alte auf seinem geblümten Sofa. Am Ende wirkte er wie ein versteinerter Baum.

»Erzähl bitte noch einmal, was unmittelbar vor dem Schuss passiert ist. Worüber habt ihr genau gesprochen?«

Sarah Clarice strengte ihr Gedächtnis an. »Wir hatten herausgefunden, dass die brasilianische Gesellschaft, die den Antrag zum Blind Narcissus gestellt hat, zur InthaWater-Gruppe gehört. Baduel hat dann die Vermutung geäußert, dass hinter diesem geheimen brasilianischen Teilhaber, der sich Been International nennt, eigentlich Miller-Johannsen steckt.«

»Okay, und dann?«

»Baduel hat sich nach dem Sinn und Zweck eines solchen Manövers gefragt, oder?« Sarah Clarice hatte sich an Matheus gewandt, der nickte. »Genau. Und danach hat er dann die Geschichte vom Polywasser ausgegraben.«

»Richtig«, bestätigte Sarah Clarice. »Genauso war es.«

Augusto Miller stellte seine Tasse auf den Unterteller und beugte sich vor. »Er hat vom Polywasser gesprochen?«

»Ja«, antwortete Matheus. »Dann hat Baduel wieder auf den Bildschirm geschaut und den Namen des Drachen genannt. Und in diesem Moment wurde er getroffen.«

»Von wo?«

»Durchs Fenster.« Noch während Matheus das sagte, schaute er zum Fenster im Rücken von Augusto Miller hinüber. Der Alte hatte offenbar denselben Gedanken gehabt, denn er drehte sich einmal um die eigene Achse, um die Scheibe in den Blick zu bekommen.

»Und wann hat er von mir gesprochen?«

»Als er auf dem Boden lag«, antwortete Sarah Clarice. »Einer seiner Mitarbeiter kam, um ihm zu helfen. Dem hat er Ihren Namen ins Ohr geflüstert.«

Augusto Millers Gesicht schien aus weißem Porzellan. »Mein Gott«, flüsterte er.

Die jungen Leute schwiegen.

»Ich kenne Baduel seit über fünfzig Jahren. Er war für dieses Land sehr wichtig, wusstet ihr das? Möglicherweise war er der erste brasilianische Wissenschaftler von Weltrang – obwohl er, um bei der Wahrheit zu bleiben, der Sohn von Einwanderern aus Uruguay ist und erst als Kind nach Brasilien kam, aber was macht das schon für einen Unterschied? Und er hat sich nie kompromittiert, auch nicht während der Militärdiktatur. Das wenige, was diese schwachsinnigen Militärs richtig gemacht haben, die Energiepolitik nämlich, verdanken sie Baduel. Er war in der ganzen Welt bekannt, bei der UNO, in Paris, in Berlin, im Osten. Außerdem war er ein ungewöhnlich gebildeter, sympathischer und großzügiger Mensch.«

»Aber warum dann dieses Ende?«

Augusto Miller starrte Sarah Clarice an. »Das wüsste ich auch gern.« Er machte eine Pause. »Hast du gesagt, dass der Schuss fiel, nachdem er den Namen des Drachen genannt hatte?«

»Ja«, antwortete Sarah Clarice.

»Wissen Sie, wer das ist?«, erkundigte sich Matheus.

Millers Miene wurde bleiern. »Sein Name lautet Jean-Sebastian Faucon. ›Drache‹ ist nur ein Spitzname, leider ein sehr treffender. Es gibt fünf Unternehmensgruppen, die den Weltmarkt für Wasser unter sich aufgeteilt haben: Veolia, Suez, Thames Water, InthaWater und Nestlé. InthaWater ist die mächtigste von ihnen, weil sie auf allen Gebieten operiert. Ihr müsst euch klarmachen, dass es beim Erdöl viel mehr Konkurrenz gibt, bei gleichzeitig bedeutend geringeren Ressourcen. Außerdem ist die Förderung viel teurer. Für Wasser gilt genau das Gegenteil: Die Ressourcen sind unendlich viel größer, weil es vom Himmel regnet, und es kostet praktisch nichts, es wieder an die Oberfläche zu befördern. Es sprudelt mehr oder weniger von alleine hervor. Oder es fließt von den Bergen herab oder kommt, besser noch, direkt aus den Gletschern. Allerdings haben wir es mit einer gewissen Asymmetrie zu tun: An manchen Orten gibt es viel, an anderen wenig Wasservorkommen. Erschwerend kommt hinzu, dass das Wasser heutzutage stark verschmutzt ist. Gerade an diesen Problemen kann man allerdings gut verdienen: am Mangel und an der Verschmutzung. Aus eurem Bericht schließe ich, dass der Drache jetzt auch in Brasilien operiert, was meines Erachtens neu ist. Was mich daran besonders bestürzt, ist die Tatsache, dass sein Name in Zusammenhang mit Miller-Johannsen auftaucht. Gütiger Gott, hoffentlich weiß der alte Josef, was sein Sohn tut. Vermutlich hat er aber keine Ahnung.«

»Stimmt es, dass Miller-Johannsen Probleme hat?«

»Sicher. Ich hätte aber nie gedacht, dass sich Paulão frisches Geld bei InthaWater beschaffen könnte.«

»Nun, wenn es eine so große Gruppe ist, wie Sie sagen …«

»Ihr habt gar keine Vorstellung, wie skrupellos ein Mann wie Jean-Sebastian Faucon agiert. Ein Detail an eurem Bericht beunruhigt mich allerdings noch mehr. Die Sache mit dem Polywasser …«

»Warum?«, fragte Sarah Clarice.

»Offenbar haben wir es hier mit einem Rätsel der besonderen Art zu tun, wie bei diesen weißen Blättern mit den chaotischen Punkten. Verbindet man die Punkte, kommt eine Figur heraus, mit der niemand gerechnet hätte. Es ist allerdings nicht das erste Mal, dass der Name Faucon mit dem Polywasser in Verbindung gebracht wird.«

»Polywasser gibt es nicht«, merkte Matheus an.

»Es wurde nie nachgewiesen. Vor vielen Jahren wollte Faucon ein gewaltiges Grundwasserreservoir unter den Bergen von Idaho kaufen, offenbar mit Unterstützung dieses Schwachkopfs von Ronald Reagan. Der Supreme Court hat das gerade noch verhindern können.«

»Das ist mir neu«, sagte Sarah Clarice.

»Du bist zu jung dafür. Polywasser ist außerdem nur eine Metapher.«

»Wofür?«

»Für ein bestimmtes Vorgehen: Ich verändere die physikalisch-chemischen Eigenschaften von Wasser, zum Beispiel in einem groß angelegten Reinigungsprozess, der aufgrund von Verschmutzungen nötig wurde, und dann erhebe ich Lizenzansprüche auf das Endprodukt.«

»Das geht doch nicht«, sagte Matheus und musste unwillkürlich lachen.

»Da irrst du dich. Es gibt tatsächlich kein Gesetz, das solche Situationen regelt.«

»Das hat Baduel auch angedeutet, als wir über den Antrag auf Erprobung einer Regenerierungsmethode gesprochen haben«, sagte Sarah Clarice.

Miller musterte die junge Frau.

»Ein selbstregenerierendes Wasser, das sich gegen bestimmte Krankheiten wehren kann …«, rief Sarah Clarice sich laut in Erinnerung. »Halten Sie es denn für möglich, dass der Drache vorhat, dieses Experiment in Brasilien durchzuführen?«

»Durchaus.«

»Und wo?«

»Nun, ihr habt mir ja von den Proben aus dem São Francisco erzählt. Man könnte an den Grundwasserleiter Alter do Chão denken, der sich über große Teile des brasilianischen Nordens und Nordostens erstreckt. Von der Oberfläche her ist er zwar nicht der größte, aber vielen Studien zufolge besitzt er ein gewaltiges Wasservolumen.«

Die beiden jungen Leute schwiegen.

»Es gibt aber noch etwas an der Geschichte, das ich nicht begreife«, erklärte Miller nun und schaute Matheus an. »Und das ist der Tod deines Bruders. Wenn sie schon jemanden aus dem Weg räumen müssen, dann wärst, ehrlich gesagt, doch *du* die logische Wahl. Nimm das bitte nicht persönlich, aber *du* hast doch die Analysen wiederholt, *du* hast herausgefunden, dass dieses Wasser nicht normal ist. Oder?«

Matheus nickte. »Das habe ich auch schon gedacht.«

Miller schaute aus dem Fenster, erhob sich dann und trat an die Scheibe heran. »Es wird bald regnen, und zwar tüchtig.« Er schüttelte den Kopf und drehte sich zu seinen Gästen um. »Einen Moment mal … Wie, habt ihr gesagt, nennt sich das Dossier, das man der CTNBio zur Genehmigung vorgelegt hat? Blinder Narziss?«

»Ja«, antwortete Sarah Clarice. »Das Sigel, mit dem es ins Register eingetragen ist, lautet BN-00.«

Augusto Miller schien plötzlich von einem Gedanken besessen. »Blinder Narziss«, flüsterte er vor sich hin. »Der Name kann kein Zufall sein. Aber sicher doch! Was war denn die Sünde von Narziss?«

Zögernd sagte Matheus: »Sein Spiegelbild im Wasser zu bewundern, bis er hineinfiel, glaube ich.«

»Ganz genau. Der blinde Narziss ist also jemand, der sich nicht spiegeln kann. Oder … Oder er spiegelt sich, kann sich aber nicht sehen. Ja natürlich! Wieso bin ich nicht sofort darauf gekommen? Das regenerierte Wasser ist ein vollkommen identisches Wasser, dessen Transformation man nur nicht sehen kann. Begreift ihr?«

»Ein Wasser, das aber trotzdem anders ist«, ergänzte Matheus. »Also könnte ich, wie Baduel schon gesagt hat, ein Patent darauf anmelden, wenn ich der Eigentümer desjenigen Landes wäre, wo es lagert.«

»Genau«, erklärte Miller und setzte sich wieder aufs Sofa. »Eigentümer des Landes, der Quelle oder des unterirdischen Reservoirs. Und natürlich Eigentümer der Regenerierungsmethode …«

Im Raum machte sich ein angespanntes Schweigen breit.

Sarah Clarice brach es irgendwann. »Und was für eine Rolle könnte Miller-Johannsen bei der Sache spielen?«

Millers Gesicht verdüsterte sich. »Das begreife ich auch nicht. Nachdem ich auf elegante Weise dazu gezwungen wurde, meinen Koffer zu packen, haben sich die internen Gleichgewichte verschoben. Ich weiß nur, dass die Stimmung nicht gut ist.«

»Wer hat denn jetzt das Sagen?«

»Paulo Johannsen und Söhne … Sohn, Pardon. Es waren mal zwei, aber der große ist vor ein paar Jahren gestorben.«

»Gestorben?« Matheus goss sich noch eine Tasse dampfenden Tee ein.

»Ja. Der Erstgeborene, Martino Johannsen, ist bei einer Art Jagdunfall gestorben.«

»Bei der Jagd?« Sarah Clarice konnte ihren Ekel nicht unterdrücken. »Wie abscheulich … Oh, Entschuldigung.«

Miller schenkte dem gar keine Beachtung. »Ja. Der Unfall hat sich auf ihrem Anwesen in Paraná ereignet.« Er lächelte. »Anwesen … das sagt man so schön. Tatsächlich ist es so groß wie ganz Paris, ideal für die Wildschweinjagd und was weiß ich noch alles. Martino wurde jedenfalls tödlich verwundet. Die Familie war verzweifelt, aber in diesem unterkühlten Sinn, wie er für die Johannsens typisch ist. Paulos Frau Elisabetta hat sich in die

Villa auf Ilhabela zurückgezogen. Großvater Josef, mein Mitgesellschafter, der Mann, mit dem ich mein halbes Leben verbracht habe, fiel plötzlich in sich zusammen und war nur noch ein Schatten seiner selbst, ein Gespenst. Von einem Tag auf den anderen verlor ich einen Freund und Vertrauten. Wir waren beide schon aus dem Unternehmen ausgeschieden, aber bis dahin hatten wir uns noch regelmäßig getroffen. Der Schmerz kann schon merkwürdige Formen annehmen. Sein Sohn Paulo wurde nach dem Tod Martinos ungenießbar, soweit ich weiß. Und der Zweitgeborene, der ohnehin schon nicht ganz einfach war, ging sofort auf Konfrontation zu seinem Vater.«

»Wie heißt er denn?«

»Bruno. Bruno Johannsen.« Miller hüllte sich in Schweigen. Schließlich sagte er: »Ein merkwürdiger Junge. Selbst als ich noch im Geschäft war, habe ich ihn nur selten gesehen. Martino war oft da. Bruno hingegen nie. Wirklich ein merkwürdiger Junge.«

Im Taxi herrschte drückendes Schweigen. Sarah Clarice schaltete ihr Handy wieder an und sah, dass sie einen Anruf von einer Nummer aus São Paulo erhalten hatte.

»Von wem denn?«, fragte Matheus.

»Keine Ahnung.« Sarah Clarice drückte eine Taste, um die Nummer zurückzurufen. Nach ein paar Klingeltönen meldete sich eine Stimme, die Sarah Clarice zunächst nicht wiedererkannte. Als sie schließlich begriff, wer am anderen Ende der Leitung war, verspürte sie den Impuls, sofort wieder aufzulegen. Stattdessen sagte sie so gelassen wie möglich: »Hier ist Sarah Clarice.«

»Hallo, freut mich, von dir zu hören. Alles in Ordnung?«, fragte William Cosimato.

»Du hattest angerufen?«

»Ja. Ich wollte wissen, ob du schon eine Verabredung zum Abendessen hast. Du bist ja Vegetarierin, und ich kenne da ein nettes Lokal, das erst kürzlich eröffnet hat. Was hältst du davon?«

Sarah Clarice schaute zu Matheus hinüber, der sie neugierig beobachtete, dann sagte sie: »Okay, wann denn? Und wie komme ich dahin?«

»Ich hole dich ab. Sag mir doch schnell die Adresse, wo du wohnst.«

Sie zögerte und fragte ihn dann stattdessen nach der seinen. »Ich komme mit dem Taxi zu dir.«

Sie verabschiedeten sich.

»Wer war das denn?«

»Billy Cosimato.«

Matheus kniff die Augen zusammen. »Dieser bescheuerte Anwalt?«

»Er ist ein Kollege von Cássia, und ich hatte den Eindruck, dass sie ihn sehr schätzt.«

Er schwieg und schaute zum Fenster hinaus. Dann wandte er sich wieder an Sarah Clarice. »Und du hast wirklich Lust, mit diesem Typen essen zu gehen?«

»Warum nicht? Er ist sympathisch, und ich hatte noch nichts vor heute Abend.«

Er wollte etwas sagen, verkniff es sich dann aber. »Na ja, wenn du meinst!«

»Was passt dir denn nicht daran?« Sarah Clarice musterte ihn mit ihren kiwifarbenen Augen.

»Vergiss es. Außerdem würde ich jetzt gerne aussteigen.«

»Aber es regnet doch, was soll das denn jetzt?«

Matheus beugte sich zum Taxifahrer vor und bat ihn, an der nächsten Ampel zu halten. »Ist doch perfekt. Wir sind nur ein paar Schritte von der Faria Lima entfernt«, sagte er dann.

Das Taxi hielt in der langen Schlange vor einer Ampel. Matheus stieg aus und zog sich das Jackett über den Kopf.

»Tschüss. Schönen Abend.«

Dann knallte er die Tür zu.

Sarah Clarice sah ihm hinterher, als er über den Bürgersteig davoneilte. Dem dicken Bettler, der sich zum Schutz gegen den Regen in Plastiksäcke eingewickelt hatte, schenkte sie keine Beachtung. Er wühlte unter einem Schutzdach aus Beton in den Müllsäcken herum, als sich auf seinem schmutzigen Gesicht plötzlich blankes Entsetzen spiegelte. Das war doch ein Arm, verdammt, der Arm eines Menschen! Er steckte zwischen Bananenschalen, vertrocknetem Salat und Handzetteln mit Lulas Konterfei. Seine Triefaugen zogen sich zu Schlitzen zusammen. Und das da schien eine gelb-rot-schwarze Kobra zu sein, eine Kobra mit zwei wunderschönen Augen, die fast lebendig wirkten.

34

Diego Messer saß im Warteraum eines Zahnarztes in Curitiba, wählte eine Nummer auf seinem Handy und wartete auf das Freizeichen. Er war nervös. Zahnärzte gehörten zu den wenigen Dingen, die ihn in Panik versetzten. Am anderen Ende meldete sich niemand. Er lehnte seinen runden, rötlichen Kopf an die weiße Wand.

Plötzlich erklang die Fünfte von Beethoven. Messer ging sofort dran.

»Davide. Und?«

»Hallo, Diego. Wo bist du?«

»Beim Zahnarzt.«

»Scheiße.«

»Richtig. Und?«

»Die Bundespolizei ist da.«

Diego Messer, dem ohnehin schon eine Beerdigungsmiene ins Gesicht gepflanzt war, verwandelte sich in ein wandelndes Requiem.

»Die Bundespolizei?«

»Ein neuer Hauptmann, ein gewisser Polacco. Oder Polaco, das habe ich nicht richtig verstanden.«

»Was haben sie denn in der Hand?«

»Nicht gerade wenig.« Davide Strazzon erhob sich aus seinem grünen Ledersessel, ging zum Fenster und schaute auf das wohlbestellte Land von West-Paraná hinab.

»Sie haben zwei Soldaten verhaftet.«

»Wen? Jefferson?«

»Nein, Jefferson war nicht da. Von dem fehlt jede Spur.«

»Was soll das heißen? Ist er nicht aus São Paulo zurückgekehrt?«

»Nein. Er hat mich vor einer Woche angerufen, um mir mitzuteilen, dass er auf dem Rückweg sei. Seitdem nichts mehr.« Strazzon zögerte einen Moment und fragte sich, ob er von dem Telefonat berichten sollte.

Ein schwarzer Mercedes, der sich für mich interessiert, sagt dir das etwas?

»Davide, bist du noch dran?«

»Ja, Entschuldigung. Da wäre noch etwas. Jefferson hat mich aus São Paulo angerufen und war ziemlich sauer. Er war der Meinung, dass man ihn verfolgt.«

»Wer?«

»Weiß ich doch nicht, verdammt. Seine Worte waren: ›*Ein schwarzer Mercedes, der sich für mich interessiert, sagt dir das etwas?*‹« Dieser Satz hatte Strazzon gar nicht gefallen, und er war ihm seither ständig im Kopf herumgespukt. Insgeheim wusste er, was das zu bedeuten hatte, aber er hatte es sich nicht einzugestehen gewagt.

Während Messer zuhörte, ließ er den Blick über die Werbeplakate im Warteraum gleiten. Lächelnde Münder, Mütter mit Kindern, glückliche Familien mit gesunden Zähnen. Irgendwann fragte er: »Denkst du, was ich denke?«, aber er ließ seinem Gesprächspartner keine Zeit zum Antworten. »Warum hast du mir das nicht gleich erzählt, Davide?« Diego war älter als Davide, er war zuerst auf diese schmutzige Welt gekommen, und daran musste er ihn gelegentlich erinnern.

»Ich habe der Sache keine Bedeutung beigemessen«, log Davide.

»Das war dieses vermaledeite Muttersöhnchen, nicht wahr?«

Strazzon schwieg.

»Ich hatte dir ja gesagt, dass wir uns mit diesem Fanatiker nicht mehr abgeben sollten. Wir beackern die Erde, Davide, wir planen nicht die Eroberung von Byzanz. Himmelherrgott! Mein Element ist der Schweinemist, und das gilt auch für dich.«

»Ich weiß. Eigentlich wollte ich die Sache langsam im Sande verlaufen lassen.«

»Also, Davide. Denkst du, dass Jefferson …«

»Jefferson ist nicht der Typ, der einfach verschwindet.«

»Aber warum könnte der Kommandant den Soldaten Jefferson aus dem Weg räumen wollen? Was zum Teufel soll das?«

Strazzon beschloss, nichts von seinem letzten Gespräch mit dem Kommandanten zu erzählen. »Ich weiß nicht, aber der Kommandant … Na ja, Bruno wusste, dass wir Jefferson die Geschichte in Juazeiro anvertraut hatten. Für meinen Geschmack hätte es sowieso die letzte sein sollen. Wir schulden diesem Idioten nichts mehr.«

»Klar.« Diego Messer beugte sich vor und senkte die Stimme. »Dieser Idiot wollte den letzten Zeugen beseitigen. Was macht das für ihn schon für einen Unterschied, einer mehr oder weniger, oder?«

Davide Strazzon schwieg, was man als Zustimmung werten musste.

Diego seufzte. »Und nun?«

»Nun haben wir die Bundespolizei am Hals wegen der dreizehn Toten in Yaraibi, obwohl wir da zum ersten Mal nicht die Finger im Spiel hatten.«

»Immer mit der Ruhe. Es ist nicht gesagt, dass sie uns auf die Spur kommen.«

»Wenn diese Polizisten reden, sind wir geliefert. Bruno hat einfach, ohne uns zu fragen, die übliche Truppe geschickt, um dieses Blutbad in Yaraibi anzurichten. Vermutlich hat er den Männern Unsummen gezahlt. Und für wen haben sie in der Vergangenheit gearbeitet? Mit der Polizei hier werden wir schon fertig, mit den Zivilen, meine ich. Und auch mit der Bundespolizei, wenn es die üblichen Schwachköpfe aus Curitiba sind. Diesen

Polacco aber, oder Polaco, den kenne ich nicht. Das soll ein ganz Harter sein.«

Messer hatte den Worten seines Freundes aufmerksam gelauscht. »Warum hat Bruno dieses Massaker eigentlich ausgerechnet auf der Fazenda seines Vaters veranstalten lassen? Das will mir einfach nicht in den Kopf.«

»Weiß ich auch nicht. Yaraibi ist seit Jahren besetzt, der südliche Teil zumindest. Das ist doch nichts Neues.«

Diego Messer sah die Zahnarzthelferin ins Wartezimmer treten. »Ich hab so das Gefühl, dass ich jetzt Schluss machen muss. Halte mich auf dem Laufenden. Und keine Panik bitte, wir werden das schon regeln.«

»Okay, mach's gut.«

Als die Zahnarzthelferin seinen Namen aufrief, zogen sich Diego Messers Augen zu Schlitzen zusammen. Zum ersten Mal an diesem Tag hatte er den Geschmack der Angst auf der Zunge.

Bruno Johannsen öffnete die Augen. War es das Handy, das ihn geweckt hatte? Oder etwas anderes? Das Haus war ruhig wie immer. Er streckte den Arm aus und griff nach dem Handy, das in Reichweite des Sessels lag. Tatsächlich, ein paar Anrufe waren eingegangen, alle von seinem Vater. Er legte es wieder ins Regal. Plötzlich hatte er Durst.

Er stand auf und durchquerte barfuß den langen Flur, der in die Küche führte. Dort öffnete er einen der beiden großen, schwarzen Kühlschränke und holte eine Flasche Taittinger heraus. Mário Ono erschien in der Tür.

»Brauchen Sie mich?«

»Nein, nein, Mário, machen Sie sich keine Umstände. Ich trinke einen Schluck, dann gehe ich vielleicht aus. Ich glaube, ich hab geschlafen.«

»Sie waren sehr müde. Soll ich Ihnen ein Bad bereiten?«

Bruno dachte kurz nach, dann schüttelte er den Kopf. »Nein,

Mário, danke. Vielleicht dusche ich schnell. Dann werde ich vermutlich ausgehen.«

»Wie Sie wünschen.« Mário Ono verschwand geräuschlos im Dunkeln.

Während er am Champagner nippte, dachte Bruno an seinen Traum zurück. Merkwürdig, er hatte von seiner Sekretärin Edith geträumt, einen erotischen Traum. Erotische Träume waren verrückt, regelrecht absurd. Noch nie hatte er mit sexuellen Hintergedanken an Edith gedacht. Sie war ein schönes Mädchen, obwohl sie vielleicht ein bisschen zu füllig war für seinen Geschmack, aber er hatte sich nie zu ihr hingezogen gefühlt. Außerdem war sie seine Sekretärin. Und doch war der Traum noch präsent, hier im Dämmerlicht vor dem perlenden Champagner. Er hatte Edith erbarmungslos gefickt und spürte noch immer ihren Körper an seiner Haut. Schnell trank er ein zweites Glas, dann ein drittes. Schließlich kehrte er in den düsteren Salon zurück, nahm sein MacBook und streckte sich auf dem Sofa aus. In diesem Moment drang aus dem Armeezimmer die sanfte Melodie seines Handys an sein Ohr. Schnell sprang Bruno auf und rannte hin. Konnte das Edith sein? Sie hatte vor drei Monaten geheiratet. Vielleicht hatte sie sich mit ihrem Ehemann gestritten, stand allein auf der Straße und wusste nicht, wohin. Er würde sie abholen, würde sie mit nach Hause nehmen und ganz langsam vögeln. Dabei würde er sie an den Knöcheln festhalten. Edith hatte ziemlich große Knöchel, und das gefiel ihm. Wenn es etwas gab, das ihm an ihr aufgefallen war, dann waren es diese großen Knöchel unter den Seidenstrümpfen.

Das Display leuchtete, die Nummer war unterdrückt. Er meldete sich.

»Bruno, störe ich?«

Ein vergifteter Pfeil schoss ihm ins Hirn.

»Nein, Papa. Hallo.«

»Alles in Ordnung?«

»Sicher.«

»Ich habe schon ein paar Tage nichts mehr von dir gehört. Und wie ich weiß, warst du Anfang der Woche auch nicht im Büro.«

»Ich war anderweitig beschäftigt. Gibt es irgendetwas Dringendes? Ich wollte gerade ins Bett gehen.«

»Nein, nein. Ich wollte nur wissen, ob alles in Ordnung ist.«

»Klar, das sagte ich ja bereits. Alles in Ordnung.«

Paulo Johannsen, der in seinem riesigen Wohnzimmer in Morumbi saß, schwieg einen Moment. Dann fragte er: »Hast du die Sache mit Yaraibi gelesen?«

Bruno spürte, wie sich seine Halswirbel verkrampften. Ein scharfer Schmerz wanderte vom Nacken die Wirbelsäule hinab und schnellte dann wie eine Feder an seiner Brust wieder hoch.

»Ja, ja, hab ich gelesen. Der übliche Scheiß. Die Polizei ermittelt.«

Paulo Johannsen seufzte. »Das scheint mir doch ein merkwürdiger Zufall zu sein.«

Bruno schloss die Lider über seinen hellen Augen. »Was willst du damit sagen?«

Der Ton, den sein Sohn anschlug, irritierte Paulo. Und er machte ihm sogar ein wenig Angst. »Was ich damit sagen will? Dass ein solches Blutbad angerichtet wird, nachdem wir das Land diesen Engländern überlassen haben ...«

Bruno zitterte plötzlich. »Das ist ja auch gar kein Zufall.«

Paulo erstarrte, sein Herz ging schwer. »Was willst du damit sagen?«

»Dass diese Engländer nicht mit Samthandschuhen an die Sache rangehen, so wie wir immer. Sie wollten diesen Illegalen sofort zu verstehen geben, wer auf dem Land das Sagen hat, ist doch klar.« Bruno hatte die Stimme leicht erhoben, was Paulo nicht entging.

Er beschloss, die Sache auf sich beruhen zu lassen. »Sicher, kann sein ... Eigentlich wollte ich auch nur wissen, wie es dir geht, und kurz mit dir sprechen.«

»Alles klar. Jetzt muss ich aber Schluss machen. Nacht.«

Langsam ging Bruno zu seinem Sofa zurück und schaltete das MacBook an. Er öffnete die Website des *Folha de São Paulo* und entdeckte, schön groß, das Foto von einem tätowierten Arm, den ein Bettler in einer eleganten Straße in Moema im Müll gefunden hatte. Der Schmerz im Nacken verschwand. In einem Zug leerte Bruno sein viertes Glas Champagner. Etwas, das sich wie Angst anfühlte, hatte sich seiner bemächtigt. Jetzt aber verwandelte es sich schnell in etwas anderes, eine Art Gegengift gegen die schlechte Laune, die ihm sein Vater eingeflößt hatte. Er las den Artikel. Auf dem Arm befand sich eine riesige Tätowierung von einer Kobra, aber an den Händen fehlten die Finger. Gute Arbeit. Neue Soldaten, so musste man es machen. Rotationsprinzip. Es gab so viele junge Leute ohne Arbeit, ein so großes Potential an talentierten Soldaten. Während Bruno den Artikel las, kam ihm ein anderer Journalist in den Sinn, ein Italiener. Die Soldaten von Rio hatten sich auf seine Spur gesetzt und würden die Sache regeln, wie immer.

Es war kurz vor elf, also noch früh. Er stellte das leere Glas auf den Kristalltisch und schob das MacBook beiseite. Durch die Scheibe fielen die weichen Lichter der Großstadt auf seine Füße, Lichter, die ein Glücksgefühl in ihm auslösten. Plötzlich hatte er Lust auf Bewegung und auf etwas Hartes.

Er nahm eine kalte Dusche und zog sich an. Das Taxi rief er nicht von zu Hause, sondern winkte eins auf der Straße heran. Ihm schwebte ein bestimmter Ort vor, und da war es besser, wenn der Taxifahrer nicht allzu viel über ihn wusste. Er hatte Lust auf Körper, Körper wie den von Edith, aber nicht nur. Während das Taxi zügig zwischen den Wolkenkratzern von Itaim entlangglitt, schaute Bruno in die nächtliche Landschaft hinaus, ohne etwas wahrzunehmen. Er dachte nur an Körper, spürte ein obsessives Verlangen nach diesen Körpern, vibrierenden menschlichen Körpern, und viel Champagner.

Ein paar Minuten zuvor hatte William Cosimato die Lampe neben seinem Bett gelöscht. Diese dämliche Sarah Clarice war nicht zu ihrer Verabredung erschienen. Zwanzig Minuten hatte er unten an der Haustür gewartet, als die SMS eintraf: *›Es ist etwas dazwischengekommen, tut mir leid. Vielleicht ein andermal.‹* Das war doch nicht zu fassen – derartig versetzt zu werden, und dann noch von einem Mädel aus Bahia. Dabei hatte er sich sogar die Geschichte mit dem vegetarischen Restaurant ausgedacht.

Das soll sie mir büßen, diese Schlampe, dachte er, während er einzuschlafen versuchte. *Was bildet die sich bloß ein? Sie und dieser Dummkopf von einem Biochemiker.*

Er hatte nie verstanden, was eine Frau wie Cássia Toledo an diesem unglückseligen Halbindianer fand. Während einer wie er schon um elf im Bett lag … *Die Welt ist wirklich verrückt! Aber das zahle ich ihnen heim,* dachte er, fast besänftigt. *Das zahle ich ihnen in jedem Fall heim.*

Cássia Toledo schaute auf die Uhr auf der Kommode. Es war elf. Sie lag nackt unter dem weißen Laken. Matheus war aufgestanden, ins Bad gegangen und nicht wiedergekommen.

»Matty, ist alles okay?«

»Ja, einen Moment noch.«

Sie stand auf und öffnete die Tür. Er saß auf dem geschlossenen Klodeckel.

»Was hast du?«

»Nichts. Ich denke nach.«

»Worüber?«

»Über nichts, Cássia. Kann ich nicht einfach mal einen Moment nachdenken? Alleine?«

Sie verschränkte die Arme vor ihren kleinen Brüsten. »Matheus, hör auf, mich zu verarschen. Was ist los?«

»Cássia, bitte.«

»Nein, ich möchte es wissen. Du bist total abwesend, selbst im

Bett. Wo bist du? Wo warst du in den letzten zwei Stunden? Hier bei mir jedenfalls nicht.«

»Was soll denn das?«

»Hör zu, Braga. Solche Dinge merkt man sofort. Es ist wegen Sarah Clarice, nicht wahr?«

»Aber was redest du denn da?«

»Sag's.« Cássia wurde lauter als gewöhnlich. »Sag's bitte, Matty.« Jetzt brach ihre Stimme fast.

»Hör doch auf damit.«

»Ich hab's begriffen, das ist doch offensichtlich. Diese Frau ist absolut überwältigend. Als ich sie heute Morgen sah, hat mich fast der Schlag getroffen. Billy Cosimato war nicht mehr zurechnungsfähig, und selbst mein Vater hat mich später gefragt, wer denn die Göttin in meinem Büro war. Und du willst mir weismachen, dass sie dir gleichgültig ist? Für wen hältst du dich, verdammt? Für Gandhi? Bleib mir doch weg.«

Cássia drehte sich auf der Stelle um, sammelte ihre Kleider vom Boden auf und verschwand im Wohnzimmer. Matheus erhob sich vom Klodeckel. »Sag mal, was denkst du eigentlich von mir?«, rief er ihr hinterher. »Nur weil eine Frau schön ist, soll ich sofort den Kopf verlieren?«

Cássia drehte sich um. »Klar, warum nicht?«

»Warum nicht? Diese Geschichte lässt mir einfach keine Ruhe, verdammt. Das ist alles so unbegreiflich. Warum musste Nelson sterben? Und warum taucht plötzlich Ulisses wieder aus der Versenkung auf?«

»Nun, mein Lieber, du hast eine Familie, auch wenn du dein Leben lang so getan hast, als wärst du allein auf der Welt. Du Armer! Und versuch bloß nicht, mir etwas vorzumachen. Du wechselst einfach das Thema, wie immer, aber jetzt geht es um Sarah Clarice – was für ein absurder Name überhaupt. Ich hatte mir eine trostlose Vegetarierin vorgestellt mit einer Ökoaktivistenbrille auf der Nase, und dann tauchst du plötzlich mit Sophia

Loren hier auf! *Du bist doch paranoid, Cássia!*, habe ich mir die ganze Zeit eingeredet. *Sei doch nicht so paranoid!* Ich wäre dir aber wirklich dankbar, wenn du es wenigstens zugeben würdest.«

Matheus schaute sie wütend an. »Du bist doch übergeschnappt. Ich verschwinde lieber.«

»Er verschwindet lieber, ja klar! Das ist das Einzige, was du kannst: dich vom Acker machen. Dein ganzes Leben lang hast du nichts anderes getan. Leider bringt das auf Dauer nichts. Jetzt kommen die Gespenster deiner Familie und stören dich nachts im Schlaf. Ist doch so, oder?«

Matheus zog seine Jeans und sein Hemd an, nahm Jackett und Portemonnaie und war im nächsten Moment verschwunden.

Cássia stand da, immer noch nackt, und schaute auf die Wohnungstür. Am liebsten hätte sie geweint. Irgendwie musste sie aber auch lachen. Zumindest in dieser Hinsicht konnte man sich auf ihn verlassen: Wenn er ankündigte, er würde verschwinden, dann verschwand er auch.

35

An diesem Morgen machte sich Carlo Apostolo einen starken Kaffee. Aus dem winzigen Küchenfenster konnte man ein Stück vom Meer sehen. Als er die Wohnung vor ein paar Jahren gemietet hatte, war ihm alles daran großartig vorgekommen, aber dieses Stück Meer hatte eine ganz besondere Saite in ihm berührt. Jetzt betrachtete er es mit einem undefinierbaren Gefühl.

Er trug den Kaffee ins Wohnzimmer und ging ins Internet. Harte Daten hatte er nicht viele, aber für einen ersten Einstieg hatte ihm Floriana genug erzählt. 2001 war es gewesen, im Bundesstaat Paraná, und die Namen wusste er auch. Er begann seine Recherche, indem er alle möglichen Stichworte eintippte, aber nach einer Stunde hatte er so gut wie nichts gefunden. Er ging duschen und kochte sich noch einen Kaffee. Anschließend verließ er die Wohnung und machte einen Spaziergang an der Promenade von Copacabana. Der Strand war fast leer, die Temperaturen angenehm. Er ging bis zur Festung und setzte sich auf eine Bank, um nachzudenken. Zehn Minuten später stand er wieder auf. Ihm war eine Idee gekommen.

Vor ein oder zwei Jahren hatte er an einer Pressekonferenz der MST teilgenommen, der brasilianischen Landlosenbewegung. Dort war auch ein Anwalt aus Curitiba gewesen, Lirio Fabbri, wenn er sich recht entsann, ein kräftiger Typ mit schütterem Bart und hellen Augen. Er vertrat Bauern, die in Agrarkonflikte verwickelt waren, und hatte schon etliche Todesdrohungen erhalten. Irgendwo müsste noch seine Visitenkarte sein. Schnell kehrte Carlo nach Hause zurück und wurde in dem Schuhkarton, in dem er Quittungen, Visitenkarten und Kleinkram aufbewahrte, tatsächlich fündig. Aus derselben Schachtel nahm er eine seiner beeindruckend vielen Telefonkarten und wählte die Nummer in Curitiba. Fünf Minuten später hatte er Lirio Fabbri am Apparat.

»Womit kann ich Ihnen dienen?« Lirio hatte eine schöne Stimme mit deutlich südbrasilianischem Akzent.

Carlo erklärte ihm, woran er arbeitete, ohne allzu sehr ins Detail zu gehen.

»Haben Sie zufällig den Namen der Fazenda?«, fragte der Anwalt.

»Nein.«

»Das wäre aber nützlich, denn nur mit Hilfe der Namen kommen wir nicht weit. Und 2001 ist ja auch schon eine Weile her …«

»Es gab aber einen Toten, einen alten Bauern namens Manuel. Er wurde aus nächster Nähe erschossen.«

Carlo konnte sich Fabbris amüsiertes Gesicht lebhaft vorstellen. »Wissen Sie eigentlich, Carlo, wie viele Tote es bei Landstreitigkeiten in Brasilien jährlich gibt?«

»Nicht wirklich.«

»Mehr als tausend – in einem schlechten Jahr.«

»Aber wenn es Tote gibt, muss es doch auch polizeiliche Ermittlungen geben. Und einen Prozess. Haben Sie nicht ein entsprechendes Verzeichnis für Paraná?«

»Sicher. Aber haben Sie überhaupt eine Vorstellung, wie viele Fälle von Gewalt aufgeklärt werden und mit einem Prozess und einer Verurteilung enden? Genau zwei Prozent.«

»Wie ist das möglich?«

»Unser Justizsystem kann leicht ausgehebelt werden, wenn man die finanziellen Mittel dazu hat. Es gibt zu viel Einflussnahme von außen, zu viel Druck. Und da ziemlich viele Instanzen zu durchlaufen sind, findet man immer jemanden, der bereit ist, ein anderes Urteil zu fällen als der Richter vor ihm. Bei Landkonflikten ist die Situation noch schlimmer, da in diesem Bereich Angst und Schrecken regieren. Die Gerichte erhalten ständig Morddrohungen, und die Richter sind korrumpierbar. Die grassierende Straffreiheit für Justizangehörige ist ein Teufelskreis: Wer bedroht wird, kann allen Versprechungen zum Trotz davon ausgehen, dass er niemanden findet, der ihn verteidigt.« Lirio lachte bitter.

Das Schweigen in der Leitung wurde nur von ein paar Knackgeräuschen gestört.

»Lassen Sie uns so verbleiben«, schlug Lirio Fabbri schließlich vor. »Geben Sie mir ein paar Tage, um in mein Archiv zu schauen. Wenn dieser Tote von 2001 existiert, müsste ich ihn finden. Dann rufe ich Sie zurück, in Ordnung?«

»Sicher, wunderbar.«

Sie verabschiedeten sich.

Der Anwalt Antônio Netto ging ein paar Schritte durchs Restaurant Dalva & Dito in der Nähe der Alameda Santos und schaute sich im rötlichen Licht um. Er wurde schnell fündig.

»Hallo. Entschuldige bitte die Verspätung. Wir mussten uns noch mit ein paar ganz gewöhnlichen Fragen auf Leben und Tod herumschlagen …«

William Cosimato lachte. Er hatte sich bereits ein Glas Nero d'Avola eingeschenkt und füllte nun das Glas seines Kollegen.

»Gute Wahl?«

Netto lächelte und setzte sich. »Exzellent.«

Billy Cosimato und Antônio Netto waren gleich alt und kannten sich bereits seit der Uni. In den ersten Jahren nach dem Examen hatten sie sogar in derselben Kanzlei gearbeitet, einer großen Wirtschaftskanzlei, die sich auf Fusionen und Übernahmen spezialisiert hatte. Dann war Billy zu Toledo & Schwartz gegangen, während Netto die Seite gewechselt hatte. Miller-Johannsen war ein Mandant jener ersten Kanzlei, die auch die Aufspaltung des Konzerns betreut hatte. Eines Abends zu vorgerückter Stunde hatte Antônio Netto einen Anruf von Paulo Henrique Johannsen bekommen und ein Angebot erhalten, das er nicht hatte ablehnen können.

Sie bestellten Kalbshaxe mit Backkartoffeln und tauschten die neuesten Neuigkeiten über ihr Leben aus. Das einzig interessante Thema schien allerdings die Arbeit zu sein.

»Und?«, fragte Netto und schnitt in sein Fleisch. »Was wolltest du mir mitteilen? Am Telefon klang das ja sehr dringlich.«

»Ja«, sagte William und tupfte sich den Mund ab. »Das ist es, glaub's mir.«

Netto zuckte mit den Schultern und musterte ihn erwartungsvoll.

Billy schlug einen feierlichen Ton an, als er jetzt zu seiner Erzählung anhob. »Du weißt doch, dass ich mit Cássia Toledo zusammenarbeite …«

»Wie sollte ich das nicht wissen? Sie ist eine der schärfsten Frauen von São Paulo.«

»Wohl wahr.« Billy kaute. Im Bemühen, sich kurzzufassen, erzählte er ihm die Geschichte dann aber doch bis ins kleinste Detail. Antônio Netto hörte zu und schlürfte langsam seinen Nero d'Avola. Ihm war nicht klar, ob es mit dem Wein zu tun hatte, aber er spürte, wie sich in seinem Körper eine ungewöhnliche Wärme ausbreitete. Irgendwann unterbrach er seinen Freund.

»Und du meinst, sie haben bereits mit Augusto Miller gesprochen?«

»Ja.«

»Aha«, sagte Netto. »Warum hast du mich eigentlich nicht gestern angerufen?«

Darauf fiel Billy Cosimato nicht wirklich etwas ein. »Gestern konnte ich nicht.«

»Ach so.« Antônio senkte den Blick. »Nun, auf jeden Fall danke. Du bist ein wahrer Freund.«

»Ach was. Es schien mir nur angemessen, dass du es erfährst.«

Netto musterte ihn, die Lippen wie immer leicht geöffnet.

Als er kurze Zeit später zu Fuß zur Faria Lima zurückging, klappte Antônio Netto den Kragen seines graubraunen Trenchcoats hoch. Ein kühler Wind wehte, und er fror. Irgendwann hatte er seine Entscheidung getroffen: Er würde die Sache vorerst für sich behalten. Wenn er in den letzten Jahren von seinem Chef etwas gelernt hatte, dann war es die Einsicht, dass der Wert einer Information darin bestand, wie man sie nutzte. Und wann. Das Wann war entscheidend. Vielleicht war endlich der Moment gekommen, Gewinn aus diesen Lehren zu ziehen.

Das Klingeln des Telefons ließ Alessio Castros Kopf von dem Blatt hochschnellen, das er eigentlich gerade las. Die Hitze in Juazeiro war die Hölle. Hätte man seiner Versetzung aus Sobradinho nicht zugestimmt, wäre er jetzt gar nicht hier. Der Versetzungsantrag war aber genehmigt worden, und so griff er nach dem Hörer.

»Ja bitte?«

»Zivilpolizei?«

»Ja. Alessio Castro am Apparat, wer ist da?« Die Stimme klang komisch. War das nun ein Mann oder eine Frau?

»Guten Tag, mein Name ist Lola.«

Lola heißt meine Schwester, dachte Castro. »Worum geht es?«

»Ich habe eine Information, die Ihnen vielleicht nützlich sein könnte.« Die Stimme zögerte, aber irgendetwas sagte dem Polizisten, dass er gut zuhören sollte.

»Was für eine Information?«

»Ich habe im Fernsehen die Nachricht von dem Arm gesehen, den man in São Paulo gefunden hat. Der Arm, von dem man nicht weiß, wem er gehört.«

Alessio Castro stand auf und blickte sich schnell im Zimmer um.

»Ja, die habe ich auch gesehen. Von wo rufen Sie an?«

»Hier aus Juazeiro.«

»Aber der Arm wurde doch in São Paulo gefunden.«

Schweigen, dann sagte die Stimme: »Ja, aber ich weiß, wem dieser Arm gehört.«

Castro schluckte. »Woher wissen Sie das?«

Die Stimme wurde hart. »Ich weiß es, das dürfen Sie mir glauben.«

»Und wem gehört er?«

»Das würde ich Ihnen lieber persönlich erzählen.«

»Warum?«

»Weil ich Angst habe.«

»Und warum haben Sie hier angerufen und nicht bei der Militärpolizei?«

»Herr Castro, wir sollten uns besser treffen, wenn das für Sie in Ordnung ist.«

»Okay. Noch eine Frage aber: Wenn Sie Angst haben, warum haben Sie mich dann angerufen und nicht eine anonyme Anzeige erstattet?«

Die Stimme zögerte, dann sagte sie: »Wenn Sie mich sehen, werden Sie es begreifen.«

Eine Stunde später stellte Alessio Castro seinen Wagen in einer belebten Straße im Zentrum von Juazeiro ab. Die Hitze war gnadenlos. Sie hatten sich in einem billigen Restaurant namens Kotelettkönig verabredet.

Der Polizist trat ein und schaute sich um. Hinten, wo es dunkler war, saß eine Person. Er ging auf sie zu.

Lola war einst ein Mann gewesen. Jetzt war sie eine ziemlich attraktive Frau, woran selbst das blaue Auge und die Kratzer am Hals nichts änderten. Im nächsten Moment fiel Castro auf, dass ein Arm und ein Knöchel bandagiert waren.

»Lola?«

Sie nickte. »Danke, dass Sie gekommen sind.« Sobald sie den Mund öffnete, sah man deutlich die Zahnlücke.

»Also, Lola. Erzähl mir von dem Arm mit der Schlange.«

Lola trank Melonensaft. Sie schaute sich schnell um und begann dann zu reden. »Er gehörte einem Mann, mit dem ich vor ungefähr einem Monat zusammen war.«

»Wo?«

»Hier in Juazeiro.«

»Wer ist der Mann?«

»Er hieß Jefferson Souza.« Sie zögerte. »Er war bei der Militärpolizei. Ein hohes Tier.«

»Woher willst du das wissen?«

»Er hat mir seine Papiere gezeigt. Na ja, ich habe sie vielmehr zufällig gesehen. Außerdem hatte er eine Pistole. Er hatte mehrere Waffen.«

»Und wo bewahrte er die auf?«

»Im Wagen.«

»Woher weißt du, dass es sich um den Arm von diesem Souza handelt?«

»Wegen der Tätowierung. Er hat sich ewig darüber ausgelassen. Ich dachte schon, der will gar nicht ficken, sondern nur über seine Tätowierung reden.«

»Okay, und dann?«

»Dann hat er mich gefickt. Und mir einen geblasen.«

»Die Details können wir aussparen. Hat er dich so zugerichtet?«

Lola nickte.

Schweigen.

»War er hier aus der Gegend?«

»Nein, er kam aus dem Süden.«

»Woher genau, weißt du das?«

»Ja, er war aus Curitiba. Er sagte, die Männer aus dem Süden seien männlicher als andere. Echte Männer eben.«

»Aus Curitiba war er also … Und was hat er hier gemacht, hat er dir das erzählt?«

»Keine Ahnung. Angeblich hat er hier irgendeine Arbeit erledigt.«

»Was für eine Arbeit?«

»Eine Arbeit für echte Männer, hat er gesagt.«

»War er allein?«

»Ja. Ich weiß aber, dass er sich mit jemandem treffen wollte.«

»Mit wem?«

»Keine Ahnung, aber ich denke, dass es jemand von der Militärpolizei war.«

»Warum denkst du das?«

»Weil er ständig darüber geredet hat, dass er diese Arbeit mit einem Kollegen macht, einem Mann wie ihm, einem Krieger.«

Alessio Castro fuhr sich mit der Hand durch sein schwarzes Haar und atmete tief durch. Ihm war etwas in den Sinn gekommen.

»Wann ist das denn genau passiert, erinnerst du dich daran?«

»Da muss ich nachdenken. Ende Mai oder Anfang Juni.«

Alessio Castro rechnete innerlich nach. »War es zufällig am 31. Mai?«

»Woher soll ich das denn noch wissen?«

»Der 31. Mai war ein Freitag. War es an einem dieser Tage?«

»Möglich. Vielleicht war es an einem Donnerstag.«

Lola strengte ihr Gedächtnis an und verschränkte die Finger auf dem Resopaltisch. »Ja genau, es war Donnerstag. Freitag, den 31., bin ich nämlich ins Krankenhaus, um mich behandeln zu lassen. Ich hab auch noch den Befund mit dem Datum.«

»Gut, kommen wir auf die Waffen zurück. Was hatte er im Wagen?«

»Zwei Pistolen. Und dann noch ein paar Waffen im Kofferraum: ein Gewehr und drei Messer.«

»Kannst du dich erinnern, Lola, was er außer den Waffen noch im Wagen hatte?«

»Da war noch eine große schwarze Tasche, die er mit aufs Zimmer genommen hat. Außerdem die Messer. Und dann erinnere ich mich, dass da auch noch ein paar Seile waren. Ziemlich stabile Seile.«

Der Polizist nickte. »Und wo seid ihr zum Ficken hingegangen? Irgendjemand muss deine Geschichte nämlich bestätigen.«

»Wir waren im Motel Oasi, in der Nähe vom Busbahnhof. Dort kennt man mich.«

»Okay, wir werden das nachprüfen.« Er schaute Lola an. Sie wirkte verängstigt und lächelte jetzt schüchtern.

»Warum hast du ihn nicht sofort angezeigt?«

Sie lachte bitter. »Er hat mich bedroht. Er hat gesagt, dass er mich wie ein Kaninchen zerlegt. Und anschließend würde er mir das Fell von den Pfoten ziehen.«

Alessio Castro schüttelte es. »Hat er das wirklich gesagt, das mit dem Fell?«

»Ja, wie bei einem Kaninchen.«

Der Polizist sah plötzlich klar vor sich, wie Nelson Braga im Brunnen gehangen hatte. Man hatte ihm die Haut von den Unterarmen gezogen. Bei lebendigem Leibe, wie der Gerichtsmediziner behauptet hatte.

Systematische Folter.

Er schaute sie lange an. »Danke, Lola.«

Sie senkte den Blick.

»Eine letzte Frage. Warum hast du mir diese Geschichte erzählt? Normalerweise wird über so etwas nicht geredet.«

»Hast du mich angeschaut? Ich dachte, dass ich vielleicht vom Staat eine Entschädigung bekomme, weil dieses Schwein doch bei der Polizei war. Kannst du mir sagen, wie ich so arbeiten soll? Woher soll ich etwas zu essen nehmen? Wie soll ich die Wohnung meiner Eltern bezahlen? Ich komme nämlich für meine alten Eltern auf, musst du wissen.«

36

Matheus kam mitten in der Nacht zurück. Cássia war schon im Bett. Die Geräusche im Vorraum hatten sie geweckt, aber sie tat so, als würde sie schlafen. Es war sinnlos, um diese Zeit eine weitere Diskussion vom Zaun zu brechen. Man ließ die Sache besser auf sich beruhen. *Morgen ist auch noch ein Tag,* dachte sie und schloss die Augen, jetzt schon viel ruhiger.

Matheus legte sich im Wohnzimmer aufs Sofa. Er war hellwach. In seinem Hirn überschlugen sich die Gedanken. Er musste diese Geschichte hinter sich lassen, musste einen Schlussstrich ziehen und dafür sorgen, dass sein Leben endlich wieder seinen geordneten Gang ging. Ohne es zu merken, glitt er in den Schlaf.

Am Morgen wurde er wach, weil Cássia ihn streichelte. Sie gaben sich einen Kuss, aber in seinem Geist liefen immer noch die Bilder der vergangenen Nacht ab. Nachdem Matheus das Haus verlassen hatte, war er über die Paulista spaziert. Irgendwann hatte er ein Taxi genommen und sich zur Wohnung von Sarah Clarice' Freundin bringen lassen. Die hatte ihm geöffnet, hatte ihn von Kopf bis Fuß gemustert und dann festgestellt: »Du musst Matheus Braga sein.«

»Hallo, ja. Entschuldige, dass ich um diese Uhrzeit störe. Ist Sarah Clarice da?«

Die Frau hatte leicht den Kopf geneigt. »Sarah Clarice ist nach Salvador zurück.«

»Was? Wann?«

»Vor drei Stunden. Hat sie dir nichts davon gesagt?«

Offenbar nicht.

»Ich habe sie auf dem Handy angerufen, aber es war ausgeschaltet.«

»Sie sitzt sicher schon im Flieger. Wahrscheinlich hebt sie genau in dieser Sekunde ab. Es ist der letzte Flug.«

Er hatte stumm dagestanden.

Sarah Clarice landete nach Mitternacht in Salvador. Ihre Abreise war eine spontane Entscheidung gewesen. Sie hatte diesem Idioten von Billy Cosimato eine SMS geschickt und die Verabredung abgesagt. Ihrer Freundin hatte sie erklärt, dass ihr die ganze Situation mittlerweile total verrückt vorkomme. Sie glitt ihr zunehmend aus der Hand, und da sie ohnehin alles falsch zu machen schien, wollte sie lieber gleich die Finger davon lassen. Außerdem bedrückte Sarah Clarice auch die Sache mit der Arbeit. Sie konnte schließlich nicht einfach so verschwinden.

Im Internet hatte sie einen Flug gebucht, den man nicht gerade billig nennen konnte, obwohl ihr Konto in jüngster Zeit schon etliche Schläge zu verkraften gehabt hatte.

Vom Flughafen aus fuhr Sarah Clarice mit dem Taxi direkt in ihre Wohnung in Pelourinho. Ihrer Mutter hinterließ sie eine Nachricht, damit sie sich keine Sorgen machte. Dann ging sie ins Bett und schlief wie ein Stein.

Am Morgen wurde sie wie immer von der Frau aus Bahia geweckt, die lautstark ihre Kokosspezialitäten anpries. Sie lächelte. Zu Hause zu sein, war gar nicht übel. Gleichzeitig regte sich aber auch ihr Gewissen. Sarah Clarice hatte das Gefühl, Matheus mitten in der Geschichte im Stich gelassen zu haben. Andererseits war ihr klar, dass diese Geschichte, obwohl sie Nelson und Matheus überhaupt erst mit hineingezogen hatte, nicht mehr wirklich die ihre war.

In ihrer Stammkneipe gönnte sich Sarah Clarice bei herrlichster Sonne ein schönes Frühstück. Dann ging sie ins Büro. Sie hatte eine gewisse Angst davor, Marianne nach all der Zeit unter die

Augen zu treten, andererseits war sie aber auch neugierig, wie die Reise gelaufen war und was es an Neuigkeiten gab.

Im Büro erlebte sie jedoch gleich die erste Überraschung: Marianne war gar nicht zurückgekommen.

Joyce empfing sie mit einem Lächeln, das Sarah Clarice nicht sonderlich gefiel. »Gleich erzählst du mir aber erst einmal, wo zum Geier du dich rumgetrieben hast …«

»Was hat das zu bedeuten, dass Marianne nicht mehr da ist?«

»Keine Ahnung, Einzelheiten weiß ich auch nicht, es ist alles noch ganz frisch. Wir haben jedenfalls Knall auf Fall einen neuen Chef bekommen.«

»Einen neuen Chef?« Sarah Clarice war plötzlich hellwach.

»Ja. Er heißt Peter Slopoj.«

»Was ist denn das für ein Name?«

»Keine Ahnung. Er ist ziemlich jung, aber hässlich wie die Nacht.«

Sarah Clarice musste lachen. »Hässlich?«

»Ein echtes Monster. Aber er scheint ganz okay zu sein. Ich nehme an, er wird dich gleich heute Vormittag zu sich bestellen.«

»Warum?«

»Nun, mein Schatz, weil du nicht da warst, als er hier anfing, und weil der Grund für deine Abwesenheit nicht unbedingt nachvollziehbar war.«

In diesem Moment gab ihr eine der Sekretärinnen ein Zeichen, dass sie nach oben kommen solle.

Joyce zwinkerte ihr zu. »Siehst du? Und vergiss nicht, dass du mir noch etwas schuldest«, fügte sie hinzu, als Sarah Clarice in Richtung Treppe ging.

Peter Slopoj war ein großer, dünner Mann mit ausgeprägten Geheimratsecken und einer dicken Brille vor den kleinen, schwarzen Augen. Sein Hals verlor sich im Kragen seines gestreiften Hemds. Sein Portugiesisch war holprig, sein Englisch allerdings exzellent. Er mochte zwei, drei Jahre älter sein als Sarah Clarice.

Sie stellten sich einander vor. Er war sehr freundlich und fragte Sarah Clarice nach dem Grund ihrer Abwesenheit und wo sie genau gewesen sei. Sie sagte lediglich, dass sie persönliche Gründe gehabt habe, und entschuldigte sich. Dann erkundigte sie sich nach Marianne.

Slopoj setzte sich. »Marianne ist an den Hauptsitz zurückgekehrt. Sie übernimmt jetzt andere Aufgaben.«

Ob Sarah Clarice sich ebenfalls setzen sollte, war nicht ersichtlich, deshalb blieb sie einfach stehen.

»So plötzlich?«

Er musterte sie. »Das war keine spontane Entscheidung. Es war schon seit geraumer Zeit klar, dass es zu einem Wechsel kommen würde. Ich hoffe, du hast kein Problem damit.«

Die Zweifel standen Sarah Clarice ins Gesicht geschrieben, was ihm nicht entging. Er beugte sich zur Schublade hinunter und holte den Kalender heraus. Ihr kam es so vor, als würde Peter Slopoj eine übertriebene Emphase in diese Bewegung legen, als würde er es vor allem für sie tun. Konnte er wirklich von ihrer Schnüffelaktion wissen? Sarah Clarice spürte plötzlich eine gewisse Unruhe. Der Mann blätterte im Kalender, der auch als inoffizielles Anwesenheitsverzeichnis diente. »Sag mir doch bitte, an welchen Tagen du nicht da warst. Ich werde es so hinbiegen, dass ich sie dir nicht als Fehltage anrechnen muss. Eintragen muss ich sie aber, sonst vergesse ich es wieder.«

Sarah Clarice nickte verblüfft und nannte ihm die Tage. Slopoj schrieb mit und sagte dann abschließend: »Irgendwann in den nächsten Tagen setzen wir uns mal zusammen, um uns ein wenig kennenzulernen, okay? Im Moment bin ich noch dabei, mich zu orientieren.« Er lächelte. »Nicht gerade eine leichte Übung.«

Sie rührte sich nicht vom Fleck.

»Gibt's noch etwas?«, fragte Slopoj.

»Nun, ja. Ich arbeite an einem ziemlich wichtigen Projekt, seit Monaten schon. Ich würde gern wissen, wie es damit weitergeht.«

»Welches denn genau? Wir haben so viele Projekte.«

»Das zur Wasserqualität des São Francisco.«

Peter Slopoj sah plötzlich aus wie eine Eidechse, die direkt hinter dem Insekt auf der Lauer liegt.

»Das wird nicht weiterverfolgt. Danke, du kannst jetzt gehen.«

Sarah Clarice stand sekundenlang wie angewurzelt da, dann verließ sie das Zimmer.

Joyce folgte ihr zu ihrem Schreibtisch. »Was ist denn passiert? Du ziehst ein Gesicht …«

»Was ist denn das für ein verdammter Wichser?«, zischte Sarah Clarice, damit es die Kollegen, die nur ein paar Meter weiter saßen, nicht hören konnten.

Ihre Freundin zog sich einen Stuhl heran. »Was hat er denn gesagt?«

»Dass Marianne nicht wiederkommt.«

»Na ja, das ist letztendlich auch besser so. Aber das wussten wir doch ohnehin schon.«

»Und dann hat er noch gesagt, dass die Sache am São Francisco gekippt ist. Sie wird nicht weiterverfolgt.«

»Was?« Joyce riss die Augen auf. Sie hatte Wimperntusche aufgelegt, was ihren Blick noch intensiver wirken ließ.

»Wie kann man die Arbeit von Monaten einfach in den Papierkorb werfen, so teuer, wie das war?«

»Das ist wirklich sonderbar«, stimmte Joyce zu. »Ich kann mich nicht erinnern, dass so etwas schon einmal passiert wäre. Ein Projekt, das bald an die Öffentlichkeit gehen soll, Knall auf Fall einfach gekippt? Nein, so etwas habe ich noch nie erlebt.«

Sarah Clarice schaute ihre Freundin an. »Weißt du etwas darüber?«

»Was?«

»Weißt du etwas, das du mir nicht erzählen willst?«

»Aber was redest du denn da, bist du bescheuert?«

»Du klingst so ironisch.«

»Was heißt hier ironisch, Sarah Clarice. Ich mache mir nur meine Gedanken. Was ist los, leidest du plötzlich unter Verfolgungswahn? Oder hat Matheus dir den Kopf verdreht?«

»Vergiss es. Die Sache kommt mir nur so unlogisch vor. Ausgerechnet Sobradinho! Da steckt doch irgendetwas hinter.« Ein deutliches Unbehagen hatte sich ihrer bemächtigt.

»Woran denkst du?«

»An nichts.«

»Was machst du heute Abend? Möchtest du zu mir kommen?«

Sarah Clarice' Unbehagen verwandelte sich in ein physisches Unwohlsein. Sie hatte das Gefühl, dringend aufs Klo zu müssen. Joyce beobachtete sie.

»Also? Oder wollen wir essen gehen?«

»Entschuldigung.« Sarah Clarice sprang auf. »Ich muss aufs Klo.« Und weg war sie.

Im selben Moment stellte Matheus in São Paulo eine Tasse mit dampfendem Kaffee auf die Theke des Planalto, einer eleganten Bar mit Internetzugang an der Bela Cintra. Matheus setzte sich an den erstbesten Rechner, ging auf Google und tippte ›*Miller-Johannsen*‹ ein. Die Website war gigantisch und mit einer winzigen Schrift vollgeschrieben, vermutlich um die Myriaden von Geschäftsbereichen des Unternehmens alle unterzubringen. Matheus interessierte sich jedoch nur für eine einzige, simple Information. Er ließ die Seite bis zum Ende durchscrollen und suchte unter dem Stichwort ›Kontakt‹ nach der Adresse. Avenida Faria Lima, tausend und noch was.

Er schloss die Seite, erhob sich vom Barhocker und bezahlte seinen Kaffee. Die Temperatur draußen war nicht sehr hoch. Er zog sein Jackett enger um sich und ging zur Consolação, wo er einen Bus nahm, der die Rebouças hinunterfuhr. An der Haltestelle Faria Lima stieg Matheus aus und schritt zügig los.

Etwa auf der Höhe des Shoppingcenters Iguatemi gelegen, besetzte die Unternehmensgruppe Miller-Johannsen einen ganzen Wolkenkratzer. Der Bau war wahrhaft imposant: ein rautenförmig gekippter Würfel aus Stahl und Glas, der auf einem mit dunklem Marmor verkleideten Kubus saß. Der Heliport mit seinen gebogenen Stahlträgern, die an Spinnenbeine erinnerten, thronte unübersehbar auf dem Dach.

Matheus betrat das Hightech-Café gegenüber und bestellte einen Cappuccino und ein Stück Erdbeertorte. Vor dem Eingang zu Miller-Johannsen, der eher an ein Grandhotel als an einen Bauriesen erinnerte, fuhren immer wieder Autos vor, zumeist große Luxuskarossen, gelegentlich auch Taxen. Ein paar Männer in den obligatorischen dunklen Anzügen, einen Knopf im Ohr, waren für die Sicherheit zuständig.

Matheus dachte daran, wie Cássia mit ihrem Füller Linien in die Luft gemalt hatte. Punkte und Linien. Auch Augusto Miller hatte dieses Bild verwendet. Eine Linie verbindet die Punkte zu einem schlüssigen Ganzen. Eine bislang noch unsichtbare Linie verleiht einer verborgenen Figur Konturen. So war es auch in der Chemie. Die Reaktion zwischen zwei Elementen konnte vollkommen unerwartet sein, und doch hatte sie stets vollkommen präzise Gründe. Nie war sie ein Ergebnis des Zufalls, ein Ergebnis nebensächlicher, unwiederholbarer Faktoren. Der Kontakt der beiden Elemente führte notwendig zu dieser einen Reaktion, obwohl zuvor nichts darauf hingedeutet hatte.

Er betrachtete das eindrucksvolle Gebäude vor ihm. War es wirklich möglich, dass von seinem Bruder Nelson eine Linie genau hierher führte? Aber wie konnte das sein? Und warum? Die Sonne schien nicht, und trotzdem wanderte plötzlich ein Schatten über die bläulichen Scheiben des Gebäudes. Matheus schaute hoch. Genau in diesem Moment erhob sich ein cremefarbener Hubschrauber vom Dach, senkte kurz die Nase und verschwand dann aus seinem Blickfeld.

Plötzlich beschäftigte ihn ein unbestimmter Gedanke, irgendetwas, das Augusto Miller gesagt hatte. Aber was? Jetzt bräuchte er einen Mitschnitt von diesem Gespräch. Matheus stand auf und ging zur Kasse.

Linien, dachte er. Unsichtbare Linien. Mit einem Mal kam es ihm so vor, als würden diese Linien seinen gesamten Körper durchziehen.

37

Floriana saß im Dunkeln in ihrer Baracke. In der Favela war es still, und das gefiel ihr, andererseits gefiel es ihr aber auch nicht. Sie blieb lieber im Dunkeln sitzen und schaute aus dem Fenster. Der Bananenbaum vor ihrer Behausung trug kleine, harte, bittere Früchte. Am Ende der Staude hing wie ein herzförmiges, violett changierendes Amulett die Blüte. Floriana fuhr sich mit der Hand über die verschwitzte Stirn. Der Himmel war schwarz und zähflüssig wie kochender Teer. Aus Lúcias Haus hörte man das Gedudel des Radios, aber ihre Nachbarin würde es bald ausstellen, wie jeden Abend um diese Uhrzeit. Floriana dachte, dass die Favela einem Theater glich, in dem jeder penibel seinen Part aufsagte. Im Winter wurde es früh dunkel, aber an diesem Nachmittag waren die Temperaturen plötzlich in die Höhe geschossen. Von den Lichtern in den Gassen wurden die Insekten angezogen. Es klopfte an der Tür. Floriana runzelte die Stirn.

»Wer ist da?«

»Carlo, Floriana. Hier ist Carlo.«

Nervös ging sie zur Tür und öffnete.

»Aber … Carlo? Was machst du denn hier?«

»Ich möchte mit dir reden.«

»Wie hast du mich gefunden? Und wie bist du überhaupt hierhergekommen?«

»Ich kenne Luciano, den von der Bar unten an der Treppe. Du weißt schon.«

»Ja … der Säufer.«

»Er ist kein Säufer.« Carlo lächelte.

Floriana lächelte jetzt auch. »Und ob er das ist.«

»Ich bin mit ihm hochgekommen. Er war gerade dabei, seine Bude zu schließen. Ich habe gesagt, dass ich von dir komme, und da hat er mich zurückbegleitet.«

»Hat dich jemand angehalten?«

»Nein.«

Floriana ging zum Fenster und schaute vorsichtig hinaus. »Der Drogenumschlagplatz ist genau nebenan. Diese Leute kontrollieren ständig, wer in der Gegend herumläuft. Es gefällt mir nicht, dass du hier bist.«

Carlo schwieg und wollte eintreten.

»Nein, Carlo, du kannst nicht bleiben, das möchte ich nicht. Sie könnten denken … Die wittern überall Denunzianten.«

»Ach was. Sie werden denken, dass ich ein Kunde bin. Einer dieser Playboys aus dem Süden, die sich in der Favela Crack besorgen.«

Floriana musterte ihn ironisch. »Das glaubst du doch wohl selbst nicht. Los, verschwinde, Carlo. Du darfst hier nicht sein. Außerdem könnte Gabriel gleich auftauchen. Er ist zum Spielen bei einer Nachbarin.«

»Dann komm mit mir nach Lapa runter. Ich lade dich zum Essen ein.«

Floriana schaute ihn misstrauisch an.

»Nun komm schon, ich lade dich ein. Wir gehen in eines der besten *Botequims!*«

Floriana lachte, dann wurde sie plötzlich ernst. »Was willst du von mir, Italiener?«

»Nichts. Wovor hast du denn Angst? Ich möchte nur mit dir reden.«

»Na gut, warte hier. Ich geh schnell zu meiner Nachbarin und sage Bescheid, dass Gabriel bei ihr bleiben soll. Wenn wir zusammen runtergehen, wird uns niemand beachten.«

Carlo nickte. »Okay.«

Sie verschwand in dem einzigen anderen Zimmer. Fünf Minuten später kam sie in Jeans und einem dunkelvioletten Pullover wieder. Die nassen, duftenden Haare fielen ihr auf die Schultern herab. Als sie das Haus verließen, hockten auf der Straße ein paar junge Drogenhändler mit Maschinengewehren um den Hals und spielten Karten. Eine Nachbarin saß vor ihrem Haus und unterhielt sich mit einer anderen Frau. Sie grüßten kichernd herüber und pfiffen. Selbst die Drogenhändler hoben die Daumen.

In der Bar sprachen sie wenig und aßen viel. Dazu tranken sie Bier vom Fass. Es herrschte ein furchtbares Tohuwabohu, und sie verstanden kaum ihr eigenes Wort. Carlo betrachtete Florianas Gesicht. Er hätte sie gern so vieles gefragt, hatte aber nicht den Mut dazu, also redete er um den heißen Brei herum.

»Hast du eigentlich japanische Verwandte?«

»Ja, die Eltern meines Vaters.«

»Das sieht man.«

»Ich weiß.« Sie lachte. Dann schaute sie sich um, und in ihrem Gesicht spiegelten sich die eigentümlichsten Empfindungen. »Du schreibst also einen Artikel über uns?«

»Ja. Nein. Ich weiß nicht. Ich schreibe über den Landstreit.«

»Warum?«

»Weil mich das Thema interessiert.«

»Und für welche Zeitung schreibst du den Artikel?«

»Für gar keine.«

»Aha?«

»Bislang wenigstens nicht. Ich habe ihn diversen Zeitungen angeboten, aber niemand wollte ihn.«

»Warum schreibst du ihn dann?«

Carlo antwortete nicht, sondern starrte in sein Bier.

»Es ist schon spät.« Floriana lächelte.

»Okay, ja sicher.« Carlo rief nach dem Kellner und zahlte.

Auf dem Bürgersteig der Lavradio herrschte ein irres Treiben. Freitagabend.

Sie schwiegen eine Weile. »Wollen wir noch woanders hingehen?«, schlug Floriana irgendwann vor.

Carlo blickte sie an. »Was hast du denn mit der Nachbarin ausgemacht?«

Sie lächelte ins Leere. »Dass Gabriel bei ihr schlafen soll, weil es vielleicht spät wird.« Als sie nun in die Menge schaute, schien sie von einem plötzlichen Schmerz überwältigt zu werden. Dann wandte sie den Blick wieder Carlo zu, leicht vorwurfsvoll. Der wiederum sah nur ihre Lippen. Es waren die Lippen, die Florianas Gesicht so schön machten. Er berührte ihren Handrücken, als wollte er sie rufen. Dann küssten sie sich, ganz langsam und ruhig.

Irgendwann hielten sie ein Taxi an und ließen sich nach Copacabana bringen.

Sie verbrachten die Nacht miteinander. Nachdem sie sich geliebt hatten, schmiegte sich Floriana mit dem Rücken an Carlo, die Hände zwischen den Schenkeln. Er schloss kaum ein Auge und hatte immer diesen undefinierbaren Duft von Haaröl in der Nase. In der Morgendämmerung wachte er auf und gab sich Mühe, das Bett zu verlassen, ohne sie zu wecken. Er ging ins Wohnzimmer und schaltete den Laptop an, dann stellte er die Espressokanne auf den Herd. Es war praktisch nichts zum Frühstücken im Haus. Die Kaffeetasse in der Hand, blieb er reglos vor dem Computer sitzen. Plötzlich hörte er zu seiner Rechten ein Geräusch. Floriana stand nackt in der Tür und schaute ihn an. »Geh duschen«, sagte sie.

»Guten Morgen«, antwortete er.

»Geh und nimm eine Dusche.«

Er trank einen Schluck Kaffee. »Warum?«

»Ich möchte noch einmal mit dir schlafen. Du sollst aber vorher die Liebe von gestern abspülen.«

Er stellte die Tasse neben die Tastatur und tat, worum sie ihn gebeten hatte. Als er aus dem Bad kam, saß sie auf dem Bett und weinte.

»Floriana … Was ist?«

Sie fuhr sich mit dem Handrücken über den Mund und drehte sich zu ihm hin.

»Was ist?«, fragte Carlo noch einmal.

Sie schaute ihn zornig an. »Fünf Jahre ist es her, dass ich zum letzten Mal mit einem Mann zusammen war.«

Er schwieg.

»Fünf Jahre, Carlo.« Sie brach in Tränen aus und schluchzte.

Er kniete vor ihr nieder und streichelte sie.

»Das ist doch nicht schlimm. Warum weinst du denn?«

»Doch, das ist sehr schlimm. Fünf Jahre, und wofür?«

Schweigen. Man hörte nur Florianas Schluchzen, das allmählich abebbte.

Er hielt den Atem an, dann fragte er: »Wo ist dein Mann, Floriana?«

Sie biss sich auf die Unterlippe und wischte eine Träne fort.

»Schlaf mit mir, Carlo. Bitte. Danach erzähle ich dir alles. Alles … Ich kann nicht mehr.« Sie packte seine Haare und riss ihn an sich.

Drei Stunden später, gegen zehn Uhr, verließ Carlo mit Floriana das Haus, um sie in ein Taxi zu setzen. Das Gebäude hatte zwei Eingänge, einen an der Tonelero und einen zweiten an einer Seitenstraße. Sie nahmen den Nebeneingang. Ein paar Minuten zuvor hatte Carlo aus dem Fenster geschaut, weil er wissen wollte, ob es regnete, und hatte einen weißen VW Santana gesehen. An dem Santana war nichts Ungewöhnliches, die Stadt wimmelte von solchen Autos. Dass aus dem Fenster eine Hand mit einer brennenden Zigarette herausgeschaut hatte, war ihm allerdings verdächtig vorgekommen.

Schnell gingen sie durch die Seitenstraße zur Barata Ribeiro.

Carlo gab Floriana einen Kuss und setzte sie in ein Taxi. Von dem Santana hatte er ihr nichts erzählt, aber jetzt bat er sie: »Verlass die Favela ein paar Tage nicht, okay?«

»Warum?«

»Tu einfach, was ich sage. Bleib ein paar Tage oben.«

Sie hatte bislang nicht den Mut gefunden, es zu sagen. Jetzt, da der Taxifahrer darauf lauerte, sich endlich in den Verkehr zu stürzen, tat sie es. »Ich würde dich gern wiedersehen.«

Er drückte ihr einen langen Kuss zwischen Nase und Mund. »Natürlich, wo denkst du hin?«

Sie musterte ihn, und über ihr Gesicht flog ein düsterer Schatten. Der Taxifahrer gab Gas.

Während das Taxi Copacabana verließ und ins Herz von Botafogo eindrang, standen viele Kilometer entfernt auf dem Areal für Privatflugzeuge des Flughafens Genf zwei Gulfstream G550 für einen Langstreckenflug bereit. Die G550 ist die Gulfstream, die die längsten Strecken fliegen kann und in ihrer Klasse den größten Luxus bietet. Die beiden Flugzeuge waren augenscheinlich identisch, dasselbe Modell, dieselbe Cremefarbe. Aus der Nähe betrachtet, erkannte man jedoch einen winzigen, aber bedeutsamen Unterschied: Auf dem ersten befand sich ein kleiner silberner Drache, das Logo von InthaWater, auf dem zweiten nicht. In diese zweite Maschine würde in Kürze der Drache einsteigen. Er würde dem anderen Flugzeug mit einem Abstand von zwei Stunden folgen. Dieselbe Flugroute, derselbe Flugplan.

Destination São Paulo.

38

Nachdem er aus dem Restaurant zurückgekehrt war, unterhielt sich Antônio Netto mit einer jungen Sekretärin, die frisch eingestellt war. Er hatte sie sofort bemerkt, und sie hatten einen freundlichen Blick gewechselt. Eigentlich stand eine Sitzung mit Paulo Johannsen an, aber eine halbe Stunde später war der Anwalt immer noch nicht zu ihm gerufen worden. Das war merkwürdig. Wenn Johannsen eine Sitzung anberaumte, dann begann sie auch pünktlich. Nach einer weiteren Viertelstunde ging Antônio in Johannsens Vorzimmer und fragte die Sekretärin: »Betty, was ist los?«

»Keine Ahnung. Der Chef ist da. Er hat aber gesagt, ich solle ihn nicht stören.«

»Wir hatten eigentlich eine Sitzung.«

»Ich weiß. Was soll ich sagen?«

In diesem Moment öffnete sich die Bürotür, und ein Mann in Jackett und Krawatte kam heraus, ein Aktenköfferchen in der Hand. Er grüßte und verschwand in Richtung der Aufzüge.

An Bettys Telefon leuchtete ein gelbes Lämpchen auf.

Sie ging ran und nickte. »Selbstverständlich.«

Dann schaute sie Netto an. »Du kannst jetzt hineingehen.«

Der Anwalt lächelte, aber das war nur seine Art und Weise, die Anspannung zu vertreiben.

Als er ins Büro trat, stand Paulo Johannsen neben dem Barschrank und hielt einen Whisky in der Hand.

»Hallo, Antônio. Möchtest du etwas trinken?«

»Guten Tag, Doktor. Nein danke. Ist unsere Sitzung abgesagt?«

»Ja.« Johannsen trug einen mächtigen mittelblauen Gabardineanzug, maßgeschneidert wie seine gesamte Garderobe – zwangsläufigerweise. Unter dem Jackett sah man rote Hosenträger über dem cremeweißen Oxford-Hemd.

»Gibt es Probleme?«

»Wäre das etwas Neues, Antônio?«

Der Anwalt setzte sich in einen Ledersessel und lächelte. »Nein, würde ich sagen.«

»Eben.« Johannsen kam jetzt zurück und setzte sich in den Sessel gegenüber.

»Was ist los, Doktor?«

»Wo warst du in der Mittagspause? Ich habe dich gesucht.«

Netto spürte, dass seine Beine zuckten. »Ich war mit einem Freund essen.«

»Wo?«

»Bei Dalva & Dito.«

»Ah.« Johannsen lächelte. »Ein gutes Lokal.«

»Gibt es etwas Dringendes?«

Paulo Johannsen, dessen Büro rundum verglast war, ließ den Blick zum Fenster hinausschweifen.

»Ich weiß nicht, ob ich es dringend nennen würde, Antônio.«

Netto schwieg. Er verstand kein Wort, wusste aber, dass er besser schwieg.

»Vor zwei Stunden hat man mich davon in Kenntnis gesetzt, dass die Überweisung nicht eingegangen ist.«

Nach einer kleinen Pause fragte der Anwalt: »Sprechen Sie vom Drachen?«

»Wovon sollte ich wohl sonst sprechen?«

»Sicher, Doktor. Aber wie ist das möglich?«

»Ich habe mich bei den Banken erkundigt, oben in der Karibik.« Johannsen schaute sich um, als hätte er Angst, er könne belauscht werden. Dabei wusste er selbst, dass die Räume unter ständiger Kontrolle der Sicherheitsdienste standen. Es war einfach eine instinktive Bewegung gewesen.

»Und was sagen die Banken?«

»Dass die Anweisung zurückgezogen wurde.«

»Aber wir haben einen Vertrag.«

»Der Vertrag enthält nicht die vollständige Summe, Antônio, das weißt du doch. Die vollständige Summe ist nirgendwo schriftlich fixiert. Sie schwimmt irgendwo im Karibischen Meer.«

»Verstehe. Aber wir haben präzise Absprachen.«

»Wir müssen auf nähere Informationen warten.« Johannsen war nervös, und da er sich das um keinen Preis anmerken lassen wollte, hatte er wie ein Flugzeug, das auf der Landebahn abbremst, eine Phase der Schubumkehr eingeleitet. Befeuert wurde das Manöver von Massen an Whisky. Da stand er nun, ein gewaltiger übergewichtiger Herr, der nur mit Mühe die Fassung bewahrte. Nur seine kalten Augen wirkten ruhig.

Netto versuchte, etwas Konstruktives zu sagen. »Es gibt sicher eine Erklärung dafür, Doktor. Haben Sie eine Vorstellung, wieso das Geld ausgeblieben sein könnte?«

Johannsen zog die Mundwinkel herab. »Darüber denke ich seit zwei Stunden nach. Keine Ahnung. Oder vielleicht doch.«

»Nämlich?« Damit betrat Netto wieder verbotenes Terrain. Von jetzt an galt es, auf Sicht zu navigieren, aber der erste Schritt war getan.

»Yaraibi.«

Der Anwalt nickte. »Sie denken, es könnte mit dem Überfall auf die Fazenda zu tun haben?«

Johannsen richtete seinen Blick auf ihn. »Ich weiß nicht, was ich sonst denken soll. Die Nachricht stand in allen Zeitungen und war auch im Internet zu lesen. Jessica hat mir einen Pressespiegel erstellt.«

»Nun, dreizehn Tote sind keine Lappalie.«

Johannsens Augen schossen hin und her. In diesem Moment begriff Netto. Plötzlich wusste er, was sein Chef dachte. Was für eine Unruhe sein Inneres zerfraß. Allerdings konnte er nichts dazu sagen, wenn Johannsen nicht selbst darauf zu sprechen kommen würde.

Sein Chef stand auf und trat an den Barschrank.

»Doktor, vielleicht sollten Sie es mit dem Zeug nicht übertreiben.«

Johannsen machte eine unwirsche Handbewegung, als wollte er eine Fliege verscheuchen. »Ich frage mich, warum ich mich überhaupt auf diese Sache eingelassen habe.«

Antônio rutschte in seinem Sessel herum. »Hatten Sie denn eine Wahl?«

»Nein.«

»Also?«

»Vielleicht hätte ich auf meinen Vater hören sollen.«

»Inwiefern?«

»Die Nase, hat er immer gesagt. Er war der Meinung, dass man sich, wenn es ums Land geht, ausschließlich auf seine Nase verlassen solle und nicht auf die Agronomen. *Ein Agronom erkennt nicht die Fährte des Leoparden auf der roten Erde,* hat er immer gesagt. Vielleicht hat er ja recht. Ich erkenne die Fährte des Leoparden auch nicht.«

»Jetzt seien Sie aber mal nicht so streng mit sich selbst, wenn ich mir diese Bemerkung erlauben darf.«

»Ich habe in den Himmel geschaut, die Zweige angefasst und die Früchte betrachtet. Für die Erde hatte ich keinen Blick, und folglich habe ich die Fährten auch nicht gesehen.«

Netto fand, dass sich sein Chef zu sehr von der Metaphorik des Alten mitreißen ließ. »Wenn ich mir die Anmerkung erlauben darf, Doktor, dann haben Sie doch wohl das getan, was jeder getan hätte, wenn es eine schwierige Phase zu bewältigen gilt: Sie haben Unterstützung für ein eigentlich gesundes Unternehmen gesucht.«

»Ja, Antônio, aber gesund ist es nur auf dem Papier.«

Im Gesicht des Anwalts spiegelte sich Bestürzung.

Paulão trank einen Schluck Whisky und kehrte an seinen Schreibtisch zurück.

»Das gilt für unser gesamtes Wirtschaftssystem. Nenn es ruhig kapitalistisch, obwohl das meines Erachtens die Idee gar nicht mehr trifft. Das Wort ist bedeutungslos, weil es kein Kapital mehr gibt. Unser ganzes System basiert auf Lügen, auf einer Verkettung von Lügen. Was bleibt uns anderes übrig, als immer wieder zu lügen? Wir lügen, wenn es um die Methoden geht, mit denen wir die Konkurrenz ausschalten, wir belügen den Fiskus, wir lügen uns unsere Bilanzen zurecht, wir belügen unsere Teilhaber, wir belügen unsere Mitarbeiter. Gerade unseren Mitarbeitern erzählen wir einen Haufen Unsinn, vom Tag der Einstellung bis zu dem Tag, an dem wir sie wieder feuern …«

Er starrte Netto an, dann wandte er den Blick ab und fuhr fort. »Wir belügen unsere Kunden, ja wir belügen sogar jene, die nicht unsere Kunden sind, da unsere Werbung alle Menschen erreicht. Das Erstaunlichste ist, dass wir auch jene Instanz belügen, die sich für den Hüter der Demokratie hält, nämlich die Presse. Schamlos belügen wir die Journalisten, indem wir ihnen ständig falsche Pressekommuniqués, frisierte Daten und geschönte Prognosen unterjubeln … Und trotzdem halten die sich immer noch für die Wächter des Friedens und der gesellschaftlichen Moral.« Paulão lachte bitter. »Eines musst du begreifen, Antônio. Die großen Unternehmen wie wir sind die eigentlichen Staaten. Wir sind es, die regieren. Als dieser Gewerkschafter gewählt wurde, dieser Lula, hat er sich nicht mit unseren vier erbärmlichen Nachbarstaaten herumschlagen müssen, sondern mit uns. Mit *uns* musste er sich an einen Tisch setzen, um sein Regierungsprogramm festzulegen. Und auch seine Außenpolitik musste er mit uns abstimmen. Neu ist einzig – und ich gebe gern zu, dass man das nicht unterschätzen darf –, dass dieser Arbeiter nicht mit unserer Hilfe gewählt wurde. Normalerweise entsteht eine solche Allianz – die eigentlich keine Allianz ist, sondern eher eine Form von Erpressung – vor der Wahl, um dann Früchte zu tragen. Dieses Mal war es andersherum, was nur eines bedeuten kann: Dieser Populist ist pragmatischer und ehrgeiziger, als wir uns das je hätten träumen lassen, und das ist auch gut so. Ein ehrgeiziger Mann ist manipulierbar, ein Korinthenkacker oft nicht.« Er machte eine Pause und trank. »Und jetzt sind wir so weit, dass er sogar mit unserer Hilfe wiedergewählt werden wird. Hast du den Typen bemerkt, der vorhin aus meinem Büro kam?«

»Ja. Den habe ich hier noch nie gesehen.«

»Klar, der arbeitet auch eher im Hintergrund. Er hat eine Beratungsfirma mit Sitz in Brasilia und bezeichnet sich als PR-Stratege. Weißt du, was das bedeutet?«

»Ich kann es mir denken. Er wird ein Stimmenfänger der Opposition sein, wenn er hier vorstellig wird.«

»Da irrst du dich. Er kommt nicht von der Opposition.«

Netto schaute Paulão erstaunt an.

Johannsen wirkte genauso überrascht. »Tja ... 2002 hatten wir noch nicht begriffen, dass wir es mit einem skrupellosen Aufsteiger zu tun haben. Ich verrate dir etwas, Antônio – etwas ziemlich Unangenehmens: Lula ist leider ein Genie. Er weiß, wo es langgeht. Und möchtest du wissen, warum die Leute ihn lieben? Weil er das, was er versprochen hat, auch hält.«

Netto war nicht überzeugt. Es gab genug Enttäuschte, die Lula vorwarfen, dass er seine Versprechen nicht halte.

»So ist er eben, eine schlichte Natur«, fuhr Paulão fort. »Hat Lula etwa versprochen, mit dem Drogenhandel und der Gewalt in den Städten aufzuräumen? Nein. Dabei gibt es in Brasilien jedes Jahr vierzigtausend Tote durch Schusswaffengebrauch. Das ist das Vierfache gegenüber dem Irak und Afghanistan zusammen, und daran hat sich auch nichts geändert, seit er an der Macht ist. Und weiter: Hat Lula zufällig versprochen, das ausländische Kapital rauszuschmeißen? Nein: Wir sind immer noch ein Eldorado für jeden, der Geld investieren will, und das mit wachsender Tendenz. Weißt du, was dieser Arbeiter den Massen tatsächlich versprochen hat? Er hat versprochen, vierzig Millionen Menschen aus der bitteren Armut zu befreien, und das hat er auch getan. Wie? Indem er ihnen am Monatsende Geld geschenkt hat, Wechsel, die seine Nachfolger und unsere Kinder werden begleichen müssen. Er hat ihnen das Glück versprochen, und er hat es ihnen gegeben. Wie, fragst du? Na, in Form von Bankkonten und Kreditkarten. Das muss man sich auf der Zunge zergehen lassen: Kreditkarten für Menschen, die zuvor nicht einmal einen Personalausweis hatten. Er hat die Arbeiter bis zum Hals in Schulden versenkt, aber er hat sie glücklich gemacht. Er hat sie aus Pernambuco geholt, vom Arsch der Welt, und in das Spektakel namens ›Konsumismus‹ verpflanzt. Mit dem Konsumismus aber ist es wie mit dem Sex: Wenn du noch nie welchen hattest, raubt er dir den Verstand. Aber nicht deswegen ist Lula ein Genie. Er ist ein Genie, weil er gleichzeitig auch die Bänker glücklich gemacht hat, denn die leben ja von den Schulden der Menschen. Vierzig Millionen neue Kunden hat er ihnen vor die Schalter geschafft. Weißt du, wie viel vierzig Millionen sind? Der Reichtum unserer Bänker hat sich in vier Jahren verdoppelt, und in acht Jahren, das sage ich dir, wird er sich verdreifacht haben. Dasselbe gilt für den Großhandel, die Gesundheitsvorsorge, die Versicherungen und die Automobilindustrie. So hat er die alten Antagonisten aus dem Märchen versöhnt, lieber Antônio. Er hat einen neuen Leviathan geschaffen, der seine beiden Köpfe zusammensteckt, einen tropischen Leviathan, einen Leviathan in Bermudashorts, nenn es, wie du willst. So etwas gab es noch nie in Brasilien, und das ist sein Verdienst! Die Einzigen, die er hintergangen hat, sind die Bauern. Denen hat er die Agrarreform versprochen und sie ihnen dann nicht gegeben. Die Bauern hassen ihn tatsächlich, aber leider gehen diese Ackerknechte nicht zur Wahl. Wundert es dich also, dass soeben ein PR-Mann aus Brasilia mein Büro verlassen hat? Dafür gibt es eine ganz einfache Erklärung, Antônio: Ich verliere nicht gern, und Politik kostet … Lula und sein Saftladen werden uns noch eine Weile erhalten bleiben, das verspreche ich dir. Nach Lula wird der Lulismus kommen, und der wird sich wie eine uralte Wurzel im Boden festklammern.«

Johannsen trank seinen Whisky aus und stellte das Glas mit einer ungehaltenen Geste auf den Barschrank. Dann schaute er Antônio an.

»Aber lass uns nicht abschweifen«, fuhr er fort. »In Anbetracht der Tatsache, dass die eigentlichen Staaten wir, die Großunternehmer, sind, brauchen wir auch den nötigen Staatsapparat: Spionage, Gegenspionage, Geheimpolizei, Datenmanipulation und so weiter und so fort. Die Staatsräson nicht zu vergessen. Will sagen, es gibt Fragen von einer derartigen Bedeutung für die Firma, dass man sich nicht um die Gesetze scheren kann. Man muss sie im Namen der Staatsräson brechen. Und dann geraten wir in einen rechtsfreien Raum.«

Den letzten Satz hatte Johannsen betont. »Präg dir diese Worte gut ein, Antônio, denn sie gefallen mir sehr. Dass wir auch dann existieren und Geld verdienen, wenn unsere Unternehmen gewaltige Löcher haben, hat damit zu tun, dass wir uns in diesem rechtsfreien Raum befinden. Die Gesetze, die für andere gelten, gelten für uns nicht.«

Er trat ans Fenster heran. »Nimm diesen Typen da unten, der gerade die Faria Lima überquert. Siehst du den? Wenn er am Monatssende nicht die Stromrechnung bezahlt, einschließlich der Zinsen für die verspätete Zahlung der vorangegangenen Rechnung, dann schalten sie ihm irgendwann den Saft ab. Wenn er nicht mit der Kreditrate von dreitausend Reais in der Bank erscheint, dann sperren sie sein Konto und verfolgen ihn bis ans Ende seiner Tage. Für uns gilt das nicht. Wenn eine negative Bilanz unserer Börsennotierung schaden und dieser Kursverlust ein Vorhaben des Unternehmens gefährden könnte, den Verkauf des Unternehmens selbst etwa, dann fälschen wir eben die Bilanz.«

Er machte eine kurze Pause. »Das Leben besteht aus Entscheidungen, und so sehen unsere Entscheidungen nun einmal aus. Weil unser Unternehmen gesund ist. Das ist es aber nicht. Verstehst du, was ich meine?«

»Ich denke schon, Doktor.«

Paulão lachte traurig. »Das gegenwärtige Problem ist allerdings ein anderes, und es hat nicht einmal mit dem Drachen zu tun. Es gibt da etwas, das sich mir entzieht. Wie hat dieser großartige englische Schriftsteller noch gesagt … *der menschliche Faktor.*« Er fixierte seinen Gesprächspartner.

Netto schwitzte, was ihm erst jetzt bewusst wurde. Er wollte den Mund aufmachen, aber Johannsen kam ihm zuvor. »Mein Sohn.«

»Wie bitte, Doktor?« Netto kniff die Augen zusammen. Ihm war selbst nicht klar, wie er den Mut für seine Worte aufbrachte. »Denken Sie, Bruno hat etwas mit Yaraibi zu tun?«

Johannsens Gesicht hellte sich auf, als wäre ein Sonnenstrahl darauf gefallen. Er nickte und drehte sich dann weg.

»Ja, Antônio. Herr im Himmel, ja.« Dann stand er auf. »Aber das ist noch nicht alles … Es gibt da noch etwas …«

Paulão wandte sich wieder an Antônio. »Mit wem warst du essen?«

Der Anwalt spürte, wie ihm die Luft wegblieb. »Mit William Cosimato.«

»Der arbeitet für Walter Toledo. Warum warst du mit ihm essen? Sagst du es mir, oder soll ich es dir verraten?«

Informationen. Ihr Wert bestand im richtigen Zeitpunkt. Wie hatte er sich einbilden können, seinen Meister übertreffen zu können?

»Er wollte mir eine Geschichte erzählen.«

»Hättest du mir diese Geschichte auch erzählt, Antônio?«

»Selbstverständlich, Doktor.«

Unser ganzes System basiert auf Lügen.

»Dann erzähl sie mir jetzt.«

Netto stand auf, schenkte sich nun seinerseits ein Glas Whisky ein und begann.

Paulão hörte mit höchster Konzentration zu, plötzlich ganz ruhig. Es schien, als würde in seinem Blut ein Mittel gegen Rückenschmerzen wirksam werden. Gelegentlich unterbrach er Netto, um eine Frage zu stellen: Ein Arzt aus Bahia, der gefoltert und getötet wurde? Ernesto Baduel umgebracht? Augusto Miller? Cássia Toledo, die Tochter von Walter Toledo? Eine Soziologin, die für eine Schweizer NGO arbeitet? Matheus Braga? Ein renommierter Biochemiker, Bruder des ermordeten Arztes? *Braga … Braga … Dieser Name kommt mir doch irgendwie bekannt vor …*

Schließlich verlor sich sein Blick in fernen, verschlungenen Sphären.

39

Nachdem er das Haus durch den Seiteneingang wieder betreten hatte, warf Carlo einen Blick durch die Vordertür. Der weiße Santana stand noch da. Auch die Hand ragte noch zum abgedunkelten Fenster heraus. Eine neue Zigarette brannte. Es nieselte jetzt.

Carlo ging hoch und schloss sich ein. Er begann zu schreiben. Eine ganze Stunde lang schrieb er ohne Unterbrechung. Dann las er den Text ein paar Mal durch.

Als er mit einem Glas Wasser aus der Küche trat, klingelte es. Er reagierte nicht.

Es klingelte noch einmal. Und noch einmal.

»Doktor Apostolo, machen Sie auf.«

Carlo ging zu seinem Word-Dokument und löschte es, dann schaltete er den Computer aus. Wenige Minuten zuvor hatte er den Text an Sarah Clarice geschickt.

Mittlerweile klingelte es Sturm.

»Einen Moment bitte«, rief Carlo.

Ein langes Schweigen folgte.

Die beiden Männer draußen hörten Geräusche, die sie nicht zu deuten wussten. Irgendwann zog einer der beiden ein langes spitzes Eisenteil aus der Jeansjacke. Er setzte es am Türrahmen an, das Holz splitterte, und im Nu waren sie in der Wohnung. Die Läden waren geschlossen, und es drang nur wenig Licht herein. Der Kleine mit den hellen Augen bedeutete dem anderen Mann sich umzuschauen, aber schon bald war ihnen klar, dass niemand daheim war. Hinter der Küche entdeckten sie eine Kammer. Die Tür war nur angelehnt.

»Dieser Hurensohn!« Sie traten ans Fenster, das nach hinten hinausging.

Ein nicht ganz schlanker Mann mit zerzausten grauen Haaren und einem Laptop unter dem Arm hatte schon fast die Barata Ribeiro erreicht.

Sechster Teil

Zange

40

Sarah Clarice versuchte mittlerweile seit einer geschlagenen Stunde sich zu konzentrieren, aber ihre Augen glänzten, und ihr Kopf pochte. Vielleicht sollte sie sich einen Moment entspannen. Sie schloss ihre beruflichen E-Mails und loggte sich unter ihrer Privatadresse bei Gmail ein.

Plötzlich beschleunigte sich ihr Herzschlag. Da war eine Nachricht von Marianne Lavoisier.

Marianne?

Mit einem zaghaften Klick öffnete sie die Mail.

> SC, wenn du diese Nachricht im Büro vorfindest, stell sicher, dass niemand mit hineinschaut. Ich würde dir sogar raten, sie lieber erst zu Hause zu lesen …

Sarah Clarice hielt den Atem an und schloss Gmail wieder. Genau in dem Moment, als eine neue Mail eintraf. Der Absender war Carlo Apostolo, aber das hatte sie nicht mehr erkennen können. Ihren Kollegen teilte Sarah Clarice mit, dass sie sich nicht wohlfühle, dann schaltete sie sämtliche Geräte ab, schnappte sich Regenschirm und Tasche und ging.

Kurz darauf war sie zu Hause, beugte sich über ihren Laptop und las.

> … Ich kann mir vorstellen, wie überrascht du sein musst, diese Mail zu bekommen. Glaub mir, ich bin selbst überrascht, dass ich dir schreiben muss. Du wirst inzwischen wissen, dass ich nicht nach Salvador zurückkehre. Vielleicht hast du ja auch schon mei-

nen Nachfolger kennengelernt. Mir ist bewusst, dass wir, du und ich, uns nie glänzend verstanden haben, und vermutlich werden dir meine Worte ziemlich abstrus vorkommen. Versuch bitte trotzdem, mir zu glauben. Ich weiß, dass du die Sache am São Francisco während meiner Abwesenheit weiterverfolgt hast, deshalb wurde ich ja auch nach Genf zitiert. Aber keine Sorge, das ist kein versteckter Vorwurf! Als ich hier ankam, wurde mir klar, dass wir einer sehr wichtigen Person auf die Füße getreten sind. Wie sie es angestellt haben, alles in Erfahrung zu bringen, was du und der Biochemiker gemacht habt, weiß ich nicht, aber sie hatten einen detaillierten Bericht darüber. Kannst du dir meine Überraschung vorstellen, als ich bei meiner Ankunft hier einen alten Bekannten wiedersah: Ricardo Barcellos, den Leiter der chemischen Fakultät der Uni Salvador? Man hat mir ohne Vorwarnung mein Amt entzogen und Slopoj geschickt.

Er kommt aus dem Büro in Moskau. Ich bin erst einmal krankgeschrieben, aber ich denke, dass ich den Laden ganz verlasse. Ich schreibe dir, SC, um dich zu warnen. Sei vorsichtig. Health Scanner arbeitet für ein paar Konzernriesen im Bereich Energie und Bodenressourcen. Viele Projekte sind nichts als ein Deckmäntelchen für ganz andere Dinge.

Ich rede hier von Biopiraterie und Landraub und so, und alles im Namen von Scheinstiftungen. Ich weiß selbst nicht, warum ich dir das alles erzähle, denn dieses Wissen wird dich im Büro in eine unmögliche Lage bringen. Vielleicht tu ich es, weil ich Angst habe und mich jemandem anvertrauen möchte, der die Sache versteht. Und vor allem, ich sag's noch einmal, weil ich dich bitten möchte, auf der Hut zu sein. Ich für meinen Teil habe beschlossen, nicht den Mund zu halten. Barcellos wird von Geldern bezahlt, die neben den offiziellen Institutsmitteln fließen. Flavio, unser Verwaltungssekretär, ist in die Machenschaften eingeweiht, und ich wette, es gibt auch Beweise dafür. Ich könnte dir die Passwörter nennen, damit du an die geschützten Dateien

rankommst, aber ich möchte dich zu nichts zwingen, SC. Sag mir, was du zu tun gedenkst. Ich bin bereit.
Das war's fürs Erste. Ich wünsche dir viel Glück.

Marianne

Sarah Clarice las die Mail mehrfach. Ihre Stirn war eiskalt. Irgendetwas an der Sache kam ihr verdächtig vor. Marianne war eine dämliche Schnepfe, wieso sollte sie sich plötzlich in einen Schutzengel verwandelt haben? Oder hatte ihr eigenwilliges Verhalten früher damit zu tun gehabt, dass man Druck auf sie ausgeübt hatte?

Sarah Clarice runzelte die Stirn und erhob sich vom Schreibtisch. Ihre Anspannung war auf ein unerträgliches Maß gestiegen. Dabei sollte sie sich sofort wieder hinsetzen, um die E-Mail zu lesen, die ihr Carlo Apostolo vor einer halben Stunde geschickt hatte. Der Betreff verhieß nichts Gutes: *Zeugenbericht.*

Im selben Moment überschritt Matheus die Schwelle zu einem anonymen weißen Gebäude in Perdizes. Es befand sich am oberen Ende einer ziemlich steilen Straße, und er war ziemlich außer Atem. INTERNATIONALES WASSERINSTITUT. NON-PROFIT-ORGANISATION, stand draußen auf einer kleinen Tafel.

Es handelte sich um eine brasilianische Nichtregierungsorganisation, die trotz des nüchternen Namens und obwohl ihr Sitz eher an eine Baufirma denken ließ, einen ausgezeichneten Ruf genoss. Hier arbeiteten Biologen, Chemiker, Geologen und Soziologen, und ihre Dienste wurden von Privatinstituten, Unternehmen, Wissenschaftlern und universitären Einrichtungen in Anspruch genommen. In einem Land, das über dreizehn Prozent des weltweiten Trinkwasservorkommens verfügte, kam ihnen damit schon eine gewisse Bedeutung zu. Trotzdem litt die Organisation notorisch unter Finanzierungsschwierigkeiten, und die Mitarbeiter sahen allesamt wie Ärzte in einem Feldlazarett aus. Unter ihnen befand sich auch ein alter Studienkollege von Matheus, ein gewisser Leopoldo Four.

Bei der Sekretärin, die ihn in Empfang nahm, erkundigte sich Matheus, ob Doktor Four anwesend sei. Die Frau nickte. Ja, er habe Glück, der sei soeben eingetroffen.

Als Leopoldo Four seinen alten Studienfreund erblickte, riss er die Augen auf und lächelte. »Nein! Matty Braga!« Mittlerweile wog er gut und gern hundert Kilo, trug die Haare in einem Pferdeschwanz und hatte die Augen eines gutmütigen Ochsen.

Große Umarmungen und allgemeines Palaver. Nach einer vagen Andeutung erklärte Matheus schließlich, warum er gekommen war. Der Ochse schaute ihn an und schnaufte laut. Das Zimmer war mit geographischen Karten und Fotos von Wasserfällen, Flussbecken und Staudämmen tapeziert. Auf den drei weißen Schreibtischen stapelten sich Akten und Bücher.

»Nur dass ich dich recht verstehe, Matty. Du möchtest von mir also wissen, ob es möglich ist, dass 1.) die Sache mit dem Polywasser nicht einfach nur ein Scherz ist, 2.) die Sache grundsätzlich in der Natur erprobt werden könnte und 3.) ein unterirdisches Grundwasserreservoir dafür infrage käme?« Das war typisch für Leopoldo Four: Jedes Thema brach er auf eine technische Darstellung herab.

Matheus nickte. »Mehr oder weniger, ja.«

»Nun, zum Polywasser ist ja schon alles gesagt worden, und du kennst die Ergebnisse. Was offenbleibt, sind ein paar Fragen zum Verhältnis zwischen Wasser und festen Oberflächen, aber das ist ein anderes Thema. Ich persönlich würde bei einer so eigenwilligen Substanz wie dem Wasser nichts ausschließen. Okay?«

»Okay.«

»Nehmen wir also einmal an, die Hypothese vom Polywasser wäre sinnvoll. Dann hätten wir es mit einer Flüssigkeit zu tun, bei der sich die internen Kräfte, die auf die Moleküle und zwischen den Molekülen wirken, geändert haben, und zwar durch den intensiven Kontakt mit einer bestimmten Oberfläche.«

Matheus nickte.

»Dazu bräuchte es eine Schicht mit bestimmten mikroporösen Eigenschaften. Dieser Russe hatte ja sein Nebenprodukt, das anomale Wasser, auch in einem System von winzigen Kapillaren entdeckt.«

»Augusto Miller hat den Aquifer Alter do Chão ins Spiel gebracht.«

Leopoldo Four schüttelte den Kopf. »Das halte ich nicht für sehr wahrscheinlich. Der ist zwar groß, aber schmutzig. Du weißt ja, dass Bahia ein großes Problem mit Uran hat, weil das Wasser in der Nähe der Bergwerke kontaminiert ist. Das brasilianische Nuklearprogramm tötet viele Menschen dort oben im Nordosten. Mit Wasser muss man vorsichtig sein, Matheus. Es ist anorganisch wie Aluminium, verschmutzt aber leicht. Wenn man deiner Hypothese folgen will, braucht man ein sauberes Grundwasserreservoir, und was wäre da geeigneter als der Guaraní-Aquifer, unser Juwel.«

Matheus trat an den Schreibtisch heran. »Guaraní, daran hatte ich gar nicht gedacht.«

»Das wundert mich. Der Guaraní-Aquifer ist ein unsichtbarer See, halb so groß wie Europa, direkt unter unseren Füßen. Hier, aber auch unten in Paraná, Uruguay, Paraguay, Argentinien … Für deine Science-Fiction wäre er wie maßgeschneidert, Matheus, weil dort unten uralte, undurchlässige Sedimente lagern und der Wasserleiter von einem Basaltdeckel fest verschlossen wird. Das Wasser ruht gut geschützt in einem weichen Sandsteinbett. Dreiunddreißigtausend Kubikmeter Wasser, ist dir klar, wie viel das ist? Und über dem Ganzen liegt wie eine Wolldecke die herrliche rote Erde von Paraná und Mato Grosso do Sul.«

Matheus war in Gedanken jedoch ganz woanders. Plötzlich hatte er Augusto Millers Stimme im Ohr. ›*Der Erstgeborene,*

Martino Johannsen, ist bei einer Art Jagdunfall gestorben.‹ Warum erinnerte er sich plötzlich an diesen Satz? *›Der Unfall hat sich auf ihrem Anwesen in Paraná ereignet.‹*

Paraná …

Leopoldo Four sagte unterdessen: »Falls es dich interessiert, hier am Institut arbeitet ein Geologe, der sich auf die Probleme des Guaraní-Aquifers spezialisiert hat.«

»Probleme?«, fragte Matheus und klinkte sich wieder ins Gespräch ein.

»Klar. Nicht zuletzt wegen der Nutzungsrechte der verschiedenen Anrainer. Das Gebiet erstreckt sich schließlich über mehrere Staatsgrenzen hinweg, und es fehlt ein länderübergreifendes Gesetz, das die Sache regeln würde. Beim Nil ist das auch so. Er entspringt in Burundi, aber das Wasser nutzen praktisch nur Ägypten und der Sudan. In ein paar Jahren wird man sich wegen des Nilwassers erschießen, das kann ich dir schriftlich geben. In Israel, wo es um den Jordan geht, tut man das seit Jahrzehnten. Die Gesetze sind einfach unzulänglich.«

»Da wir nun schon im Bereich des Hypothetischen sind, Leopoldo: Was wäre, wenn ich eine Art Eigentumsanspruch auf den Guaraní-Aquifer erheben würde?«

»Dann wärst du schlicht übergeschnappt.«

»Klar, aber warum würde ich es tun? Wegen des Geldes?«

Leopoldo Four atmete schwer. Einen Moment schwieg er, dann sagte er: »Nein, das denke ich nicht. Heutzutage kann man bestens an Wasser verdienen, ohne es gleich zu besitzen. Man braucht nur die Konzession. Es gibt nämlich ein letztes Tabu auf diesem Sektor: Wasser ist wie Luft, und die Luft kann man nicht besitzen, gütiger Gott. Die Chinesen versuchen es. Sie produzieren Wolken und stehlen sie dann den Nachbarn. Auch in Peru tun sie es, in den Anden. Mit großen Netzen fangen sie den Wasserdampf aus den Wolken auf, lassen das Wasser in große Behältnisse abtropfen und verkaufen, was übrig bleibt. Weißt du, was

Nestlé in Europa für die Konzession zur Nutzung von Quellen zahlt, um das Wasser dann in eleganten Flaschen mit raffinierten Etiketten im Supermarkt verkaufen zu dürfen? Dreihundert Euro im Jahr. Dreihundert Euro für die Konzession. Will heißen: Mit dreihundert Flaschen haben sie die Unkosten wieder drin. Nein, in dem von dir konstruierten Fall ginge es meines Erachtens nicht um Geld. Mir fallen eher politische Gründe ein. Nur ein fiktives Beispiel: Wenn ich inmitten der Anarchie, mit der das Wasser des Guaraní-Aquifers genutzt wird, präzise Regeln aufstelle, dann besteht doch sicher das Risiko, dass ich einen gewaltigen Streit provoziere, oder? Vielmehr besteht nicht das Risiko, sondern ich provoziere den Streit unweigerlich.«

Matheus sah wieder Augusto Millers eindrucksvolle Gestalt vor sich. *Polywasser ist außerdem nur eine Metapher.*

»Aber du hältst das alles für Science-Fiction?«, fragte er Leopoldo.

Fours gesamtes Gewicht konzentrierte sich nun scheinbar in den feisten Händen, die er vor seiner Nase zusammenlegte. »Ja sicher … Andererseits aber auch wieder nicht. Auf diesem Gebiet gibt es viel zu holen. Vor ein paar Jahren wollten die Japaner ein Patent auf die Frucht der *Cupuaçu* anmelden, wusstest du das?«

»Klar.«

»Die Frucht des Großblättrigen Kakaos ist noch besser als der gewöhnliche Kakao, und sie wollten den Namen für sich beanspruchen. Was nichts anderes bedeutete, als dass man das Wort ›Kakao‹ nicht aussprechen dürfte, ohne zuvor eine Lizenzgebühr zu zahlen. Stell dir das mal vor! Schlussendlich hat ihnen ein internationales Gericht einen Strich durch die Rechnung gemacht. Fast täglich kommt aber jemand daher und schaut den indigenen Völkern ihr uraltes Wissen ab, um es dann patentieren zu lassen. Du kaufst die entsprechenden Produkte in der Apotheke, und die Völker sehen nichts von dem Gewinn.«

»Wir sprechen hier aber von Wasser.«

»Ob es das wirklich besser macht?« Leopoldo lächelte mit seinen Nilpferdaugen und kratzte sich den Bauch.

Als er wieder draußen war, begab sich Matheus sofort zur Bushaltestelle. Er wollte nach Hause zurück. Die Temperaturen in São Paulo waren deutlich gesunken, und es hatte sich ein Wind erhoben. Er hatte es eilig. Irgendetwas war in Bewegung geraten, und er spürte, dass er es nicht mehr aufhalten konnte. Sein Handy verzeichnete einen entgangenen Anruf von Sarah Clarice. Er rief zurück. Sie meldete sich beim ersten Klingeln.

»Matheus, wie geht es dir?«

»Hallo. Gut, und dir?«

»Auch gut. Ich habe dich vorhin angerufen, aber dein Handy war aus.«

»Hab ich gesehen. Was ist denn?«

»Ich habe gerade etwas gelesen, das dich interessieren dürfte.«

Matheus verspürte eine gewisse Nervosität.

»Dieser italienische Journalist, Carlo Apostolo, hat mir eine merkwürdige Mail geschickt.«

»Was hat er denn geschrieben?«

»Er hat mir den Zeugenbericht deiner Schwägerin Floriana geschickt.«

Matheus schwieg.

»Dein Vater wurde im November 2001 auf einer Fazenda in Paraná erschossen. Dein Bruder Ulisses hat seinem Mörder ins Gesicht geschaut. Seither lebt er in einem Versteck, weil er Repressalien gegen seine Familie befürchtet. Apostolo hat die Mail mir geschickt, aber eigentlich wollte er sie dir zukommen lassen. Er kennt die Koordinaten, mit deren Hilfe man Ulisses in seinem Versteck finden kann.«

»Koordinaten? Was soll das heißen?«

»Keine Ahnung. Wenn du die Mail liest, wirst du es vielleicht begreifen.«

Matheus blieb mitten auf der Straße stehen. Seine Augen tränten wegen der Kälte. In seinem Innern verhedderten sich Linien und Worte. Ihm schwindelte.

»Okay, schick mir die Mail. Und Apostolos Nummer.«

»Ich denke, du wirst nach Rio fahren müssen, Matheus.«

»Erst möchte ich alles wissen. Dann fahre ich nach Rio.«

41

»Was soll das heißen, du fährst nach Rio? Wann?«

»Vielleicht schon heute Abend. Ich könnte den Nachtbus nehmen.«

»Warum denn den Bus?«

»Dann kann ich noch ein bisschen nachdenken.«

»Fahr nicht, Matheus, das halte ich nicht für eine gute Idee.«

»Du begreifst nicht, Cássia. Die Sache muss ein Ende haben. Ich muss unbedingt mit diesem Journalisten reden.«

Cássia schwieg. Irgendwann erkundigte sie sich: »Und wo wirst du in Rio wohnen?«

»In irgendeinem Hotel, was weiß ich?«

Cássia spürte, wie sie die Wut packte. Sie hatte die Dinge einfach nicht mehr in der Hand. Im Moment saß sie noch an ihrem Schreibtisch in ihrem Luxusbüro und hatte eine blöde, schwierige, unerträglich langweilige Sitzung mit Mandanten vor sich.

»Wann fährst du denn? Warte auf mich. Fahr auf keinen Fall, bevor ich nicht zu Hause bin.«

»Und wann kommst du?«

Cássia biss sich auf die Lippe. »Weiß nicht. Hängt ein bisschen davon ab …«

»Mach dir keine Sorgen, Cássia. Ich bin ja nur einen Tag weg.«

»Okay, sag mir noch Bescheid.«

Sie schickten sich einen Kuss durchs Telefon.

Ein paar Stunden später saß Matheus im Busbahnhof von São Paulo und wartete auf die Abfahrt seines Busses. Die Wartehalle war so groß wie das Terminal eines internationalen Flughafens.

Gegen Mitternacht befand er sich auf dem Weg aus der Stadt heraus. Er betrachtete die verschwommenen Lichter, bis sein Kopf vor Müdigkeit an die Rückenlehne sank. Hinter den geschlossenen Augen wirbelten die Gedanken allerdings wie Laub im Wind umher. Vielleicht lag es am gleichmäßigen Ruckeln des Busses, aber irgendwann legte sich der Wind, und die Gedankenblätter trudelten langsam zu Boden.

Bei Morgengrauen erreichte der Bus Rio de Janeiro. Um diese Zeit war die Avenida Brasil von Pendlern verstopft, und so bewältigten sie die letzte halbe Stunde im Schritttempo. Vor dem Busbahnhof stieg Matheus in einen Linienbus, der ins Zentrum fuhr. Der Himmel war wolkenlos, aber die unglaubliche Hitze hüllte alles in einen dichten Dunst.

Er durchquerte das Zentrum und erreichte die Strandpromenade von Flamengo. Nachdem er ein Stück am Meer entlanggegangen war, betrat er ein großes, anonymes Hotel gegenüber vom Park des ehemaligen Regierungspalasts. Er ließ sich ein Zimmer mit Meerblick geben, von dem aus man die bräunliche Silhouette des Zuckerhuts vor dem knallblauen Himmel sah. Im Restaurant nahm er ein Frühstück zu sich. Der Kaffee war exzellent, das Obst wunderbar frisch. Danach verließ er das Hotel und machte einen Spaziergang im Park von Flamengo. Um diese Zeit war fast niemand unterwegs. Ein paar Jogger mit Ohrstöpseln drehten ihre Runden, auf dem Radweg schossen Fahrräder vorbei, und unter den Mandelbäumen verstauten obdachlose Familien ihr Hab und Gut in Plastikbeuteln. Man hörte nichts als das Kreischen der Papageien und den gedämpften Verkehrslärm in der Ferne.

Carlo Apostolo hatte geschrieben, dass es im Hochparterre des Hotels ein Café gebe, wo Matheus bis halb eins auf ihn warten solle. Wenn er dann immer noch nicht aufgetaucht sei, solle Matheus die erste Nummer auf der Liste anrufen, die er ihm mitgeschickt habe.

Matheus kaufte ein paar Zeitungen, kehrte ins Hotel zurück

und betrat das Café. Er setzte sich an einen Tisch am Fenster und begann zu lesen. Die Zeit verstrich langsam. Um Viertel vor eins war immer noch niemand erschienen. Jedes Mal, wenn er jemanden das Café betreten hörte, schaute Matheus auf und widmete sich dann wieder seiner Lektüre. Um eins erhob er sich, verließ das Hotel, ging zu einem Kiosk an der Catete und kaufte eine Telefonkarte. Von einem öffentlichen Telefon rief er die Nummer an, die Carlo Apostolo ihm gegeben hatte.

»Hallo? Ich würde gern mit Lirio Fabbri sprechen.«

»Am Apparat«, antwortete die ruhige Stimme des Anwalts aus Curitiba.

»Guten Tag, mein Name ist Matheus. Carlo Apostolo hat mir Ihre Nummer gegeben. Wir arbeiten zusammen an der Sache, über die Sie vor einigen Tagen gesprochen haben.« Er war selbst verblüfft, wie leicht ihm die Lüge über die Lippen kam.

»Ah, sicher. Ich habe Ihren Kollegen ein paar Mal angerufen, habe ihn aber nie erreicht. Es war nicht ganz einfach, aber ich habe gefunden, was Sie suchen.«

»Schön.«

»Soll ich es Ihnen am Telefon erzählen? Ich habe auch einen kleinen Bericht verfasst, wie es unsere Organisation immer macht.«

»Gut, den können Sie uns ja später schicken. Aber erzählen Sie mir doch schon einmal kurz, was Sie gefunden haben.«

»Nun«, begann Lirio Fabbri, »den Fall, nach dem Ihr Kollege mich gefragt hat, gibt es wirklich. Am 15. November 2001 kam es auf der Fazenda Yaraibi, in der Gegend von Guaraniaçu in Paraná, zu einem Vorfall. Es handelt sich bei Yaraibi um gewaltige Besitzungen, sodass mir das Wort ›Fazenda‹ fast nicht angemessen erscheint. Jedenfalls hatten die Besitzer das Anwesen mehr oder weniger sich selbst überlassen. Der südliche Teil wurde dann irgendwann – das genaue Jahr wissen wir nicht – von etwa dreißig Familien von Landlosen besetzt.«

»Aha. Und was ist dann passiert?«

»Ich habe ein paar Anzeigen gefunden. Offenbar gab es Einschüchterungsversuche.«

»Was heißt das genau?«

»Es kamen immer wieder bewaffnete Truppen, wie sie die Großgrundbesitzer oft einsetzen, um Landbesetzer zu vertreiben. In Paraná gibt es viele solcher Truppen. Sie agieren ungestört und praktisch legal, weil sie Verträge mit gewöhnlichen Sicherheitsdiensten haben. Die wiederum machen ihre Verträge nicht mit den einzelnen Landbesitzern, sondern mit den Landbesitzervereinigungen, mit der SRU zum Beispiel, einer Vereinigung von Agrarproduzenten und Großgrundbesitzern in West-Paraná. Und diese Organisationen wiederum tun alles dafür, um ihre Leute ins Parlament zu bringen. Sie sind dort jedenfalls bestens vertreten.«

»Verstehe. Und der Vorfall?«

»Nach einer Reihe von Einschüchterungsversuchen, die allesamt glimpflich verliefen, griff an jenem 15. November eine Gruppe von unbestimmter Größe das Lager an. Dabei hat man einen alten Bauern mit einem Schuss in die Brust und zwei Kopfschüssen aus nächster Nähe exekutiert.«

Matheus stand auf der Rua do Catete und spürte, wie die Hand, mit der er das Handy hielt, zitterte. »Weiß man, Lirio, wie der Alte hieß?«

»Ja. Er hieß Manuel Francisco Braga.«

Schweigen. Matheus kämpfte gegen das Gefühl an, dass sich ihm die Kehle zuschnürte. »Wie alt war er?«

»Einundsiebzig. Eines müssen Sie bei der Sache aber beachten, Matheus. Ich hatte Probleme, diesen Bericht zu finden, weil der Fall nie angezeigt wurde. Wir haben das Dossier damals nur aufgrund einer anonymen Zeugenaussage angelegt.«

»Ist sie denn zuverlässig?«

»Ja natürlich. Das ist auch keine Seltenheit. In bestimmt dreißig Prozent der Fälle erfahren wir nur auf diese Weise davon.«

»Warum?«

»Weil die Leute Angst haben. Oft bestehen diese Schlägertrupps aus Soldaten der Militärpolizei. Die Menschen wollen den Vorfall anzeigen und sitzen dann plötzlich denselben Männern gegenüber, von denen sie angegriffen wurden ... Unsere Arbeit besteht also im Wesentlichen darin, eine Art Puffer zu bilden. Wir helfen den Bauern und setzen uns dafür ein, dass die Taten angezeigt und nach Möglichkeit sogar ordentliche Ermittlungen eingeleitet werden. Was, wie gesagt, leider nur äußerst selten passiert.«

»Sie wissen also nicht, wer die Anzeige aufgegeben hat?«

»Nein, das wissen wir nicht. In solchen Fällen bekommen wir meist einen anonymen Anruf und nehmen die Sache zu Protokoll.«

»Steht in dem Bericht denn wenigstens, ob es sich um einen Mann oder eine Frau gehandelt hat?«

»Das schon. Es war eine Frau, die den Vorfall gemeldet hat.«

Matheus fühlte sich plötzlich vollkommen leer. Er wusste nicht, was er noch sagen sollte. »Es hat also keine Ermittlungen zu diesem Verbrechen gegeben?«, fragte er dann.

»Nein. Nicht einmal eine Anzeige gegen unbekannt.«

»Verstehe.«

»Etwas an der Sache kommt mir allerdings merkwürdig vor«, sagte Lirio.

»Was denn?«

»Diese Bauern haben die Einschüchterungsversuche der vorangegangenen Monate angezeigt, aber den Mord an dem Alten haben sie nicht gemeldet. Das will mir irgendwie nicht in den Kopf.«

Matheus schwieg. »In der Tat«, sagte er dann.

»Für den Moment wär's das dann wohl. Kann ich sonst noch etwas für Sie tun?«

Matheus verneinte, bedankte sich und legte auf.

Er kehrte zum Hotel zurück und versuchte, seine Gedanken zu sortieren. *Wieso hat Apostolo eigentlich nicht geschrieben, wo ich Floriana finde? Und wo zum Teufel steckt er überhaupt?*

Er ging in sein Zimmer und nahm Sarah Clarice' Mail, die auch Carlos Telefonnummern und seine Adresse enthielt. Unter der ersten Nummer meldete sich niemand. Matheus rief also auf dem Handy an, das aber ausgeschaltet war. In der Hoffnung, die Nervosität zu vertreiben, nahm er eine Dusche, was jedoch nicht viel nutzte. Da er ein Loch im Bauch hatte, zwang sich Matheus, in der Hotelbar etwas zu essen. Das halbe Toastbrot blieb liegen. Irgendwann verließ er das Hotel, kehrte zur Catese zurück und betrat die U-Bahn. Die Straße, in der Carlo wohnte, lag in der Nähe der ersten U-Bahn-Station in Copacabana. Es war Winter, aber die Sonne strahlte eine sommerliche Wärme aus. Nach zehn Minuten hatte er das Haus gefunden, ein weißes Gebäude mit zehn Stockwerken. Der Portier las eine Sportzeitung.

»Ja bitte?«

»Ich wollte zu Carlo Apostolo. Der wohnt doch hier, oder?«

Der Mann, der etwa eins fünfzig groß war, musterte ihn. »Er ist nicht zu Hause. Wer sind Sie denn?«

»Ein Freund von ihm. Wir sind verabredet.«

»Er ist nicht zu Hause. Als ich oben war, stand die Tür offen. Er muss gestern fortgegangen sein.«

»Kann ich hochgehen und nachschauen?«

»Was soll das denn bringen, wenn er nicht da ist?«

»Haben Sie ihn denn rausgehen sehen?«

Der Portier starrte ihn mit seinem Silberblick an. »Eigentlich nicht.«

»Woher wollen Sie dann wissen, dass er nicht da ist? Lassen Sie uns doch zusammen hochgehen, was halten Sie davon?«

Der Mann schnaubte und legte seine Zeitung auf den Schreibtisch. Als sie im fünften Stock ankamen, zuckte der Portier zusammen. »Verdammt, die Tür wurde aufgebrochen.«

»Kommt Ihnen das nicht merkwürdig vor?«

»Doch. Aber wissen Sie, er ist Italiener …«

»Aha. Okay.« Sie schauten auf die Tür. »Was machen wir also?«, fragte Matheus. »Gehen wir hinein?«

»Folgen Sie mir. Ich bin dazu berechtigt.«

Der Portier stieß die Tür auf. Die Wohnung lag im Halbschatten, und die Sonne drang nur mit Mühe durch die Fensterläden. »Sehen Sie? Hier ist niemand.«

Sie drehten eine Runde durch die kleine Wohnung, und Matheus hielt die Augen auf.

Plötzlich hörte er die Stimme des Portiers. »Kommen Sie mal!« Der Mann zeigte auf eine Tür. In diesen alten Häusern gab es noch separate Treppen für die Bediensteten und die Wäscherinnen. »Er muss durch den Dienstboteneingang raus sein. Der führt zur Seitenstraße.«

»Das ist doch merkwürdig, oder?«

»Ich hab damit nichts zu tun. Es ist schließlich *Ihr* Freund.«

Während Matheus zur Strandpromenade von Copacabana ging, studierte ein Beamter der Bundespolizei an der Grenzkontrolle des Flughafens Cumbica in der Region São Paulo den Ausweis eines gut gekleideten älteren Herrn, schaute dann auf und blickte ihm ins hagere Gesicht. Der Ausweis lautete auf den Namen Sebastiano Falco.

»Herzlich willkommen in Brasilien, Senhor Falco.« Wenn er es mit Passagieren zu tun hatte, die aus Jets ausstiegen wie der cremefarbenen Gulfstream G550, die jetzt im VIP-Bereich stand, dann stellte der Beamte die Frage mit besonderer Überzeugung: Anlass der Reise? Antwort: Vergnügen.

Merkwürdig, dachte er. *Innerhalb von zwei Stunden sind zwei identische Flugzeuge gelandet, das erste aus Genf und dieses jetzt aus London.* Wie es aussah, reiste der alte Herr allein. Nur die Piloten und eine Stewardess waren bei ihm. Das Gepäck bestand einzig in einer eleganten braunen Ledertasche, die auch von niemandem geöffnet wurde.

Ein schwarzer Mercedes raste von der Peripherie ins Zentrum der Metropole. Es war früher Abend, und der Verkehr war sehr dicht, aber der Chauffeur war ein guter Fahrer. Unter gesenkten Lidern hinweg betrachtete der Drache die Stadtlandschaft mit den immer gleichen Farben. So musste sich für tropische Fische die Welt jenseits ihres Aquariums darstellen.

Eine bedeutungslose und angenehm stille Welt.

42

Er hatte es satt, andere alles erledigen zu lassen.

Edith hatte er Bescheid gegeben, dass er ein paar Tage fort sein würde und Montag vielleicht erst spät ins Büro komme. Er konnte sie nicht mehr anschauen, ohne unweigerlich an den Traum vom Vorabend zu denken. Irgendwie war ihm das unangenehm, obwohl er nicht genau wusste, wieso. Am Abend verließ Bruno das Büro, ohne sich zu verabschieden.

Am nächsten Morgen blieb er zu Hause und bereitete sich auf die Reise vor. Viel packte er nicht in seinen Rucksack. In ein verborgenes Fach steckte er die Browning HP 9mm, zweifellos seine beste Waffe, obwohl er sie schon lange in Gebrauch hatte. Unten in den Rucksack, unter die weißen Hemden und die Unterhosen, legte er drei Schachteln mit Patronen. Dann nahm er das Futteral mit der Remington 700P – seinem Präzisionsgewehr – und steckte es in einen länglichen blauen Beutel.

Schließlich rief er nach Mário Ono.

»Mário, sagen Sie bitte in der Garage Bescheid, dass ich den Wagen nehme. Sie sollen volltanken. Ist er gewaschen?«

»Er ist blitzblank. Ich rufe sofort in der Garage an.«

»Danke.«

»Werden Sie über Nacht fortbleiben?«

»Vielleicht, das weiß ich noch nicht. Warten Sie aber nicht auf mich. Wenn Sie und Ihre Frau die Gelegenheit nutzen wollen, um Ihren Vater zu besuchen, Mário, dann tun Sie es ruhig.«

»Danke, Bruno, das ist sehr freundlich.«

»Ist schon okay, Mário. Rufen Sie jetzt bitte in der Garage an.«

Mário Ono eilte in den Salon.

Bruno schloss den Reißverschluss an seinem Rucksack, zog sich fertig an und ging in Richtung Wohnzimmer. In dem großen Spiegel im Flur betrachtete er sich. Vielleicht hätte er sich vor der Abreise die Haare schneiden lassen sollen. Er betrat das Armeezimmer, ging zu einem der Regale und ließ den Finger über das siebte Regalbrett von unten gleiten. Da war es, Che Guevaras *Partisanenkrieg*. Er pustete auf den Schnitt, obwohl sich kein Stäubchen daran befand. Lara Ono kümmerte sich rührend um seine Bibliothek.

Er steckte das Buch in die Außentasche des Rucksacks und fuhr in die Garage hinunter. Sein silberfarbener BMW X3 stand schon bereit. Bruno stellte das Navigationsgerät ein und trat aufs Gaspedal.

São Paulo war in sandfarbenen Smog gehüllt.

»Und du bist wirklich sicher?«, erkundigte sich Emmanuel Polaco bei Alessio Castro. Der Kollege von der Zivilpolizei Juazeiro war nach der nicht gerade kurzen Fahrt von Bahia nach Curitiba soeben bei ihm eingetroffen.

Castro war seinem Instinkt gefolgt. Nachdem er Lolas Bericht gehört hatte, war ihm klar gewesen, dass er sich besser direkt an die Bundespolizei von Paraná wandte. Da es sich um Ermittlungen zu einem Hauptmann der Militärpolizei handelte, konnte er seinen Kollegen in Juazeiro nicht vertrauen. Nach der Ankunft im Süden und ein paar Telefonaten sah er sich nun einem Offizier gegenüber, der ihn um fünfunddreißig Zentimeter überragte, den muskulösen Körper durch einen engen schwarzen Pullover betonte und eine kleine Professorenbrille trug. Emmanuel Polaco.

»Ich habe ausführliches Material zusammengetragen, aber ich denke, dass die Gerichtsbarkeit in diesem Fall hier unten bei Ihnen liegen sollte«, antwortete Castro.

Polaco schaute ihn an. »Zeig mir das Zeug, und dann gehst du in Ruhe einen Kaffee trinken.«

Castro gab ihm die Mappe, die er in der Hand hielt, und verließ den Raum. Im Bürogebäude war es kalt. Nach etwa zwanzig Minuten hallte Polacos Stimme durch den Flur. »Castro, komm.«

Schnell trat der Polizist wieder ein.

»Du hast diese Ermittlungen in nur drei Tagen alleine durchgeführt?«

»Ja.«

»Was mir ein bisschen Sorgen bereitet, ist, was deine Vorgesetzten sagen werden.«

»Wieso? Stimmt irgendetwas nicht an dem Bericht?«

»Nein, Castro, der Bericht ist ausgezeichnet. Er ist eher schon zu gut.« Polacos blauviolette Augen zogen sich zu Schlitzen zusammen. »Dieser Jefferson hat also verschiedene Tötungskommandos befehligt?«

»Ja. Wie Sie sehen, ist er mindestens dreimal verurteilt worden. Schwere Körperverletzung, Drogenhandel, vier Mordversuche und Zugehörigkeit zu einer kriminellen Vereinigung.«

»Und trotzdem war er noch Hauptmann bei der Militärpolizei?«

»Sicher, und zwar hier in Curitiba. Die Verurteilungen wegen schwerer Körperverletzung und versuchten Mordes waren sogar bereits anhängig, als er vom Leutnant zum Hauptmann befördert wurde.«

Polaco fuhr sich mit der Hand über den nahezu kahlen Schädel.

»Sein Name erscheint auch im Zusammenhang mit Ermittlungen zu Sicherheitsdiensten, die in Wahrheit nur Deckfirmen für diese Tötungskommandos sind«, fuhr Castro fort. »Hier hätten wir, unter vielen anderen, die NP Security eines gewissen Davide Strazzon & Söhne. Dieser Strazzon wurde unlängst von der Anklage des unerlaubten Waffenbesitzes freigesprochen, wird aber zurzeit wegen schwerer Körperverletzung belangt. Der Anklage zufolge war er Teil eines Kommandos, das vor ein paar Monaten ein Lager von Bauern unter Beschuss genommen hat.«

»Nicht schlecht für einen Schweinezüchter.« Polaco grinste sarkastisch. »Wie dir vielleicht bekannt ist, ermittle ich wegen eines Blutbads, dem auf einer Fazenda hier in der Nähe etliche Bauern zum Opfer gefallen sind.«

Er musterte Castro. »Ich werde dich als Externen in meine Mannschaft aufnehmen, damit du vorerst keine Schwierigkeiten mit deinen Vorgesetzten bekommst.«

»Geht das denn?«

»Nein, aber ich mache es trotzdem.«

»Danke.«

Emmanuel Polaco musterte Alessio Castro immer noch. »Ich habe den Eindruck, dass wir dieses Mal mehr in der Hand haben als sonst. Komm, ich stell dich den Kollegen vor.«

Sie eilten aus dem Zimmer.

Mário Ono versuchte vergeblich, seine Überraschung zu verbergen, als er die ehrfurchtgebietende Gestalt Paulo Henrique Johannsens vor sich aufragen sah.

»Guten Tag, Mário.«

»Doktor, was für eine Überraschung.«

»Ist mein Sohn zu Hause, Mário?«

»Nein, Doktor, der ist heute Nachmittag abgereist.«

Paulos Augen weiteten sich unmerklich. »Wohin denn, wissen Sie das?«

»Möchten Sie nicht hereinkommen, Doktor? Wollen Sie sich nicht setzen?«

»Nein danke, Mário. Wissen Sie, wo er hinwollte?«

»Nein, Doktor. Er hat aber gesagt, dass er vielleicht übers Wochenende fortbleibt.«

»Aha, verstehe.«

Paulo Johannsen ließ den Blick durch den wie immer tadellosen Salon seines Sohns schweifen, dann verabschiedete er sich und kehrte zu seinem Wagen zurück. Schwer ließ er sich in den

Sitz fallen und bat seinen Chauffeur, ihn nach Hause zurückzufahren. Ein fast schmerzhaftes Unbehagen befiel ihn. Wie konnte man zu einem Menschen, der einem mal näher war als irgendjemand sonst, eine derartige Distanz verspüren? Wenn wenigstens Elisabetta zu Hause wäre. Zu Hause war aber niemand. Selbst die Angestellten hatten Ausgang.

Samstags versammelte Diego Messer seine Familie gerne in einer *Churrascaria* um sich. Sie hieß Herz am Spieß und lag in der Nähe ihrer Fazenda in Campo Largo. An einem kalten Wintertag wie diesem konnte ihn nichts glücklicher machen als im Kreise seiner Lieben zu speisen. Außerdem hatte ihm der Zahnarzt endlich das Implantat oben rechts verpasst, und jetzt konnte er sein Essen wieder genießen, ohne sich wie ein Kamel zu fühlen.

Die Tischgesellschaft war groß und lustig. Zu seiner Rechten saßen seine Frau Rita und die Schwiegereltern, während seine drei Kinder im Alter von sieben bis siebzehn eine fröhliche Riege zu seiner Linken bildeten. Am anderen Kopfende, genau ihm gegenüber, saß seine alte Mutter und sagte keinen Ton. Sie hatte dieselbe traurige Miene wie ihr Sohn und auch dieselbe knallrote Gesichtsfarbe. Nachdem Diego als Vorspeise frittierte Polenta und etliche Würste verspeist hatte, entschuldigte er sich – der Moment für die erste Zigarette war gekommen. Er zog seine Wolljacke an und trat in die eisige Luft hinaus, um in Ruhe rauchen zu können.

Nach ein paar tiefen Zügen entdeckte er plötzlich etwas und kniff die Augen zusammen. Die Hand mit der Zigarette begann zu zittern. Er trat die Kippe mit dem Cowboystiefel aus und kehrte schnell ins Restaurant zurück.

Das war nicht möglich.

Seine Frau Rita merkte sofort, dass irgendetwas nicht stimmte, schließlich kannten sie sich seit fast vierzig Jahren. »Diego, ist alles in Ordnung?«

»Ja, ja, es ist nichts. Draußen ist es nur wahnsinnig kalt.«

»Nun iss schon, und lass diese verdammte Raucherei endlich sein.«

»Ja, ja.« Diego dachte nach.

Nein, das war nicht möglich. Ausgeschlossen!

»Entschuldige mich bitte einen Moment, Rita. Ich muss mal aufs Klo.«

Seiner Ehefrau war nicht entgangen, dass Diego das Handy mitgenommen hatte. *Nicht schon wieder,* dachte sie. *Diese verdammte Nutte.* Sie schüttelte den Kopf und stopfte sich ein blutiges Stück Filet in den Mund.

Diego Messer betrat die Toiletten und wählte Davide Strazzons Nummer. Es klingelte und klingelte. *Jetzt geh schon ran, du Idiot!*

Endlich meldete sich Strazzon.

»Diego, wie geht es dir?«

»Davide, hör zu.«

»Was ist denn los?«

»Ich bin im Herz am Spieß, und draußen ist der Kommandant, wenn ich mich nicht irre.«

Schweigen.

Strazzons Stimme klang plötzlich ernst. »Was sagst du da, Diego?«

»Ich glaube, ich habe Bruno Johannsen draußen gesehen.«

»Diego, immer mit der Ruhe. Du musst dich irren. Das ist nicht möglich.«

»Ich sage dir aber, dass ich ihn gesehen habe. Er saß in einem silbernen BMW.«

»Und ich sage dir, dass du dich irrst.«

Messer schaute sich um. Er schwitzte.

»Diego, hör zu. Du irrst dich, okay? Das ist verdammt noch mal gar nicht möglich, hörst du?«

In diesem Moment ertönte die Stimme seiner Frau. »Diego, ist alles in Ordnung?«

»Alles in Ordnung«, rief er und flüsterte Davide dann zu: »Ich muss Schluss machen.«

»Okay, Diego. Beruhige dich und genieß dein Essen.«

Nach einem Blick in den Spiegel verließ Messer die Toiletten.

»Mit wem hast du geredet?«

»Mit niemandem.«

Seine Frau gab sich damit zufrieden und kehrte mit ihm an den Tisch zurück.

Als sie nach dem Essen auf dem Parkplatz standen, schaute sich Diego Messer so unauffällig wie möglich um, sah aber niemanden. Langsam beruhigte er sich wieder. Seine Schwiegereltern stiegen in ihren eigenen Wagen, während er sich noch eine Zigarette ansteckte. Als die Kinder auf der Rückbank des Mitsubishi-Geländewagens Platz genommen hatten, drückte Bruno einhundertzwanzig Meter weiter auf den Abzug. Im ersten Moment dachte Rita, dass irgendjemand sich einen Scherz erlaubt und eine Dose mit roter Farbe an die Fensterscheibe geschmissen hätte.

Fünf Minuten später gab Bruno ein neues Ziel ins Navigationsgerät seines BMWs ein: Santa Tereza Do Oeste.

43

Gemäß der Anweisungen, die Carlo Apostolo in seiner Mail erteilt hatte, sollte sich Matheus, wenn er bis Freitagabend, neunzehn Uhr, noch nichts von ihm gehört haben sollte, alleine auf die Suche nach seinem Bruder machen.

Matheus saß auf seinem Hotelbett und las die Mail nun schon zum tausendsten Mal, weil er irgendwelche versteckten Botschaften darin zu entdecken versuchte. Um halb acht klingelte sein Handy. Es war Cássia. Sie machte sich Sorgen, und er versuchte, sie zu beruhigen. Als sie wieder auflegten, hatte er allerdings das deutliche Gefühl, dass ihm das nicht gelungen war. Von diesem Moment an senkte sich eine unerträgliche Stille über das Zimmer.

Carlo hatte ihm die Nummer eines Taxifahrers mitgeteilt, eines gewissen Fabricio. Der würde ihn zur Morro do Juramento bringen, einer Favela im Norden. Dort solle Matheus nach dem Biliardo fragen. ›*Du musst dich als Arzt der Oswaldo-Cruz-Stiftung ausgeben*‹, schrieb Carlo. ›*Der Biliardo ist ein langgestreckter, grüner Platz – daher der Name –, und er liegt mitten in der Favela. Am Biliardo befindet sich eine italienische NGO namens Vita, wo eine gewisse Francesca arbeitet, und der kannst du auch sagen, wer du bist, aber nur ihr. Für alle anderen bist du ein Arzt der Oswaldo-Cruz-Stiftung, okay?*‹ Matheus nickte, obwohl er mutterseelenallein war. Carlo wies ihn an, Francesca zu sagen, dass er die Kinder von Crackolandia besuchen wolle. Matheus zwinkerte, und sein Magen krampfte sich zusammen. *Was zum Teufel war Crackolandia?*

›*Floriana behauptet*‹, schloss Carlo seine Mail, ›*dass du dort Nachrichten über deinen Bruder bekommst.*‹

Matheus trat ans Fenster. Lautlos schossen die Autos über die Uferstraße und zogen orangefarbene Linien hinter sich her. Vor dem dunklen Meer sah man die Umrisse des Zuckerhuts mit den erleuchteten Kabinen der Schwebebahn, die bis spätabends fuhr. Er hatte Hunger. Zuerst rief er aber Fabricio an, und sie verabredeten sich für den nächsten Morgen um neun.

Zufrieden ging Matheus ins Hotelrestaurant und aß mit einem gewissen Appetit. Allzu viele Fragen stellte er sich nicht, denn in all diesen Fragen, auf die er ohnehin keine Antwort erhielt, würde er sich nur wie ein Insekt in einem Spinnennetz verfangen. Bis zu diesem Moment hatte er immer das genaue Gegenteil getan: Wichtige Entscheidungen hatte er so präzise durchdacht wie seine Analysen im Labor. Matheus fuhr sich mit der Hand über sein müdes Gesicht und hatte plötzlich leichte Kopfschmerzen.

Am nächsten Morgen öffnete er kurz vor sieben die Augen und stand sofort auf. Als Matheus die Vorhänge aufzog, sah er, dass ein weiterer Sonnentag angebrochen war. Er bemühte sich darum, den neuen Morgen nicht schon atemlos zu beginnen. Die Kopfschmerzen waren fort, und so streckte er sich auf dem Teppichboden aus und konzentrierte sich auf seine Yogaübungen, während die Sonne langsam ihren sanften Glanz über das Zimmer legte.

Punkt neun hielt ein gelber Fiat Laguna vor dem Hotel.

Fabricio war ein schlanker Mann von gut fünfzig. Er war sauber und ordentlich gekleidet. Sie schüttelten sich die Hand, und Matheus erklärte, dass die Fahrt zum Morro do Juramento gehe.

»Nicht gerade ein angenehmer Ort«, sagte Fabricio, ohne sein Lächeln einzustellen. »Aber da Sie ein Freund von Doktor Carlo sind, fahren wir natürlich nach Juramento, klar. Direkt um die Ecke ist das auch nicht gerade. Juramento liegt in der Gegend von Vila da Penha, da sind wir eine Weile unterwegs.«

Während der Fahrt versuchte Fabricio Konversation zu betreiben. »Und was genau machen Sie beruflich?«

»Ich? Ich bin Arzt und arbeite für die Oswaldo-Cruz-Stiftung«, antwortete Matheus, ohne mit der Wimper zu zucken.

»Ah, toll.«

Am Armaturenbrett wippten etliche Gummidalmatiner.

»Sehr hübsch, die Hunde«, sagte Matheus.

»Ja, nicht wahr? Noch sind es nicht hundertundeiner, aber da komme ich auch noch hin.«

Fabricio lächelte unentwegt. »Zu Hause habe ich noch zwei echte. Mond und Meer habe ich sie genannt. Sie sind Bruder und Schwester. Dalmatiner sind Wahnsinnshunde.« Er lachte.

Nach einer Dreiviertelstunde erreichten sie die Favela. Sie hatten die Kirche Igreja da Penha hinter sich gelassen, waren eine dieser immer gleichen Vorstadtstraßen entlanggefahren, hatten irgendwann ein paar Passanten befragt und schließlich einen der Eingänge zur Favela gefunden.

»Was soll ich tun, Doktor? Soll ich hier warten?«

»Besser nicht, Fabricio. Ich weiß nicht, wie lange es dauert. Für den Fall, dass ich kein Taxi finde, habe ich ja mein Handy. Dann rufe ich Sie an, okay?«

»Ja, Senhor. Seien Sie aber vorsichtig da drinnen.«

Matheus nickte, zahlte und stieg aus.

Die Favela war augenscheinlich die größte in diesem Teil der Stadt. Wie immer hatten sich unten die kleinen Geschäfte, Buden, Werkstätten und Baumaterialverkäufer angesiedelt. Am besten wandte er sich gleich an die Motorradtaxifahrer.

Matheus näherte sich einer Gruppe Jungs, die vor einer Bar auf ihren Motorrädern hockten und ihn nicht aus den Augen ließen. Ohne sich beirren zu lassen, ging er auf sie zu. »Hallo. Ich muss zum Biliardo. Wisst ihr, wo das ist?«

»Klar, Chef. Da musst du aber mit dem Motorrad hin. Das liegt ganz oben.«

»Okay, na dann.«

Der Typ hängte sich einen Helm an den Unterarm und gab Matheus auch einen. »Soll ich den aufsetzen?«, fragte Matheus.

»Nein. Wir zahlen Schutzgeld an die Polizei, damit sie uns in Ruhe lassen, aber bei diesen Bastarden weiß man nie. Halt ihn einfach bereit.«

Sie fuhren los. Ein paar Typen, die vor der Bude gehockt hatten, setzten sich ebenfalls in Bewegung und folgten ihnen. Unterwegs fragte ihn der *Motoboy,* warum er zum Biliardo wolle.

»Ich bin Arzt bei der Oswaldo-Cruz-Stiftung und muss zu Vita.«

Der Typ nickte und bretterte weiter im wilden Zickzack durch die Gassen.

Am oberen Ende der Favela hörten die Baracken praktisch auf. Man sah nur noch ein paar wenige, die sich bis zum Hügelkamm hinaufzogen und in den Felsen hineingebaut waren. Das Motorrad hatte eine Art Plateau erreicht, um das sich ein paar Behausungen verteilten. Die Fläche war so weitläufig, dass die eine Seite von einem Fußballplatz eingenommen wurde und die gegenüberliegende von einem weißen Betonklotz mit einer großen umlaufenden Veranda.

»Das ist Vita«, sagte der *Motoboy.* »Wenn du später wieder runterwillst, Chef, dann lass es mich wissen.«

»Danke.« Matheus zahlte zwei Reais, gab den Helm zurück und ging dann zielstrebig auf das merkwürdige Gebäude zu. Die Holzveranda schien erst nachträglich angebaut worden zu sein. Im Moment saßen ein paar Jugendliche auf den Stufen, die Matheus allerdings nicht einmal beachteten, als er an ihnen vorbeiging. Direkt hinter der Eingangstür gelangte er in einen langen Flur. Rechts befand sich ein großes Zimmer mit vier Schreibtischen, an denen zwei Männer und zwei Frauen saßen, alle ziemlich jung.

»Guten Tag«, sagte Matheus. »Ich suche Francesca.«

Die Leute blickten kaum auf. »Wer sind Sie?«

»Ich heiße Matheus und bin ein Arzt der Oswaldo-Cruz-Stiftung.«

Die Frau, die in seiner Nähe saß, eine Schwarze um die dreißig, stand auf. »Warum suchen Sie Francesca?«

Matheus schluckte. »Ich brauche ein paar Informationen.«

Jetzt wechselten die Mitarbeiter einen Blick. Die Frau kratzte sich das Dekolleté über dem enormen Busen. »Was für Informationen?«

Matheus begann zu schwitzen. »Darüber möchte ich eigentlich nur mit Francesca reden. Es handelt sich um eine etwas heikle Angelegenheit. Ist sie nicht da?«

Die Frau musterte ihn. »Sie ist mit Doktor Marcelo unterwegs. Du kannst draußen warten. Wenn sie zurückkommt, sag ich dir Bescheid.«

Matheus nickte und setzte sich auf einen der Stühle im Flur. An den Wänden hingen Plakate über die Vorbeugung gegen bestimmte Krankheiten, unter anderem Tuberkulose. Ein Comicstrip veranschaulichte, wie man bestimmte Ansteckungsrisiken vermied. Dann gab es noch Plakate der Kampagne gegen Drogenmissbrauch, die vor allem vor dem Konsum von Crack warnten. Nach einer Weile hörte Matheus, wie sich draußen Schritte näherten. Eine unglaublich kleine Frau und ein älterer Mann traten ein, musterten ihn kurz und verschwanden dann in dem großen Raum.

Zehn Minuten später kam die Frau wieder heraus und trat auf Matheus zu. »Sie wollten mich sprechen?«

Matheus stand auf. »Sind Sie Francesca?«

»Ja.«

»Kann ich privat mit Ihnen reden?«, fragte Matheus leise.

Francesca unterbrach ihn schroff. »Sind Sie Journalist? Ich sage Ihnen gleich, dass wir keinerlei Reportagen über unsere Arbeit dulden.«

»Nein, nein«, sagte Matheus schnell und immer noch sehr leise.

»Warum flüstern Sie eigentlich?«

»Sie haben recht, Entschuldigung. Ich bin kein Journalist, sondern Biochemiker. Mein Name ist Matheus Braga.«

Francesca schaute zu ihm auf. Matheus bemerkte, dass ihre Schuhe einen kleinen Absatz hatten.

»Meine Kollegen sagten, Sie seien von der Oswaldo-Cruz-Stiftung.«

»Ja. Oder vielmehr nein.«

Francesca verschränkte die Arme. »Verstehe. Vielleicht sollten wir besser rausgehen.«

Sie traten auf die Veranda hinaus und setzten sich auf zwei Stühle. Nicht weit entfernt hockten Jugendliche im Kreis und redeten mit ein paar Ärzten.

»Also, Matheus, sagen Sie mir, warum Sie hier sind. Viel Zeit hab ich aber leider nicht.«

Matheus kam direkt zur Sache. »Ich suche meinen Bruder.«

»Wie heißt Ihr Bruder?«

»Ulisses Braga.«

Francesca zündete sich eine Zigarette an. Sie hatte kleine Hände, passend zum Rest des Körpers, aber sehr schöne. Am Ringfinger steckte ein Ehering aus Weißgold.

»Nie gehört. Hier ist niemand untergebracht, der Ulisses heißt.«

Matheus schwieg, dann erkundigte er sich: »Was machen Sie eigentlich hier? Wiedereingliederungsmaßnahmen?«

»Ja, auch.« Francesca sprach sehr gut Portugiesisch. »Darüber hinaus helfen wir den Leuten, die Drogenabhängige in der Familie haben, was häufig vorkommt. Außerdem machen wir Vorsorgearbeit und kümmern uns um Patienten, die sich in den öffentlichen Krankenhäusern andere Krankheiten zuziehen. Das Gesetz verlangt, dass Crackabhängige behandelt werden, aber in Wahrheit gibt es gar nicht die institutionellen Voraussetzungen dafür.«

»Sie sind auf Crack spezialisiert?«

»Ja. Crack ist das Monster, das wir bändigen müssen. In Brasilien verbreitet es sich wie die Pest. Es ist die perfekte Droge für Löcher wie die Favelas, weil es wesentlich billiger ist als Kokain und viel leichter herzustellen als Heroin.«

»Crack ist erhitztes Kokainpulver, nicht wahr?«

»Ja, vermischt mit Natron. Die Jugendlichen nehmen auch noch Ammoniak dazu. Sie schneiden Plastikflaschen durch und benutzen sie als Pfeife. Viele der Kinder hier haben crackabhängige Mütter, die abends kein Abendessen auftischen, sondern Crack kochen und ihre Kinder dann in die Restaurants schicken, um die Steine zu verkaufen. Favelas wie die unsere sind im Wesentlichen matriarchalisch organisiert. Die Männer kommen vorbei, schwängern die Frauen und sind dann wieder weg. Sie haben ein Kind in Juramento, eines in Penha, eines in Cantagalo in Copacabana und ein viertes in Macaco. Aber zurück zu deinem Bruder. Wer hat dir gesagt, dass er bei uns war?«

»Meine Schwägerin. Ich habe die beiden allerdings seit vielen Jahren nicht mehr gesehen.«

»Und warum suchst du sie dann ausgerechnet jetzt?« Francesca zündete sich noch eine Zigarette an und musterte ihn.

Matheus schwieg.

»Okay, geht mich auch nichts an. Ich habe hier aber keinen Ulisses. Vielleicht hat er sich ja als Bettler verkleidet, um inkognito zu bleiben.« Sie lächelte und stieß Rauch aus.

Matheus lächelte ebenfalls. Francesca hatte sehr wache Augen. Sehr große zudem.

»Wenn du möchtest, führe ich dich durch die Räume. Vielleicht ist er ja irgendwo.«

»Okay, gut.«

»Und du bist sicher, dass du kein Journalist bist?«

Matheus lächelte und nickte.

Sie gingen durch verschiedene Teile des Gebäudes, große

Räume mit vielen stationären Patienten, fast alle ziemlich jung. Francesca erzählte im Gehen, dass die meisten Patienten allerdings direkt wieder nach Hause geschickt würden, da der Platz vorn und hinten nicht reiche.

Von Ulisses keine Spur.

»Hast du ein Foto von ihm? Wenn du es mir dalässt, kann ich es herumzeigen.«

»Nein, tut mir leid.«

»Du hast kein Foto von deinem Bruder?«

»Nein.«

Francesca bedachte Matheus mit einem langen Blick. »Man könnte meinen, du erzählst mir einen Haufen Unsinn. Aus irgendeinem unerfindlichen Grund glaube ich dir aber. Jetzt muss ich allerdings wieder an die Arbeit. Weißt du, wie du runterkommst?«

»Ich denke schon.«

»Es ist ganz leicht. Wenn du immer bergab gehst, kannst du dich nicht verlaufen. Und du wirst merken, dass dich niemand belästigt, da alle wissen, dass du hier warst. Keine Ahnung, wieso, aber sie respektieren uns. Das habe ich nie begriffen an der Favela. Wir bekämpfen genau das, was die Drogenhändler tun, aber sie respektieren uns.«

»Vielleicht weil ihr außerdem auch noch ihren Familien helft.«

»Kann sein.« Francesca lächelte. »Einem Bruder in Not zum Beispiel.«

Sie verabschiedeten sich. Matheus überquerte den Biliardo, aber Francesca kam ihm noch einmal hinterhergelaufen.

»Hat dein Bruder eigentlich Ähnlichkeit mit dir?«

Darüber musste Matheus nicht eine Sekunde nachdenken. »Ja«, sagte er. »Früher haben wir uns sehr ähnlich gesehen.«

44

Jeden Samstag verließ Davide Strazzon seine Fazenda Santa Tereza do Oeste und ging mit seinen vier italienischen Bracken spazieren. Mit den Hunden durch das Tor mit der flatternden brasilianischen Flagge zu schreiten, in braunen Gummistiefeln, Cordhose und dickem Shetlandpullover, verlieh ihm das Gefühl, ein Schäfer mit seiner Herde zu sein. Heute war die Temperatur empfindlich gefallen. Wenn er seine Hunde zurückrief, damit sie in Reih und Glied blieben, traten Dampfwölkchen aus seinem Mund.

Er ging seine üblichen drei, vier Kilometer, durch einen Lindenwald und über ein paar Hügel. Gelegentlich erblickte er die Dächer von Bauernhöfen, deren Bewohner er kannte; die meisten waren Züchter wie er. Am späten Nachmittag, als die Dunkelheit bereits hereingebrochen war, kehrte Davide auf seine Fazenda zurück. Die Hunde waren ungewöhnlich aufgeregt und ließen sich kaum bändigen, als hätten sie Beute gewittert. Er selbst hatte ebenfalls Appetit und freute sich schon darauf, sich ein paar Scheiben Salami abzuschneiden und ein Glas Rotwein dazu zu trinken.

Als er das Haus betrat, das zwar nicht gerade elegant, aber ziemlich groß war, sah seine Frau auf einem Lokalsender die Sieben-Uhr-Nachrichten. Mariapia war nicht der klassische Fernsehjunkie. Sie engagierte sich in der Kirche und hasste Telenovelas. Und doch stand sie jetzt, die Fernbedienung in der Hand, wie gebannt im Wohnzimmer.

»Davide, Gott sei Dank, dass du zurück bist. Hör dir das an.«

»Was ist denn los, Mary?«

Fünf Sekunden später musste Davide Strazzon nichts mehr fragen. Der Bericht zeigte den Parkplatz einer *Churrascaria* in Campo Largo, dem Herz am Spieß, wo vor wenigen Stunden eine Größe der lokalen Landwirtschaft mit einem Gewehrschuss mitten ins Gesicht getötet worden war: Diego Messer, vierundfünfzig, verheiratet, drei Kinder. Zurzeit seien die Ordnungskräfte noch vor Ort, hieß es in dem Bericht.

Mariapia setzte sich auf ein Sofa, während Davide wie mechanisch auf den Fernseher zuschritt. Hitze wallte in ihm auf, aber urplötzlich überkam ihn Wut anstelle der Angst. Statt auf den Fernsehbildschirm starrte er nun auf das Wohnzimmerfenster.

Ich weiß, dass du da draußen bist.

Er ging in die Küche, wo sich die Treppe zum Souterrain befand.

»Wo gehst du hin?«, fragte seine Frau besorgt.

»Du bleibst hier und rührst dich nicht vom Fleck.«

Im Untergeschoss öffnete Davide einen großen Holzschrank, der eine ganze Waffensammlung enthielt. Er griff zur Beretta 686 Onyx Pro, seinem Jagdgewehr, und lud sie. Durch die Garagentür verließ er das Haus und ging die Rampe hoch. Die Hunde bellten immer noch.

Bist du schon da, du Bastard?

Irgendwo im Wald, auf einer kleinen Anhöhe, von der aus man das Haus einsehen konnte, hockte Bruno und beobachtete ihn durch das Visier seiner Remington 700P. Davide schritt unruhig hin und her und wusste offenbar nicht, was er tun sollte, zumal sich dem Tor der Fazenda nun Scheinwerfer näherten. Deshalb bellten wohl auch die Hunde. *Mit wem kommst du denn da?*, fragte sich Davide verblüfft. *Hast du gleich eine ganze Truppe mitgebracht?*

Zwei Minuten später hatten die Wagen das Tor erreicht. Juvenilson, der Gutsverwalter, lief ihnen entgegen.

»Geh rein. Schnell. Das übernehme ich«, befahl ihm Davide.

»Senhor Davide, das ist die Polizei.«

Strazzon glaubte, sich verhört zu haben. »Wer?«

»Die Bundespolizei, Senhor Davide. Sie wollen rein.«

Seine Ehefrau stand in der Tür. »Was ist los, Davide?«

»Ich weiß es nicht, Mary. Geh wieder hinein, heiliger Himmel.«

Strazzon näherte sich langsam dem Tor, das Gewehr in der Hand.

Eine tonlose Stimme zerschnitt die Luft.

»Nehmen Sie sofort die Waffe runter.«

Davide blieb stehen und legte das Gewehr schräg vor die Brust.

»Senhor Strazzon, nehmen Sie sofort die Waffe herunter. Mein Name ist Emmanuel Polaco von der Bundespolizei. Werfen Sie das Gewehr zu Boden, oder wir eröffnen das Feuer.«

Davide Strazzons Schweinsgesicht wurde vom kalten Licht der Scheinwerfer des Chevrolets der Bundespolizei beleuchtet. Ein Polizist merkte, dass der Mann zitterte. »Wir sollten aufpassen, Hauptmann«, sagte er zu Polaco. »Der Typ ist unberechenbar.«

»Ja. Haltet euch bereit zum Schießen«, flüsterte Polaco. »Aber zielt tief. Wir brauchen den Mann lebend.« Sie waren mit drei Wagen und zwölf Männern gekommen.

Aus seiner Position konnte Bruno Johannsen die Worte nicht hören, aber er spürte die Anspannung. Sein Nachtsichtzielfernrohr zeigte ihm, grünlich eingefärbt, wie Davide Strazzon sein Gewehr umklammerte und die Polizei in Stellung ging. In diesem Moment kam ihm eine Idee, aber er geduldete sich noch etwas. Er brauchte Davide Strazzon und seine grenzenlose Dummheit, um seine spontane Eingebung zu verwirklichen.

»Strazzon«, rief Polaco. »Werfen Sie die Waffe zu Boden. Das ist ein Befehl!«

Davide nahm das Gewehr von der Brust und wollte den Lauf senken, um es zu Boden zu werfen.

Bravo, dachte Bruno und drückte auf den Abzug.

Rodrigo Albuquerque, neunundzwanzig, stand direkt neben

Polaco und bekam nicht mehr mit, was nun geschah. Sein Kopf platzte wie ein mit Wasser gefüllter Luftballon. Im selben Moment entluden sich vier Feuerwaffen auf Davide Strazzon, der das Gewehr mittlerweile zu Boden geworfen hatte. Als er fiel, zauberte ihm die Überraschung ein Lächeln ins Gesicht.

Polacos Befehl war nicht befolgt worden. Man hatte hoch gezielt und Strazzon in Hackfleisch verwandelt.

An einem hochgelegenen Fenster des Herrenhauses auf der Fazenda Yaraibi, in einem steinernen Zimmer, das nur von den flackernden Flammen des Kamins erhellt wurde, stand der Drache und beobachtete den fernen Widerschein der elektrischen Lichter.

Es waren die Lichter, die den gewaltigen Stahlarm des mechanischen Bohrers beleuchteten. Die Arbeiten schritten auch bei Nacht voran. Hinter der Bohrung steckte eine unglaubliche Kraft, und doch erfolgte sie ziemlich langsam, zumal das Loch noch eine Tiefe von sechzig Metern erreichen sollte. Man würde sich gedulden müssen. Hector Lamaielle, der Hydrologe aus Paraguay, der für dieses Projekt engagiert worden war, hatte eine Stelle ausgesucht, die etwa eineinhalb Kilometer vom derzeitigen Aufenthaltsort des Drachen entfernt lag.

Agata Knoll war in einem mit beigem Samt bezogenen Ohrensessel versunken und aß Erbsensuppe. Sie war erstaunt, wie kalt es in Brasilien sein konnte. Ping Xiong saß an einem großen, dunklen Mahagonitisch und verschickte E-Mails. Der Rest der Mannschaft war an der Bohrstelle.

»Morgen werde ich einen Spaziergang machen, um die Umgebung zu erkunden.«

»Ziemlich merkwürdige Gegend«, sagte Sebastian.

»Inwiefern?«

»Kann ich nicht genau sagen.« Dabei hätte er es nur allzu gut sagen können. Hätte er genau hingeschaut und sich in den Anblick des Sonnenuntergangs versenkt, dann hätte er sich unweigerlich als kleinen Jungen wiedergesehen, der sich – zusammen mit anderen ausländischen Knaben wie ihm – ans Ufer des schlammigen Flusses zurückgezogen hatte. Das sengende Blau des Himmels, die feuchte Kälte, die tropische Vegetation. *Das* war es, was an dieser Gegend merkwürdig war.

»Ist dieser Hector Lamaielle eigentlich vertrauenswürdig?«, fragte Agata.

»Möchtest du die Wahrheit wissen?«

Agata lächelte.

»Ich weiß es, ehrlich gesagt, nicht. Für Sorgen dieser Art bin ich mittlerweile zu alt.« Dann entschuldigte sich der Drache und erklärte, dass er sich ein wenig hinlege. Bevor er das Zimmer verließ, blieb er noch einmal stehen. »Es wäre aber besser für ihn, wenn er vertrauenswürdig wäre.«

Agata lächelte. *Der Drache ist in einer sonderbaren Stimmung,* dachte sie.

Sarah Clarice hatte sich vergewissert, dass niemand im Büro war. Nun wartete sie, bis die Putzfrau die Tür hinter sich geschlossen hatte, schaute sich dann eilig um und überquerte die Straße. Ihre Ausrede dieses Mal: Sie wolle die Ruhe des Samstagnachmittags nutzen, um ein paar Sachen zu erledigen, die liegen geblieben seien.

Drinnen schlug ihr der stechende Gestank des Bohnerwachses entgegen. *Himmel, verteilte die Frau das Zeug denn kübelweise?* Die Tür zum Büro des Verwaltungssekretärs war abgeschlossen, aber Sarah Clarice wusste, wo der Ersatzschlüssel war. Sie bemühte sich, keinerlei Geräusche zu machen.

Sobald sie im Zimmer war, schaltete sie Flavios Computer an. Erste Frage nach einem Passwort. Sarah Clarice benutzte das übliche, aber es funktionierte nicht. *Mist.* Marianne hatte ihr nur die beiden Passwörter gegeben, mit denen man an die geschützten

Dateien herankam. Sie versuchte es mit verschiedenen Kombinationen, die alle auf Flavios Namen aufbauten, und hatte schließlich Erfolg. Schnell stieß sie auf eine Datei namens Santo00.

Bin das wirklich ich, fragte sich Sarah Clarice, *die hier in Flavios Büro hockt und nach geheimen Dateien sucht.*

Santo00 war ein passwortgeschütztes Excel-Dokument. Sie tippte Mariannes erstes Passwort ein, und sofort öffnete sich ein weiteres geschütztes Dokument namens S_Uno. *Perfekt.* Sarah Clarice tippte das zweite Passwort ein. Und da war es.

Sie schwitzte, als sie den USB-Stick aus der Tasche ihrer Jeansjacke zog und das Dokument kopierte. Dann schaltete sie den Computer wieder aus, schlich auf Zehenspitzen aus dem Büro und begab sich an ihren eigenen Schreibtisch. Wenn jetzt jemand kommen würde, könnte sie ihre Ausrede anbringen. Es kam aber niemand, und so wusch sie sich schnell das Gesicht und verließ das Gebäude.

Nachdem er eine lange Dusche genommen hatte, trat Matheus auf den kleinen Balkon hinaus und betrachtete verzaubert das Spektakel des Sonnenuntergangs über der Bucht von Botafogo. Sein Handy klingelte. Es war Sarah Clarice.

»Matheus, ich habe das Dokument.«

»Im Ernst?«

»Ja. Schwarz auf weiß. Barcellos hat gut an der Sache verdient. Und nicht nur er.«

»Okay, schick es mir per Mail und mach nach Möglichkeit einen Ausdruck.«

»Okay. Wie geht es dir? Hast du etwas über deinen Bruder in Erfahrung bringen können?«

»Nichts. Die Spur von diesem Apostolo ist im Sande verlaufen. Und du, was machst du so?«

»Nichts. Keine Ahnung. Vielleicht treffe ich mich heute Abend mit meiner Freundin Joyce.«

Matheus schwieg.

»Warte eine Sekunde, Matheus, da ist ein Anruf aus São Paulo. Bleib aber dran.«

»Okay«, sagte Matheus müde.

Vierzig Sekunden später ertönte wieder Sarah Clarice' Stimme.

»Matheus, notier dir eine Nummer und ruf da an.«

»Wer war das denn?«

»Augusto Miller. Er muss mit dir sprechen. Es sei dringend, hat er gesagt.«

»Okay. Wir telefonieren dann später noch einmal.«

Schnell verabschiedeten sie sich, und Matheus wählte die Nummer.

»Augusto Miller?«

»Am Apparat. Wie geht es dir?«

»Ganz gut. Sarah Clarice hat gesagt, dass du mit mir sprechen willst?«

»Ja, sie hat mir erzählt, dass du in Rio bist. Das scheint mir kein unbedeutender Zufall zu sein.«

»Inwiefern?«

»Schreib dir eine Adresse auf, Matheus. Klinik São Vicente. Wenn du hingehst, frag nach Doktor Branco. Sag ihr, dass du ein Freund von mir bist.«

»Aber warum?«

»Tu es einfach, Matheus. Vertrau mir.«

»Soll ich jetzt sofort hingehen?«

»Nein, jetzt ist es zu spät. Besser morgen früh. Lass aber nicht noch mehr Zeit verstreichen. Viel Glück.« Er legte auf.

45

Paulo Johannsen war tief in einem schwarzen Ledersessel in seinem Arbeitszimmer versunken und las den *Estado de S. Paulo,* als das Telefon klingelte.

Er sah die Nummer und kniff die Augen zusammen.

»Ja bitte?«

»Hallo, Paulo.«

»Papa.« Er räusperte sich, denn er hatte schon seit Stunden mit niemandem mehr gesprochen. »Das ist ja schön. Wie geht es dir?«

»Bist du alleine, Paulo?«

»Ja, warum?«

»Ich muss mit dir reden.«

Paulão kannte seinen Vater und wurde nervös. Er wollte etwas sagen, aber der alte Josef unterbrach ihn. »Ich habe bereits meinem Chauffeur Bescheid gesagt. In einer Stunde bin ich bei dir. Bitte eine deiner Angestellten, mir einen schönen heißen Tee zu kochen. Es ist kalt, und gleich wird es auch noch regnen, fürchte ich.«

»Aber … Papa.«

»Kein Aber. Bis gleich.«

Der Chauffeur Rogério ging direkt in die Küche durch, während Josef ins Arbeitszimmer seines Sohnes geführt wurde. Paulo Johannsen hing nicht an seinem Haus, aber das Arbeitszimmer mit seinen gut hundert Quadratmetern war ihm wichtig. Das war sein Reich.

»Hallo, Paulo«, sagte Josef knapp, als er eintrat. Paulão saß immer noch in seinem Sessel, eingewickelt in eine gewaltige moosgrüne Strickjacke.

»Papa.« Er wollte aufstehen.

»Bleib sitzen, bleib sitzen, ich setz mich auch sofort. Ich bin müde, und diese Feuchtigkeit zieht mir in die Beine. Ist der Tee fertig?«

»Er kommt gleich, zusammen mit Suelys Zimtkeksen.«

»Wunderbar.« Der alte Josef setzte sich und betrachtete seinen Sohn.

»Worüber willst du mit mir reden, Papa?«

»Tu nicht so ahnungslos, Paulo. Sag mir doch bitte eines: Weißt du zufällig, wo dein Sohn ist? Mein Enkel Bruno?«

In Paulos Magen begann eine kleine Murmel herumzurollen. »Nein, warum?«

Josef bleckte die Zähne. »Ich hatte ein langes Gespräch mit meinem Freund und ehemaligen Mitgesellschafter Augusto Miller.«

Paulo runzelte die Stirn. »Mit Augusto?«

»Ja, mit Augusto.«

»Weshalb denn das?«

»Nun …« Josef machte eine unbestimmte Geste. »An Themen hat es uns nicht gemangelt.« Er bedachte seinen Sohn mit einem schrägen Blick. »Unter anderem hat er mich über eine sehr interessante Geschichte aufgeklärt.«

»Aha?«

»Eine Geschichte von Drachen und Heiligen, wenn du es genau wissen willst.«

»Könntest du dich etwas genauer ausdrücken?«

In diesem Moment trat eine Hausangestellte ein und brachte den Tee und die Kekse. Sie spürte die Stimmung und war schnell wieder verschwunden.

»Ich bin alt, Paulo«, fuhr Josef fort, als sie wieder alleine waren. »Und ich möchte nicht viel Atem verschwenden, weil ich nicht weiß, wie viel mir davon noch bleibt. Du weißt nur zu gut, wovon ich spreche, zumal wir die Sache einzig und allein dir zu verdanken haben. Du hast jetzt das Sagen, und ich kann nichts mehr tun, außer zu hoffen, dass dir ein Funke Verstand geblieben ist.«

»Jetzt übertreib mal nicht, Papa.«

»Halt den Mund, Paulo.« Der alte Josef saß jetzt kerzengerade in seinem Sessel und klammerte sich an den Knauf seines Spazierstocks mit der kunstvollen Einlegearbeit. »Versuch nicht, ausgerechnet bei mir den Experten heraushängen zu lassen, verstanden? Alt zu sein heißt nicht notwendigerweise zu verblöden. Die Arroganz, mit der du den Industriekapitän spielst, zieht bei mir nicht. Ich habe dir das führende Unternehmen dieses mittelalterlichen Landes überlassen, und du hast es fertiggebracht, ein Loch von der Größe eines Wolkenkratzers reinzuschlagen. Himmelherrgott! In Anbetracht deines Versagens solltest du hier nicht den Klassenbesten geben.«

Paulo spürte, wie sein gesamtes Blut in seinen Stiernacken schoss und weiter hinauf in die Schläfen, aber er gab sich Mühe, sich zu beherrschen.

»Deswegen bin ich allerdings gar nicht gekommen«, fuhr Josef fort. »Ich bin wegen etwas anderem hier. Wegen Bruno. Nun schau nicht so, du weißt genau, wovon ich spreche.«

»Eigentlich nicht.«

»Du bist ein schlechter Lügner, Paulo. Du weißt es nur zu gut, und du bist genauso besorgt wie ich, nur dass du damit fertig zu werden gedenkst, indem du gemütlich im Sessel sitzt und Zeitung liest. Aber ich sage dir eins: Entweder *du* unternimmst etwas, und zwar sofort, oder ich tu es.«

Paulo schaute ihn mit seinen blauen Augen an, ohne zu blinzeln. Josef nahm seine Tasse, blies in den heißen Tee und trank einen Schluck.

»Da du ja offenbar alles weißt«, sagte Paulo, »kannst du mir vermutlich auch sagen, was ich deiner Meinung nach unternehmen soll?«

»Keine Ahnung, Paulo. Ich weiß nur, was *ich* unternehmen würde, und das dürfte dir nicht gefallen.«

Paulão erhob sich mühsam aus seinem Sessel und trat auf seinen Vater zu.

»Willst du mir drohen, Papa?«

»Darauf kannst du wetten, du Schwachkopf«, sagte der alte Josef und trank seinen Tee aus.

Ein paar Kilometer vor São Paulo setzte Bruno Johannsen den Blinker und fuhr mit dem X3 auf eine überfüllte Tankstelle. Auf dem Parkplatz stellte er eines seiner drei Handys an, das alte schwarze Motorola, und wurde sofort über einen entgangenen Anruf informiert. Bruno steckte das Handy in die Jackentasche, ging zur Toilette, kaufte sich an der Bar eine Flasche Wasser und eine Tafel Bitterschokolade und kehrte dann zum Wagen zurück. Dort wählte er die Nummer des Anrufers.

Es meldete sich eine hohe, heisere Stimme.

»Danke, dass Sie zurückrufen, Kommandant.«

»Was gibt's?«

»Wir haben ihn immer noch nicht, tut mir leid. Das Haus steht unter permanenter Überwachung, aber bislang ist er nicht zurückgekehrt.«

Bruno fuhr sich mit der Hand übers Gesicht. »Willst du damit sagen, dass ihr nicht wisst, wo sich dieser Journalist verkrochen hat?«

»Ja, aber wir werden ihn finden. Keine Frage.«

»Hör mal zu, du Idiot. Wir haben nicht alle Zeit der Welt, um ihn zu finden, falls dir das noch nicht klar sein sollte.«

»Ich weiß. In einer Stadt wie dieser ist das aber nicht ganz einfach. Er könnte überall sein.«

»Tatsache ist, dass ihr ihn habt entwischen lassen, als selbst ein Dreijähriger ihn geschnappt hätte. *Das* ist das Problem.« Brunos Stimme war ganz ruhig, und den letzten Satz hatte er fast zu sich selbst gesagt. Am anderen Ende der Leitung war nur ein hektisches Atmen zu vernehmen. »Ich habe verstanden«, sagte Bruno schließlich. »Offenbar muss ich selbst kommen. Aber ich warne dich, das ist keine gute Nachricht für dich.«

Er beendete das Gespräch und schaltete das Handy aus. Dann atmete er tief durch und lehnte seinen Kopf an die Rückenlehne. Seine blauen Augen glänzten vor Müdigkeit. Er machte eine unwillige Geste, als wollte er das Problem abschütteln, und tippte ein neues Ziel in sein Navigationsgerät: Rio de Janeiro.

46

Als die ersten Sonnenstrahlen durch die Gardine drangen, schlug Matheus die Augen auf. Er blieb liegen und starrte ins Licht. Im ersten Moment wusste er nicht, wo er war. Irgendwann sprang er dann auf und ging duschen. Danach trat Matheus auf den kleinen Balkon hinaus. Das Spektakel, wie hinter dem Zuckerhut die Sonne aufging, raubte ihm schier den Atem. Goldenes Licht legte sich über die Blätter der Mandelbäume, der Fels nahm eine silbrig rote Färbung an, und ein milchiger Nebel schwebte über den Häusern von Urca, die sich wie zarter weißer Schaum am Fuße des Gebirges sammelten.

Matheus war der erste Gast, als er um sieben im Restaurant Platz nahm. Er aß drei halbe Papayas und vier Scheiben Toast mit Butter und Kirschmarmelade. Dazu trank er drei Tassen Kaffee. Sein Handy vibrierte. Eine SMS von Cássia. ›*Guten Morgen, mein Schatz. Melde dich mal, wenn du magst. Küsschen.*‹

Matheus lächelte, aber unvermittelt schoss ihm die Erinnerung an das Gespräch mit seinem Geologenfreund Leopoldo Four durch den Kopf. Irgendetwas von dem, was Leopoldo gesagt hatte, brodelte unter der Oberfläche seiner Gedanken. Sie hatten darüber gesprochen, wie das sogenannte Polywasser beschaffen sein könnte, und waren zu dem Ergebnis gekommen, dass es eine Polymerstruktur ausbilden, also aus Molekül*verkettungen* bestehen müsste und nicht aus einfachen Molekülen mit je zwei Wasserstoffatomen und einem Sauerstoffatom. Und selbst im flüssigen Zustand müssten sich diese Moleküle auf unterschiedliche Weise miteinander verbinden können.

Leopoldo hatte gesagt: ›Für einige Forscher ist das anomale

Wasser, das sich in den feinen Kapillaren von selbst bildet, eine Art schweres Wasser, das anstelle der normalen Wasserstoffatome die schwereren des natürlichen Wasserstoff-Isotops Deuterium besitzt. Schweres Wasser wird oft bei der Kernspaltung benutzt, weil es als Moderator der Neutronen fungiert, sie also abbremst.‹

›Sicher‹, hatte Matheus gesagt. ›Aber das existiert doch auch in der Natur, in der Tiefsee.‹

›Aber nur in winzigen Mengen‹, hatte Leopoldo ihn korrigiert. ›Es scheint sich beim Polywasser um eine Art destilliertes Wasser zu handeln, um es mal einfach auszudrücken. Der interessanteste Aspekt ist aber vielleicht seine angebliche Stabilität. Die Molekülstruktur des Polywassers soll stabiler sein als die des normalen Wassers, woraus auch seine ansteckende Wirkung resultieren würde.‹

›Seine ansteckende Wirkung?‹

›Es gab Befürchtungen, dass der Kontakt des Polywassers mit dem gewöhnlichen Wasser eine Kettenreaktion auslösen und die Struktur des gesamten Wassers verändern könnte. In *Nature* oder *Science* ist sogar ein ziemlich alarmistischer Artikel dazu erschienen, 1969, wenn ich mich recht entsinne. Ein Chemiker, an dessen Namen ich mich nicht erinnere, hat die Apologeten des Polywassers – und davon gab es damals ziemlich viele – dazu aufgefordert, es wie eine hochgefährliche Substanz zu behandeln.‹

Matheus starrte in den verlassenen Speisesaal.

Wieso habe ich nicht eher daran gedacht?

Nachdem er in aller Eile sein Frühstück beendet hatte, stieg er ins nächstbeste Taxi und ließ sich in die Klinik São Vicente zwischen Botafogo und Humaitá bringen. Es war ein Luxuskrankenhaus, das jedoch eher an ein Hotel erinnerte. Am Empfang standen zwei ziemlich hübsche Damen in tadellosen Uniformen.

»Guten Tag, ich suche Doktor Branco.«

»Wen dürfen wir melden?«

Matheus kam sich lächerlich vor, aber er sagte es trotzdem. »Ich bin ein Freund von Augusto Miller.«

Die beiden Frauen schauten sich an und baten ihn dann, in einem der Sessel im Empfangsbereich Platz zu nehmen. Nach etwa zehn Minuten erschien eine blonde Frau um die sechzig. Ihr Gesicht war müde, aber der Kittel gab den Blick auf einen drahtigen Körper frei.

»Kommen Sie bitte mit«, forderte sie Matheus auf.

Sie gingen zu den Aufzügen und eilten im dritten Stock einen langen Korridor entlang. Die Lampen spendeten ein dezentes Licht, und es waren keine Fliegen zu sehen. Schließlich traten sie durch eine Tür, die zur Intensivstation führte.

»Bitte beeilen Sie sich.« Die Ärztin zeigte auf ein Bett, das von Maschinen umstellt war und nur von einer kleinen bläulichen Lampe beleuchtet wurde. Matheus trat ein paar Schritte vor und bemühte sich um größtmögliche Ruhe. Ernesto Baduel öffnete ein Auge und starrte ihn an, dann verzogen sich seine rissigen, fast blutleeren Lippen zu einem Lächeln.

Eine Stunde später saß Matheus vor einer Fruchtsaftbar, wo sich einige Gäste über unansehnliche Sandwiches und frittierte Kroketten beugten, und bestellte einen Orangensaft. Er fühlte sich entsetzlich müde. Schnell nahm er sein Handy und wählte eine Nummer.

»Cássia?«

»Schätzchen!«

»Hallo. Alles in Ordnung?«

»Wann kommst du wieder, sag?«

»Das weiß ich noch nicht, aber ich wollte dich um einen Gefallen bitten.«

Cássia schwieg. »Ich höre«, sagte sie dann.

»Ich weiß nicht, ob du das für mich tun kannst, aber ich hoffe, es geht. Es ist wichtig.«

»Willst du mich um etwas bitten, das gegen das Gesetz verstößt?«

»Weiß ich nicht. Du bist die Anwältin.«

»Okay, Matheus, dann schieß mal los.«

Matheus packte den Strohhalm aus, der neben dem Saft lag, und begann mit seinen Erläuterungen. Cássia Toledo hörte aufmerksam zu.

Nach dem Telefonat wurde Matheus von einer plötzlichen Unruhe befallen. Zu allem Überfluss lag ein absolut toter Sonntag vor ihm. Er kramte in seiner Jeanstasche, fand die Telefonnummer, die ihm Francesca auf einen Zettel geschrieben hatte, und rief sie an.

»Ja bitte?«

»Hier ist Matheus. Erinnerst du dich an mich?«

»Hallo, Matheus. Klar erinnere ich mich an dich. Wie sonderbar. Ich wollte dich auch anrufen, aber du hattest mir deine Nummer gar nicht gegeben.«

»Ach so, ja. Wieso wolltest du mich denn anrufen?«

»Ich denke, du solltest heute noch einmal kommen. Wenn das Wetter schön ist, machen wir sonntags auf dem Biliardo ein Picknick mit den Patienten. Das könnte interessant für dich sein.«

»Weißt du etwas über meinen Bruder, das du mir nicht sagen willst, Francesca?«

»Vielleicht. Du musst aber kommen, da du ja nicht einmal ein Foto von Ulisses hast.«

Matheus dachte ein paar Sekunden nach. »Okay. Ich gehe schnell ins Hotel und fahr dann los. Bis später.«

»Gut, tschüss.«

An der Rezeption erfuhr Matheus, dass sein Schlüssel nicht da war.

»Den hat Ihre Frau abgeholt«, sagte die Empfangsdame.

»Wer?«

»Vor einer halben Stunde. Sie ist schon im Zimmer.«

Matheus stülpte die Lippe vor.

Ich wusste es.

»Ist irgendetwas nicht in Ordnung?«

»Nein, nein, danke.«

Er klopfte an seine Zimmertür.

Sarah Clarice öffnete in Jeans und BH, ein Handtuch in der Hand.

»Überraschung.«

Matheus lachte nicht. »Du bist verrückt.«

Sie lächelte immer noch. »Möchtest du nicht hereinkommen?«

»Erst erklärst du mir bitte, was das soll.«

»Okay, aber komm doch wenigstens herein.«

»Sarah Clarice …«

Jetzt wurde sie ernst. »Ich habe mich nicht mehr sicher gefühlt, Matheus. Health Scanner ist auch in die Sache verwickelt. Marianne hat man rausgeschmissen, und für sie ist ein neuer Chef da. Er heißt Peter Slopoj und ist sicher so etwas wie ein Agent.« Sie öffnete ihren Rucksack und holte ein paar Ausdrucke heraus. »Hier, schau selbst.«

Matheus nahm die Blätter, setzte sich aufs Bett und las.

»Zwei Millionen Schweizer Franken auf einem Konto in Lugano?«

»Und schau mal, wie das Konto heißt.«

»*Shadow.*« Matheus nickte. »Ist das denn zu glauben? Das ist ja wie im Film.« Er las weiter und schüttelte den Kopf, dann blickte er Sarah Clarice an. »Aber wieso hat Health Scanner, wenn sie doch in der Sache mit drinstecken, das São-Francisco-Projekt überhaupt gemacht?«

»Vermutlich hat man uns das Projekt gerade deswegen gegeben, damit man die Sache unter Kontrolle hat«, erklärte Sarah Clarice. »Das ist dann allerdings schiefgegangen, weil Marianne nicht eingeweiht war und ich mich so ins Zeug gelegt habe.«

Matheus nickte. Dann schaute er sie wieder an. »Woher wusstest du eigentlich, in welchem Hotel ich bin?«

»In der Mail von Apostolo stand doch, in welches Hotel du gehen sollst«, antwortete sie genervt.

Er schwieg.

»Bist du jetzt sauer? Missfällt es dir, dass ich gekommen bin?«

»Nein, es missfällt mir nicht.«

Sie lächelte. »Das ist alles ein Riesenschlamassel, Matheus, ich weiß. Aber was soll ich denn machen?«

Er schüttelte den Kopf. »Nichts.« Sarah Clarice stand auf und ging in Richtung Bad. Als sie an ihm vorbeikam, blieb sie stehen und strich ihm über den Kopf.

»Du wirst schon sehen, alles wird gut.«

Einen Moment blieb sie so stehen. Ihre Arme baumelten an den Hüften herab. Matheus rutschte fort, aber sie griff nach seinem Handgelenk.

»Ich kann nicht, Sarah Clarice. Lass mich, ich kann das nicht.«

»Du bist ganz schön stur, Matheus.«

Er starrte sie mit seinen türkisblauen Augen an. »Ach, und du? Bist du etwa nicht stur?«

Sarah Clarice war der Situation nicht mehr vollständig gewachsen, das spürte sie. Trotzdem schob sie den Arm hinter den Rücken und hakte den BH auf.

»Oh Gott, Sarah Clarice … Das kannst du nicht …«

Jetzt lächelte sie nicht mehr. In ihrem Blick lag plötzlich eine unendliche Zärtlichkeit. »Komm her … Es ist alles meine Schuld, mach dir keine Sorgen, ich übernehme die volle Verantwortung, aber jetzt komm …«

Francesca taxierte Sarah Clarice wie ein Bergsteiger den Berg, bevor er den Aufstieg beginnt.

»Das ist Sarah Clarice«, sagte Matheus.

»Sehr erfreut.« Francesca reichte ihr gerade mal bis an die

Brust, verblüffte sie aber mit einem ziemlich festen Händedruck.

Der Himmel war blau, und auf dem Biliardo standen Tische und Holzbänke. Jugendliche unterschiedlichen Alters saßen dort und aßen. Dazwischen sah man Leute aus der Favela, vermutlich Angehörige. Auch ein paar Ärzte hatten sich unter die Gäste gemischt.

»Habt ihr Hunger?«, fragte Francesca. »Es gibt Lasagne und Salat.«

»Super«, sagte Sarah Clarice.

»Kommt, wir setzen uns an den Tisch da.« Francesca ging voran zu einem Tisch, der in der Nähe des NGO-Gebäudes stand.

Während der Fahrt hatte Matheus Sarah Clarice auf den neuesten Stand gebracht und ihr auch von der überraschenden Begegnung mit Ernesto Baduel erzählt. Auch seine jüngsten Überlegungen hatte er erwähnt. Sarah Clarice hatte nur noch gestaunt. Als sie allerdings um nähere Erklärungen gebeten hatte, hatte Matheus sie auf den Abend vertröstet.

Francesca versuchte zu begreifen, in welchem Verhältnis ihre beiden Gäste zueinander standen. Matheus war schweigsam, während Sarah Clarice sich erkundigte, wie Vita organisiert war. An ihrem Tisch saßen zwei Jungen um die fünfzehn und ein paar ältere Jugendliche, alle aus einem Rehabilitierungsprogramm. Sie lachten und langten ordentlich zu. Francesca schaute auf und winkte einen jungen Mann an ihren Tisch. Sie hatte Matheus' Anspannung bemerkt und wollte endlich zur Sache kommen. Der Typ trat zu ihnen.

»Das ist Wagner.«

»Hallo, Wagner«, sagte der ganze Tisch im Chor.

»Setz dich zu uns, Wagner.«

Der Typ musterte Matheus, dann schaute er Francesca an, als würde er irgendetwas nicht verstehen.

»Wagner, das ist Matheus«, begann Francesca. »Der Arzt, von dem ich dir erzählt habe.«

Wagner sagte immer noch kein Wort.

Francesca erklärte Matheus und Sarah Clarice, dass Wagner einer ihrer besten Patienten sei, ein ehemaliger Drogenhändler. Mit zwölf hatte er angefangen, als Drogenkurier zu arbeiten. Er war die Gassen der Favela hoch und runter gerannt, um Rauschgift und Nachrichten zu transportieren. Dann war er Beobachter geworden. In dieser Funktion hatte er seine Tage damit verbracht, mit einer Pistole in den Bermudashorts auf einem Barackendach zu liegen und Leute auszuspionieren. Der klassische Werdegang. War man zuverlässig, dauerte es nicht lange, bis man bedeutendere Rollen bekam, und mit ein wenig Glück konnte man es bis zum Drogenboss einer Favela bringen.

»In was für einer Favela warst du denn?«, fragte Sarah Clarice.

»Cabritos«, antwortete er, und Matheus fiel auf, dass er den Namen immer noch mit einem gewissen Stolz aussprach.

»Jetzt erzähl aber, was passiert ist«, drängte ihn Francesca.

»Ich hatte mit Crack angefangen ...« Wagner schaute seine Zuhörer vielsagend an, dann richtete er den Blick wieder auf Matheus.

»Erzähl von dem Krieg.«

»Ach ja«, sagte Wagner. »Dann haben wir den Krieg verloren. Ich habe nur noch an Speedball gedacht – eine Mischung aus Kokain und Heroin, falls euch das nichts sagt –, und meine Kumpels auch, und da wurden wir dann vom Comando Vermelho überfallen und aus dem Geschäft gedrängt.«

»Und wer war der Chef dieses Kommandos?«

»Nicht Chef«, korrigierte Wagner sie verärgert. »Er war nur der Drogenboss irgendeiner anderen Favela. Sie kamen aus Penha oder aus Vila Cruzeiro oder aus einer dieser Favelas aus dem Complexo do Alemão.«

»Klar, aber wer war es?«

»Sie haben ihn Indianer genannt. Seinen echten Namen weiß ich nicht.«

Matheus überlief ein Schauer, aber er ließ sich nichts anmerken. Francesca fixierte ihn mit ihren eindringlichen Augen. Sarah Clarice kaute an ihrem Salat herum und schien gar nicht richtig zuzuhören. Die Jungen warfen ihr bewundernde Blicke zu, und die älteren Mädchen ebenfalls.

»Indianer?«, fragte Matheus.

Wagner nickte. »Ist er dein Bruder?«

»Wer?«

»Der Indianer«, sagte Wagner. »Ihr seht euch total ähnlich.«

Francesca lehnte sich zurück und schwieg. Sarah Clarice war plötzlich hellwach und legte ihr Plastikbesteck auf den Teller.

»Ich weiß, von wem er spricht«, sagte Francesca dann. »Er war bei uns in Behandlung. Nachdem du gestern fort warst, habe ich in unsere Datenbank geschaut, wo wir auch Digitalfotos von unseren Patienten speichern. Wagner absolviert gerade einen Computerkurs, im Zuge der Resozialisierung, und hilft mir bei der Datenpflege. Als ich bei den Patienten von 2003 und 2004 war, ist mir einer aufgefallen, der dir sehr ähnlich sieht. Plötzlich hat Wagner auf das Foto gezeigt und gesagt: ›Aber das ist doch der Indianer!‹ Stimmt's, Wagner?«

Der Typ nickte.

»Zeig ihn mir«, sagte Matheus.

Sie gingen in Francescas Büro. Matheus schwitzte, und Sarah Clarice lief auf und ab, als hätte sie urplötzlich die Angst gepackt.

»Das ist Ulisses, klar. Das ist er.«

»Floriana muss also gewusst haben, dass er hier ist«, stellte Sarah Clarice fest. »Und sie muss es Carlo gesagt haben.«

Francesca schaute vom Computer auf. »Wer ist Floriana?«

»Meine Schwägerin, die Frau von Ulisses«, antwortete Matheus.

»Aha, okay.«

»Wann war das mit dem Überfall?«, erkundigte sich Matheus bei Wagner.

»Vor über einem Jahr.«

»Und Ulisses war cracksüchtig?«, erkundigte sich Matheus ungläubig.

»Es ging ihm ziemlich schlecht«, sagte Francesca. »Mir war zwar klar, dass er nie die Kontrolle über die Situation verloren hat, aber abhängig war er, das auf jeden Fall. Außerdem war er krank, wenn ich mich recht entsinne.«

»Was heißt krank?«

»Schau in den Krankenbericht. Er ist Diabetiker.«

»Aha.«

Matheus wandte sich an Wagner. »Was weißt du sonst noch über ihn?«

Wagner zog eine Grimasse. »Das ist ein ganz Harter, einer, der auf nichts und niemanden Rücksicht nimmt.«

Das kann nicht sein, sagte sich Matheus. *Mein Bruder ist immer ein stiller Typ gewesen. Die Ruhe in Person. Und er hat immer hart gearbeitet.*

»Kennst du diesen Samba von Élton Medeiros, *Katzenkralle?*«

Matheus schüttelte den Kopf.

»Solltest du aber. Er handelt von einem armen Teufel namens Benedito Pereira, einem Mann wie vielen in den Favelas. Harte Arbeit, und am Sonntag ins Fußballstadion. Bis er sich dann eines Tages mit den falschen Personen unterhält. Die Polizei spricht sie an, klar, es sind ja Schwarze. Sie können sich nicht ausweisen und wandern ins Gefängnis. Benedito sitzt ein paar Jahre, und als er wieder rauskommt, hört er auf den Namen Katzenkralle. Er kehrt in die Favela zurück, und alle haben Angst vor ihm … Eine ziemlich verbreitete Geschichte hier, nicht wahr, Wagner?«

Der junge Mann nickte.

»Tut mir leid, Matheus. Ich hätte mir auch ein anderes Ergebnis unserer Nachforschungen gewünscht«, sagte Francesca.

»Mit welchem Namen ist er noch mal in der Datenbank verzeichnet?«

»Lass mich nachschauen … Raimundo. Hier steht nur Raimundo. Er ist ohne Ausweis gekommen, das passiert oft. Den Namen muss er sich ausgedacht haben.«

Matheus warf Sarah Clarice einen Blick zu.

»Noch etwas, Wagner«, sagte Matheus. »Du meinst also, der Indianer wohnt in Cabritos?«

Wagner schien jetzt doch genervt. »Was weiß denn ich? Als Drogenhändler wird man eh nicht alt.«

Matheus schaute Francesca an. »Kennst du zufällig jemanden in Cabritos?«

»Nein, aber ich kann mich mal umhören.«

»Wo ist die Favela?«

»In Copacabana.«

»Wärst du dann so freundlich, das zu tun, Francesca, und zwar bald?«

Sie zündete sich eine Zigarette an und nickte.

47

Auf der Rückfahrt ins Hotel vibrierte Matheus' Handy. Er wartete einen Moment und nahm das Gespräch dann an. Es war Cássia.

»Hör zu, du hattest recht.«

Matheus warf Sarah Clarice einen Blick zu, aber die schaute aus dem Wagenfenster und betrachtete die trostlose Vorstadtlandschaft.

»Ich habe mit jemandem vom Flughafen Congonhas gesprochen, dem Bruder einer unserer Angestellten. Er hat nichts dergleichen bemerkt, aber er hat mir den Namen eines Kollegen in Cumbica gegeben. Und der hat mir, nachdem ich ziemlich hartnäckig darauf bestanden habe, tatsächlich bestätigt, dass Freitagnachmittag eine G550 von InthaWater gelandet ist.«

»Woher weiß er, dass sie von InthaWater war?«

Cássia lachte. »Das Wappen ist am Rumpf. Wenn er nach der Seriennummer hätte schauen müssen, wäre er mit der Information sicher nicht rausgerückt …«

»Hat er gesagt, wer die Passagiere waren?«

»Das wollte er nicht, aber ich war ziemlich stur, und da hat er schließlich nachgegeben. Zwei Frauen und die Besatzung.«

»Zwei Frauen?«

»Ja.«

»Und das Zweite, um das ich dich gebeten hatte?«

»Das war schwerer. In dem Fall musste ich ein paar Bekannten, mit denen ich eigentlich gar nichts mehr zu tun habe, gewaltig auf die Nerven gehen. Irgendwann hatte ich die Information aber, von einem Freund meines Vaters, einem alten Fuchs auf dem Gebiet …« Sie machte eine Pause. »Es geht das Gerücht, dass im

Zuge der Gründung der Been International auch ein Stück Land den Besitzer gewechselt hat.«

»Was für ein Stück Land?«

»Das Gerücht besagt, dass es in Paraná liegt. Es handelt sich um die Fazenda Yaraibi, das Juwel des Hauses Johannsen.«

Matheus spürte, wie sich sein Herzschlag beschleunigte.

»Es sieht aber so aus, als wäre die Eigentumsübertragung nach dem Blutbad vor einer Woche ins Stocken geraten«, fuhr Cássia fort. »Die Johannsens scheinen sich untereinander zu bekriegen, obwohl es nie Paulo Henriques Stil war, Aufsehen zu erregen – im Gegenteil.«

»Und woher weiß dieser Freund deines Vaters das alles?«

»Dieser Freund meines Vaters hat seine Macht auf Informationen gegründet. Wenn er von etwas, das in São Paulo passiert, nichts weiß, dann passiert es auch nicht.«

Cássia räusperte sich. »Woher wusstest *du* eigentlich davon, Matty?«

»Ich wusste es nicht, ich habe einfach geraten.«

»Und hast zweimal ins Schwarze getroffen?«

»Schon gut, Cássia, du darfst es aber niemandem verraten. Ernesto Baduel lebt. Ich habe ihn gestern in Rio gesehen.«

»Er lebt?«

»Na ja, mehr jenseits als diesseits, würde ich sagen.«

»Himmel … Und was hat er gesagt?«

»Dass an meiner Hypothese etwas dran sei.«

»Deiner Hypothese? Die da lautet?«

»Es handelt sich nur um eine Vermutung, Cássia, aber es könnte sein, dass jemand von InthaWater in Brasilien ist und in dieser Fazenda in Paraná irgendetwas anstellt.«

»Irgendetwas anstellt? Könntest du nicht ein bisschen konkreter werden?«

»Es hat mit Wasser zu tun, Cássia. Ich würde es dir gerne erklären, aber das geht jetzt nicht.«

»Hat es mit dem Blind Narcissus zu tun? Mit diesem Projekt, das von der CTNBio genehmigt wurde?«

»Genau.«

»Warum kannst du mir nicht sagen, was du denkst, Matheus?«

»Meiner Meinung nach wollen sie versuchen, den Narcissus am Guaraní-Aquifer umzusetzen.«

»Umzusetzen?«

»So etwas in der Art. Sie wollen das Grundwasserreservoir kontaminieren, nehme ich an.«

Funkstille.

»Bist du noch da, Cássia?«

»Meinst du das ernst?«

»Das ist nur eine Hypothese.«

Cássia sprach jetzt demonstrativ laut und deutlich. »Matty, hast du Beweise für das, was du da sagst?«

»Beweise in welchem Sinn?«

»Beweise im Sinne von Beweisen. Irgendwelche Dokumente, was auch immer.«

»Ich weiß nicht, vielleicht.«

»Nämlich?«

»Nun, da ist der Beweis dafür, dass Barcellos, der die Reinigungsmaßnahmen am São Francisco abgenickt hat, an allen offiziellen Kassen vorbei zwei Millionen Schweizer Franken kassiert hat – sie lagern auf einem Konto in Lugano. In Genf wurde er mit Leuten gesehen, die Verbindungen zu InthaWater haben, und auch zu Miller-Johannsen hat er Kontakt. Die Umschläge habe ich selbst gesehen, falls du dich erinnerst.«

Cássia schwieg und dachte dann laut nach. »Wenn das wirklich so wäre … Diese Analysen, die du wiederholt hast …«

»Das Wasser war so, weil man irgendwelche Experimente angestellt hat, mitten in der Natur.«

»Und wenn man bedenkt, dass die Been die Genehmigung der Kommission für Biosicherheit hat …«

»Ganz richtig«, bestätigte Matheus. »Eben weil die Been die Genehmigung der Kommission für Biosicherheit hat, kann sie das, was in Paraná herauskommt, problemlos als neues Produkt deklarieren. Und damit hätte sie ein Wasser, dessen Copyright sie besitzt.«

Schweigen.

»Matty …« Cássia war eine erfahrene, vorsichtige Anwältin, das wusste Matheus, und er war gespannt auf ihre Meinung. »Bist du wirklich sicher, Matty, dass das keine Hirngespinste sind? Lass mich schnell ein Telefonat führen.«

»Mit wem? Erzähl das bitte nicht herum, vor allem nicht Leuten wie Billy Cosimato.«

»Vergiss Cosimato. Ich würde gerne einen Kollegen anrufen, der sich mit Umweltfragen auskennt. Er ist der Beste in São Paulo. Examen in Harvard, dann Zwischenstation in New York, ein absoluter Spezialist für Sammelklagen. Man nennt ihn den Baustellenkiller. Er hat mehr Wasserkraftwerke verhindert als sämtliche Indianerstämme Amazoniens zusammen.«

Matheus schwieg.

»Wie läuft es eigentlich in der Angelegenheit dieses Journalisten?«, erkundigte sich Cássia schließlich.

»Wir haben eine ziemlich gute Spur«, antwortete Matheus. Im selben Moment hätte er sich auf die Zunge beißen können.

»Wir?« Cássias Stimme war körnig wie ein stark vergrößertes Bild. »Wer ist *wir?*«

Matheus zögerte nur einen winzigen Moment, aber das war schon zu viel.

»Du bist mit Sarah Clarice dort. Ich fasse es nicht …«

»Cássia? Cássia, bitte …«

Klick.

Der Hydrologe Hector Lamaielle stieg aus dem grauen Land Rover und schlenderte, die Hände in den Hosentaschen, in Richtung Herrenhaus. Er schaute in den Himmel. Die Sonne ging unter, die Wolken hatten feuerrote Ränder, und nachts würde es vielleicht regnen. Er stieg die Steintreppe hoch und betrat die Fazenda. Ping Xiong kam ihm entgegen. Lamaielle musterte sie interessiert. Er war um die fünfzig, sah aber jünger aus. In Kitschromanen würde man ihn als ›schönen Finsterling‹ bezeichnen, zumal er auch noch unmerklich hinkte. Er trug eine erdfarbene Drillichhose und einen dunkelgrauen Rollkragenpullover. In der Hand hielt er eine erloschene Pfeife.

»Kommen Sie«, sagte Ping Xiong. »Der Drache erwartet Sie.«

Hector Lamaielle folgte der Frau durch eine lange, überdachte Veranda, von der lauter identische, leere Zimmer abgingen. Das letzte Zimmer lag an der Ecke. Es war größer als die anderen und wurde von einem Kaminfeuer erleuchtet.

»Wie geht es Ihnen, Doktor Faucon?«

»Gut, danke. Ich versuche gerade, mich mit der brasilianischen Kälte anzufreunden … Setzen Sie sich.«

Agata Knoll war auch da. Sie saß im Ohrensessel und las, begrüßte Lamaielle aber per Handschlag.

»Wie läuft es?« Der Drache saß mit dem Rücken zum Feuer. Sein Gesicht lag im Schatten, was dem Hydrologen missfiel.

»Gut, würde ich sagen. Wir müssten es in drei Tagen geschafft haben.«

»Müssten? Von drei Tagen hatten Sie gestern schon gesprochen.«

»Wenn wir Glück haben, funktioniert es ohne Komplikationen. Wo wir bohren, liegt der Wasserspiegel sehr hoch, und um die Stellen zu vermeiden, wo großer Druck unter dem Felsen herrscht, müssen wir vorsichtig sein. Das ist, als würde man bei der Blutabnahme die Vene erahnen, ohne sie tatsächlich zu sehen.«

»Wenn ich so frei sein darf, Lamaielle: Ich habe der Erde mein Leben lang Blut abgenommen und kenne die Prozeduren.«

»Das weiß ich. Vielleicht habe ich mich falsch ausgedrückt.«

Lamaielle sah immer noch nichts als diese schwarze Silhouette, und das machte ihn allmählich nervös. »Wenn Sie Wasser suchen, um es an die Oberfläche zu befördern, bohren Sie normalerweise ein Loch, durch das es von selbst emporsprudelt. Dieses Mal ist es jedoch anders: Wir suchen zwar Wasser, wollen aber nicht, dass es uns entgegenkommt. Das war es, worum Sie mich gebeten hatten.«

Die knochige Silhouette des Drachen stimmte ihm mit einer langsamen Geste zu.

»Das Wasser des Guaraní-Aquifers drängt mit aller Macht nach oben. Das vulkanische Gestein ist sehr hart und übt einen starken Druck aus. Ich versuche, die Stellen zu vermeiden, wo er zu stark ist, aber das ist Millimeterarbeit. Sie können sich das vorstellen wie bei diesen gewaltigen Stufen am Meeresgrund: Von einem Sockel von vielleicht hundert Metern Tiefe kann man mit einem einzigen Schritt in den Abgrund stürzen.«

»Verstehe«, sagte der Drache müde. »Hauptsache, wir gelangen an das richtige Reservoir und nicht an eine beliebige Grundwasserschicht.«

»Natürlich, Doktor Faucon. Ich kenne die Erde da unten gut. Das Einzige, was ich mich frage, ist, warum Sie das Wasser nicht einfach an die Oberfläche pumpen. Das wäre doch naheliegend, bei dem Druck, der da unten herrscht, oder?«

Der Drache kommentierte das gar nicht, sondern wechselte jetzt das Thema. »Sie haben auf dem Erdöl-Sektor gearbeitet, nicht wahr?«

»Ja, fast mein ganzes Leben lang. In den Siebzigern haben die Militärregierungen hier in der Gegend Erdöl gesucht, und wir haben eine detaillierte Karte des Untergrunds angefertigt.«

»Und warum arbeiten Sie nicht mehr auf diesem Gebiet?«

»Ich wollte nach Paraguay zurück, um zu unterrichten.«

»Sie waren, wie ich weiß, in Alaska in eine große Umweltkatastrophe verwickelt.«

Lamaielle kniff die Augen zusammen, um die Miene des Drachen erkennen zu können, aber vergeblich. Allerdings wurde er zu gut bezahlt, um sich zu beschweren.

»Ja, leider. Ich hatte das Unternehmen vor den Gefahren gewarnt, aber diese Engländer wollten nicht auf mich hören. Am Ende stand mein Name natürlich doch auf der Liste der Schuldigen.«

»Wie sind Sie damit fertig geworden?«

Lamaielle zögerte. »Man kann im Leben fast alle Schwierigkeiten überwinden, selbst die widrigsten. Ich darf kein Bankkonto mehr eröffnen, falls es Sie interessiert.«

»Das kann auch von Vorteil sein«, sagte der Drache.

Hector Lamaielle fand das nicht witzig, grinste aber trotzdem. Unwirsch schaute er rechts am Drachen vorbei, dann wieder links.

Ein bleiernes Schweigen senkte sich herab.

»Nun …«, sagte der Drache irgendwann, und plötzlich konnte Lamaielle auch seine blauen Augen sehen. Sie schienen in einem eisigen Lächeln erstarrt. »Ich gebe Ihnen bis Mittwochmorgen Zeit. Bei Morgengrauen sind Sie fertig, keine Stunde später. Bitte enttäuschen Sie mich nicht.«

Lamaielle hatte sich schon halb aus seinem Sessel erhoben. »Da müssen Sie sich keine Sorgen machen.« Und damit war er aus dem Zimmer verschwunden.

Drei schwarz uniformierte Beamte der Bundespolizei luden drei Kisten mit Papieren aus Davide Strazzons Arbeitszimmer in Santa Tereza do Oeste in ihre Toyotas. Zur selben Zeit fischten Emmanuel Polaco und Alessio Castro in einem taghell erleuchteten McDonald's an einer Provinzstraße in Paraná die letzten Pommes aus der Packung.

Sie hatten versucht, die Fäden zu sortieren, die sie bislang in der Hand hielten.

»Eines ist mir immer noch nicht klar«, sagte Polaco und kratzte sich den Schädel mit den wenigen Haaren. »Warum fährt dieser Tätowierte, dieser Jefferson, der sich auf Landstreitigkeiten in Paraná spezialisiert hat, nach Juazeiro, um einen Arzt umzubringen?«

»Zu foltern und umzubringen«, stellte Alessio klar.

»Ja, okay, zu foltern. Warum?«

Castro wollte etwas sagen, hielt dann aber inne.

Polaco schwieg. Die Übermüdung der letzten beiden Tage musste schuld sein. Er dachte an seine Frau und seine Tochter, die vor fünf Tagen geboren worden war. Kurz nach der Geburt hatte er sie gesehen, genau zehn Minuten lang. Polaco war der Typ Polizist, der sich ohne Einsatz zu Tode langweilte.

Castros Handy klingelte.

»Ah, hallo. Schieß los, ich bin unterwegs.« Er gab Polaco ein Zeichen, dass er warten solle.

Das Telefonat dauerte fünf Minuten. Castro hörte zu und nickte gelegentlich. Dann verabschiedete er sich und schenkte Polaco ein verhaltenes Lächeln.

»Wer war das?«, fragte der.

»Ein Kollege aus Juazeiro. Es scheint, als hätten wir den Mann, der die Sache mit dem Tätowierten durchgezogen hat. Einer von der Militärpolizei, wie wir schon vermutet hatten.«

»Wie hat man ihn gefunden?«

»Mit Hilfe der Verbindungsnachweise von Jeffersons Handy. Die einfachste Sache der Welt. Zwischen dem 30. und dem 31. Mai haben sie mindestens drei Mal telefoniert. Der Typ wird seit ein paar Stunden ausgequetscht. Die Beteiligung an der Entführung hat er bereits gestanden, aber er behauptet, er habe keine Ahnung, für wen sie den Auftrag erledigt hätten. Jefferson hat angeblich ständig von einem Kommandanten geredet. Wissen Sie, wen er damit gemeint haben könnte?«

»Nein. Kommandant? Ob das auch jemand von der Militärpolizei ist?«

»Keine Ahnung. Glaub ich aber nicht, denn sonst wüsste der Typ das doch. Bei internen Geschichten wissen sie es immer. Vielleicht ist es ein Spitzname.«

»Möglich«, räumte Polaco ein.

Castro widmete sich seinem kalten Cheeseburger, während Polaco nach seinem Handy griff. Er telefonierte ein paar Minuten, beendete das Gespräch dann und wandte sich wieder an Castro. »Hattest du *Kommandant* gesagt?«

»Ja.« Castro nickte.

»Zwischen den Papieren von diesem Strazzon ist soeben etwas über einen Kommandanten aufgetaucht.«

»Könnte Strazzon der Kommandant sein?«

»Keine Ahnung. Strazzon hat angeblich ein paar Zahlen neben das Wort ›Kommandant‹ gekritzelt. Es stand in einem Heft, das sich in einer Pappschachtel mit lauter Dokumenten und Kontoauszügen befand.«

Castro nickte nachdenklich.

»Außerdem gibt es Neuigkeiten zum ballistischen Gutachten«, fuhr Polaco fort. »Die Remington, mit der Diego Messer umgelegt wurde, ist dieselbe Waffe, die auch unseren Kollegen getötet hat. Möglicherweise ist sie nicht registriert, aber die Munition ist es sicher. Die Stunden unseres Heckenschützen sind gezählt.«

In einer Disco an der Visconde de Pirajá in Ipanema lud ein junger, eleganter Mann mit glänzenden blauen Augen, weißem Hemd und hautenger Jeans zwei spärlich bekleidete Mädchen zu einer Runde Champagner ein. Die Technoklänge im Rossini fegten wie ein Radiergummi über seine Worte hinweg. Den Mädchen war es aber auch ziemlich egal, was Bruno – mit dem Namen hatte er sich vorgestellt – so alles von sich gab. Es ging um Soldaten, heldenhafte Unternehmungen und Dinge, die ein echter Krieger persönlich erledigen müsse. Offenbar hatte sich der Typ mit ziemlich starkem Zeug zugedröhnt, obwohl er durchaus kontrolliert wirkte und absolut überwältigend aussah. Außerdem schien er Geld zu haben, den drei Flaschen Taittinger im Sektkübel nach zu urteilen. Die beiden schlanken, braungebrannten Mädchen waren allerdings keine Prostituierten, sie waren einfach gelangweilte Studentinnen, die sich amüsieren wollten. Auf dieses elende Gequatsche hatten sie jedenfalls keine Lust, und so packten sie Bruno irgendwann am Hemd und zogen ihn in die tanzende Menge.

Im selben Moment, da er sich entschlossen hatte, ins Bett zu gehen, bekam Paulo Henrique Johannsen einen Anruf auf seinem Handy.

»Entschuldigen Sie bitte die späte Stunde, Doktor, aber ich hielt es für angebracht, mich noch zu melden.«

»Kein Problem, Antônio. Ich höre.«

»Meine Quelle spricht von Rio de Janeiro. Was meinen Sie?«, fragte Netto.

»Ist die Quelle zuverlässig?«

»Ich denke schon.«

Paulão seufzte, und sein feistes Gesicht verdüsterte sich.

»Danke, Antônio. Du warst mir wie immer eine große Hilfe.«

»Keine Ursache. Gute Nacht.«

Paulo legte das Handy aufs Sofa und schaute in die Nacht vor dem Wohnzimmerfenster hinaus.

Wieso bin ich eigentlich nicht gleich darauf gekommen?

48

Francesca zündete sich eine Zigarette an und schaute sich suchend um, während sie an der Ecke Siqueira Campos, Barata Ribeiro auf und ab schritt. Der Morgen war wolkenlos. Matheus entdeckte sie bereits von weitem und winkte. Sie winkte zurück und zog ein letztes Mal an ihrer Zigarette.

»Wie geht's?«

»Gut. Und dir?«

»Danke, dass du gekommen bist.«

»Kein Problem. Ist Sarah Clarice nicht mit?« Francesca hatte ihre Haare diesmal offen gelassen. Die Locken fielen auf die lange grüne Bluse herab, die sie über der Jeans trug. Ohne den weißen Kittel wirkte sie gleich größer.

»Nein, ich wollte lieber alleine kommen …«

»Verstehe. Das ist auch besser so.«

Matheus neigte den Kopf und schaute sie an.

»Lass uns gehen«, sagte sie. »Sollen wir zu Fuß hoch, oder nehmen wir ein Motorradtaxi?«

»Ist es weit?«

»Nicht wirklich.«

»Dann lass uns zu Fuß gehen.«

»Serena wartet dort auf uns.«

Am Vortag hatte Francesca nach einer Reihe von Telefonaten herausgebracht, dass es in Morro dos Cabritos eine italienische Organisation gab, die sich um minderjährige Mütter kümmerte. Es war eine ziemlich große Einrichtung, in der es nicht nur eine kostenlose Kinderkrippe gab, sondern die Kinder auch zur Schule gehen und Sport treiben konnten.

Matheus und Francesca stiegen die Ladeira dos Tabajaras hoch, eine enge Gasse, die im Zentrum von Copacabana begann, zweihundert Meter vom Strand und von den großen internationalen Hotels entfernt, um schließlich in die schlammigen Gassen zwischen den Baracken der Favela zu münden. Eine schlanke Frau mit kurzen Haaren, entschiedenem Blick und lächelnden Augen erwartete sie auf der kleinen Anhöhe, auf der die Schule stand. Es war Serena.

Sie begrüßten sich. »Mögt ihr einen Kaffee?«

»Gerne«, antworteten sie beide gleichzeitig. Francesca hatte Serena bereits erklärt, warum sie kamen. Zunächst hatte sie zurückhaltend reagiert, aber schließlich eingewilligt, ihnen zu helfen. Trotzdem wollte sie die Geschichte noch einmal von Matheus selbst hören. Seine Bitte war ziemlich ungewöhnlich, und es bestand immer die Gefahr, dass Mitarbeiter von Polizei oder Geheimdiensten sich einzuschleusen versuchten, um irgendetwas über die Aktivitäten der Gangs herauszufinden. Dieser Typ hier musste aber tatsächlich der Bruder des Indianers sein.

Serena arbeitete seit acht Jahren in der Favela und hatte gelernt, dass man nie vorsichtig genug sein konnte. Um sie herum wimmelte es von Müttern und Kindern. Die Mädchen ließen ihre Babys bei Serena und den anderen, um zu ihrer Arbeit im Supermarkt, im Callcenter, in privaten Haushalten oder als Strandverkäuferin zu gehen.

»Also, Matheus«, sagte Serena und stellte das Gläschen mit dem Kaffee auf ihren Schreibtisch. »Zunächst würde ich dir gern eine Frage stellen: Bist du wirklich sicher, dass du deinen Bruder wiedersehen willst?«

Matheus schaute Francesca an, die sich eine Zigarette anzündete und seinen Blick dann erwiderte.

»Ja natürlich.«

»Falls uns das gelingt, dürfte es keine angenehme Begegnung werden.«

»Das weiß ich.«

»Deine Geschichte rührt mich, Matheus, weil so etwas eigentlich nie passiert. Ist man erst einmal hier gelandet, kommt einen niemand mehr suchen. Man wird einfach vergessen.«

Matheus' Kiefer verkrampfte sich, und er senkte den Blick.

»Gut, damit hätte ich meiner Pflicht Genüge getan«, sagte Serena lächelnd. »Der Plan sieht folgendermaßen aus: Wir gehen mit einer unserer Sozialarbeiterinnen durch die Favela. Eliane dreht fast jeden Tag eine Runde, das fällt also nicht weiter auf. Ihr kommt einfach mit, und wir schauen mal, was oder wem wir so begegnen. Die Polizei ist zurzeit einigermaßen entspannt, da dürfte es keine Probleme geben. Das war nicht immer so – vor einiger Zeit ist hier ständig die Zivilpolizei eingefallen, und ich bin mir sicher, dass das auch wieder kommen wird. Aber im Moment ist Sendepause. Einverstanden so weit?«

Matheus nickte. »Danke.«

Die beiden Mädchen, Larissa und Selma, waren bei Morgengrauen gegangen. Der Pförtner des Luxushauses in Alto Leblon hatte sie zum Eingangstor begleitet und mit dem Lächeln eines Mannes, dem nichts Menschliches fremd ist, verabschiedet.

Bruno Johannsen stand im zwölften Stock und schaute auf das Meer von Ipanema hinab. Links erhob sich der Gebirgszug, auf dem der Christus emporragte. Die Szenerie war ihm allerdings vollkommen gleichgültig. Vage hatte er noch die Gesichter der beiden Mädchen vor Augen, und an seinen Händen haftete der säuerliche Geruch ihrer Körper. Seltsam, Körper waren seine Obsession, aber wenn er ihren Geruch an seinen Fingern hatte, schüttelte es ihn fast vor Ekel. Er schaute sich in der Wohnung um, die stets verschlossen war und von niemandem benutzt wurde. Sie gefiel ihm, weil sie praktisch leer war. Immerhin gab es aber eine Espressomaschine mit Lavazza-Pads. Er ließ sie zweimal leer durchlaufen, den dritten Kaffee trank er dann.

Anschließend rief er einen der Soldaten vor Ort an. »Ich möchte die Wohnung dieses Journalisten sehen.«

»Tagsüber ist es nicht leicht, da reinzukommen.«

»Gib mir die Adresse, du Volltrottel.«

Bis zum Einkaufszentrum Shopping Leblon ging er zu Fuß, dann nahm er ein Taxi nach Copacabana. Vor dem weißen Gebäude, in dem Carlo wohnte, blieb Bruno ein paar Sekunden stehen. Ein schneller Blick nach links und nach rechts, dann ging er einmal um den Block herum und sah, dass man das Gebäude auch durch einen Seiteneingang betreten konnte. Mittlerweile waren zwei Typen aufgetaucht, die aussahen, als wären sie einer Episode von *Baretta* entsprungen – der amerikanischen Detektivserie, die er als kleiner Junge immer gesehen hatte, wenn ihm in dem großen Haus in Morumbi die Decke auf den Kopf gefallen war.

»Ihr behaltet diesen Schwachkopf von Pförtner im Auge, ich gehe durch den Seiteneingang rein. In welchem Stock ist die Wohnung?«

»Im fünften«, sagte einer der beiden. »Die Tür ist aus den Angeln gesprungen.«

Bruno lächelte und machte sich auf den Weg.

Auf dem Treppenabsatz stank es nach billigem Bohnerwachs. Bruno verzog angeekelt das Gesicht. Die Wohnungstür war geschlossen, aber man sah deutlich die Spuren des Brecheisens. Als Bruno gegen die Tür drückte, öffnete sie sich.

Er ist so überstürzt aufgebrochen, dachte Bruno, *er* muss *einfach irgendwelche Spuren hinterlassen haben.*

Im Schlafzimmer fing er an. Die Läden waren geschlossen. Viel Licht kam nicht herein, aber es genügte, um sich einen Eindruck zu verschaffen. Dieser Hungerleider schlief auf einem Holzgestell zu ebener Erde. Das Bett war nicht gemacht, die Laken zu einem orangefarbenen Knäuel verschlungen. Im Wandschrank befanden sich ein paar muffige Kleidungsstücke, außerdem ein

Schubladenelement mit persönlichen Dokumenten, Fotokopien und nutzlosem Zeug. *Unerträglicher Schnickschnack, das alles.* Bruno betrachtete sich im Spiegel. Er suchte nach Anzeichen von Müdigkeit unter seinen hellen Augen, fand aber keine.

Nun ging er in die beengte Küche. Der Herd war mit Kaffee verkrustet. Bruno öffnete die Hängeschränke und schaute in die Schubladen. Nichts zu sehen. Ins Bad warf er nur einen kurzen Blick: Es war ein winziger, fensterloser Raum mit einer elektrischen Dusche und feuchten Wänden.

Im Wohnzimmer, das durchaus geräumig war, brauchte er etwas länger. Aus zwei quadratischen Fenstern fielen dünne Sonnenstrahlen in den Raum. Das Sofa war mit einem blauen Tuch bedeckt, und der lange Schreibtisch diente vermutlich auch als Esstisch. Unter dem Tisch stand ein Schubladenschrank aus schwarzem Plastik. *Exzellenter Geschmack, da gibt es nichts,* dachte Bruno.

Er setzte sich an den Schreibtisch und begann, die Papierberge dort zu durchforsten. Notizblöcke, Kladden, verschiedene alte Terminkalender, die ebenfalls als Notizhefte benutzt wurden, dann stapelweise verstaubte Zeitschriften. Langsam studierte er Blatt für Blatt und schob alles beiseite, was offensichtlich aus älteren Zeiten stammte. Nach einer guten halben Stunde konzentrierte er sich auf ein grünes Schulheft mit Schreiblinien. Es enthielt Notizen zu jüngeren Artikeln, und Bruno wurde das Gefühl nicht los, dass dieser Typ sich nicht überarbeitete. Etwas Interessantes fand er jedenfalls nicht.

Er schaute sich um und schnaubte. Allmählich bekam er Platzangst. Wie konnte man nur in einem solchen Loch leben? Er musste an ein Büchlein denken, in dem die Methoden der Stasi beschrieben wurden. An einer Stelle wurde betont, wie wichtig es sei, immer auch in den Müll zu schauen, besonders wenn jemand eine Wohnung überstürzt verlassen hatte. Das war ihm wieder eingefallen, als er zufällig entdeckt hatte, dass aus dem grünen

Heft zwei Seiten herausgerissen worden waren. Bruno stand auf und schaute sich um. Im Wohnzimmer gab es keinen Papierkorb. Er ging in die Küche und öffnete die Tür unter der Spüle. Im Mülleimer lagen nur faules Obst und ein paar Bananenschalen, und es wimmelte von Fliegen.

Bruno packte der Ekel. Er nahm einen Kochlöffel und wühlte im Abfall herum. Nichts. Da er auf einmal dringend pinkeln musste, ging er ins Bad. Mit einem Stück Klopapier griff er nach der Klobrille und klappte sie hoch. Beim Pinkeln fiel sein Blick plötzlich auf einen Eimer. Als er ihn öffnete, schlug ihm der Gestank von Erbrochenem entgegen.

Er ging in die Küche zurück, holte den Kochlöffel, kniete sich neben den Badezimmereimer und begann, darin herumzuwühlen. Schließlich kippte er ihn aus und zog mit dem Kochlöffel das Papier auseinander, bis er auf einen zusammengeknüllten Zettel stieß, der andres war als die anderen. Er nahm ihn mit ins Wohnzimmer und setzte sich wieder an den Tisch. Die Schrift war praktisch nicht zu entziffern, als hätte sich jemand in aller Eile etwas diktieren lassen. Nach einem zweiten Versuch schaute er zu den abgedunkelten Fenstern hinauf und stellte im Geiste ein paar Verbindungen her. Seine gerunzelte Stirn glättete sich allmählich.

»Hallo. Wir kennen uns nicht, aber ich bin Marco Coimbra, ein Anwaltskollege von Cássia.« Matheus war soeben mit den anderen aus der Schule getreten, als er den Anruf entgegennahm. Er gab Francesca ein Zeichen, kurz zu warten. Serena und die Sozialarbeiterin blieben ebenfalls stehen.

»Hallo. Was gibt's?«

»Hör zu, Matheus. Cássia hat mir von der Sache erzählt. Können wir uns treffen?«

»Ich bin in Rio und weiß nicht, wie lange ich noch bleibe.«

»Dann lass es uns so machen, Matheus. Ich bereite einen Entwurf für das weitere Vorgehen vor, und wenn du morgen nicht nach São Paulo kommst, schick ich ihn dir. Du gibst mir dein Okay, und wir lancieren die erste Klage.«

»Immer mit der Ruhe, Marco. Ich kenne mich in diesen Dingen nicht aus. Was für eine Klage? Für eine Klage muss es doch einen Kläger geben, oder irre ich mich?«

»Richtig, aber den Kläger hätten wir.«

Matheus legte die Hand vor die Augen. Die Sonne knallte gnadenlos herab.

»Ach ja?«

»Er heißt Washington Lins dos Santos, ist sechsunddreißig und arbeitet als Tagelöhner. Man hat seinen Bruder und zwei Cousins umgebracht.«

Matheus trat ein paar Schritte beiseite. »Entschuldige mal, Marco, aber was hat das mit dem Blind Narcissus zu tun? Eigentlich sollten wir doch verhindern, dass man am Wasser auf der Fazenda Yaraibi herummanipuliert.«

»Klar. Aber Washingtons Bruder und seine Cousins wurden genau auf diesem Land umgebracht, vor zehn Tagen. Wir fordern die Beschlagnahme des Geländes, bis die Ermittlungen abgeschlossen sind. In diesem Zusammenhang werden wir auch eine Tatortbesichtigung beantragen und uns genau anschauen, was da los ist. Und dann werden wir sämtliche möglichen und unmöglichen Verzögerungstaktiken ausreizen.«

Matheus war verblüfft. »Hat denn bislang niemand die Beschlagnahme des Geländes gefordert? Immerhin sind dreizehn Menschen gestorben.«

»Nein. Das tut nie jemand.«

Matheus schwieg. Die drei Frauen beobachteten ihn und wechselten einen Blick.

»Neulich habe ich mit einem Anwalt aus Curitiba gesprochen, Lirio Fabbri«, sagte Matheus dann. »Er hat mir erzählt, dass diese Dinge praktisch immer im Sande verlaufen, weil in unserem

Justizsystem die Verantwortung zwischen tausend verschiedenen Instanzen hin und her geschoben wird.«

»Ich kenne Lirio Fabbri. Er ist ein super Typ, und er hat vollkommen recht. Dieser Höllenmechanismus hat allerdings zwei Seiten. Er ist schrecklich, wenn man ihn gegen sich hat, aber wenn du ihn zu steuern weißt, bietet er auch gewisse Vorteile.«

Matheus gab Francesca ein Zeichen, dass er gleich fertig sei.

»Nur noch eins, Marco. Weißt du, was du da tust?«

»Irgendjemand muss es ja tun, Matheus. Mach dir mal keine Sorgen.«

»Entschuldigung.« Matheus ging zu den Frauen zurück, die jetzt vor einer Art Ziegelsteinruine standen und redeten. Unten sah man die Hochhäuser von Copacabana, während sich über ihnen die endlose Masse ineinander verschachtelter Baracken erhob. Die Straße schlängelte sich den Hang hoch und wurde immer schmaler. Durch Spalten zwischen den einzelnen Hütten sah man das Meer. Motorräder mit Passagieren hinten drauf schossen an ihnen vorbei.

Irgendwann bedeutete Serena den anderen zu warten. Sie ging zu einer Gruppe von Jugendlichen, die vor einem Kiosk saßen, und wechselte ein paar Worte mit ihnen. Nach ein paar Minuten kam sie wieder und lächelte Matheus an. »Lass uns weitergehen.«

Sie verließen die Hauptstraße und bogen in eine Gasse ein, die höchstens einen Meter breit war. Hierher drang kaum noch Sonnenlicht. Viele Haustüren standen offen, und auf den Stufen der Gasse saßen Frauen und unterhielten sich. Gelegentlich betrat Eliane eine der Hütten und stellte ein paar Fragen. Auch ein vierzehnjähriges Mädchen, das ihr erstes Kind erwartete, besuchte sie. Das Mädchen lebte allein mit seinem alten, kranken Vater, der mittlerweile bettlägerig war. Sie stiegen weiter hoch und blieben bei einer Frau stehen, die an einem zwischen zwei Baracken gespannten Draht Wäsche aufhängte. Pickende Hühner liefen ihnen zwischen den Füßen herum. Serena erkundigte sich, ob Felipe unterwegs sei. Soeben sei er noch da gewesen, teilte die Frau ihr mit. Also gingen sie weiter, bis ein etwa zwanzigjähriger Junge in einem T-Shirt von Fluminense Rio de Janeiro und roten Bermudashorts auf sie zukam und Serena begrüßte. Matheus und Francesca hielten sich im Hintergrund, während Eliane eine Frau in einer Baracke ansprach. Nun zeigte Serena auf Matheus. Der Junge starrte ihn an und nickte schließlich. Sie traten näher. In Felipes Bermudashorts steckte eine Pistole, in der Hand hielt er eine Rolle Geldscheine. Serena stellte sie einander vor. Felipe musterte Matheus immer noch.

»Wartet hier«, sagte er dann und lief die Stufen der Gasse hoch.

»Was hast du ihm erzählt?«

»Dass du ein Diabetesspezialist bist und für uns arbeitest. Es scheint, als würde der Indianer seine Baracke nicht mehr verlassen, und ins Krankenhaus will er nicht … kann er wohl auch nicht mehr. Sein Diabetes schreitet unweigerlich voran. Dabei will er sich nicht einmal eingestehen, dass er krank ist. Er weiß es, aber er tut so, als wäre nichts.«

»Wer hat dir das gesagt?«

»Die Drogenhändler unten.«

Francesca setzte sich auf eine Stufe und zündete sich eine Zigarette an. Eliane scherzte mit einer Gruppe Frauen, die von schreienden Kindern und Hühnern umringt waren. Nach etwa zwanzig Minuten kam Felipe wieder.

»Okay«, sagte er. »Aber er soll alleine kommen.« Dann schaute er Matheus an. »Gestatten, Freund?«

Matheus verstand nicht, aber Felipe hatte schon damit begonnen, ihn zu durchsuchen. »Gehen wir«, sagte er anschließend.

»Wir warten hier auf dich«, sagte Francesca und schaute ihm hinterher.

Felipe ging voran, und Matheus sah, dass am Bund seiner

Bermudashorts ein kleines Funkgerät klemmte. Die Sonne stand bereits hoch, und sein Hemd war unter den Achseln durchgeschwitzt.

»Wie alt bist du, Felipe?«, fragte Matheus, um das Eis zu brechen.

»Neunzehn, Doktor.«

Irgendwann hörten die Baracken auf, und der Wald begann. Sie krochen durch einen aufgeschnittenen Zaun und stiegen noch ein paar Betonstufen hoch, bis sie zu einer Ansammlung weiterer Baracken kamen, einige aus Ziegeln, andere weiß gestrichen. Nachdem sie ein paar hinter sich gelassen hatten, öffnete sich eine Art Platz, auf dem drei Typen an einem Tisch saßen, auch sie bewaffnet. Sie hoben den Daumen zum Gruß. In der Hand hielten sie Bierdosen.

»Warte hier«, sagte Felipe.

Man hörte ein Baby schreien. Matheus schaute sich mit einem höflichen Lächeln um, aber seine Hände zitterten, und seine Knie waren plötzlich weich.

Felipe trat aus dem Haus und schaute ihn an. »Wo ist dein Arztkoffer?«

Matheus lächelte. »Den brauche ich nicht. Ich muss mir erst ein Bild vom Zustand des Patienten verschaffen.«

Felipe runzelte die Stirn. »Ich hoffe für dich, dass deine Geschichte stimmt.«

Er gab ihm ein Zeichen, ihm zu folgen. In die Baracke fiel wenig Licht. Die Fenster waren nichts als Löcher im Mauerwerk, die man mit dicken blauen Vorhängen verhängt hatte. Das Geschrei des Babys war jetzt lauter, und Matheus' Blick wanderte in ein Zimmer, in dem ein Mädchen von höchstens sechzehn auf einem Bett saß und vergeblich versuchte, ihr Baby zu stillen. Die junge Frau lächelte ihn an und versuchte weiterhin, den Mund des Babys an die Brustwarze zu drücken.

»Hier lang, Doktor.«

Die Stimme, die er so gut kannte, erreichte ihn aus dem anderen Zimmer. Matheus schauderte es. Er fühlte sich einer Ohnmacht nahe.

Felipe holte ihn in die Wirklichkeit zurück, indem er einen Perlenvorhang an einer rahmenlosen Tür beiseiteschob.

»Lass mich alleine reingehen«, sagte Matheus. Wie er die Worte überhaupt rausgebracht hatte, war ihm schleierhaft.

»Keine Chance, Doktor, ich bleibe dabei.«

Sie betraten das Zimmer.

Matheus musste die Augen zusammenkneifen, um im Dämmerlicht irgendetwas zu erkennen.

49

Auf dem Bett saß ein ausgemergelter Mann mit nacktem Oberkörper, und obwohl es düster war, konnte man die geschwollenen Beine und das rote Gesicht erkennen. Matheus trat näher. Die erste Reaktion, die sich in Ulisses' Miene spiegelte, war Panik.

Das merkte auch Felipe, der sofort nachrückte, aber der Mann auf dem Bett hob die Hand. »Geh raus, Felipe, lass uns allein. Na los, hau schon ab!«

Der Junge gehorchte wie ein Hund.

»Ulisses«, sagte Matheus. Seine Stimme war nur ein Hauch.

»Nelson, was verdammt …«

Matheus glaubte, sich verhört zu haben. »Ich bin Matheus, Ulisses …«

Ulisses stand auf. Sie waren genau gleich groß. »Matheus, verdammt!«

Er umarmte ihn. »Matheus, verdammt!«

Dann löste er sich wieder von ihm und starrte ihn an. »Aber, Matheus, verdammt!«

Matheus lachte. »Ja, Ulisses, ich bin es …«

Jetzt lachte auch Ulisses. Er hatte nicht mehr so viele Zähne wie einst. »Matheus, aber … *Du* bist der Doktor?«

Matheus nickte. Er hätte am liebsten geweint, beherrschte sich aber. »Ich wollte dich sehen, wollte mal hören, wie es dir geht.«

»Mir geht es gut. Hast du meinen Sohn gesehen? Hast du gesehen, was für ein Prachtbursche er ist? Ich habe ihn Manuel genannt, nach Papa.«

Matheus' Lippen zitterten, er konnte nichts dagegen tun. »Ich habe ihn gesehen. Ein schönes Kind.«

»Was ist mit Nelson? Hat Nelson dich hergeschickt?«

Matheus setzte sich aufs Bett und fing an zu weinen. Ulisses lachte verlegen. »Matheus, verdammt. Was ist denn? Weinst du etwa?«

»Nelson ist tot, Ulisses. Nelson ist tot …«

Ulisses setzte sich neben ihn. »Was sagst du da, Matheus? Was soll das heißen, *Nelson ist tot?*«

»Nelson ist tot. Er wurde ermordet.«

Ulisses schwieg und richtete den Blick auf die zwei Möbel im Zimmer. Ein paar Pistolen lagen darauf, zwei Maschinenpistolen, zwei Micky-Maus-Hefte. Daneben stand eine halbvolle Flasche Mineralwasser.

»Wo? Wer hat ihn ermordet?«

Matheus zog die Nase hoch. »In Juazeiro. Wer es war, weiß man nicht.« Er drehte sich um und schaute seinen Bruder flehentlich an. Ulisses merkte es und wandte sich ab.

»Wer war es, Ulisses? Du weißt es doch, nicht wahr?«

Sein Bruder stand auf, nahm die Wasserflasche und trank einen großen Schluck. Dann hielt er sie Matheus hin, der gerne annahm.

»Wer war es, Ulisses? Deswegen bist du doch hier, oder?«

»Wo hier?«

»In der Favela, in deinem Versteck, seit Jahren schon. Was ist mit Floriana? Mit Gabriel?«

Ulisses schwieg. Irgendwann sagte er: »Ich weiß, dass es ihnen gut geht. Oder?«

»Ja, ich denke schon.« Matheus zog wieder die Nase hoch.

»Es geht ihnen gut, weil ich gegangen bin. Ich habe jetzt ein neues Leben, das, was du hier siehst. Ich habe einen anderen Sohn, hast du ihn gesehen?«

Matheus nickte müde. »Ja, ich habe ihn gesehen.«

Ulisses fing nun an, in dem dunklen Zimmer im Kreis herumzulaufen.

»Die Besitzer der Fazenda haben Papa ermordet, oder?« Matheus hörte seine eigenen Zähne knirschen. Er musste sie zusammenbeißen, um nicht zu zittern. »Wer hat Papa erschossen?«

Ulisses zögerte, dann sagte er: »Die Söhne des Besitzers.«

Jetzt erhob sich Matheus ebenfalls. Er nahm sein Portemonnaie aus der Hosentasche, holte eine mehrfach zusammengefaltete Zeitschriftenseite heraus und faltete sie auseinander. Die Gesellschaftskolumne eines Modemagazins berichtete von einer nächtlichen Party im Jockey Club von São Paulo und zeigte einen hocheleganten Bruno Johannsen, umringt von schönen Mädchen.

Matheus hielt Ulisses die Seite hin. »Der da?«

Ulisses nahm die Seite und starrte darauf. Sein Kiefer mahlte. Man sah fast nichts im Zimmer, und er trat näher ans Fenster.

»Nein, der war es nicht. Es war der andere, Martino. Der ältere.«

Matheus schwieg. »Ich hätte gedacht ...«

»Nein, sie kamen zu viert, in einem grünen Jeep ...«

Ulisses begann zu erzählen, ganz langsam. »Die beiden Brüder und noch zwei Männer. Als Papa hinging, um mit ihnen zu reden, hat Martino ihn in die Brust geschossen. Ich habe gerufen, dass er das nicht tun kann, aber er war schon bei ihm. Papa war nach vorne gefallen und presste den Hut an die Brust. Martino hat ihm die Pistole an den Kopf gesetzt und abgedrückt, zweimal. Ich bin zu unserem Zelt gelaufen, weil ich Angst hatte, dass sie uns auch umbringen, Floriana und unseren Sohn, der nur wenige Monate alt war. Alle sind aus dem Lager geflohen.«

Schweigen.

»Als wir auch fliehen wollten, kamen die Männer zu unserem Zelt. Vielleicht hatten sie gesehen, dass wir noch drin waren. Ich warf mich auf den Boden und holte schnell meine Pistole, die ich in einer Keksdose aufbewahrte. Jetzt waren es nicht mehr vier, sondern nur noch zwei, die beiden Brüder. Sie sahen fast gleich aus, gleich groß, gleich blond. Martino, der Papa erschossen hatte, kam mit erhobener Pistole auf uns zu. Floriana weinte leise vor sich hin. Das Baby lag auf dem Boden, in ein Geschirrtuch gewickelt … Ich wollte das nicht tun, aber wenn ich es nicht getan hätte … Als ich aus dem Zelteingang zwei Schüsse abgab, fiel er wie ein Sack um. Floriana war in Panik, schmiss sich auf den Boden und zog Gabriel unter sich.«

»Und was hast du getan?«

»Nichts, verdammt. Ich habe darauf gewartet, dass der andere … der hier …«, Ulisses wedelte mit der Zeitungsseite vor Matheus' Gesicht herum, »… na ja, dass er kommen und die Sache zu Ende bringen würde. Ich war bereit, ihn auch noch zu erschießen …« Ulisses unterbrach sich.

Matheus sagte keinen Ton.

»Aber weißt du, was der gemacht hat? Er ist hin zu seinem Bruder, der am Boden lag und noch lebte, denn er rief um Hilfe, und hat ihn in den Kopf geschossen.«

Matheus starrte ins Leere.

»Ich dachte, dass er uns auch erschießt, aber in diesem Moment kamen die beiden anderen Männer, haben ihn sich geschnappt und gewaltsam fortgeschafft. Wir sind liegen geblieben … wie lange, kann ich nicht sagen. Im Lager war niemand mehr. Wir waren plötzlich vollkommen allein.«

»Und dann …«, flüsterte Matheus.

Ulisses knüllte den Artikel zusammen und warf ihn hin, dann setzte er sich wieder aufs Bett. »Ich hatte Angst, dass die Polizei kommen und uns suchen würde. Die Polizei hat diese Leute ja geschützt. Aber es kam niemand, oder vielleicht sind sie auch zu spät gekommen. Wir verließen das Lager und wussten tagelang nicht, wohin. Floriana hatte Verwandte in einer Favela hier in Rio, und so beschlossen wir, dass sie zu denen geht und ich nachkomme. Ich wusste aber, dass dieser Hurensohn mich verfolgen würde, da ich ja Zeuge war, wie er seinen Bruder erschossen hat. Und da ich nicht wollte, dass Floriana und Gabriel etwas geschieht, bin ich nicht zu ihnen zurück.«

»Warum hast du den Mann denn nicht angezeigt?«

»Hätte ich ihn angezeigt, hätte man mich eingesperrt, weil ich ja auch geschossen hatte. Man hätte mir die Schuld an allem in die Schuhe geschoben. Du hast ja keine Ahnung, wie das läuft.«

Matheus war jetzt wieder vollkommen gefasst. »Aber warum Nelson?«

»Nelson wusste, wo ich mich verstecke. Ungefähr ein Jahr nach der Geschichte habe ich telefonisch Kontakt zu ihm aufgenommen. Ich habe ihm alles erzählt, und er hat gesagt, dass er Floriana hilft. Keine Ahnung, ob er es getan hat …«

»Hast du ihm denn gesagt, wo du bist? Dass du in Rio bist?«

»Ja, aber nicht, in welcher Favela. Damals habe ich Crack genommen … Floriana wusste es, aber ihm habe ich einfach gesagt, dass ich in Rio bin.« Er machte eine Pause. »Denen muss klar gewesen sein, dass Nelson es wusste.«

Ulisses warf Matheus einen zerknirschten Blick zu, wie ein Kind, das sich schuldig fühlt.

Matheus seufzte. »Sie haben ihn gefoltert …«

Ulisses brach in Tränen aus. Weinend saß er auf seinem Bett in der Baracke. Matheus rutschte an ihn heran und nahm ihn in den Arm.

Die Schüsse waren deutlich zu hören, ein trockenes Geräusch, als würde jemand in die Hände klatschen. Ulisses sprang sofort auf. Im Nu schien er sämtliche Kräfte, die seine Krankheit ihm geraubt hatte, wiedergewonnen zu haben. Die Schüsse kamen aus dem unteren Teil der Favela.

50

Victor da Paz, dreizehn, genannt ›*Bicicleta*‹, weil er erstklassige Fallrückzieher hinlegte, nahm seine Aufgabe als Beobachter von Morro dos Cabritos sehr ernst. Seit einem Jahr war er nun schon Beobachter, was bedeutete, dass er bald in die Gruppe der Bosse aufsteigen würde. Seine bevorzugte Waffe waren die Augen. Die Pistole, die in seinen Bermudashorts steckte, fand er aber auch nicht übel.

Der Indianer hatte Besuch, daher hatte Victor strikten Befehl, die Augen offen zu halten. Wer hätte diese Aufgabe besser erledigen können als er? In horizontalen und vertikalen Linien ließ er den Blick über die Favela gleiten. Von seiner Position auf dem Barackendach überschaute er den Eingang zur Favela an der Tabajaras, und mit einem einzigen Schwenk sah er auch das ›Schnapslager‹, wie sie den Kiosk nannten, wo sie sich mit Bier versorgten. Beim Schnapslager begann eine der belebtesten Gassen, weil sie direkt zum Drogenumschlagplatz führte. Durch die Parallelgasse waren vorhin die Frauen mit dem Arzt aufgestiegen. Eine der beiden war diese scharfe Tussi von der Sozialstation, wie hieß sie noch gleich? Eliane. *Schöne Frau,* dachte Victor, *aber für jemanden wie mich leider unerreichbar.*

An einer bestimmten Stelle waren Eliane und die Italienerin, diese Serena, wieder umgekehrt, während die Kleine bei einer Gruppe von Frauen stehen geblieben war. Vermutlich wartete sie auf den Arzt.

Victor riss eine Dose *Guaraná* auf und trank einen großen Schluck. Am Himmel von Copacabana knallte die Sonne, stellenweise konnte Victor sogar den Strand sehen. Da Montag war, befanden sich nur wenige Leute dort, aber er selbst würde später vielleicht mal hingehen und ins Meer springen. Fast hätte Victor da Paz sich hinreißen lassen, kurz zu verschwinden, um sich zu erleichtern, als seine Lider plötzlich unmerklich zu zucken begannen und seine Muskeln sich anspannten.

Wer zum Teufel sind die drei Männer dort?

Innerhalb einer Minute hatte sich Victor ein Urteil gebildet. Er nahm das Funkgerät vom Bund seiner Bermudas.

»Batata. Over.«

»Sprich, Bicicleta.«

»Männer auf der Tabajaras. Over.«

»Sicher?«

»Positiv, Bruder. Drei Männer in Zivil. Die sind von den Zivilen, darauf könnte ich wetten, Bruder.«

»Okay, Roger. Behalt sie im Auge. Ich sage den Jungs Bescheid.«

»Roger. Gott sei bei dir.«

Die drei Männer stiegen langsam bergan, aber plötzlich hatte Victor sie aus dem Blick verloren. Sie mussten in einer der ersten Gassen verschwunden sein, da, wo die Kirche gebaut wurde.

»Batata. Over.«

»Sprich, Bruder.«

»Es geht um die Männer. Ich habe sie verloren, verdammt.«

»Ganz ruhig, Bicicleta. Sie wurden auch von hier gesehen. Wir gehen ihnen entgegen.«

In diesem Moment hörte Bicicleta den ersten Schuss, verstärkt durch das Funkgerät. Er griff nach seiner Pistole und legte sich flach aufs Dach. *Komisch,* dachte er, *mit den Zivilen haben wir doch eigentlich einen Waffenstillstand. Was kann da nur los sein?* Aber schon erklang eine ganze Salve von Schüssen. Es waren diejenigen, die auch Ulisses und Matheus oben auf dem Gipfel der Favela aufschreckten.

Victor hörte, dass die Schüsse näher kamen, aber aus seiner Position konnte er nichts sehen. Er hob den Kopf und schob sich vorsichtig in Richtung Treppe. Im selben Moment bohrte sich das Projektil in seinen Hals. Wie ein Insektenstich fühlte sich das an, aber plötzlich wurde der Schmerz so unerträglich, dass Victor das Gleichgewicht verlor und vom Dach hinunterrollte. Ob es der Schuss war, der ihn getötet hatte, oder der Sturz kopfüber auf den Beton, würde nie jemand erfahren. Bruno Johannsen versetzte ihm einen Tritt mit seinem Stiefel und bedeutete einem seiner Soldaten, schnell und möglichst unauffällig den Berg hochzusteigen.

Die beiden Männer hatten ihn gewarnt, dass es purer Wahnsinn sei, in Cabritos Wildwest zu spielen, aber Bruno hatte sie nur verächtlich angeschaut und dann losgescheucht.

Wie immer, wenn in der Favela Kugeln durch die Luft pfiffen, flüchteten die Leute in ihre Baracken, warfen sich flach auf den Boden und schlossen ihre Läden. Francesca hatte sich instinktiv gebückt. Sie hatte sich auf der Treppe mit ein paar Frauen unterhalten, von denen eine sofort in ihr Haus geeilt war und sie nun zu sich rief. Als Francesca einen geduckten Schritt tat, bohrte sich eine Kugel in ihren Oberschenkel. Sie spürte, wie ihr die Luft wegblieb, und umklammerte ihr Bein. Bevor sie in Ohnmacht fiel, sah sie noch, dass sich ihre Jeans rot färbte.

Im selben Moment brüllte Ulisses in der Baracke oben auf dem Gipfel seinen Bruder an, er solle auf dem Boden liegen bleiben. Dann eilte er aus dem Zimmer und rief nach Felipe, bis schließlich nichts mehr von ihm zu hören war. Matheus blieb liegen. Der Lärm der Waffen wurde immer lauter. Das waren nicht mehr nur Pistolenschüsse, sondern auch Maschinengewehrsalven mit ihrem satten Echo.

Nicht weit entfernt huschte einer von Brunos Männern die Treppe hoch und blieb alle paar Schritte stehen, um sich umzuschauen.

Als sie vorhin in die Favela eingedrungen waren, hatten sie einen jungen Drogenkurier angehalten, ihm eine Pistole in den

Mund gesteckt und sich erkundigt, ob ein Arzt und eine Italienerin in der Favela seien. Der Junge hatte genickt, worauf sie ihm das Hirn weggeblasen hatten. Jetzt lag er neben einem Bananenbaum.

Der Soldat versuchte, den Gipfel der Favela zu erreichen. Die abgelegene Treppe bestand aus steilen, bröckeligen Betonstufen und führte durch verwildertes Gelände. Irgendwann sah er zwei Drogenhändler, die in ihre Funkgeräte sprachen. Langsam pirschte er sich heran und eröffnete das Feuer. Einer der beiden fiel sofort um. Direkt im Anschluss erklang eine Maschinenpistolensalve. Wie ein Knallfrosch hallte sie wider, und die Welt des Soldaten wurde dunkel und kalt. Bruno, der sich etwa hundert Meter weiter befand, sah seinen Mann umkippen. *Was für ein Vollidiot,* dachte er. Die Schüsse hatten aufgehört, und so setzte sich Bruno an eine Wand und lehnte sich zurück, keuchend und lächelnd.

Sarah Clarice war erst spät hinuntergegangen, um zu frühstücken. Dann hatte sie im Park von Flamengo einen Spaziergang gemacht, war bis zum Largo do Machado gegangen und befand sich nun auf dem Rückweg. Sie verspürte eine gewisse Unruhe, versuchte aber, sich die Zeit irgendwie zu vertreiben. An der Rezeption fragte sie nach einem Internetzugang, wurde zu einem Computer geführt und setzte sich vor den Bildschirm. Nachdem sie ihre beruflichen Mails gecheckt hatte, ging sie auf Gmail. Sarah Clarice schrieb eine Mail an ihre Mutter und eine an ihren Vater. Ihr Vater antwortete gelegentlich, Angela nie. Die wusste zwar, wie sie ihre Mails lesen konnte, und surfte ab und an auch im Internet, aber auf die Idee, ihrer Tochter zu antworten, würde sie nie kommen. Schließlich meldete sich Sarah Clarice bei Gmail wieder ab. Auf dem Bildschirm des Hotelcomputers erschien die Online-Ausgabe von *O Dia.*

Eine Nachricht ziemlich weit oben ließ ihr den Atem stocken.

›*Heftige Schusswechsel aus dem Süden von Rio gemeldet*‹. Eigentlich wollte sie gar nicht weiterlesen, aber das würde auch nichts ändern. Ihr war ohnehin klar, was sie erwartete. Solche Nachrichten waren in Rio an der Tagesordnung, und sie wusste auch, dass sie früher oder später auf den Namen stoßen würde.

›*Die Zugänge zum Morro dos Cabritos wurden von der Polizei gesperrt. Die Schüsse waren bis zur Rua Barata Ribeiro zu hören.*‹

Sarah Clarice sprang auf, verließ das Hotel und hielt das erstbeste Taxi an.

»Wohin soll es denn gehen?«, fragte der Taxifahrer.

Die Muskeln um ihren Mund spannten sich an. »Copacabana, bitte.«

Matheus hörte keine Schüsse mehr. Wo Ulisses abgeblieben sein könnte, war unklar. Er rief nach ihm, bekam aber keine Antwort. Nach einer Weile fing das Baby wieder an zu weinen. Matheus erhob sich vom Fußboden, ging ins andere Zimmer und sah das Mädchen auf dem Bett liegen, das Baby im Arm. Sie lächelte ihn traurig an. Jetzt fielen erneut Schüsse. Matheus duckte sich und huschte zu einem der Fensterlöcher. Es war nicht auszumachen, woher die Schüsse kamen, aber er hatte den Eindruck, dass sich auf der Treppe, die sie auch genommen hatten, etwas bewegte. Er musste an Francesca denken. Vermutlich war sie mit den anderen hinuntergegangen.

Im selben Moment befahl Ulisses zwei jungen Männern, das Umfeld der Treppe zu inspizieren, wo soeben einer der Angreifer gestorben war. Vielleicht konnten sie herausfinden, wie viele es insgesamt waren. Ulisses und seine Leute hatten sich in einem Betonklotz verschanzt, der sich mitten in der Favela zwischen vollkommen identischen Bauten verbarg.

Kaum waren die beiden aus dem Haus, hagelten Kugeln auf sie herab. Ulisses sah, wie sich in ihrer Nähe etwas bewegte, und schoss. Man hörte einen Schrei. »Geh nachschauen und gib ihm den Rest«, befahl er einem Jungen, der bei ihm war. »Na los, beweg dich.«

Sekunden später hörte man zwei trockene Schüsse.

Damit wusste Bruno, dass er nun alleine war.

Aus seinem Versteck sah er die Bewegungen vor dem Betonbau, der allerdings ziemlich weit weg lag. Im selben Moment bemerkte er die Aufregung am Eingang der Favela. Es mussten bereits etliche Polizeiwagen eingetroffen sein, aber noch ließen sich die Polizisten Zeit. *Sollen sich diese Banden doch gegenseitig abschlachten,* lautete die Devise. *Und danach dann rein mit dem Bataillon und schnell den Rest erledigen.*

Bruno rechnete sich aus, dass er höchstens noch fünfzehn Minuten hatte.

Matheus war es leid, untätig herumzuhocken, und verließ die Baracke. Geduckt lief er die Treppe hinunter. Keine Menschenseele weit und breit. Dicht an die Hauswände gedrückt, schob er sich vorwärts. Die Stille machte ihn nervös. Nach etwa zwanzig Metern öffnete sich eine Tür, und eine Hand packte ihn an der Schulter. »Komm rein, bist du denn verrückt geworden?« Es war eine pummelige Frau mittleren Alters. Schnell machte sie die Tür wieder zu. »Was ist denn in dich gefahren, dass du während einer Schießerei hier herumläufst?« Sie musterte ihn. »Du bist doch der Arzt, nicht wahr?«

Diesen Unsinn war Matheus jetzt auch leid. »Von wegen Arzt«, sagte er fast hysterisch. »Ich bin der Bruder vom Indianer.«

»Von wem?«, fragte sie. »Vom Drogenboss? Von Raimundo?«

»Raimundo, so'n Quatsch. Er heißt Ulisses und ist mein Bruder.«

Die Frau starrte ihn entgeistert an. Sie war schweißgebadet. Matheus schaute sich in dem dunklen Haus um. Auf einem Sofa saßen zwei verängstigte Kinder.

»Ich bin sein Bruder«, wiederholte Matheus. »Weißt du, wo er sich versteckt?«

Die Frau musterte ihn, als suchte sie nach irgendwelchen Zeichen dafür, dass seine Geschichte stimmte.

»Die sind in einem Bunker mitten in der Favela. Er sieht aus wie ein gewöhnliches Haus, ist aber die reinste Festung, bombensicher und vollgestopft mit Waffen. Das kannst du dir aber gleich aus dem Kopf schlagen, da jetzt hingehen zu wollen. Da geht es um Leben und Tod.«

Matheus schwieg. Irgendwann fragte er: »Weißt du etwas über die Frauen, mit denen ich hier war?«

Sie nickte heftig. »Die sind vor der Schießerei runtergegangen. Nur die Kleine, die ist dageblieben. Sie wurde angeschossen.«

Ihm wurde heiß. »Angeschossen?«

»Ja. Sie muss in einem der Häuser nebenan sein.«

Matheus fühlte Panik aufsteigen. Gelegentlich hörte man noch Schüsse. Das waren die Männer des Indianers, die versuchten, den schwarz gekleideten Mann zu treffen, der sich hinter einem Reis-und-Bohnen-Laden verschanzt hatte.

»Wie viele sind es?«, fragte Ulisses.

»Offenbar nur noch einer, Indianer.« In diesem Moment knisterte das Funkgerät. »Ich bin auf der Treppe«, sagte die Stimme. »Hier ist die Luft rein. Zwei Mann sind getroffen, sonst sehe ich niemanden. Aber die Trabajaras wimmelt von Polizisten. Sie können jeden Moment eindringen.« Wieder knisterte das Funkgerät.

Bruno war in diesem Moment bereits in nächster Nähe. Diese Schmeißfliegen mussten in dem Betonklotz stecken, das hatte er mittlerweile begriffen. Er lud die Browning und schlüpfte leicht wie ein Schmetterling zwischen zwei Baracken hindurch, hinter denen sich nur noch ein zugemüllter Abhang befand. Plötzlich hörte er auf der Treppe über sich Schritte. Was er nun aus dem Augenwinkel sah, konnte er kaum fassen. »Aber was …?«

Matheus war ebenfalls wie angewurzelt stehen geblieben und flüsterte mit erstickter Stimme: »Johannsen?«

Im nächsten Moment blitzte in Brunos Kopf eine Erkenntnis auf. »Aber dann ... Dann muss in dieser Baracke ja wohl dieser Scheißbauer sein!«, entfuhr es ihm.

Er schoss in Matheus' Richtung, aber der hatte sich bereits zu Boden geworfen. »Sei's drum, den knöpf ich mir später vor«, murmelte Bruno und schlich weiter auf den Bunker zu. In diesem Moment prasselte ein Kugelhagel auf ihn herab. Er sprang hinter eine Zisterne und erwiderte das Feuer. Innerhalb weniger Sekunden hatte der Sohn von Paulo Henrique Johannsen drei Männer unschädlich gemacht. Schnell huschte er zur nächsten Ecke, der letzten, die ihn noch vom Bunker trennte.

Stille.

Ulisses lud seine Pistole und stellte sich hinter die offene Tür. Auch er hatte Bruno Johannsen gesehen und die Augen zusammengekniffen, weil er es nicht glauben konnte.

Er hat mich also gefunden ...

Matheus schaute reglos zu. Aus seiner Position konnte er seinen Bruder sehen, einen nahezu unsichtbaren Schatten hinter der Bunkertür. Bruno Johannsen hatte weiter unten Stellung bezogen und nahm sein Ziel ins Visier.

Matheus wurde von einer schrecklichen Vorahnung befallen.

Plötzlich sah er Ulisses aus dem Bunker treten, zwei Pistolen in der Hand, die er fast gleichzeitig auf Bruno Johannsen abfeuerte. Der Lärm der Schüsse hallte wie ein einsames Schlagzeug im klaren Himmel wider. Brunos Position hinter einer Zisterne war offenbar gut gewählt. Einer der Schüsse musste ihn gestreift haben, aber Matheus sah ihn wieder auftauchen und auf Ulisses zielen.

Im selben Moment knallte es, vier Schüsse in trockener Abfolge, wie beim Scheibenschießen. Ulisses und Bruno sackten wie leere Säcke in sich zusammen.

»Neiiin!«, schrie Matheus fassungslos.

Zwei Männer mit der schwarzen Uniform der BOPE, einer Eliteeinheit der Militärpolizei, hatten direkt über ihm auf einem

Barackendach Stellung bezogen und hielten Präzisionsgewehre im Anschlag. Er hatte nicht einmal gemerkt, dass sie sich dort postiert hatten.

»Feuer einstellen«, sagte jetzt einer der Scharfschützen in sein Funkgerät. Dann wandte er sich an seinen Kollegen. »Der Typ hier unten, der so geschrien hat, ist der Arzt, den die Italienerin meinte.« Wieder krächzte das Funkgerät.

»Ich wiederhole«, sagte er noch einmal. »Feuer einstellen. Zielpersonen erledigt.«

51

Der Drache öffnete im ersten Morgenlicht die Augen. Sicher war er sich nicht, aber das Geräusch, das ihn aus den Träumen gerissen hatte, musste der Schrei eines Tukans gewesen sein. Am selben Fluss, dem Paraná, nur weiter unten im Süden, in den Wäldern um seine Heimatstadt herum, hatte er dieses sonore, durchdringende Geräusch zum ersten Mal gehört. Er trat ans Fenster. Die Landschaft war metallisch grün und hüllte sich in einen gazeartigen Nebel. Ein paar Sekunden blieb er noch stehen, dann ging er sich waschen und anziehen.

Es klopfte.

»Darf ich?«, fragte Agata.

»Was ist denn?«

Sie wunderte sich über den barschen Ton. »Ist alles in Ordnung? Wir warten auf dich.«

»Ich wollte gerade kommen.«

Agata trat ins Zimmer. »Du siehst müde aus. Hast du nicht gut geschlafen?«

»Nicht wirklich«, sagte er und schaute sie lange an. Im Gegensatz zu ihm wirkte Agata ausgeruht. Für einen Moment meinte er, das Mädchen vor sich zu haben, dem er an jenem fernen Tag in Indien am Fluss begegnet war.

»Ich hatte gerade an Tukane gedacht.«

Sie trat näher. »An Tukane?«

»Ja. Heute Morgen habe ich einen gehört. Das ist mir schon lange nicht mehr passiert.«

Agata schwieg. »Dieser Ort versetzt dich in eine merkwürdige Stimmung, nicht wahr?«, sagte sie dann.

Der Drache trat wieder ans Fenster. »Damals werde ich wohl fünfzehn gewesen sein. Ich hatte beschlossen, einige Tage am Fluss zu verbringen, ein paar Stunden von Rosario entfernt. Es war Sommer. Ich nahm den Bus und ging dann zu Fuß zum Ufer, das mitten im Wald lag. Dort schlug ich mein Lager auf. Abends machte ich ein Lagerfeuer. Am nächsten Tag wachte ich im Morgengrauen auf. Ich erinnere mich noch, wie ich die Augen aufschlug in meinem billigen dunkelgrünen Zelt, das ich mir vom Geld in meiner Sparbüchse, einer alten Tomatendose, gekauft hatte. Ein Schrei hatte mich geweckt, genau wie heute Morgen. Man hatte mir vom Schrei des Tukans berichtet, aber ich hatte nie einen gehört. Ich bin aus dem Zelt raus und hielt Ausschau. Nachdem ich ein paar Sekunden vergeblich gelauscht hatte, wollte ich schon aufgeben und wieder schlafen gehen, als ich den Schrei noch einmal hörte, ganz deutlich, direkt hinter mir.«

Er machte eine Pause und drehte sich zu Agata um. Die hörte schweigend zu.

»Ich ging ein paar Schritte in den Wald hinein, und da sah ich sie plötzlich: Es waren zwei. Zwei schwarze Tukane mit einem gelb-orangen Schnabel, vermutlich ein Pärchen. Sobald ich mich ihnen näherte, schlugen sie mit den Flügeln und waren fort. Sie landeten auf einem Baum in der Nähe. Ich folgte ihnen, und sie flogen immer ein Stückchen weiter. Zehn Minuten später saßen sie plötzlich genau über meinem Kopf und suchten nach Beeren. Dann flatterten sie wieder auf … Hast du je Tukane gesehen, Agata?«

Sie schüttelte den Kopf.

»Sie sind das Erstaunlichste, was die Natur hervorgebracht hat, glaub mir. Diesmal flogen sie ziemlich weit, und ich musste rennen, um sie nicht aus den Augen zu verlieren. Irgendwann waren sie natürlich doch verschwunden. Ich atmete heftig. Im Wald war es feucht und gleichzeitig sehr heiß. Im nächsten Moment wurde mir klar, dass ich mich verirrt hatte. Ich wusste nicht einmal mehr, aus welcher Richtung ich gekommen war. Hektisch lief ich weiter, bis ich irgendwann stolperte und einfach sitzen blieb. Ich lehnte mich an einen Baum und merkte plötzlich, dass ich Hunger hatte. In meiner Hosentasche hatte ich, eingewickelt in ein Taschentuch, ein Brötchen. Ich hasste die Brötchen meiner Mutter, es waren immer Massen von Schmalz drauf, total salzig, aber in dem Moment war ich unendlich dankbar dafür. Ich verschlang es förmlich. Dann stand ich wieder auf und ging einfach in irgendeine Richtung. Wie lange ich lief, weiß ich nicht, es war aber ziemlich lange. Die Sonne ging schon wieder unter, und der Hunger war zurückgekehrt, schlimmer als zuvor. Außerdem war ich erschöpft, und so legte ich mich hinter einen Stein und schlief ein. Nach einer gewissen Zeit wurde ich von dem Geräusch von brechenden Zweigen geweckt. Ich hatte geträumt, daran erinnere ich mich noch, und brauchte eine Weile, um zu begreifen, was los war. Zwischen den Bäumen war jemand. Irgendetwas oder irgendjemand huschte durch den Wald, nur vom Schein einer Flamme beleuchtet. Ich schaute genauer hin und sah eine Prozession von Frauen und Kindern. Sie gingen im Gänsemarsch und leuchteten sich mit kleinen Petroleumlampen den Weg. Niemand sagte etwas. Zu jeder Frau gehörten mindestens zwei, drei Kinder. Jeder trug einen Zinneimer, die Frauen auf dem Kopf und die Kinder in beiden Händen, was sie einige Mühe kostete. Sie waren halbnackt. Die Frauen hatten nur ihre Hüften bedeckt und liefen barfuß. Nach wenigen Sekunden war die Prozession verschwunden.«

»Wer war das?«, fragte Agata. Der Drache hob die Hand, damit sie ihn nicht drängte, sondern zuhörte.

»Ich stand auf und folgte ihnen, aber nach ein paar Schritten blieb ich stehen. Es war stockfinster, und ich hatte Angst. Man hörte schließlich immer diese Geschichten von Kindern, die von den Indianerstämmen geraubt wurden. Wie gelähmt war ich vor

Angst. Nach ungefähr zwanzig Minuten kamen die flackernden Lichter wieder in meine Richtung, also versteckte ich mich hinter einem Felsen und rührte mich nicht, bis wieder Ruhe einkehrte. Als ich aufstehen wollte, schwebte plötzlich direkt vor meinen Augen eine Lampe. Sie stank nach Petroleum. Instinktiv schaute ich zu Boden und entdeckte zwei nackte Füße, die Füße eines Kindes. Direkt dahinter waren noch zwei nackte Füße, die allerdings in abgetragenen Sandalen steckten. Die Lampe wurde von einer kleinen Hand gehalten.

›Wer bist du?‹, fragte mich eine Stimme. Sie gehörte zu der Gestalt mit den Sandalen.

Ich wusste nicht, was ich sagen sollte, also sagte ich die Wahrheit: ›Ich habe mich verlaufen.‹

Der kleine Indianer musterte mich schweigend, aber auch seltsam neugierig. Seine Nase war groß und platt, und seine schwarzen Augen glänzten.

Da er kein Wort sagte, fragte ich ihn, wer sie waren.

›Wir leben hier, direkt am Waldrand‹, antwortete das Kind mit den Sandalen. Es war viel größer als ich.

›Was habt ihr da?‹

›Wasser‹, sagte der andere. ›Wir holen am Fluss Wasser.‹

›Und warum?‹

›Die Besitzer dieser Erde haben unsere Brunnen zugeschüttet. Jetzt müssen wir jede Nacht zum Fluss, um Wasser zu holen.‹

›Jede Nacht?‹, fragte ich verwundert. ›Aber wieso haben sie denn eure Brunnen zugeschüttet?‹

›Um uns von diesem Land zu verscheuchen, ist doch klar. Und du, wo wohnst du?‹

Ich schwieg.

Irgendwann sagte der Junge, dass sie jetzt gehen müssten. ›Nur die *Guaraní* kennen nachts den Weg, deshalb müssen wir bei ihnen bleiben. Und du, was machst du?‹

Ich öffnete nicht einmal den Mund.

Der Junge nahm dem kleinen Indianer die Lampe ab und leuchtete mir ins Gesicht. ›Mann, du siehst aber gar nicht gut aus‹, sagte er. ›Hast du Durst?‹

Ich starb vor Durst, ich konnte an nichts anderes mehr denken, aber ich schämte mich, es zuzugeben.

Der Junge begriff es aber auch so. ›Nimm‹, sagte er und hob den Eimer an. ›Trink einen Schluck. Außerdem ist der Fluss ja auch gleich da drüben, nur wenige Meter von hier. Wieso hast du dich überhaupt verlaufen?‹ Er lachte. Offenbar machte er sich über mich lustig.

Ich legte die Lippen an den Eimer, der nach Metall schmeckte, und trank, bis das Kind den Eimer wegriss und mir wehtat.

›Nicht so viel. Willst du denn alles alleine trinken?‹

Ich schüttelte den Kopf. Meine Lippe schmerzte, aber die Jungen waren schon aufgebrochen. Innerhalb weniger Sekunden waren sie in der Dunkelheit verschwunden.«

Agata schwieg.

»Aber ich langweile dich, Entschuldigung«, sagte der Drache, als würde er aus einem Traum erwachen. »Es ist auch schon spät. Wir müssen.«

Sie gingen in die Küchenräume hinab. Der Drache trank eine Tasse Getreidekaffee ohne Zucker, Agata nippte an einem Tee. Draußen stand schon der Jeep bereit. Leo war nachts auf der Fazenda eingetroffen und erschien in diesem Moment ebenfalls auf der Bildfläche. Höflich, wie es seine Art war, begrüßte er die Anwesenden und nahm dann schnell etwas zu sich.

Wenige Minuten später saßen sie im Wagen. Von der Straße aus sah man die Spitze des Stahlbohrers hinter den Bäumen. Der Jeep nahm allerdings eine andere Richtung. Agata betrachtete den Bohrer und warf Sebastian einen vielsagenden Blick zu.

»Wir lassen sie also weitermachen, wie besprochen?«

Der Drache nickte. »Ja, so lange wie möglich. Der Bohrer soll die Aufmerksamkeit auf sich ziehen. Sie sollen denken, dass sich unsere Aktivitäten auf die Bohrung konzentrieren.«

Agata nickte.

»Heute Abend möchte ich bereits im Flugzeug sitzen«, fügte der Drache noch hinzu.

Leo saß vorne und sagte keinen Ton. Den Jeep fuhr Rodrigo, ein Mann unbestimmten Alters mit tiefschwarzen Augen, der die Kälte gar nicht zu bemerken schien. Er trug ein weinrotes Hemd und khakifarbene Bermudashorts. Den ersten Streckenabschnitt durch flaches Gelände mit niedriger Vegetation legten sie schweigend zurück. Leo beobachtete aufmerksam die Landschaft. Agata und Sebastian saßen hinten, hatten die Augen halb geschlossen und wechselten nur gelegentlich einen Blick.

»Sind Sie zum ersten Mal hier?« Rodrigos Stimme klang fast wie die einer Frau.

»Ja. Es ist sehr schön hier«, antwortete Agata.

»Sie werden sich noch wundern.« Rodrigo kicherte. »Leider ist ein Großteil der Fazenda ziemlich verwahrlost.«

»Sie ist sehr groß«, sagte Agata.

»Hier ist alles sehr groß.« Wieder kicherte Rodrigo. Er war offenbar ein fröhlicher Mensch.

»Paraná bedeutet ›Meer‹ auf *Tupí.* Die Eingeborenen dachten, der Paraná sei das Meer und kein Fluss. Weil er so groß ist.«

Niemand sagte etwas.

»Hier gibt es für alles ein *Tupí*-Wort«, fing Rodrigo wieder an.

»Sprechen Sie *Tupí?*«

»Nur ein bisschen. Meine Eltern – Gott möge sie schützen – konnten es perfekt. Mein Vater war ein echter *Mateiro,* ein Mann des Waldes. Hier war das Gebiet der *Guaraní*-Indianer. Es waren die Jesuiten, die *Tupí* zur allgemeinen Sprache bestimmt haben.«

Der Drache betrachtete ihn, während Leo aus dem Fenster

schaute. Agata übersetzte aus dem Portugiesischen ins Französische, aber der Drache verstand ohnehin alles.

»Ohne das *Tupí*«, fuhr Rodrigo fort, »würde unsere Sprache gar nicht existieren. Brasilianisch ist ja nicht das Portugiesisch aus Portugal. Die Namen stammen praktisch alle aus dem *Tupí.*« Er kicherte.

In den nächsten fünf Minuten herrschte Stille. Die Landschaft veränderte sich rasch. Sie hatten die Ebene hinter sich gelassen und fuhren nun bergauf durch einen Wald.

»Auch der Name der Fazenda stammt aus dem *Tupí-Guaraní*«, fing Rodrigo wieder an.

»Aha?«

»Ja. Yaraibi ist eine Verbindung der beiden Wörter *yara* und *ibí.* Yara ist die Göttin, die am Grunde der Flüsse wohnt, eine wunderschöne Sirene mit langem, wallendem Haar. Ibí hingegen bedeutet ›Erde‹, für manche allerdings auch ›Baum‹. Yaraibi ist das Land der Yara, das Land der Göttin der Flüsse.«

Jetzt war der Drache plötzlich hellwach.

»Es dreht sich also alles um das Wasser, wenn ich recht verstehe«, sagte Agata.

Rodrigo zog die Miene, die stets seinem Kichern vorausging, kicherte diesmal allerdings nicht. »Kennen Sie irgendetwas, das ohne Wasser existieren kann? Wasser ist ein Geschenk Gottes. Dieses Land ist reich an Wasser, deshalb ist es ein gesegnetes Land, obwohl seine Geschichte mit Blut geschrieben ist.« Plötzlich war er ernst und schien sich ans Lenkrad zu klammern, während er den Jeep mit der Leichtigkeit eines galoppierenden Pferds den Hügel hinauflenkte. »Dieses Land hat viel Blut gesehen«, fuhr er fort. »Aber Yara verteidigt es … Kennen Sie die Legende von der Göttin Yara?«

Agata verneinte.

Rodrigo grinste vor sich hin. »Yara lebt in den Flüssen. Sie ist so schön, dass die Männer sie bis auf den Grund verfolgen. Wenn sie aber erst einmal unten sind, kommen sie nicht mehr hoch. Manchen gelingt es zwar, aber wenn sie oben ankommen, sind sie nicht mehr dieselben. Yaras Zauber hat sie verrückt gemacht. So verteidigt Yara sich und ihr Land …«

»Das ähnelt ja dem Mythos von Narziss«, sagte Agata und warf dem Drachen einen Blick zu. Der starrte in die Landschaft.

»Narziss?« Rodrigo schüttelte den Kopf. »Keine Ahnung, wer das sein soll, nie gehört. Da wären wir, meine Herrschaften.« Er kicherte und stellte den Motor ab. Agata gefiel Sebastians Miene gar nicht. Der Drache war schweigsam und ernst.

Rodrigo erklärte Leo den Weg, der zum *Caita* führte, zum Felsenauge. Einer volkstümlichen Legende zufolge öffnete sich dort ein Spalt, durch welchen das Wasser des Guaraní-Aquifers emporsprudelte. Andersherum gelangte durch diesen Spalt der Regen ins Erdinnere.

»Ich bleibe mit der Dame hier«, sagte Rodrigo zu Leo. »Sie wissen ja: ein Kilometer, immer geradeaus. Sie können es gar nicht verfehlen. Nehmen Sie das Funkgerät mit und folgen Sie dem Pfad. Und lassen Sie es nicht zu spät werden.«

Der Drache hatte ausdrücklich darum gebeten, nur in Leos Begleitung zum Felsenauge zu gehen. Der Geologe setzte den Rucksack auf und schritt voran.

»Denken Sie an die Stöcke«, rief ihnen Rodrigo hinterher. »Und klatschen Sie gelegentlich in die Hände, das hält die Kobras fern.«

Agata beobachtete den Aufbruch der beiden Männer mit einer gewissen Unruhe. Schon waren die beiden im Wald verschwunden. Sie gingen langsam, denn obwohl Leo ein erfahrener Führer war, nötigte ihm diese wuchernde Vegetation Respekt ab. Der Drache folgte ihm. Die frische Luft des Waldes und sein unverwechselbarer Duft berührten ihn tief. Seine Laune besserte sich merklich. Tatsächlich lächelte er jetzt, die weißen Lippen leicht geöffnet.

Nach einer halben Stunde erreichten sie die Stelle. Man erkannte sie sofort, weil der Wald sich dort lichtete und deutlich mehr Sonnenstrahlen durchs Laubwerk dringen ließ.

Sie betraten die Lichtung, wie man sich in ein verbotenes Zimmer schleicht, und hatten das merkwürdige Gefühl, hinter der Pflanzenwand von unsichtbaren Augen beobachtet zu werden. Von diesem Nabel der Welt, der vom Wald eifersüchtig gehütet wurde, hatte der Drache als Kind oft gehört. Er war in der Nähe aufgewachsen, ohne genau zu wissen, wo er sich befand. Und dann hatte ihn das Leben in die Ferne geführt.

Jetzt aber war er da und spürte eine erhabene Bestürzung. Auch davon hatte er gehört: von diesem Wind oder Gegenwind, der dem trägen Vor und Zurück der Rollbrandung glich und eine Strömung erzeugte, von der man, obwohl man aufs Ufer zuzuschwimmen meinte, aufs Meer hinausgezogen wurde.

Noch ein Schritt, und sie waren am Ziel.

Der Anblick raubte dem Drachen den Atem. Selbst Leo, dem nie eine Gefühlsregung anzusehen war, konnte seine Überraschung nicht verbergen. Schweigend betraten sie den riesigen, glatt geschliffenen, mit grünlichem Moos bedeckten Felsen.

»Gehen Sie vorsichtig, Doktor«, sagte Leo schnell. »Es könnte glatt sein.«

Wie immer hörte der Drache nicht auf den Geologen, aber er merkte selbst, dass er mit seinen festen Stiefeln keinen guten Halt hatte.

»Vermutlich befand sich hier vor hunderten von Jahren ein See. Wir laufen auf dem herum, was mal sein Grund war«, erklärte Leo und schaute sich um.

Plötzlich wurde der Drache von einer heftigen Gefühlsregung gepackt. Jetzt konnten sie es sehen, nur wenige Meter vor ihnen: Die Erde öffnete sich in einem kreisrunden Krater. Der Felsen fiel in einer harmonischen Kurve ab, als wäre das Loch kunstvoll in den Felsen gehauen worden. Am Rande des Kraters, wo es nicht mehr weiterging, blieben sie stehen. Der Drache spürte, dass ihn schwindelte. Dennoch warf er einen Blick in das schwarze Loch und starrte in eine grenzenlose Finsternis, in der sich jedoch, gleißenden Klingen gleich, die Reflexe des irgendwo dort unten verborgenen Wassers sammelten. Um sie herum herrschte Stille, nicht einmal mehr die Vögel waren zu hören. Das Geräusch ihrer Stiefel auf dem Felsen und das Echo ihres Atems hallten umso lauter wider.

Leo öffnete den Rucksack und zog ein hohes, zylindrisches Futteral heraus. Es enthielt eine Stahlsonde. Aus einem anderen Beutel holte er eine aufgewickelte Eisenschnur, löste das Ende und befestigte es an der Sonde.

»Okay, Doktor. Wir lassen die Sonde jetzt in das Loch hinab.«

Der Drache nickte.

»Sobald wir spüren, dass sie das Wasser berührt hat, ziehen Sie an diesem zweiten Draht, und die Sonde wird sich öffnen, okay? Ich gebe Ihnen ein Zeichen.«

»Nein, ich möchte die Sonde selbst hinablassen. Ich möchte spüren, wie sie das Wasser berührt.«

Leos Kiefer versteifte sich. »Okay«, sagte er. »Dann lassen Sie uns anfangen.«

Plötzlich zeichnete sich auf Leos Gesicht Schrecken ab. Er hatte gehört, wie sich das Echo seiner Stimme in dem Loch brach, verschluckt vom Luftzug, der ihnen wie ein Schlangennest um die Füße strich und den Felsen umschmeichelte. Unsicher ließ er seine erfahrenen Augen umherschweifen. »Woher kommt dieser Wind?«

Nachdem sie sich möglichst trittsicher postiert hatten, ließen sie die Sonde ins Loch hinab. Die Eisenschnur wickelte sich schnell ab, und der Drache fürchtete schon, sie würde gar nicht bis zur Wasseroberfläche reichen. Am liebsten hätte er sich vorgebeugt, um in den Abgrund zu schauen, aber er wusste von jemandem, der das getan hatte, und der war nie zurückgekehrt, um davon zu berichten.

War das also das wilde Glück, die Welt in der Hand zu haben, so wie man einen türkisfarbenen Drachen in der Hand hat? Er beugte sich vor und starrte ins Dunkel, aber das Gefühl hatte nichts mit dem zu tun, was er sah, sondern eher mit dem Geruch und dem Wind. Mit dem, was er immer schon gekannt und geatmet hatte.

Plötzlich wurde der Draht schlaff.

»Da«, sagte Leo. »Wir sind am Ziel. Die Sonde hat das Wasser berührt.«

Der Drache fuhr sich mit der Zunge über die Oberlippe.

»Jetzt vorsichtig ziehen, Doktor.«

Leo drückte ihm das Ende des zweiten Drahts in die Hand, und der Drache zog, ein trockener Ruck. Jetzt floss die Flüssigkeit aus der Sonde heraus. Er konnte es nicht sehen, aber es war, als würde sie langsam aus seinen Venen hervorsprudeln. Der Drache schloss die Augen und neigte den Kopf in den Abgrund. Die Luft war frisch. Sie wirbelte um seine ausgestreckten Arme herum und zauste an seinen weißen Haaren. In den Bäumen erscholl der Schrei eines Riesentukans. Ein schwarzer Blitz, von flammendem Orange und Neongrün durchzogen. Der Drache riss die Augen auf und sah den majestätischen Flügelschlag im selben Moment, als der Vogel in den niedrigen Wolken über den Baumwipfeln verschwand. Er lächelte, und während er noch lächelte, verlor er das Gleichgewicht und starrte in den finsteren Abgrund. Leo packte seinen Arm, die Hand ein stählerner Schraubstock.

»Passen Sie doch auf!«, schrie der Geologe und stemmte die Füße in den Kraterrand. »Die Sonde ist leer. Wir können sie wieder hochziehen, los.«

Innerhalb einer Minute hielten sie die silbrige Sonde wieder in den Händen. Sie war leer und tropfte.

Der Drache trat zwei Schritte zurück.

»Der blinde Narziss ist frei«, sagte er.

Dann schloss er die Augen und dachte an nichts mehr.

Epilog

Die Nachricht überbrachte ihm Antônio Netto in Begleitung eines Beamten der Bundespolizei. Paulo Henrique Johannsen saß am Schreibtisch, hörte sich den Bericht an und starrte auf die Mattglasscheiben in seinem Arbeitszimmer.

Innerhalb kürzester Zeit organisierten sie einen Flug nach Rio de Janeiro, mit dem schnellsten Hubschrauber ihrer Flotte. Sie kamen gerade noch rechtzeitig, um zu verhindern, dass die Nachricht an die Presse gelangte. Brunos Leiche lag in der Gerichtsmedizin in einem heißen, stinkenden Raum neben den Körpern der getöteten Drogenhändler – Körper ohne Namen bislang, und das war ihr Glück. Antônio Netto brauchte eine Stunde, dann hatte er die Leiche. Ihre Identität wurde gegen die eines Drogenhändlers ausgetauscht. Nun konnten sie nach São Paulo zurückfliegen.

Paulos Aufgabe war es, seiner Frau und seinem Vater die Nachricht von Brunos Tod zu übermitteln. Elisabetta brach sofort nach São Paulo auf, während der alte Josef schweigend zuhörte und dann den Hörer auflegte. Er schloss sich daheim ein und verließ das Haus nicht mehr. Ein paar Stunden später erhielt er einen Anruf von Augusto Miller, der ihm wenige Tage darauf einen Besuch abstattete. Sie führten ein langes Gespräch.

Matheus hatte die Nacht zur Kontrolle in einer Klinik in Botafogo verbracht. Er hatte ein paar Kratzer und ein dumpfes Klopfen im Schädel. Sarah Clarice wich nicht von seiner Seite.

Nachdem sie die Klinik verlassen hatten, kehrten sie ins Hotel zurück. Während des Frühstücks, bei dem er fast nichts aß, erzählte Matheus, was in der Favela geschehen war. Sarah Clarice hörte wortlos zu. Dann wollte sie Matheus einen Kuss geben, aber der drehte sich weg.

»Besser nicht, Sarah Clarice. Lass uns die Geschichte jetzt beenden.« Er hatte Protest erwartet, aber sie lächelte und strich ihm über den Kopf. »Du hast recht. Mir ist es auch lieber so.«

Schweigend tranken sie ihren Kaffee, dann umarmten sie sich, und Sarah Clarice verschwand im Aufzug.

Eines war da allerdings noch …

Sehr früh am Morgen waren zwei Wagen der Bundespolizei auf das Gelände der Fazenda Yaraibi gefahren und hatten auf dem Platz vor dem Herrenhaus angehalten. Ein Offizier hatte dem Verwalter den Bescheid über die vorläufige Beschlagnahme des Besitzes gezeigt. Nachmittags kamen auch noch die Inspektoren der Ibama – der brasilianischen Behörde für die Kontrolle des Naturschutzes – und stoppten die von Hector Lamaielle geleiteten Bohrungen. Die Inspektion dauerte ein paar Stunden. Zwei Ingenieure widmeten sich eingehend den technischen Details, aber es hatte alles seine Richtigkeit. Was Lamaielle und seine Leute da machten, war ein vollkommen normaler Versuch, unterirdisches Wasser an die Oberfläche zu pumpen. Nur ein paar der lästigen behördlichen Genehmigungen fehlten, und so wurde die Baustelle versiegelt.

Die Polizei hatte um die nötigen Angaben gebeten, um den Mahnbescheid an den Eigentümer der Gesellschaft, der das Grundstück gehörte, weiterleiten zu können. Wie aber Marco Coimbra bei der Abfassung seiner Klage bereits festgestellt hatte, war die Been International Teil eines ausländischen Konsortiums mit Verwaltungssitz in London, und es war praktisch unmöglich, einen Verantwortlichen zu finden. Die Bohrungen waren allerdings erst einmal gestoppt und die Stahlpumpe stillgelegt. Die Arbeiter, einschließlich Hector Lamaielles, hatte man nach Hause geschickt.

Marco Coimbras Bericht war knapp. Matheus saß auf seinem Hotelbett in Rio und sagte kein Wort. »Und jetzt?«, fragte er schließlich.

»Jetzt werden wir sehen. Wie du weißt, sind diese Dinge sehr kompliziert. Immerhin haben wir aber die Bohrungen gestoppt. Was auch immer sie mit diesem Wasser vorhaben, jetzt läuft da erst einmal nichts mehr.«

»Noch etwas, Marco. Merkwürdig, dass es euch nicht gelungen ist, dem Eigentümer der Been International den Bescheid zu übermitteln. In São Paulo ist ein Flugzeug von IntháWater gelandet, also muss doch jemand von diesen Leuten da gewesen sein.«

»Offenbar nicht«, sagte Coimbra. »Die Polizei hat auf der Fazenda niemanden angetroffen, der irgendetwas mit der Londoner Gesellschaft zu tun hat. Wir haben auch nach Jean-Sebastian Faucon suchen lassen, aber in den letzten dreißig Tagen ist keine Person dieses Namens nach Brasilien eingereist.«

»Verstehe.« Matheus wollte etwas sagen, verkniff es sich aber.

Sie verabschiedeten sich, und Matheus legte auf.

Ein paar Minuten blieb er noch sitzen und dachte nach. Dann stand er auf und zog aus der Innentasche der leichten Jacke, die er am Vortag getragen hatte, ein kleines Digitalmikrofon. Es sah aus wie ein Speicherstick.

Er drückte auf die Abspieltaste und hörte seine eigene Stimme.

›Ich bin Matheus, Ulisses.‹

›Matheus, verdammt.‹

Sofort spürte er wieder dieses merkwürdige, undefinierbare Gefühl, das ihm den Boden unter den Füßen wegzog. Schnell schaltete er das Aufnahmegerät aus, steckte es in einen wattierten Umschlag, schrieb Carlo Apostolos Adresse darauf und klebte ihn zu.

Er trat ans Fenster. Am Himmel von Rio brach die Sonne hinter den schweren, grauen Wolken hervor.

Wenige Minuten später hatte Matheus das Zimmer verlassen.

An einem Sonntag drei Monate später wimmelte es auf der Straße von Menschen, die auf dem Weg in die Wahllokale in Schulen und Kirchen waren. Floriana hatte Gabriel dabei, der wiederum seinen Ball mitgenommen hatte und vor dem Wahllokal mit den anderen Kindern spielte. Dann machten sie sich wieder auf den Heimweg. Floriana wohnte nicht mehr in der Favela, sondern war mit ihrem Sohn in eine kleine Wohnung in der Paula Matos gezogen, nicht weit von ihrer alten Wohnung entfernt. Jetzt hatten sie zwei große Zimmer, samt einem kleinen Balkon mit einem Avocadobaum davor, und führten so etwas wie ein anständiges Leben. Es war spät geworden, und Floriana deckte schnell den Tisch. Sie hatte eine neue Tischdecke mit einem fröhlichen gelben Tulpenmuster gekauft. Gabriel saß still vor dem Fernseher. Auf dem Herd standen Bohnen, wie nur Floriana sie zubereiten konnte. Außerdem gab es einen bunten Salat und Braten mit Karottenfüllung. Sie warf einen letzten Blick in die Küche. Alles in Ordnung. Plötzlich stand Gabriel in der Tür.

»Mama, wer kommt denn zu Besuch?«

»Carlo, mein Schatz. Carlo kommt und bringt einen Freund mit.«

»Was denn für einen Freund?«

»Den Mann, der uns hilft. Geh dich jetzt umziehen, los. Zieh den sauberen Pullover an, den ich dir aufs Bett gelegt habe.«

Der Junge ließ sein Bein vor und zurück schwingen und tat dann, was seine Mutter gesagt hatte.

In diesem Moment klingelte es an der Tür.

Floriana nahm die Schürze ab und öffnete. Dann lehnte sie die Tür an und deckte schnell den Tisch zu Ende.

»Dürfen wir?«, fragte Carlo.

Floriana ging ihm entgegen. Er gab ihr einen Kuss.

Der alte Mann hinter Carlo stützte sich auf einen Stock und trat langsam näher. Mit einem erschöpften Lächeln schaute er sich um.

»Senhor Johannsen, kommen Sie.« Floriana eilte hin und nahm ihn beim Ellbogen.

»Lassen Sie nur«, sagte Josef mit seiner rauen Stimme. »Ich bin ein altes Wrack, aber das schaffe ich schon noch … Schön kühl hier, nicht wahr? Die Hitze ist unerträglich heute.« Mitten in dem kleinen Wohnzimmer blieb er stehen und kniff die Augen zusammen. »Wo ist denn unser junger Mann?«

Gabriel beobachtete ihn, den Ball in der Hand.

»Los, Gabriel, begrüß den Herrn«, sagte Floriana und lächelte. »Herr Josef ist extra aus São Paulo gekommen, um dich kennen zu lernen.«

»Hallo, Gabriel.« Der alte Josef setzte sorgfältig den Stock auf und ging auf den Jungen zu. »Schöner Ball. Was das angeht, kann ich es noch locker mit dir aufnehmen.« Der Junge antwortete nicht und schaute den Mann weiterhin ernst an.

Floriana zog sich zurück, um in der Küche die letzten Handgriffe vorzunehmen, während Carlo mit dem alten Josef auf den Balkon trat und den Ausblick bewunderte. Gabriel folgte ihnen. Es war ein warmer Frühlingstag, und am Avocadobaum sprossen bereits die ersten Blüten. Erst im Januar allerdings, mitten im Sommer, würden auch die Früchte reifen.

Rio de Janeiro, den 7. Oktober 2010

Anmerkung des Autors

Die Handlung dieses Romans ist frei erfunden. Jede Ähnlichkeit mit realen Ereignissen, Namen und lebenden oder toten Personen wäre rein zufällig. Alles, was Sie gelesen haben, entspringt meiner Fantasie, die sich gelegentlich von der brasilianischen Presse der letzten Jahre inspirieren ließ. In der Welt des Romans ist die Grenze oft fließend. Um es mit den Worten Jean-Claude Izzos auszudrücken: *»Nichts von dem, was Sie gelesen haben, ist tatsächlich passiert, mit Ausnahme dessen, was wahr ist.«*

A.R.

Danksagung

Mein erster Dank gilt Marta Treves, der großartigen Lektorin und Freundin, die immer, seit seinen ersten Anfängen, an mein Buch geglaubt und seine Entstehung Schritt für Schritt begleitet hat.

Federica Manzon danke ich für ihr feines Händchen und ihre Leidenschaft.

Dank an Stefania Di Pasquale und Alessia Sgarbozza, dass sie Teile des Manuskripts gelesen und mich stets zum Weitermachen ermutigt haben.

Ich danke Andréa Rausch, dieser aufmerksamen Leserin, deren Anmerkungen eine unverzichtbare Hilfe waren.

Dann danke ich Ricky Marzagora für die interessanten Gespräche über Chemie.

Ein besonderer Dank geht an meine Familie, jene in Mailand und jene in São Paulo, für all die wertvolle Unterstützung.

Dank an alle, die mir in Brasilien auf unterschiedlichste Weise Informationen und Hilfe zuteilwerden ließen. Es waren sehr viele, aber hier möchte ich wenigstens nennen: Paola Galafassi, Alfredo Junqueira, Mariana Duque und Bernardo Gutierrez.

An Samira, meine erste Leserin, meine Freundin und Muse geht nicht nur ein einfacher Dank. Ohne deine Fröhlichkeit, Geduld und Hingabe würde dieses Buch schlicht nicht existieren.